文春文庫

眠れる美女たち

下

スティーヴン・キング
オーウェン・キング
白石　朗訳

文藝春秋

下巻目次

主な登場人物

クリント・ノークロス……………刑務所付の精神科医
ジェイリッド・ノークロス………クリントの息子
フランク・ギアリー………………動物管理官　臨時警察官となる
ミカエラ・モーガン………………ニュース・アメリカ特派員
ドン・ピーターズ…………………ドゥーリング女子刑務所刑務官　臨時警察官となる
エリック・ブラス…………………不良少年　臨時警察官となる
ガース・フリッキンジャー………緑のメルセデスの持ち主　形成外科医
ウィリー・バーク…………………山中に住む男　志願消防団員
バリー・ホールデン………………弁護士
ドルー・T・バリー………………損害保険会社社長
ジョニー・クロンスキー…………探偵　爆発物の扱いを知る
バート・ミラー……………………町議会議員
テリー・クームズ…………………ドゥーリング郡警察署　署長代理となる
ロジャー・エルウェイ……………同　警官
ダン・〝トリーター〟・トリート…同右
リード・バロウズ…………………同右
リニー・マーズ……………………同　通信指令係

ヴァネッサ・ランプリー……………ドゥーリング女子刑務所主任刑務官
アームレスリングのチャンピオン
ビリー・ウェッターモア…………同刑務官
ランド・クイグリー……………同右
ティグ・マーフィー……………同右
ロレンス・ヒックス……………同副刑務所長
ジャネット・ソーリー…………同受刑者
エンジェル・フィッツロイ……同右
ロウエル・グライナー…………勾留中の犯罪者
メイナード・グライナー………同右
フリッツ・ミショーム…………自動車整備工
トルーマン・メイウェザー……麻薬を密造する男　ティファニーのいとこ
ボビー……………………………ジャネットの息子

【眠れる女たち】

ライラ・ノークロス……………クリントの妻　ドゥーリング郡警察署長
ジャニス・コーツ………………刑務所長　ミカエラの母
ティファニー・ジョーンズ……麻薬中毒者

エレイン・ギアリー……………………フランクの妻
ナナ・ギアリー……………………フランクとエレインの娘
メアリー・パク……………………ジェイリッドの友人
キティ・マクデイヴィッド…………受刑者
モーラ・ダンバートン……………同右
ケイリー・ローリングズ…………同右　元電気工事士
リンダ・ベイヤー…………………同右　妊娠中
ミリー・オルスン…………………刑務官
ブランチ・マッキンタイア…………刑務所長秘書
ミセス・ランサム…………………ベイカリー店主
モリー・ランサム…………………ミセス・ランサムの孫
マグダ・ダブセック………………〈プールガイ〉ことアントンの母
エシー・ウィルコックス…………ホームレス

【その他】
シャノン・パークス………………クリントの旧友
シーラ・ノークロス………………シャノンの娘
イーヴィ・ブラック………………？

眠れる美女たち　下

第二部　眠るなら死んだあとでも充分だ

ちょっとくらいの疲れはへっちゃら
眠るなら死んだあとでも充分だ
——ウォーレン・ジヴォン

腐ってすかすかになったポーチの床板が、ライラの靴の下でたわみ、泣き声をあげている。強い春の風が、以前はライラの家の前庭だったところにできている牛の尾《オックステール》の畑を揺るがしていて、その音がうるわしい咆哮《ほうこう》になって響く。オックステールのすばらしい緑色の畑というのが、そもそも怪しげな存在だ。歩いてきた方角をふりかえると、トレメイン・ストリートの舗装のひび割れから若木が生えでているのがわかる。若木は十二時と一時のあいだで立ち往生した時計の針のように揺れている。世界を覆っているのは青空だ。ミセス・ランサムの家のドライブウェイにはライラのパトカーがとめてある——ドアはあいたまま、車体はすっかり錆に覆われている。タイヤは四本ともパンクしてぺしゃんこだ。

ここへはどうやって来たのだろう？

《気にしないこと》ライラは自分にいいきかせる。《これは夢。そういうことにすればいい》

ライラは自宅に足を踏み入れて足をとめ、あまりつかわれることのなかったダイニングルームのいまの惨状をながめやる——窓ガラスは割れ、ずたずたに裂けているカーテンが微風に吹かれてまっすぐになったり丸まったりし、何シーズン分もの枯葉が、いまでは黴《かび》が点々と散っているテーブルのトップに届くほど溜まっている。あらゆるところに腐敗臭がしみついている。廊下を歩きながら、これは時間旅行の夢かもしれないと思う。

居間では天井のかなり大きな一部が崩落して、カーペットに月の石が散乱している。大画面の液晶テレビは壁にかかったままだったが、なにか不具合があったようで、液晶画面が歪んで膨張している——まるで火に炙《あぶ》られたかのように。

ガラスの引き戸は外側も内側も埃《ほこり》や汚れがついて、すっかり白く曇ってしまっている。ライラは右側の戸に手をかけて引く。劣化しきったゴムのレールにきしみをあげながらも、戸はひらく。

「ジェイリッド？」ライラはたずねかける。「クリント？」

ゆうべはここで三人そろってテーブルを囲んだ。そのテーブルがいま横倒しになっている。黄色く立ち枯れた雑草がウッドデッキのへりを囲み、床板の隙間からも生えでている。夏のあいだの屋外での夕食では何度も家族の中心だったバーベキューグリルも、いまはすっかり雑草に隠れてしまっている。

プールの水は長いこと停電がつづいた観賞魚用の水槽の水の色に変わりはて、いまそこに一匹のボブキャットが胸までつかって、反対側まで泳いでわたる途中でひと休みしている。口に鳥をくわえている。目はまばゆく光り、歯は大きく、毛がプールの水を弾いて玉をつくっている。幅のある平たい鼻先に羽毛がへばりついている。

ライラは頬に爪を立てて引っ掻いてみる。痛みが感じられるので、これは夢ではないかもしれないと（しぶしぶ）認める。夢でないのなら、自分はどのくらい眠りつづけていたのか？かなりの長期間だ。それがよかったのか、わるかったのかはわからない。

ボブキャットは輝く目をしばたたくと、ライラにむかって泳ぎはじめた。

《ここはどこ？》ライラは思い、またこうも思う。《ここはわが家》それから、思いはふたたび最初の思いに立ちもどる。《ここはどこ？》

第一章

1

金曜日の午前なかば、大災厄も二日めになってかなり時間がたったころ（というのはドゥーリングでの話で、世界にはオーロラ病の第三日をむかえた地域もあった）、テリー・クームズはベーコンを炒めてコーヒーを淹《い》れている芳香で目を覚ました。最初に頭をかすめた明瞭な思考は、〝〈スクイーキー・ホイール〉にはまだ飲むものが残っているだろうか？　それともおれがありったけ、それこそ皿を洗ったあとの水までも残らず飲みつくしたのか？〟というものだった。ふたつめの思考は、もっと基礎に立ち返ったものだった――トイレへ行かなくては。そのとおりにしたところ、ぎりぎりで間にあって、便器に大量に嘔吐した。そのあとも二分ばかりおなじ姿勢をたもち、部屋を大きく左右に揺らしている振り子の動きがおさまるのを待った。動きがおさまると、自分の体を引きあげるようにして立ち、バイエルのアスピリンを見つけて三錠を口に投げこんでから、蛇口に口をつけて水とともども飲みくだした。寝室にもどると、ベッドの左半分をまじまじと見つめた。そこに横たわっていた妻のリタの姿が思いだされた。頭部は繭《まゆ》に包みこまれ、口のなかに生えた白い糸状物質が、息を吸うときには内側へなびき、息を吐くときには外へはみでていた。

リタが目を覚ましたのか？　あれがおわったのか？　涙で目がしくしくと痛むのを感じながら、テリーは下着一枚の姿でよろよろとキッチンへはいっていった。

テーブルを前にすわっていたのは、町の動物管理官のフランク・ギアリーだった。巨体のせいでテーブルが小さくなったように見える。その光景――まばゆい日ざしのなか、大男が小さなテーブルについている光景――はなにがなし物悲しい雰囲気で、それがテリーにまだ言葉ひとつも発せられないうちから、知るべき必要があることすべてを物語ってくれた。フランクと目があった。フランクの手にはページをひらいたナショナル・ジオグラフィック誌があった。その雑誌をわきへ置く。

「ミクロネシアについての記事を読んでたんだ」フランクはいった。「おもしろい土地だね。野生動物がたくさんいるが、その多くが絶滅の危機にさらされてる。もしかしたら、あんたはこの場にほかの人物がいることを願ってたんじゃないか。あんたは覚えてないかもしれないが、おれはここに泊めてもらった。ふたりで、あんたの奥さんを地下室へ運んでいったよ」

そういわれて記憶がよみがえってきた。ふたりでリタを地下室へ運びおろした――丸めたカーペットを運ぶように、ふたりの男が頭側と爪先側のそれぞれを肩にかついで。階段をおりていくふたりの体が手すりからはみだして、壁にぶつかっていた。それから、埃よけに古いキルトをかけてあった古いソファにリタを横たえた。いまこの瞬間、リタはまちがいなく地下室に横たわっているはずだ――何年ものあいだに夫婦が処分した品、いずれはガレージセールにでも出すつもりだったが、その仕事に手をつけずにいた品々。黄色いビニール座面のスツール。ビデオデッキ。娘のダイアナが小さなころつかっていたベビーベッド。古い薪ストーブ。

失望に気力を奪われた。顔をまっすぐ前にむけていることもできなくなった。テリーはあごが胸につくほど深くうなだれた。

テーブルの反対側に無人の椅子があり、その前にベーコンとトーストが載った皿が置いてあった。横にはブラックコーヒーのカップと、〈ジムビーム〉のボトル。テリーはざらついた音をたてて息を吸いこみ、椅子に腰をおろした。

とりあえずひと切れのベーコンをかりかりと嚙み砕いて飲みこみ、なにが起こるか待ってみた。胃が音をたて、ひとしきりうねって動いていたが、なにかが逆流してくる気配はなかった。フランクはなにもいわず、テリーのコーヒーにわずかなウィスキーを垂らした。テリーはコーヒーをひと口飲んだ。それまで気づかなかった手の震えが、これでおさまった。

「おれにはこいつが必要だった。ありがたい」テリーの声はしゃがれていた。

ふたりはとりたてて親友というほどではなかったが、この何年かで数回はともに酒を酌《く》みかわした間柄だった。テリーはフランクが町の動物管理官という仕事を真剣にとらえていることを知っていた。フランクには娘がいて、娘のことをすばらしく才能に恵まれた画家だと思っていることも知っていた。それから、ひとりの酔っぱらいがフランクにむかって、苛立《いらだ》つようなことがあっても、そんなものはまとめて神さまに委ねればいい、とアドバイスしたことも覚えていた。フランクは相手に、黙れといった。相手はかなりの酒を飲んですっかり出来あがっていたが、フランクの口調に警告の響きをききつけたのか、その夜は二度と口をはさんでこなかった。いいかえれば、テリーにはフランクが充分まっとうな人物に——まちがってもぞんざいに接するべきではない人物に——思えた。フランクが黒人だという事実は、ふたりの関係に一定の距離が必要だという雰囲気をつくるのに与《あずか》ったかもしれない。テリーはこれまで黒人を相棒にするかもしれないとは考えたこともなかったが、自分のなかになんの反感もないいま、前向きに考えるようになっていた。

「いいんだ、気にするな」フランクはいった。クールで率直なその口調には心なごむものがあった。

「じゃ、なにもかも……」テリーはウィスキーいりのコーヒーをまたひと口飲んだ。「……おんなじなんだな？」

「きのうとおなじってことか？　ああ、そうだ。つまり、なにもかも変わっちまったということでもある。たとえば、あんたはいま署長代理だ。数分ばかり前に警察署からあんたをさがしてるって電話があった。前の署長が行方不明になったらしい」

テリーの胃から小さな泡のような吐き気がこみあげた。「ライラが行方不明だって？　大変だ」

「お祝いをいったほうがいいのかな？　大昇進なんだから。マーチングバンドに合図を出せよ」

フランクは右眉だけを皮肉っぽく吊りあげていた。ふたりは同時に大笑いしはじめたが、テリーの笑い声のほうが先に涸《か》れた。

「おいおい」フランクはそういうと、片手でテリーの手をさぐり、ぎゅっと握りしめた。「しっかりしろって。いいな？」

「わかった」テリーはごくりと唾を飲みくだした。「まだ起きている女はどのくらいいる？」

「わからん。ひどいもんだ。でも、あんたならこの事態にも対処できるはずだ」

テリー本人はそこまで確信できなかった。アルコール添加コーヒーをまたひと口。おなじテーブルを囲んでいる相手は無言だった。

フランクは自分のコーヒーカップを口もとに運び、カップのふちごしにテリーを見つめた。

「こんなおれでも対処できるのか？」テリーはたずねた。「ほんとにそんなことが？」

「できるさ」フランク・ギアリーの声には一点の疑いもなかった。「だけどそのためには、ひとりでも多くの協力者が必要だな」

「じゃ、あんたは臨時警察官に任命されたいのか？」テリーからすれば筋の通った話だった。ライラ以外にも、少なくともふたりの警官がうしなわれている。

フランクは肩をすくめた。「ま、おれは町に雇われた公務員だしな。いまここにいるのは力を貸したいからだ。もし星形のバッジをもらえるのなら、ああ、うれしいね」

テリーはウィスキーを垂らしたコーヒーをまたひと口飲むと椅子から立ちあがった。「よし、行こう」

2

オーロラ病は警察署人員の四分の一を倒していた。しかしこの金曜日の午前中、テリーはフランクに手伝ってもらいながら、志願警察官の勤務予定表を組み、金曜日の午後にはシルヴァー判事を署まで呼んで新人たちの宣誓式をおこなわせた。新たに警察官になったふたりのうち、ひとりは元刑務官のドン・ピーターズ。もうひとりはエリック・ブラスというハイスクールの最上級生——まだ若いが、熱意だけはだれにも負けなかった。

フランクのアドバイスで、テリーは夜九時以降の外出禁止令を出すことに決めた。ふたり組がドゥーリングの住宅地をまわって、通告書を貼りだしていった。これは同時に人々を落ち着かせ、破壊行為を未然に防ぎ、さらに——これもフランクの発案だったが——睡眠者《スリーパー》の所在一覧を作成するためでもあった。オーロラ病以前のフランク・ギアリーは町の動物管理官でしかなかったかもしれないが、いまは組織づくりに抜群の嗅覚をそなえる一級の法執行官だった。ひとたびフランクが頼れる人材だとわかったテリーは、大幅にフランクに頼るようになった。

十人以上もの掠奪者《りゃくだつ》が逮捕された。ただし、これには警察本来の仕事はほとんど必要なかった。盗みを働いていた者たちのほとんどが、自分たちのやっていることを隠そうともしていなかったからだ。ひょっとしたら、盗みを働いてもウィンクで見逃してもらえるとでも思っていたのかもしれないが、彼らはすぐにもっと思い知らされた。そんな小悪党のひとりが、ロジャー・ダンフィー——ドゥーリング刑務所を無断欠勤した営繕係《えいぜん》である。日曜日の朝に最初の町内パトロールをおこなっていたテリーとフランクは、大胆にもネックレスや指輪ではちきれそうな透明のビニール袋を運んでいるミスター・ダンフィーを目撃した。中身の装身具類は、ダンフィーがおりおりにアルバイトで働いていた〈クレストビュー老人ホーム〉の女性入居者たちの部屋から盗みだしたものだった。

「だって、もうあいつらには必要ない品じゃないか」ダンフィーはそういって抵抗した。「勘弁してくれよ、クームズ巡査。見逃してくれ。だれがどう見ても、おれは廃品回収をしただけだ」

フランクは営繕係の鼻をつまむと、軟骨が音をたてるほど強くねじった。「クームズ署長だ。いいか、これからはクームズ署長と呼ぶんだ」

「わかった！」ダンフィーは悲鳴じみた声をあげた。「クームズ大統領とでもなんとでも呼ぶさ。だから、おれの鼻から手を離してくれって！」

「盗品をもとの場所にもどしてくれれば、この件は不問にしてやる」テリーはそういい、フランクが承諾のしるしにうなずいたのを見て、内心ほっとしていた。

「返すとも！　ああ、約束だ！」

「いいか、ぐずぐず先延ばしにしたら承知しないぞ。おれたちがちゃんと確かめるからな」

テリーが最初の三日で気づいたフランクの卓越した点は、テリーがどれほど巨大なプレッシャーのもとで仕事をしているのかを見抜いたことだ。フランク以外は、全員がそれを見落としていたようだ。フランクは決してプレッシャーをかけず、つねに代案を用意していた。これとほぼ同等に重要だったのが、革のケースにおさめた銀の携帯瓶《フラスク》を用意していて、テリーの気分がふさいだときや、一日がいつになってもおわらず、タイヤが恐ろしく非現実的な泥にはまって空転しはじめたように思えたとき、すぐに中身を利用できるようにしてくれたことだ。フランクはテリーの横にいつも控え、決して揺らぐことがなかった。オーロラ病発生後の第五日にあたる月曜日、ドゥーリング女子刑務所ゲートの前に行ったときにも、テリーの横にはフランクが控えていた。

3

テリー・クームズは署長代理として週末のあいだに数回にわたってクリント・ノークロス医師にかけあい、イーヴィことイヴ・ブラックの身柄を刑務所から警察署に移す必要があると納得させようとしていた。覚醒剤の密造屋を殺害したこの女については、噂があちこちをめぐっていた。その噂話によると、この女だけはほかの女たちと異なり、普通に眠って普通に目を覚ますというのだ。警察署では、噂にまつわる問いあわせの電話が通信指令係のリニー・マーズ(いまなお不眠不休でがんばっていた――いいぞ、その調子)のもとへひっきりなしにかかってきて、しまいにリニーはこの件の問いあわせだとわかるなり、問答無用で電話を切るようになっていた。フランクは、この噂の真偽をなんとしても確かめなくてはならないといった――最優先事項だ、と。テリーもこの意見には賛成だったが、厄介なことに医者のクリント・ノークロスが頑固だったうえ、この癪《しゃく》にさわる男を電話でつかまえることが次第にむずかしくなってきたことも感じていた。

火事は月曜日までには自然に鎮火していたが、刑務所近くの林野地帯にはあいかわらずタバコの灰皿のような悪臭が立ちこめていた。空には灰色の雲が垂れこめて湿度が高く、金曜の朝から断続的に降ったりやんだりしている霧雨が、いままた降りはじめていた。テリー・クームズ署長代理は体に黴《かび》がはえたような気分になりながら、ドゥーリング女子刑務所のゲートのすぐ外に立ち、インターフォンとモニター画面を見つめていた。

クリント・ノークロスは、シルヴァー判事が署名したイヴ・ブラックの移送命令書にまだ従っていなかった（フランクはこの件でもテリーを助け、問題の女性はウイルスへの特異な免疫をそなえていると説明したうえで、すばやく措置を講じて波風を立てないように努めなければ暴動が起こるかもしれない、という理屈で老判事を説き伏せた）。

「テリー、この件はオスカー・シルヴァー判事の権限外だ」スピーカーからいきなりクリントの声が飛びだしてきた——池の底から響いてきたような声。「あの女性をここへ収監するにあたっては、わが妻の要請で判事が必要書類にサインしたことは知ってる。でも、判事にはあの女性をここから移す許可を出す権限はない。あの女性が鑑定目的でわたしのもとへ送りこまれてきた段階で、判事の権限はおわった。現段階では、きみに必要なのは郡判事だよ」

署長だったライラの夫のクリントは、これまでずっと気さくに接してくれていた。それがなぜ、こんな目の上のたんこぶめいた真似をするのか、テリーには理解できなかった。「クリント、それがいまじゃ無理なんだよ。ウェイナー判事もルイス判事ももう眠ってる。郡裁判所の判事がふたりとも女性だったなんて、まったく、ツイてないにもほどがある」

「なるほど。だったらわれらがウェストヴァージニア州の州都チャールストンに電話をかけて、だれが郡の暫定判事に任命されたのかをききだすことだ」クリントはいった。まるで両者がともに満足できる妥協点を見つけたかのように。まるで自分がわずかながら譲歩したかのように。

「しかし、なんでわざわざそんな真似をする？　目下イヴ・ブラックは、ほかの女たちと変わらずに眠っているんだぞ」

その言葉をきいて、テリーは胃に鉛のボールを投げこまれた気分になった。無責任な噂話をうかうか信じるような世間知らずではなかったはずなのに。こんなことなら、いま地下室の闇にミイラのような姿で横たわる妻、ソファにかけた薄汚ないキルトに横たわっている妻に質問を投げるほうがまだましだったかもしれない。

「あの女性はきのうの午後のあいだに眠りについた」クリントがそうつづけていた。「いまでは目を覚ましている女性の受刑者は片手で数えられるくらいだな」

「だったら、なんでこの医者はおれたちを例の女に会わせようとしない？」フランクがたずねた。これまでずっとテリーの背後に無言で立って、やりとりのすべてを耳に入れていたのだ。

　鋭い質問だった。テリーはコールボタンを押しながら、その質問を口にした。

「わかった、じゃこれからこうしよう」クリントはいった。「これからきみの携帯に写真を送るよ。しかし、刑務所内にはだれひとり入れるわけにはいかない。房外活動全面禁止《ロックダウン》時の規則で決まってる。いま所長用のハンドブックを前に広げていてね。なんと書いてあるか読みあげよう。《ロックダウンを任意に解除するにあたっては、州政府の権限保持者からの当該刑務施設への命令を必要とする》とある。そう、州政府の権限保持者だ」

「しかし——」

「わたしを相手に〝しかし〟はいわないでくれよ、テリー。わたしがつくったわけじゃない。規則でそう定められているんだよ。金曜の朝にヒックスが出ていってからは、刑務所にいる管理職らしき人間はわたしだけだ。だから、とにもかくにも規則に頼ってことを進めるしかないんだ」

「しかし――」いまテリーは、2《ツー》サイクルエンジンめいた口調になっていた――しかし《バット》・しか《バッ》し《ト》・しかし《バット》・しかし《バット》。

「こちらとしてはロックダウンの措置をとるしかなかった。窮余の一策だ。きみだって、わたしが見たのとおなじニュースを見ただろう。繭にくるまれた女性たちを焼き殺してまわっている連中がいるんだぞ。きみも賛成してくれそうだが、その手の自警団連中が真っ先に標的として狙いそうなのが、ここの受刑者たちだと思う」

「なにをいうかと思えば」フランクはもどかしい思いにしゅっと音をたてて息を吐くと、頭を左右にふった。胸囲に見あう制服のシャツが見つからなかったので、フランクは前ボタンをかけずに下着を見せるスタイルでシャツを着ていた。「のらくら言いぬけるためのお役所言葉じゃないか。テリー、きみは署長代理だぞ。医者よりは立場がずっと上だ――相手が頭医者ならなおさらだ」

テリーは片手をかかげてフランクを制した。「それはわかるよ、クリント。そっちが心配してるのもわかる。だけど、おれのことは知ってるだろう？　奥さんのライラの下で、かれこれ十年以上も働いてるんだ。ライラが署長になる前からね。あんたがおれの家で夕食をとったこともあれば、おれがあんたの家におよばれしたこともある。そこにいるほかの女たちになにかする意図はいっさいない。だから、ここはおれの顔を立ててくれ」

「これでもわたしは努力を――」

「週末のあいだ、おれが町でどれだけひどい目にあったかを話しても、信じてもらえないだろうな。あるご婦人がガスレンジの火をつけっぱなしにしていたせいで、グリーリー・ストリートの住宅の半分が焼け落ちた。町の南に広がる森林のおよそ四十ヘクタールが燃えてる。睡眠者《スリーパー》をレイプしようとして殺されたハイスクールの男子生徒がひとり。ブレンダーで頭をかち割られた男がひとり。わかるだろう、もう馬鹿馬鹿しさのきわみさ。だから、このさいルールブックは脇へうっちゃっとこう。おれはいま署長代理だ。おれたちは友人同士じゃないか。だから、ほかの女とおなじように眠っているという例の女の姿を、ひと目おれに見せてくれれば、もうあんたの邪魔はしないよ」

フェンスの先にある警備員ボックスには、本来なら刑務官がひとり詰めているはずだが、いまは無人だった。その先には駐車場スペースをはさんで、さらにもうひとつのフェンスがあり、反対側には刑務所の建物が灰色の肩を丸めてうずくまっていた。正面玄関ドアにはめこまれた抗弾仕様のガラスごしにも、内側で人が動いている気配はなかったし、運動場のトラックを走っている囚人の姿も、所内菜園で作業中の受刑者も見あたらなかった。そのようすにテリーは、晩秋の遊園地の風景を連想した——くるくるまわる乗り物がとまり、アイスクリームを食べたり笑い声をあげたりして歩きまわる子供たちがいなくなった遊園地の、あのうら寂しい風景を。いまは大きく成長した娘のダイアナだが、もっと小さかったころには数えきれないほど何度もあちこちの遊園地に連れていった。あのころは本当に楽しかった。

ああ、強いのをひと口飲まずにいられない。幸いフランクがあのクールな携帯瓶をもっていた。

「さあ、そっちの携帯を見てくれ」クリントの声がインターフォンのスピーカーからきこえた。

テリーが着信音につかっている列車の警笛が鳴りわたった。ポケットから携帯をとりだし、クリントが送ってきた写真に目を落とした。

赤いトップを着た女性が監房の簡易ベッドに横たわっていた。胸ポケットの上に受刑者番号が書いてある。受刑者番号の隣に、その番号が書いてあるＩＤカードが添えてあった。カードには、長い黒髪と褐色の肌をもち、白い歯を見せて大きく微笑んでいる女の顔写真があった。顔写真の女の氏名は〝イヴ・ブラック〟と記されていたし、記されている番号は囚人服に書かれた番号と一致している。女の顔は繃に包まれて見えなかった。

テリーはフランクにも写真が見えるように携帯を手わたしながらたずねた。「どう思う？これで充分だといえるか？」

ふっとテリーは、自分が――署長代理である自分が――新たに部下となったばかりの一警官に助言を求めていることに気づいた。本来ならその逆であるはずなのに。

フランクは写真を見つめてからこういった。「こんな写真じゃ、なんの証拠にもなりゃしない。ノークロスなら、そこらへんの眠った女にイヴ・ブラックの番号の服を着せて、おなじ番号のＩＤカードを載せるくらいは簡単だ」携帯をテリーに返す。「だいたいおれたちを刑務所内に入れるのを拒否してるのが、筋の通らない話だ。テリー、いまはあんたが法律で、こいつはただの刑務所づきの精神科医だぞ。たしかに口から生まれてきたみたいに弁舌は巧みだ。それは認めよう。しかし、うさんくさいぞ。こいつは時間稼ぎのゲームに思えるね」

「でも、なんで時間稼ぎをする？」

「わからん」フランクはひらべったい携帯瓶をとりだして、テリーにさしだした。テリーは礼をいってウィスキーを景気よくあおってから、携帯瓶を返そうとした。フランクは頭を左右にふった。「手もとにおいておけって」

テリーはポケットに携帯瓶をおさめると、親指でインターフォンのボタンを押した。「やはり、この目で女を見ておきたいね。おれを所内に通して、女をひと目見せてくれ。それさえすめば、あとはおれもあんたもそれぞれの仕事を進められる。町でみんながその女のことを噂しててね。噂話を封じこめたいんだよ。それができないとなると、おれの手には負えない厄介な問題が起こりかねないしな」

4

クリントは〈ブース〉の席にすわり、メインモニター画面でふたりの男を観察していた。普段なら考えられないが、〈ブース〉のドアはあいたままになっていた。そのドアからティグ・マーフィー刑務官が半身を突き入れていた。またランド・クイグリーとビリー・ウェッターモアの両刑務官がドアのすぐ外に立って、会話を立ち聞きしていた。ほかに残っている刑務官はスコット・ヒューズだけだったが、いまは空いている監房で仮眠をとっていた。またヴァネッサ・ランプリーは、リー・デンプスターを射殺した二時間後に退勤していた――ヴァネッサに残ってくれと頼める図太い神経をクリントはもちあわせていなかった（「幸運を祈るよ、ドク」クリントのオフィスのドアから顔だけのぞかせて、ヴァネッサはそういった。そのときにはもう制服から私服に着替え、目は疲れで真っ赤に充血していた。ヴァネッサは感謝の言葉をひとつもいわなかった)。たとえまだ眠っていないとしても、どのみちあの状態では、ヴァネッサはほとんど役に立ってくれなかったのではないか、とクリントはにらんでいた。

少なくとも当座はテリー・クームズを追い払っておける——そのことには自信があった。それでも、テリーの横に立っている大柄な男のことは不安材料だった。男はテリーに携帯瓶を手わたし、クリントとの会話のあいまにアドバイスを与えていたようだ。いうなれば、腹話術師とその人形も同然だった。一般の人々はインターフォンごしに会話をするにあたって、まるで本能のようにスピーカーに目をむける。しかしクリントは、この大柄な男が周囲に絶えず目を走らせていることに気づいていた。刑務所とその周辺の下見をしているかのようだった。

クリントはインターフォンのボタンを押してマイクに話しかけた。「テリー、正直に話すと、わたしはとにかく事態を複雑化させたくないんだよ。本当に心苦しく思う。おなじ話を蒸し返して恐縮だが、誓うよ——いま目の前に刑務所長用のハンドブックがある。そのロックダウンの発令という箇所のいちばん最初に、大文字で書いてある規則なんだ！」いいながらクリントは目の前の電子機器の操作卓を指で叩いた——そこにはなんの本も置かれていなかった。「この手の仕事の訓練を受けているわけじゃないんで、この規則の本だけがわたしの指針なんだ」

「クリント」そういったテリーの腹立たしげなため息が、クリントにもきこえた。「なにをそう杓子定規になってる？　ゲートを力ずくで突破しなくちゃならないのか？　馬鹿馬鹿しい。ライラがこれを知ったら——心の底から失望するだろうな。とことん失望するよ。ライラに話したって信じてもらえそうもない」

「思いどおりにならずに苛立っているのはわかるし、きみがこの数日、どれほど大きなストレスのもとで仕事を懸命に進めていたのかは、わたしなどが察するにあまりある。ただし、いまのきみの姿がカメラにとらえられていることは知っているかな？　いまさっき、きみが携帯瓶から飲み物を飲んだのを見ていたよ。中身が〈クールエイド〉じゃないことは、おたがいわかっている。言葉を返すようで恐縮だが、わたしはライラをよく知っていた——」と、そう口から言葉を出すそばから、妻について話すのに自分が過去形をつかったことに気づいて、クリントの心臓の搏動《はくどう》が乱れた。急いで咳払いをして、時間を稼ぐ。「わたしはライラをよく知っているし——そう、きみよりも多少はライラを知っているからね、いまのわたしの考えを知ってもライラは失望しないはずだし、片腕とたのむ部下が仕事中に酒を飲んだと知ったら大いに失望するはずだともわかる。わたしの立場になって考えてくれ。きみがここにいたら、正当な法的権限もなく、適切な書類を持参してもおらず、おまけに飲酒をしているような人間を刑務所に立ち入らせるか？」

〈ブース〉の一同が見ていると、テリーはさっと両手をふりあげてインターフォンから離れ、円を描いてうろうろ歩きはじめた。もうひとりの男はテリーの肩に腕をまわして、話しかけていた。

ティグ・マーフィーがかぶりをふり、くすくすと含み笑いを洩らした。「ドク、あんたが刑務所づきの医者なんかになったのはまちがいだね。テレビのホームショッピングネットワークに出ていれば、通販業界で大金持ちになるのも夢じゃなかったはずだ。いまだって、あいつにすごい魔法をかけちまった。あのぶんだと、やつにはセラピーが必要だな」

クリントは椅子をまわし、立っている三人の刑務官にむきなおった。「だれか、もうひとりの男の素性を知らないか？　あの大柄な男だが」

ビリー・ウェッターモアが知っているといった。「フランク・ギアリー。町の動物管理官だ。うちの姪が野犬の保護仕事をボランティアで手伝ってる。姪の話だと、気のいい男だが少し熱くなりすぎることがあるらしい」

「熱くなりすぎる？」

「飼っている動物の世話をしなかったり、虐待したりする連中を、本気で憎んでいるらしいんだな。飼っている犬だか猫だかを虐待していた男をこてんぱんに叩きのめしたって噂も流れてた。だけど、その噂に全財産を賭けたりはしないよ。ハイスクールのネットワークに流れる噂話なんて、昔からあまり信用できないと決まってる」

姪御さんに指輪をプレゼントしてやってくれ——ビリー・ウェッターモアへのそんな言葉が舌先まで出かかって、ようやくクリントはビリーの姪がまだ起きている確率はかなり低いと気がついた。刑務所全体でも、まだ起きている女性はわずか三人に減っていた。エンジェル・フィッツロイとジャネット・ソーリー、それにイヴ・ブラック。クリントが携帯で写真を撮ったのは、イーヴィとよく似た背格好のウォンダ・デンカーという受刑者だった。デンカーは金曜日の夜に眠りこんだきりだった。撮影準備としてクリントたちはデンカーにイーヴィのIDナンバーが書きこまれた囚人服を着せ、イーヴィのIDカードを赤いトップにピンで留めた。いまも残っている四人の刑務官が自分のとった行動に賛成してくれたことが、クリントにはありがたかった——と同時に、いささかショックでもあった。

クリントは刑務官たちに、イーヴィが眠っては普通に目覚めているという話が外部に広まった以上、だれかが——おそらく警察官が——刑務所へやってきて、イーヴィの身柄引きわたしを要求してくるのも避けられないだろう、と話していた。ただし、イーヴィは超自然的な存在だし、イーヴィの身の安全は——さらにはあらゆる女たちの身の安全は——自分の双肩にかかっている、などという考えを、あえてティグ・マーフィーやランド・クイグリーやビリー・ウェッターモアやスコット・ヒューズに売りこみはしなかった。言葉でだれかを説得して考え方を従来から変えさせるテクニックには自信があったが——そのとおりの仕事を二十年近くつづけてきたベテランだ——それでもこの考えにかぎっては、他人に売りこむつもりはなかった。

クリントがドゥーリング刑務所に残っている刑務官たちに示した方針はひとつだけ——すなわち、地元住民にイーヴィを引きわたしてはならない、ということだけだった。ただし、地元民と正面きって対決する姿勢はとらない——イーヴィが本当にほかの女と異なるという事実が地元民たちにひとたび確認されてしまえば、彼らは態度を硬化させるだけだ。イーヴィの正体がなんであれ——どのような免疫を所持しているのであれ——専門領域を知りつくしている有能な科学者を連邦政府から派遣してもらって分析させるべきだろう。町の当局関係者がおなじような魂胆をいだいていても関係ない——そう、医師にあの女を診察させ、生まれ育ちなどの背景について質問させ、ユニークな肉体をもっていると思われる人物に可能なかぎり多くの検査を受けさせる。これはこれで問題のないことに思えた。

《しかし——》テリーならそういうかもしれない。《しかし》

イーヴィはいかなる危険にも晒《さら》せないほど重要な存在である——これが〝しかし〟の先につづく言葉だ。もしも自分たちが、引きわたしてはならない人々の手にイーヴィを引きわたした結果、事態があさっての方向に展開したり、だれかが癇癪《かんしゃく》を起こして――あるいは、単に思いどおりにならないことで怒りを爆発させるとか、スケープゴートが必要になったとか、そんなような事情で――イーヴィを殺してしまったりしたら、人々の母親や妻や娘たちにどんな利益がもたらされるというのか？

さらにクリントは、イーヴィを事情聴取の対象として考えるようなことは忘れろと、ずいぶん人数の減った刑務官たちにいった。なにを質問したところで、イーヴィには答えられないか答える気がないに決まっている。イーヴィは自分の肉体のなにがそれほど特別なのかを、これっぽっちも意識していないようだ。さらにいっておけば、イーヴィ・ブラックはふたりの覚醒剤密造屋を残酷に殺したサイコパスでもある。

「それでも……やっぱり……だれかがあの女の体だのＤＮＡだのなんだのを調べてもいいんじゃないかな？」ランド・クイグリーが望みをかけた口調でいった。「たとえあの女の脳みそが銃で吹き飛ばされたとしても、検査はできるんじゃないかな？」と口にしてから、焦ったようすでいい添える。「いや、ただの仮定の話だよ」

「検査は可能だと思うよ、ランド」クリントは答えた。「でも、それが最善の検査になると思うかい？　脳みそが頭におさまっていたほうがよくないかな。脳みそが役に立つかもしれないし」

ランドはそれもそうだと譲歩した。

その一方では検査をするというシナリオを進めるため、クリントは一定の間隔でアトランタの疾病対策センター《CDC》に電話をかけていた。しかしアトランタのスタッフは、いっこうに電話に出なかった。くりかえしかけた電話には、疾病危機がスタートした木曜からずっと変わらず、毎回決まって自動応答メッセージか話し中の音だけが流れていた。そこでクリントは、トレメイン・ストリートの空家の二階にオフィスをかまえる〝CDC支局スタッフ〟とこの問題を話しあった。支局の番号はライラの携帯に登録されていた——〝支局スタッフ〟は、ジェイリッドとメアリー・パクのふたりだった。

「ウェストヴァージニア州のドゥーリング刑務所のノークロス医師だ。たびたびすまない」クリントがくりかえし演じる芝居は、多少の差異こそあれ、こんなふうにはじまった——ひとえに、残っている刑務官たちにきかせるためだった。

「息子さんはいま眠ってるわ、ミスター・ノークロス」電話での最新の会話のはじまりに、メアリーはそんな言葉を口にした。「ジェイリッドをわたしが殺してあげましょうか？」

「いや、それには否定的だな」クリントは答えた。「ブラックはいまなお眠っては覚醒している。また、きわめて危険な人物であることに変わりはない。とにかく、そっちからスタッフを寄越してブラックを連れていってほしい」

ミセス・パクとメアリーの妹は、ともに土曜日の朝までには眠りについていた。メアリーの父親はちょうど出張中で、いまはボストンから自宅へもどろうとしているところ。自宅でひとり過ごすのに気がすすまなかったメアリーは、眠りに落ちた母親と妹をベッドに寝かせてからジェイリッドと合流した。ふたりのティーンエイジャーに、クリントは包み隠さず話をした——おおむねは。そう、伏せたことも若干あった。ふたりには、普通に眠っては起きる女性が刑務所にひとりいると話したうえで、ＣＤＣスタッフのふりをして電話につきあってほしいと頼んだ。なぜなら、医者の自分がそれなりの人物と話をしていて、間もなく助けが来る雰囲気を出しておかないことには、刑務所に残っているスタッフがあきらめて逃げてしまいかねないからだ、とも話した。伏せたのはイーヴィにまつわる部分だ——イーヴィが知るはずのないことを知っていることや、イーヴィがクリントにもちかけた提案などである。

「いまじゃ、飲んだ〈モンスターエナジー〉がそのままおしっこで出てるみたいよ、ミスター・ノークロス。それに腕をぶんぶんふりまわすと、空中に……なんていうか……腕の痕みたいのが出来て、それが目に見えるの。そんなのっておかしくない？ そう、おかしいのかも。でも、どうでもいいか。これって、わたしのオリジナルのスーパーヒーロー・ストーリーになるかもしれないし、ジェイリッドはいま寝袋でおねんね中だから、この昂奮のひと幕を見逃してる。ちょっとしてもジェイリッドが起きなかったら、耳に唾を垂らしてやる」

会話がここにさしかかると、クリントは自分の側の言葉に苛立ちの響きを混ぜはじめた。

「どれもこれも興味深い話だし、わたしとしてはそっちが必要だと考える措置を適切に講じればいいとも願っているよ。しかし——恐縮だが、おなじことをいわせてもらう。とにかくそちらのスタッフにこっちへ出向いてもらって、例の女性を運びだし、この女性を唯一無二の存在にしているのはなんなのかを解明してほしい。わかったか《カピーシェ》？ ヘリコプターがこっちへむかって出発したら連絡をくれ」

「先生の奥さんなら大丈夫」メアリーがいった。幸福感に陶酔していた雰囲気が一瞬にしてしぼんでいた。「っていうか……変化なし。わかるでしょ、ずっとおんなじ。すやすや眠ってる……そう……気持ちよさそうに……すやすや眠ってる」

「ありがとう」クリントはいった。

自分が組み立てた理論があまりにもあやふやだったので、ビリーとランドとティグとスコットの刑務官四人がどこまで信じてくれたのかと、クリントは内心で首をひねっていた。信じてくれているとしても、正体不明であると同時に悪夢そっくりでもある今回の緊急事態にあって少しでも人の役に立ちたいという気持ちが、刑務官たちにそう信じこませている部分もあるのではないか、とも思っていた。

さらに、それ以外の動機も働いていた。単純だが強力な動機――いわゆる〝縄ばり意識〟だった。楯をかまえて立てこもっているも同然の、クリントたち少人数の中枢メンバーからすれば、町の人々には刑務所に介入する権利はない。

そういった要因があってこそ、彼らは――少なくともこの数日のあいだ――面倒を見る必要のある収監者がどんどん減っていくなかでも、慣れ親しんでいる仕事をつづけることができた。慣れ親しんだ環境で仕事をつづけていると、気持ちも落ち着いた。五人の男たちは交替で刑務官休憩室で眠り、刑務所の厨房で食事をつくった。ビリーとランドとスコットの三人がまだ若くて独身であり、また彼らよりも二十歳ほど年上で最年長のティグがすでに離婚していて、子供がいなかったことも有利に作用したかもしれない。クリントが全員の安全のために個人的な電話を控えるべきだと主張したときには、多少の不平不満の声もあがったが、四人とも納得したようだった。そのうえで彼らはクリントをそそのかし、経験したことのない不愉快な仕事を強いてきた――〝緊急事態下の保安警備維持にかかわる規則〟を楯にして、所内に三台あって受刑者も利用できる公衆電話のコードを板金用の鋏《はさみ》で切断し、受話器と本体を切り離したのだ。

これによって、いままさに人生最後の日々をここで過ごしているといえる受刑者たちは、愛する人々とのコミュニケーション手段を奪われた。

この予防措置が、金曜日の午後にちょっとした暴動を引き起こした。半ダースほどの受刑者たちが一団となって管理翼棟に雪崩《なだれ》こんできたのである。とはいえ、暴動というほどのものではなかった。そもそも女たちはもう疲労困憊《こんぱい》していた。切れた乾電池を詰めた靴下をもってきた受刑者がひとりいたが、それ以外はまったくの手ぶらだった。四人の刑務官たちはたちまち反乱を鎮圧した。クリントはこの一件であまりいい気分ではなかったが、なにはなくともこの反乱は、かえってクリントの下にいる刑務官たちの決意を強めたといえるかもしれない。

連中の決意がいつまでつづくのか、クリントには当て推量もできなかった。いまはただ、自分がイーヴィを翻意させて、なんとか意味ある協力をとりつけるまでは、刑務官たちを説得したままにさせておけるように祈るだけだ。あるいは火曜か水曜か木曜か、日がのぼるのが何曜日かはともかく、イーヴィが満足するときまで。

それだって、あのときのイーヴィの言葉が本当ならの話だ。もし本当でなかったら……。本当でなかったら、どうでもよくなる。しかし、どうでもよくなるまでは、どうでもよくはない。

不可解なことにクリントは気力も体力も横溢《おういつ》した気分だった。たしかに忌まわしい出来事が山ほどあったが、少なくともいま自分はなにかを先へ進めている。そこがあきらめてしまった妻ライラとちがうところだ。

ミセス・ランサムの家のドライブウェイにいたライラを見つけたのはジェイリッドだった。

ライラは自分のパトカーの車内で眠りこんでいた。そのことでライラを責められないぞ――クリントは自分にいいきかせた。どうすれば責められる？　自分は医者だ。肉体に限界があることは理解している。睡眠をとらずにある程度の長い期間をすごせば、人の精神は崩壊する。なにが重要でなにが重要でないかを区別できなくなり、さらにはなにが現実なのかもわからなくなって、みずからを見うしなう。ライラは壊れてしまった――それだけだ。

　しかしクリントは壊れるわけにいかなかった。物事を正しい方向へ導かなくてはならないからだ。オーロラ病によって奪われる前のライラを――みずから力づよくありつづけ、説得して道理をわからせることで――正しい方向へと導いたように。だからこそ、今回の苦難をなんとしても解決するべく努力しなくてはならない。解決し、妻を家に帰らせ、みんなをそれぞれの家に帰すためにも。いま残されているのは努力することだけだ。

　イーヴィなら、この災厄をおわらせてくれるかもしれない。イーヴィなら、ライラを起こしてくれるかもしれない。イーヴィなら、眠りこんだ女性をひとり残らず目覚めさせられるかもしれない。世界が平常に復するかもしれない。クリントがそなえている医学知識のすべて――すなわち、イーヴィ・ブラックは壮大な規模の妄想にとり憑《つ》かれた頭のいかれた女にすぎないと主張するものすべて――に反するが、さまざまな事態が多く起こりすぎた結果、クリントはイーヴィの主張を頭から否定できなくなっていた。頭がいかれていようといまいと、イーヴィにはパワーがある。切り傷が一日もたたずに跡形もなく治癒した。知っているはずのないことを知っていた。地球上のあらゆる女性たちとただひとり異なり、普通に眠って普通に目を覚ましている。

フランク・ギアリーという大男は正面ゲートのフェンス部分に指を通し、強度を確かめるかのように揺さぶった。ついで腕組みをして、ボクシングのグローブほどの大きさの電子錠をにらみつけた。

　そのようすを見たクリントは、さらにテリー・クームズがふらりと少し離れた場所まで歩いて地面の土を爪先で蹴り、すばやく携帯瓶の中身をひと口あおっていることにも目をとめ、深刻なトラブルが道の先から着々と近づいているのかもしれないと結論づけた。道の先といっても、それほど遠くではないかもしれない。

　クリントはインターフォンのボタンを押した。「やあ、おふたりさん。話はおわりでいいかな？　テリー？　フランク？　きみはフランクだろう？　初めましてだな。話はわかってもらえたね？」

　このクリントの言葉にはなにも答えず、任命されたばかりの新人警官と署長代理のふたりはパトカーへ引き返していき、車内に乗りこんで走り去った。運転していたのはフランク・ギアリーだった。

5

　刑務所と町の中間あたりに、すばらしい景色が楽しめる車の待避所があった。フランクは待避所に車を乗り入れてエンジンを切った。

「いい眺めだろう？」フランクは驚嘆もあらわな低い声でいった。「ここから見てると、世界は先週とまったく変わっていないとしか見えないな」

フランクのいうとおりだ——テリーは思った。すばらしい景観だった。ボールクリーク・フェリーの乗り場やその先まで見わたせた——しかし、いまは田園地帯の景色を楽しんでいる場合ではなかった。

「ええと……フランク？　思うんだが、おれたちは——」

「話しあったほうがいい——だな？」フランクはわが意を得たりといいたげにうなずいた。「まさにおれもいま、そう考えていたよ。おれの意見は単純そのものだ。ノークロスは精神科の医者だかなんだか知らないが、修士号か博士号の専攻は嘘八百学だったにちがいないね。やつがまくし立てていたのは、昔ながらの言い抜けとごまかしだ。あのぶんだと、こっちがきっぱり拒絶するまで、あの作戦で押してくるだろうな」

「おれもそう思う」

テリーは飲酒問題についてのクリントの言葉に考えをめぐらせていた。クリントの言葉はおそらく正しいだろうし、自分がいま酒に酔いかけていることを認めるのもやぶさかではない（認める相手が自分だけであれ）。とにかくプレッシャーに押し潰されそうだった。自分は署長の柄《がら》ではない。一巡査が身の丈にあっている男だ。

「こいつにきっぱりけりをつける必要があるね、クームズ署長。おれたちのためだけじゃない——みんなのためだ。まずはあの医者が写真を送ってよこした女のそばまで行って、顔を覆っている繭を切り裂き、ＩＤカードの写真の顔と同一かどうかを確かめなくては。中身と写真がおなじ顔なら、おれたちはB計画に移行する」

「なんだ、そのB計画って？」

フランクはポケットから風船ガムのパックをとりだして、一枚抜きだした。「それを知ってりゃ苦労はないさ」

「繭を切り裂くのは危険だぞ」テリーはいった。「人が死んでる」

「だからこそ、あんたのチームに資格をもった動物管理の専門家がいたのは幸運だったってことだ。これまでもおれは、かなり狂暴な犬の相手をしてきたんだぞ、テリー。あるときには、体に鉄条網がからまって身動きがとれなくなり、めちゃくちゃ不機嫌になっている熊の捕獲に呼ばれたりもした。ミズ・ブラックとやらの相手をするときには、いちばん長いキャッチポールをもっていこう。長さ三メートルのトマホーク製だ。材質はステンレス・スチール。スプリングロック。まずこいつのリング部分を女の首にかけてから、顔を隠してるクソを引っぺがせばいい。女が暴れて抵抗してきたら、リングを小さくして絞めつけてやればいい。気をうしなうかもしれないが、死ぬようなことはない。どうせ蜘蛛《くも》の糸はまた生えてくるし、そうなりゃ女は元どおりに眠りこむさ。おれたちはひと目見ればそれでいい。それだけ。ちらっと見るだけだ」

「もし繭の中身が問題の女だったら、いろんな噂話は結局みんな嘘っぱちだったってことになって、みんながっかりするだろうよ」テリーはいった。「おれを含めてね」

「おれもだ」フランクはナナを思いながら答えた。「しかし、とにかく確かめるのが先決だ。それはわかるね？」

テリーにもわかった。「ああ」

「そこで問題は、女に近づくための許可をどうやって医者のノークロスから引きだすかだ。その気になれば武装民警団を編成することだってできるし、いずれその必要にも迫られるかもしれないが、ま、そいつは最後の頼みの綱だ——そう思うだろう?」

「そうだな」民警団をつくるという考えが、テリーには胃に吐き気を催すレベル寸前の不愉快なものに思えた。いまの情勢を思えば、民警団があっさり暴徒化することは充分に考えられる。

「あいつの女房をつかえばいい」

「なんだって?」テリーはフランクの顔を見つめた。「ライラを?　どうするって?」

「交換をもちかけるんだよ」フランクはいった。「そっちがイヴ・ブラックを引きわたせば、こっちは女房をわたす、って」

「なんでそんな取引にクリントが応じる?」テリーが疑問を口にした。「おれたちがライラをぜったい傷つけないってことは、クリントは百も承知だぞ」しかしフランクがなにも答えないと、テリーはフランクの肩をつかんだ。「いいか、おれたちはぜったいにライラを傷つけない。ぜったいにだ。わかったな?」

フランクは肩をそびやかして手から離れ、「わかったに決まってる」といって、テリーに笑みをむけた。「おれはただ、はったりをかまそうといってるだけだ。ただし、ノークロスのやつは信じるかも。チャールストンじゃ繭をがんがん焼いてるっていうじゃないか。いや、SNSじゅうがパニックで嘘っぱちのフェイクを流してるだけなのはわかってる。それでも、たくさんの人たちが真実だと信じこんでる。だからノークロスは、おれたちがその手の話を信じてるのかもしれないと、そう信じるかもしれない。それに……あいつには息子がいたな？」

「ああ。ジェイリッド。よく出来た息子だよ」

「息子なら、おれたちが本気だと信じるかもしれない。おれたちが説得すれば、息子が電話で父親に、ブラックという女をおれたちに引きわたせと頼みこむかもしれないぞ」

「それはつまり、おれたちが母親を電撃殺虫器《バグライト》につかまった蚊も同然に焼き殺すぞ、と息子を脅迫するっていうことか？」自分の口からそんな言葉が出ていること自体、テリーには信じられなかった。勤務中に酒を飲んだのも無理はないぞ。いつの間にか、こんな会話に引きずりこまれているなんて。

　フランクはガムを噛んでいる。

「気にくわないな」テリーはいった。「署長を焼き殺すぞと脅迫するなんて。ああ、まったく気にくわないよ」

「おれだって気にくわないね」フランクはそういった——嘘でもなんでもなかった。「しかし追いつめられて溺れそうになったら、どんな藁《わら》だってつかまないとな」

「断わる」テリーはいった。いまこのときばかりは酔った気分が完全に抜けていた。「チームのだれかがライラを発見したとしても、答えはやっぱりノーだ。だいたい確かなことがわかっていない以上、ライラがまだ起きていてもおかしくない。ブギーシューズを履いて町からさっさと出ていったのかも」

「夫と息子を置いたまま？　こんな大混乱になっていながら、署長の仕事をほったらかして逃げた？　まさか本気でいってるのか？」

「まあ、逃げてはいないだろうな」テリーは答えた。「いずれはチームのだれかがライラを見つけるだろうよ。でもライラをそんなふうに利用する案には断じてノーだ。警察はだれかを脅迫したり人質をとったりはしないんだ」

フランクは肩をすくめ、「おまえのいいたいことはわかった。ま、ただの一案だよ」というと正面のフロントガラスにむきなおってエンジンをかけ、四号車をバックで幹線道路に出していった。「だれかがノークロスの自宅へ行って女房をさがしたんだろうな？」

「きのう、リード・バロウズとヴァーン・ラングルが調べにいった。ライラもジェイリッドもいなかったそうだ。家は完全に無人だった」

「息子もいないのか」フランクはなにごとか考えている口調だった。「だったら、どこかで母親の世話でもしているんじゃないのか？　だとしたら、思いついたのはあの頭医者だな。やつは切れ者だ——それだけは認めてやる」

テリーはなにも答えなかった。頭の一部は、ここでまた酒をひと口飲むのはまずいぞと主張していたが、ひと口だけなら害などあるものかと主張している部分もあった。結局ポケットから携帯瓶を抜きだしてキャップをあけ、まずフランクに差しだした。一応の礼儀にすぎない——この携帯瓶はテリーのものだ。

フランクはにっこり笑って、かぶりをふった。「運転中は遠慮するよ、アミーゴ」

五分後、ふたりを乗せたパトカーは〈オリンピア・ダイナー〉の前を通りすぎた（店先のイーゼルパネルは、もう通りかかる人々を美味まちがいなしのエッグパイで誘ってはいなかった——いまは《**われらが女たちのために祈ろう**》という文句だった）。それを見た瞬間、あの頭医者がインターフォンごしにいっていた言葉がフランクの頭によみがえった。

《金曜の朝にヒックスが出ていってからは、刑務所にいる管理職らしき人間はわたしだけだ》

ハンドルを握る大きな両手に思わず力がこもって、パトカーが大きく蛇行した。うとうとしかけていたテリーは、たちまち目を覚ました。「どうした？」

「なんでもない」フランクは答えた。

ヒックスのことを考えながら。ヒックス。ヒックスはなにを知っているのだろう？　ヒックスはなにを見たのだろう？　ただし、いまはその疑問を胸ひとつにおさめておこう。

「万事順調だとも、署長。ああ、万事順調だ」

6

このビデオゲームでイーヴィが腹立たしく感じたのは青い星々だった。さまざまな色あいの三角形や星々や炎の球体などがスクリーンに降りそそいでいた。輝く青い星ひとつを爆発させるためには、炎の球体を四つまとめて獲得する必要がある。ほかのアイテムは、数個ならべれば閃光を発して消えてくれるが、青い星だけはきわめて堅牢な物質で出来ているらしく、打ち砕けるのは炎の球体がそなえる燃焼エネルギーだけだった。ちなみにゲームの名前は〈ブームタウン〉だが、ゲーム内容とどんな関連があるのか、イーヴィにはまったくわからなかった。

いまイーヴィはレベル15で、壊滅の縁をよろめき歩いている状態だった。スクリーンにあらわれたのはピンクの星、つづいて黄色の三角、そのあと——やったぜ、ありがたい！——炎の球体が出現した。イーヴィは炎の球体を左へ移動させ、すでに三つ重ねてある炎の球体の列にくわえようとした。列の横には、スクリーンの一部を詰まらせている青い星がある。しかし、そこへ緑色の死の三角形が落ちてきて——一巻のおわり。

《残念！　きみは死んだ！》画面にそのメッセージが点滅した。

イーヴィはうめき声をあげ、ヒックスの携帯電話を簡易ベッドの反対側へ投げた。自分と忌まわしいガジェットとのあいだに、少しでも多くの距離を置きたかった。もちろん、いずれは携帯がイーヴィを引きもどすはずだ。イーヴィは恐竜を見たことがあった。伝書鳩の目を通じてアメリカの大森林を見わたしたこともあった。砂漠の砂がつくる峡谷のてっぺんにあったクレオパトラの石棺の内部にするりとはいりこみ、偉大なる女王の死顔を甲虫の足で愛撫したこともあった。そんなイヴについて才気あふれるイギリス人の劇作家が、完全に正確とはいえないまでも愉快きわまるこんな科白《せりふ》を書いていた。

《あいつは妄想を取上げる産婆役、役人の人差し指に光っている瑪瑙《めのう》ほどの小さな姿に化け、芥子《けし》粒ほどの小人の一団に車を牽《ひ》かせ、眠っている人間共の鼻先をかすめて通る……》

魔力をそなえた存在なのだから、イーヴィには〈ブームタウン〉のレベル15のプレイ以上のことができるはずだ。

「ねえ、ジャネット、知ってる？　自然界は残酷で愚かなところだと人はいうけれど、あの小さな機械……あのちっぽけな機械は、存在そのものが〝テクノロジーのほうがずっと悪質だ〟ということのすこぶる有力な根拠になってる。わたしなら、そこからさらに〝テクノロジーは現実の〈ブームタウン〉だ〟といいたいくらい」

7

受刑者のジャネット・ソーリーはすぐ近くにいた――A翼棟の短い廊下を行きつもどりつ歩いていたのだ。いまではジャネットが筆頭模範囚のようだった。同時に、たったひとりの模範囚でもある。しかしこれまでジャネットは、出所後の生活にかかわる就業カウンセリングの席では話をしっかり学ぶことを心がけてきた。自分の経歴をまとめるにあたっては自身の功績を最大限に表現し、なにが重要でなにが重要でないかを決める作業は採用担当者にまかせることが肝要だ、という話だった。だからいま、唯一の模範囚という肩書はジャネットのものだった。

いまも残る四人の刑務官たちがB翼棟とC翼棟を歩きまわって、刑務所敷地の境界線に目を光らせている一方で、ドクター・クリント・ノークロスはジャネットに、自分が席をはずさざるをえないときには、ふたりの収監者の動きに目を光らせてくれ、と頼んできた。

「ええ、かまわない」ジャネットは答えた。「どうせ暇だし。家具工場の作業はキャンセルになったみたいだから」

仕事があるのはいいことだった――少なくとも頭をなにかで埋めておける。

ジャネットはすり足で先へ進んだ。いま前にあるのは、三重のガラスがさらに金網で覆われている西壁の窓で、灰色の朝の空がのぞいていた。運動場ではたまり水がよどみ、グラウンドが沼地のように見えた。

「前からビデオゲームが好きじゃないの」ジャネットはいった。イーヴィの言葉への返答を頭で組み立てるには若干の時間が必要だった。なんといっても、九十六時間も寝ていないのだ。

「それもまた、あなたがすばらしい人格者だという証拠ね」イーヴィはいった。

　隣の監房にいるエンジェルが会話に参加してきた。

「すばらしい人格者？　ジャネットが？　冗談きつすぎ。亭主をぶっ殺した女だよ。刺し殺したんだ。普通の人間ならつかうナイフもつかわなかった。ドライバーを突き刺したんだ——そうだよね、ジャネット？」

　ラッパーのエンジェルは、なりをひそめていた。いまは無学な田舎者《レッドネック》エンジェルがもどってきた。疲れがたまって韻を踏むのもかったるくなっているのだろう、とジャネットは察した。それはそれでいい。すべてを考えあわせれば、レッドネック・エンジェルのほうがまだしも苛立ちを誘わないし、もっと……（ここでジャネットは言葉を探すのに頭を絞らなくてはならなかった）……そう、もっと権威がある雰囲気だ。

「それは知ってるよ、エンジェル。だからこそ、ジャネットに一目置いてるんだし」

「ジャネットがあたしにあんたを殺させてくれたらいい」エンジェルはいった。「あたしなら、あんたの頸動脈《けーどーみゃく》にがっぷり嚙みついてやれそうだ。ああ、嚙みつきたいもんだ」ハミングめいた声を出す。「ほんとに嚙みつきたいもんだ」

「ねえ、エンジェル、今度はあなたが携帯をつかいたくない？　ジャネット、わたしがトレイの差入口から携帯をそっちに出したら、エンジェルに届けてやってくれる？」イーヴィは相手を懐柔する声でいった。

クッション壁の保護房に入れられた美女が、魔女か悪魔ではないかという噂も流れていた。女の口から蛾の大群があふれだした——ジャネットが目撃していた。正体がなにかはわからないが、イーヴィもエンジェルのからかいには免疫がないようだった。

「いっとくけど、あたしならその携帯をあんたに飲みこませることだってできるんだから」エンジェルはいった。

「いっとくけど、それは無理」イーヴィは応じた。

「できるって」

ジャネットは壁の窓の前で足をとめ、ガラスに手のひらを押し当てて寄りかかった。眠りにつく空想になど耽《ふけ》りたくはなかったが、その空想に耽る自分を抑えられなかった。

いうまでもなく、眠りのなかでも刑務所は存在する。ジャネットはこれまで何度も何度も、夢のなかで監房から外へ出してもらえるのを待った経験がある。それも、現実の生活で現実の監房から出してもらうのを待つあいだにも負けないほど退屈な時間だった。しかし、同時に眠りは浜辺でもあった——夜ごとに波がすべてをきれいに始末していく。足跡も焚火《たきび》も砂の城も、ビールの空き缶やごみなどのすべてを。こうした清めの波は、ほぼすべての痕跡をずっと深いところまでさらっていく。眠りはまた、息子のボビーでもある。悪しき旧世界の廃墟を草木が覆ってできた森、すべてがいまよりもずっとよくなったあの世界で、ボビーはジャネットに会いにきた。

眠れば夢のなかでリーと会えるだろうか？　デイミアンは夢のなかにいた。だったらリーもいるはずではないか。それとも……繭といっしょにやってくる眠りのなかに夢はないのだろうか？

ジャネットは昔のことを思い出した――自分が若返って力も強くなり、ずっと健康になった気分で目覚める日もあった。そういうときジャネットは、「きょうのわたしはウェイトをがんがん投げ飛ばせそう！」と、まだ小さかったボビーに話しかけたものだ。いまではふたたびそんな気分になることはおろか、それがどんな気分だったか想像さえできなくなっていた。

新生児だったころのボビーは、激しい夜泣きでジャネットを苦しめた。「よしよし、なにが欲しいの？」とたずねても、息子はひたすらぎゃんぎゃん泣くばかり。あのころのボビーは、自分でもなにが欲しいのかがわかっていなかったのだろう、とジャネットは思った。それでも、母親なら自分がなにを求めているかを察して用意してくれるはずだと信じてもいたのだろう。母親であることにも胸が痛む部分があるとすれば、まさにそこだ――なにも察してやれなければ、なにかを用意してやることも無理。

たとえいまでも自分は眠れないのではないか、とジャネットは思った。もし眠りの骨が折れていたら？　眠りの筋肉が壊れていたら？　眠りの腱《けん》が切れていたら？　目は乾きすぎて我慢できないほどだ。舌はやたらに大きくなったような感じだ。だったら、なぜあきらめて身を委ねないのか。

理由は簡単。身を委ねたくないからだ。

これまでデイミアンに身を委ね、ドラッグに身を委ねたが、その結果、人生はだれもがジャネットに警告したとおりの道筋をたどってしまった。だから、これには身を委ねるものか。こればかりは、まわりの人間が予想するような道筋をたどってなるものか。

ジャネットは六十まで数えようとして、四十から五十のあいだでわからなくなり、いったん一にもどってから、二回めで百まで数えることができた。シュートを決める、スコアをつける。《ビデオテープに行きましょう！》――この定番フレーズで有名な男、〝ビデオテープに行きましょう〟男の名前はなんだっけ？　ドクター・クリント・ノークロスなら思い出してくれそうだ。

ジャネットは東側の壁に顔をむけていた。シャワー室の金属のドアがあり、その先はシラミの除去スペースになっている。左・右、左・右と確かめながらドアにむかって歩く。ひとりの男が床にしゃがみこみ、タバコの巻紙にマリファナを詰めていた。背後ではエンジェルがイーヴィに、あんたの皮膚をどんなふうに剝いで、目玉をどんなふうに抉《えぐ》りだしてヒラタマネギと炒めて食べてやるかを話し、ヒラタマネギはどんな不味い食材もおいしくすると話していた。そこから話はべらべらと、くだらないおしゃべりになり、語調やアクセントは怒り・怒り・怒り、田舎・田舎・田舎・田舎。この時点で背後の会話は――真剣に耳をそばだてないかぎり――ボリュームを低くしたラジオの音めいたものでしかなくなった。いつコマーシャルのフリーダイヤルの番号がきこえてもおかしくない雰囲気だった。

「あのね、エンジェル。わたしやっぱり、あなたとは〈ブームタウン〉のゲームをやらないことにするね」イーヴィはそう話し、ジャネットは右に左に、右に左に動いて、クウェル製シラミ除去シャンプーのディスペンサー横の掲示板に貼りだされている、さまざまな色あいの告知類をながめていった。言葉はぼやけてよく見えなかったが、教会の行事予定や〈無名のアルコ《アルコホーリ》ール依存症者たち《クス・アノニマス》〉の会合、工芸教室の告知、それに規則類の周知徹底のためのビラなどであることはわかっていた。そのうち一枚の紙では女のエルフが踊っているイラストがあり、その下に《**服役態度良好者リストに名前が載った！**》とあった。ジャネットはすり足での歩みをやめて、先ほど男がしゃがんでいた場所に目をむけた。だれもいなかった。

「ハロー？　ちょっと！　あんたはどこへ行ったの？」

「ジャネット？　ねえ、大丈夫？」

「まあね」ジャネットはふりかえり、イーヴィの監房のドアに目をむけた。例の奇妙な女は鉄格子のすぐ内側に立っていた。顔にはふさぎこんだような表情がのぞいていた――〝ま、それも当然だ〟と語っている表情、あまり現実的ではないと自分でもわかっている希望を胸に抱きつつ、人生が非現実的な希望にどんな態度で接するかをいやというほど知り抜いている者が見せる表情だ。それは、猫に引っかかれた赤ん坊が泣きだす寸前に見せる表情だった。

「ただ、その――ここに人がいたような気がして」

「幻覚症状がはじまったのね。長いあいだ睡眠をとらずにいると、そういう症状が起こる。あなたはもう眠るべきよ、ジャネット。眠っていたほうが、男たちがやってきたときにも安全でいられるから」

　ジャネットはかぶりをふった。「死にたくない」

「死なない。眠るだけ。そのあと目を覚ませば、ほかのところにいる」イーヴィは顔を輝かせた。「そしてあなたは自由になるの」

　イーヴィがからむと、ジャネットはまともに考えられなくなった。イーヴィは正気ではないように思えるが、ジャネットがこれまでドゥーリング刑務所で出会ってきた正気でない人々とは種類が異なる。狂気におかされた人々のなかには、いましも爆発寸前で、ちくたくというカウントダウンがきこえるような者もいる。エンジェルがそんな感じだ。イーヴィはちがうように思える——例の蛾の件だけが理由ではない。イーヴィは霊感を受けているかのようだった。

「あんたが自由のなにを知ってるの？」ジャネットはたずねた。

「わたしは自由のすべてを知ってる」イーヴィは答えた。「例を示してあげましょうか？」

「あんたがその気なら」ジャネットは、先ほどしゃがみこんでいた男の姿が見えた場所へ思いきってふたたび目をむけた。やはりだれもいなかった。

「地中の闇のなか、石炭男たちが採炭のために切り落として平らにした山のてっぺんに広がる岩場のずっと下の地下深く、そんなところにも生き物がいる——あなたたち人間では及びもつかないほど自由で、目をもたない生き物が。なぜ自由かといえばね、ジャネット、彼らが望みどおりの生き方をしているからよ。彼らは、自分たちの暗闇のなかで満ち足りている。彼らは彼らが望むもののすべてよ」イーヴィは最後のひとことをくりかえすことで強調した。「彼らは彼らが望むもののすべて」

ジャネットは地表のずっと下に広がる温かな暗闇にいる自分を思い描いた。周囲では鉱物が煌《きら》めいて星座をつくっていた。自分がちっぽけな存在で安全だと感じられた。

なにかが頬をくすぐった。瞼《まぶた》をひらき、皮膚から生えでてカールしていた蜘蛛の巣状の糸を手で払いのけた。足がふらついた。自分が目を閉じたことにも気づいていなかった。正面には——部屋の奥行きの半分も離れていないところに——壁があった。掲示板、シャワー室のドア、クウェル製のシラミ除去シャンプーのディスペンサー、コンクリートブロック。ジャネットは一歩進み、また一歩進んだ。

男がいた。ふたたび出現していた。いまは自分が巻いたマリファナタバコを吸っていた。ジャネットは男を見まいとした。身を委ねてなるものか。このあとは壁に手を触れ、くるりと向きを変えて反対の壁まで歩き、決して身を委ねはしない。ジャネット・ソーリーには、まだ繭に包まれてしまうつもりはないのだから。

まだしばらくは先へ進める――ジャネットは思った。しばらくは先へ進める。だから、わたしを見ていて。

8

通常のパトカーがすべて出払っていたので、ドン・ピーターズとパートナーの新人警官の若者はドンのダッジラムに乗りこんで、ハイスクールのすぐ南の郊外住宅地の一画という担当区域をパトロールしていた。残念だったのは、ダッジラムに公式の警察マークがついていないことだった（あとで手を打とうとドンは思っていた――ホームセンターでそれらしいステッカーを買って貼りつければいいかもしれない）。しかしダッシュボードに置いてある電池式の回転灯はゆっくりまわっていたし、ドンは刑務官の制服を身につけていた。若者のほうはもちろん制服のたぐいはもっておらず、無地の青いシャツにバッジをつけただけだったが、腰にぶらさげたグロックが必要な権威の雰囲気を与えていた。

その若者――エリック・ブラスはまだわずか十七歳。厳密にいえば警察官になれる最少年齢よりもさらに四歳も年下だった。しかしドンは、エリックには警官の素質があると考えていた。エリックはボーイスカウトで勲功《メリット》バッジを授与され、上から二番めのランクであるライフスカウトの資格をもっていたが、昨年スカウトを辞めていた（「プッシーが多すぎてね」エリックはそういい、これにドンはこう答えた。「了解だ、ジュニア」）。愉快な若者でもあった。エリックは仕事時間の短縮になるゲームをつくった。ゲームの名前は〈ゾンビ・ギャルズ〉。運転しているドンの受け持ちは道路の左側で、エリックは右側だ。年寄り女は五点、中年女は十点、若い女は十五点（土曜日にはこのカテゴリーに属する女はめったに見かけず、きょうはひとりも見つからなかった）、そしてホットな女は二十点だ。いまのところエリックが八十点で、五十五点のドンをリードしていたが、セントジョージ・ストリートに折れたところで形勢が変わりかけた。

「左側二時の方向、ホット女を一名発見」ドンはいった。「これでおれの点数は七十五。いよいよ追いあげだぞ、ジュニア」

助手席にすわったエリックは前に乗りだし、スパンデックスのショートパンツとスポーツブラという姿でよろめきながら歩道を前へ進んでいる若そうな女に穿鑿《せんさく》の目をむけた。女は顔を伏せていて、汗で濡れてもつれた髪が左右に揺れていた。本人は走ろうとしていたのかもしれないが、よろめきながらの中途半端な小走りが精いっぱいのようだった。

「胸も垂れてりゃケツもたるんでる」エリックはいった。「あれをホットと呼ぶなんて、あんたがかわいそうだ」

「よくいうよ、小僧。心がまえをしておけ——これからうしろめたいことするぞ」ドンは笑った。「まあ、顔が見えないんだから、十五点ってことにしておこうか」

「こっちはそれでもいいよ」とエリック。「クラクションを鳴らしちゃえ」

ドンはよろよろ走る女の背後に低速のパトカーで近づくと、クラクションを鳴らした。女はびくっとして顔をあげて（意外なことにそれほど醜い顔でもなかった——ぼんやりうつろな目と、その下にできている大きな紫色の隈を除けば）、体をよろめかせた。その拍子に左足を右の踝《くるぶし》にぶつけ、四肢を広げた姿勢で歩道にばったりと倒れこんだ。

「女が転んだ！」エリックが歓声をあげた。「あのスケ、転びやがった」ぐっと首を伸ばして顔をうしろへむけ、「いや、待てよ……あ、女が立ちあがりました！　8《エイト》カウントを待ちもしません！」というと、唇をぷるぷる震わせて、映画〈ロッキー〉のテーマを奏ではじめた。

ドンがリアビューミラーに目をむけると、女が体をわななかせながら立ちあがろうとしているところだった。膝小僧をすり剝いていて、血が向こう脛《ずね》にまで流れ落ちていた。女が侮蔑のしるしに中指を突き立ててくるかとも思ったが——シフト開始直後にクラクションで驚かせたティーンエイジャーは指を立ててきた——ゾンビ女はあたりを見まわすこともせず、よろよろしながらダウンタウン方面にむかっていっただけだった。

ドンはいった。「あの女の顔つきを見たか？」

「プライスレス」エリックはそう答えて片手をかかげた。

ドンがその手にハイタッチをした。

ふたりの手もとには調査対象区域のリストがあり、ノートにはさんでいた。ノートには、眠れる女たちがいた家の住所や女の氏名やＩＤなどを書きとめていた。鍵がかかっている家でも、力ずくでドアを押しあける権限が与えられていた。ドンはそれぞれ雰囲気のちがうバスルームで、それぞれ種類の異なる石鹼で手を洗っては大いに楽しんでいた。ドゥーリング在住の女性たちが下着専用抽斗《ひきだし》に収納しているパンティーの色については、たっぷり時間をかけるだけの値打ちがある研究対象だった。しかし、安っぽい昂奮の要素はなかった。実体をともなわないからだ。内側におさまるケツがないので、パンティーにはたちまち飽きた。飾りを剝ぎとってしまえば、ドンとエリックのふたりは国勢調査の訪問調査員と変わるところはないといえた。

「ここはエレンデイル・ストリート――まちがいないな？」ドンはダッジラムを歩道ぎわに寄せながらたずねた。

「そのとおりであります、司令官《エル・コマンダンテ》どの。ここの三ブロック全部です」

「よし、ここからは歩いて調べるぞ、パートナー。〝ビッチ袋〟の有無を確かめて、わかったら名前を書きとめておけ」しかしドンが運転席のドアをあけもしないうちから、エリックが腕をつかんだ。見ればこの新人はエレンデイル・ストリートとハイスクールのあいだの空き地に目をむけていた。

「ボス、ちょっくら楽しみたくないかい？」

「お楽しみならいつでもウェルカムだ」ドンはいった。「お楽しみがおれのミドルネームなんだから。で、なにを考えてる？」

「燃やしたことはある？」

「繭を？　いや、ないね」

ただしドンもニュースでその映像を見たことがあった。携帯で撮影されたその動画では、ホッケーマスクをつけた男ふたりがマッチで繭に火をつけていた。ニュース担当のアナウンサーはその手の行為をはたらく男たちを〈ブロートーチ・ブラザーズ〉と呼んでいた。動画のなかで繭はガソリンをたっぷりかけられたキャンプファイアのように燃えあがっていた。ぶわあぁっ！

「おまえは？」ドンはたずねた。

「ないよ」エリックは答えた。「でも、きいた話だと……繭は……その……いかれたみたいに燃えるって」

「で、おまえはいまなにを企んでる？」

「あそこに住んでるホームレスがいる」エリックは指さした。「まあ、あれを住んでる家って呼べるならね。本人にも他人にも役立たずさ。あの女ならちょっと火あぶりにできそうだね。ほら、どんなものかを確かめられるよ。そうなっても、悲しむやつはひとりもいないみたいだし」と、そこまで話したエリックは不意に落ち着かない顔になった。「もちろん、ボスが気が進まないっていうのなら——」

「気が進まないかどうか、それさえわからんな」ドンはいった。嘘だった。やってみたかった。ちょっと考えただけでも、わずかな性的昂奮をおぼえたほどだった。「とりあえず、女のようすを確かめてから決めよう。エレンデイルの家々を調べるのは、そのあとでもいい」

ふたりはダッジラムから降り立つと、空き地のなかでも雑草がぎっしりと生い茂っていて、オールド・エシーがねぐらをかまえていたあたりを目指した。ドンは〈ジッポー〉のライターをもっていた。いまドンはライターをポケットからとりだすと、かちりと音をさせて蓋をあけては閉じ、また音をさせて蓋をあけては閉じた。

第二章

1

最初のうち女たちは、そこをただ〝新しい場所〟とだけ呼んだ。というのも、じっさいにはもうドゥーリングではなかったからだ――少なくとも、女たちが知っていたドゥーリングではなかった。やがて、自分たちが長いあいだこの地にいることがわかってくると、そこは〈わたしたちの地《アワー・プレイス》〉になった。

この名前が定着した。

2

肉にはライターオイルの味がかなり滲みついていた――ミセス・ランサムの家の地下室にあったバーベキュー用の石炭に火をつけるのに、ライターオイルが必要だったからだ。しかし一同は、ライラが官給品のリボルバーで撃ち殺したあと、水の腐ったプールから引きあげたボブキャットの体から剝ぎとった肉を焼いて、残らずたいらげた。

「わたしたちって、立派な変態《シック・パピー》さんだよね」最初の夜、ミセス・ランサムの孫で十歳のモリー・ランサムはそういうと、指についたボブキャットの脂をぺろりと舐めとって次の肉の塊に手を伸ばした。自分がげてものの食いの変態《シック・パピー》さんになったという事実も、少女にはあまり深刻な影響を与えていないようだった。

「それは当たってるよ、モリー」そう声をかけたのは、モリーの祖母だった。「でもね、これが半分もまともじゃない食事だとしても知ったことか。署長さん、わたしにも肉をあとひと切れくれないか？」

一同はミセス・ランサムの家の、まだつかえる部分を避難所にして暮らしていた。ただし、食品庫で埃をかぶっていた缶詰類には手をださなかった。ライラがボツリヌス菌の中毒を恐れたからだ。この夜からの約二週間、三人はもっぱら、以前はご近所の住宅地だったところにできた灌木《かんぼく》の茂みで摘みとってきたベリー類や、硬くて味はないも同然だが、食用になる野生の痩せたとうもろこしで食いつないだ。五月はベリー類やとうもろこしにはまだ早いが、あることはあった。

そこからライラはひとつの結論を引きだしていた――最初は自信がなかったが、だんだん確信が強まった。自分たちが目覚めたこのバージョンのドゥーリングは、以前いたドゥーリングとは異なる時間の流れのなかにある、という結論だ。時間はおなじように感じられるが、じっさいには異なる。ここで数日をひとりで過ごしたあとでモリーがやってきた、というミセス・ランサムの話は、ライラの仮説を裏づけていた。昔の（以前の？）場所での数時間が、新しい（現在の？）場所では数日にあたる。もしかしたら数日以上にも。

こうした異なる複数の時間の流れにまつわる懸念がもっともライラの頭を占めるのは、眠りに落ちる前のとりとめない数分間だった。ライラたちが眠る多くの場所は、ひらけた空に通じていた——倒木が屋根に穴を穿《うが》っていたり、そうでなくても風で屋根が吹き飛ばされたりしていたからだ。ライラはうとうとと眠りに誘われながら、目をしばたたいて星空を見あげた。星々は変わらず空にあったが、その輝きには衝撃を感じた。熔接トーチの炎のような白熱のぎらぎらした光だった。そもそもこの世界は——男たちのいない世界は——現実なのか？　天国なのか？　それとも煉獄？　あるいは異なる時間線に存在する異なる大宇宙なのか？

そのあとも、成人であると未成年であるとを問わず、女たちがここにたどりついた。人口は雪だるま式に増加した。望んだ仕事ではなかったが、ライラはいつしか責任者の地位にいた。あらかじめ決まっていたかのようだった。

カリキュラム委員会にいたドロシー・ハーパーと、その三人の友人たち——いずれも七十代の陽気な白髪頭の老女で、読書会仲間だと名乗っていた——は、一軒のコンドミニアムのまわりに出来た灌木の林から姿をあらわした。四人はモリーを大いにちやほやし、モリーは褒められるのを大いに楽しんでいた。刑務所長のジャニス・コーツはかつてパーマのかかっていた髪に木の葉をへばりつかせた姿で、メイン・ストリートをとぼとぼと歩いて姿をあらわした。赤い囚人服のトップを着た三人の元受刑者が同行していた。ジャニスと三人の元受刑者——キティ・マクデイヴィッド、シーリア・フロード、それにネル・シーガー——は、もっともぎっしりと生い茂った草木を鉈《なた》で断ち切って、ドゥーリング刑務所から脱出してくるしかなかった。

「こんばんは、みなさん」最初に自分の秘書だったブランチ・マッキンタイアをハグし、つづいてライラと抱きかわしてから、ジャニスはそういった。「こんな格好でごめんなさいね。ついさっき脱獄してきたところなの。さて、糸車の針でうっかり指を刺して、こんな大変な事態を引き起こしたのはだれ？」

以前からの住宅のなかには、いまでも人が住める状態のところや修復が可能な物件もあった。あっけにとられるほど草木に覆われたり、倒壊したりしている家もあったし、なかにはその両方の家もあった。一同はメイン・ストリートにあるハイスクールの建物を見て、驚きに目を丸くした――そもそも旧ドゥーリングでも時代遅れの古い建物だった。それがこの新しい世界では、校舎が中央部分からすっぱりとふたつに断ち切られ、左右それぞれの部分が反対側へ倒壊しかけていた。不規則に割れた煉瓦壁のあいだに空間ができてしまっていた。その空間の虚空に教室の割れたリノリウムの床が突きだして、鳥がとまっていた。町庁舎と郡警察署というふたつの組織を擁していた町政ビルは半分が倒壊していた。マロイ・ストリートには大きな陥没の穴ができていた。穴の底には一台の車が落ちていた。車はフロントガラスまでコーヒー色の汚水に沈んでいた。

あとからコロニーにくわわったケイリー・ローリングズという女が、電気工事士としての経験を生かそうと志願してくれた。受刑者のケイリーが所内の職業訓練室で電気の配線や電圧について学んでいたことを所長として知っていたジャニスには、意外ではなかった。ケイリーとその教育がドゥーリング刑務所の塀の内側から出てきたという事実は問題にならなかった。ケイリーはこの新しい場所、まぶしいほど輝く星々のもとの世界ではひとつも犯罪をおかしていなかった。

ケイリーは、かつては裕福な医師の自宅だった住居にそなわっていた太陽光発電機を首尾よく修復した。一同はこの医師のＩＨクッキングヒーターを拝借して兎《うさぎ》を焼き、医師が所有していたヴィンテージ物の〈ロックオラ〉のジュークボックスで昔のレコードをきいた。

夜になると、女たちは話をした。多くの女たちは――ライラの場合はミセス・ランサムの家のドライブウェイにとめたパトカー車内だったように――最初に眠りに落ちたところで目覚めていた。しかし少数ながら、気がつくと暗闇のなかにいて、きこえてくるのはただ風の音と鳥の声、そして――おそらくは――遠いところでの話し声だけだったことを覚えている者もいた。こうした女たちは夜が明けて太陽がのぼると、それぞれ西を目指して森を抜け、ボールズヒル・ロードかウェストレイヴィン・ロードに出てきたという。彼らが語る目覚めたばかりの周囲のようすが、ライラには形づくられている途中の世界のように思えた――それはまた、自分たちが存在している周囲の環境が、想像力の集合体でもあるかのようだった。それこそが――ライラは思った――どんな仮説よりも正解に近いのではないだろうか。

3

一日一日が過ぎ、夜のあとには夜が訪れた。最初の日から何日経過したのか、正確なところはだれにもわからなかったが、数週間たったのは確実であり、それがやがて数カ月になった。

狩猟と採集のチームが編成された。狩りの獲物は豊富だったし――とりわけふんだんだったのは鹿と兎だ——野生の果実や野菜もおなじく大量に採れた。女たちは決して飢えることはなかった。同様に農作業グループや建設専門グループ、健康管理グループ、そして子供たちを教えるための教育グループができた。小規模な学校では、毎朝ちがう女の子が教室の前に立ってカウベルを鳴らした。その音が何キロも先にまで届いた。教えるのは大人の女たち——ときには年長の女の子が教えることもあった。

ウイルスによる感染症は発生しなかったが、蔦漆《つたうるし》にかぶれて治療が必要になる者は多かったし、切り傷や打ち身も多かった。さらには廃屋となって長い建築物につきもののさまざまな危険——材木の鋭く尖った部分や、うっかり踏むと跳ねあがってくる床材、目につかない罠など——によってもたらされる骨折の被害者も多かった。この世界が想像力の産物なら——いまにも眠りに落ちていくとき、ライラはそんなことも考えた——人間の体から血を流すこともできるのだから、さぞや入念につくられたにちがいない。

ハイスクールの地下室では、何十年も昔に学校でひらかれた委員会の議事録などが詰まったファイルキャビネット内部で、黴の一種が大饗宴をくりひろげていた。ライラはその地下室から、六〇年代なかば以降はつかわれずに放置されていたとおぼしき謄写版印刷機を掘りだしてきた。印刷機はプラスティックのケースにきちんと収納されていた。元受刑者のなかに、おそろしく手先の器用な者がいた。その元四人たちがモリー・ランサムを手伝い、沼地のレッドカラントの実からインクをつくりあげた。そしてモリーは、紙一枚の〈ドゥーリング・ドゥーイング〉という新聞を発行した。創刊号の大見出しは**《学校ついに再開！》**というもので、モリーは記事にライラ・ノークロスの「子供たちが日常生活にもどれると知ってうれしく思います」という発言を引用した。モリーはライラに肩書をどうするかとたずねた。ドゥーリング警察署長とするか、それともあっさり署長とするか。ライラはただの〝地元住民〟でいい、と答えた。

また〈会議〉もひらかれた。当初は週一回の開催が、やがて二回になり、毎回一時間から二時間つづいた。いずれはこの〈会議〉が〈わたしたちの地〉で暮らす女たちの健康と福祉の向上にとってきわめて重要な存在になるのだが、そのはじまりはまったくの偶然といってもいいものだった。最初にあつまったのは、旧世界で〈第一木曜日の読書会〉のメンバーだったと自称するご婦人たちだった。新しい世界では、読書会の面々は〈ショップウェル〉にあつまった――このスーパーマーケットの建物が、驚くほど良好な状態を保っていたからだ。しかもこのご婦人たちは、話のとっかかりになる課題書がなくても、おしゃべりの材料に事欠かなかった。ブランチ・マッキンタイアとドロシー・ハーパー、それにマーガレット・オダネルとその妹のゲイル・コリンズは、スーパーの店先に出したパイプ椅子にすわって、うしなわれたことが悲しいもののあれこれを話題にした。その一例を示せば――淹れたてのコーヒー、搾りたてのオレンジジュース、エアコン、テレビ、ごみ収集システム、インターネット、電源オンで友だちとすぐ電話で話せる環境。しかし、うしなったことがいちばん残念だったのは――これについては全員の意見が一致した――男性だった。もっと若い女たちも、話への参加を歓迎された。女たちはそれぞれの生活にぽっかりあいた穴を話題にした――以前そうした穴を埋めていたのはそれぞれの息子や甥であり、父親や祖父であり……なによりも夫たちだった。

「みんなに女同士ということで話したいことがあるの」リタ・クームズが〈会議〉でそう発言

したのは、最初の夏もおわるころだった――そのころになると、この場に四十人近い女たちが出席するようになっていた。「なかには生々しすぎると思う人もいるかもしれないけど、いいの、わたしは気にしない。わたしが寂しく思っているのは、〝金曜夜のすてきなファック〟ができなくなったこと。つきあいはじめたころ、たしかにテリーは〝早撃ち男子〟だった。でもわたしがトレーニングしてあげてからはOKになった。それでうちでは、テリーがわたしを低めの山のてっぺんに二回押しあげ、そのあとわたしをビッグな山の頂上に導いてから自分の銃を撃つ、という夜を過ごしてた。そのあとはどうしたかって？　ええ、ふたりで赤ん坊みたいにぐっすり眠ったわ！」

「ひとり遊びの指づかいを知らないの？」だれかがそう質問し、一同は笑い声をあげた。

「ちゃんと知ってるもん！」リタがすかさずいいかえした。リタ本人も笑っていて、頰を林檎のように赤くしていた。「でも、あれとは大ちがいでしょ？」

この発言には、ひとしきり共感の拍手が湧き起こった。ただし、拍手に参加しない女もちらほらいた――そのひとりが、フリッツ・ミショームの妻で冴えない印象のあるキャンディだった。

もちろん、ふたつの大きな疑問が――百ばかりものさまざまに異なる表現で――浮かびあがってきていた。最初の疑問は――自分たちはどうやってここへ、この〈わたしたちの地〉へやってきたのか、というもの。そして、その理由は？

これは魔法だったのか？　それともなんらかの科学実験が暴走した結果か？　それとも神の意思なのか？

自分たちがこうやって存在しつづけているのは、はたして褒美か罰か？

なぜ自分たちが？

議論がこうした方向に流れると、キティ・マクデイヴィッドがひんぱんに発言した。キティはオーロラ病発生前夜に見た悪夢をまざまざと記憶していたばかりか、いまでもその夢を見ることがあった――夢には、なぜかキティが〝女王〟だと理解している黒々とした人影が出てきて、女王の頭部からは例の蜘蛛の糸のような物質が流れでていた。

「自分でもどうしたらいいかがわからない」受刑者だったキティはいった。「許しを求める祈りを捧げるべきなのか、そうじゃないのかが」

「もうほっとけば？」以前、ジャニス・コーツがそうアドバイスしたことがある。「あなたは自分の好きなようにやればいい。だって、もう裁定をくだす教皇はここにいないんだし。でも、わたしはわたしでこれからも最善を尽くすつもり。率直にいって、そうする以外になんらかの変化をもたらせるようなことがなにかできる？」

この発言は大勢の女たちを喜ばせた。

ただし、この疑問は――いったいなにが起こったのか？――そのあとも手を替え品を替えて何度もくりかえされた。そして納得できる答えはいつまでも出なかった。

あるときの〈会議〉で（ジャニス・コーツが好んで呼ぶところの〈大転移〉から、少なくとも三カ月が経過したころだったが）新顔の出席者がそっと近づき、部屋のいちばんうしろに置いてあった肥料の二十キログラム袋に腰かけた。そのあといまの自分たちの生活にまつわる議論がつづき、また地元のＵＰＳ配送センターですばらしい大発見があったという報告がつづくあいだ、新顔はずっと顔を伏せていた。ちなみに大発見というのは、洗濯すれば再使用可能な月経用ナプキン〈ルナパッズ〉が九箱も見つかったという話だった。

「毎月その時期になっても、もうTシャツを切って丸めて下着に押しこまなくてもいいのね」元受刑者のネル・シーガーが歓声をあげた。「ハレルヤ！」

やがて〈会議〉もおわりに近づくと、会話はいつもどおり、うしなわれて悲しいものの話題になってきた。この種の議論が男たちを偲ぶ涙を誘う場合もあったが、大多数の女たちは――いまだけかもしれないが――重荷から解放された気分だと語っていた。身軽になった気分だ、と。

「みんな、話したいことは話した？」この日ブランチはそんなふうに水をむけた。「このあと仕事にもどる前に、これだけは話しておきたいという燃える思いを胸に抱いてる人はいる？」

小さな手があがった。どの指も、さまざまな色のチョークの粉をまとっていた。

「はい、どうぞ」ブランチはいった。「初めてここへ来たの？　それにずいぶん小柄ね。よかったら立ってもらえる？」

「ようこそ」その場にいた女たちがいっせいにいって、顔を新顔のほうへむけた。

立ったのはナナ・ギアリーだった。ナナは着ているTシャツの前身頃で手の粉を拭《ぬぐ》った。かなり頻繁に着ているせいで、袖のあたりはほころんでいたが、それでもいまなおナナのいちばんお気に入りのTシャツだった。

「母はわたしがここに来ていることを知りません」ナナはいった。「だから、このことは母には秘密にしてほしいんです」

「ハニー」と声をかけたのはドロシー・ハーパーだった。「ここはラスヴェガスとおんなじ。〈女たちの時間〉で起こったことは〈女たちの時間〉から外へは出ていかないの」

　この言葉は低い笑い声を呼び起こしたが、色褪せたピンクのTシャツを着た少女のナナはにこりともしなかった。「わたしはただ、父さんが恋しいといいたいだけです。このあいだ〈ピアスンズ理髪店〉に行ったら、父さんがつかっていたアフターシェイブローションがありました。〈ドラッカーノワール〉というブランドです。その香りを嗅いだら泣いてしまいました」

　スーパーマーケットの店先は静まりかえって、きこえるのは何人かが鼻をすする音だけだった。のちに明らかになることだが、〈ピアスンズ〉の店内にあるアフターシェイブローションの棚に足を運んでいたのはナナだけではなかった。

「いいたいことはそれだけです」ナナはいった。「ただ……父さんが恋しくてならないということと……できれば、また父さんに会いたいということだけです」

　全員がナナに拍手を送った。

　ナナは腰をおろすと、両手で顔を覆った。

4

〈わたしたちの地〉はユートピアではなかった。涙を流す者はいたし、意見の対立は決して珍しくなかった。最初の夏のあいだに起こった無理心中事件——殺人と犯人の自殺——は、だれにとってもショックだった。そもそもまったく無意味な犯罪だったからだ。前世のドゥーリング刑務所から逃げてきた元受刑者のモーラ・ダンバートンがケイリー・ローリングズを縊《くび》り殺し、みずからの命を絶ったのだ。ジャニス・コーツはライラをともなって現場を見にいった。

モーラは、裏庭のぶらんこの錆びついた横棒にかけた輪縄で首をくくって死んでいた。ケイリーは恋人たちが同居していた部屋の寝袋のなかで、死体となって発見された。顔は灰色になり、あいたままの目の鞏膜《きょうまく》には内出血が赤い微細なレース模様をつくりだしていた。首を絞められたあと、少なくとも十回は刃物で刺されていた。モーラはありあわせの封筒に鉛筆で走り書きをした遺書をのこしていた。

ここは前とちがう世界だけど、わたしは前とおんなじまま。みんなはわたしがいないほうがいいはず。ケイリーを殺したのには特に理由なんかない。わたしを怒らせたとか、なにか仕掛けてきたということはいっさいない。刑務所にいたころと変わらず、いまもケイリーを愛してる。ケイリーがみんなの役に立つ人材だと頭ではわかってる。でも自分で自分をどうにもできなかった。殺したらいいんじゃないかと思いついたので殺しただけ。殺したあとで殺したことを後悔した。——モーラ

「これ、どう思う?」ライラはジャニスにたずねた。

ジャニスは答えた。「これもまた謎ね——この世界のすべての例に洩れず。とにかく残念でならないのは、この頭のおかしな女がだれかを殺そうと思いたったとき、〈わたしたちの地〉

でたったひとり、どんなふうに電気の導線をつなげば熱を発生させられるかを心得ている女を殺したことね。さてと、わたしがこの女の足を抱いて支えているから、あなたが上へあがってロープを切って、死体を降ろして」

ジャニスはぶらんこに近づき、儀式めいたことをなにもせずに両腕をモーラ・ダンバートンの短い両足にまわした。それからライラに目をむけて、「お願い、あんまり待たせないで。この人、パンツのなかに〝お荷物〟を投下したみたい。ほんと、自殺は魅力たっぷりね」

一同は殺人者とその不幸な犠牲者を、刑務所を囲む倒れかかったフェンスのすぐ外の地面に埋葬した。そのころには季節はふたたび、日ざしがまぶしくて暑い夏になっていた。草のてっぺんのあたりでは、ツツガムシが飛び跳ねていた。ジャニスはまずケイリーがこの共同体にどれほど貢献したかを述べ、さらにモーラの不可解な殺人行為についても述べた。子供たちの合唱隊が〈アメージング・グレース〉を歌った。少女たちならではの愛らしい歌声にライラは涙を誘われた。

ライラはかつての自宅からジェイリッドとクリントの写真をたくさん回収してきたし、〈会議〉にもおりおりに出席していたが、月日がたつうちに息子や夫からしだいに現実味が薄れていくのを感じてもいた。夜にはテントのなかで——というのもライラは温暖な気候がつづくあいだは外でのキャンプ暮らしを好んでいたからだが——手まわし充電式の懐中電灯を充電し、その光で息子や夫の写真の顔をながめた。ジェイリッドはどんな大人になったのだろう？　いちばん最近撮った写真でも、ジェイリッドの顔だちにはまだあどけないころのラインが残っていた。息子がどんな大人になったのかを知ることはない——そう思うとライラの胸は痛んだ。

夫のクリントの写真も見つめた――クリントの皮肉っぽい笑み、白髪の交じった髪を。クリントと会えなくなって悲しい気持ちはあったが、ジェイリッドをうしなった悲しみには追いつかなかった。あの恐ろしい最後の一昼夜のあいだ、クリントに疑惑の目をむけていたことでは、穴があったらはいりたい気持ちだったし、自分がついた嘘や見当はずれの怯《おび》えが恥ずかしくてならなかった。しかし同時にライラは夫を見る目が以前とは変化して、いまでは記憶というレンズを通して見ていることに気づかされた。クリントがどれだけ周到に過去を煉瓦で封じこめ、さらに隠蔽を確実にするために、医師としての権威をどう利用して妻である自分を遠ざけていたかも思った。クリントはあれほどの苦痛に自分だけで対処できると思っていたのか？　心が狭くて精神がちっぽけな妻には、とうてい吸収できないと決めてかかっていた？　あるいは心の強さという仮面をかぶったクリントの自己中心癖だったのでは？　ライラも知っていたが、男は自分の苦しみを自分のなかにとどめておくべしと（もちろん、もっぱらほかの男たちから）教わるものだ。しかしライラは、結婚がその男たちによる教えの束縛を一部なりとも解き放つことも知っていた。しかし、クリントの場合にはそうではなかった。

それにプールの件もある。いまだに腹の虫がおさまらない。さらにずっと昔にまで遡れば、クリントはどうしてひとことの話もなしに、個人開業医という仕事をあっさり捨てられたのか？　このふたつのあいだにあった百万もの小さな決定は、いずれもクリントが決め、ライラはその決定を前提に生きるしかなかった。〝ステップフォードの妻たち〟のひとりになった気分だった――夫がどこかの別世界にいるかのような。

夜の闇のなかで梟《ふくろう》が鳴き、犬たちが――犬の寿命で何世代かかったかはわからないが、野生にもどった犬たちが――遠吠えで答えた。ライラはテントのフラップをジッパーで閉めた。黄色い布地ごしに月が青く輝いていた。自分の側の問題と夫クリントの側の問題、あっちとこっちの往復作用、クリントが乱暴にドアを閉めて、ライラが乱暴にドアを閉めるような家庭内のメロドラマじみた騒ぎを思いだすにつけても、気が滅入るばかりだった。他人の結婚生活事情でいつも見下していた、芝居がかった大仰な要素。謙譲の美徳、汝の名はライラ――そんなことを思うと、笑いをこらえきれなくなった。

5

かつて刑務所を取り巻いていた生垣は野放図に繁茂し、密集した枝葉のつくる小高い丘のようになっていた。この茂みには、ジャニス・コーツ元所長をはじめ刑務所内で覚醒した女たちが外へ出るために刃物で枝葉を断ち切った隙間があり、ライラはその隙間をつかって敷地に足を踏み入れた。刑務所そのものへ侵入するのには、南の壁にあいていた穴を利用した。なにかが――厨房にあった業務用のガスレンジあたりだろう――爆発して、子供がバースデイケーキの蠟燭を吹き消すように、コンクリートの壁をあっさり吹き飛ばしていた。建物に足を踏み入れながら、ライラはまた別の土地に出ることを半分期待していた――たとえば白砂のビーチ、あるいは丸石が敷きつめられた道路、あるいは岩だらけの山頂、あるいはオズの国。しかし、たどりついたのはかつての監房がならんでいる翼棟だった。壁は半分崩れ、鉄格子のドアのなかには蝶番《ちょうつがい》から完全に吹き飛ばされているものもあった。かなりの大爆発だったようだ。床には雑草がそこかしこに生え、天井では黴がじわじわと広がっていた。

ライラは廃墟となった翼棟を歩いて通り抜け、刑務所の中央廊下――クリントが〈ブロードウェイ〉と呼んでいた通路――に出た。こちらのほうが建物の状態がまだしも良好だった。ライラは通路中央の床に描かれていた赤いラインをたどって進んだ。いくつもあるゲートや障壁は、どれもあいたままだった。カフェテリアや図書室、〈ブース〉といった刑務所内の各施設にとりつけられていた針金で補強してあるガラスは、どれもすっかり曇って見通せなくなっていた。〈ブロードウェイ〉が正面玄関に通じているあたりの一区画にも、かつて爆発があったことをうかがわせる痕跡があった。打ち砕かれたコンクリートブロック、埃をかぶったガラスの破片。玄関エリアと刑務所エリアを仕切っていたスチールのドアが、内側へむかってたわんでいた。ライラは瓦礫類を迂回して進んだ。〈ブロードウェイ〉をさらに進む途中、スタッフ用休憩ラウンジのあいているドアの前を通った。室内をのぞくと、床全体に敷きつめられているカーペットから茸が生えていた。ラウンジからは植物の旺盛な活動のにおいがただよっていた。

やがてライラはクリントのオフィスにたどりついた。角の窓のガラスが割れ、そこから生長しすぎた灌木が室内に侵入して、白い花を咲かせていた。引き裂かれたソファクッションからあふれた詰め物のなかを、一匹の鼠が動きまわっていた。鼠はしばし驚いたようにライラを見つめていたが、壁の石膏《せっこう》ボードが崩れてできた小山のなかという安全な場所へただちに避難していった。

クリントのデスクの裏にかかっていたホックニーの絵は傾いて、時計なら針が十一時と五時を指している格好になっていた。ライラは絵をまっすぐに直した。絵に描かれていたのは、これといった飾りのない砂色の素朴な建物だ。カーテンがかかったおなじような窓が何列もならんでいる。通りに面した一階にドアがふたつ。片方は青で片方は赤。ホックニーの有名な色彩の好例だ。鮮烈な記憶が喚起する感情のように鮮やか……いや、その記憶が薄らいでいても同様だ。さらにこの絵がライラに魅力的に思えたのは、解釈の余地があるからだった。ずっとずっと昔、この絵をクリントに贈ったとき、ライラはいつの日か夫がこの絵を指さしながら、患者にこんなことをいう場面を思い描いていた。「おわかりですか？　あなたの道はどこも閉ざされていない。いまよりも健全で幸せな生活に通じているドアがありますよ」

ここにひそむ皮肉は、この比喩に負けないぐらいぎらぎら目立っていた。いまクリントは別世界にいる、ジェイクリッドは別世界にいる。確かなことがわからない以上、クリントとジェイリッドのどちらか、あるいは両方が死んでいてもおかしくはない。そしてホックニーの絵は、この世界の鼠と黴と雑草のもちものになった。ここは破壊された世界、すっかり空っぽにされて忘れられた世界だが、いまの自分たちがもっている世界でもある。ここはなにかといえば――意外や意外――〈わたしたちの地〉だ。ライラはオフィスをあとにすると、来たルートを逆にたどって刑務所という死んだ世界を通り抜け、生い茂った生垣にあけられた穴にたどりつき、そこから外へ出た。

6

その前後の数カ月、かつてジェイムズ・ブラウンが〝男の、男の、男の世界〟と歌った場所からこちらの世界へ、さらなる人数の女たちがやってきた。あとから出現した女たちはみな、自分が眠りに落ちた時点では、オーロラ病による危機が発生してから間がなかったと報告した――向こうではまだ二、三日しか経過していないのだ。あとから来た女たちが語る暴力と混乱と絶望が、早くからこの新しい地に来ていた者たちには現実とは思えなかった。それだけではない――そういった話のすべてが、もう重要とは思えなかったのだ。この世界に暮らす女たちは、自分たちの問題や心配をかかえている。そのひとつが天候だった。夏がおわろうとしていた。秋が過ぎ去れば冬になる。

ケイリーが正気をなくした元恋人に殺される前に手をつけていた電気関係の仕事を女たちが完成させられたのは、図書館にあった手引書の助けを借りたこともあるが、およそその方面に詳しいとは思えないマグダ・ダブセックが監督役をつとめたことも理由だった。マグダはかつて建設業者の妻であり〈プールのメンテナンスのためにライラの自宅を定期的に訪れていた〈プールガイ〉の母親でもあった〉、亡くなった夫から電気工事のことをずいぶんたくさん教わっていたのだ。

「夫は、毎日その日やった仕事のことをよく話してくれたの。『それでな、マグダ、これが電気の通っている活線《ライブワイア》で、こっちがアース線で、それから……』って、そんな調子。わたしもちゃんと話をきいた。あの人はわたしが話をきいてるってことも知らなかった。どうせ、なにもわからない壁に話しかけてるとでも思ってたんでしょうね。でも、わたしは話をきいてた」そこまで話してからマグダはいったん言葉を切って、いたずらっぽい顔をのぞかせた――ライラはその表情にアントンを思い出し、胸が張り裂けそうな思いを味わった。「といっても、そうね、わたしがまともに話をきいてたのは最初の五百回くらいだったけど」

何年ものあいだ維持管理もされていなかったにもかかわらず、まだ利用可能だった太陽光発電パネルでかきあつめた電力で、女たちは――いまはまだ数軒の重要な建物に限定されてはいたが――送電網をつくりあげた。

一般的な自動車は役に立たなかった。自分たちが暮らすこの世界が、無人のままで何回転したのかはだれにもわからなかった。しかし駐車されたまま放置されている自動車の状態を見れば、水や湿気でエンジンが駄目になるほどの歳月だったことはわかった。いまも建っているガレージ内で保管されていた車なら回収して利用可能だったかもしれないが、変質したり蒸発したりしていないガソリンはどこにも一滴も残っていなかった。そこで女たちが見つけたのが、地元カントリークラブの備品倉庫に保管されていた、太陽光発電で充電するタイプの状態のいいゴルフカートの一部隊だった。再充電をすませると、カートはすぐに走りだした。木々や草をとり払って整備した道に、女たちがカートを走らせるようになった。

スーパーの〈ショップウェル〉とおなじく、〈オリンピア・ダイナー〉も時の経過に驚くほどよく耐えていた。かつて警官テリーの妻だったリタ・クームズがこの軽食堂を再開し、物々交換で飲食物を提供しはじめた。調理につかったのは、女たちのグループの助けを借りてリタがクームズ家の地下室から運びだしてきた旧式の薪ストーブだった。

「前々から、一度でいいからレストラン経営の道で腕だめしをしてみたかったの」リタはそうライラに説明した。「でもテリーはわたしが仕事に出ることを許してくれなかった。そんなことをされたら心配になるから、って。箱に入れられた陶器みたいに家に閉じこめられてるのがどれだけ退屈なのか、どういっても、あの人にはわかってもらえそうになかったし」

軽い調子で話していたが、リタは視線をそらしっぱなしで、ライラにはそれがうしろめたさの表情だとわかった——自分ひとりでなにかを手に入れて満ち足りた気分になっていることを、リタはうしろめたく感じているのだ。ライラはリタがその感情を乗り越えることを願い、乗り越えるはずだとわかってもいた——そう、いずれは。自分が変わったと感じている者は珍しくなかったが、そんな女たちは胸をうしろめたさの針にちくちく刺されていた——学校をズル休みして遊んでいるときのように。マグダやリタのような女たち、気がつけば突然まわりから求められる人材になっていて、新しい世界の光を浴びて大いに活躍する女たち。これといった出来事のない日々が何週間もつづくうち、彼らはうしなって悲しいあれこれを話しあうだけではなく、うしなっても悲しくないあれこれについても話しあうようになっていた。

やがて木々の葉は旧世界とおなじく変わりはじめたが、ライラにはこちらの世界の紅葉のほうが色鮮やかで、長つづきしているように思えた。

ライラがミセス・ランサムの家の庭を訪ねたのは、十月末だと思えるある日のことで、学校の女の子たちが工作でつかうかぼちゃを採るためだった。日陰のベンチにすわったオールド・

エシーがライラの作業をながめていた。ベンチの横にはエシーが拾いあつめた数多くの品が山となって積まれている錆びたショッピングカートがある——まるで旧世界の記憶をもとに、新しい暮らしを再構築しているかのようだった。ラジオ、携帯電話、古着の山、犬の首輪、二〇〇七年のカレンダー、ラベルがないので当初の中身は不明だが、メープルシロップの瓶だったとしてもおかしくないガラスの空き瓶、そして三体の人形。大きな麦わら帽子をかぶり、園芸道具を積みあげた手押し車を転がしているライラと行きあうと、エシーはよくあとをついてきた。

最初この高齢の女性は黙ったままだったし、だれかが近づくと隠れてしまったが、数週間もすると緊張がほぐれはじめたようだった——少なくともライラのそばでは。そればかりか、言葉を発することもあったくらいだ。とはいえライラが見たかぎり、いちばん元気なときでもエシーは会話があまり得意ではなかったようだ。

「こっちのほうがずっといいね」前にエシーがそう話したことがある。「自分ひとりで住む家もあるし」いいながら膝に載せた人形に慈愛のまなざしをむける。「うちの娘たちもこっちが気にいってる。この子たちの名前はジングル、ピングル、リングル」

この会話のおりに、ライラはエシーの苗字をたずねた。

「ずっと昔はウィルコックス」エシーは答えた。「でもいまはエスタブルック。あのエレインって人とおなじで、結婚前の苗字にもどしたんだ。ここは本当に前よりもいいところ。結婚前の苗字をとりもどせただけじゃない、自分の家がもてたんだから。すごくいいにおいのする家だよ」

きょうは多少なりとも、エシー本人が頭のなかに帰ってきているらしい。ライラはさらなる会話に引きこもうとしたが、エシーはかぶりをふり、指を銃の形にしてライラに発砲するしぐさを見せてから、錆だらけのショッピングカートの中身を漁りはじめた。カートから大昔のフィルコ製のラジオをとりだすと、両手のあいだで往復させはじめる。ライラはいっこうにかまわなかった。ひとりでホットポテトゲームみたいな遊びをすれば気が休まるなら、心ゆくまで遊んでいればいい。

ライラが昼のランチタイムのために支度をととのえていると、自転車で近づいてきたジャニス・コーツがライラに声をかけた。「署長、ちょっと話をしてもいい？」

「わたしはもう署長じゃないのよ、ジャニス。ドゥーリング・ドゥーイング紙を読んでないの？　わたしはただの〝地元住民〟よ」

ジャニスは引き下がらなかった。「それならそれでいいけど、行方不明者が出ていることは知っておくべきよ。いまでは三人になった。偶然にしては多すぎる。この件を本腰をいれて調べはじめるべきね」

ライラはいましがた蔓から切りとったかぼちゃをながめた。上半分は鮮やかなオレンジ色だったが、下半分は腐って黒くなっていた。耕された畑にかぼちゃを落とすと、どさりと鈍い音がした。「再開発委員会の面々に話したらどう？　あるいは次の〈会議〉で話題にするとか。わたしはもう引退したんだし」

「よしてよ、ライラ」ジャニスは自転車のサドルに腰かけたまま、骨っぽい腕を組んだ。「わたし相手にその手のたわごとはよして。あなたは引退なんかしていない――いまは落ちこんでいるだけよ」

気分――ライラは思った。男たちが気分を話題にしたがることはぜったいにないと断言できるくらいだが、女たちはいつでも気分を話題にする。そんな話に退屈することもある。それが驚きでもあった。以前はクリントがいつも冷静だったことに憤慨していたが、そんな気分もいま再評価するべきかもしれない、という思いがライラの頭をかすめた。

「無理よ、ジャニス」ライラはかぼちゃの畝のあいだを歩きながら答えた。「心苦しいけど」

「落ちこんでるのはわたしもおなじ」ジャニスがいった。「だって娘には二度と会えないかもしれないし。朝、目を覚まして真っ先に思うのは娘のことで、夜になって寝る前に最後に考えるのも娘のこと。ほんとに毎日欠かさずにね。弟たちに電話できなくなったのも寂しい。でも、落ちこんだ気分に影響されたりは――」

ふたりの背後から、なにかを叩くような鈍い音と、こもったような悲鳴がきこえてきた。ライラはあたりを見まわした。ラジオが芝生に落ちていた。その隣にはジングルとピングルとリングル。三体の人形は幸福に輝く平らな顔で、雲ひとつない空を見あげていた。エシーの姿はなかった。さっきまでエシーがいた場所には、一匹の茶色い蛾がいるだけだった。蛾はひとしきり翅《はね》を漫然と動かしていたのち、ひらりと飛び立って去っていき、ほんのかすかな炎のにおいをあとに残していった。

第三章

1

「こりゃマジでぶったまげた！」エリック・ブラスが声を張りあげた。いまは地面にすわりこんで、目を上へむけている。「あれを見たか？」

「ああ、まだ見てる」ドンはテニスコート上空を飛びまわってハイスクールの方向へ飛んでいく蛾の大群を見あげていた。「においもまだ残ってるな」

　最初にこれを思いついたのがエリックだったので、ドンはこの若者にライターを貸した（もちろん、この件がだれかに知られたら、責任をエリックひとりにおっかぶせることもできるかもしれないという計算もあった）。エリックはしゃがみこむと〈ジッポー〉のライターを点火し、がらくたで足の踏み場もない散らかったねぐらに転がっていた繭の端に火をつけた。繭はなにかが割れるような物音とともに、一瞬で燃えあがった——内部に頭のいかれたホームレス女がいたのではなく、火薬がぎっしり詰まっていたかのようだった。即座に猛烈な悪臭、それも硫黄《いおう》のような悪臭が襲ってきた。神がチーズを切っているとしか思えなかった。そしてオールド・エシーはがばっと上体を起こし——といっても、その姿はシルエットで見えただけだ——体をねじって、ふたりをにらみつけたかのように思えた。一瞬だけ、エシーの顔だちがくっきりと見えた。写真のネガのように、反転して黒と銀色だけになっていた。ドンはエシーの唇が嘲笑のようにめくれあがっているのを目にした。次の瞬間、エシーは跡形もなく消え去っていた。

　ついで、火球が一メートル二十センチほどの高さに浮かびあがった――浮かびあがりながら回転しているようにも見えた。一拍置いて、火球は蛾の群れに変じた。それも数百匹はいようかという大群だった。繭や骸骨の痕跡はいっさい残っていなかった。オールド・エシーが横たわっていた芝生が焦げているようなこともいっさいなかった。

　つまり、あれはそのたぐいの火ではなかったらしい――ドンは思った。あれが本物の火だったら、おれたちはこんがり焼かれたはずだ。

　エリックが立ちあがった。顔は血の気をうしなって真っ白、目には惑乱の光。「なんだったんだ、あれは？　いったいなにが起こった？」

「といわれても、おれにはさっぱりわからねえ」ドンはいった。

「例の〈ブロートーチ・ブラザーズ〉……とかなんとか自称している連中がいるが、燃やした繭が空を飛ぶ昆虫に変化したなんていう報告がこれまでにあったかな？」

「おれが知っている範囲ではゼロだ。しかし、いちいち報告してないのかも」

「ああ、そうかもね」エリックは唇を舐めた。「うん、そうだよ、あの女だけが例外って理由はないし」

　そのとおり――オールド・エシーひとりが世界じゅうの眠れる女たちと異なっている理由はひとつもない。しかしドンには、ドゥーリングだけが異なっているかもしれない理由に心あたりがあった。ここでだけ事情が異なっているのは、ここにほかと異なっている女がいるからだ——眠りこんでも、ほかの女たちとちがって繭に体が包まれることのない女が。眠りから目覚めるたったひとりの女が。

「さあ、行くぞ」ドンはいった。「おれたちにはまだエレンデイル・ストリートの仕事が残ってる。〝ビッチ袋〟の数をかぞえなくちゃいけない。そいつらの名前を書きとめる仕事もある。いいか、ここでは……なにもなかったんだ。いいな、相棒？」

「ああ、いいよ。そのとおりで」

「じゃ、この件を他人に話したりはしないな？」

「話すもんか！」

「よし」

でも、おれは人に話しちまうかもしれないな、とドンは思った。ただしテリー・クームズには話さない。テリーが役立たずも同然だという結論をドンが出すまでには、二日ほどで充分だった。なんというか……そう、お飾りだ。おまけにテリーは飲酒問題をかかえているかもしれない。実に痛ましいことだ。衝動を自分でこらえられない人物にドンは嫌悪を感じた。ただしあのフランク・ギアリーという男、テリーが自分の副官に任じたあの男……あいつは頭の切れる猫だ。しかもフランクは、イーヴィ・ブラックという例の女にやたら興味をもっている。チャンスがあれば、あの女をすぐにも刑務所から追い立てかねない。もしこの件をだれかに話す必要があるとすれば、フランク・ギアリーこそがその話し相手だ。

しかし、それにはまずじっくり考えをめぐらせる必要がある。

じっくりと綿密に。

「ドン？」

ふたりはトラックにもどっていた。「なんだ、坊主？」

「あの女、おれたちを見てたかな？　なんだか見てたように思えたからさ」

「まさか」ドンはいった。「あの女はなにも見ちゃいない。爆発しただけだ。女みたいにくよくよすんなよ、ジュニア」

2

テリーは家へ帰って、次の行動計画を考えたいといってきた。この臨時代理が考えている次の行動計画は、せいぜいベッドに横たわって昼寝をすることだろう――そう見抜いていたフランクはなにもいわず、それも名案だねと答えた。フランクはテリーを自宅の玄関先にまで送ると、そのまままっすぐ車を警察署へむけた。署では通信指令係のリニー・マーズがノートパソコンを両手でもったまま、ぐるぐると円を描いて歩きつづけていた。鼻孔のまわりに白い粉が乾いてへばりついていた。頬は病的に紅潮していた。目はうるみ、落ちくぼんでいる。ノートパソコンからは、すでにいやというほどきかされている大混乱の物音が流れていた。

「あら、ピート」

リニーはきのうからフランクをピートと呼ぶようになっていた。呼ばれたフランクもいちいち訂正したりしなかった。訂正すれば、正しい名前はフランクだと数分ばかりは覚えているだろうが、それっきりまたピートに逆もどりだ。こういった短期記憶障害は、いまも眠っていない女たちのあいだでは珍しくなかった。そういった女たちの前頭葉は、日向《ひなた》に置かれたバターのようにどろどろに溶けているのだ。

「なにを見てるんだい？」フランクはたずねた。

「ユーチューブの動画」オフィス内を回遊する足どりをまったく緩めずに、リニーは答えた。「そりゃデスクでも見られるのはわかってる。ガートルードのディスプレイのほうがずっと大きいし」と、自分のコンピューターを愛称で呼ぶ。「でも椅子に腰かけると、毎回決まってうとうとしちゃう。だから歩いているほうがいい」

「なるほど。で、いま流してるのは？」そう質問したが、フランクには最新情報など必要ではなかった。なにが流れているかは最初からわかっている——悲惨な出来事だ。

「アルジャジーラのニューースクリップ。ニュース専門のネットワーク局はどこもかしこもいかれてるけど、なかでもいちばんブッ飛んでいかれてるのは断然アルジャジーラ。だって中東全域ががんがん燃えてるんだもの。そう、石油。油田がね。とりあえずまだ核ミサイルは落ちてない。でも、そのうちあっちのだれかが核をつかう——そう思わない？」

「おれにはわからないよ。そうだ、ちょっときみに調べてほしいことがあるんだ。自分の携帯でも試してみたけど、なにもわからなくてね。察するに刑務所の職員連中は、自分たちの個人情報にずいぶん神経質みたいだ」

リニーの足どりはいちだんと速くなっていた。あいかわらずノートパソコンの画面に目を釘づけにしている。そのノートパソコンを両手で支えもっているところは、聖杯を捧げもつ人のようだった。リニーは椅子にぶつかって転びかけ、体勢を立てなおして、また前へ進みはじめた。「シーア派がスンニー派と戦って、ＩＳＩＬはその両方と戦ってる。アルジャジーラにはコメンテイターがずらりと出演してて、連中は、女たちがいなくなったせいでこの大混乱が発生したと考えてるみたい。連中の考えだと、保護するべき女性たちがいなくなったせいで――まあ、あの連中の保護とわたしが考える保護はぜんぜん別物だけど――ユダヤ教とイスラム教の心理的な土台が消えてしまった、となるらしい。まるで、両者がおんなじものだとでもいうみたい。基本的には、女に責任を押しつけてる感じ――女たちはもう眠りについているっていうのに。馬鹿馬鹿しいったらありゃしない。イングランドでは――」

世界のニュースはもうたくさんだ――フランクは思い、リニーの目の前で何度かくりかえし手を叩いた。「少しのあいだ、きみに本来の仕事をしてほしいんだ。頼みをきいてもらえるかな？」

リニーははっとした顔で注意をもどした。「もちろん！　なにをすればいいの、ピート？」

「テリーから、ロレンス・ヒックスの住所を教えてくれと頼まれてね。ほら、刑務所の副所長だ。おれのために調べてくれるか？」

「お茶の子さいさい、朝飯前、お安いご用。あそこの職員全員の電話番号と住所は控えてある。ほら、あっちでトラブルが起こったときに備えて」

しかし、結局は朝飯前とはいかなかった。リニーのいまの状態では無理だった。フランクが辛抱強く待っているあいだ、リニーはまずデスク前の椅子に腰かけ、最初にひとつのファイルをひらいて引き下がり、別のファイルを試し、さらに三つめのファイルを調べながら、頭を左右にふって、たとえ責任が自分にあってもコンピューターのせいにする人そのままに毒づいていた。一度はリニーがうとうとしはじめて、フランクの見ている前で耳から白い糸が伸びてきていた。フランクはリニーの鼻先で強く手を叩いた。

「集中するんだ、リニー。いいか？　これが重要な鍵になるかもしれないんだから」

リニーがびくんとして一気に顔をあげた。糸がふっつりと切れて浮かび、すっと消えていった。リニーは腑抜《ふぬ》けたような笑みをフランクにむけた。「うん、了解。そうそう、コフリンの〈ホールズ・オブ・アイヴィー〉で、わたしたちがラインダンスをした夜のことを覚えてる？ほら、店でくりかえし〈ブーツ・スクーティング・ブギ〉がかかってた夜のこと」

リニーがなにを話しているのか、フランクにはさっぱりわからなかった。「ああ、覚えてるさ。ロレンス・ヒックス。住所だ」

そしてリニーはようやく目的の情報を見つけだした。クラレンスコート六四番地。町の南側の地区だ。あそこなら、ドゥーリングの町にいながら刑務所から精いっぱい距離をとっていられる。

「ありがとう、リニー。きみはコーヒーでも飲んだほうがいいな」

「コロンビアン・ローストのコーヒーより、〈コロンビアン・マーチング・パウダー〉をキメたほうがいいみたい。そっちのほうが効くもん。ほんと、グライナー兄弟さまさまよ」

電話が鳴った。リニーが受話器をつかみあげ、「はい、警察！」といった。そのあと三秒ばかり相手の声に耳をかたむけただけで、すぐ電話を切る。

「この手の質問の電話がしつこくかかってくるの。『刑務所にいる女のなんとかなんとかの話、あれは本当か？ ぺちゃくちゃ・ぺちゃくちゃ』って。まったく、わたしの顔が新聞に見える？」リニーは助けるすべもないほど悲しげな笑みを浮かべた。「でも、わたしったら、どうして必死で起きてるんだろう？ 避けられないことを先延ばししてるだけなのに」

フランクは上体をかがめ、指先でリニーの肩をそっと撫でた――自分がそんなことをするともわからないうちに手が先に出ていた。「踏んばるんだ。道の先の曲がり角を曲がったら、それこそ奇跡が待っているかもしれない。奇跡が起こるかどうかは、そこまで行かないとわからないし」

リニーは泣きはじめた。「ありがと、デイヴ。親切な言葉がうれしいよ」

「おれは親切がモットーでね」フランクは――親切を心がけていても、親切がむずかしい場合もあると知っている男は――答えた。長い目で見れば、親切が畑仕事の役に立つことはない。フランクにはそれが気にくわなかった。親切にしても喜びはいささかも感じられなかった。そういえば妻のエレインは、フランクが決して楽しんで癇癪を起こしていたわけではないという事実をついぞ理解しなかったのではないか。しかし、フランク本人にはどういうことかがわかっていた。畑仕事はだれかがやらなくてはいけない――ドゥーリングでは、その役がフランクだというだけだ。

この次会うときには、リニー・マーズは繭に覆われていることだろう――フランクはそう思いながら、警察署をあとにした。警官たちのなかには、繭を死体袋ならぬ〝ビッチ袋〟と呼びはじめた者もいた。フランクは内心この用語に眉をひそめていたが、使用を禁止もしなかった。

禁止するのはテリーの仕事だ。

なんといっても、署長はあの男なのだから。

3

ふたたびパトカーの四号車の運転席にすわると、フランクはリード・バロウズとヴァーン・ラングルが乗っている三号車を無線で呼びだした。ヴァーンが応答すると、フランクは三号車がまだトレメイン・ストリート地区にいるのかとたずねた。

「ああ」ヴァーンは答えた。「仕事は手早く進めてるよ。署長の家の前を通りすぎたあと、このあたりにはあんまり睡眠者《スリーパー》がいないんだ。あんたにも、そこらじゅうに出てる《売家》の立て看板を見せたいよ。景気回復の波とやらは、このへんには届かなかったみたいだ」

「ああ、そうか。ところで、話しておきたいことがあるんだ。テリーがノークロス署長とその息子の所在を知りたがってる」

「署長の家にはだれもいなかったな」ヴァーンはいった。「あそこは確認ずみだ。テリーにはもうそのことを話したぞ。どうやらテリーは……」そこまでいったところで、ヴァーンは自分の発言が電波に乗ることを思い出したらしく、表現をあらためた。「……その……ちょっとばかり働きすぎみたいだな」

「いや、テリーにもそれはわかってる」フランクはいった。「ただ、これからは空家もチェックしてほしいといってる。たしか、そこから少し先に行ったあたりに、仕上げの工事がすんでない袋小路があったはずだ。そこを見つけたら、ちょっくら家をまわって調べてから先へ進んでくれ。でも、そのときにはかならずおれに連絡すること――いいな？」

リードが無線のマイクをとった。「ライラが眠りについたのなら、森だかどこだかへ、ふらふらと行っちゃったあとじゃないかな。そうでなければ、自宅か警察署で繭に包まれて見つかってるはずだし」

「とにかく、おれはテリーが話してることを伝えてるだけだ」ただし、わかりきっていることを、いちいちヴァーンとリードの二警官に打ち明ける気はフランクにはなかった。なにが自明かといえば――クリント・ノークロスは一歩先を考えてたはずだ、ということだ。クリントの妻のライラがまだ目を覚ましているのなら、いまも警察で指揮をとっているはずだ。そうでない以上、クリントは息子のジェイリッドに電話をかけて、妻ライラを安全な場所に運べと指示したにちがいない。これもまた、クリントがなにかを企んでいることを示すサインのひとつだ。ライラとその息子が自宅からそう遠く離れていないことをフランクは確信していた。

「で、テリーはいまどこに？」リードがたずねた。

「おれがやつを家まで送っていった」フランクは答えた。

「ふざけんな」リードは不快の念もあらわな声だった。「せいぜい、やつが仕事のできる男であることを祈るよ、フランク。ああ、本気だ」

「言葉を慎め」フランクはいった。「これが電波に乗ってることを忘れるな」

「了解」リードはいった。「じゃ、これからトレメイン・ストリートをさらに先へ進み、空家のチェック作業をしていく。どのみち、あの地区はおれたちの担当リストにも載ってるしな」

「ありがたい。四号車からの通信は以上」

フランクはマイクをラックにもどすと、クラレンスコートへパトカーをむけた。ライラ・ノークロスとその息子がいまどこにいるのかを本気で知りたかった――ふたりの存在をてこに利用すれば、だれも傷つけずにいまの情況をおわらせることができる。しかし、それさえもいまのフランクのリストでは二の次だった。いまはミズ・イヴ・ブラックなる女について、いくらかの答えを得るタイミングだった。

4

ジェイリッドは二度めの呼出音で電話に出た。「はい、疾病対策センター《CDC》のドゥーリング支部。こちらは疫学者のジェイリッド・ノークロスだ」

「いまは芝居の必要はないぞ」クリントはいった。「こっちはオフィスにひとりきりだ。メアリーは無事か？」

「うん、とりあえずはね。いまは裏庭を歩いてる。日光に当たってると元気になるっていって」

クリントは漠然と不安を感じたが、心配性のおばあさんみたいになるなと自分を戒めた。プライバシーを守るフェンスもあるし、木もたくさん植わっている。あの裏庭にいればメアリーも安全だ。テリーや新しくその直属の部下になった面々がドローンやヘリコプターを出動させるとは思えなかった。

「でもメアリーは、もうあんまり長く起きてられないと思う。いまだって、どうしてこんなに長いあいだ起きてられるのか不思議なくらいだよ」

「ああ、同感だ」

「だいたい、なんで母さんはぼくたちにこの家にいろといったんだろう？　そこそこ家具はあるけどベッドが硬くてさ」ジェイリッドはいったん言葉を切った。「これって、意気地なしの泣き言みたいだよね？　まわりでは、こんなに大変なことになってるというのにさ」

「大きな出来事にあったとき、人はその出来事に押し潰されるのを防ごうとして、身近の小さなことに集中する傾向があるんだ」クリントはいった。「それに母さんの意見は正しかったよ」

「父さんはこのドゥーリングでも、〈ブロートーチ・ブラザーズ〉が出てくると本気で思ってる？」

　クリントは昔の小説の題名を思い出した――『ここでは起こるはずがない《イット・キャント・ハプン・ヒア》』というシンクレア・ルイスの長篇だ。重要なのは、どこでなにが起こってもおかしくない、ということだ。それはそれとして、いまクリントが心配しているのはドゥーリングにおける〈ブロートーチ・ブラザーズ〉の蜂起《ほうき》ではなかった。

「まだおまえが知らないことがある」クリントはいった。「しかし、ほかの人はもう知っている――あるいは、少なくとも勘づいてはいるようだから、今夜おまえに教えておこうと思う」

今夜を過ぎたら、わたしにはあまりチャンスが残されていないかもしれないな、とクリントは思った。「おまえとメアリーに夕食をもっていくよ。ダブルのハンバーガー、それに〈ピザワゴン〉のダブルマッシュルーム・ピザはどうだ？　いや、あの店がまだあいていればの話だが」

「最高だね」ジェイリッドは答えた。「ついでに、きれいなシャツも一枚頼みたい」

「もっていけるのは刑務官の青いシャツだけだな」クリントはいった。「自宅には足を踏み入れたくないし」

最初ジェイリッドはなにも答えなかった。クリントがジェイリッドに、まだそこにいるのかとたずねようとした矢先、息子が口をひらいた。「お願いだから、父さんはただ疑心暗鬼になってるだけだといってもらえる？」

「今夜そっちへ行ったときに、なにもかも説明する。メアリーが眠りこまないようにしてくれ。繭にくるまれたらピザを食べられなくなるぞ、とでもいっておくんだな」

「うん、伝えておく」

「それからな、ジェイリッド……」

「なに？」

「警官連中は町の情勢にどんな対応策をとっているかを、もうわたしに逐一教えてくれなくなっている――いまのところ、わたしは警察のお気に入りの人物ではない。しかし、もしもわたしが警官だったら、町を碁盤の目のように区切って一区画ずつ捜索を進め、眠れる女たち全員のリストを――その所在も含めて――つくるだろうな。テリー・クームズはそのたぐいを思いつくほど賢くもなければ事態を把握してもいないだろうが、テリーといっしょに仕事を進めている男には、それだけの才覚がありそうだ」

「オーケイ……」

「もし連中がおまえたちのところにやってきたら、とにかく静かにじっとしていろ……ええと、その家には物置のようなスペースはあるかな？　もちろん地下室以外にという意味だが……」

「わかんない。まだ全部を家さがししたわけじゃないから。でも屋根裏部屋があったと思う」

「もし外の通りに警官の姿が見えたら、おまえはそこにいる全員を屋根裏部屋に隠せ」

「それってマジでいってる？　なんか父さん、ぼくをめっちゃ怖がらせてるんだけど。話についていってる自信ないや。だいたいどうして母さんやミセス・ランサムやモリーを、警官たちの目から隠しておかなくちゃいけないわけ？　この町では、眠ってる女たちを燃やすようなことはしてないんだよね？」

「ああ、たしかにそんな真似はだれもしてない。ただ、それでも危険な情勢であることに変わりはないんだよ、ジェイリッド。おまえにとってもメアリーにとっても危険だし……とりわけ母さんには危険なんだ。さっきも話したが、いまでは警官たちもわたしをあまり快く思っていない。それもこれも前におまえたちに話した女、ほかとちがう例の女に関係してるんだよ。いまはあまり立ち入ったことを話したくないが、とにかくわたしの言葉を信じてほしい。どうだ、みんなを屋根裏部屋に運びあげられるか？」

「まあね。そんな羽目にならないように祈るけど、いざとなればやるよ」

「よかった。わたしもすぐそっちへ行く。できればピザを手土産にしたいな」

でもその前に――クリントは思った――イーヴィ・ブラックのところへ、またひとっ走り行く必要があるぞ。

5

クリントが談話室にあったパイプ椅子を片手で運びながらA翼棟に足を踏み入れると、ジャネット・ソーリーがシャワー室兼シラミ除去室のドアの前に立って、その場に存在していない相手と話しこんでいた。ドラッグ売買に関係するこみいった話のようだった。ジャネットは質のいいブツが——〈ザ・ブルーズ〉が——欲しいと話していた。あのドラッグがデイミアンをすごくいい気分にさせていたから、ということだった。イーヴィは監房の鉄格子のすぐ内側に立ち、共感とも思える顔つきでじっとジャネットを見ていた……とはいえ精神のバランスを欠いている人物なので、本当のところはだれにもわからない。精神のバランスを欠いているといえば……エンジェル・フィッツロイは近くの監房の簡易ベッドに腰かけて、深くうつむいたまま頭を両手で支えていた。顔は垂れた髪に隠れて見えなかった。エンジェルは一瞬だけ顔をあげてクリントをちらりと見ると、「ハロー、下衆男《コックサッカー》」とだけいって、また顔を伏せた。

「あんたの仕入れ先はお見通しよ」ジャネットは、他人には見えない売人と話をつづけていた。「いますぐ仕入れられるってこともね。夜の十二時に閉店とか、そういう店じゃないんだから。頼みをきいてくれる？　お願い。ほんとのお願い。だってデイミアンにはあんなふうに不機嫌になってほしくない。ボビーの歯が生えてくることもそう。だめ、わたしの頭じゃ受けとめられない」

「ジャネット」クリントは声をかけた。

「ボビー？」ジャネットは目をしばたたいて、クリントに視線をむけた。「あ……ドクター・ノークロスね」

ジャネットの顔はすっかり痩せ衰えていた。たとえるなら、顔の筋肉はもうすっかり眠りについて、あとはしぶとく粘っている脳みそが眠りにつくのを待っているかのようだった。そのようすにクリントは昔からあるジョークを思い出した。一頭の馬がバーにやってきた。それを見てバーテンダーがいった。おや、お客さん、なんでまたそんなに浮かぬ顔《ロング・フェイス》をしてるんです？

クリントは、公衆電話を使用不可能にする命令を出した理由をジャネットに説明したかったし、命令のせいでジャネットが電話で息子の無事を確かめられなくなった件を謝っておきたかった。しかし、現時点でジャネットが自分のことを正しく認識できているかどうかは不明だ。仮にわかっていたとしても、謝罪してなにが達成できるのか？ ジャネットの悲しみをさらに増やすだけでは？ 刑務所の女たちの命——自身の患者たちの命——に対して、いまクリントが行使している権力は、そもそもがグロテスクなものだ。ほかに選択肢がないと思えたのは事実だが、それでグロテスクさや残酷さが薄れることはなかった。しかも、それだけではすべてを説明できなかった。これまでのクリントのさまざまな対策は、いずれもイーヴィという女性に理由があった。それに思いいたるなり、クリントは気がついた。当人が正気だろうとなかろうと、それゆえにこそ自分はイーヴィを憎んでいるのだ、と。

「ジャネット、だれと話をしているのかは知らないが——」

「わたしのことはほうっておいて、ドク。話をつけなくちゃいけないんだから」

「外の運動場に出ていってほしい」

「なんですって？　そんなの無理……というか、ひとりではいや、出ていけっこない。だってここは刑務所だから」ジャネットはクリントから顔をそむけて、シャワー室をのぞきこんだ。「ほら、見て——あの男がいなくなった。先生に怯えて逃げてったの」一回だけ、涙を流さないままましゃくりあげる。「わたし、これからどうすればいいの？」

「どこのドアにも鍵はかかってないよ、スイートハート」クリントはいった。ここまで親密な呼びかけの言葉で受刑者に話しかけたことはなかったが、いまはなにを考えることもなく自然に口をついて出てきた。

「そんなことをしたら、服役態度不良者リストに名前が載っちゃう！」

「その人、頭が変になってるんだよ、ドク」エンジェルが顔をあげずにいった。

「もう出ていきな、ジャネット」イーヴィがいった。「家具工場へ行ったら、そこから運動場を横切って、所内菜園に行くこと。新しい豆が採れるはず——それこそ蜂蜜なみに甘い甘い豆がね。豆をポケットいっぱいに詰めたら帰ってきて。そのころには、ドクター・ノークロスとわたしの用事もすんでるはずだから、みんなでピクニックができるよ」

「ピクニックの〝ピー〟はお豆《ピー》のピー」エンジェルが髪の毛のカーテンの隙間からそういって、自分で笑った。

「さあ、もう行って」イーヴィがいった。

ジャネットは心もとなげな目をイーヴィにむけた。

「さっきの男が外にいるかもしれないし」イーヴィはなだめすかす調子でいった。「っていうか、あの男はまちがいなく外にいるよ」

「もしかしたら、あの男、あんたのケツの穴にもぐりこんだのかも」エンジェルがまた髪の毛ごしにいった。「ケツの穴の奥に隠れてたりしてね。工具箱からレンチをもってきなよ。男さがしを手伝ってやる」

「口がわるいにもほどがあるね、エンジェル」ジャネットはいった。「ほんと」

そういってジャネットはA翼棟の短い廊下を歩きはじめたが、すぐに足をとめ、窓から射しいる太陽の光がつくる傾いた楕円形を魅入られたように見つめはじめた。

「教えてあげる——あんたには四角い光なんか、どうだってよくなくなくなくないんだけど」イーヴィが静かにいった。

ジャネットは声をあげて笑い、大きな声でいった。「ほんとにそうだよ、リー！　そのとおり！　なにもかも〈嘘でガッチリ儲けマショー〉だよね？」

そういってから、ゆっくり一歩一歩足を踏みだして進みはじめる。左に寄っては進路を修正し、右に寄ってはまた修正する。

「エンジェル」イーヴィが声をかけた。

その声はこれまでと変わらずに静かで折り目正しかったが、エンジェルは一瞬で完全に覚醒したかのようにすっと顔をあげた。

「これからドクター・ノークロスとわたしとで、真剣な話しあいをするの。あなたは話をきいていてもいいけど、口はずっと閉じていなくちゃだめ。もしあなたが言葉を発したら、わたしは鼠の助けを借りて、あなたの話をおわらせる――鼠はあなたの舌を口から嚙みちぎるわ」

エンジェルは数秒ほどイーヴィを見つめていたのちに、また顔を伏せて両手で覆った。

そのあとクリントがイーヴィの監房の前にパイプ椅子を広げているとき、スコット・ヒューズ刑務官があらわれた。

「ひとり、受刑者が外に出ていったよ」スコットはいった。「農園にむかってるみたいだったけど、かまわないのかな？」

「ああ、いいんだ。でも、よかったら出ていった受刑者を見張っていてもらえるか？　倒れて眠りはじめたら、繭ができる前に急いで日陰に運びこむ。完全に繭に包まれたら、いっしょにこっちへ運びこもう」

「オーケイ、ボス」スコットはさっと敬礼をして去っていった。

ボスか――クリントは思った。いやはや、よりにもよってボスとはね。候補にもあげられず、みずから選挙運動に励んだりもせず、それでも結局はこの仕事をやらされているわけだ。

「王冠を戴く頭《こうべ》に、安らぎはついにないのか」イーヴィはいった。「シェイクスピアの『ヘンリー四世・第二部』。あの劇作家の最上作とはいえないけれど、わるくはない。シェイクスピアの時代には、女性の登場人物を少年俳優が演じていたって知ってた？」

この女は読心術者ではない――クリントは自分にいいきかせた。たしかに男たちが刑務所にやってはきたが、あれはわたしでも予見できた、単純な理屈だ。自分はカーニバルでよく当たる占い師の役はこなせても、本当に他人の心を読む読心術者ではない。

そのとおり。いまの話を、いつまでも好きなだけ信じていればいい――ここは自由の国だ。

そのあいだもイーヴィは好奇心と興味をたたえて、クリントを見つめている。その目は完全に目覚めていて、意識があることをうかがわせていた。いまの時点でもそんな目をしている女性はイーヴィひとりかもしれない。

「さて、なにを話題にしようかしら？　シェイクスピアの歴史劇？　野球？　〈ドクター・フー〉のラストシーズン？　シーズン最終話があんなクリフハンガーで残念だった？　でもこれからは再放送ばっかりになりそう。だってきわめて信頼すべき筋から、ドクターのコンパニオンが二、三日前に眠りについて、いまはタイムマシン〈ＴＡＲＤＩＳ《ターディス》〉で自分の精神という内《インナ》宇宙《ースペース》を旅してるってきいたもの。でも、キャストを組みなおせるかも――男だけのキャストで新シーズンをはじめたりして」

「おもしろそうだね」クリントはなにも考えないまま、精神分析医モードに移行しながら答えた。

「それとも、いまの情勢にもっと密接な関係のある話題のほうがいい？　わたしとしては、いまの案を推薦したいな。時間はどんどん限られてきてるしね」

「わたしは、わたしたちふたりについてのきみの考えに興味がある」クリントはいった。「きみが〈女代表《ザ・ウーマン》〉、わたしが〈男代表《ザ・マン》〉。シンボルとしての人物像だ。原型《アーキタイプ》。陰と陽。チェスボードのこちら側はキング、反対側はクイーン」

「あら、そうじゃない」イーヴィは微笑みながらいった。「わたしたちはおなじ側に立ってる。白のキングと白のクイーン。ボードの反対側にずらりとならぶは、わたしたちの敵、黒の駒が総出でつくる軍隊。王様の馬が勢ぞろい、王様の家来《メン》も勢ぞろい。〃男《メン》たち〃の部分を強調して」

「それはおもしろい――わたしたちがおなじ側にいるという見方がね。これまで思いつかなかった。ところで、最初にきみがその点に気づいたのは、正確にいつのことかな？」

笑みが消えた。「だめ。その手に訴えてもだめ」

「その手とは？」

「昔なじみの『精神疾患の診断・統計マニュアルⅣ』に逆もどりしてる。今度の件に立ちむかうのなら、ある種の理性的な推論は手放して、直観に頼る必要がある。あなたのなかにある女性の部分を抱きしめて。どんな男性にも女性の部分がある。ドレスを身にまとったことのある男性作家の面々を考えてみればいい。たとえば『ミルドレッド・ピアス』を書いたときのジェイムズ・M・ケイン。わたしの個人的お気に入りの一冊」

「しかし、きみの考えに異議をとなえる女性心理学者は枚挙にいとまがないだろうし――」

「まだあなたの奥さんが目を覚ましてて、わたしと電話で話をしたときのあなたは、わたしの話を信じてた。あなたの声から信じてることがわかったの」

「あの晩、わたしは……奇妙な立場にあったんだよ。個人的な問題に対応していたというか。いいかな、きみの影響力やきみのパワーを割り引こうとしてるわけじゃない――そのたぐいのことを、きみがどんな名前で呼んでいてもね。さしあたり、きみが主導権を握っていると仮定しよう。少なくともきょうのところは」

「じゃ、そう仮定しましょう。でも、あしたは男たちがわたしを求めてやってくる。あした来なくたって、あさってには、あるいはその翌日には。そう先のことにはならない。もうひとつの世界……というのは〈大樹〉の先にある世界だけど、そこでは時間がもっと速いペースで流れてる。あっちでは、もう何カ月もの時間が流れた。危険はいろいろあるけれど、女たちが力をあわせて危険をひとつ乗り越えるたびに、向こうからこちらの世界に帰りたいという気持ちはだんだん薄れてくるはずよ」

「よし、わたしがきみの話を理解し、さらには話の半分までも信じたと仮定しよう」クリントはいった。「きみはだれに送りこまれてきた？」

「レジナルド・K・ウツケモン大統領ね」エンジェルが隣の監房からいきなり声をかけてきた。「そうでなかったら、イカレ・ポンチ卿かな。ひょっとしたら――」

次の瞬間、エンジェルは悲鳴をあげた。クリントがそちらへ顔をむけると、ちょうど大きな茶色い鼠が鉄格子のあいだを抜けてエンジェルの監房に走りこんでいくところだった。エンジェルは両足を簡易ベッドの上に引きあげて、また悲鳴をふりしぼった。

「追っぱらって！　追っぱらってよ！　鼠、大っきらいなんだから」

「じゃ、これからは静かにできるの、エンジェル？」

「はい！　はい！　約束します！　はい！」

イーヴィがホームランの合図をするアンパイアのように、指をくるくるとまわした。鼠が引き返してきてエンジェルの監房から出てくると、廊下にすわりこみ、ビーズのような目でエンジェルを見つめた。

クリントはイーヴィにむきなおった。ここまでやってくるあいだには、いくつもの疑問が頭のなかに連なっていた。イーヴィが抱いている思いちがいに本人を直面させるために組み立てられた一連の質問。しかしいま質問の束は、強風にさらされたカードの館のごとく吹き散らされていた。

　思いちがいをしていたのは、わたしのほうだ。わたしは思いちがいにしがみついていた——とにかく正気をなくしたくない一心で。

「だれかに送りこまれてきたわけじゃない」イーヴィはいった。「わたしは自分ひとりでここへ来たの」

「取引を結ばないか?」クリントはたずねた。

「取引ならもう成立ずみ」イーヴィはいった。「わたしがこの件で死なず、あなたがわたしを助けてくれたら、女たちは自分の進む道筋を好きなように決められる。でも、これだけは警告しておく——あのギアリーっていう体の大きな男は、なんとしてもわたしの身柄を手に入れるつもり。あの男は、ほかの男たちを操れば、わたしを獲得できると考えてる。でも、それも勘ちがいかも。わたしが死ねば、なにもかもおしまい」

「きみは何者なんだ?」

「あなたのたったひとつの希望。あなたはそろそろわたしの心配をやめて、ここの塀の外にいる男たちのことにエネルギーを集中させたほうがいいと思う。あなたが心配するべきなのは、あの男たち。クリント、あなたが奥さんや息子さんを愛してるのなら、あなたはすばやく動いて優位な立場を確保するべきよ。ギアリーはまだ権力を完全に掌握しているわけじゃない——でも、そうなるのは時間の問題ね。あの男は頭が切れるし、動機もある。おまけに、自分のほかはだれひとり信じてない」

「あいつなら追い返したよ」クリントの唇は痺れたようになっていた。「疑いの念を抱いてはいたが、確信はもっていないはずだ」

「いずれは確信するはずよ。ヒックスと話をすればね。しかも、いまあいつはヒックスの自宅へむかってるし」

クリントは、イーヴィが鉄格子のあいだから手を伸ばして頰をひっぱたいてきたかのように、ぎくりとのけぞって椅子に背を押しつけた。ヒックス！　あの副所長のことをすっかり忘れていた。フランク・ギアリーからイーヴィ・ブラックについて質問されても、ヒックスのやつが口を閉じていられるだろうか？　口を閉じていられたら、そっちのほうがびっくり仰天だ。

イーヴィはすわったまま身を乗りだし、視線をしっかりとクリントの目にあわせた。「わたしはこれまで、あなたの奥さんと息子さんのことであなたに警告し、あなたなら入手できるかもしれない武器のことをあなたに教えた――これだけだって、本当はやっちゃいけないことだったのかも。でもね、すごく意外なことがあった――あなたのことがすごく好きになったの。そうね、あなたに惹かれているといっても言いすぎじゃないくらい。だって、あなたが向こう見ずもいいところだから。いまのあなたはね、ドクター・ノークロス、大海原の潮流にむかってきゃんきゃん吠えてる犬そっくり。話題を変えてるつもりはなくて、あくまでも基本的な問題の別の側面ってこと――つまり、左右のバランスが永遠にとれない男と女の方程式。いいの、忘れて。また別の機会の話題にする。あなたは必要な決断をくだすべきよ。防衛策を用意するか、さもなければさっさと逃げていって、わたしのことをあの連中に委ねるか」

「きみを連中に委ねる気はない」クリントは答えた。

「あら、ご立派なお言葉。マッチョイズム丸出し」

鼻先であしらうようなイーヴィの口調に、クリントは苛立ちをおぼえた。

「なにもかもお見通しのその目には、公衆電話をつかえないようにする以外、わたしに選択肢がなかったことも見えてるのか？　ここで最後まで目を覚ましている女たちが、だれかに〝さよなら〟をいう機会を——それこそわが子に別れを告げる機会さえ——奪ったこともだ。それもこれも、きみについての話を外部に洩らさないためだった。それに、わたしの息子がみずからを危険に晒していることも見えてるか？　まだティーンエイジャーなのに、わたしに頼まれて、みずから危険を買ってでてくれたんだ」

「あなたがなにをしたかは全部知ってる。でも、わたしがあなたに無理強いしたことはひとつもないのよ」

いきなり、イーヴィへの激しい怒りがこみあげてきた。「きみがそう信じているのなら、自分に嘘をついてるってことだ」

イーヴィは監房内の棚に手を伸ばし、ヒックスの携帯電話をとりあげた。

「話はこれでおしまい、ドクター。わたしはちょっとばかり〈ブームタウン〉で遊ぶことにする」そういうとイーヴィは、恋のたわむれが得意なティーンエイジャーそっくりのウィンクをクリントに投げた。「これでも、だんだんゲームの腕をあげてるんだから」

6

「さあ、到着だ」形成外科医のガース・フリッキンジャーはそういいながら、無残な姿になった愛車のメルセデスを、もっと無残な姿になっている故トルーマン・メイウェザーのトレーラーハウスの前にとめた。

ミカエラはうつろな目でトレーラーハウスをながめた。過去数日間は、夢のなかの女になった気分で過ごしていた。そしていま、この錆だらけのトレーラーハウスも——コンクリートブロックを台座にして雑草と廃棄された自動車部品にとりかこまれ、地面に落ちた警察の現場保全テープが風に吹かれて物憂《ものう》げにのたうっている場所にあるトレーラーハウスも——奇怪なコースをたどった夢で見せられている光景としか思えなかった。

《でもわたしはまだこっちにいる》ミカエラは自分に語りかけた。《わたしの肌はやっぱりわたしの肌。そうでしょ？》

片手をもちあげて片頰をごしごしこすり、つづけてひたいをこする。ＯＫ。まだ蜘蛛の糸状の物質は生えてきていない。わたしはまだこっちにいる。

「ほら、来いよ、ミッキー」ガースは車から降りながらミカエラに声をかけた。「目当てのブツがここで見つかれば、あんたもあと一日二日は起きていられるぞ」

ミカエラはドアをあけようとした。しかしハンドルが見つからなかったので、そのまますわっていた。ガースが車の前側をまわって助手席ドアに近づき、大袈裟なお辞儀とともにミカエラのためにドアをあけた。まるで恋人をプロムに連れてきた少年のようだ——しかし現実には、山奥のみすぼらしいトレーラーハウス、それも先日ふたりの人間が殺害された現場にやってきただけだ。

「さあさあ、どうぞ、こちらへいらしてください」ガースはそういうとミカエラの腕をつかんで引っぱった。ガースはやたらに陽気で元気いっぱいだ。それもそのはず。ガースは、百時間以上ずっと起きているわけではない。

〈スクイーキー・ホイール〉で出会ったあの夜以来、ガースとミカエラはたちまち親友同士になっていた。いや、ドラッグ仲間というべきだろうか。ガースは結晶《クリスタル》メタンフェタミン《メス》を大きな袋で隠しもっていた——本人の弁によれば〝非常用備蓄〟だそうだ。酒代とうまい具合に釣りあいがとれた。〈スクイーキー・ホイール〉の酒が底をついて閉店になると、ミカエラは喜んでガースにつきあった。時と場合がちがったら、ガースと寝ることもいとわなかったかもしれない。男がそんな効果をミカエラにおよぼすことはめったになかったが、目先の変わった新奇さに魅力を感じるときもあったし、さらにはいまのような状態では親しくしてくれる相手を歓迎したいところだった。ただし、いまのような場合では、それはない。ここでガースと寝れば、そのあとで本当に寝てしまうに決まっている。男と寝たあとはいつも決まって眠りこむからだ。うっかり眠りこめば、あらあら残念、一巻のおわり。とはいえ、ガースが多少なりともその方面の関心を抱くかどうかが読めていたわけでもなかった。ガース・フリッキンジャーは決して、ならぶ者なき性的存在ではなかった。例外ジャンルはドラッグ——その方面にはきわめて情熱的だった。

〝非常用備蓄〟の袋はかなりの大きさで、ふたりはガースの自宅で四十八時間ばかりもぶっつづけでパーティーに耽《ふけ》ることができた。日曜日の午後になってガースがついに数時間ばかり眠りこんだ隙に、ミカエラはこの医師のロールトップデスクの中身を調べた。予想どおり医学関係の定期刊行物が積まれ、焼け焦げたドラッグパイプも数本見つかった。予想外だったのは、ピンクの毛布にくるまれている赤ん坊をとらえた皺だらけの写真だった。裏側には鉛筆の薄れた文字で《キャシー》と名前が書いてあった。デスク下のキャビネットには、爬虫類用のビタミン・サプリメントの大箱。調べおわると、ミカエラはガースのジュークボックスを動かした。といっても、中身はジャムバンド系のレコードばかりだった。いまのミカエラには〈ケイシー・ジョーンズ〉という曲をきく必要はなかった——なにせ自分自身が、列車事故で死んだジョーンズ運転士とおなじ運命をたどる途中にいるのだから。つづいてミカエラは、ガースの馬鹿でかいテレビで見られる五百はあろうかというチャンネルを、つぎつぎに見ていった。といっても一定時間以上見ていたのは、テレビショッピングだけだった。怪しいほど弁舌あざやかな連中が、これ以上はないほどやかましく耳ざわりな声、〝おれの話をきけ・さもなくば・死ね〟といっているような声でわめきちらしていた。その手の番組を見ながら、シャーク製の掃除機を注文して、ワシントンＤＣの旧住所あての配送手続をとったような記憶がぼんやりと残っていた。はたして注文品が届くかどうかは謎だ。ミカエラの注文電話を受けた係員は男だったが、注文伝票を作成して手配するのは女性スタッフにちがいない、とミカエラは思った。そういった仕事をこなす役目は決まって女ではなかったか？　その手のクソな仕事を。

だから、リング状の黒ずみ汚れがないトイレの便器を見たら、〝クソ仕事〟をこなしている女性が近くにいることがわかる。

「トルーマンのやつがいってたんだよ、これまでで最上のブツが手にはいったって」いまガースはトレーラーハウスにミカエラを案内しながら、そう語っていた。「いやいや、勘ちがいしないでくれ。トルーマンは頭のおかしな男で、口をひらけば法螺《ほら》ばかりだったが、あのときはやつが珍しく嘘じゃないことを口にしたんだよ」

トレーラーハウスの側面には穴があき、穴のまわりをコロナのように取り巻いているのは乾いた血のように見えた――しかし、現実にそんなものがあるはずはない。これは白日夢だ、長期にわたって睡眠をとらない人が白日夢を見るのは珍しくない――アパラチア地方の緑の山々に囲まれた故郷の町へむけて出発する前、ニュース・アメリカの画面横に出ているテロップで、自称専門家がそんなふうな見解を披露していた。

「トレーラーハウスの壁に穴なんかあいてないでしょう？」ミカエラはたずねた。その声にすら夢のなかのような響きが混じっていた。ミカエラの頭のてっぺんにスピーカーがあって、声はそこから流れているかのようだった。

「いや、穴はあるぞ」ガースが答えた。「ほら、あそこに穴がある。いいか、ミッキー、トルーマンはその新しいブツを〈紫の稲妻《パープル・ライトニング》〉と呼んでて、わたしもサンプルをもらったんだが、そのあと頭のいかれた女が登場してきて、トルーマンとお仲間をふたりまとめて殺しちまった」ガースはつかのま回想に耽った。「そいつは、愚かしさのきわみみたいなタトゥーを入れていたよ。〈サウスパーク〉に出てくる、うんこの妖精だかなんだかだった。歌ったりなんだりするキャラだよ。しかもそのタトゥーを喉仏に入れてたぞ。どこのだれが、喉仏にクソのタトゥーなんか入れる？　ああ、教えてくれ。ウィットたっぷりで笑えるといっても、クソはクソに変わりなしだ。そいつを見れば、いやでもクソが目にはいる。タトゥーはわが専門分野じゃないが、意見をきいたことはある——あの手のタトゥーをあとから消そうとしたら、信じられないくらいの激痛らしい」

「ガース。話をストップ。巻戻し。頭のいかれた女。それって町の人たちが話題にしている女のこと？　刑務所に閉じこめられてるっていう女？」

「ああ、まあね。怒りですっかり我を忘れてたよ。わたしが逃げられたのは運がよかったからだ。とはいえ、それも橋の下を流れる川の水、あるいは排水管を流れおちていく小便、その心はといえば先週のニュース、その他もろもろ。どうだっていい。だいたい、そんなことになってよかったと思うべきだ。いま大事なのは、質のいいクリスタルだけさ。つくったのはトルーマンじゃない。やつがサヴァナだかどこだかで仕入れてきた。でも、自前でもつくる予定だった。分析して、自分なりのバージョンでね。七リットル以上もの量が、ジッパーつきビニール袋に詰まってるってな。それがここのどこかにあるはずなんだ。なんとしても見つけてやる」

　本当にガースが見つけることをミカエラは祈った。ドラッグの補充が必要だからだ。ふたりは過去数日間でガースの備蓄を吸いつくした。それればかりか、ソファの下からかきあつめた埃にまじっていた粉やかけらまで吸ったほどだ。ガースはミカエラにしつこく、パイプをつかったあとは歯磨きを欠かすなといった。

「覚醒剤中毒の連中は、みんな歯がぼろぼろなんだよ」ガースはミカエラにそういった。「ハイになって、基本的な衛生習慣をおろそかにしちまうのさ」

そんなふうにして吸ったもののせいでのどが痛み、幸福感はとうの昔に薄れてしまっていたが、とりあえずミカエラは寝ないですんでいた。車でここへ来る道中では絶対に眠りこんでしまうだろうと思ったが——道のりが果てしなく思えていた——なんとか意識をたもちつづけることができた。なんのためだったのか？　コンクリートブロックの上で危なっかしくバランスをたもっている、このトレーラーハウスに来るためだ。どう見ても、〈意識の泉〉という雰囲気ではない。となると、あとは〈パープル・ライトニング〉が、ガース・フリッキンジャーのドラッグ漬けの脳みそがゼロからつくりあげた幻想でないことを祈るだけだ。

「早く行ってよ」ミカエラはいった。「わたしはいっしょに行かないから。トレーラーハウスのなかに幽霊がいたらいやだもん」

ガースは不愉快そうな顔でミカエラを見つめた。「ミッキー、きみはリポーターだぞ。ニュース報道の専門家だ。そんなきみなら、幽霊が実在しないことも知ってるはずだ」

「ええ、知ってる」ミカエラは頭のてっぺんに設置したスピーカーを通じて話した。「でもいまのわたしの心と体の状態だと、幽霊が見えてしまうの」

「きみをひとり外に残していくのは気が進まないね。きみがここで居眠りをはじめても、すかさず頰を平手打ちして目を覚まさせてやれなくなる」

「自分でひっぱたく。早く探しだしてきて。とにかく、あんまり長い時間をかけないようにしてちょうだい」

ガースは軽やかな足どりで階段をあがり、ドアをあけようとした。しかしドアがあかなかったので、肩から体当たりした。ドアがあっけなくひらき、ガースは勢いあまってよろめきながら、室内へはいっていった。一瞬後、ガースは蝦茶色《えびちゃいろ》に汚れた壁に穿たれた穴から満面の笑みの顔を突きだしてきた。「寝るんじゃないぞ、かわい子ちゃん！　忘れるな、そのうち都合のつく日を見つけて、きみの鼻にちょっとばかり修整手術をしてやるから！」

「あんたの夢のなかでね」ミカエラはいいかえしたが、ガースの頭はもう穴の奥に引っこんでいた。ガースがどこにあるとも不明な〈パープル・ライトニング〉をさがしはじめたらしく、室内からどすんばたんと物音がきこえてきた。目あてのドラッグは警官たちがすでに発見して、警察署の証拠品ロッカーにしまいこんだか、それぞれの自宅にいる女たちの眠気を払うため、こっそり家にもち帰ってしまったかもしれない。

ミカエラはふらりと歩き、メタンフェタミンの密造小屋の焼け跡に近づいていった。小屋のまわりの灌木は焼け焦げて、木々も黒く焦げていた。紫色だろうと何色だろうと、近い将来ここで覚醒剤が密造されることは考えられない。覚醒剤の密造小屋では珍しいことではないが、ここの工場も内部の原因で爆発したのだろうか？　それとも、密造者たちを殺したという女が小屋を爆破したのか？　これだけ日がたってしまったいまでは無意味な疑問かもしれない。しかし、ミカエラは例の女に関心をいだいていた——事実を突きとめたいという天性の好奇心を刺戟されたからだ。八歳のミカエラにアントン・ダブセックの衣装簞笥の抽斗を調べさせ、そののちどんな人の抽斗でも——彼らの家にある抽斗や、彼らが日々身にまとっているものまでも——調べられるジャーナリズムの世界にミカエラを送りこんだのも、その好奇心だった。いまも頭のその部分は活発に働いていた——こうして目を覚ましていられるのはガース・フリッキンジャーのメタンフェタミンのおかげだが、それと同程度には自分なりの好奇心のおかげだと感じてもいた。いまのミカエラには、〈答《A》〉のない〈問《Q》〉ばかりがあった。

〈Q〉は、たとえばこのオーロラ禍がそもそもどのようにしてはじまったのか、というあたり。

さらには、なぜこんなことが起こったかという疑問――いや、そもそも理由があればの話。世界じゅうの女たちは、童話の眠れる森の美女のように、いずれは目を覚ますのだろうか、という〈Q〉もある。いうまでもなく、メタンフェタミンの密造屋たちを殺した女にまつわる〈Q〉だ。女は――〈スクイーキー・ホイール〉や町で耳にした人々の会話によれば――イヴ・ブラック、あるいはイヴリンかエセリン・ブラックという名前で、ふだんどおり眠って、ふだんどおり目覚めることができるという。これが本当なら、イヴひとりだけが全世界のほかの女たちとちがっていることになる――南米大陸南端のティエラ・デル・フエゴ諸島とかヒマラヤ山脈の高地あたりに、そのたぐいの女がほかにもいるのならともかくも。女にまつわる話は根も葉もない噂かもしれないが、ミカエラは話にいくばくかの真実が含まれていると思うようになっていた。噂が複数方面から耳に届くようになったら、注意をむけておくのが賢明だ。

いまみたいに片足を現実に、反対の足を〝うたた寝の国〟に突っこんでいる状態でなければ――覚醒剤密造小屋の焼け跡から先に通じる道に足を踏みだしながら、ミカエラは思った――いまごろは女子刑務所に大急ぎで駆けつけ、あれこれ質問を投げかけていることだろう。

〈Q〉はまだある。所長をつとめているミカエラの母が眠りについたいま、刑務所を切りまわしているのはだれなのか？　ヒックス副所長？　母によればヒックスは〝アレチネズミなみの脳みそと、くらげなみの背骨〟のもちぬしらしい。ミカエラの記憶が正しければ、主任刑務官はヴァネッサ・ランプリーだった。ヴァネッサが刑務所からいなくなったとか……あるいは眠りこんでしまっていたら、あとに残るのは——

いま頭のなかにきこえたのはハミングだろうか？ はっきりした確信はなかったが、そんなことは信じられなかった。この近くを通っている送電線の音だろうと思った。大騒ぎすることではない。ただし両目は、あっさり現実だと片づけられない光景を脳に送りこんでいた。爆発で吹き飛ばされた小屋から数メートルほど離れた樹木の幹に手形のような斑点があり、その斑点が光っていたのだ。地面の苔や腐った落葉などにも、足跡のような光る斑点があちこちについていた。まるで《こっちへおいで、お嬢さん》と語りかけているかのよう。そればかりか、蛾の群れがあちらこちらの木の枝にとまっていて、まるでミカエラを見張っているかのようだった。

「ぶうーっ！」ミカエラは蛾の群れのひとつに大声をむけた。蛾はどれも翅をぱたぱたさせたが、木の枝から飛びたつことはなかった。ミカエラはまず片頬をひっぱたき、反対側の頬も叩いた。蛾の群れはまだそこにいた。

ミカエラはさりげなくふりかえり、小屋とその下のトレーラーハウスのほうへくだっていく斜面を見おろした。蜘蛛の糸のような物質にすっかり包まれて、そのあたりの地面に横たわっている自分が見えるにちがいない、と思っていた——それこそ、わたしが肉体から切り離されて精神だけの存在になったという否定できない証拠になる。しかし、そこにあったのは焼け跡だけであり、きこえているのはガース・フリッキンジャーががむしゃらに宝探しをつづけている、かすかな物音だけだった。

顔をもとにもどして進路を――光り輝く足跡が、ここそこ進路だと告げていた――見あげたミカエラは、一匹の狐が三、四十メートル先にいることを目にとめた。ふさふさの尻尾を、前足のまわりに几帳面にきっちり巻いている。ミカエラがおずおずと進路の方向へ三歩進むと、狐はちょこちょこと進路を先へ進んでは足をとめ、顔をうしろへむけてくる。その顔は楽しげに微笑んでいるように見えた。

《こっちへおいで、お嬢さん》

ミカエラは狐を追った。好奇心の部分はもう完全に覚醒し、ここ数日間なかったほど意識が冴えていることも感じていた。もう百メートルばかり進むと、木々にとまっている蛾はさらに増えて、枝が蛾ですっかり覆われてしまっていた。蛾の数は数千匹にもなるだろう。いや、数万匹単位かもしれない。あれだけの蛾に襲われたら（その思いが、狂暴化した鳥の群れが出てくるヒッチコック映画の記憶を呼び覚ました）、自分はきっと窒息してしまうだろう。しかしミカエラには、そんなことが起こるとは思えなかった。たくさんの蛾は観察者だ――それだけのこと。歩哨。露払い。そして狐は案内人。しかし、わたしをどこへ案内しようとしているのか？

ミカエラは山道ガイド役にみちびかれるまま丘をのぼりきり、狭く窪んだところへ降り、また別の丘をあがり、いじけた樺《かば》や榛《はん》の木がつくる木立を抜けた。木々の幹には不気味な白っぽい斑点がついていた。そういった斑点のひとつを手のひらでさすってみた。指先がつかのま光を発して、すぐに消えた。ここには繭があったのだろうか？　これはその痕跡なのか？　こうしてまた〈A〉のない〈Q〉が増えた。

手から目をあげると、狐はもう消えていた。しかし、ぶうんというハム音は前よりも大きくなっていた。もはや送電線のうなり音とは思えなかった。音はこれまでよりも強く、生命力にあふれていた。大地そのものが足の下で鳴動しているかのようだった。ミカエラは音のほうへ歩いていき、すぐに足をとめた。それはライラ・ノークロスが四日と少し前に畏敬の念にうたれて足をとめたのと、まったくおなじ場所だった。

前方にひらけた空き地があった。その中心に、多くの朽葉色《くちばいろ》の幹がからみあって出来ている節《ふし》だらけの大樹が天空にむかってそびえていた。羊歯《しだ》に似た、先史時代を思わせる葉が枝からだらりと垂れていた。スパイスめいた芳香が感じられた。どことなくナツメグを思わせるが、これまでの人生で嗅いだ記憶のない香りだった。高いところの枝々には、ちょっとした鳥類園にも匹敵する数の珍奇な鳥がとまっていて、口笛めいた声や泣き叫ぶような声で鳴いたり、おしゃべりめいた声をあげたりしていた。木の根元には人間の子供ほどの大きさがある孔雀《くじゃく》がいて、ミカエラを楽しませようとしているのか、羽を扇状に広げていた。

わたしはこんな光景を目にしてはいない……もし見ているのなら、眠っている女たち全員がこれを見ているんだ。なぜなら、いまわたしは眠れる女たちとおなじだから。本当のわたしはメタンフェタミン工場の廃墟のそばで眠りに落ち、目の前にいる孔雀に見とれている一方では、繭が着々と体を包みこみつつあるのだ。さっきはなぜか、自分の姿を見逃してしまったにちがいない。

そんなミカエラの考えを変えさせたのは白い虎だった。最初に出てきたのは狐――虎を先導しているようだった。虎の首には赤い蛇が巻きついていて、未開の部族の装身具のように見えていた。蛇は舌をちろちろと忙《せわ》しなく出し入れして空気の味をみていた。こちらへむかって足を進めているあいだ、虎の横腹の筋肉が動いて影が薄くなったり濃くなったりしているさまが見えた。巨大な緑の瞳はひたとミカエラを見すえていた。狐がいきなり小走りに近づいて、鼻先をミカエラの脛にすりよせてきた――ひんやり冷たく湿った感触だった。

十分前に質問されていたら、ミカエラはもう全力疾走はおろかジョギング程度に走るだけの体力も残っていない、と答えていたはずだ。ところがいまミカエラはくるりと体の向きを変えるなり、大きくジャンプするような走りっぷりで、木の枝を乱暴に払いのけては茶色い蛾の群れを雲のように空へ舞い上がらせながら、歩いてきたばかりの道を猛然と引き返していった。足をとられて地面に膝をついても、すかさず立ちあがって走りつづける。うしろをふりかえることはしなかった。虎がすぐ背後に迫り、いまにも腰にがっぷり嚙みついてミカエラをまっぷたつにしてやろうと、大きな口をあけているのではないかと思うと、怖くてたまらなかったからだ。

メタンフェタミン工場のすぐ上で森から飛びだすと、メルセデスの横に立っているガースの姿が目に飛びこんできた。ガースは、紫色の宝石のようなものが詰まった大きなジッパーつきビニール袋を高々とかかげていた。

「わたしの半分は形成外科医で、残り半分はクソったれ麻薬探知犬だ！」ガースは大声でわめいた。「ぜったいそのとおり！　こいつが天井板の裏側にテープでとめてあったぞ。これだけあればふたりで――ミッキー？　どうかしたのか？」

ミカエラはうしろに顔をむけた。虎はいなくなっていた。しかし、狐はまだそこにいた。前のように、ふさふさの尻尾を前足のあたりにきっちりと巻きつけてすわっている。

「あれが見える？」ミカエラはたずねた。

「なんだ？　狐か？　ああ、見えるぞ」ガースの喜びが蒸発していった。「まさか、あいつに嚙まれたわけじゃないだろうな？」

「いいえ、嚙まれたわけじゃない。でも……いっしょに来て、ガース」

「なんだって、森のなかへか？　いいや、遠慮する。ボーイスカウト経験はない。蔦漆《つたうるし》にいたっては、見ただけで肌がかぶれちまう。わたしは化学実験クラブ向きでね――ははは。まあ、意外じゃないだろうが」

「いっしょに来てくれないと困る。本気よ。大事なこと。どうしても……その……確かめてほしいことがあるの。蔦漆にかぶれたりしないわ。ちゃんと道があるから」

ガースは同行してくれたが、いかにも気乗りしないようすだった。ミカエラはガースの先に立って廃墟になった小屋の横を通り、森に足を踏み入れた。狐は最初のうち早足で進んでいるだけだったが、やがて一気に速度をあげて走りだし、木々のあいだを縫うように突き進んで姿が見えなくなった。蛾の群れもいなくなっていた。しかし……。

「あそこ」ミカエラは足跡のひとつを指さした。「あれがあなたにも見える？　お願い、見えるといって」

「ああ」ガースはいった。「こりゃたまげた」

それからなによりも大事な〈パープル・ライトニング〉のビニール袋を、ボタンをかけていないシャツの内側にしまいこみ、地面に膝をついて、光を発している足跡を調べはじめた。手にとった落葉をおずおずと足跡に触れさせる。それから葉についた物質のにおいを嗅ぎ、輝きをなくしていくのを見まもっていた。

「それって繭とおなじ物質?」ミカエラはたずねた。「どう? そうじゃない?」

「そうだったのかもしれないな」ガースはいった。「あるいは、繭の原因になったもの——それがなにかがわからないけれど——から分泌された物質かもしれない。もちろん、こいつはただの推測でしかないよ。ただ……」ガースは立ちあがった。いまだけは、ここへ来た目的がドラッグさがしだったことも忘れているような雰囲気だった。その姿にミカエラは、ガースの頭蓋骨の奥にあるキングサイズのメタンフェタミンのベッドから折々に立ちあがる、知的で探求心にあふれた医師をちらりと見てとった。「いいか、きみも噂はあれこれきいているだろう? たとえば、いっしょにダウンタウンの食料品店に必要な品を仕入れにいったときとかにね」

(話に出てきた必要な品——ビール、〈ラッフルズ〉のポテトチップ、ラーメン、サワークリームの徳用サイズなどの品——は、いずれも在庫が払底寸前だった。スーパーの〈ショップウエル〉は店をあけてはいたが、すっかり掠奪されたも同然だった)

「あの女についての噂ね」ミカエラはいった。「ええ、もちろん」

ガースはいった。「かつてチフス感染を広めた〝チフスのメアリー〟は有名だが、このドゥーリングの町には、そのオーロラ病版の感染源がいるのかもしれないね。嘘くさい話なのはわかってる。どの報告を見ても、オーロラ病は地球の反対側からはじまったとあるからね。しかし——」

「ありえない話じゃないと思う」ミカエラはいった。いまミカエラの頭のなかの機械は、ひとつ残らず稼働していた――それもフルスピードで。この感覚は神聖なもの。長つづきはしないかもしれない。しかし、この気分がつづくあいだは、ロデオマシンにまたがるように乗りまくってやるつもりだった。ヤッホー、カウガール。「話はそれだけじゃない。ひょっとしたらわたし、その女が出てきたところを見つけた気がするの。つきあってよ――見せてあげる」

　十分後、ふたりは例の空き地のへりに立っていた。狐はいなくなっていた。虎も、すばらしい尾の孔雀も同様だ。多種多様な色あいの珍奇な鳥たちも見当たらなかった。大樹はそこにそびえていたが、それでも……。

「さてさて」ガースはいい、ミカエラにはこの医師の集中力が萎《しぼ》んでいく音さえ耳にきこえる気がした――浮揚装置にあいた穴から空気がしゅーっと吹きだしてくるときの音だった。「たしかに立派なオークの老木だね、ミッキー。それは認める。しかし、それ以外にはこれといって妙なものは見当たらないぞ」

「わたしの妄想じゃない。ぜったいに妄想なんかじゃないの」ミカエラはそういったが、内心では早くも疑問を感じはじめていた。もしかしたら、あの蛾の群れも妄想の産物だったのかもしれない。

「仮にそっちが妄想だったとしても、光る足跡や手形はまちがいなく〈X‐ファイル〉そのものの物質だね」ガースは顔を輝かせた。「あのドラマは全話をディスクに焼いてある。いまも充分鑑賞に堪える出来だ――ただし、最初の二、三シーズンでつかわれている携帯電話はお話にもならない。さあ、そろそろわたしの家に帰って、こいつをふかしながら、〈X‐ファイル〉を見よう」

ミカエラは〈X－ファイル〉など見たくはなかった。いますぐにでも刑務所まで車を走らせ、時の人となっている例の女のインタビューをするべく交渉にかかりたかった。途方もない大仕事に思えた。それにいまのような身なりでは（ジーンズとシェルトップという服装だが、見た目は〈西の悪い魔女〉そのものだ）、刑務所内に入れてくれと頼みこんでも、ききいれてくれる事態は想像しにくい。しかし、あそこであんなものを目にしたいまとなっては……例の女が最初に姿をあらわしたといわれている場所を見たあとでは……。

「現実世界の〈X－ファイル〉はいかが？」ミカエラはいった。

「どういう意味かな？」

「ちょっとドライブしない？　詳しくは途中で話すから」

「その前に、まずこいつを試してみるのもわるくないだろ？」ガースは望みをかける口調でいいながら、ドラッグの袋をふり動かした。

「すぐにもね」ミカエラは答えた。そう、すぐにでも吸わなければ。倦怠感が全身を包みこんでいるからだ。息のできない黒い袋に押しこめられているような気分だった。しかし、袋には小さな裂け目がひとつだけあった——ミカエラ生来の好奇心というその裂け目からは、一条のまばゆい光が射しいっていた。

「うん、まあ……わかった。それでいいよ」

山道をくだっていく帰り道ではガースが先に立った。ミカエラは途中で足をとめ、あの驚くべき大樹がふたたび出現していることを期待しつつ、顔をうしろへむけた。しかし、そこに立っていたのは普通のオークだった。幹の太い高木だったが、超自然的なところはひとつも見あたらなかった。

　でも、真実はまちがいなくあそこにある──ミカエラは思った。いまはまだ、その真実さえ見つけられないほど疲れてはいないかもしれない。

7

　ナディーン・ヒックスは昔気質《かたぎ》の女性で、オーロラ病以前は〝ミセス・ロレンス・ヒックス〟と夫の名前を主体にした自己紹介をしがちだった。結婚で自分の一部が夫の所有物になったかのように。そしていまナディーンは、結婚祝いの品のように全身を包まれて、ダイニングルームのテーブルを前にした椅子にゆったりとすわっていた。ナディーンの前には空の皿と空のグラスとカトラリー類がならんでいた。ヒックスは屋内に通したフランクをダイニングルームに招きいれた。それからチェリーウッド材のダイニングテーブルをはさんで妻と反対の椅子に腰をおろし、朝食を再開した。

「さぞや不気味だと思っているんだろう？」ヒックスはいった。

　そんなことはない、とフランク・ギアリーは思った。ダイニングテーブルの差し向かいの位置にミイラの人形みたいな繭に包まれた妻を配置する行為は、決して不気味ではない。それはむしろ……ああ、どんな単語が適切だろうか？　そう、適切な単語は──狂気《いかれ》だ。

「あんたを裁くようなことはしないよ」フランクは答えた。「大きなショックだったからね。

いまはだれもが、できる範囲で精いっぱいのことをしているんだ」

「まあ、わたしは日常習慣からはずれまいと努めているだけだよ」そう話すヒックスはスーツを着こんで、ひげも剃っていたが、両目の下には大きな肉のたるみがあり、スーツには皺が寄っていた。もちろん、いまではだれの服でも皺だらけになっているように思えた。アイロンのかけ方を知っている男がどれほどいる？　あるいは衣類の畳み方を知っている男は？　妻と別居してからは、フランクは洗濯物をまとめて〈ドゥーリング・ドライクリーニング店〉へもっていくようになった。折り目のついたスラックスが急に必要となると、マットレスの下にスラックスを敷いて上に二十分ばかり横たわり、それで満足することに決めていた。

ヒックスの朝食は、燻製牛肉の薄いスライスを載せたトーストだった。

「わたしが食べつづけても気にしないでくれたまえ。昔ながらのクソ載せトーストだ。妻をあちこち動かしてやると腹が減って食欲が湧くんだよ。朝食をすませたら、ふたりで庭に出てすわるつもりだ」ヒックスは妻にむきなおった。「それでいいだろう、ナディーン？」

ふたりは無意味な数秒のあいだ——まるでヒックスの妻が返事をするかのように——ただ待っていた。しかしナディーンは、食器がセットされたテーブルを前にすわっている異様な彫像のままだった。

「さてと、あなたの時間をあまり長くとりたくはないのでね、ミスター・ヒックス」フランクはいった。

「それはありがたい」ヒックスはトーストの角の部分をもちあげて、ひと口食べた。白いマッシュポテトと牛肉がぱらぱらと膝にこぼれた。「まいったね」口のなかを食べ物でいっぱいにしたまま、ヒックスは含み笑いを洩らした。「もうきれいな服がなくなってしまったよ。洗濯はおまえの仕事だったからね。おまえを起こして洗濯をしてもらわないとな、ナディーン」ロのなかのトーストを飲みこむと、真剣な顔で小さくフランクにむけてうなずく。「わたしの仕事は金曜日の朝、ごみ箱の中身をあけて、外へもっていくことでね。公平を期するためだ。家事労働の分担だよ」

「サー、わたしはちょっと質問をしたいだけ――」

「それから、妻の車に給油するのもわたしの仕事だ。妻はセルフ式のスタンドがきらいでね。だからいつもいってやった――『わたしが先に死んだら、いやでもセルフ式で給油する方法を学ばなくちゃならなくなるんだぞ』とね。それに答えて妻がいうには――」

「わたしは刑務所でいまなにが起こっているのかを知りたいだけだ」と同時に、フランクはロレンス・ヒックスという男から一刻も早く離れたくもあった。「というのも、刑務所にいるひとりの女について、町の人たちが噂話をしていてね。イヴ・ブラックという女だ。この女について、わたしになにを教えてもらえる？」

　ヒックスは自分の皿に目を落とした。「わたしなら、あの女には近づかないな」

「じゃ、イヴという女は目を覚ましてるのか？」

「わたしが刑務所から引きあげたときには、目を覚ましていたな。でも……ああ、わたしならあの女を避けるよ」

「噂だと、その女は眠ってては目を覚ますという話だ。本当か？」

「たしかに眠ってては目を覚ましてたみたいだな。しかし……」ヒックスは皿に目を落としたままで、自分のトーストに載っているクソみたいな肉を怪しんでいるかのように小首をかしげていた。「すんだ話を蒸しかえしたくはないが……わたしなら、あの女には手出しを控えるね」

「なんでそんなことをいうんだ？」フランクが考えていたのは、ガース・フリッキンジャーが切り取った繭の小片に火をつけると、そこから飛びだしてきた蛾の群れのことだった。なかでもじっと自分を見つめていたような、一匹の蛾のことだった。

「あの女に電話を奪われた」

「なんだって？　そんなこと、いったいどうやって？」

「あの女は鼠をつかって、わたしを脅迫したんだ。鼠はあの女の味方だ。女の命令どおりに動くんだ」

「鼠が女の命令どおりに動く……」

「それがどういう意味をもつか、きみにはわかるか？　あらゆるホテルとおなじように、どこの刑務所にも鼠がいる。経費削減が問題をさらに悪化させる。コーツ所長が駆除業者をキャンセルするほかなくなって不満を口にしていたのは、いまでも覚えている。業者を入れる余裕が予算になくなってたんだ。議会はその手のことを考えてくれないからね——そうだろう？『どうせ刑務所じゃないか。囚人ひとりにつき鼠が三、四匹——だいたい囚人どもが鼠同然なのだから、それがどうした？』という感じだ。だったら、受刑者のひとりが鼠を意のままに操れるようになったらどうする？　そうなったらどうなる？」ヒックスは朝食の皿を押しやった。どうやら食欲が失せたらしい。「もちろん、ただの修辞疑問だ。議会はそんなことまで考えてはくれない」

フランクはヒックス家のダイニングルームの入口付近をうろうろしながら、ヒックスがストレスや悲嘆のあまり幻覚を見るようになった可能性はどのくらいあるだろうか、と考えていた。しかし、蜘蛛の糸状の物質の小片がめらめら燃えあがったあとで蛾の群れに変わった件がある――あれはどう考える？　フランクはその出来事をしっかり目撃した。しかも蛾の一匹はフランクを見おろしていたではないか。あれも幻覚だったとしてもおかしくはない（フランク本人もまたストレスや悲嘆の影響をこうむっていたことはまちがいないのだし）――しかし、フランクは本心ではそんなふうに考えていなかった。刑務所の副所長が完全に正気をなくしてはいないと断言できる者がいるか？　おまけにヒックス副所長が真実を口にしていないと、だれにいえるのか？

ひょっとしたら、この男は真実をそのまま語っていて、だからこそ完全に正気をうしなったといえるのかもしれない。この不愉快な想定が事実である確率はどのくらいか？

ヒックスが立ちあがった。「どうせこの家に来ているのだから、妻を外に運ぶのを手伝ってもらえるかな？　腰が痛くてたまらないんだ。わたしももう若くはないということだね」

これより気が進まない仕事はないとさえいえたが、フランクは引き受けた。フランクはナディーン・ヒックスの繭に包まれた両足を担当し、夫は繭に包まれた体の腋の下に両手を入れた。ついでふたりはナディーンの体をもちあげ、慎重に運びながら正面玄関から外へ出て、階段を降り、家の横手へまわりこんでいった。蜘蛛の巣状の物質が、クリスマスのラッピングのように、かさこそと音をたてた。

「もうちょっとの辛抱だぞ、ナディーン」ヒックスは妻の顔を覆う白い膜にむけて語りかけた。

「じきにおまえをアディロンダックチェアに落ち着かせてやるからな。少し日にあたっているといい。太陽の光も少しはなかへ透けるだろうし」

「それで、いまはだれが責任者なのかな？」フランクはたずねた。「刑務所のことだ」

「責任者なんかいるものか」ヒックスは答えた。「ああ、ヴァネッサ・ランプリーがまだ起きていたら、自分が責任者だというかもしれない。主任刑務官だからな」

「精神科医のノークロスという男が、自分は所長代理だと話してたぞ」フランクはいった。

「馬鹿馬鹿しい」

ふたりはミセス・ヒックスの繭を、石づくりのパティオにある鮮やかな黄色のアディロンダックチェアにゆったりとすわらせた。もちろん、日ざしは射していなかった。きょうは太陽が出ていない。あいかわらずの小雨模様だ。雨の水は繭に滲みてはいかず、防水テントの生地の上に降った雨とおなじく、ビーズのような丸い水滴をつくっていた。ヒックスが台座つきパラソルを揺らしながら、引きずって移動させはじめた。パラソルの台座がポーチの石材にこすれて、耳ざわりな音をたてた。

「気をつけなくちゃいけなくてね。あの繭のせいで妻には日焼け止めを塗ってやれないが……妻は肌が弱くて、すぐ日焼けする体質なんだよ」

「それでノークロスは？　精神科医はどうなんだ？」

ヒックスはくすくすと笑った。「ノークロスは、刑務所づきの雇われ医者にすぎない。なんの権限もないぞ。だれかに任命されたわけでもないし」

この話もフランクには意外ではなかった。クリント・ノークロスがまくしたてていたたわごとは、しょせんもっともらしい嘘八百にちがいないと察していたからだ。ただし、怒りをかきたてられた。人命が危険にさらされている。それも多くの人命が。とはいえ、娘のナナの命をいちばん大きく考えてもばちは当たるまい。ナナはそれ以外の人々を代表する存在だからだ。そんな観点に立てば、いま自分がやっていることはひとつも自分勝手ではなかった——その見方に立てば愛他的な行動といえるではないか！ その一方で、いまフランクは冷静になる必要もあった。

「どんな男なんだ？ その精神科医は？」

ヒックスは台座つきパラソルを目当ての位置まで動かしおえ、妻の頭上でパラソルを広げた。

「これでよし」ヒックスは数回ほど深々と息を吸いこんだ。汗と雨が服の襟を黒く濡らしていた。「やつは頭が切れる。それは認める。切れすぎるといったほうがいいな。だいたい、あいつには刑務所で仕事をする理由なんかないんだ。考えてもみろよ——あいつは給料を満額もらってる。おれとほとんど同額だ。それなのに刑務所には、鼠の駆除業者を入れる予算もないときた。それが、この二十一世紀の世界でわたしたちが知っている政治とやらの実態だよ、ミスター・ギアリー」

「〝あいつには刑務所で仕事をする理由なんかない〟とはどういう意味だ？」

「あの男はどうして個人開業医をつづけなかった？ 経歴を見たんだよ。論文も発表している。それなりの学位も取得している。前々からあの男には、どこか胡散くさいものを感じていたんだ——わざわざ、刑務所の悪党どもやドラッグ依存症の連中の近くをうろつきたがるんだからね。ただ、どこがどうとはわからなかった。セックスがらみの理由だったら、慎重に隠しているんだな。女犯罪者どものそばで仕事をしたがるやつがいたら、真っ先に勘ぐるのはその手の理由だろうよ。ただ、わたしにはそうは思えなかった」

「あんたなら、ノークロスとどうつきあう？　道理をわきまえた男か？」

「ああ、道理をわきまえてる。文句のつけようもないほど道理をわきまえてるといえるし、おまけに政治的な正しさ《ポリティカル・コレクトネス》を旗印にする軟弱な男でもある。それこそ、わたしがノークロスと——きみの表現を拝借すれば——決してつきあいたくない理由だよ。わたしたちが働いているのはリハビリ施設じゃない。刑務所は規則に従わない連中や息をするように人を騙す連中の吹きだまりだ。はっきりいえば、ごみ箱だよ——で、わたしたちは給料をもらってその蓋の上にすわっている。コーツ所長はノークロスのやつと言葉でやりあうのを楽しんでる。ふたりは仲よしだ。しかし、わたしはあの男に疲れさせられる。見かけたら、大急ぎで走って逃げて当然の男だ」ヒックスはポケットから皺くちゃのハンカチをとりだして、妻を包む屍衣から水滴を拭きとりはじめた。「アイコンタクトが好きなやつだ。顔をあわせたら、やつはこっちを頭がおかしいと思っている、と感じるはずだ」

フランクはロレンス・ヒックスに助力への感謝を述べると、車をとめてあった家の前面へとまわった。それにしてもクリント・ノークロスはなにを考えているのだろう？　おれたちをあの女に会わせまいとしている裏には、どんな理由があるのか？　どうしておれたちを信じない？　数々の事実は、たったひとつの結論を裏づけているように思えた。それも醜悪な結論を。理由はともあれ、あの医者は問題の女の代弁者としてふるまっている。

ヒックスが小走りで追いかけてきた。「ミスター・ギアリー！　ちょっと待ってくれ」

「なにかな？」

副所長の顔はこわばっていた。「頼む。あの女――」いいながらヒックスは両手をこすりあわせた。軽い雨が皺の寄ったスーツの肩を黒く濡らしていた。「あの女――イヴ・ブラックと話す機会があったら、わたしが携帯電話を返してほしがっているような印象を与えないでくれ。いいな？　携帯は女にくれてやる。こっちは、必要なら妻の携帯をつかえばすむしね」

8

ジェイリッドが急いで外に出て、目下メアリーと暮らしている（これが〝暮らし〟といえるものならば）モデルハウスの裏手へまわっていったときには、メアリーは杭垣にもたれてすわり、組んだ両腕に顔を埋《うず》めていた。髪のあいだから、細く白い糸が紡《つむ》ぎだされていた。

ジェイリッドはすぐさまメアリーのほうへ走りだし、こぎれいな犬小屋（ミニチュアの青い窓枠までそなわっているモデルハウスの複製）に足をとられて転びそうになりながらもメアリーの肩をつかみ、体をがくがくと揺さぶって、両方の耳たぶをひねりあげた。あらかじめメアリーから、うたた寝をしていたら耳たぶをひねってくれと指示されていたからだ。眠りかけた人をいちばん手早く起こす方法だとインターネットで読んだ、とメアリーは話していた。すんなり眠るためのコツを教える記事が氾濫《はんらん》していたインターネットには、いまでは当然のように、ぜったい眠らないためのコツを教える記事が負けないほどあふれかえっていた。

この小技は効果を発揮した。メアリーの目が焦点をとりもどした。白い蜘蛛の糸めいた物質はひとりでにメアリーから離れ、浮きあがりながら消えていった。

「わーお」メアリーはいいながら両耳に触れ、笑みを浮かべようとした。「またピアスの穴をあけられてると思っちゃった。ね、あなたの顔の前に紫色のしみみたいなものがふわふわ浮いてるんだけど」

「それは太陽をまっすぐ見ていたせいじゃないかな」ジェイリッドはメアリーの手をとった。「さあ。急がなくちゃ」

「どうして？」

ジェイリッドは答えなかった。父のクリントが疑心暗鬼病にかかっているとすれば、ジェイリッドにも伝染したらしい。居間にはいると――とりあわせは完璧ながら、どことなく消毒された雰囲気の家具がひととおりそろい、壁の絵画さえ完璧な調和をたもっている部屋だ――いったん足をとめて窓から外を見た。六、七軒ばかり先の家の前に警察のパトカーがとまっていた。ジェイリッドが見ていると、ふたりの警官が一軒の家から出てきた。母親のライラは長年のあいだに部下の警官とその妻の全員を、最低でも一、二回は自宅でのディナーに招いていた。そのためジェイリッドも、ほとんどの警官の顔や名前を知っていた。いま見かけたのはヴァーン・ラングルとリード・バロウズだ。あの家からここまでのあいだにある家は、どれも家具すらはいっていない空家だ。だからふたりは、通りいっぺんに調べるだけだろう。となると、ふたりがこのモデルハウスにたどりつくのも時間の問題だ。

「ジェイリッド、引っぱらないで！」

ふたりはプラチナムとモリーとミセス・ランサム、それにライラを主寝室に隠していた。メアリーは四人を一階の部屋に置いておけばいいといった——この四人は室内の装飾様式《デコール》もなにも気にかけるとは思えないから、といって。ジェイリッドは異論をとなえた。結果的には吉と出たが、現実には二階でも充分ではなかった。モデルハウスには家具調度がそろっているので、ラングルとバロウズの両警官が家全体を捜索したがるかもしれない。

ジェイリッドはメアリーをせっついて二階にあがらせたが、そのあいだメアリーはずっと文句をいっていた。ジェイリッドは寝室から繭に包まれたプラチナムの小さな体をおさめたバスケットをとってきて、廊下の天井からさがっているリングボルトを引っぱった。屋根裏部屋に通じている梯子が、がちゃんという金属音とともに天井からさがってきた。メアリーを引っぱっていたからよかったが、そうでなかったら梯子が頭を直撃したところだ。ジェイリッドは梯子をのぼって赤ん坊のバスケットを昇降口のへりから屋根裏部屋へ押しこめると、すぐに廊下へ降り立った。たてつづけのメアリーの質問を無視して廊下の突きあたりまで走り、外に目をむける。パトカーは歩道ぎりぎりのところを低速でじわじわ進んでいた。あと四軒でここに着く。いや、三軒だ。

ジェイリッドは、顔を伏せて肩を落とした姿勢で立っているメアリーのところへ引き返した。

「残りの人たちも屋根裏に運びあげないと」いいながら梯子を指さす。

「もうひとりだって運べない……」メアリーは泣き虫の幼児めいた声でいった。「もう……くったくたよ、ジェイ」

「わかってる。そんなきみでも、モリーなら軽いから運べるさ。ぼくはモリーのお祖母さんとうちの母を運ぶ」

「どうして？　なんでわたしたちがそんなことをする必要があるの？」

メアリーからは、女たちの繭を警官たちに見られるとまずいのはなぜか、と質問されるものと予想していたが、その質問は出なかった。ジェイリッドはメアリーを導いて寝室に足を踏み入れた。ミセス・ランサムとライラはダブルベッドに寝かされ、モリーは寝室に付随したバスルームで、ふわふわのタオルに横たえられていた。ジェイリッドはモリーを抱きあげてメアリーの両腕に抱かせてから、ミセス・ランサムをかかえあげた。記憶よりも重く感じられた。しかし、重すぎるはずはないぞ——ジェイリッドは思い、まだ小さかったころに母親が好んで歌っていた歌を思い返した。明るい面はでっかく膨らませ、暗い面はちっちゃく萎《しぼ》ませちゃおう。

「でも、どっちでもない面があるとか、そういう茶々を入れるなよ」ジェイリッドは、変わり果てた老婦人をもっとしっかり運べるように手の位置を変えた。

「えっ？　なあに？」

「なんでもない」

メアリーはモリーを両腕で抱いたまま、梯子をのろのろと一段ずつあがりはじめた。ジェイリッドは（偵察任務中のパトカーがすでにこの家の正面にとまり、ラングルとバロウズのふたりが**《ご自由に室内をごらんください》**という立て看板を見つめている光景を想像していたせいもあって）、いきなりとまったメアリーのヒップに肩をどすんとぶつけてしまった。メアリーは顔をうしろへむけてジェイリッドを見おろした。

「ちょっとプライベート・ゾーンに立ち入りすぎよ、ジェイリッド」

「だったら急いでくれ」

メアリーはジェイリッドの頭に子供という荷物を落とさずに屋根裏まであがりきった。ジェイリッドは息を切らしてあとにつづき、昇降口からミセス・ランサムを押しあげた。メアリーはモリーの小さな体を屋根裏の板張りの床に直接寝かせていた。屋根裏は家全体の幅とおなじ広さがある。天井は低く、ひどく暑かった。

「すぐまたもどる」ジェイリッドはいった。

「わかった。でも、ここにはいたくない気持ちが強まりつつある。息が詰まるほど暑くて頭が痛くなってくるし」

ジェイリッドは大急ぎで主寝室に引き返した。繭に包まれたライラの体に両腕をまわしてかかえあげたとたん、前に怪我をした膝が警告の激痛を発した。母親が制服を身につけて仕事用のブーツを履き、さらに用具ベルトまでも締めていたことをうっかり忘れていた。健康で栄養状態も良好な成人女性の体重に、追加でどれだけの重さがくわわったのか。五キロ？　十キロ？

なんとかライラを梯子までは運んだが、急傾斜の梯子を見あげながらジェイリッドは思った。無理、母さんを運びあげるなんて無理。ぜったいに。

そのときドアベルが鳴った。次第に高くなっていく四音の陽気なチャイム。ジェイリッドは梯子をあがりはじめた。もう息を切らせていなかった――空気を求めてあえいでいたのだ。四分の三まであがったところで、ついにガソリンが切れた。母親を落とさずに自分だけ下に降りられるだろうかと考えたそのとき、二本の細い腕が手のひらを広げてあらわれた。ありがたい、メアリーだ。ジェイリッドが死力をふりしぼってさらに二段あがると、ライラの体にメアリーの手が届いた。

階下から警官の片方の声がきこえた。「鍵もかかってないぞ。ドアがあけっぱなしだ。早く来い」

ジェイリッドは押しあげた。メアリーが上から引っぱった。ふたりの力があわさって、ライラをなんとか昇降口レベルにまで運びあげることができた。メアリーはそのまま仰向けに倒れこみ、その動きでライラを屋根裏へ引っぱりこんだ。ジェイリッドは梯子の最上段をつかんで引いた。梯子は折り畳まれて短くなりながら、天井へむかってきた。閉まるときに大きな音をたてないよう、最後の五十センチほどはジェイリッドが梯子を手で押さえていた。

階下ではもうひとりの警官が大声をあげていた。「ヤッホー。だれかいるか?」

「おいおい、〝ビッチ袋〟に詰めこまれた女が返事をすると思ってんのか」もうひとりがそういい、ふたりは声をあわせて笑った。

〝ビッチ袋〟だって? ジェイリッドは思った。部下であるおまえたちがその手のひどい言葉を口にしたと知ったら、母さんはおまえたちのケツを、それこそ肩胛骨《けんこうこつ》のあいだにめりこんじまうほど強く蹴りあげるぞ。

ふたりはあいかわらずしゃべりつづけていたが、一階のキッチン側へと着実に近づきつつあり、ジェイリッドにはもう会話の内容がききとれなくなっていた。どうやらジェイリッドの恐怖が、いつしかメアリーにも伝わっていたようだ。頭にぼんやり霞がかかった状態でありながらも、メアリーは両腕をまわしてジェイリッドにしがみついていた。メアリーの汗のにおいが鼻をつき、頬に頬を押しつけてきたときには肌に汗が感じられた。

話し声がふたたびきこえるようになり、ジェイリッドは思念で警官たちに命令を送りこんだ。

《出ていけ！　この家はだれが見たって、ひとっ子ひとりいない――だから、もう出ていけ！》

メアリーが小声で耳打ちしてきた。「冷蔵庫には食べ物もはいってる。食品庫にも。わたし、ごみ箱に包装紙を捨てちゃった。もしあいつらが――」

警官御用達の大きな靴がたてる〝どすん・どすん・どすん〟という足音がして、警官たちが階段を二階へあがってくることが察せられた。まずい展開だ。しかし、警官たちは冷蔵庫の食品のことも、その隣にあるごみ箱の中身のことも話題にしていない。こちらは明るい面（明るい面はでっかく膨らませ……）だ。いまふたりは昼食をどうしようかと話しあっていた。

ついでジェイリッドたちの下方左側から、警官のひとり――ラングルだろう――がこんな話をしている声がきこえた。「ここのベッドのシーツがちょっと乱れてるみたいだ。どう思う？」

「たしかに」もうひとりの警官が応じた。「ここに不法滞在者がいても意外じゃないな。ただ、このモデルハウスを見にきた人たち……購入を考えている人たちがこの部屋へ来て、ベッドに腰かけていったというほうがありそうだな。ベッドの寝心地を試した人もいるかもしれない。ま、よくあることさ」

またしても靴音。警官たちが廊下へ引き返した。どすん・どすん。警官たちが立ち止まった。今回、ふたりの声はジェイリッドたちの真下から聞こえてきた。メアリーがジェイリッドの首に巻きつけた腕に力をこめて、こうささやいた。

「ここに隠れてるのを見つかったら、ふたりとも逮捕されちゃうんじゃない？」

「しいっ」ジェイリッドはささやき返しながら思った。たとえ下にいるところを見つかっても、あいつらに逮捕されたに決まっている。ただし逮捕とはいわずに、保護拘置とかいう用語をつかっただろうが。

「天井に昇降口があるぞ」バロウズだと思われる声がいった。「どうだ、屋根裏へあがって調べてくるか？」

この質問につづく静寂が永遠につづくように思えた。それから、ラングルだと思われる声がこう応じた。「調べたいなら、あんたがあがっていくといい。でも、ライラと息子がこの家にいるのなら、一階か二階にいるはずだ。それに、おれはアレルギーもちでね。屋根裏へあがって、埃をたっぷり吸うのは勘弁してほしい」

「そうはいっても……」

「あんたが行けって」ラングルがそういうなり、梯子がいきなり下へむかって伸びていき、くすんだ光が屋根裏に射しいってきた。繭に包まれたライラの体があと十五センチでも昇降口に近ければ、下の廊下から見えてしまったにちがいない。「屋根裏の熱気を楽しんでくるといい。たぶん四十五度近くあるんじゃないか」

「なにを馬鹿な」バロウズがいった。「ついでにいっておけば、馬鹿も休み休みいえ。アレルギーでござい？　あきれたね。とっとと引きあげるぞ」

階段が天井にもどされ、今回は大きな金属音とともに所定の場所におさまった。音がするとわかっていても、ジェイリッドは思わずびくんと身を震わせた。警官御用達の大きな靴がたてる〝どすん・どすん・どすん〟の音が階段を降りていった。ジェイリッドが息を殺して耳をそばだてていると、警官たちは玄関ホールで足をとめて、またしばらくおしゃべりをしていた。低い声。単語やフレーズを断片的にききとるのが精いっぱいだった。テリー・クームズがどうこうという話。それからギアリーとかいう苗字の新しく警官になった男の話。そのあとは、またしてもランチにまつわる話。

《出ていけ！》ジェイリッドはふたりに叫びかけたかった。《出ていってくれ！　メアリーとぼくが心臓発作を起こしてしまう前に！》

そしてようやく玄関ドアが閉まった。ジェイリッドはふたりのパトカーが発進する音がきこえないかと真剣に耳をそばだてていたが、音はきこえなかった。ヘッドフォンで大音量の音楽をききすぎたせいで耳がいかれていたか、そうでなければ屋根裏部屋の断熱材が分厚いかだ。ジェイリッドはいったん百まで数え、そこから逆にゼロまで数えた。しかし、もうこれ以上は待っていられない。暑さで死にそうだった。

「あいつらはもう行ったみたいだ」ジェイリッドはいった。

メアリーは答えなかった。ジェイリッドは首にしがみついていたメアリーの手から力が抜けていることに気づいた。これまでは集中のあまり、注意がおろそかになって気づかなかった。ジェイリッドが顔をむけると、メアリーの両手が力なく垂れ落ちていき、体が屋根裏の床板に横倒しになった。

「メアリー！　メ、ア、リ、ー！　だめだ、寝ちゃだめだ！」

反応はなかった。ジェイリッドは昇降口の扉を押しあけた。梯子が伸びでていき、最下部が下の硬木づくりの床にぶつかって大きな音をたてたが、ジェイリッドは気にもかけなかった。

警官たちのことはもう忘れ去っていた。いま気にかかっているのはメアリーのこと、気にかけているのはメアリーのことだけだった。もしかしたら、まだ手おくれではないかもしれない。

しかし、もう遅かった。いくら体を揺さぶっても、どうにもならなかった。警官たちがもどってこないことを確かめようとしてジェイリッドが神経を耳に集中させていたあいだに、メアリーは寝入ってしまっていた。いまメアリーはライラの隣に横たわっていた。その愛らしい顔は、無からひとりでにどんどん紡ぎだされる白い糸に覆われて、早くもはっきりとは見えなくなっていた。

「そんなことって」ジェイリッドはいった。「あんなにがんばってたのに」

ジェイリッドはさらに五分ばかりすわりこんだまま、糸がたゆみなくみずからを編みあげて、繭がどんどん厚くなるさまを見つめてから、父親に電話をかけた。

ほかになにをすればいいのか、ひとつも思いつかなかった。

第四章

1

なんらかの理由で女たちがあとにしてきた旧世界では、キャンディ・ミショームはウェストレイヴィン・ロードぞい、それも刑務所方面にあった家で暮らしていた。これは絶妙な符合だった。キャンディの家も、一種の刑務所だったからだ。一方この新しい世界では、キャンディはコンテナボックスの倉庫スペースを改装した生活空間で、ほかの女たちとともに暮らす道を選んだ——全員が〈会議〉の常連出席者だった。倉庫スペースはスーパーマーケットの〈ショップウェル〉とおなじく（そして、この地区の圧倒的大多数の建物とは異なり）、どれだけの歳月にわたって手入れもされずに放置されていたかは不明だが、いまも雨漏りしない良好な状態がたもたれていた。

倉庫は、周囲の森を切りひらいてつくった敷地にコンクリート舗装をほどこし、そこに箱型コンテナを上下二段に積みかさねて横に連結したL字形の建物だった。硬質プラスティックとグラスファイバーからつくられたコンテナボックスは、外に出ている色褪せた看板が約束している防水性能が宣伝文句におわらなかったことを実証していた。敷地には周囲から雑草や木々が侵入し、排水溝には落葉が詰まっていたが、草木の伐採や排水溝の掃除は比較的容易な仕事だった。扉をあけたコンテナは、内部にあった役に立たない荷物の箱を運びだせば、見た目の美しさにこそいくぶん難があるものの、すばらしい居住スペースになった。

そうはいってもキャンディ・ミショームは住まいを美しくしようとして、ずいぶん力をそそいでいたようだ――と、ライラは思った。

ライラ・ノークロスは、ひらいた扉から射しいる自然光に満たされたコンテナボックスのなかを歩いていた。中央にはきれいにメイクされたベッド。つややかな赤いベッドカバーがかかり、日ざしに照り映えている。窓のない壁には海の光景の写真をおさめたフォトフレームが飾ってあった――澄みわたった青空のもとに伸びる、岩の多い海岸の写真だった。もともとレンタルコンテナに収納されていた品々から回収してきたのだろうか。片隅には揺り椅子があり、その横の床には、真鍮製の二本の編み針が刺さった毛糸をおさめたバスケットがあった。近くにあるもうひとつのバスケットには、見事なテクニックで編まれた毛糸の靴下がはいっていた――キャンディの手仕事の一例だった。

「で、どう思う？」ジャニス・コーツはたずねた――これまで外に出てタバコを吸っていたのだ（アルミホイルとセロファンに包まれたタバコも、きわめて良好な保存状態をたもっていた品だった）。刑務所長――元刑務所長――のジャニスは、いまでは髪を長く伸ばして、白くなるがままにしていた。なで肩に伸ばした白い髪がかかったジャニスは、どことなく聖書の預言者めいた風貌だった。仲間の部族を求めて荒野をさすらう預言者。その役目もジャニスにはぴったりだ、とライラは思った。

「あなたのヘアスタイルのことなら、すてきだと思う」ライラは答えた。

「あら、うれしい。でもわたしがたずねたのは、ここにいたはずなのに、突然姿を消してしまった女のことよ」

キャンディ・ミショームは、オールド・エシーをふくめて最近いきなり姿を消した四人のひとりだった。これまでライラは、おなじ倉庫スペースのコンテナに暮らす女たちから事情をきいてまわっていた。キャンディは揺り椅子に楽しそうな顔ですわって編み物をしているところを人に見られていたが、十分後には、もうどこにも姿がなかったという。このコンテナは倉庫スペースの二階で、全体の中心に近いところにある。それにもかかわらず、足をかなり引きずって歩く大柄な女がどこかへむかっていく姿を見た者はひとりもいなかった。キャンディがそんなふうにあっさり姿を消すことも考えられなくはないが、にわかには信じられなかった。

隣人たちはキャンディが陽気に楽しく暮らしていたと話していた。そのうちのひとりで、以前のキャンディ——旧世界でのキャンディ——を知っていた者は、〝生まれ変わった〟という表現をつかっていた。話によればキャンディは自身の編み物仕事や、コンテナをきれいに整えて〝わが家〟に改装した手ぎわを誇らしく思い、そのことを口にしていたという。キャンディが自身の部屋を〝夢のアパートメント〟だと話していたことを、まったく皮肉を交《まじ》えずに語ってくれた人もひとりやふたりではなかった。

「決定的な証拠はなにひとつないわ。わたしが法廷に提出してもいいと思えるものはね」ライラはいった。しかし内心では、ここでもエシーの身に起こったのと同様のことが起こったにちがいないと推測していた——さっきまでここにいたのに、一瞬後には消えていた。しゅっ。アブラカダブラ。

「あれとおなじじゃない？」ジャニスはいった——ジャニスはオールド・エシーが消える瞬間を目撃していて、小さな閃光——ライターの炎と変わらないサイズの閃光——が見えたと思ったら、それっきりすべてが消えたと報告していた。エシーが占めていた空間にはなにもなかった。ジャニスの目は、エシーの体の変化や体の分解など、その場で起こったかもしれない現象をひとつもとらえていなかった。目がとらえきれないほどの迅速さだった。エシーが電球で、だれかがスイッチを切ったみたいだった——ジャニスはそう語った——といっても、あそこまで即座に光をなくすフィラメントは存在しないけど。

「それもありかも」ライラはいった。いやはや、これは離れ離れになった夫のクリントの口癖だ。

「キャンディは死んだのね」ジャニスはいった。「こことは別の世界で。そうは思わない？」

揺り椅子の上の壁に一匹の蛾がとまっていた。ライラは片手をさしのべた。蛾はひらひらと飛んで、人差し指の爪にとまった。ライラはかすかに焦げくさいにおいを嗅ぎつけた。

「それもありかも」先ほどの言葉をくりかえす。いまの一瞬にかぎっては、このクリント語以外の言葉を口に出す気はなかった。「もう町へもどらないと——出発する女たちを見送るのなら」

「正気の沙汰じゃないわ」ジャニスはぶつぶついった。「わざわざ探険なんかしなくても、やるべき仕事はどっさりあるのに」

ライラはにっこり笑った。「つまり、あなたも本心では探険チームといっしょに行きたかったわけ？」

元刑務所長のジャニス・コーツは、ライラを真似て答えた。「それもあり、ありかも」

2

メイン・ストリートでは、ドゥーリングよりも先に広がる世界を探険するための偵察部隊がいましも出発しようとするところだった。チームを構成する半ダースほどの女たちはゴルフカートに必要な品を積みこんでいた。リーダー役には、以前の世界で刑務官をつとめていたミリー・オルスンが志願した。かつての町の境界線を越えて遠くまで行った者はひとりもいない。上空を飛行機やヘリコプターが飛んだことは一度もなかったし、遠くで起こった火事が見えたこともなかった。また、修理をおえた緊急無線の周波数帯に、自分たち以外の人の声がきこえたこともなかった。そういった事実は、ライラが最初からこの世界に感じていた〝不完全さ〟が正しいことを裏づけた。自分たちが暮らすこの世界が、いまでは複製品に思えた。スノードームのなかの景色といってもいい――ただ、雪がないだけで。

ライラとジャニスが到着したときは、ちょうど最後の準備が進んでいるところだった。ネル・シーガーという元受刑者が地面に膝をついてゴルフカートの横にすわり、ひとりハミングしながらタイヤの空気圧をチェックしていた。ミリーはカートが牽引するトレーラーに積まれた荷物を調べ、携行品に洩れがないかどうか、最後のダブルチェックを進めていた――寝袋、フリーズドライの食料、飲料水、衣類、おもちゃのトランシーバー（プラスティック包装のままで見つかり、驚いたことに使用可能だった）、ライラ自身がクリーニングした二挺のライフル、応急処置用品。あたりには昂奮とユーモアの雰囲気が満ちていた——あちこちで笑い声があがり、ハイタッチがおこなわれていた。だれかがミリー・オルスンに、熊と出会ったらどう対応するのかと質問した。

「飼いならす」ミリーは内容を調べている荷物から顔をあげもせず、大真面目な顔で答えた。これが周囲の見物人から笑い声を誘った。

「あの人を知ってたの？」ライラはジャニスにたずねた。「前から知ってたのかってこと」

いまふたりは冬用のコートに身をつつみ、歩道に迫《せ》りだしている日よけの下で肩を寄せあって立っていた。ふたりの吐く息が白くなった。

「当たり前よ。わたしはミリーのボスだったし」

「ミリーじゃない。キャンディ・ミショーム」

「いいえ。あなたは？」

「知ってた」ライラは答えた。

「それで？」

「キャンディはDVの被害者だった。夫のフリッツに暴行されてたの。何回も何回も。足を引きずっていたのも、それが原因。夫は見さげ果てたろくでなしでね、表向きは車の整備工、でも、裏商売の銃の密売で金を稼いでた。グライナー兄弟ともちょっとかかわりがあった。というか、そういう噂が流れてた——でも、わたしたちがなにかの罪でキャンディの夫を逮捕したことはない。夫は自分の商売道具の工具をキャンディ相手につかってた。夫婦が住んでいたウェストレイヴィン・ロードの家はあばら家も同然で、いまにも倒れそうだった。キャンディに家を修理する気がなかったとしても意外じゃない――そんなことをしても無意味だったから。近所の人たちがキャンディの悲鳴をきいたといって、警察に通報してきたことも一度や二度じゃない。そんなときでも、キャンディはわたしたちになにも話そうとしなかった。夫の仕返しを恐れてたのね」

「亭主に殺されなかったのが不幸中のさいわいね」

「それでもやっぱり、キャンディは夫に殺されたんじゃないかと思う」

元所長はいぶかしげに細めた目でライラを見つめた。「いまの言葉は、わたしが考えているとおりの意味？」

「散歩につきあって」

ふたりは、変わり果てた歩道をゆっくりと歩いていった。ひび割れた部分に生えている雑草をまたぎ、アスファルトの塊が転がっていれば迂回した。倒壊していた町庁舎に面していた小さな公園は工事で修復されていた――植栽は枝葉をととのえられ、地面はきれいに掃除してある。公園で歳月の流れを物語っているのは、大昔に世を去ったなんとかという町の偉人の、地面に倒れたままになっている銅像だけだった。銅像は楡《にれ》の大きな枝に直撃されて――おそらく嵐で吹き飛ばされてきたのだろう――台座から叩き落とされていた。問題の枝は撤去ののち、粉砕されてチップになったが、偉人氏の像はあまりの重さにだれもが手を出しかねていた。おまけに台座から急角度で落下したため、シルクハットが地面に食いこみ、ブーツが空を指していた。前にライラが見たときには、小さな女の子たちが偉人氏の背中を滑り台につかって、にぎやかな笑い声をあげていた。

ジャニスはいった。「キャンディの人でなし亭主が、繭に包まれたキャンディに火をつけた——そう考えてるんでしょう?」

ライラはこの質問に直接は答えなかった。「だれかから目がまわるような感覚をおぼえたという話をきかされたことはある? 吐き気がしたとか? そんな感覚がいきなり襲ってきて、でも一、二時間もすると消えているという話を」

ライラ自身も二度ばかり、そんな感覚に襲われたことがあった。リタ・クームズも、おなじような経験をしたと話していた。ミセス・ランサムとその孫のモリーも。

「ええ」ジャニスは答えた。「知りあいのほとんど全員が、そんな話をしてた。なにもしていないのに、体をぐるっとまわされているような感覚にとらわれたとか。あなたがナディーン・ヒックスを知っているかどうかは知らない——ナディーンは、刑務所での同僚職員の奥さんで」

「ご近所の料理もちよりパーティーで二、三度会ったことがある」ライラはそういうと、鼻の頭に皺を寄せた。

「ええ、おなじ場所にいれば、いやでも気づくタイプだもの。それに、姿が見えなくても寂しくは思えないタイプ——そういえばわかるでしょう? それはともかく、ナディーンはその手の感覚をほぼ絶え間なく感じている、といってるの」

「オーケイ、いまの話は心しておく。さて、大量焼殺の件を考えてみたい。その話は知ってる?」

「直接は知らない。ほら、わたしもあなたとおなじで、ここへは比較的早い時期に来たから」ジャニスはいった。「でも、あとからやってきた人たちからは、そういった事件のことをテレビのニュースで見たという話をきかされた。男たちが繭に包まれた女たちを焼いているって」

「ほら、あなたにもわかってる」ライラはいった。

「そんな……」ジャニスは話の方向を察しとっていった。「そんなクソなことって」

「ええ、クソまみれといってもいいくらい。わたしも最初のうちは、あとから到着した人たちが思いちがいをしているんだろうとしか思っていなかった。いうまでもなく、みんな睡眠不足で心労にさいなまれてもいた。だから、テレビで見た映像を繭が焼かれている現場だと思いこんでしまった……でも、まったくちがう映像だったんじゃないか、と」ライラは晩秋の空気を深々と吸いこんだ。あまりにも凛とした清らかな空気に、背が高くなったような気分になれた。排ガスの悪臭はしない。石炭を積んだトラックも走っていない。「その本能……女たちの話をまず疑ってかかる本能は、ずっとそこに存在していた。なんやかやと理由を見つけて、女たちの言葉を信じない態度が。そういう態度は男たちのものだけれど……でも、わたしたち女もおなじ。わたしはそういう態度をとってしまうもの」

「あなたは自分に厳しすぎる」ジャニスはいった。

「それに、わたしはいずれそういう事態が現実になると見てとってもいた。旧世界で眠りに落ちる三、四時間ばかり前に、テリー・クームズとその話をしたの」ライラはいった。「繭が破られると、内部にいた女たちは反応した。危険な存在になった。凶暴になった。殺した。多くの男たちがこの情況を好機だと考えたり、予防策をとるべきだと考えたり、前々から焼き殺したかった相手を本当に焼き殺すための口実だと考えたり……そんな男たちがたくさんいたとしても、わたしには意外でもなんでもない」

ジャニスはいびつな笑みをのぞかせた。「そしてわたしは人間という種族について、あまり明るくない見方をしているといって責められたわけね」

「エシーはだれかに焼かれたのよ、ジャニス。だれが焼いたかはわからない。キャンディ・ミショームもだれかに焼かれた。殴り放題だったサンドバッグが自分を残して眠りこんだものだから、亭主が腹を立てた？　ええ、わたしがいまもあっちにいたら、真っ先にキャンディの亭主の事情聴取をするな」

ライラは倒れた銅像に腰かけた。「では眩暈《めまい》は？　あの現象もまた、わたしたちが以前いた世界でのなんらかの事態が原因だといえそう。だれかが、わたしたちを動かした。家具のように移動させた。体から火が出る少し前、エシーは気分がわるいといってた。おそらくエシーの体に火をつけた人物は、その直前、眠っているエシーを移動させたのではないかしら。それで眩暈を感じたエシーは横になった……」

「あなたがいま、ドゥーリングの初代町長にお尻を載せているのは確実ね」ジャニスはいった。「それくらいは我慢してもらわないと。どうせ、他人に下着を洗濯させていた男だろうし。これはわたしたちの新しい名誉のベンチよ」

ライラは自分が激しく立腹していることに気がついた。エシーとキャンディはあらゆる面で悲惨だった従来の暮らしから抜けだし、ここでようやく数カ月ほどの幸せな日々を得たが……それ以外になにをしたというのか。幸せといっても、せいぜい数体の人形やレンタルコンテナを改装した窓のない部屋から得られる程度の幸せにすぎないのに。

　そんなふたりを男たちは焼いた。そのことにライラは確信をいだいていた。自分たちの物語はこうやっておわるのだ。向こうの世界で死ねば、こちらの世界で死ぬ。男たちは女たちから力ずくで世界を奪う——ふたつの世界を奪ってしまう。男たち。男たちから逃れる道はないように思えた。

　ジャニスはまるでライラの内心を読んだかのようだった——いや、顔つきから内心を察したのだろうか。「わたしの夫のアーチーはいい人だった。わたしのやることを、すべて応援してくれたの」

「ええ。でも、あなたの夫は若くして亡くなった。もしまだ生きて近くにいれば、また感じ方も変わっていたかもしれない」口に出すのもおぞましい言葉だったが、ライラは後悔していなかった。古いアーミッシュの諺《ことわざ》がなぜか頭によみがえってきた——《キスはつかのま、料理はとこしえ》。結婚生活についてなら、〝料理〟の語はほかにもいろいろ置き換えられる。誠実さ。敬意。あるいは単純な親切。

　ジャニスは気分を害した顔ひとつ見せなかった。「クリントはそこまでお粗末な夫だったの？」

「キャンディ・ミショームの夫よりは、まし、だった」

「ハードルが低すぎる」ジャニスはいった。「気にしないで。わたしはここにすわって、しばし亡き夫のめっきりされた思い出を慈しむことにする——クソ男になり果てる前にぽっくり死ぬというお行儀をわきまえていた亭主のね」

ライラは首の力を抜いて顔を空へむけた。「わたしだって、そのくらい恵まれてもよかったのかも」

　きょうも天気はよかったが、何キロも離れた北の空には灰色の雲が浮かんでいた。

「あら？　クリントはそこまでお粗末な夫だったの？」

「いいえ。クリントはいい夫だった。いい父親でもあった。自分の務めはきっちり果たした。でも、自分自身のことでわたしに打ち明けていない部分がたくさんあったの。わたしはそれを自分で調べてしまったけれど、そのときの方法には自分で自分がいやになって、調べたことを悔やんだくらい。クリントはしゃべりにしゃべってた――心の広さとか、支えあう心とか、疲れて顔が血の気をなくすまでもね。でも、ひと皮剝けばクリントも、そのへんのマッチョなマルボロ・マンと五十歩百歩よ。わたしにいわせれば、あれだったら嘘をつかれていたほうがまだましい。嘘ならば、多少なりとも敬意を払っているわけだから。確かにいえるのは、クリントがとても重い荷を背負っていたということ――そしてクリントは、わたしのような弱い者には重い荷を運ぶ手伝いは無理だと、最初から決めつけてたってこと。そんなふうに恩着せがましくされるくらいなら、いっそ嘘をつかれていたかった」

「その〝とても重い荷〟というのは？」

「クリントは不遇な生まれ育ちだったの。そして拳骨をふるって、そこから抜けだした――いえ、文字どおりの意味よ。考えごとをしているときや苛立ったとき、あの人が拳をつくって関節を反対の手でさすっているのをよく見たの。でも、あの人はそのころの話をしなかった。たずねたことはあるけど、そういうときあの人はマルボロ・マンになっちゃった」

ライラはそう話してからジャニス・コーツをちらりと見やった。ジャニスの顔には落ち着かない気分がのぞいていた。

「わたしのいっていること、あなたにもわかるんじゃない？　あの人と刑務所でよくいっしょに仕事をしていたから」ライラはたずねた。

「ええ、わかる気がする」ジャニスは答えた。「クリントには――その……もうひとつの顔があった。より強硬な顔。怒りがより激しい顔。でも、そういった顔が見えてきたのは、ごく最近になってから」

「そういうクリントにわたしは怒りを誘われた。でも、怒り以上にひどいこともあるって知ってた？　そのせいで、わたしは……意気銷沈《しょうちん》させられたの」

ジャニスは小枝をつかって、銅像の顔からこびりついて乾いた泥を落としていた。「そんな目にあった人が意気銷沈させられるというのはわかる」

ゴルフカート隊が出発していった。どのカートも、必要な品を積んで防水シートをかけた小型トレーラーを牽《ひ》いていた。隊列はいったん見えなくなったが、数分後に道路がいくぶん高くなった箇所にさしかかって、また見えてきた。そのあとふたたび見えなくなって……それっきりになった。

ライラとジャニスはほかの話題に切り替えた。スミス・ストリートの数軒の家屋で進行中の修繕作業のこと。生け捕りにして柵に閉じこめ、いまは人を乗せられるように訓練をしている（おそらく再訓練だ）二頭の美しい馬のこと。マグダ・ダブセックとふたりの元受刑者が、まもなく完成すると話している奇跡のこと。そのとおりになって、つかえる電気が増えて、さらに太陽光パネルを設置できれば、清浄な水を供給する水道もただの夢ではなく将来の可能性として見えてくる。上水道の室内配管、アメリカン・ドリームだ。

話がすっかりつきる前に、あたりは夕方になった。そのあいだクリントやジェイリッド、アーチー、キャンディ・ミショームの夫、それにイエス・キリストをふくめて、およそ男についての話題が出て会話の流れが乱されたことは一度もなかった。

3

イーヴィの話題はふたりの話に出なかったが、ライラはあの女を忘れていなかった。イヴ・ブラックがいかにも裏があるようなタイミングでドゥーリングに出現したことや、知っているはずのないことを知っているような奇妙な話しぶりのことも忘れていなかったし、トルーマン・メイウェザーのトレーラーハウス近くに残っていた蜘蛛の糸めいた物質の足跡も忘れていなかった。また、その足跡が自分をどこへ導いたかも忘れていなかった——そこにあったのは〈驚異の大樹〉。無数の根とからみあう幹から、天を衝《つ》いてそびえ立っていた。大樹の反対側から出てきた動物たち——白虎、蛇、孔雀、そして狐——のことも、ライラの記憶に残っていた。

螺旋をつくる無数の根の想像図——巨人のスニーカーの紐のように何重にもからみあう根の図——が、くりかえしライラの脳裡に浮かんできた。それはあまりにも完璧、あまりにも壮麗で、それが存在する計画こそがこのうえなく正しいものに思えた。

イーヴィは〈大樹〉からやってきたのか？ それとも〈大樹〉がイーヴィからあらわれたのか？ そして〈わたしたちの地〉にいる女たち——あの女たちは夢見る者なのか？ それとも女たち自身が夢なのだろうか？

4

氷雨《ひさめ》は四十八時間にわたって叩きつけるように〈わたしたちの地〉に降りつづいた。雨は小枝をへし折り、屋根の穴から冷たい汚水となって室内にしたたり、街路や歩道を濁った水たまりで覆った。テントのなかで寝そべっているライラはおりおりに読んでいた本をわきへ置いて壁を蹴り、ビニールの表面にできた氷の膜を割って落とした。そのときには、ガラスが割れるような音が出た。

ライラはしばらく前に、読書を紙の本から電子書籍リーダーに切り替えていた。世界が崩壊して、その手のガジェットがつかえなくなるとはこれっぽっちも予想していなかった。しかし、かつてのライラの自宅にはまだ紙の本が残っていたし、黴にやられていない本もわずかながらあった。読んでいた本を読みおえたライラは思い切ってテントから外に出て前庭を横切り、いまは廃墟となった自宅へむかった。かつての自宅で暮らすのは考えただけでも気が滅入って無理だったが——息子と夫を思い出させる要素が多すぎる——その一方、ここを離れるふんぎりはまだつけられなかった。

室内の壁をつたって流れ落ちていく雨水が、手まわし充電式の懐中電灯の光にぎらりと光った。雨は大海原をかきまわしているかのような音をたてて降っていた。居間の奥の書棚から、ライラは水に濡れたミステリーを一冊選びだし、来た道を引き返しはじめた。懐中電灯の光が、羊皮紙を思わせる色あいの奇妙な用紙をとらえた。用紙はキッチンカウンターわきにあるスツールの腐った座面に載っていた。ライラは用紙を手にとった。〈プールガイ〉ことアントンが、裏庭の楡の世話を頼むにあたって〝樹木《ツリー》の専門家《ガイ》〟にむけて必要な情報を書きとめたメモだった。

ライラはメモを長いこと見つめていた。メモ自体に衝撃をうけていたばかりか、もうひとつの人生――現実の人生？　それとも前世での人生か？――が、こうして前ぶれもなくすぐ近くに出現したことにも衝撃を感じていた。それこそ、とまっている車のあいだから、子供がいきなり車道に飛びだしてきたかのように。

5

偵察チームが出発してから一週間たった日に、シーリア・フロードが頭から爪先まで泥まみれになった姿で歩いて帰ってきた。同行者はいなかった。

6

ドゥーリング刑務所を過ぎ、隣接する小さな町であるメイロック方向に進むにつれて、道路はどんどん通りにくくなった――シーリアはそう話した。幹線道路をふさいでいる倒木を一本押しのけても、ほんの数メートル進んだだけで、またべつの倒木に行きあたるようなありさまだった。こうなると、ゴルフカートを置いて徒歩で進むほうが楽だった。

一行が到着した時点で、メイロックはまったくの無人であり、最近だれかがいた形跡もなかった。ビルや家屋の状態はドゥーリングと似たりよったり――つまり繁茂した植物に埋もれかけ、程度の差はあれ荒廃していた。火事で焼失した建物もあった。ドーアズホロウ川にかかる橋は崩落していた。浅瀬に車が何台も沈んでいるせいで川幅が広がっていた。もしかしたら、この時点で引き返していればよかったのかもしれない――シーリアは認めた。それまでもチーム一行はメイロックの町の食料品店やそれ以外の商店で、役に立つさまざまな品を回収していた。しかし一同はそれ以外にも、さらに十五キロばかり先にあるイーグルという小さな町の映画館についても話題にしていた――映写機をもって帰れれば、ドゥーリングの子供たちがどれほど喜ぶだろうか。さらにマグダ・ダブセックからは、大きな発電機が完成すれば映写機は問題なく動かせる、という確約の言葉も受けとっていた。

「でね、その映画館じゃ、まだ〈スター・ウォーズ〉の新作を上映中だったよ」シーリアはいい、さらに疲れた声でいい添えた。「ほら、署長、若い娘が主人公になるやつね」

ライラは〝署長〟という呼びかけを訂正しなかった。警官仕事から完全に身を引くのが驚くほど困難だということは、すでに思い知らされていた。「話をつづけて、シーリア」

偵察チームは落ちていない橋でドーアズホロウ川をわたり、ライオンヘッド・ウェイという山道をたどることに決めた。イーグルへの近道に思えたからだ。チームがつかっていた地図──かつてのドゥーリング公共図書館からの拝借物──を見たところ、石炭会社がつくった細く曲がりくねった名もない道が山頂近くから分岐していた。石炭会社が輸送用につくった道なら州間高速道路に通じているだろうし、そこから先は進むのが楽になるだろう。しかし、地図は時代遅れだったことが判明した。現実にはライオンヘッド・ウェイは途中の台地で行きどまりになっていた。台地に立っていたのは、ライオンヘッド刑務所という男子刑務所の見るからに陰気な建物だった。チームの面々が見つけようとしていた石炭会社がつくった道路は、刑務所の建設過程で埋められてしまっていた。

もう遅い時間だったし、暗いなかで細く途切れがちな山道を引き返すよりはと、一行は旧刑務所内でキャンプし、朝になったら心機一転スタートすることに決めた。

ライオンヘッド刑務所のことはライラもよく知っていた。重警備刑務所であり、グライナー兄弟がこの先二十五年ばかりをこの刑務所で過ごすことをライラは期待していた。

おなじくシーリアの報告の場に立ち会っていた元刑務所長のジャニス・コーツが、ライオンヘッド刑務所に簡潔な判決をいいわたした。「あそこね。ひどいところ」

収監されている男性受刑者たちから〈ヘッド〉の略称で呼ばれていたこの刑務所は、オーロラ病の発生前にはひんぱんにメディアでとりあげられていた。石炭採掘のために山頂除去工事をされた跡地の再利用例としては、珍しく成功したところだったからだ。ユリシーズ・エナジー・ソリューションズ社は森林の樹木を切り払い、山頂部分を発破《はっぱ》で吹き飛ばして地下の石炭を採掘したあと、土地を〝復旧〟させた——といっても瓦礫を運びあげて山頂にあいた穴を埋め、平らに均《なら》しただけだ。当時は、山頂を〝破壊〟したと見るのではなく、むしろこの土地を〝開発〟したと見てほしいという宣伝がさかんになされていた。新しく平坦に均された土地は、すなわち建造物を建てやすい土地だというわけだ。州民の大多数が石炭産業を支持していたとはいえ、そういった宣伝がおためごかしだと見抜けない人はほとんどいなかった。こうした〝多大な利用価値をそなえた新規開発地〟は一般的にはとんでもなく辺鄙《へんぴ》なところにぽつんとあり、採掘で出たヘドロ投棄用の貯水池や化学物質を封じこめるための人工池などが隣接していることも珍しくなく、そんなものの近くに住みたがる人がいるはずはなかった。

しかし刑務所だけは、このような山奥の開発地に建てるには最適の施設だった。さらにいっておけば、将来の居住者たちが汚染された環境に直面するかもしれないという問題にも、ことさらだれも注意を払わなかった。そんな次第でライオンヘッド山は、ライオンヘッド重警備刑務所の敷地になった。

刑務所のゲートはひらいていた——シーリアはそう語った。建物の正面玄関も同様。シーリアとミリー、ネル・シーガーをはじめとする面々は刑務所へ足を踏み入れた。偵察チームのメンバーの大半が最近になって自由を獲得した受刑者や刑務所の職員だったこともあって、みんな境遇をおなじくする異性の面々の暮らしぶりを知りたがった。すべての条件が同等だとしたら、ここは居心地のいい場所だった。ずっと閉めきりだったせいで悪臭がこもっていたし、床や壁にはひび割れがあったりもしたが、内部は乾燥していたし、監房内の生活用品や衣類は新品同様だった。

「うん、既視感《デジャ・ヴュ》はあったかな」シーリアは認めた。「でも、ほら、考えるとおかしな話だよね」

一行が過ごした最後の夜はなにごともなくおわった。朝になるとシーリアひとりが山を降りる道に足を進めた。イーグルまで行くのに長く遠まわりな道をえんえんと歩くのではなく、もっと距離を縮められる近道がどこかにないかと探すつもりだった。そのシーリアは、もっていたおもちゃのトランシーバーに連絡が飛びこんできて驚かされた。

「シーリア！　だれかがいるみたい！」ネルの声だった。

「なんですって？」シーリアはききかえした。「もういっぺん話してくれる？」

「いま、なかにいるの！　刑務所のなか！　ここの〈ブロードウェイ〉にあたる廊下の突きあたりの窓はどれも曇ってるけど、監禁用独房のひとつに女がいるの！　黄色い毛布をかぶって横になってる！　動いてるみたい！　いまミリーが、電気をつかわずにドアをあける方法を見つけようとしてて――」

通信はここでいきなり途切れた。

大地の巨大な鳴動がシーリアを驚かせた。両手を突きだして体のバランスをとろうとする。おもちゃのトランシーバーが手からふっ飛び、地面に落ちて粉々に砕けた。

山道のいちばん高いところまで引き返したシーリアは、燃えるような肺と震える足のまま刑務所のゲートを抜けて敷地に足を踏み入れた。あたりを粉塵が雪のように舞い飛んでいた。手で口をふさいでいなかったら窒息していたところだ。目が見ている光景を、脳が処理しきれなかった。地面がいたるところでひび割れ、さらに大地震直後のように、うねるように盛りあがっていた。叩きだされてきた土埃がもうもうと立ちこめていた。シーリアは何度か足をとられて地面に膝をついた——目をぎりぎりまで細め、伸ばした手で堅牢な物体をさがす。やがて、二階建てのライオンヘッド受刑者受入棟の四角い正面部分が目の前にぬうっとあらわれた——しかし、そこにあったのはそれだけだった。受入棟の裏にあった土地がすっぽりと消え、刑務所本体すら消えていた。平坦な台地が崩落したのだ。新しい重警備刑務所の建物は、石の体をもつ巨大な子供が滑り台で遊ぶように、山の裏手へ滑落していた。受入棟はいまでは映画のセット同然——つまり正面の壁があるだけで、その裏にはなにもなくなっていた。

シーリアには崖っぷちから身を乗りだして下を確かめる勇気はなかったが、はるか下方に落ちている瓦礫は見えた。舞い飛ぶ粉塵がつくる沼めいた雲から、谷底に落ちた大きなコンクリートの塊がいくつも突きだしていた。

「それで、あとはひとりで帰ってきたわけ」シーリアはいった。「これでもできるだけ早くね」

それからシーリアは息を吸い、頰のなかでも泥がついていないきれいな部分を指先で掻いた。話をきいていた十人ほどの女たちは——シーリア帰還を知って〈ショップウェル〉の会合場所に急いであつまってきた面々は——みな無言だった。シーリア以外のメンバーはもう帰ってこないとわかったからだ。

「そういえば、規模が大きく膨らみすぎたあの刑務所については、穴の埋め立てにつかった土砂に関係して論争があったという話を読んだ覚えがある」ジャニスはいった。「地盤が軟弱で建物の重みに耐えられないとかいう話だった。土砂を固める段階で、石炭会社が手抜き工事をしたという噂もあった。そこで州政府の土木技師が立入検査を――」

シーリアが息を吐きだした――その長いため息は、心ここにあらずなようすで長くつづいた。

「ネルとわたしはずっと気軽なつきあいをしてきたの。で、その関係が刑務所の外でもつづくなんて思ってもいなかった」シーリアは鼻をすすった――一回だけ。「だから、こんなブルーな気持ちになるのはおかしいんだ――でも、そう感じるのは仕方ない。うん、ブルーのどん底に落ちた気分」

あたりは静まりかえっていた。ついでライラが口をひらいた。「ぜひともその現場に行かなくては」

ティファニー・ジョーンズがいった。「仲間が欲しくない？」

7

あなたたちがやろうとしているのは愚行だ――ジャニス・コーツはいった。

「ほんとに愚行もいいところよ、ライラ。わざわざ出かけて土砂崩れで遊びまわるだなんて」いまジャニスはライラとティファニー・ジョーンズのふたりを見送るため、ボールズヒル・ロードまでふたりといっしょに歩いてきた。ふたりの探険者はそれぞれが馬を牽いていた。

「わたしたちは土砂崩れで遊びまわりにいくわけじゃない」ライラはいった。「崩れた土砂のなかで遊びまわりにいくの」

「現場でまだだれかが生きているかどうかを調べるためにね」ティファニーがいい添えた。

「本気でいってる?」寒さのせいで、ジャニスの鼻はビーツのように赤くなっていた。真っ白い髪をうしろへなびかせ、骨が目立つ頬が車の非常信号灯のような色あいになっているせいで、いまのジャニスはいちだんと聖書の預言者のように見えた。欠けているのは、ねじくれた杖と肩にとまる猛禽だけだ。「あの人たちは山の上から滑り落ちた。おまけに刑務所の建物があの人たちの頭の上に落ちた。みんな死んだの。それに刑務所で女を見たという話が本当なら、その女もね」

「そんなことはわかってる」ライラはいった。「でも、もしチームのメンバーがライオンヘッド刑務所で女を見たのなら、ドゥーリング以外にも女がいることになる。この世界にいるのがわたしたちだけではないと確かめられれば……大きな意味があるはずよ」

「死なないで」ジャニスは、ボールズヒルを馬でのぼっていくふたりの背中に声をかけた。

ライラが「そのつもり」と応じると、その隣でティファニー・ジョーンズが——より断固とした口調で——いった。「ええ、死ぬもんですか」

8

ティファニーは少女時代にずっと馬に乗っていた。一家が経営していた遊園地併設の林檎園には、山羊の餌やり体験のコーナーがあり、ホットドッグの屋台があり、ポニーの乗馬体験コーナーがあった。

「あのころはいつもポニーに乗ってた。でも……うちの家族にはそれ以外の面もあった——裏の顔といってもいい。ポニーだけじゃなかった。そのせいで、いくつものトラブルに行きあたる羽目になって、乗馬の習慣をなくしてしまったわけ」

話に出たトラブルは、ライラには謎でもなんでもなかった——ティファニーを手ずから逮捕したこと……

したことも一度や二度ではないからだ。しかし、いまのティファニー・ジョーンズには、逮捕ころのティファニーを思わせるところがほとんどない。ライラが乗っている小柄な白い雌馬とならんで大きな葦毛の馬にまたがっているティファニーは、ジョン・フォード映画に出てくる牧場主のだれにかぶせても似あいそうな白いカウボーイハットをかぶった、ふっくらとした丸顔で赤褐色の髪をもつ女だった。いまのティファニーには自信に満ちた雰囲気がある——遠い昔、はるか彼方の地にいたころ、覚醒剤密造工場の隣にあったトレーラーハウスでトルーマン・メイウェザーがおりおりにドラッグでハイにさせていた惨めなドラッグ中毒の女とは、まったく異なる雰囲気だった。

しかもティファニーは妊娠していた。本人が〈会議〉の席でそう話すのをライラは耳にしていた。それもまたティファニーの顔が輝いて見える理由なのだろう、とライラは思った。

あたりは夕暮れになっていた。そろそろ泊まる場所をさがさなくては。メイロックの町が三キロほど先の谷あいにならぶ、ぼんやりとした黒い建物の影として見えていた。偵察チームはあの町にとどまったが、男であれ女であれ、人の姿はいっさい見かけなかったという。どうやら人間が住んでいるのはドゥーリングだけらしい。もちろん、男子刑務所内でチームの面々が見かけたという女が実在していれば話は変わってくる。

「あなたもずいぶん調子がいいみたいじゃない？」ライラは言葉に気をつけながらいった。

「最近はね」

ティファニーは陽気な笑い声をあげた。「人は来世にたどりつくと頭が冴えるの。もうドラッグは欲しくもなんともない――って、あなたがきいているのがそのことなら」

「あら、あなたはそんなふうに考えてるの？　ここが来世だと？」

「そうでもないけど」

ティファニーはそう答えたきり、この話題をおわらせた。次に話題にしたのは、別の世界でもおなじく廃業していたガソリンスタンドの屋根のもとで、それぞれの寝袋にくるまって横になっていたときだった。

ティファニーはいった。「来世というか……死後の生という話だと、天国か地獄かっていう話になるでしょう？」

厚板ガラスごしに、二頭の馬が見えていた。手綱は昔の給油機に結びつけてある。月の光が二頭の被毛をつややかに輝かせていた。

「わたしは信心深くなくて」ライラはいった。

「あたしも」ティファニーはいった。「とにかくここには天使はいないし、悪魔もいない。だから……わかんない。でも、やっぱり奇跡の一種じゃないかな」

ライラはジェシカ・エルウェイと、その夫で警官のロジャーのことを思った。ふたりのあいだに生まれた女の子のプラチナムはぐんぐん成長し、いまでは家のなかを這いまわっている（エレイン・ギアリー改めエレイン・ナッティングの娘のナナはプラットに首ったけで——プラットというのは褒められたニックネームではなかったが、だれもがそう呼んだ——錆だらけのベビーカーに赤ん坊を乗せて、あちこち連れまわしていた）。またライラはエシーとキャンディのことを思った。さらには夫と息子のことや、もう自分の人生ではなくなった過去の全人生を思った。

「ええ、一種の奇跡ね」ライラはいった。「わたしもそう思う」

「ごめん。奇跡というのは言葉をまちがえた。あたしはただ、みんなが元気にやっているといいたかっただけ。だから、ここは地獄なんかじゃない——そうよね？　あたしはきれいに薬を絶った。気分もいい。あんなにすばらしい馬も手にはいった——そんなことが叶うなんて夢にも思ってなかった。あたしみたいな女が、あんなにすばらしい馬の手入れをする？　ええ、思いもよらなかった」ティファニーは顔を曇らせた。「あたしったら、自分のことばっかり騒ぎ立ててない？　あなたが多くのものをうしなったことは知ってる。ここの人たちのほとんど全員が、多くのものをうしなったことも。で、わたしはといえば、うしなうものがない人間だっただけ」

「こうなってよかったわね」ライラはいった。自分についてもそう思えた。もともとティファニー・ジョーンズは、よりよい境遇がふさわしい女だったのだ。

9

ふたりはメイロックの町を迂回し、水かさを増しているドーアズホロウ川の川岸に沿って進んだ。通りすぎていくふたりを、森のなかの高台にあつまっている野犬の群れがじっと見つめていた。シェパードとラブラドール、あわせて六、七頭の群れで、いずれも舌を垂らし、白い息を吐いていた。ライラは拳銃をとりだした。乗っていた白い雌馬が首を伸ばして顔をうしろへむけたとたん、足どりが乱れた。

「よし、よし」ティファニーがいい、片手を隣に伸ばしてきて雌馬の耳を撫でた。声はやさしかったが、一定の調子であり、決して猫撫で声ではなかった。「大丈夫、ライラは銃を撃ったりしないからね」

「あら、そうかしら？」ライラは片目で群れの中央にいる一頭を見張っていた。体を覆う剛毛は灰色と黒だ。目は左右で色がちぐはぐだった——青と黄色だ。口がほかの犬よりも格段に大きく見える。ライラは決して想像力に勝手な暴走を許すタイプではなかったが、そんなライラの目にもこの犬は狂犬病にかかっているように見えた。

「ええ、ライラは銃を撃ったりしない。犬どもはわたしたちを追いかけたがってる。でも、わたしたちは自分の用事を進めるだけ。追いかけっこをするつもりはない。いまのまま、先へ進むだけよ」

ティファニーの声は空気のように軽やかで、確信に満ちていた。自分でなにをしているのかを現実には知らないのかもしれない。しかしティファニーは、自分のしていることを完璧に知っていると信じきっている。馬に乗ったふたりは森の下生えのなかを進んだ。犬の集団は追ってこなかった。

「あなたのいうとおりだった」のちにライラはいった。「ありがとう」

ティファニーは〝どういたしまして〟と応じてから、こういった。「でも、あの言葉はあなたのためじゃなかった。気をわるくしないで――でも、あなたがわたしの馬たちを怯えさせるのはぜったい見すごさないわ、署長」

10

馬に乗ったふたりは川をわたったあと、山にのぼるために偵察チームが利用した高い場所を通る道には進まず、低いところを進みつづけた。二頭の馬は右側をライオンヘッド山の残骸ともいうべき山に、左側を同様の切り立った崖にはさまれた小さな谷に降りていった。左の崖はいまにも崩れ落ちそうな急角度でそそりたっている。あたりには金属を思わせる悪臭が立ちこめ、その空気がのどの奥にいがらっぽさを残した。ゆるんだ地盤の一部が崩れ落ちると、新たに積みあがった土砂の鉢のなかに埋まっていた石が落ちる音が大きく響いた。

ふたりは刑務所の建物の廃墟から百メートル弱離れたところに馬をつなぎ、そこからは徒歩で近づいていった。

「どこからかやってきた女」ティファニーがいった。「その女が見つかればちょっとした収穫だね」

「ええ」ライラはうなずいた。「わたしたちの仲間で生存者がいれば、もっと大きな収穫になるけど」

煉瓦づくりの建物の残骸――なかには高さも幅も引っ越し業者のトラックなみに大きな瓦礫もある――が、ライオンヘッド山の背の高いところに埋もれていた。死者を記念して建立《こんりゅう》した石碑さながら、地面に突き刺さっているものもある。小ゆるぎもしないように見えるが、ライラには瓦礫が自身の重みに耐えかねて地面から離れ、谷底に積みあがった瓦礫を直撃するさまがなんなく想像できた。

刑務所本体の建物は谷底に落ちたときの衝撃で一部が内側へむかってひしゃげ、どことなくピラミッドを思わせる形状に変化していた。ある意味では驚異的だった――山の上からここまで滑り落ちていながら、元の建物がここまで残っているとは。また一方では不気味だった――いじめっ子が叩き潰したドールハウスにも似て、元の形状が想像できたからだ。引きちぎれたスチールがコンクリートから槍のようにずらりと突きだし、瓦礫の反対側には木の根がからんで固まっている大きな土の塊が落ちていた。計画のないままに出来あがったこの新たな構造物のへり部分のコンクリートには、あちこちに裂け目があって、闇に包まれた内部をちらりとのぞかせていた。いたるところにへし折れた木が転がっていた。高さ五メートルや十メートル近かった樹木が叩き折られて、生木の破片と化していた。

ライラは携行していたサージカルマスクを着けた。「あなたはここにいなさい、ティファニー」

「わたしもいっしょに行きたい。怖くないし。わたしにもちょうだい」ティファニーはそういって手を突きだし、サージカルマスクを求めた。

「あなたが怖がってないのはわかってる。わたしはただ、わたしの頭の上にこの建物が崩れてきた場合、ドゥーリングにもどってくれる人が必要なだけ。それに、あなたは馬たちの世話係よ。わたしはしょせん中年の警官。わたしたちは知ってる――あなたがあの二頭のために生きていることを」

いちばん近くの裂け目でライラは足をとめて手をふった。しかしティファニーは、もう見ていなかった――早くも馬のいるところへ引き返しはじめていた。

11

叩き割られたコンクリートの割れ目から刑務所の内部へ、外の光がサーベル状に射しこんでいた。ライラは閉まっている監房のドアを踏んで、壁の上を歩いていた。すべてが九十度、横に倒れていたからだ。天井はいまライラの右側にある。本来なら左の壁だったところが、いまは天井代わりだった。左の壁にならんでいた監房の扉がひらいたまま罠のようにぶらさがっているので、頭を低くしないと先へ進めなかった。かちかちという音や、水滴の落ちる音がきこえた。ブーツが石やガラスの破片を踏んで音をたてた。

岩や折れた配管類や断熱材の塊などの障害物が、ライラの前進をはばんだ。懐中電灯で周囲をぐるりと照らす。頭上の左壁に《Ａレベル》という文字が書いてあった。ライラはドアが垂れ下がっている箇所に引き返すと、ジャンプしてドア枠をつかみ、そのまま体を監房内へ引きあげた。垂れ下がっているドアと反対側の壁に穴があいていた。ライラは――用心しながら――壁の穴のほうへ進んだ。体をかがめて先へ進む。鋸《のこぎり》の歯のようなコンクリートの割れ目にシャツの背がひっかかり、布地が裂けた。

クリントがたずねかけてくる声がきこえた。もしかしたら――そう、あくまでも〝もしかしたら〟の話だから、どうか非難だと受けとめないでほしいけど――ここでもう一度、投資の世界でいう〝危険《リスク》／報酬比率《リワード・レシオ》〟を考えなおすべきじゃないか？

《いっしょに考えてみよう。ここでいう危険とは、いまきみがいつ崩落してもおかしくない山の麓《ふもと》にある、いつ崩落してもおかしくない瓦礫の内部にはいりこんでいることだ。さらに外には、病気で錯乱しているような野犬集団がいて、妊娠中のドラッグ依存症者がきみを待っている――あるいは待っていないかも。そしてきみは――決して批判の意味ではなく、事実をはっきりさせるための指摘にすぎないよ、ダーリン――四十五歳だ。女性が不安定で崩れやすい瓦礫だらけの廃墟の内部をうろつくとしたら、最適な年齢は十代からせいぜい二十代後半だし、それはだれもが知っている常識だよね。きみはその最適集団からはずれている。そのすべてを重ねあわせれば、〝死の危険〟という答えが出る――それも恐ろしい死、あるいは……想像を絶するほど恐ろしい死だ》

次の監房では、ひしゃげたスチールの便器を乗り越えて進むしかなかった。そのあと、前は右の壁だった床にあいている穴から下へ飛びおりた。着地の瞬間に足首が妙にねじれてしまい、体を支えるためにあわてて片手でなにかをつかんだ。つかんだものは金属製で、それが手のひらをざくりと切り裂いた。

手のひらに真っ赤な深い切り傷を負ってしまった。一、二針は縫う必要があるかもしれない。いったん引き返して、携行してきた応急処置用品の軟膏を塗り、適切な巻き方で繃帯《ほうたい》を巻いておくべきかもしれない。

しかしライラは、シャツの布地を裂いて手に巻きつけただけだった。それから懐中電灯であたりを照らすと、ここでも壁に文字が見つかった――**《監禁独房翼棟》**とあった。よかった。いかにも、偵察チームの面々が女を見たという監房のありそうな場所だ。ただし歓迎できない事実もあった。そちらへつづく廊下がいまライラの頭上にあり、真上へまっすぐ伸びる縦穴になっていたことだ。最悪だったのは、傾いた片隅に落ちていた人間の片足だ。膝上五センチほどのところで、ぎざぎざに断ち切られていた。足は緑のコーデュロイ生地に包まれていた。偵察チームがイーグル目指して出発したとき、ネル・シーガーは緑のコーデュロイのズボンを穿いていた。

「このことはティファニーには話さずにおこう」ライラはいった。自分の話し声にぎくりとしたが、心が安らぐ面もあった。「話したって、なんの役にも立たないし」

ライラは懐中電灯の光を上へむけた。ライオンヘッド刑務所の監禁独房翼棟は、いまでは大きな煙突になっていた。光を左右に動かしながら、ライラは先へ進むための手がかりをさがし……見つけたように思った。この翼棟の天井は、ボードを天井裏側からはめこむドロップパネル式だった。パネルはどれもレールから外れて落ちてしまっていたが、スチールの枠はまだ形をたもっていた。枠は格子状。梯子に似ていなくもない。

《報酬についていえばね》クリントが話しかけてきた。《きみはだれかを見つけるかもしれない。かもしれないだ。しかし、自分に正直になってみたまえ。きみはもう、この廃墟が世界のほかの部分とおなじく無人だと知っているはずだ。ネルと行動をともにしていた女たちの死体以外に、なにかが見つかるはずもない。さっきの断ち切られた片足を、ほかの全員の代表にすればいい。きみたちが〈わたしたちの地〉と呼ぶこの世界にほかにも女がいるのなら、いまごろ自分から存在を明かしているはずだ。それでなくても、せめて活動の痕跡くらいは残すはずじゃないか。いったいきみは、なにを証明しなくてはいけないと思ってる？　女もその気になればマルボロ・マンになれることか？》

ライラの想像のなかですら、クリントは〝きみを心配していってるんだ〟といわずにいられないようだった。妻を相手にしていてさえ、収監されている患者相手とおなじ態度しかとれないらしく、校庭でのドッジボールの試合のように誘導尋問のボールをどんどん投げかけてくる。

「もう行って、クリント」ライラが声に出していうと、これはびっくり、クリントは去った。

ライラは手を伸ばし、天井パネル枠のいちばん下の水平なポールをつかんだ。ポールはたわんだが、折れて枠からはずれることはなかった。手が悲鳴をあげ、シャツの布地を代用した繃帯のまわりに血がにじみはじめた――しかしライラは握ったまま離さず、自分を引きあげて上を目指した。ブーツを水平なポールにかけて足を踏んばる。ポールはまた曲がったが、もちこたえた。ライラはパネル枠のつくる格子を梯子代わりにのぼりはじめた。監房のドアと横ならびの位置にさしかかるたびに、ライラは怪我をしていない左手でしっかり枠をつかんだまま体を宙にふって、怪我をした右手にもった懐中電灯の光で房内を照らした。最初の監房では、ドアの最上部にある窓の針金いりガラスごしに光をあてても、だれの姿もなかった。ふたつめの監房にも女はいなかった。三つめの監房も同様。見えたのは、かつて床だった部分から突きだしているベッドのフレームだけだった。手がずきずき痛んだ。血が袖の内側に流れこんできた。四番めの監房も無人だった。ここでライラはひと休みしなくてはならなかった。しかし、あまり長く休んではいられないし、また眼下の暗闇を見おろすのも論外だった。この手の苦しい仕事をこなす秘訣《ひけつ》がないものか？　たしかジェイリッドが、クロスカントリー競技をこなすための小技の話をしていた。自分になにか語りかけるというテクニックではなかったか。ああ、そうだ。思い出せた。

「肺がぎゅっとして苦しくなったら」あのときジェイリッドはそう話していた。「女の子たちにチェックされてるぞ、あの子たちを失望させんな、って自分にいいきかせるんだ」

あまり役に立ちそうもないアドバイスだ。となると、淡々とのぼりつづけるほかはない。

ライラはさらにのぼった。五番めの監房には簡易ベッドとシンク、それに便座が垂れさがっている便器しかなかった。それ以外のものはない。

T字路にたどりついた。垂直の穴になった通路の左手に、ずっと先まで通路が伸びていた。その廊下の突きあたりに懐中電灯の光をむけると、洗濯物の山のようなものが見えた。死体だ——ひとりか複数かはともかく、死体のようだ。おそらく、偵察チームのほかのメンバーだろう。あれはネル・シーガーが着ていたふわふわの赤いジャケットだろうか？　断定はできなかったが、あたりの寒さにもかかわらず、鼻は腐敗の初期の徴候をとらえていた。メンバーは回転しながら落ちる建物のなかで小突きまわされ、体がへし折れてもなお小突きまわされたのだろう。このまま残していくしかなかった。

死体の山のなかでなにかが動き、ライラの耳にきいきいという鳴き声がきこえた。どうやらこの大災厄のなかでも、刑務所の鼠は生き延びたと見える。

ライラはさらに上を目指した。金属の格子はひとつ上へ行くたびに、ライラの重みをうけて大きくたわんでくるように思えたし、体をまた一段上へ引きあげるときには、金属音が前よりも長く高くなっているような気もした。六番めの監房は無人。七番め、八番め、九番めもおなじ。なにかあるのは、決まって最後に調べる場所だと決まっているのではないか？　さがし物は決まってクロゼットの棚の最上段のいちばん奥にある。あるいは書類の山のいちばん下のファイル。あるいはナップザックのいちばん小さく、いちばんつかわないポケットのなか。

いまここから落ちたら……とりあえず一瞬で死ねる。

以前は炭鉱があった山の、いまにも崩れそうな瓦礫と土砂の山……そこに山の上から滑り落ちてきた重警備刑務所の廊下で、天井パネルをはめこむ金属の枠を梯子代わりにつかって上を目指せば、いつもかならず――いつも・いつも、かならず・かならず――最上段にたどりついたところで落ちるものと決まっている。

しかし、いまここであきらめてなるものか――ライラは心を決めた。わたしは自分の身を守るためにジェシカ・エルウェイを殺した。ドゥーリング郡はじまって以来、初めての女性警察署長でもあった。グライナー兄弟に手錠をかけたのも自分だ。あのときロウエル・グライナーから、くたばりやがれと悪罵を投げつけられ、その顔の前で大笑いしたのも自分。あと一、二メートルの距離に阻《はば》まれてなるものか。

阻まれなかった。

ライラは闇に身を乗りだし、パートナーに押しだされたダンサーのような身ごなしで体を揺らして、十番めの監房の窓から懐中電灯の光を房内へむけた。

空気で膨らませるタイプのダッチワイフが、顔をガラスに押しつけて静かに休んでいた。チェリーレッドの唇が驚きにひらかれていた――フェラチオ用につくられた唇。目はいかにも浅はか、ベティ・ブープ風の蠱惑的《こわくてき》なブルー。どこからともなく風が吹いて、人形の空っぽの頭部をうなずかせ、ピンクの肩をすくませた。頭に貼ってあるステッカーに、こんなメッセージが書きこまれていた――《**四十歳の誕生日おめでとう、ラリー！**》。

12

「しっかりして、ライラ」ティファニーがいった。その声は井戸のいちばん底からただよいのぼってきた。「片足を下に降ろしたら、次の一歩の心配をすればいい」

「オーケイ」ライラはなんとか答えた。ティファニーに声をきかれていなかったことがありがたかった。それどころか、過去にこれほどなにかをありがたく思った経験があったかどうかもわからない。のどは渇ききっていた。肌が体をやけにきつく包みこんでいるように感じられた。手が燃えるように痛かった。しかし、下からきこえてくる声はもうひとつの命だった。この闇の梯子が終着点だとはかぎらない。

「それでいい。さあ——次の一歩よ」ティファニーがいった。「一歩おりるだけでいい。最初はそれだけでいいんだから」

13

「風船人形タイプのダッチワイフ?・」あとあとティファニーはあきれた声でそういった。「どこかの馬鹿の誕生日プレゼントだったわけか。よくもそんなクソな品の差入れが許可されたものね」

ライラは肩をすくめた。「知ってるのはこの目で見たことだけ。もしかしたら裏に物語がひそんでいるのかも。でも、わたしたちには知るすべがないわ」

ふたりは昼間ずっと馬を前に進ませ、暗くなってからもさらに進んでいた。ティファニーは〈わたしたちの地〉にいる女のひとりで看護師経験のある者に、ライラの手を急いで消毒させたがっていた。ライラは大丈夫だといったが、ティファニーは強情だった。

「あの刑務所で所長だった婆《ばあ》さんにいってやったのよ——わたしたちはぜったいに死なないと。わたしたちっていったの。そう、あなたとわたしのこと」

それからティファニーは、覚醒剤中毒が最後の十年ばかりをナパーム弾のように焼き払う前にシャーロッツヴィルで住んでいたアパートメントのことを話した。部屋では羊歯《しだ》をどっさり育てていた。害虫も大量発生した。

「あれこそ正しい暮らしね——家に大きな植物の鉢植えを置く暮らしが」ティファニーはいった。

鞍にまたがって背中を丸めていたライラは、馬の体の揺れがあまりにも心地よく、うっかり眠りこみそうになるのを——そしておそらくそのまま落馬するのを——必死になって食い止めようとしていた。「なんの話?」

「あたしの羊歯」ティファニーはいった。「あなたがあたしを残して寝ちゃわないように、せっかく羊歯の話で楽しませてるのに」

この言葉にライラはくすくす笑いたい気分になったが、じっさいに出てきたのはうめき声だけだった。ティファニーは泣かないでといった。

「あなたにも羊歯の鉢植えをつくってあげる。羊歯はそこいらじゅうにあるし。そんなに珍しい植物じゃない」

それからしばらくして、ライラはティファニーに男の子と女の子のどっちがいいか、とたずねた。

「健康でありさえすればいいの」ティファニーは答えた。「男の子でも女の子でも、とにかく健康なら」

「もしも女の子だったら、その子を〝羊歯《ファーン》〟と名づけるのはどう?」

ティファニーは笑った。「その調子！」

ドゥーリングが見えてきたのは夜明けだった。青い靄《もや》を透かして建物が浮かんでいた。かつて〈スクイーキー・ホイール〉だった建物裏の駐車場から、煙がねじれながら空へむかっていた。駐車場に共同調理場が設置されていた。電気はまだ贅沢品なので、女たちはできるかぎり戸外で料理をこしらえた（〈スクイーキー・ホイール〉はすばらしい燃料の供給源だった。かつての店の屋根や壁がじわじわ解体されていた）。

ティファニーが先に立って、ふたりは火に近づいた。火のまわりには十人ほどの女たちがあつまっていた。みんな分厚いコートや帽子や手袋で着ぶくれしていた。幅のある炉の炎の上にふたつのポットがかけられて湯気をたてていた。

「おかえりなさい。コーヒーが出来てるわ」前に進みでてきたジャニス・コーツがいった。

「わたしたちらしくないけど、なにももち帰ってこられなかった」ライラはいった。「ごめんなさい。監禁独房翼棟にあったのは、ただの風船人形タイプのダッチワイフ。この世界にはまだほかの人がいるかもしれない――でも、その痕跡はいっさい見かけなかった。それから、ほかのメンバーについては――」あとは無言で、ただ頭を左右にふった。

「ミセス・ノークロス？」

その声に一同は、つい前日ここへ到着した新顔にむきなおった。ライラはその新顔に一歩近づいたところで、すぐに足をとめて声をかけた。

「メアリー・パク？　あなたなの？」

メアリーはライラのもとに近づいて、その体を抱きしめた。「ついこのあいだまでジェイリッドといっしょにいました。ご心配でしょうからお話ししますが、ジェイリッドは無事です。いえ、無事でした——少なくとも最後に見たときには。わたしたち、あなたの家の近くにあるモデルハウスの屋根裏部屋にいました……でも、わたしは眠りに落ちてしまったのです」

第五章

1

クリントが最初に話をした刑務官はティグ・マーフィーだった——イーヴィについての真実と、イーヴィがどんな話をしたかを教えたのだ。すべてはクリントが自分を生かしつづけられるかどうかにかかっている——イーヴィはそう話したが、ポンティウス・ピラトの前に引き立てられたイエス・キリストとおなじく、みずから説明しようとはしなかった。それからクリントはこう話をしめくくった。

「わたしが嘘をついたのは、みずから真実にむきあうことができなかったからでね。真実があまりにも大きくて、のどにつかえてしまったんだ」

「なるほど。先生はご存じかどうか、わたしは以前ハイスクールの歴史の教師でね」その言葉どおり、ティグがクリントをじっと見つめている雰囲気にはハイスクールを強く思わせるものがあった。それは生徒が手にしているホールパス——授業中に廊下《ホール》へ出てもいいという教師からの許可証——が本物かどうか疑っている目つきだった。それはまた、生徒の瞳孔が薬物の影響でひらいていないかどうかを確かめる目つきだった。

「ああ、知ってる」クリントはいった。ティグとふたりきりで話したくて、クリントはこの刑務官を洗濯室に引きこんだのだ。

「わたしは一家で最初にカレッジを卒業した。そんなわたしだから、女子刑務所で汗水垂らす仕事についたのは決してキャリアアップとはいえなかった。でも……わたしは先生があの女たちを気にかけているのを見てきた。それに、ここにいる女の大多数が恐ろしい悪に手を染めていながら、芯まで悪一色《あくいっしょく》という者はほとんどいないことも知ってる。だから力になりたいと思っていて……」

ティグは顔をしかめ、後退しかけているこめかみの髪の毛を手で何度も梳《す》きあげた。ティグがどんな教師だったかはたやすく見てとれた——行きつもどりつ歩きながら、一八八〇年代のウェストヴァージニア州における、〝ハットフィールド家とマッコイ家の確執〟の伝説と史実の大きな差異について弁じたて、話に熱がはいるにつれて、髪を梳きあげる手にもますます力がこもってくる姿が思い描けた。

「ぜひ力になってくれ」クリントはいった。刑務官がひとりも残らなければ、クリントひとりで刑務所を封鎖しなくてはならず、失敗は目に見えている。テリー・クームズと新しく警察の一員になったあの男は、残っている警官を押さえている。必要なら、ほかの男たちも呼びあつめられるだろう。クリントは、あのフランク・ギアリーという男がフェンスやゲートに視線を走らせていたようすを見ていた。あれは弱点を探す目だった。

「先生はほんとに信じてるのかい？　あの女が——魔法をつかえると？」ティグが〝魔法〟の一語を口にしたときの口調は、息子のジェイリッドの〝マジで〟という口調とおなじだった。たとえば、「ね、マジでぼくの宿題を見たいっていってるの？」というときの。

「ここで起こったいくつかの出来事については、多少なりともイーヴィが関与していたと信じてる。でももっと重要なのは、刑務所の外にいる男たちがそう信じている、という点だ」

「つまり、あの女が魔法をつかえると信じてるわけだ」このときも、ティグは疑い深い教師の目をむけてきた。生徒にむかって《いったい、きみはどこまでラリってるんだ？》という目つき。

「ああ、意外かもしれないが信じてる」クリントはいい、すぐに片手をかかげてティグの言葉を――当面のあいだだけでも――封じた。「しかし、わたしの見立てがまちがいでも、この刑務所を守る必要はある。わたしたちの義務だ。ここにいる囚人たち全員を守る義務がある。わたしは酔いどれのテリー・クームズはもちろん、フランク・ギアリーだろうとほかのだれだろうと信頼してはいないし、イヴ・ブラックと話すだけでも許す気はない。きみもあの女がしゃべっているのを耳にしたね。幻覚を見ているだけなのかどうかはともかく、イーヴィは人を怒らせる天才だ。きっとおなじことを延々とつづけるだろうし、そうなればいずれだれかが堪忍袋の緒を切らしてイーヴィを殺す。だれかひとりが殺すか、あるいは全員寄ってたかって殺すかだ。火あぶりの刑さえ問題外とはいえないんじゃないかな」

「まさか、本気じゃないよな」

「本気で信じてる。〈ブロートーチ・ブラザーズ〉のことを考えれば、なにかわかるんじゃないか？」

　ティグは業務用洗濯機のひとつに寄りかかった。「なるほど」

　クリントはティグをハグしたい気分になった。「ありがとう」

「いや、それがわたしのくだらない仕事だからね——でも、どういたしまして。それで、刑務所をどのくらい守っていればいいんだろうか？」

「それほど長くなくていい。最長でも数日間。イーヴィはそう話してた」気がつくとクリントは、怒れる神々について話す古代ギリシア人のような調子でイーヴィ・ブラックのことを話していた。突拍子もないにもほどがある比喩だ……それでもなお、これがなによりも真実だと思えた。

2

「待て・待て・待て」クリントが一部始終を二度くりかえしたあとで、ランド・クイグリーはそういった。「つまりイーヴィは、警官連中につかまったらこの世界を滅ぼしてやるといってるのか？」

クリントが信じていることを、ほぼそっくりそのまま表現した言葉だったが、クリントは多少なりとも訂正して正確を期したかった。「地元警察の連中に、あっさりイーヴィを引きわたしてはならないんだよ、ランド。それがいちばん肝心なことだ」

四角い眼鏡の分厚いレンズの奥で、ランドの水色の目がまばたきをくりかえした。眼鏡フレームの最上部のさらに上にある左右がつながった眉毛は、まるで体格のいい毛虫だった。「例の疾病対策センター《CDC》の話は？　てっきり先生がＣＤＣと話してると思ってた」

ティグはこの件に正面から応じた。「CDCの話は全部でたらめだよ、ランド。わたしたちを引きとめるために、先生がでっちあげた作り話だ」

　これでランドがわたしたちから離れていくぞ、とクリントは思った。スーパートランプのヒット曲ではないが……さよなら《グッドバイ》、見知らぬ人《ストレンジャー》、楽しかったよ、きみがパラダイスを見つけたらいいね、だ。しかしランドはちらりとクリントを見やっただけで、すぐに視線をティグにもどした。「じゃ、電話は一回もスタッフに通じてなかった？」

「そのとおり」クリントは答えた。

「ただの一回も？」

「まあ、二回ほどは向こうの留守番電話の声がきこえたけどね」

「ファック」ランドが毒づいた。「ひってえ話だ」

「いえるな、相棒」ティグが応じた。「さて、いまもまだおまえをあてにしていいか？　だれかが新しいことをはじめたら、の話だが」

「いいとも」改めて意向をたずねられたのが、ランドにはいささか心外だったようだ。「当たり前だ。警察の連中は町を動かし、刑務所はおれたちが動かす。それが決まりだ」

　次はビリー・ウェッターモアだった。ビリーは皮肉まじりだったものの、それでもシナリオのすべてを心からおもしろがっていた。

「覚醒剤《メス》野郎を殺したあの戦士ガールが魔法をつかえたとしたって、おれは少しも驚かないな。ま、懐中時計をもった兎がぴょんぴょん飛び跳ねて酒場を駆け抜けていっても驚かないけどね。先生がおれにきかせてる話は、オーロラ病以上にいかれてる。でも、それでおれにとってなにかが変わるわけじゃない。おれはここにずっといるつもりだ」

十九歳で最年少の刑務官、スコット・ヒューズは刑務所内の鍵一式と拳銃とテイザー銃をはじめとする装備一式を返却してきた。CDCのスタッフがイヴ・ブラックを引き取りにこないのなら、自分はここにいる気はない。自分はだれかを救う白の騎士じゃない……自分はこのドゥーリングのルター派教会で洗礼を受け、日曜日の礼拝をめったに欠かさない、どこにでもいるクリスチャンだ。

「みなさんのことは大好きだよ。みなさんは、ドン・ピーターズみたいな連中とはちがう。ビリーがゲイでも、ランドがちょっと頭が足りなくても、そんなことは気にしない。みんないい人だからね」

クリントとティグはなんとかスコットを翻意させようと、収監者受入エリアを抜けて刑務所の正面玄関を通り、その先の庭にまでスコットを追いかけていった。

「それにね、ティグ、あなたはずっとクールだった。あなたもいい人だったね、ドクター・ノークロス。でも、ぼくはここで死にたくない」

「死ぬとかなんとか、だれがそんな話をした?」

スコットは特大のタイヤを履かせた愛車のピックアップトラックの前で足をとめた。「現実を見てみなって。この町で銃をもってない男を知ってるかい? いや、二、三挺の銃さえ手もとに用意してない男を知ってるか?」

そのとおりだった。アパラチア地方の準郊外地とはいえ(いや、それはいいすぎかもしれない——ドゥーリングには靴のチェーン店の〈フット・ロッカー〉やスーパーマーケットの〈ショップウェル〉こそあったが、最寄りの映画館はイーグルにしかなかった）、ほぼだれもが銃器をもっていた。

「それに、ぼくは警察署にも行ったことがあるんだよ、ドクター・ノークロス。あそこにはM4カービンが何挺もかかったラックがある。それ以外の銃器もある。自警団連中がまず警察の武器庫を襲撃してから、こっちに押し寄せてきたら……気分を害さないでほしいけど……あなたとティグはここの銃器ロッカーにあるモスバーグのショットガンあたりで、せいぜいがんばることだね」

クリントのすぐ隣に立っているティグがいった。「じゃ、ここから出ていくというのは本気なんだな？」

「ああ」スコットは答えた。「出ていくよ。だから、だれかにあのゲートをあけてもらわないと」

「くそ、ティグ」クリントはいった。合図の言葉だった。

ティグはため息をついてスコット・ヒューズに詫びると――「こんなことをするのは心苦しいんだが」――スコットにテイザー銃で電撃を与えた。

クリントとティグが事前に話しあって決めていたことだった。スコット・ヒューズをそのまま刑務所から外へ出せば、深刻な問題を引き起こしてしまう。刑務所の人員が不足していることや、用意されている銃器の数が限られていることを外部に知られるわけにはいかない。実際スコットの言葉にも一理あった――刑務所の武器庫の中身は決して人をうならせるものではなかった――モスバーグM五九〇が十挺ほどと、そのショットガンに装塡するための鳥猟用散弾。

それ以外はそれぞれの刑務官が携行している四五口径の拳銃があるだけだ。

ふたりの男は、駐車場の舗装に横たわってひくひく痙攣《けいれん》している若い同僚を見下ろしていた。クリントはバーテル家の裏庭での〈金曜夜の試合大会〉や、おなじ里親に養育されていた仲間のジェイスンを思い出して吐き気を催していた——思い出していたのは、パティオのコンクリートの上、クリントの履いていた汚いスニーカーのすぐそばに上半身裸で横たわっていたジェイスンだった。目の下にはクリントの拳骨がつくった二十五セント硬貨大の赤い痣《あざ》ができていた。ジェイスンは鼻汁を垂らしながら、「いいんだよ、クリント」と倒れた地面から話しかけてきた。大人たちはそれぞれのローンチェアから歓声と笑い声をあげ、〈フォルスタッフ〉の缶ビールで乾杯していた。あのときクリントは賞品のミルクシェイクを勝ちとった。きょうはなにを勝ちとったのだろう？

「やれやれ、やっちまいましたね」ティグはいった。四日前にドン・ピーターズと話をつけなくてはならなかった場では、ティグはアレルギー反応に苦しんで、腹いっぱい食べた魚介類を吐きだしそうな男に見えた。そしていまは、うっかり強い酸に触れてしまった男のような顔になっていた。地面に膝をついてしゃがみこむと、ティグはスコットの体を転がして俯《うつぶ》せにし、背中にまわした両手首を結束バンドで縛りあわせた。

「こいつをB翼棟に閉じこめておくのはどうです、ドク？」

「それでいいと思う」これまでクリントは、スコットをどこに閉じこめておけばいいのかをまったく考えていなかった。それを思うと、どんどん変化していく事態にも対処できる能力があるという自信の念が増すことはなかった。クリントはしゃがみこんでスコットの両の腋の下に手を入れると、この男を所内に運ぶべく、ティグと力をあわせてスコットの体をまっすぐに起こした。

「おふたりさん」その声はゲートのすぐ外からきこえてきた。女の声、それもざらざらして疲れをうかがわせる声だったが……喜びの響きもあった。「ちょっとそのポーズのままでいてもらえる？　いい写真が撮れそうだから」

3

ふたりの男は、その声に顔をあげた——ふたりの表情は罪悪感そのものだった。これから死体を埋めようとしているマフィアの下っ端の表情でもおかしくなかった。最初に撮影した一枚の出来をチェックしたミカエラは、いちだんとうれしくなった。ハンドバッグに入れていたカメラはニコンのラインナップでもいちばん安価な品だったが、撮影した写真は鮮明だった。文句なしだ。

「よぉ、そこのむさっ苦しい海賊ども！」ガース・フリッキンジャーが叫んだ。「なにしてるんだ？　教えてくれよ」

ここに来る途中、ガースは景色のいいところで車をとめて〈パープル・ライトニング〉を試しに吸ってみようと強く主張した。いま元気いっぱいなのはそのおかげだった。ミカエラも第二の命を吹きこまれたかのようだった。いや、いまでは第二どころか第四か第五の命といえるかもしれない。

「まずいな、先生」ティグがクリントにいった。「厄介なことになりましたね」

クリントは答えなかった。スコット・ヒューズの体を支えたまま、くたびれたメルセデスの前に立っている新来のふたりを、ぽかんと口をあけたまま見ているばかりだった。頭のなかで、不気味なことに逆まわしの崖崩れが起こっているように思えた――いろいろな物事が滑ってばらばらになるのではなく、断片が逆にどんどん組みあわされていく。もしかしたら偉大な科学者や哲学者が天啓を得る瞬間は、こういう感じなのかもしれない。そうであればいいとクリントは思った。クリントはスコットの体を地面に落とした。意識が朦朧《もうろう》としているスコットは不満そうなうめき声を洩らした。

「もう一枚！」ミカエラが声をかけ、シャッターを押した。「もう一枚追加で！　いい！　最高！　で、いまふたりはなにをしてるわけ？」

「なんたること、これは反乱だ！」ガースは大声をあげた――ひょっとしたら〈パイレーツ・オブ・カリビアン〉のジャック・スパロウ船長の物真似をしていたのだろうか。「その者らは一等航海士を気絶させたぞ――もうじき船べりから突きだした板の上を歩かされるんだ！　うあああ！」

「静かに」ミカエラはいい、ゲートをつかんで揺さぶった――通電ゲートでなかったことがミカエラにとって幸運だった。「それって、例の女に関係したこと？」

「これは本気で厄介なことになったな……」ティグが心から感服したような口調でいった。

「ゲートをあけるんだ」クリントはいった。

「なに——？」

「あけろ」

ティグは警備ステーションにむかって歩きだし、途中で一回だけ足を止めて頭をめぐらせ、クリントに心もとなげな顔をむけた。クリントはうなずいて、そのまま進めと手ぶりで合図した。クリントは若い女がつづけざまに押しているカメラのシャッター音も無視して、ゲートに歩み寄った。女の両目は赤く充血していた——五日と四夜のあいだ一睡もしていないのだから当然だろう。しかし連れの男の目も赤く充血していた。してみると、ふたりとも違法な興奮剤のたぐいを摂取しているのかもしれない。しかし突然の天啓に苦しむクリントにとって、その問題はいちばん小さな心配ごとでしかなかった。

「きみはジャニスの娘さんだね」クリントは声をかけた。「テレビのリポーターの」

「ええ。ミカエラ・コーツ。でも多くの視聴者にとってはミカエラ・モーガン。あなたはドクター・クリントン・ノークロスでしょう？」

「前にどこかで会ったっけ？」会っていたとしてもクリントには思い出せなかった。

「昔、ハイスクールの校内新聞の取材で話をうかがったことがある。もう八年か九年前のことね」

「わたしのことは気にいったかな？」クリントはたずねた。いやはや、自分はもう年寄りだ。しかも一分ごとに、年を重ねている気がする。

ミカエラは片手をかかげた。「刑務所で仕事をすることにあそこまで熱意をもっているというのが、あのころのわたしにはちょっと不気味だったな。しかも、わたしの母親がいる刑務所で。でも、そんなことはどうでもいい。例の女のことをきいてもいい？　名前はイヴ・ブラック？　その女が普通に眠って起きているというのは本当？　そういう話を小耳にはさんだものだから」

「イヴ・ブラックというのは、問題の女性の通り名だ」クリントは答えた。「それに質問への答えはイエス——この女性は普通に眠って、目を覚ましている。ただし、それ以外の面については、普通といえるところはほとんどないね」頭がくらくらとしてきた——目隠しをして綱渡りをしているような気分だった。「で、きみはあの女にインタビューしたいのかな？」

「冗談でいってる？」つかのま、ミカエラはこれっぽっちも眠気を感じていなかった。いまミカエラは、昂奮のあまり熱っぽい目つきになっていた。

内側と外側、両方のゲートが横に滑ってひらきはじめた。ガースはミカエラの腕に自分の腕をひっかけると、ふたつのゲートにはさまれたスペースに連れていった。しかし、クリントは手をかかげた。

「それには条件がある」

「いってみて」ミカエラはてきぱきといった。「でも、このカメラにはわたしが撮影した写真がはいってるんだから、あんまり欲をかかないほうがいいと思う」

クリントはたずねた。「この近くで警察のパトカーを見たか？」

ガースとミカエラはそろって頭を横にふった。

パトカーはまだ来ていない。ウェストレイヴィン・ロードから所内に通じる連絡道路を監視している者はいないのだ。これまでのところフランク・ギアリーはこの抜け道を見逃しているが、クリントはこのことを格別意外には思わなかった。テリー・クームズがアルコールに逃避場所を求めているいま、ナンバー2の男——ミスター動物管理官——は巻き返しに懸命だ。しかし、もうじきフランクはあの連絡道路の存在にも気づく。すでにあちらの道路にだれかが来ていてもおかしくない。それどころか——改めて考えれば——すでにそれが現実になっていることを前提にしなくては。となると、外に出てピザを買い、ジェイリッドといっしょに食べるのは無理だ。フランクはだれかが刑務所へはいっていくのは気にかけないだろうが、刑務所からだれかが出ていく事態は望まないだろう。たとえば、目の上のたんこぶみたいな頭医者。あるいは、刑務所のヴァンの後部座席にイーヴィ・ブラックを乗せて、こっそり運びだすような事態も決して望まないだろう。

「で、先生の条件は？」ミカエラはたずねた。

「手早くおわらせてもらう必要がある」クリントはいった。「それから、きみがきけると予想しているはずの発言をききおわり、きみが目にできるだろうと予想しているはずのものを見おわったら、そのあとはこっちに力を貸してほしい」

「なにを手伝ってもらうんですか？」ティグが一同にくわわってきた。

「武力の強化だよ」クリントはいった。「武器がほしい」いったん間をおいて、「それから息子。息子を連れてきてくれ」

4

〈オリンピア・ダイナー〉にはパイはなかった。パイをつくっていた女は、休憩室で繭に包まれて眠っていた。ガス・ヴェリーンは警官たちの注文を受けながら、どこもかしこも人手不足だと愚痴った。

「フリーザーの底にアイスクリーム・ケーキがあったが、品質保証はできないな。ヘクターがまだ子犬のころからあるんだ」

「それをもらおう」ドン・ピーターズはいった。代用品としては貧弱だが――パイのない軽食堂《ダイナー》なんてダイナーの面汚《つらよご》しだ――テーブルの反対にフランク・ギアリーがすわっているいま、精いっぱい行儀よくふるまっていた。

ほかにもダイナーの奥のテーブルにはバロウズとラングル、エリック・ブラスという警官たちやシルヴァーという老判事がすわっていた。彼らはお粗末なランチを食べおわったところだった。ドンが食べたのは東欧料理の特製ハルシュキというふれこみだったが、出てきたのは黄色い油に泳いでいるような料理だった。ともかくドンは食べた――腹いせに食べたといってもいい。〈マジック8《エイト》ボール〉のお告げによれば、近い将来に腹をくだすだろうとのこと。ほかの面々はサンドイッチかハンバーガー――ただし、半分以上食べられた者はひとりもいなかった。また全員がデザートを遠慮したが、これは賢明な判断だったといえる。フランクはこれまで三十分かけて、刑務所内の情勢について自分が把握したことすべてをこの場の全員に報告していた。

「あの医者のノークロスがブラックって女とヤッてると思うのかい？」話をおわったいま、ドンはいきなりそう発言した。

フランクは瞼を低く垂らした目をドンにむけた。「それは考えられないし、いまの話には無関係だ」

ドンはそのメッセージを受けとめ、追加の品はないかとガス・ヴェリーンがききにくるまで、ひとこともしゃべらなかった。

ガスが引っこむと、シルヴァー判事が口をひらいた。「それでいまはどのような選択肢があると思っているのかね、フランク？　テリーはどういう立場にあるんだね？」

判事閣下の肌色は思わず不安になるほどくすんだ灰色だった。声には湿った響きが混じっていた――口のなかに嚙みタバコを入れたまましゃべっているかのような。

「こちらがとれる選択肢はかぎられてる。ノークロスが出てくるのを待ってもいいが、どれくらい待つことになるかがわからない。刑務所には食料の豊富な備蓄があるかもしれないし」

「そのとおりだ」ドンはいった。「刑務所だからプライムリブだかなんだかはないが、この世のおわりまで大丈夫なほどの乾燥食料があるぞ」

「待っている期間が長くなればなるほど、噂がそれだけ広まることになる」フランクはいった。「このあたりでもたくさんの連中が、いろいろなことを自分の手でやろうと考えはじめるかもしれないね」

ひらかなかった。

《それこそ、おまえがやってることだろうが？》という声があがるかと思ったが、だれも口をひらかなかった。

「もし待たなかったら？」シルヴァー判事がいった。

「ノークロスには息子がいる。もちろんノークロスの妻のことは知ってるな」

「優秀な警察官だ」シルヴァー判事がいった。「注意深くて仕事ぶりは綿密。きっちり規則どおりに仕事を進めるよ」

スピード違反でライラ・ノークロスに二回逮捕された経験のあるエリック・ブラスが顔をしかめた。

「いまも署長がいればよかったと、みんなが思っているさ」フランクはいった。ドンはその言葉を一秒も信じなかった。そもそもの最初から……というのは、フランクがドンの腋の下に手を突っこみ、ドンを操り人形のようにあつかったときから、フランクが第二の地位に甘んじる男ではないと見ていたからだ。「しかし、ライラの行方はわかっていないし、息子のほうもだ。奥さんと息子さんがこのあたりにいるのなら、ふたりに頼んでノークロスを説得させられるかどうか、確かめてみるのもわるくないんじゃないかとも思う。ノークロスがブラックという女にどんな魂胆をいだいているのかはわからないが、その魂胆をあきらめさせることができるかどうかをね」

シルヴァー判事が舌を鳴らし、自分のコーヒーカップをのぞきこんだ。カップに口をつけてもいなかった。ネクタイに鮮やかなレモンの絵があり、判事自身の肌の色とのコントラストが病的な顔色をひときわ強調していた。一匹の蛾が頭のまわりをひらひら飛んでいた。判事が手をふって払いのけると、蛾はひらりと飛んで、ダイナーの天井から吊られた照明器具のひとつにとまった。

「それで……」シルヴァー判事はいった。「これからおれたちはどうするんだ？」

「ああ」ドンはいった。

フランク・ギアリーは頭をふり、テーブルのパン屑をさっと払って手のひらに受けた。「おれたちは実行力あるグループをつくるんだ。十五人から二十人の信頼できる男たち。武装もととのえる。署には人数分の身体防護服《ボディアーマー》がある。ほかになにがあるかは神のみぞ知るだ。というのも、これまでは調べて備蓄品リストをつくる時間の余裕がなかったのでね」

「じゃ、あんたは本気で考えて――」リード・バロウズが疑わしい声でいいかけたが、フランクが横からさえぎった。

「とにかく、アサルトライフルなら十挺ばかりある。つかい方を心得ている面々の手にわたるのがいい。それ以外の面々はウィンチェスターか官給品の拳銃のどちらか、あるいはその両方を携行する。ここにいるドンが刑務所のフロア配置をはじめ、役立ちそうなことを教えてくれる。そのあと、おれたちの武力を向こうに見せつけ、女を自発的に差しだす最後のチャンスをノークロスに与える。そうすれば、あいつは女を差しだすね」

判事が当然の疑問を口にした。「もし差しださなかったら？」

「あの男がおれたちを止められるとは思えない」

「いまはたしかに特殊きわまる情況だが、それにしてもいささか過激すぎる手段のようだが」判事はいった。「それにテリーについては？」

「テリーは……」フランクはパン屑をダイナーの床に払い落とした。

「あいつは酔いどれだよ、判事」リード・バロウズがいった。

これでフランクは、同趣旨の発言をしなくてもよくなった。フランクが（深刻な表情をつくろいながら）口にしたのは、「テリーもあの男なりにベストを尽くしてるんだ」という言葉だけだった。

「酔いどれは酔いどれだ」リードはいった。ヴァーン・ラングルが、この発言は事実だと裏書きした。

「だったら……」判事はフランクの逞《たくま》しい肩をつかんで、ぎゅっと握った。「その役目はきみのようだね、フランク」

ガス・ヴェリーンが、ドンの注文したアイスクリーム・ケーキをもって近づいてきた。ダイナーのオーナーであるガスは半信半疑の顔つきだった。ケーキのスライスはびっしりと霜に覆われていた。「ほんとに食べるのかい、ドン？」

「ああ、かまうもんか」世界じゅうのパイつくり女たちが消え去ろうと、甘い菓子を食べたい気持ちは変わらないし、これからはいままで以上に食の冒険をすることになりそうだった。

「いいかな、フランク？」ヴァーン・ラングルがいった。

「なんだ？」というその声は、《こんなときに、いったいなんだ？》といっているかのようだった。

「ちょっと思ったんだが、パトカーを一台出して刑務所を見張らせた方がいいんじゃないかな。ほら、あの医者が女を刑務所から連れだして、どこかへ運んでいこうなんて料簡《りょうけん》を起こしたときにそなえて」

フランクはまじまじとヴァーンを見つめてから、自分の側頭部をぴしゃりと叩いた――加減しない強い叩き方で、周囲の全員が驚きに飛びあがった。「まいった。そのとおりだ。すぐに手配しておくべきだったのに」

「おれが行こう」ドンはアイスクリーム・ケーキのこともすっかり忘れ、急いで立ちあがった――そのせいで腿をテーブルの裏面にぶつけてしまい、カップや皿ががちゃがちゃと音をたてた。ドンは目をきらきらさせていた。「おれとエリックだ。刑務所に出入りするやつは、だれだろうと、おれたちが足止めしてやる」

フランクはドンをあまり評価していなかったし、エリック・ブラスはまだ青くさいガキだ。しかし、問題はないだろう。どっちみち、予防策にすぎない。本心ではフランクは、ノークロスが女を外へ連れだすとは予想していなかった。あの医者からすれば、女がいまいる場所――すなわち刑務所の塀の内側――にいたほうが安全に思えるだろう。

「オーケイ」フランクはいった。「だけど、もしも刑務所内から本当に、だれかが出てきたら、その場に足止めするだけにしろよ。いいか、決して銃を抜くな。OK牧場みたいな真似は控えろ。停止するのを拒んだら、あとを追うだけにする。そして、できるだけ早くおれに連絡しろ」

「テリー・クームズではなく？」判事がいった。

「ああ。おれでいい。パトカーは刑務所への連絡道路がウェストレイヴィン・ロードにつながるところにとめるんだ。わかったな？」

「わかった！」ドンは打てば響くように返事をした。これで担当になれた。「行くぞ、相棒。出発だ」

去っていくふたりを見送りながら、シルヴァー判事はオスカー・ワイルドが狐狩りを評した言葉をつぶやいた。「〝食べられぬものを必死に追いかける筆舌に尽くしがたきもの〟、か」

「なんですって、判事？」ヴァーン・ラングルがたずねた。

シルヴァーはかぶりをふった。いかにも疲れた風情だった。「なんでもない。諸君、これだけはいっておかねばなるまいが、いまのこの流れにはどうにも賛成できかねる。わたしが首をかしげるのは……」

「なんですか、判事？」フランクはたずねた。「なにに首をかしげるというんです？」

しかし、判事は答えなかった。

5

「なんでわかったの？」そうたずねたのはエンジェルだった。「赤ん坊のこと」

この質問がイーヴィを〈オリンピア・ダイナー〉から引きもどした。これまでイーヴィは電灯にとまった蛾の目を通して、計画を立てている男たちを観察していた。そのうえお楽しみの上乗せのように、もっと近いところでも別の出来事が進行中だった。クリントのもとに来客があったらしい。となると、イーヴィにもまもなく来客がありそうな気配だ。

イーヴィは上体を起こして、ドゥーリング刑務所の空気を吸った。業務用の清掃洗剤の悪臭が、恐ろしいほど深くまで届いた。もうすぐ死ぬことになりそうだと思うと、一抹の寂しさを感じた。しかし、死んだことは前にもある。決して心地よい体験とはいえないが、決してすべてのおわりではなかった……とはいえ、今回は結果が異なるかもしれない。

明るい面もある──イーヴィは自分に語りかけた──死ねば、もうここの悪臭を吸わずにすむのだ。〈ライソル〉と絶望の混じりあった臭気を。

前はギリシアのトロイアこそ悪臭ふんぷんたるところだと思っていた。死体の山、炎、神々への捧げ物としてうやうやしく置かれた魚の内臓──こいつは滅法ありがたい、これこそおれたちが食べたいものだ。それから、あの愚かなアカイア人たち。海岸を足音高く歩きまわり、洗うのを拒んで、鎧《よろい》についた血が日ざしに焼かれて黒くなり、鎧の可動部分が血で錆びるにまかせていた。しかし、どこへ行っても逃げられない現代世界の悪臭の前にはなにほどのものでもない。あの当時はまだ若く、たやすく感じいってしまった──〈ライソル〉と漂白剤出現以前の日々には。

その一方で、エンジェルの質問は完全無欠なほどフェアなものであり、口調も正気そのものだった──さしあたり現在にかぎっては。

「あなたの赤ちゃんのことを知ったのは、わたしが心を読めるから。いつも読めるわけじゃない。それに男の心を読む方が得意──女より単純だから。でも女の心もけっこう上手に読めるの」

「だったら、あんたも知ってるはず。わたしが本当は望んでいなかったのを──」

「うん、それも知ってる。それにわたし、あなたにきつく当たりすぎてた。前は。ごめんね。いろいろなことが同時に起こってたから」

エンジェルはイーヴィの謝罪を無視した。いまエンジェルは、はっきり記憶しているある言葉を唱えることに集中していた。闇がいちばん深くなったとき……話しかける相手がだれも起きておらず、そのため自分のことや過去の自分の所業を頭からふり払えなくなったとき……そんな闇で光を手に入れるために自身でつくりだした、ささやかな心の慰めの文句だ。

「どうしようもなかった。わたしが殺した男たちは、ひとり残らずわたしを傷つけたか、隙を見せれば傷つけようとしてきた。赤ちゃんを殺したくはなかったけど、あの子にはあたしとおんなじ生き方をさせたくなかった」

これに応えるようにイーヴィが洩らしたため息には、本物の涙がこめられていた。エンジェルはいま、物事の調子がとことん狂ってしまった時間と空間で生きつづけることにまつわる真実を話している——真実を、真実のみを話し、真実以外は話していない。もちろん、どう転んでもエンジェルにとって物事の調子が狂わなかった可能性がごくわずかながらあった。そもそもエンジェルは悪人で頭がいかれていた。たとえそうであっても、エンジェルは正しい。男たちはエンジェルを傷つけ、いずれ時間がたてば生まれた女の子のことも傷つけただろう。あの男たち、そしてあの男たちの同類のすべて。大地は彼らを憎んでいたが、その一方では人殺しの男たちの死体という肥料を愛してもいた。

「なんであんたが泣いてんの？」

「だって、すべてを感じてて、すべてが苦しみに満ちてるから。さてと、静かにして。もういっぺん『ヘンリー四世』から引用させてもらうと〝獲物が姿をあらわしている〟の。だから、やることがあるんだ」

「やることって？」

これに答えるかのように、A翼棟の端にあるドアが大きな音とともにひらき、足音が近づいてきた。ドクター・クリント・ノークロスと、刑務官のティグ・マーフィーとランド・クイグリー、そして二名の未知の人物。

「そいつらの通行証はどこにあるの？」エンジェルが大きな声を出した。「そのふたりには、こんな奥まで来られる通行証がないんだろ？」

「静かにしてといったでしょう」イーヴィがエンジェルにいった。「静かにしないのなら、わたしがあなたを静かにさせる。これから大事なところなの、エンジェル。台なしにしないで」

クリントがイーヴィの監房前で足をとめた。その横にひとりの女があらわれた。両目の下に紫色の肉のたるみができているが、目そのものは輝いて、はっきりした意識をうかがわせていた。

イーヴィは、「ハロー、ミカエラ・コーツ、またの名ミカエラ・モーガン。わたしはイヴ・ブラック」といい、片手を鉄格子のあいだから差しだした。

それを見てティグとランドが反射的に前に出ようとしたが、クリントは両腕を左右に大きく広げて、ふたりの刑務官をその場にとどめた。

ミカエラはためらいも見せずに、差しだされたイーヴィの手をとった。「わたしをニュースで見て知っていたようね」

イーヴィはにこやかに微笑んだ。「わるいけどニュースはあんまり見ないの。気が滅入って仕方ないから」

「だったら、どうしてわたしのことを――」

「ミッキーと呼んでもいい？　お友だちのドクター・フリッキンジャーみたいに」

ガース・フリッキンジャーがびくんとした。

「あなたがお母さんに会えなかったのは残念ね」イーヴィはつづけた。「お母さんは立派な所長さんだった」

「そう、クソみたいに」エンジェルがぼそりとつぶやいた。しかしイーヴィがいかめしい表情で咳払いをすると、こういった。「わかった、黙ってる・黙ってるって」

「なんでそんなことを――？」ミカエラはいいかけた。

「あなたのお母さんがコーツ所長だったことを、なんで知ってるかって？　それにあなたが仕事上の苗字にモーガンを選んだ理由をなんで知っているかって？　ええ、どこかのおめでたいセックス大好きなジャーナリズム学の教授から、テレビの視聴者がすぐに覚えるのはファーストネームと苗字で頭韻を踏んでる名前だと教わったから――でしょう？　ああ、ミッキー、あなたはあんな男と寝るべきじゃなかった。でも、いまじゃ自分でもわかってる。少なくとも、あのとき流産したおかげで、むずかしい選択を迫られずにすんだわけだし」

イーヴィはくっくっと笑いながら頭をふった。黒っぽい髪がふわりと浮きあがった。

赤くなっている目の周囲だけは例外だったが、ミカエラの顔は血の気を完全になくしていた。

ガースが肩に腕をまわすと、ミカエラはしがみつくようにその腕に手をかけた――溺れかけた人が救命具にしがみつくように。

「どうしてそんなことまで知ってるの？」ミカエラはささやき声でたずねた。「あなたはいったいだれ？」

「わたしは女《アイ・アム・ウーマン》、わたしの叫びをきくがいい《ヒア・ミー・ロア》」イーヴィはヘレン・レディのヒット曲の一節を口にして、また笑った――ベルをふったような明るい響きの笑い声だった。ついでイーヴィは注意をガースへむけた。「それからね、ドクター・フリッキンジャー、あなたに親身なアドバイスをひとつ。ドラッグとは手を切りなさい――それもできるだけ早く。かかりつけの心臓専門医からそういう警告を受けてるでしょう？　でも、二度めの警告はない。あの手のクリスタルを吸いつづけていれば、いずれは命とりになるほどの心臓発作に襲われる……」いいながら、カーニバルの超能力者のように目を閉じ、いきなり瞼をひらく。「……だいたい八カ月後。いや、九カ月後かな。いちばんありそうなのはズボンを足首まで下げ、手近なところに潤滑ローションのボトルを置いてポルノを見ている最中に……というパターン。五十三歳の誕生日もまだ迎えないうちに」

「それですめばましだ」ガースはいったが、声はいまにも消えそうだった。

「もちろん、これはあなたが幸運だった場合。このままミカエラやクリントのそばに残って、身を守るすべをもたない憐れなわたしを守ろうとすれば、あなたはもっとずっと迅速に死ねるわ」

「きみほど左右の釣りあいがとれている顔は見たことがないな」ガースは言葉を切って、咳払いをした。「ところで、おっかない話はそのへんで切りあげてもらえないか？」

しかしイーヴィはその手の話をやめられないらしい。「あなたの娘さんが水頭症の患者で、一生を医療施設で過ごすしかないのはお気の毒。でも、だからといって、以前は申しぶんない状態だった心身にみずからダメージを与えてもいい理由にはならないの」

ふたりの刑務官はぽかんとした顔でイーヴィを見つめていた。クリントはイーヴィのこの世ならぬ能力を証明するような事態を期待していたが、これはもっとも野放図な想像をも超えてしまっている。そしてこの思いをクリントが声に出していったかのように、イーヴィがクリントに目をむけて……ウィンクをした。

「なんでキャシーのことを知っている？」ガースは娘のことをたずねた。「どうして知ることができた？」

ミカエラを見ながらイーヴィはいった。「この世界の生き物たちのあいだに、わたしの諜報員がいるから。彼らがあらゆることを教えてくれる。わたしを助けてくれる。『シンデレラ』みたいだけど、あれとはちがう。たとえばわたしは馬車の馭者《ぎょしゃ》としての動物よりも、鼠としての彼らのほうがお気に入りよ」

「イーヴィ……ミズ・ブラック……女たちが眠りこんだのはあなたのせい？　もしそうなら、眠った女たちを目覚めさせることができるんじゃない？」

「クリント、これが賢明なことだと思いますか？」ランドがたずねた。「この女性に刑務所のなかでインタビューさせるなんて？　コーツ所長がいれば、こんなことを――」

受刑者のジャネット・ソーリーが、この瞬間を狙いすましたようにふらりと廊下に姿をあらわした。茶色のトップの裾をつかんでもちあげ、臨時の袋にしている。

「豆が欲しい人はいる?」ジャネットは声を張りあげた。「新鮮な豆が欲しい人は?」

そのあいだイーヴィは話の脈絡を見うしなったような顔をしていた。両手で監房の鉄格子をつかみ、関節が白くなるほど強く握っている。

「イーヴィ」クリントはたずねた。「大丈夫か?」

「ええ。あなたが急いでいるのはわかるけど、きょうの午後のわたしは複数の仕事《マルチタスク》をこなしている身なの。わたしがほかの用事を片づけているあいだ、あなたには待ってもらわないとね」

それから監房の外にいる数名にむけた言葉というよりも、ひとりごとめいた口調でいった。「こんなことをするのは悲しいけれど、いずれにしても、あの人はもうあまり長くはない」間をおいてから、「それにあの人、猫が死んだことを悲しがってるし」

6

フランクがようやく追いついたとき、シルヴァー判事は〈オリンピア・ダイナー〉の駐車場をほとんど歩ききるところだった。老判事のコートの力なく落ちた肩には、雨粒のつくる宝石がきらきらと輝いていた。

フランクが近づいていくと、シルヴァー判事はふりかえり——聴力にはなんの問題もないようだ——心のこもった笑みをのぞかせた。「うちの猫のココアのことでは世話になったね、あらためて礼をいわせてくれ」

「いえ、お気になさらず」フランクはいった。「自分の仕事をしただけなので」

「それはそうだが、きみは本物の同情をもって仕事を進めてくれた。そのことで、わたしの心がどれだけ軽くなったことか」

「それはなにより。判事、先ほどの話しあいの席で、あなたはなにかを思いついたようだ。よかったら、わたしにも教えてもらえませんか？」

シルヴァー判事は考えをめぐらせていた。「率直《フランク》に話してもかまわないかね？」

フランクは微笑んだ。「わたしの名前はフランクです――それ以上は望みませんよ」

シルヴァー判事は微笑みかえさなかった。「よかろう。きみは立派な男だ。それにテリー・クームズが……なんといえばいいか……〝戦闘能力喪失《オール・ド・コンバー》〟状態にあり、またほかの警察官がみな責任ある立場につきたくないと思っているのが明らかないまの情況で、きみがリーダーとして名乗りをあげたのはいいことだと思う。しかし、きみには法執行機関で働いた経験がないし、いまはとりわけ慎重な対応が必要とされる情況だ。きわめて慎重な対応がね。その点には同意してくれるね？」

「ええ」フランクは答えた。「全面的に」

「わたしが心配しているのは暴走だよ。集団が制御不能になって暴徒化するような事態だ。前にも見たことがある。一九七〇年代にあった険悪な炭鉱ストライキでね。決して見てくれのいいものではなかったよ。建物に火がつけられ、ダイナマイトが爆発し、何人も死人が出た」

「あなたなら別案もある？」

「かもしれない。わたしは――ええい、消え失せろ！」判事は関節炎に悩まされている手で、頭につきまとっている蛾を払いのけようとした。蛾はひらりと判事から離れて一台の車にとまると、霧雨のなかでゆっくりと翅をひらいては閉じていた。「このごろじゃ、どこを見ても、あの手の蛾が飛んでる」

「ええ、まあ。それで……いまなにをいいかけていたんです？」

「コフリンの町にハリー・ラインゴールドという男がいる。元はＦＢＩに在籍していて、二年前に退職した。立派な男だよ。経歴も立派だし、ＦＢＩから何度も表彰されている——この人物の書斎の壁に表彰状がかかっているのを見たんだ。それで、この男に電話をかけて、仕事を引き受けてもらえそうかどうか打診しようと思ったんだ」

「仕事というのは？　警官になってもらう？」

「顧問だよ」判事はそういって息を吸った——空気がのどの奥で音をたてた。「さらには、交渉人にもなってくれるんじゃないかとね」

「人質事件の交渉人ですか？」

「いかにも」

フランクのとっさの反応は、〝断わる、主導権を握っているのはこのおれだ〟と判事にいってやりたいという、子供じみてはいるが強烈な衝動だった。ただし、厳密にいうなら主導権を握っているのは自分ではない。テリー・クームズだ。そのテリーが——ふつか酔いではあっても素面《しらふ》の状態で——姿をあらわし、手綱をふたたび握りたがることがないとは断言できない。さらにいうなら、体の拘束という手段以外でシルヴァー判事の行動を制限できるだろうか？　いいや、無理だ。シルヴァーは紳士なのでまだ口にしてはいないが（しかし、必要とあらば口にするにちがいない）判事、つまり司法関係者の一員である。パブリック・アクセス・チャンネルで野犬捕獲と保護動物のペット引取りを呼びかけるCM出演が専門で、勝手に責任者を自称しているだけの一般人であるフランクとはくらべものにならないほど高い身分にある。さらに、もうひとつ考慮すべき要素がある。なによりも重要な要素だ――人質交渉人が、決してわるい考えではないことである。ドゥーリング刑務所は防備を固めた要塞のようなものだ。例の女を刑務所から引きずりだせるのなら、だれがその仕事をするかが問題になるだろうか。女を尋問できればそれでいいのでは？　もし女にオーロラ病をとめる力があるという結論が出れば、必要なら強硬手段に出ればいいのではないか？

そんなふうに考えているあいだ、シルヴァー判事はもじゃもじゃの眉を吊りあげてフランクを見つめていた。

「お願いします」フランクは答えた。「テリーにはわたしから話しておきます。ラインゴールドが同意してくれたら、今夜のうちにここか警察署で戦術会議をひらきたいですね」

「つまり、きみは……」判事は咳払いをした。「いますぐ、なんらかの行動に出ることはないんだね？」

「きょうの午後から夜のあいだは、刑務所近くにパトカーを配置しておくにとどめます」フランクは言葉を切った。「それ以上のことは確約できません――いっておけばそれも、医師のノークロスが妙な真似をしないという前提でのことですが」

「そんな事態が起こるとはまず考えられない――」

「しかし、わたしは考えてしまうんです」フランクはいかにも思考プロセスが全力で稼働しているといいたげに、こめかみを指でとんとんと叩いた。「こういった立場にある者としては考えておかなくてはなりません。ノークロスは自分を切れ者だと思っている。そういう人間は問題になりがちです。他人にとっても、自分にとっても。そう考えるなら、あなたがコフリンへ行くのは人道的任務といえますね。くれぐれも慎重な運転を、判事」

「この年齢だからね、いつも慎重に運転しているよ」シルヴァー判事はいった。ランドローヴァーに乗りこもうとしている判事の身ごなしはのろくさく、見ていて痛ましかった。フランクがいよいよ手を貸そうと思い立ったそのとき、判事はようやく運転席に身を落ち着けて、一気にドアを閉めた。エンジンが咆哮をあげて動きだすと、判事は無頓着に車を発進させてライトをつけた。円錐形の光が霧雨をつらぬいた。

ＦＢＩ出身者がコフリンにいる。フランクは驚嘆した。およそ驚きは絶えることがない。その男ならＦＢＩ本部に電話をかけて、ドクター・ノークロスに問題の女の引きわたしを求める緊急連邦命令を要請できるかもしれない。もっか政府が大混乱であることを思えば、その要請が通るとは考えられないが、まったくの問題外でもあるまい。首尾よく命令が出たうえでノークロスが従わなければ、実力行使で問題解決をはかっても、だれからも責められるいわれはなくなる。

フランクはダイナーに引き返し、残っている警官たちに命令をくだしていった。すでにリード・バロウズとヴァーン・ラングルを送りだし、ドン・ピーターズとエリック・ブラスのペアと交替させると決めていた。自分はピート・オードウェイといっしょに、信頼できる男たちのリストをつくるとしよう。民警団が必要になった場合に、その組織を形成する男たちのリストを。警察署にもどる必要はない。署にはテリーがふらりとまた顔を見せるかもしれない。このダイナーにいても仕事を進められるではないか。

7

最近のオスカー・シルヴァー判事はめったに運転しなかったし、稀に運転するときには、うしろにどれだけ車の行列ができようとも、六十五キロ以上のスピードは出さなかった。後続車からクラクションを鳴らされたり、車間距離を詰めて煽られたりした場合には、車をとめられる場所を見つけて後続車を先に行かせてから、また悠然としたスピードで走りはじめるのがつねだった。反射神経や視力の衰えは自覚していた。くわえて、これまで三回の心臓発作を経験していたこともある。二年前に心臓という衰えたポンプに受けたバイパス手術も、最後の決定打になる心筋梗塞《しんきんこうそく》を一定期間押しとどめるだけなのもわかっていた。それについては静かな境地で受け入れてはいたが、運転中の死は避けたかった――そんなことになれば、最後の暴走で罪もない人をひとりかふたり巻き添えにしかねない。時速六十五キロ（以下の市街地制限速度）を守っていれば、命の明かりが永遠に消える前に、ブレーキをかけてギアをパーキングに入れる余裕もあるだろう。

しかし、きょうは事情がちがった。ボールクリーク・フェリーの乗り場を通過してオールドコフリン・ロードにはいると、判事はスピードメーターの針が時速百五キロあたりに浮かびあがるまで車を加速させた。ここ五年以上は経験したことのない領域だった。ラインゴールドにはすでに携帯で連絡をとっていたし、先方も相談に前向きになってくれた（しかし老獪《ろうかい》な判事は、このようなテーマでの会話を電波に乗せたくなかった――いらぬ用心かもしれないが、慎重に慎重を期すのが判事流だった）。これは歓迎できるニュースだ。しかし、歓迎できないニュースもあった。ここにいたって、フランク・ギアリーが判事にとって信用できない人物になったことだ。フランクは男たちをあつめて刑務所を襲撃するという話を、あまりにもあっさり口にした。〈オリンピア・ダイナー〉でのフランクは語り口こそ理性的だったが、情況そのものはとうてい理性的ではない。フランクがそのような行動をごく当たり前のように話していたことが、判事には気に入らなかった――その種の実力行使は、あくまでも最後の手段としておくべきだ。

ワイパーが左右にくりかえし動いて、霧雨によるガラスの曇りをフロントガラスから落としていた。判事はラジオの電源を入れ、チャンネルをホイーリングにあるニュース専門局にあわせた。

「市当局によるすべての公共サービスは無期限で停止されています」アナウンサーはいった。「また、くりかえしになりますが、午後九時以降の外出禁止令は厳しく施行されます」

「それはまたなによりだ」判事はつぶやいた。

「さて、ここでトップニュースをくりかえします。眠れる女性たちを包む体から成育した物質――あるいは繭――ごしに排出される呼気が、オーロラ病の感染源だというのはインターネット上でたちまち拡散されたフェイクニュースですが、このデマに駆り立てられた集団、いわゆる〈ブロートーチ・ブラザーズ〉は、これまでにチャールストン、アトランタ、サヴァナ、ダラス、ヒューストン、ニューオーリンズ、それにタンパの各都市で出現したと報道されています」アナウンサーはいったん言葉を切った。次に話しはじめたときには、それまでの平板な口調が影をひそめ、より訛《なまり》のはっきりした話しぶりになっていた。これまでよりも地元らしさを打ちだした口調。「近隣のみなさん、わたしは誇らしい気持ちでお伝えいたしますが、ここホイーリングではそういった無知な暴徒集団はひとつも発生してません。わたしたちのだれにも心底から愛する女性たちがいます。その女性たちを眠っているあいだに殺すのは——その眠りがいくら不自然なものに思えても——やはり恐るべき所業といえましょう」

　アナウンサーは〝恐るべき〟を〝おしょるべき〟と発音した。

　シルヴァー判事の運転するランドローヴァーは、ドゥーリングと隣町のメイロックとの境界に近づきつつあった。コフリンにあるラインゴールドの家はメイロックをはさんで反対側にあり、車でさらに二十分ほどの距離だった。

「〈ブロートーチ・ブラザーズ〉の活動が見られる都市すべてに州兵が派遣されています。州兵には、デマを信じたこの愚か者たちが行動をやめようとしない場合、彼らを射殺するべしという命令がくだされています。これについてはアーメンといっておきましょう。疾病《C》対策《D》センター《C》からは、例の説は事実に反するという声明がくりかえされており——」

　フロントガラスが結露で曇ってきた。シルヴァー判事は右に乗りだし、道路から一瞬も目を離さずにデフロスターのスイッチを入れた。送風ファンが動きはじめた。その風に乗って送風口から小さな茶色い蛾の大群があふれだして車内を満たし、判事の頭のまわりを飛びはじめた。

蛾の群れは判事の髪にとまり、頰に体当たりしてきた。最悪だったのは、目のすぐ前をくるくると蛾が飛んでいたことだ。老齢のおばがずいぶん昔、まだ判事が多感だった少年時代に教えてくれたことのひとつが——たとえば〝上は上で、下は下〟というような証明ずみ事実がそなえる輝きとともに——頭によみがえってきた。

「蛾に触れた手で目をこすってはだめよ、オスカー」おばはそういった。「翅についている鱗《りん》粉《ぷん》が目にはいったら失明しちゃうから」

「失せろ！」シルヴァー判事は叫び、両手をともにハンドルから離して自分の顔をばたばたと打った。蛾はなおも送風口からあふれだしてくる——いまでは数百匹、いや、数千匹になろうか。ランドローヴァーの車内はいまや渦巻く茶色の霧に満たされていた。「失せろ、失せろ、失せやが——」

判事の左胸に途方もない重みがくわわってきた。電撃のように激しい痛みが、がんがんと左腕を駆けくだった。思わず叫ぼうとあけた口のなかに蛾の群れが流れこみ、舌の上を這って、頰の内側をくすぐった。苦しみながら吸った最後の空気とともに蛾がのどの奥にはいりこんで、気管を詰まらせた。ランドローヴァーは進路をそれて左へむかった。対向車線を走っていたトラックはからくも右にカーブを切って正面衝突を避けたが、そのまま側溝へ突っこんだところで車体を傾かせて停止し、横転だけはまぬがれた。道の反対側には衝突を避けられるような側溝はなかった。ドーアズホロウ橋とその先に広がる虚空や下方を流れる川の仕切りとして、ガードレールがあるだけだった。ランドローヴァーはまっさかさまに下の川へ落下した。すでに死亡していたシルヴァー判事の体はフロントガラスを突き破って車外へ叩きだされ、ボールクリークの支流であるドーアズホロウ川に落ちていった。判事が履いていたローファーの片方が脱げて下流へ流された。最初のうちローファーは水がたまっても浮かんでいたが、やがて沈んでしまった。

蛾の群れは、ぶくぶく泡を出しながら沈みつつある上下逆転した車から逃げだすと、ひとかたまりになってドゥーリングへともどっていった。

8

「こんなこと、したくなかった」イーヴィはいった——といっても来客にむけての言葉ではなく、自分にむけての言葉だろうとクリントは思った。イーヴィは左目の隅に浮かんだひと粒きりの涙を拭った。「ここで過ごす時間が長くなると、それだけわたし、人間らしくなっちゃう。そのことを忘れてた」

「なんの話をしてるんだい?」クリントはイーヴィにたずねた。「なにをしたくなかったって?」

「シルヴァー判事は外部から支援を引きこもうとしてた」イーヴィはいった。「そうなっても、なにも変わらなかったかもしれない。でも、わたしとしては危険を見過ごせなかった」

「判事を殺したの?」エンジェルが興味を引かれた口調でたずねた。「あんたの特別なパワーだのなんだのをつかって?」

「そうするしかなかった。これから先、ドゥーリングで起こったことはドゥーリングの外へ出さないようにしなくちゃ」

「でも……」ミカエラは顔を手でこすった。「ドゥーリングで起こっていることは、ほかのあらゆるところで起こっていることでもある。このわたしの身にも」

「しばらくはそうならないわ」イーヴィはいった。「それに、今後はもう興奮剤は必要なくなる」いいながら、ゆるく握った拳を鉄格子のあいだから差しだし、指を立ててミカエラをさし招いた。「こっちへ来て」

「おれなら近づかないな」ランドがいい、ガースが同時に、「馬鹿なことはやめろ、ミッキー」といってミカエラの腕をつかんだ。

「あなたはどう思う、クリント？」イーヴィが笑顔でたずねた。

自分が受け入れると——それも今回にかぎらず、あらゆることを受け入れると——知りつつ、クリントは答えた。「行かせてやれ」

ガースは腕を握っていた手を離した。ミカエラは催眠術にかかったかのように、二歩進んだ。イーヴィがミカエラを見つめたまま、鉄格子のあいだに顔を押しつけて唇をひらいた。

「おっと、レズビアンショウのはじまりだ！」エンジェルが歓声をあげた。「カメラをまわしな、変態さんたち！　お次はクンニのシーンだよ！」

ミカエラはまわりに目もくれず、唇をイーヴィの唇に押し当てた。それからふたりは、壁がクッションになった保護房の硬い鉄格子をあいだにはさんでキスをした。クリントにも、イーヴィ・ブラックがミカエラの口と肺に息を吹きこんでいる吐息めいた音がきこえた。同時に両腕と首すじの毛が逆立っていた。涙で視界がぼやけた。どこかでジャネットが叫び声をあげ、エンジェルがけたたましく笑っていた。

やがてイーヴィが唇を離して一歩あとずさり、「甘いお口だこと」といった。「甘い女の子。どう、いまの気分は？」

「目が覚めてる」ミカエラはいった。目を大きく見ひらき、キスをおえたばかりの唇がわなないていた。「ほんとに目が覚めてる！」

その言葉に疑いの余地はなかった。目の下にあった紫色の肉のたるみが消え失せていたが、それはいちばん小さな変化だった。肌は骨格の上でぴんと張ったようになり、血の気の失せていた頬はいま薔薇色に光っていた。ミカエラはガースにむきなおった――ガースのほうは驚きに口をぽかんとあけて、ミカエラを見つめていた。

「ほんと、ほんとに目がしゃきっと覚めてるの！」

「たまげたな」ガースはいった。「たしかに目を覚ましてるとわかるよ」

クリントは広げた手のひらをミカエラの顔にむけてさっと突きだした。ミカエラはすばやく顔を動かして手をよけた。

「反射神経も復活しているね」クリントはいった。「五分前なら、いまみたいなことは無理だったはずだ」

「わたし、あとどのくらいいまの状態でいられるの？」ミカエラは肩をすくめて、両腕を自分の体にまわした。「すごい、最高の気分！」

「三、四日はつづくよ」イーヴィはいった。「そのあと疲労感がもどってくる――利息つきで。

じめる。もちろん、そうならないこともあって――」

「きみが自分の望みどおりのものを手にいれた場合だね」クリントはいった。

「わたしが望むものは、いまのところ実体をそなえてない」イーヴィはいった。「あなたは理解してると思ってた。大事なのは、この町の男たちがわたしになにをするのかということ。そして〈母なる大樹〉の向こうにいる女たちがどんな決断をくだすかということ」

「いったいなにを――」ガースはいいかけたが、その瞬間ジャネットがクォーターバックを倒そうとする左オフェンシブタックルのような勢いで体当たりをし、ガースの体を監房の鉄格子に叩きつけた。

ジャネットはすかさずガースを押しのけて鉄格子をつかみ、イーヴィを見つめた。「わたし、にもやって！　イーヴィ、わたしにもやりなさいよ！　もう抵抗するのはうんざり、もうその場にいもしない男を見るのもいや――だから、わたしにもやってよ！」

イーヴィはジャネットの手をとって、さびしげな目を顔にむけた。「それは無理よ、ジャネット。あなたもそろそろ抵抗をやめて、ほかの女たちのように眠るといい。あなたみたいに勇気があって強い女なら、向こうへ行ってもみんなの役に立てるはず。女たちはそこを〈わたしたちの地〉と呼んでる。そこが〝あなたの地〟にもなるの」

「お願い」ジャネットはささやいたが、イーヴィはその手を離してしまった。ジャネットはよろめいてあとずさり、床に落とした豆を踏みつぶして、声もなく泣きはじめた。

「どうなるのかな」エンジェルが考えをめぐらせているような声でいった。「やっぱり、あんたを殺さないようにしようかな、イーヴィ。もしかしたらって考えてるだけだけど……でも、やっぱりなんともいえない。あんたはこの世のものじゃない。おまけに、あたし以上に頭がぶっ飛んでる。これって相当なことだよ」

イーヴィは、ふたたびクリントをはじめとする面々に話しかけた。「武装した男たちがやってくる。男たちの目当てはわたし——というのもあの男たちは、わたしがオーロラ病を引き起こしたのかもしれないと考え、引き起こした当人なら病気をおわらせることもできると考えているから。でも、これは事実とは異なる——話はもっとこみいっているの。わたしがなにかの事態の引金を引いたからといって、おわらせることもできるとはかぎらない。でも、怒りと恐怖に駆られた男たちにそんな理屈がわかってもらえると思う?」

「百万年かかっても無理だ」ガース・フリッキンジャーはいった。うしろに立っていたビリー・ウェッターモア刑務官が同意のうめき声を洩らした。

イーヴィはいった。「男たちは邪魔する者があれば、だれだろうと殺す。わたしが〝主人公《フェア》の苦境《リィ・ゴッドマザー》を助ける妖精〟から譲りうけた魔法の杖をひとふりしても、眠れる女たちが目を覚まさなければ、男たちはわたしを殺す。そのあとはただ腹いせのためだけに、刑務所に火をつけ、所内にいる女たち全員を焼き殺す」

ジャネットはいつの間にかシラミ除去室へもどって親しい男との会話を再開していたが、エンジェルはまだイーヴィに細心の注意を払っていた。クリントにはエンジェルの意気があがっていく音がきこえるようだった——発電機が鈍い音とともに息を吹きかえしたのち、ぶんぶんと回転音を出して本格的に稼働しはじめたかのように。「あたしはあっさり殺されるもんか。

戦ってやるとも」

イーヴィが初めて憤慨している顔を見せた。クリントは、ミカエラ・コーツを目覚めさせたことがイーヴィのバッテリーを空《から》にしてしまったのだろうと思った。「エンジェル、その男たちはあなたをあっさり踏みつぶしていくわ——子供がつくった砂の城に襲いかかる波みたいにね」

「そうなるのかも。でも三、四人は道連れにしてやる」エンジェルはそういうと、ぎこちなくカンフーの技めいた動きをしてみせた。クリントはこれまでエンジェルに感じたことのない感情をおぼえていた——憐憫《れんびん》だ。

「あなたがわたしたちを呼び寄せたの？」ミカエラはたずねた。目は魅入られたように輝いていた。「わたしたちをここへ引き寄せたんじゃない？　ガースとわたしを？」

「いいえ」イーヴィは答えた。「あなたたちは、わたしがどれほど無力かを知らない——いまのわたしは、あのドラッグ男が洗濯紐に吊るしてた兎も同然。皮を剝がれるか、自由の身にしてもらうかを待っているだけ」イーヴィは視線をクリントひとりにもどした。「なにか計画はある？　あなたならありそう」

「これといって壮大な計画なんかじゃないぞ」クリントはいった。「しかし、多少だったら時間を稼げそうだ。この刑務所にいれば、いわば要塞に立てこもっているようなものだ。しかし、さらに追加で数名の男たちがいるのもわるくないし——」

「いや、ここに必要なのは」ティグがさえぎった。「一小隊分の海兵隊員だな」

クリントは頭を左右にふった。「テリー・クームズとあのフランク・ギアリーという男が外部の助力を得るのならともかく、いまならスタッフが十二人いれば、ここを守れる——いや、十名でもなんとかなるかも。現時点では、こちらはわずか四名だ。スコット・ヒューズを勘定に入れれば五名だが、あの男を頼れるとはあまり思えなくてね」

クリントはさらに話しつづけた。話をきかせたのは、もっぱらミッキーことミカエラと、ミカエラが連れてきたガース・フリッキンジャーという医者だった。クリントとしては、ガースを生死のかかった任務に送りだすという考えは気にくわなかった——見た目からも体臭からも、ガースは重度のドラッグ依存症だというイーヴィの断定を否定する根拠はひとつも見あたらなかった。しかし、いまはガース・フリッキンジャーとジャニス・コーツ所長の娘以外に力を借りられる相手はいなかった。「いちばんの問題は武器だな——なかでもいちばんの大問題は、だれが最初に武器に手をかけるかだ。妻から話をきいているので、警察署にはかなりの数の武器が保管されていることは知っている。9・11の同時多発テロや、その後の国内におけるテロがらみの脅迫事件からこっち、ドゥーリングと同規模の町の警察には、それなりの武器がそなわるようになった。拳銃としてはグロック17があり、そのほかは……たしかライラがシグ……なんとかといっていた銃器があったはずだ」

「シグ・ザウエル」ビリー・ウェッターモアがいった。「いい武器だ」

「それから大型のマガジンがついたM4カービンがある」クリントは話をつづけた。「レミントンM七〇〇というライフルが二挺ばかり。さらにライラは、口径四十ミリのグレネードランチャーもあると話していたようだな」

「銃」イーヴィはだれにともなくつぶやいた。「あらゆる問題への完璧な解決法。銃が手もとにあればあるほど、問題もそれだけ完璧に解決できるというわけね」

「わたしをからかってる？」ミカエラは大きな声を出した。「グレネード――つまり擲弾の発射機《ランチャー》ですって？」

「ええ。でも爆薬は発射しない。警察では催涙ガスを射ちこむためにつかうんだ」

「抗弾ベストがあることも忘れちゃいけないな」ランドが沈鬱な声でいった。「至近距離から射たれた場合をのぞいて、あのベストならモスバーグの散弾銃の弾も食いとめられる。いっておけばモスバーグはもっとも威力のある銃だぞ」

「ここはいっぺん引いて、仕切り直すほうがいいな」ティグがいった。

ビリー・ウェッターモアがいった。「必要に迫られないかぎりは、だれのことも殺したくないね。だってそうだろう、あっち側の連中だって、みんな友だちだぞ」

「幸運を祈るわ」イーヴィはそういうと簡易ベッドへ引き返し、ヒックス副所長の携帯電話の電源を入れた。「これから〈ブームタウン〉を何回かプレイしたら、お昼寝をするつもり」そういってミカエラに笑みをむける。「マスコミのみなさんからの質問はもう受けつけないから、そのつもりで。あなたはすてきなキスがとってもお上手ね、ミッキー・コーツ。でも、あなたといっしょにいると疲れちゃって」

「その女が家来の鼠どもをあんたにけしかけないように、ちゃんと目を光らせてな」エンジェルはあつまった人々全員にむけていった。「鼠どもはあの女の望みどおりにふるまうんだ。ヒックスの携帯を手にいれたときも、あの女はその手をつかったんだよ」

「鼠だって」ガースはいった。「どんどんいい話になってくるな」

「きみたちにはいっしょに来てほしい」クリントはいった。「話しあう必要がある……といっても手早くすませなくては。向こうの連中はもうすぐにも、刑務所を外から完全に封鎖するだろうからね」

ビリー・ウェッターモアがジャネット・ソーリーを指さした。ジャネットはシラミ除去室のシャワーブースにあぐらをかき、他人には姿の見えない人物を相手に話をしていた。「あの受刑者はどうする？」

「心配ないよ」クリントはいった。「さあ、行こう。ジャネット、きみは眠るといい。ゆっくり休んでろ」

ジャネットはクリントに目をむけずに、そっけなく答えた。「いやなこった」

9

クリントの目には、所長室が考古学の対象のように見えた——一週間どころか、もっともっと長く、何年にもわたって放置されていたように思えたのだ。ジャニス・コーツが純白の経帷《きょうかた》子《びら》にくるまれてソファに横たわっていた。ミカエラはソファに近づくと床に膝をついた。片手をさしのべて繭を撫でると、乾いた音がした。ガースがミカエラに近づこうとしたが、クリントはその腕をつかんだ。

「一分でいいから、母娘ふたりにしてやってくれ、ドクター・フリッキンジャー」

実際にはミカエラが立ち上がったのは三分後だった。

「さて、わたしたちはなにをすればいい？」ミカエラはたずねた。

「きみは粘り強く、また説得力ゆたかになれるかな？」

ミカエラは、もう血走っていることもなくなった目でクリントを見つめた。「わたしは二十三歳のとき、無給のインターンとしてニュース・アメリカに入社した。二十六でフルタイムの特派員になり、自前の夕方のニュース番組をもたないかという話をもちかけられてた」ビリーがティグとランドのほうへ視線をむけたのを見て、ミカエラは微笑んだ。「このあたりの人々の口癖を知ってる？　ほんとのことを話すだけなら自慢じゃない、っていう言葉よ」そういってクリントに注意をもどす。「いまのがわたしの経歴。これで充分？」

「そうだね」クリントは答えた。「では、話をきいてくれ」

それから五分間、クリントは話しつづけた。質問も出たが、多くはなかった。彼らはいま追いつめられていて、だれもがそのことを知っていた。

第六章

1

〈大樹〉の向こう側で最初に生まれた赤ん坊はアレグザンダー・ピーター・ベイヤー――ドゥーリング刑務所の受刑者だったリンダ・ベイヤーの息子で、ライラとティファニーがライオンヘッド山の麓の崩落現場から帰ってきた日の一週間後に産声《うぶごえ》をあげた。ライラがこの赤ん坊と近づきになったのはそれからさらに数日後、エレイン・ナッティング・ギアリーの修復された自宅でのことだった。アレグザンダーは昔ながらの意味で愛らしい赤ん坊ではなかった。だぶついて何重にも積み重なったような肉づきは、〈ガーバー〉の離乳食のラベルにあしらわれた写真の赤ん坊とは似ても似つかず、むしろライラが何年も昔に逮捕した賭元《ブックメーカー》の〈でかぶつラリー〉という男を思わせた。しかし、赤ん坊のアレグザンダーが目をきょろきょろさせるようすには抵抗できない愛くるしさがあった――まるで赤ん坊が、花のようにそびえて自分を囲んでいる女たちの顔また顔のなか、みずからの位置を見定めようとしているかのようだった。

わずかに乾燥してぱさついている（しかし、まだまだおいしい）スコーンの皿が一同にまわされていた。いまもまだ奇妙な眩暈の発作に悩まされているナディーン・ヒックスが、発作の合間に戸外のオーヴンで焼きあげたものだった。オーヴンそのものはメイロックの〈ロウズ〉

という店の廃墟から、ティファニーの馬に橇《そり》を牽かせて運んできた。自分たちの社会が進歩していくペースにしても、問題が解決されて向上が実現していくスピードや効率にしても、ライラはときに驚きのあまり茫然とするばかりだった。

しばらくしてライラのもとに赤ん坊がまわされてきた。ライラは、「きみは地球最後の男？それとも最初の男？」とたずねた。

アレグザンダー・ピーター・ベイヤーはあくびをした。

「ごめんね、ライラ。この子は警官とは話をしないの」居間の隅にいたライラの隣に、いつのまにかティファニー・ジョーンズがやってきていた。

ふたりはあの冒険以来、奇妙な友だち同士になっていた。ティファニーはよく白いカウボーイハットをかぶって町のあちこちに馬を進め、子供たちを呼び寄せては、たてがみを撫でて柔らかさや温《ぬく》もりを確かめてみろと誘っていた——そんなティファニーが、ライラは好きだった。

2

そしてある日、ほかにやるべき仕事もないまま、ティファニーとライラのふたりはドゥーリングのＹＭＣＡの建物を捜索した。といっても、なにかを探していたわけではなく、わかっていたのはこの建物がこれまで捜索されていないことだけだった。ふたりはいろいろな品を発見した。なかには興味をかきたてる品もあったが、本当に必要な品はひとつも見つからなかった。

トイレットペーパーがあったが、〈ショップウェル〉にはまだ豊富な在庫があった。何箱もあったボディソープは、しかし長い歳月でピンクの煉瓦のように固まっていた。プールは完全に干上がり、いま残っているのはほんのかすかな、つんと鼻を刺す塩素臭だけだった。

　男子ロッカールームは湿気がこもって、じめじめしていた。壁にはさまざまな色の――緑、黒、そして黄色の――黴が盛大に広がり、我が世の春を謳歌していた。いちばん奥にはミイラ化した狐の死体が転がっていた。狐はこわばった足を上へ突きだして、荒々しい死の苦悶に口をひらき、唇がめくれあがって鋭い牙があらわな頬がそのまま凍りついていた。ライラとティファニーは、六つならんだ小便器のいちばん手前のものの前で足をとめて、しばし黙ったまま考えをめぐらせていた。

「保存状態は完璧ね」ライラはいった。

　ティファニーが物問いたげな顔をライラにむけ、「あれのこと？」といいながら狐のミイラを指さした。

「ううん。これのこと」ライラが小便器のいちばん上を叩くと、結婚指輪が陶器にあたって澄んだ音をたてた。「これなら、わたしたちの博物館にあってもいいかも。いずれ完成したら、〈失われた男性の博物館〉とでも呼べばいいし」

「はっ」ティファニーは短く笑うと言葉をつづけた。「あたしにいわせれば、ここはすごく不気味な場所ね。いっておくけど、あたしはこの世の地獄みたいな場所を見てきた女よ。汗くさくて隙間風が吹きこむ、不潔きわまりないアパラチア地方の覚醒剤密造工場という名の洞窟のことなら、ガイドブックが書けるくらい知ってる。そんなあたしでも、ここは心底不愉快になる。男のロッカールームがおぞましい場所だと知ってはいたけど、ここはあたしの想像もおよばないほどの忌まわしさね」

「そうはいっても、こんなに歳月がたつ前にはましなところだったかもしれない」ライラはいったが……自分の言葉を疑問にも思っていた。

　それからふたりはハンマーと鑿《のみ》をつかって、ロッカーのコンビネーション錠を壊していった。ライラが見つけだしたのは、ストップウォッチ、いまは無用の長物になった緑色の長方形の紙と、いまはやはり無用の長物の薄っぺらい四角形のプラスティックが詰まった財布、壊れていて役に立たないスマートフォン、キーホルダー、虫食いだらけのスラックス、空気が抜けてつぶれたバスケットボールといったところ。ティファニーの収穫物もあまり変わらなかった。中身がほぼ残っているイタリア製のミントキャンディ〈チックタック〉、禿頭で胸毛がもじゃもじゃの男がどこかのビーチに立ち、笑っている娘を肩にすわらせている色褪せた写真。

「どうせフロリダ」ティファニーはいった。「小金ができた連中は決まってフロリダに行ったものだし」

「そんなところかしら」ライラは写真を見て、自身の息子を思い出していた。日ごとにそんな習慣が不健全に思えてきていた——それでも、思い出すことはやめられなかった。メアリーからは、クリントが刑務官たちを刑務所に引きとめようと努めていたという話や、ジェイリッドが眠れるライラたちの体を（わたしたちの別の肉体だ——と、ライラは思った）通りの先にあるモデルハウスの屋根裏に隠した話をきかされた。これから先、夫と息子の新しい話をきけるチャンスはあるだろうか？　メアリーのあとから姿をあらわした女もふたりばかりいたが、夫と息子についてはなにも知らなかった。知っているはずがあるだろうか。ジェイリッドとクリントは、いわば宇宙船に乗りこんでいるようなものだ——その宇宙船はどんどん遠ざかって、いまでは何光年遠ざかったとも知れず、いずれ父子を乗せたままこの銀河系から出ていってしまい、そうなればおわりだ。終幕。いよいよそのときは、ふたりを悼みはじめるべきか？　いや、自分はもう夫と息子を悼んでいるのでは？

「こらこら」ティファニーがいった。「だめよ」

「なにが？」

しかしティファニーはライラの顔つきから心を読み、内心の絶望と混乱をすべて見透かしていた。「そんなものに惑わされちゃだめ」

ライラは写真を元のロッカーにもどして扉を閉めた。

上のフロアの体育館でティファニーは、HORSE《ホース》ゲームをしようとライラを誘った——ふたりでおなじシュートを打ちあい、相手が先に五回失敗すれば自分の勝ちになる単純なゲームだ。勝者への賞品は中身がほぼ残っている〈チックタック〉。ふたりはポンプでバスケットボールに空気をいれた。ふたりのどちらにも、このゲームの才能がなかった。実際には娘ではなかったクリントの娘なら、ふたりを相手にしてもやすやすと勝ったことだろう。ティファニーはすべてのシュートを、アンダーハンドの〝おばあちゃんスタイル《グラニー》〟で打った。ライラにはそれが苛立たしいほど少女っぽく思えたが、同時に愛らしくも感じていた。コートを脱ぐと、赤ん坊を宿したお腹が膨らんでいることが見てとれた——ティファニーの腰の丸い膨らみ。

「どうしてドゥーリングなの？　なぜわたしたちなの？　そのあたりが問題だとは思わな

い？」ライラは小走りにバスケットボールを追いかけた。ティファニーが放ったボールが、コート右側の埃をかぶった観客席のほうに飛んでいったからだ。「で、わたしはひとつの仮説を思いついた」

「本当に？　きかせて」

ライラは観客席からボールを投げた。ボールは車二台分の空間をはさんでゴールをそれ、反対側の観客席の二列めに落ちてバウンドした。

「いまのはお粗末」ティファニーがいった。

「あんたは口だけ」ライラは応じた。

「それは認める」

「わたしたちのところには医者がふたりばかりいる。ナースも三、四人。教師は何人もいるし。いまはもういないけど、ケイリーは電気の回路のことに詳しかった。マグダだって腕はわるくない。大工もいる。楽器の心得のある者もいる。おまけに社会学者もいて、その学者はもうこの新しい社会についての本を書きはじめてる」

「そうだね。いざ書きあがったら、モリーが木の実でつくったインクで印刷してくれるし」ティファニーは笑った。

「ほかにも引退した工学専門の大学教授もいる。お針子さんも大工もいるし、料理人ならわんさかいる。向こうで読書会をやっていたグループは、集団療法でいう出会い集団《エンカウンターグループ》をつくって、女たちにうしなったことが惜しまれるものを告白させ、悲しみや苦しみを多少なりとも和らげてる。そればかりか、わたしたちには〝馬とささやきかわせる者《ホース・ウィスパラー》〟までいる。ね、わかるでしょう？」

ティファニーがバスケットボールを回収してきた。「わかるって？」

「わたしたちには必要な人材がそろってるってこと」ライラはいった。すでに観客席からコートに降りたち、腕組みをしてベースラインに立っている。「だからこそ、わたしたちが選ばれた。サバイバルのために不可欠な基本のスキルが残らずそろってるから」

「オーケイ。そうかもしれない。それも考えられるかな。あたしには、まあまあ正解っぽく思えるよ」ティファニーはカウボーイハットを脱ぐと、扇代わりにして自分に風を送った。明らかにおもしろがっていた。「やっぱりあんたって警官だね。謎を解くのが習い性になってる」

ただしライラの話にはまだ先があった。「それじゃ、どうやって物事をさらに前へ進めるかっていうこと。わたしたちのもとには、最初の赤ちゃんが生まれた。ほかにも身ごもっている女は何人いる？　一ダースはいる？　それとも八人くらい？」

「十人はいるにちがいない。新世界をジャンプスタートさせるには充分な人数だと思う？　生まれる子の半分が女の子だとして？」

「それはわからない」ライラの話は本筋からそれてきていた。「でも、それがスタート地点ね。それに冷凍貯蔵施設がどこかにあるはず――冷凍庫を動かす発電機がひたすら動きつづけるようにプログラミングされてて、いまも動いているような施設がね。そういう施設を見つけるには大都会へ行く必要があると思うけど、あなたなら見つけられそう。そういう施設には冷凍保存されている精子があるはず。それなら、ひとつの世界を――新しい世界を――スタートさせるのにも不足はないはずよ」

ティファニーはカウボーイハットをかぶりなおすと、バスケットボールを床に二回ばかり叩きつけてバウンドさせた。「新しい世界ですって？」

「あの女がこうなるように計画をつくったにちがいないの。あの女。イヴ。男がいなくても新しいスタートを切れるように――少なくとも最初のうちだけは」

「アダムのいないエデンの園ってわけ？　オーケイ、署長。ひとつ質問させて」

「ええ」

「これっていい計画かな？　あの女があたしたちに用意したこの計画は？」

もっともな質問だ――ライラは思った。〈わたしたちの地〉の住民たちはイヴ・ブラックのことを際限なく話しあっていた。旧世界ではじまったあれこれの噂話は、新世界にももちこまれていた。〈会議〉の席で名前（あれが名前だとすれば）が出ないほうが珍しかった。当初からの、そして最大の疑問は、自分たちがこんな状態になるにいたったいきさつであり、なぜこんな状態になったかという理由だ――イヴ・ブラックはその疑問の延長線上の存在であり、疑問への答えになるかもしれない存在だ。イヴがただの女性以上の――いや、人間以上の――存在ではないかという話題もよく話しあわれていたし、イヴこそがすべての出来事の源泉だという理解が一般的になりつつあった。

その一方でライラは他界した人々――ミリー・オルスンとネル・シーガーとケイリー・ローリングズ、またそれより前に世を去ったジェシカ・エルウェイらをはじめ、何人いるともわからない人々――を悼み、まだここで生きている面々にとっては手の届かないものになった過去や生活様式をも偲んでいた。女たちはいずれも、大切な男や少年を失った。それでも大半の者は——ライラもその一員だ——目の前にある〝再生〟を否定できなかった。たとえば頬がふっくらとして髪が美しくなり、ふたつめの心臓をお腹で育てているティファニー・ジョーンズ。旧世界にはティファニーを——容赦なく——傷つける男たちがいた。また旧世界には女たちの繭に火をつけることで、新旧双方の世界で女たちを消し去る男たちがいた。メアリーが教えてくれたが、そういった男たちは〈ブロートーチ・ブラザーズ〉と呼ばれているという。女のなかには悪人もいるし、男のなかにも悪人はいる——こう発言する権利のある者がいるとしたら、これまで多くの男女を逮捕してきた自分にほかならない、とライラは思った。しかし男のほうが多くの争いを起こし、男のほうが多くを殺した。この分野では、両性が決して同等にはならない——男女が危険度で同等になることはぜったいにない。

だから、たぶんこれはいい計画といえるのだろう、とライラは思った。無慈悲ではあるが、すばらしい計画だ、と。女たちだけで世界を再始動させれば、以前よりも安全かつ公平な社会が築ける。とはいうものの——。

「わたしにはなんともいえない」息子のいない人生のほうがいいとは、ライラにはいえなかった。女だけの社会という概念を抽象的に考えることはできても、具体的なレベルにまで進むと、どうしてもジェイリッドや昔の自分の生活を裏切っているように感じられてならなかった。

ティファニーはうなずいて、「だったら、これはどう？　逆さむきでボールをシュートできる？」というと、体の向きを変えてバスケットに背中をむけた。膝を曲げて体を落とし、オーバーヘッドでボールをシュートする。高くあがったボールはボードの角にぶつかって跳ね返り、バスケットのリングにぶつかって——外側へ落ちて、バウンドし、バウンドし、バウンドした。

実に惜しかった。

3

げっぷのような音とともに蛇口から黄土色の水が噴きだした。パイプがほかのパイプとぶつかりあって騒々しい音をたてた。茶色い水の流れが途切れ途切れになって完全にとまったあと――ハレルヤ！　透きとおった水がシンクに流れ落ちはじめた。

「よかった」マグダ・ダブセックは水処理設備の壁に設置された作業用シンクのまわりにあつまった少人数のグループにいった。「なんとかなったね」

「信じられない」ジャニス・コーツがいった。

「そうでもない。圧力と重力……そんなに複雑じゃない。慎重に、一度にひとつの地域に水を供給していこう。ペースは遅くても、倦まずたゆまず進む者が最後にはレースに勝つんだもの」

ライラはマグダの息子のアントン――ドラッグ依存症で、女の尻を追いかけてばかりだったことはまちがいないが、水の動きや流れにかけては天性の勘をもっていた男――が大昔に残していったメモを思い出し、いきなりこの高齢の女性を抱きしめた。

「あら、びっくり」マグダはいった。「いいのよ。ありがとう」

流れる水の音は、ドゥーリング郡給水地区の水処理施設の細長い屋内に響きわたり、一同を黙らせた。だれもが黙りこくったまま、蛇口から流れ落ちている水流にひとりずつ手をくぐらせた。

4

失われたことをだれもが惜しんだことのひとつに、車に飛び乗ればどこへでも手軽に行けた便利さがあった――いまではどこへ行くにもひたすら歩き、足にまめをつくるしかなかった。自動車そのものはまだあったし、ガレージ内部にあった車は保存状態もよかった。倉庫で見つかったバッテリーのなかには電気が残っているものもあった。問題はガソリンだった。旧世界と新世界にはさまれた年月のあいだに、ガソリンはすべて酸化してしまっていた。

「まずは精製する必要があるの」引退した工学教授は委員会の席上で、そう説明した。ドゥーリングから二百五十キロも離れていないケンタッキー州内に原油の貯蔵庫と精製施設があり、それなりの作業をしたうえで幸運に恵まれれば再稼働できるかもしれない、とのことだった。

一同はすぐに、再度の遠征計画を立てはじめた。仕事を分担し、ボランティアを選んだ。ライラは部屋をざっと見わたし、不安を見せている者をさがしてみた。ひとりもいなかった。女たちの顔のなかで、とりわけライラが注目したのはシーリア・フロード――偵察グループのたったひとりの生存者だった。シーリアはほかの面々といっしょにうなずいていた。

「リストにわたしの名前を載せて」シーリアはいった。「わたし、行くよ。遠出したがっている靴を履いてやりたくてね」

危険な旅になることはわかっていたが、今回はだれもがこれまで以上に慎重になるだろう。だからといって、尻ごみすることはなさそうだ。

5

ふたりでモデルハウスの二階にたどりつくと、ティファニーが梯子で屋根裏部屋にあがるようなことはしないと宣言した。「わたし、ここで待ってる」

「上にあがる気がないのなら、なんでここまで来たわけ?」ライラはたずねた。「お腹だってまだそんなに大きくないんだし」

「いっしょに来れば、〈チックタック〉をちょっともらえるかって期待してたの。それに、嘘でもなんでもなく、妊娠の月数はけっこう進んでるんだから」

HORSE《ホース》ゲームに勝って賞品の〈チックタック〉ミントを獲得したのはライラだった。

パインヒルズ団地のモデルハウスは——皮肉なことに——ライラの自宅をはじめとするトレメイン・ストリートぞいのほかの家屋よりも堅牢なつくりだったと実証されていた。屋根裏は薄暗かったが——ただでさえ小さな窓のガラスが、歳月の経過で煤《すす》けていたせいだ——空気は乾燥していた。ライラが屋根裏を歩きまわると、その足どりにあわせて床に積もった埃が舞いあがった。メアリーの話によれば、昔々のあのとき——といっても具体的にどれほど昔かはわからない――メアリーとライラとミセス・ランサムはこの屋根裏にいたのだという。ライラはこの空間から、かつての自分を、そして自身の息子を感じとりたかった。

しかし、なにも感じられなかった。

屋根裏部屋の片側の突きあたりでは、すっかり煤けた窓ガラスのひとつに蛾が何度もぶつかっていた。ライラは逃がしてやろうと窓に近づいた。しかし窓枠が動かなくなっていた。背後から木材がきしむ音がきこえた。ティファニーが梯子をつかって屋根裏へあがってきていた。それからティファニーはライラを押しのけ、ポケットナイフを窓枠の周囲に沿って動かした。窓があがった。蛾は外へ逃げて、飛び去っていった。

見おろすと、伸び放題の芝生や荒廃しきった街路、ミセス・ランサムの家のドライブウェイに放置されたまま息絶えたライラ自身のパトカーなど、あらゆるものに雪が積もっていた。ティファニーの二頭の馬はあちこちに鼻づらを突きだし、馬が静かな声で話しあうようなことを静かな声で話しあいながら尾をふっていた。かつての自宅の先、最初から欲しくもなかったプール、アントンが手入れをしていたプールの先、そのアントンが残した手書きメモの主題だった楡の木のさらに先まで見えた。このあたりの住宅街の裏側と接している松林の薄暗い境界に沿って、オレンジ色の動物が小走りに進んでいた。狐だった。これだけ離れていても、狐の冬の被毛特有の艶《つや》ははっきりと見てとれた。どうして、こんなに早く冬になってしまったのだろうか？

ティファニーは屋根裏のまんなかに立っていた。空気は乾燥していたが、窓があいているために肌寒かった。ティファニーはライラに返すために、〈チックタック〉の箱を差しだしていた。「残らず食べちゃいたくなったけど、本当に食べたらまずいよね。あたし、昔は犯罪のために人生捨てた女だし」

ライラは微笑み、ミントの箱をポケットにしまいこんだ。「あなたのリハビリテーション完了をわたしが宣言してあげる」

ふたりの女は三十センチばかり離れて立ち、おたがいを見つめ、ともに白い息を吐いていた。

ティファニーがカウボーイハットを脱いで床に落とした。

「これがジョークだと思っているのなら勘ちがいよ。あんたから、なにかをもらいたいわけじゃない。というか、どこのだれからも、なんの施《ほどこ》しも受けたくないし」

「じゃ、なにが欲しいの？」ライラはたずねた。

「自分自身の生活。赤ちゃん、住む場所、必要な品々。あたしを愛してくれる人たち」

ライラは目を閉じた。かつての自分は、そのすべてを手にしていた。ジェイリッドを感じることも、クリントを感じることもなかったが、ふたりを思い出すことはできたし、自分自身の生活を思い出すこともできた。胸が痛んだ——思い出には。思い出は雪のなかに形をつくった。子供のころ、積もった雪に仰向けで倒れこんでつくった〝天使〟のように。しかし、その形も日を追うごとにぼやけてきた。いまのわたしはひとりぼっちだ……。

「ささやかな願いね」ライラはいい、瞼をひらいた。

「あたしには、すっごい高望みに思える」ティファニーは手を伸ばし、ライラの顔を自分に引き寄せた。

6

狐は小走りでパインヒルズ団地から離れてトレメイン・ストリートを横断し、道の反対側の畑でぎっしり生い茂っている秋まき小麦のなかに身を滑りこませた。いま狐は、地面に穴を掘って冬眠中の栗鼠《りす》のにおいを追っていた。狐は地栗鼠《じりす》の仲間が大好物だった――ざりざりという歯ごたえ！　しかもジューシー！　おまけに〈大樹〉のこちら側はずいぶん長いあいだ人間が住んでいなかったので、栗鼠たちの警戒心がすっかり鈍っていた。

半時間ばかり探しつづけた狐は、地中に掘った小部屋にいた栗鼠の小家族を見つけた。一匹も目を覚まさなかった――それこそ、狐が上下の牙で彼らの体をずたずたにしているさなかですら。

「ああ、なんておいしいんだ」狐はひとりごとをいった。

狐はさらに先へ進み、深い森にわけいって〈大樹〉を目指した。途中、ちょっとだけ足をとめて空家を探険した。床のあちこちに積まれた本の山に小便をひっかけ、腐ったリネン類が詰めこまれているクロゼットのにおいをむなしく嗅いだ。この家のキッチンにあった冷蔵庫からは、いかにもおいしそうに腐っている食べ物の香りが洩れでていたが、いくら体当たりして扉をあけようとしても、その努力は甲斐なくおわった。

「おれをなかに入れてくれってば」とりあえず冷蔵庫に懇願してみた――この冷蔵庫が、命のないただの物体のふりをしているかもしれないと考えたのだ。

冷蔵庫はいっさい反応せず、そこにそびえたままだった。

キッチンの反対側にある薪ストーブの下から、アメリカ蝮《カパーヘッド》がずるりと這いでてきた。

「おまえの体はなんで光ってる？」カパーヘッドはそう狐にたずねた。ほかの動物からも体の発光現象についての言葉をかけられていたし、どの動物も警戒していた。狐自身も静かな水面に目を落として自身の姿を見て、その現象を確認していた。金色の光が狐の体にまとわりついていた。それは〈彼女〉のしるしだった。

「おれがツイてるってしるしだ」狐は答えた。

カパーヘッドは舌をちろちろ揺らしながら狐のほうへ伸ばした。「こっちへ来い。おまえをひと嚙みさせてくれ」

狐は走ってキャビンから逃げた。葉がすっかり落ちた木々の、ねじ曲がって絡《から》みあう枝の下を軽快に走っていく狐をいろいろな種類の鳥たちが野次ってきたが、いまの狐――腹がいっぱいで、体は熊なみに分厚い被毛に覆われている――にはなんの意味もなかった。

林のなかの空き地に出ると、〈大樹〉がそびえていた――雪に覆われた野原のなか、そこだけは草木が茂って湯気が立つオアシスの中心として。狐の足が凍てついた地面から、永遠に〈大樹〉のベッドになっている温かで肥えた夏の壌土《ローム》へ移った。〈大樹〉の枝はそれぞれが重なりあい溶けあって、数えきれないほどの緑の色あいをつくりだしていた。木の幹にある通路の入口のすぐ横で、白い虎は尻尾をゆらゆらと振りながら、近づく狐を眠そうな目で見つめていた。

「おれにかまうなよ」狐はいった。「ちょっと通りすぎるだけだから」

そういうが早いか狐は一気に黒い穴へ身を躍りこませて、反対側へ飛びだしていた。

第七章

1

交替要員が来ないまま、ドン・ピーターズとエリック・ブラスのふたりがウェストレイヴィン・ロードの検問所に詰めているとき、ぽんこつのメルセデスSL六〇〇がエンジン音を響かせて刑務所の方角からやってきた。ドンは雑草の茂みに立ち、残った小便のしずくを振り払っていたが、大慌てでジッパーをあげて、パトカー代わりのピックアップトラックへ引き返した。エリックは拳銃を抜いて、道路のまんなかに立ちはだかっていた。

「銃はしまえ、ジュニア」ドンがいうと、エリックはグロックをホルスターへもどした。

それからドンが両手をあげて合図をすると、運転していた巻毛で赤ら顔の男はすなおに車を停止させた。隣の助手席には美女がすわっていた。いや、驚くほどの美女といってもいい——ここ数日、ドンもエリックもゾンビのような女しか見ていなかったせいで、なおさらそう思えた。それに女の顔には見覚えがあった。

「免許証と登録証を」ドンはいった。運転者の身元を確認しろという命令を受けてはいなかったが、車を停止させた警官は決まってそう口にする。見てろよ、ジュニア——ドンは思った——一人前の男がどうするか見ていろ。

男は免許証を差しだした。女はグラブコンパートメントをひっかきまわして車輛登録証を見つけだした。男はガース・フリッキンジャー、医者だ。ドゥーリング在住——登録されていた住所は、高級住宅街ブライアー・ストリートにある邸宅だった。

「よかったら、なんの用事で刑務所に行っていたのかを話してもらえるかな？」ドンはたずねた。

「わたしが刑務所へ行きたいっていったからよ、おまわりさん」女はいった。いやはや、本物の美人だ。このクソ女の目の下には隈がない。こんなに元気潑剌《はつらつ》とした外見をたもっているとは、この女はいったいなにを服《の》んでいるのだろうか。「わたしはミカエラ・モーガン。ニュース・アメリカの番組に出てるんだけど？」

エリックが大声をあげた。「やっぱり！　見覚えがあったはずだよ！」

ドンにとってはクソほどの意味もない情報だった。そもそもネットワーク局のニュース番組は見ないし、週七日、毎日二十四時間おしゃべりを垂れ流しているニュース専門のケーブルテレビ局の番組はもちろん見ていない。しかし、この女をどこで見かけたかは思い出した。

「そうか！　〈スクイーキー・ホイール〉だ！　あんた、あの店で飲んでたな？」

ミカエラは、きれいに冠《クラウン》をかぶせた歯と高い頰骨を駆使する極上の笑みをのぞかせた。「ええ、そのとおり！　ひとりの男性が、神はズボンを穿いた罪で女たちを罰しているとかなんとか一席ぶってたっけ。なかなか興味深い発言だったわ」

エリックが口をひらいて、「あの、サインしてもらえますか？　すごいコレクターズアイテムになりますよね——あなたがいずれ……」といいかけたところで、あわてて口を閉じた。

「わたしがいずれ眠りについたら——そういいたいんでしょう?」ミカエラはいった。「有名人のサイン相場なんて限界以上に値崩れしてると思うけど、もしガースが——ドクター・フリッキンジャーがグラブコンパートメントにペンをしまっていれば、サインをしてはいけない理由はない——」

「そんなことは忘れろ」ドンは厳しく一喝した。年若いパートナーのプロ意識に欠ける行動に、穴があったらはいりたい気分だった。「ともあれ、どういう理由で刑務所へ行っていたのかを教えてもらえるかな?　理由を話してもらえないかぎり、あんたたちはここに足止めだ」

「もちろん話しますって、おまわりさん」ミカエラは再度、その微笑みというスポットライトをドンひとりにむけた。「わたしが仕事でつかっている苗字はモーガン。でも、本名はコーツよ。で、出身はこの町。そしてここの刑務所長は——」

「コーツ所長があんたの母親だって?」ドンはショックに茫然としていた。しかし、矢のように鋭い鼻を別にすれば——ちなみに老いぼれジャニスの鼻はひん曲がっていた——ミカエラにはジャニスに通じる面影があった。「あんたにこんなことをいうのは気が引けるが、コーツ所長はもうおれたちのもとにはいないぞ」

「ええ、知ってる」ミカエラの顔にもう笑みはなかった。「ドクター・ノークロスから話をきいた。わたしたち、インターフォンであの医者と話したの」

「いけ好かない男だよ、まったく」ガース・フリッキンジャーという男が口をはさんだ。

ドンはにやりとした——ほくそ笑みをこらえきれなかった。「おれもその意見に一票だ」いいながら、免許証などを返す。

「ミカエラを所内に通そうともしなかったぞ」ガースがあきれた声を出した。「実の母親に〝さよなら〟をいいたいといっても、それさえ許そうとしないんだから」

「それでね」ミカエラはいった。「ガースに頼んで刑務所まで連れていってもらった理由は、それだけじゃない。イヴ・ブラックという女にインタビューしたかったの。あなただって、そのイヴという女が普通に眠って普通に起きているっていう話はきいているでしょう？　インタビューがとれれば一大スクープになったはずよ。外の世界の人たちはもうニュースなんかに関心をもってないけど、このインタビューには関心をむけるはず。だけどノークロスの話だと、イヴ・ブラックもほかの受刑者たちと変わらず繭に包まれている、ということだった」

ドンは女に正解を教えてやりたくなった。女は——たとえマスコミのリポーターでも——ときに憐れなくらい騙されやすくなる。

「真っ赤な嘘だよ。だれもが知ってる。あの女はほかの人間とちがう、特別な女だ、そしてあの医者は、あいつなりのいかれた理由でもって、イヴ・ブラックを手もとに置いておきたがってる。ま、それもそのうち変わるだろうが」ドンがミカエラにむけたぎこちないウィンクは、ガース・フリッキンジャーにもむけられていた。ガースがウィンクを返した。「ここでおれに愛想よくしてくれたら、いざおれたちがイヴ・ブラックを手に入れたあかつきには、あんたにインタビューさせてもいいかもな」

ミカエラがくすくす笑った。

「さて、あんたの車のトランクを見せてもらったほうがいいみたいだ」ドンはいった。「いや、前々からこの科白をいってみたくてね」

ガースは運転席からおりてトランクをあけた——トランクは疲れた金属音とともにひらいた。フランク・ギアリーはトランクにも何度か打撃をくわえていた。あとはこのお調子者が、スペアタイヤの下も調べるといいださないことを祈るばかり。〈パープル・ライトニング〉のビニール袋が隠してあるのだ。お調子者はそこまでの手間をかけなかった——おざなりにトランクに目を走らせて、うなずいただけだ。ガースはトランクを閉めた。さらに大きな金属音があがった——ドアに足をはさまれた猫の悲鳴そっくりな音だった。

「この車はいったいどうしたんです？」ガースがふたたび運転席に乗りこむと、エリックが車の凹みや傷のことをたずねた。

ガースは、頭のいかれた動物管理官に車をめった打ちにされたという真相を明かそうとして口をひらきかけたが、そこで思い出した——ノークロスによれば、その頭のいかれた動物管理官がいまは臨時警察署長の地位にあることを。

「ガキどもだよ」ガースは答えた。「大暴れしやがって。あいつらは高級そうなものが目につくと、かならず破壊行為に出るんだ」

お調子者は体をかがめて、美しいミカエラをまじまじと見つめた。「勤務時間がおわったら、すぐ〈スクイーキー・ホイール〉へ駆けつけるよ。そのときもまだあんたが起きていたら、ぜひ一杯おごらせてくれ」

「あら、すてきなお誘いね」ミカエラは本心からの言葉であるかのようにいった。

「くれぐれも安全運転《ドライブ》を心がけて、楽しい夜を過ごすといいよ」お調子者はいった。

ガースはギアを前進に入れたが、メインの道路に車を出す前に若い男が叫んだ。「待て！」

ガースは車をとめた。若者は身をかがめ、両手を膝についてミカエラを見つめた。「サイン、もらえますか?」

調べたところ、グラブコンパートメントには本当にペンがあった――胴軸に金文字で《医学博士ガース・フリッキンジャー》と名前が刻印された高級品だった。ミカエラは製薬会社の営業マンが置いていった名刺の裏側に《親愛なるエリックへ》との添え書きとともにサインを書きこんで手わたした。若者がまだ感謝をくりかえしているあいだに、ガースは車を発進させた。三一号線をわずか一キロ半ばかり進んだところで、対向車線をかなりのスピードで近づいてくるパトカーが目にとまった。

「スピードを落として」ミカエラはいった。そしてパトカーが背後の丘の反対側へ消えるなり、ミカエラはアクセルを限界まで踏むようにいった。

ガースは従った。

2

ライラは二年ばかり前から、自分の携帯電話に登録されている連絡先をクリントの電話にも登録するようにしつこくせがみつづけていた。半年前、クリントは重い腰をあげて連絡先の登録をすませた――もっぱら、せがむのをやめさせたかったからだが、いまになれば妻のしつこさに感謝したいくらいだった。まず電話をかけたジェイリッドには、とにかくじっとしていて動くなといった。もしすべてが順調に運べば――クリントは息子にいった――暗くなる前に、だれかがおまえを迎えにいく。おそらくRV車で。それからクリントは目を閉じて、流れるような弁舌の才をもたらしてくれるように短い祈りをとなえてから、イヴ・ブラックの身柄を刑務所へ移す手続をとった法律家に電話をかけた。

呼出音が五回鳴り、クリントが留守電サービスですませようかと思ったそのとき、弁護士のバリー・ホールデンが電話に出た。

「クリント・ノークロスだ、バリー。刑務所づきのね」

「クリントか」それ以上の言葉はない。

「きいてほしい話がある。くれぐれも注意して話をきいてくれ」

バリーからの返事はなかった。

「まだ電話を切ってはいないね？」

バリーは一拍の間を置いて、前と変わらず関心のかけらもない口調で答えた。「ああ、切ってない」

「クララや娘さんたちはいまどこに？」バリーには、上は十二歳から下は三歳まで四人の娘がいる。子煩悩の父親にとって、いまは悪夢のような事態だ。しかし――考えるだけでも恐ろしいが――クリントにとっては幸いかもしれなかった。世界の運命などという規模の大きな話はする必要がない。未来への人質になっているバリーの妻や娘たちの運命について話すだけでいいのだ。

「みんな二階で眠っているよ」バリーは笑った。ただし本物の笑い声ではなかった――コミックスの吹出しに書かれている文字にすぎなかった。「まあ、きみにもわかるだろうが……すっかり……あれに包まれてる。わたしは居間にいる。ショットガンを手にして。だれかが火のついたマッチを手にして姿を見せたら、この銃で吹き飛ばしてやる」

「きみの家族を救う手だてがありそうだ。娘さんたちの目を覚ますことができるかもしれない。そういう話に興味があるか？」

「例の女か？」バリーの声に、これまでなかった響きが忍びこんできた。生き生きとした響き。「じゃ、町の噂は本当なのか？　その女が普通に眠って、普通に起きているっていうのは？ただの噂だったら、正直にそう話してくれ。信じられる根拠がないかぎり、無駄におわる希望には耐えられないからね」

「あの話は本当だ。さあ、きいてくれ。もうじき、ふたりの人間がきみの家を訪れる。ひとりは医者で、もうひとりはコーツ所長の娘さんだ」

「ミカエラはまだ起きてるのか？　発生からこれだけたっても？」バリーはいよいよ、かつてのこの男らしい口ぶりをとりもどしていた。「いや、それもまたありえない話とはいえないな——うちの長女のガーダは、ついゆうべまでは起きていたからね。ただ、それでもやっぱり驚くべきことだと思うよ」

「ミカエラは寝ていないだけじゃない——完全にぱっちり目を覚ましてるんだ。三郡地域《トライ・カウンテイーズ》でまだ目をあけているだけの、ほかの女とはまったくちがう点だね。わたしたちが刑務所で身柄を預かっている例の女が、ミカエラの目を覚まさせたんだ。女から息をのどに吹きこまれただけで、ミカエラは完全に目を覚ましたんだよ」

「ジョークのつもりで話してるのなら、これほど悪趣味なジョークも――」

「いずれきみも自分の目で見られる。ふたりはきみにすべてを話したうえで、すこぶる危険な行動をとってほしいと頼むことになっている。きみが最後に残った頼みの綱だとはいいたくないが……」クリントは目を閉じると、空いているほうの手でこめかみを揉んだ。「……それが事実だ。おまけに時間はもうかぎられている」

「妻と娘たちのためなら、どんなことだってやってやるよ」バリーはいった。「ああ、どんなことでも」

クリントは安堵の長いため息をつくことを自分に許した。「バリー……きみのその言葉を期待していたんだよ」

3

弁護士のバリー・ホールデンは本当にショットガンを手にしていた。新しい銃ではなかった。祖父の代から受け継がれてきた品だ。しかしバリーがきれいにクリーニングしてオイルを塗っており、殺傷力は充分に見えた。バリーは膝の上にショットガンを置いたまま、ガースとミカエラの話をきいていた。隣のエンドテーブルには妻のクララ・ホールデンがつくった小さなレースナプキンが敷いてあり、太く赤い散弾をおさめた箱が蓋をあけて置いてあった。

ミカエラとガースは代わる代わる、クリントから言伝《ことづ》かってきた話をバリーに話してきかせた。イヴ・ブラックのドゥーリングへの到着とほぼ同時に、オーロラ病の最初の犠牲者が発生していたこと。イヴ・ブラックが素手でふたりの男を殺したこと。イヴがいっさい抵抗せずに身柄確保に応じたばかりか、つかまることが望みだったと話したこと。ライラのパトカーに乗せられたとき、前後の座席を仕切る金網にくりかえし顔をみずから叩きつけていたこと。そのとき負った傷が魔法としか思えないスピードで完治したこと。

「あの女はわたしを元気にしただけじゃない――わたしについて、知っているはずのないことまでも知っていたの」ミカエラはいった。「それに、ほかの人の話だと鼠を操れるらしい。とうてい信じられない話だというのはわかる。でも――」

ガースが口をはさんだ。「エンジェル・フィッツロイという囚人がわたしたちに教えてくれたよ。イヴ・ブラックが鼠を操って、副所長の携帯電話を奪った、とね。たしかにあの女は携帯電話を手にしてた。この目で見たよ」

「話はそれだけじゃないの」ミカエラはいった。「あの女はシルヴァー判事を殺したとも主張してる。本人がいうには――」

ミカエラは口をつぐんだ。この先を話すことにはためらいがある。しかしクリントからは、真実を、真実のみを話して、なにひとつ包み隠すなといわれている。

《忘れてはいけないよ。バリーは悲嘆に沈んでいるかもしれないが》クリントはそうふたりにいった。《いまも弁護士であることに変わりはない。しかも、すこぶる腕のいい弁護士だ。四十メートル離れていても、おまけにそれが風上でも、嘘を嗅ぎわけられる男なんだよ》

「本人がいうには、蛾をつかって判事を殺したそうよ。シルヴァー判事が町の外からだれかを連れてこようとしていて、とても見過ごせなかった、だから殺した、と」

　一週間前だったら話がこの段階に達したところで、バリー・ホールデンはミカエラとガースが邪悪な幻覚を披露しているだけか、そうでなかったら世界でもいちばん悪質で、いちばんいかれたいたずらを仕掛けようとしているに決まっていると断じたはずだったし、ふたりに家から出ていけといったはずだ。しかし、それは一週間前ならの話。いまバリーはふたりに退去を命じることもなく、祖父のショットガンをミカエラに手わたした。

「もっていてくれ」

　コーヒーテーブルにノートパソコンが置いてあった。バリーはその前のソファに腰かけると（ソファもまた、妻が手ずからつくったレース類でふんだんに飾られていた）、キーボードを打ちはじめた。ややあって顔を画面からあげたバリーはこういった。

「ブリッジャー郡警察が、オールドコフリン・ロードで自動車事故があったと報告してる。死亡者一名。死者の名前は出ていないが、事故にあったのはランドローヴァーだとある。シルヴァー判事が乗っていたのもランドローヴァーだったな」

　バリーはミカエラ・コーツをじっと見つめた。いましがたふたりからバリーがきかされた話は、煎じつめれば全世界の女の運命が今後数日間にここドゥーリングで起こる出来事にかかっている、ということだ。いかれた話にもほどがある。しかし、妻クララが気に入っている曲げ木製の揺り椅子にすわって、真剣なまなざしをむけてきているコーツ所長の娘ミカエラの存在こそ、この話が真実だというなによりの証拠だった。おそらく反駁不可能な証拠だろう。けさＣＮＮのリポーターは番組で、オーロラ病の発生後五日めのきょう、いまもまだ起きている女性は十パーセントにも満たないと話していた。バリーにはその話が真実かどうかわからなかったが、起きている女性のだれひとり、ミカエラのように生き生きとした顔を見せていないことには、祖父の代から伝わるショットガンを賭けてもいいと思っていた。

「その女は……なにをしただけだって？　キス？　あの映画で王子さまが眠り姫ことオーロラ姫にキスしたみたいに？」

「ええ」ミカエラは答えた。「そんな感じ。あの女は息をのどの奥にまで吹きこんできた。ほんとに効果があったのはそっちだと思う――あの女の息よ」

バリーは注意をガースのほうへむけた。「きみは現場を見ていたんだね？」

「ああ。驚きの一語だったよ。あのときのミカエラときたら、新鮮な血を輸血されたヴァンパイアみたいだった」ミカエラが顔をしかめて視線をむけてきたのを受けて、ガースはいった。「ごめん、ダーリン。不適切な隠喩だったね」

「それをいうなら直喩でしょう？」ミカエラは冷たくいった。

バリーはいまもまだ話をすっかり理解しようと格闘していた。「そして女は、あいつらが刑務所にやってきて、女を引きわたせと迫るはずだ、といったんだね？　警官たち？　町民たち？　で、そいつらを率いているのがあのフランク・ギアリーだって？」

「そのとおり」ミカエラはイーヴィの話のうち、眠れる女たちは自分自身で決断をくださなくてはならないと話した部分だけは伏せた。事実だとしても、あの部分はとても手に負えない。

「ギアリーなら知っているよ」バリーはいった。「弁護を担当したことはないが、地区裁判所に二、三回やってきたことがある。いまも覚えているのは、町のある女性がギアリーから脅されたと訴えた裁判だね——なんでも、飼っていたロトワイラー犬をリードにつないでいなかったことで脅したらしい。フランク・ギアリーは怒りの問題をかかえている、といえるね」

「ああ、ほんとにそのとおりだ」ガースがぼそりとつぶやいた。

バリーは眉を吊りあげ、物問いたげにガースを見やった。

「いや、忘れてくれ」ガースは答えた。「たいしたことじゃない」

バリーはショットガンをふたたび手にとった。「オーケイ、その話に乗った。ひとつには、クララと娘たちがあんなことになって、やるべきこともなくなったからだ。それにもうひとつ……この目でその謎の女を見たいからだよ。で、クリントはわたしになにをさせたがってる？」

「あの人はあなたがウィネベーゴをもっていると話してた」ミカエラは大型キャンピングカーの話題を出した。「奥さんや娘さんたちとキャンプに行くのにつかっている、と」

バリーは微笑んだ。「ウィネベーゴじゃなくフィエスタだけどね。ガソリンを食いまくるが、家族六人が寝られる広さがある。娘たちはほとんどぶっつづけで口喧嘩をしていたけどね……わたしたち一家は、あのおんぼろ車でとても楽しい時間を過ごしたものだよ」話しながら、バリーの目にいきなり涙があふれてきた。「ああ、ほんとに……とても……とっても楽しい時間をね」

4

バリー・ホールデンのフリートウッド・フィエスタは、バリーの法律事務所がある花崗岩の塊めいた古めかしいビル裏手の駐車場にとめてあった。縦縞模様のはいった巨大な怪物めいたRV。バリーが運転席にすわり、ミカエラは助手席にすわった。ふたりはいま、警察署の偵察にむかったガースの帰りを待っていた。ホールデン家に先祖代々伝わる家宝のショットガンは、ふたりのシートのあいだのフロアに置いてある。

「この計画には少しでも勝算があるのか……どう思う?」バリーはたずねた。

「わからない」ミカエラは答えた。「成功すればいいと思ってる……でも、わたしにはほんとにわからないの」

「とにかく、正気の沙汰じゃない――それだけはいえるな」バリーはいった。「しかし、家にひとり閉じこもって、よからぬことばかり考えるのに比べればまし、だな」

「ほんとに理解するためには、イーヴィ・ブラックと直接会う必要がある。話をする必要がある。あなたは……」ミカエラは頭のなかで言葉を探した。「……イーヴィを体験する必要があるの。あの女は――」

ミカエラの携帯が鳴った。ガースだった。

「警察署前のベンチのひとつに、ひげを生やした老いぼれが傘をさしてすわってるが、それ以外には目につく危険要因はないな。署の横にある駐車場には私用の車が数台あるだけで、パトカーはなかった。計画を実行するなら急いだほうがいい。そのRVはどう考えても目立たない車とはいえないからね」

「すぐに来て」ミカエラはいい、電話を切った。

バリーの事務所がある建物と隣の建物のあいだには、細い路地があるだけだった。図体のでかいフリートウッド・フィエスタだと、車体左右に十五センチほどの余裕しかなかった。しかしバリーは、長年の経験の賜物である運転テクニックで路地を通り抜けた。いったん路地の出口で停止したが、メイン・ストリートには人も車も見あたらなかった。女ばかりか男たちまでも消え失せたみたい——ミカエラがそんなことを考えているあいだにも、バリーはRVを大きくまわすようにして右折し、町庁舎までの二ブロックを走らせた。

バリーは建物正面の駐車場にフリートウッドをとめた——《**公用車限定・違反車輛はレッカー移動**》とあるスペースを三つ占拠した。ふたりが外へ降り立つと、ガースが合流してきた。ひげを生やした老人が立ちあがり、頭上に傘をさしたまま近づいてきた。〈オシュコシュ〉のオーバーオールの胸ポケットから、パイプの軸が突きでていた。老人は片手をバリーにさしだした。「これはこれは、弁護士の先生じゃないか」

バリーは老人と握手をかわした。「やあ、ウィリー。会えてよかった。ただ、のんびり油を売ってもいられないんだ。ちょっと急いでる。至急の用事があってね」

ウィリーはうなずいた。「おれはライラを待ってるんだ。いや、署長はもう眠ってるかもしれんが、まだ起きてるほうに賭けてるんだ。話しておきたいことがあってね。あのメタンフェタミン男たちが殺されたトレーラーハウスの裏へまわってみたら、妙ちきりんなもんを見たんだ。〝妖精のハンカチ〟があっただけじゃない。木に蛾がびっしりととまってやがる。そのことをライラに話したかったし、できたらあの場に連れていって現物を見せたかった。もしライラがいなければ、だれだっていい、責任者の立場にあるやつに話したい」

「この人はウィリー・バーク」バリーがガースとミカエラに紹介した。「志願消防団員。〈幹線《アドプ》道路《ト・ア・ハイウェイ》を養子に〉のひとり、青少年フットボール・チームのコーチでもある。つまり、全方向型の善人だ。ただ、ウィリー、われわれは本当に急いでいてね、だから――」

「リニー・マーズと話をしにきたのなら急いだほうがいい」ウィリーの目がバリーから離れ、ガースとミカエラにむけられた。目が深く落ちくぼみ、皺がつくる網にからめとられていたが、鋭さをたもっていた。「最後に署をのぞいたときにはまだ起きてはいたが、いまにも眠りこみそうだったからな」

「警官たちはいないのか？」

「全員、パトロールに出払ってる。いや、テリー・クームズだけは残ってるかもな。きいた話だと、ちょっくら酔っ払ってるらしい。酒が手放せないとかいう話だ」

三人は横に三つならんだドアに通じる階段をあがりはじめた。

「じゃ、あんたたちもライラを見てないんだな？」ウィリーが背中に声をかけてきた。

「ああ、見てない」バリーは答えた。

「そうか……じゃ、少し待ってみるかな」ウィリーはふらふらとベンチへ引き返した。「あそこは確かに妙ちきりんなんだよ。あんなに蛾がいるとはね。おまけに、怪しい気配が立ちこめてやがる」

5

この月曜日にもまだ眠らずに起きていたのは、地球上の女性のわずか十パーセントだった——そのひとりのリニー・マーズは、前と変わらずノートパソコンを手にして警察署内を歩きまわっていた。しかしいまでは足どりが重くなっていたばかりか、おりおりによろめいて家具に体をぶつけていた。ミカエラにはそんなリニーがぜんまいの切れかかった玩具に見えた。あの姿は二時間前のわたしだ、とミカエラは思った。

リニーは血走った目をノートパソコンに張りつけたまま、三人の前を通りすぎた。三人がいることにも気づかないようすなので、バリーはリニーの肩を叩いた。リニーは驚きに飛びあがって手をさっと上にあげた。ノートパソコンが床に落ちる前に、ガースがすかさず宙でつかまえた。ディスプレイで再生されていたのは、ロンドンの観覧車〈ロンドン・アイ〉の映像だった。巨大な観覧車がぐらぐら揺れたのちに、回転しながらテームズ川に落ちていく光景がリピート再生されていた。だれがなにを考えて〈ロンドン・アイ〉を破壊しようとしたのかは謎だが、どうやらその思いを実行せずにいられない者がいたようだ。

「バリー！　もう、びっくりして腰が抜けるかと思った！」

「ごめん、わるかった」バリーはいった。「テリーに、ここの武器室からいくつか品物をとりだしてこいといわれてね。刑務所のほうで必要になったんじゃないか。鍵を貸してもらえるか？」

「テリー？」リニーは眉を寄せた。「なんでテリーが……署長はライラ……テリーじゃない。あなたも知ってるはずよ」

「ライラ、ああ、そうだね」バリーはいった。「ライラがテリーを通じて命令を出したんだ」

ガースは玄関に引き返して、外を見わたした。いつ郡警察署のパトカーがやってきてもおかしくないに決まっている。一台どころか、二、三台まとめて帰ってくるかもしれない。自分たちは留置場に叩きこまれ、この正気の沙汰とも思えない冒険は、はじまる前から幕をおろすことになる。いまのところ、記念碑のてっぺんで背中を丸めてじっとすわる忍耐《ペイシエンス》の像そっくりに、傘をさしてベンチにすわっているひげの老人以外にはだれもいなかったが、この状態も長くはつづくまい。

「力を貸してもらえるかな、リニー？　ライラのために」

「もちろん。ライラが帰ってきてくれたらうれしいのに」リニーはそういい、自分のデスクに歩みよってノートパソコンを置いた。ディスプレイでは〈ロンドン・アイ〉が何度もくりかえし回転しては川に落下していた。「ライラが帰ってくるまで、あのデイヴっていう男の人が代理で指揮をとってる。あれ、あの人はピートだったかな。ここにはピートがふたりいるから混乱しちゃう。とにかく、あの人のことはよく知らない。すごく真剣な人」

リニーはいちばん上の幅広い抽斗をひっかきまわして、ずっしり重いキーリングをとりだし、三人に目をむけた。その両目がふわりと閉じられそうになった。たちまちリニーの睫毛《まつげ》から白い糸が数本伸びでてきて、空気の流れにあわせて揺れはじめた。

「リニー！」バリーが大きな声をあげた。「寝るな！」

両の瞼が一気にひらき、白い糸がすっと消えた。「起きてるったら！　大きな声を出さないで」いいながらリニーは、金属音とともにキーリングに指を滑らせた。「ここにある鍵のどれかなのはわかってるけど……」

バリーが、「わたしが探すよ」といってキーリングをうけとった。ついで、「ミス・モーガン――」とミカエラに声をかける。「きみはＲＶにもどって、わたしたちを待っていてもいいんだぞ」

「けっこう。わたしだって力になりたい。そのほうが仕事が早くおわるし」

メインの部屋の奥の壁に、ひときわおぞましい色あいの緑に塗られた無表示の金属の扉があった。錠前はふたつ。上の錠前に適合する鍵はなんなく見つかった。しかし、ふたつめの錠前にあう鍵を見つけるのには手間どった。ミカエラは、署長のライラが問題の鍵を自分の手もとに保管していたのではないかと思った。だとすると、目当ての鍵はライラの制服のポケットにおさまったまま、いまは白い繭に埋もれているのかもしれない。

「だれも来てない？」ミカエラは見張りに立っているガースに声をかけた。

「いまはだれもいない。でも、急いでくれ。こっちはもう小便をしたくなってるんだ」

試していない鍵がキーリングにあと三本というところで、ようやくふたつめの錠前の鍵が見つかった。バリーが扉をあけると、ミカエラの目に見えてきたのはクロゼットほどの収納スペースだった。壁のラックにはライフルがかけられ、発泡スチロールの内張りがなされた収納ケースに拳銃がおさめられていた。収納棚には何段にもわたって、各種の弾薬の箱がぎっしりと詰めこまれていた。壁のひとつには、テンガロンハットをかぶったテキサス騎馬警備隊《レンジャーズ》の隊員が黒々とした大きな銃身の拳銃で狙いをつけているイラストのポスターが貼ってあった。イラストの下に《**おれは法と戦った——勝ったのは法だ**》という、ザ・クラッシュで有名な曲の一節が書かれていた。

「弾薬はできるだけたくさんもちだせ」バリーはいった。「わたしはM4とグロックを何挺かもっていく」

ミカエラは弾薬の棚にむかいかけたが、思い直して、通信指令デスクへ引き返した。それからリニーのごみ箱をつかみあげてひっくり返した。くしゃくしゃに丸められた紙くずやテイクアウトのコーヒーの紙コップが床にぶちまけられた。リニーは目もくれなかった。ミカエラはごみ箱で運べそうな量の弾薬の箱を詰めこむと、両腕でごみ箱をかかえて保管庫をあとにした。入れちがいにガースが両腕いっぱいにかかえられる銃器を運びだすべく、保管庫へはいっていった。バリーは三つある正面玄関ドアのうち、ひとつをあけっぱなしにしていた。次第に強まる雨のなか、ミカエラがよろめきながら幅の広い石の階段をおりていくと、バリーがフリートウッドにたどりついたのが見えた。ひげの老人が傘をさしたままベンチから立ちあがり、バリーになにか話しかけた。バリーが答えた。ついで、ウィリーというひげの老人がRVの後部ドアをひらいた。おかげでバリーは両腕いっぱいの武器を車内に積みこむことができた。

ミカエラは息を切らしてバリーのもとにたどりついた。バリーはごみ箱を受けとると、ジャックストロー遊びの木切れのように積みあげられた銃器の山に弾薬の箱をざらりと落とした。

ウィリーが傘をさして見まもるなか、ふたりは署内へ引き返した。ガースが二回めの銃器をかかえて外に出てきた。ポケットに詰めこんだ弾薬の箱の重みで、スラックスがずり落ちていた。

「あの老人はなにを話してたの？」ミカエラがたずねた。

「ノークロス署長が見たら、わたしたちがやっていることを気にいるだろうか、と質問されたんだ」バリーは答えた。「気にいるはずだ、と答えたよ」

ふたりは署内へもどって保管庫へ急いだ。これまでに、収納されていた銃器の半分ほどを運びだしていた。ミカエラは、おたふくかぜに罹《かか》ったサブマシンガンのような銃を目にとめた。

「あの銃はぜったいにもっていくべきよ。たしか催涙ガスを発射するための銃だったはず。わたしたちに必要かどうかはわからないけど、わたしたち以外の人の手にわたってほしくないし」

ガースがふたりのもとにやってきた。「あんたにわるいニュースだ、ホールデン弁護士。ダッシュボードに点滅するライトを乗っけたトラックが、ついさっき、あんたのRVのうしろにとまったぞ」

三人は急いで玄関まで出ていき、スモークガラスごしに外をのぞいた。ふたりの男たちがトラックから降り立ってくるところだった。ミカエラにはふたりとも見覚えがあった——お調子者と、そのパートナーでサイン亡者の若者だ。

「こいつはひどい」バリーがいった。「あれは刑務官のドン・ピーターズだ。警官のふりなんかして、なんのつもりだ？　昆虫なみの脳みそしかないくせに」

「その昆虫男をいちばん最近見かけたのは、刑務所近くの道路封鎖スポットだったぞ」ガースはいった。「おんなじ虫けら、トラックもおなじだ」

ひげの老人が新たにやってきたふたりに近づき、なにか話しかけ、メイン・ストリートのさらに先を指さした。ドン・ピーターズと年若いパートナーが走ってトラックに飛び乗った。ライトバーがふたたび点灯し、さらにサイレンを鳴らしながら、トラックは発進していった。

「どうなってんの？」リニーがぼんやりした声でいった。「いったい全体、なにがどうしてどうなってんのよ？」

「なにも問題はないとも」ガースはそういってリニーに微笑みかけ、「心配しなくていいよ」といってから、次はバリーとミカエラに話しかけた。「こっちが先を行っているうちに切りあげたほうがいいとは思わないか？」

「ね、どうなってんの？」リニーがわめいた。「そっか、これってみんな悪夢なんだ！」

「悪夢のなかで踏ん張れよ」ガースはリニーにいった。「先々、いい夢になるかもしれないぞ」

三人は建物から出て、コンクリートの通路に出ると走りだした。ミカエラは片手にグレネードランチャーを下げ、反対の手には催涙ガス弾の袋をぶらさげていた。ボニーとクライドのボニー・パーカーになったような気分だった。ウィリーはフリートウッドの横に立っていた。

「さっきのふたりを、どうやって追い払った？」バリーはウィリーにたずねた。

「あっちの金物屋で、だれかがばんばん銃を撃っているぞと話したのさ。ま、あいつらはじきに帰ってくるはずだから、あんたがたは出てったほうがいい」ウィリーは傘をぱちんと閉じた。

「おれも、あんたがたといっしょに行ったほうがいいみたいだ。ここへもどってきたふたりが、ごきげんで楽しいふたりだとは思えないんでね」

「どうしてこんなふうにわたしたちを助けた?」ガースはたずねた。

「そりゃ、こんな変てこりんな毎日がつづいてちゃ、男はてめえの本能を信じるっきゃないからだ。いっておけば、おれの本能は昔っから鋭くてね。ここにいるバリーは前からライラの友だちだった——たとえ法廷では、署長の敵としてバットをふるっていてもね。それに、そこのお嬢さんの顔はテレビのニュースで見たことがある」ウィリーはガースにちらりと目をむけた。

「あんたの面《つら》がまえが気にいったとは口が裂けてもいえないが、この連中の仲間ならOKってことよ。それに昔っからいうだろ? 骰《さい》子は投げられた、って。で、どこへ行く?」

「最初にライラの息子を迎えにいくよ」バリーはいった。「それから刑務所だ。どうだ、籠城戦でひと肌脱ぎたくないか、ウィリー。どうやら、そうなりそうな雲行きなんでね」

　ウィリーはにやりと笑って、タバコのニコチンに染まった歯をのぞかせた。「ガキのころは洗い熊の毛皮の帽子をかぶってたもんだ。おまけにアラモの砦が出てくる映画は大好物ときてる。ふたつ返事で引き受けてやる。ただ、このでっかい車のステップをあがるのに手を貸してくれるか? この忌ま忌ましい雨のせいで、リウマチがひどいことになってやがる」

6

　モデルハウスの玄関で待っていたジェイリッドが、父クリントにもう一度電話をかけようと思い立ったそのとき、巨大なRVが家の正面に近づいて停止した。運転していたのは、ジェイリッドにも見覚えのある男だった。母親ライラの部下の警官たちや、それ以外の町の公務員たちとおなじように、この弁護士のバリー・ホールデンもおりおりにノークロス家の夕食の客になっていたからだ。ジェイリッドは玄関ポーチでバリーを迎えた。

「さあ、来たまえ」バリーはいった。「すぐ行かないと」

ジェイリッドはためらった。「屋根裏に母さんとほかにも三人いるんです。雨が降りだす前はすごく暑くて、いまはいいけど、あしたになればまた暑くなります。みんなを運びおろしたいので手伝ってください」

「今夜はこれからすぐ、もっと涼しくなるさ、ジェイリッド。それにもう時間がない」

繭に包まれた女たちが寒暖を感じているのかどうか、バリーにはわからなかったが、自分たちに残されているチャンスの窓が急速に閉まりつつあることだけはわかっていた。それにライラをはじめとする女たちは、静かなこの通りの空家に隠されていたほうが安全だろう。自身の妻と娘たちを運んでいくと強く主張したのはRVが理由だった。このRVはドゥーリングの町ではよく知られている。そのためバリーは報復を恐れたのだ。

「せめて、だれかにひとこと話をしておくわけには——」

「それはきみのお父さんが決めることだよ。お願いだ、ジェイリッド」

ジェイリッドはバリーに引きずられるまま、アイドリングをしているフリートウッドに近づいた。後部ドアがあいて、青少年フットボール・チームのコーチがひょいと顔をのぞかせた。ジェイリッドは思わず声をかけていた。「コーチのバークさんですね！」

「おやおや、だれかと思えば」ウィリーは喜びの声をあげた。「おれが教えたちびっこクォーターバックのなかでただひとり、スナップのたびにボールを落とさなかった選手じゃないか。さあ、乗った乗った」

しかしジェイリッドがまず目にとめたのは、床にずらりと置かれている多くの銃器と弾薬だった。「これはすごい。なんのためです？」

ドアのすぐ内側に置かれたチェック模様のソファに、ひとりの女がすわっていた。若くて、とびきりの美女。どことなく見覚えがあった。しかし、この女のいちばん驚くべき点は、完全に目を覚ましているような顔つきだった。

その女が答えた。「できればそんなもの、ただの保険代わりでおわってほしいわ」

女の前の通路に立っていた男は笑って、「わたしなら、そっちの見通しには賭けないな、ミッキー」といい、ジェイリッドにむきなおった。「わたしはガース・フリッキンジャーだ」

ガース・フリッキンジャーという男の背後にもおなじ柄のソファがあり、繭に包まれた五人が整然とならべられていた。いちばん大きな繭からひとつずつ、だんだん小さな繭になっているところはマトリョーシカ人形のようだった。

「あれはホールデンさんの奥さんと四人いる娘さんたちだという話だ」コーチのウィリー・バークがいった。

RVが発進して、ジェイリッドはよろけた。ウィリーがその体を支えた。ガース・フリッキンジャーと握手をかわしながら、ジェイリッドは思った――ひょっとして、これはなにもかも夢なのでは？　握手した相手の名前さえ、夢の産物に思えた――だいたい現実世界で、どこのだれがガース・フリッキンジャーなどと名乗るだろう？

「よろしく」ジェイリッドはいった。RVが角を曲がるのにあわせて、ホールデン家の女たちの繭が転がってぶつかりあっているさまが視界の隅に見えた。ジェイリッドはおのれに見るなと命じたが、ミイラめいたマトリョーシカ人形になってしまった女たちの姿を見ずにいるのは不可能だった。「ぼくはジェイリッド・ノークロスです」

これが夢だろうとなかろうと、ジェイリッドは内心腹立たしい思いだった——急いでいるという話だったけれど、バリー・ホールデンには自分の家族を車に運びこむ時間があったのでは？　どうしてそんなことが可能だった？　このRVがあったから？

そのバリーの運転でRVがトレメイン・ストリートの袋小路をまわりこんで方向転換しているとき、ジェイリッドの携帯が鳴った。自分たちはいま、母さんとモリーとメアリーとミセス・ランサムを置き去りにしている……。まちがったことをしている気がした。しかし、いまはなにもかもがまちがったように感じられるのだから、これが目新しいことだろうか？

電話をかけてきたのは父親のクリントだった。父子の短い会話ののち、クリントがミカエラと話をさせてくれといってきた。ミカエラが携帯を受けとると、クリントがいった。「これから、きみにしてもらいたいことを話す」

ミカエラは耳をかたむけた。

7

郡警察のリード・バロウズ巡査は、刑務所に通じる脇道の入口の反対側にパトカーの三号車をとめた。高くなった有利な位置だった。リードにも、同行しているヴァーン・ラングルにも、三一号線が少なくとも約十キロにわたってきれいに見わたせた。ドン・ピーターズとエリック・ブラスが検問所を設置してからあまり時間もたっていないうちの要員交替なので、リードはドンがたっぷりと文句を垂れてくるだろうと覚悟していたが、予想に反してドンは驚くほど従順だった。おおかた、きょうは早めに酒を飲みはじめたかったのだろう。あの若者も酒を飲みたかったのかもしれない。どのみち今週の〈スクイーキー・ホイール〉では身分証の確認などおこなっていないだろうし、警官は警官でアルコール関係の法律を執行することのほかに、もっと大事な仕事がたくさんあるに決まっている。

ドンからは、自分たちが停止させた車は一台だけだと報告をうけた。どこかのテレビ局のリポーターが乗っていて、刑務所へインタビューをとりにいったが門前払いされたという。リードとヴァーンは一台の車にも停止命令を出さなかった。メインの幹線道路でさえ交通量はごくわずかで、存在しないも同然だった。町はいま、ここにいたすべての女たちを悼んでいるんだ、とリードは思った。いや、町ばかりか全世界が女たちを悼んでいるんだ。

リードはパートナーのヴァーンに目をむけた。ヴァーンは電子書籍リーダーのキンドルでなにかを読みながら鼻をほじっていた。

「その鼻くそをシートの裏になすりつけたりしていないだろうな？」

「まさか。気持ちわるいことをいうな」ヴァーンは鼻くその塊を抜きだすと、尻ポケットからハンカチをとりだして小さな緑色のお宝をくるんでしまいこみ、ハンカチを尻ポケットにもどした。「ひとつ教えてくれ——おれたちはここで、いったいなにをしているんだ？　ノークロスという医者は、例の女をしっかり鉄格子のなかに閉じこめて確保してる――それなのに、わざわざ外の世界に女を連れだそうとするほどの馬鹿だっていうのか？」

「おれにはわからん」

「じゃ、食料品のトラックだかなんだかが来たら、どうすればいいんだ？」

「停止させて、無線で指示をあおぐのさ」

「だれに？　テリーか、それともフランクか？」

この質問の答えが、リードにはさらにわからなかった。「まずはテリーの携帯に連絡するのが筋じゃないかな。もしテリーが電話に出なければ、こっちが電話をかけた証拠として留守電にメッセージを入れる。ま、そのたぐいの心配は、いざなにかが起こったらにすればいい」

「どうせそんなことにはならない――これだけ、しっちゃかめっちゃかの大混乱ではな」

「ああ。インフラストラクチャーが総崩れになっているし」

「インフラストラクチャーってのはなんだ？」

「おまえがもってるキンドルで調べればいいじゃないか」

ヴァーンは調べた。「社会生活や産業の基盤となる施設、あるいはその組織のこと。ふうん」

「ふうん？　その〝ふうん？〟はなんだ？」

「おまえのいうとおりってことだ。インフラなんたらは総崩れだよ。けさ、勤務前に〈ショップウェル〉に行ったんだ。爆弾が落っこちたようなありさまだったよ」

丘の下に目をむけたふたりは、灰色の午後の日ざしのなか、近づいてくる一台の車輛を見つけた。

「なあ、リード」

「なんだ？」

「女がいないってことは赤ん坊も生まれないってことだな」

「おまえも科学の心得があるんだな。ああ、そうだ」リードはいった。

「じゃ、これがおわらないかぎり、あと六十年とか百年とかたったら、人類はどうなっちまうんだ？」

　できればリード・バロウズが考えたくない疑問だった――とりわけ妻が繭に包まれ、幼い息子が隣家に住む高齢のミスター・フリーマンに（おそらく適切とはいえない）世話をされているいまは。考えなくてはならないわけでもなかった。くだんの車輛はさらに近づいて、縞模様のはいった馬鹿でかいキャンピングカーだとわかるようになった。キャンピングカーは速度を落として、いまにも刑務所へ通じる脇道にはいっていきそうなようすを見せていた。ただし、脇道に進むのは無理だ。三号車が道路をふさいでいるからだ。

「あのＲＶはバリー・ホールデンの車だな」ヴァーンはいった。「バリーは弁護士だよ。おれの弟がメイロックであの車の整備点検をしてる」

　フリートウッドが停止した。運転席のドアがあいてバリー・ホールデンが降りてきた。同時に三号車に乗っていたふたりの巡査も降り立った。

　バリー・ホールデンはふたりを笑顔で迎えた。「これはこれは、おふたりさん。いまわたしは、すばらしき吉報を運ぼうとしているところでね」

リードもヴァーンも笑みを返さなかった。

「だれも刑務所へは行けないんだよ、ミスター・ホールデン」リードはいった。「署長の命令だ」

「いやいや、それは厳密にいえば真実ではないのでは？」バリーは笑みをのぞかせたまま答えた。「その命令を出したのはフランク・ギアリーなる紳士であり、フランクはいわゆる〝自任〟でいまの立場についた。そうじゃないかね？」

リードはこの質問にどう答えればいいかがわからなかったので、ただ黙っていた。

「いずれにせよ、わたしはクリント・ノークロスから電話をもらったんだ。例の女の身柄を地元の法執行機関に引きわたすことこそが正しい行動だと踏ん切りがついた、といってね」

「そうか、そりゃいい話だ！」ヴァーンは大きな声をあげた。「あの医者にも道理がわかったようだな！」

「それでクリントは必要な手続をすませるために、わたしを刑務所へ呼びだしたわけだ——どうして今回は標準的な手順をはずれた手続をとったのかを、きっちり公的記録に残したい、とね。まあ、形式上のことにすぎないが」

リードは口をひらきかけ、《それにしても、もっとコンパクトな車で来られなかったのか? ふつうの車のエンジンがかからなかった?》といおうとした。そのとき、三号車のダッシュボードの無線から大声が流れはじめた。テリー・クームズだった。動顚したような声を出していた。

「三号車、三号車、応答せよ！　いますぐ！　いますぐに！」

8

リードとヴァーンが、近づいてくるバリー・ホールデンのＲＶを最初に目にとめたのとおなじころ、テリー・クームズが〈オリンピア・ダイナー〉に足を踏み入れ、フランク・ギアリーとピート・オードウェイ巡査がすわっているボックス席に近づいていった。テリーが目を覚まして動きまわっているのがフランクには内心おもしろくなかったが、不愉快な思いは精いっぱい隠していた。

「やあ、テリー」

テリーはふたりの男にうなずきかけた。ひげを剃り、シャツを着替えてきてもいた。足がふらついているようだったが、酒が抜けた素面《しらふ》に見えた。

「ジャック・アルバートスンから、ふたりがここにいるときいてね」テリーはいった。話に出たアルバートスンは、二日前に引退生活から現役への復帰を余儀なくされた数名の元警官のひとりだった。「それから十五分ばかり前に、ブリッジャー郡からすこぶる悲しい知らせを受けとったよ」

テリーからは酒のにおいがいっさいしなかった。フランクは、できればこの状態を変えたかった。アルコール依存症のとば口にいるかもしれない男に飲酒をすすめるのはフランクの本意ではなかったが、二、三杯ひっかけた状態のテリーのほうが、いっしょに仕事をしやすくなるのも事実だ。

「ブリッジャーでなにがあった？」ピートがたずねた。

「幹線道路で交通事故だ。シルヴァー判事が車ごとドーアズホロウ川に落ちて死んだんだ」

「なんだって？」フランクの叫び声は、驚いたガス・ヴェリーンがキッチンから顔を出すほど大きかった。

「まことに残念な話だな」テリーはいった。「判事はいい人だったのに……」といいながら椅子を引き寄せる。「それにしても、判事がどうしてあんなところへ行っていたのか、心当たりはあるか？」

「コフリンに元ＦＢＩの知りあいがいて、ノークロスを説得して道理をわからせるための手伝いをしてくれと相談をもちかけにいくところだったんだ」フランクはいった。事故の原因は心臓発作にちがいない。そもそも判事はすっかり血色が失せて震えがちで、いかにも体調がわるそうだった。「判事が死んだとなると、例の話はおじゃんだな」

フランクは必死になって気分を落ち着けようとした。シルヴァー判事のことは好きだったし、判事に調子をあわせるつもりもあった——少なくとも一定のあいだだけは。その期限がいままでは消えてなくなっていた。

「それから例の女はいまもまだ刑務所にいる」フランクは身を乗り出した。「目を覚ましてる。例の女が繭に包まれているというのはノークロスの嘘っぱちだ。ヒックスが教えてくれたよ」

「ヒックスはお粗末な評判しかない男だぞ」テリーはいった。

フランクはいまの発言をきいてもいなかった。「ほかにもあの女には妙な話がある。とにかく、あの女が鍵だ」

「これをはじめたのがあの女なら、こいつの止め方だって知ってるだろうよ」ピートがいった。

テリーの唇がひくひくと痙攣していた。「その証拠はどこにもないぞ、ピート。そもそもオーロラ病が最初に発生したのは地球の反対側なんだから、突拍子もないにもほどがある。おれにいわせれば、いま必要なのは全員が深呼吸して気を落ち着け――」

フランクのトランシーバーがいきなり息を吹きかえした。ドン・ピーターズだった。「フランク！ フランク、応答してくれ！ いますぐ話したい！ これには応答したほうがいいぞ。っていうのも、クソな連中が――」

フランクはトランシーバーを口もとまでもちあげた。「フランクだ。もどったぞ。汚い言葉は控えろ。この会話は公共の電波に乗ってて――」

「あのクソな連中が銃器を盗みやがった！」ドンはわめきはじめた。「よぼよぼのボケ頭じいさんが嘘っぱちの通報でおれたちをまんまと追い払い、その隙にあいつらはクソ警察署からクソったれ銃器を奪っていきやがった！」

フランクが返事を口にするよりも早く、テリーがトランシーバーを引ったくった。「クームズだ。犯人はだれだ？」

「バリー・ホールデンだよ。馬鹿クソでっかいRVに乗ってやがる！ 署にいた通信指令係の女がいうには、ホールデンのほかにも仲間がいたらしい。ただ、この女はもう頭の四分の三が眠ってて、仲間がだれかも覚えてやがらない！」

「銃を残らず奪っていったのか？」テリーは肝をつぶしながらたずねた。「その連中が署の銃器を残らずさらっていったというのか？」

「いや、いや、全部じゃない。おおかた時間が足りなくて運びだせなかったんだろうが、それにしてもずいぶんたくさん盗まれた！　そりゃそうだ、あのRVは巨大だったからな！」

テリーは凍りついたようになって、手にしたトランシーバーを見つめていた。フランクは自分にむかって、そのまま口を閉じてテリーが頭で計算をすませるのを待っていろと命じた。しかし、無理だった。ひとたび怒りに駆られると、そんなこともできなくなってしまうかのようだった。「いまでも気を落ちつけて、ノークロスとかいう医者が出てくるのを待っているべきだと思うのか？　その連中が盗んだ武器をどこへ運んでいくのかがわかっていても、なおそう思うのか？」

テリーはじっとフランクを見つめていた。口をきつく真一文字に結んでいるため、唇がほとんど見えなくなっていた。「あんたはいまここで、だれが責任者なのかを忘れてるみたいだな」

「すまない、署長」テーブルの下でフランクは、わなわなと震えるほどの力で両の拳を握りしめていた——爪が手のひらに食いこんで三日月形の跡を残していた。

テリーはまだフランクを見つめていた。「刑務所に通じている道路には、きちんと人員を配置したんだろうな？」

《おれが人員を配置してなかったら、そいつはおまえの責任だぞ——なにせおまえはへべれけに酔ってたんだから》そうかもしれないが、そもそも酒をこの男にしつこく勧めたのはだれだったか？

「配置した。ヴァーン・ラングルとリード・バロウズをね」

「よし。それでいい。ふたりは何号車に乗ってる?」

フランクは知らなかったが、ピート・オードウェイが知っていた。「三号車だ」

ドンはまだ無線でべらべらまくしたてていたが、テリーはその声を途中でさえぎって《送信》ボタンを押した。

「三号車、三号車、応答せよ!　いますぐ!　いま、いますぐに、!」

第八章

1

無線が金切り声をあげはじめ、リード・バロウズはバリー・ホールデンにちょっと待っていろといった。

「わかった」バリーは答え、フリートウッドの側面パネルを三回ノックした。RVの運転席とそこからうしろの部分を仕切るカーテンの陰に隠れているウィリー・バークへのメッセージだった——これから先はB計画で進めるぞ。B計画はきわめて単純だった。バリーができるかぎり警官たちの気をそらせているあいだに、いざ突っ走れ！　いちばん大事なのは銃器類を刑務所へ運びこみ、娘たちを危険のおよばない安全な場所へ連れていくことだ。そのあたりについて、バリーには考えなおす必要もなかった。もちろんあいつらに逮捕されるだろうが、腕のたつ弁護士の心当たりはある。

バリーはヴァーン・ラングルの肩に手をかけ、さりげなくRVの前から離れる方向へ誘導しはじめた。

「署でだれかがおむつにでっかいクソを垂れたようだな」バリーにうながされるまま、ヴァーンはなにも考えずに歩きながら陽気な口調で所感を述べた。「で、おれたちはどこへ行くんだ?」

バリーとヴァーンがどこへ行くかといえば、とりあえずRVから離れる方向だ。なぜかといえば――(1)運転席に身を滑りこませるウィリー・バークの姿をヴァーンに見られないようにして、(2)RVが人を轢かずに前進できるスペースをつくるためだった。ただし、その答えをヴァーンに明かすことはできなかった。バリーが日ごろ娘たちにしっかり理解させようと努めているのは、〝法律とは客観的なものだ〟という概念だった。法律は個人の感情とは関係ない――法律は議論を中心にするものだ。おのれ自身を個人の好みから完全に切り離せることができれば、それに越したことはない。いちばん望ましいのは、自分の皮をすっかり剝がして代わりに依頼人の皮をかぶりつつ、おのれの頭脳にしっかりしがみついていることに尽きる。

(たとえば十二歳のガーダは最近ハイスクールの男子生徒――まだ二年生だが、それでも年が離れすぎている――からデートに誘われ、自分が男子生徒と映画に行ける年齢だと母親を説き伏せるために、父のバリーを無料奉仕《プロ・ボノ》ベースの代理人にしようとした。ガーダには珍しい冴えた作戦だったが、バリーは自分たちが家族であることを根拠に代理人になることを免れた。さらにいえば父親として、娘がもうじき十五歳になる少年――風に吹かれるたびに勃起するような少年――と外出するのを許すつもりはなかった。そこでバリーはこういった――そのケイリー・ベンスンという男の子がそこまでおまえといっしょに過ごしたいのなら、町の近くにある〈デイリートリート〉でアイスクリームをおごらせなさい。それもあたりが明るい昼間のうちに)

バリーがガーダに表明しないと決めたこともある――依頼人がまぎれもなく有罪だった場合

の不愉快な準備作業のことだ。依頼人の代理を引きうけたことで、依頼人が――つまりは自分が――驚くほど、そして救いようのないほど、さらにはふりをすることも不可能なほど、そして原罪に匹敵するほど有罪だとわかってしまう場合もある。この情況にいたったら、理にかなった戦略はひとつだけだ。敵の気をそらし、混乱させ、瑣末《さまつ》な論点で訴えを起こし、車輪の動きを妨害して、時間を稼ぐことにつきる。運がよければ、この戦法で相手方が疲れ果ててしまい、厄介払いしたい一心で有利な条件での取引をもちかけてくるかもしれない。あるいは――こちらのほうが望ましいが――まんまと相手方を苛立たせたり、混乱から失敗に導いたりできれば、相手方が勝手に自滅して訴訟をつづけられなくなるかもしれない。

そのことを念頭に、バリーはこの場で思いつくかぎり相手をもっとも当惑させる質問をひねりだして口にした。

「いいかな、ヴァーン。折り入って質問したいことがあるんだが、いいかな?」

「いいとも……」

バリーはいかにも共謀者めいた雰囲気で相手に顔を近づけた。「きみは割礼《かつれい》ずみか?」

ヴァーン・ラングルの眼鏡のレンズには雨のしずくが点々と散っていて、目の表情が読めなかった。バリーの耳に、RVのエンジンの回転音やウィリーがギアを前進《ドライブ》に入れたときの金属音がきこえてきたが、ヴァーンはそちらに注意ひとつむけていなかった。割礼にまつわる質問が唐突すぎて、精神がエンストを起こしたようだった。

「びっくりだな、ミスター・ホールデン……」ヴァーンはぼんやりした顔でハンカチをひらりとふって広げはじめた。「……それはずいぶん……ぶしつけな質問じゃないか……」

背後からなにかがぶつかる鈍い音と、金属が金属に押しつけられた悲鳴じみた音がつづいた。

一方リード・バロウズはテリーからの無線を受けようとして、急いでパトカーの運転席に飛びこんだが、手が濡れていて滑りやすく、うっかりマイクをとり落としてしまった。リードは足もとのスペースに上体を突き入れてマイクを拾い、からまったコードを伸ばしたが、ここで経過した数秒の時間がきわめて重要だった。この数秒のおかげで、ウィリー・バークが完全に運転モードに身を落ち着けることができたのである。

「はい、こちら三号車。リード・バロウズが応答中——どうぞ」

窓の外を見ると、くだんのRVがパトカーの前部をよけるようにして、砂利敷きの路肩と、この道路の南行車線側にある芝生の斜面のほうへむかっていくのが見えた。その光景にはリードは警戒しなかった——ただ困惑しただけだった。どうしてバリー・ホールデンは自分のRVを動かしているのか？　それとも、だれかの車が通るので、ヴァーンが運転して動かしているのだろうか？　それでは筋が通らない。この道を通りたがっているのがだれであれ、そちらに対応する前に、まずあのいかさま弁護士とやつの愛車のフリートウッドの始末をつけるのが先決だ。

テリー・クームズの大声が無線から噴きだしてきた。「バリー・ホールデンを逮捕して、やつの車を押収しろ！　車内に盗んだ銃器が山積みで、おまけにやつは刑務所へむかってる！おい、きいてるのか——」

RVの正面部分がパトカーの正面部分と衝突し、またしてもリードの手からマイクが飛びだしていった。おまけにフロントガラスごしに見える景色が、蝶番で動いているかのように一気に横へ滑って移動していった。

「うわあっ！」

2

RVの車内後部ではジェイリッドが体のバランスをうしなって、ソファから銃器の山へ転がり落ちていた。

「大丈夫か？」ガースがたずねた。本人は背中を小キッチンのカウンターへ強く押しつけ、シンクのへりをつかんで体を支えていた。

「うん」ジェイリッドは答えた。

「わたしには大丈夫ってきいてくれないのね！」ミカエラはなんとかソファにとどまっていたが、上体は横ざまに倒れていた。

いつしかガースはミカエラを立派だと思うようになっていた。年寄りの言いぐさにならうなら、ミカエラには土性骨《どしょうぼね》がある。おまけに鼻をはじめ、体のあらゆるパーツがどこもかしこもほぼ完璧だった。

「その必要がないからだよ、ミッキー」ガースはいった。「きみはいつだって大丈夫――だから今度も大丈夫だとわかっていたからね」

3

ＲＶは道路横の斜面にへばりついて車体を傾けたまま、時速二十五キロ弱でのろのろと進みながら、着実にパトカーを横へ横へと押しのけていた。金属と金属がぶつかりあう耳ざわりな音が響いた。ヴァーンはびっくり仰天の顔でバリーにむきなおった。この弁護士にまんまと一杯食わされた。ヴァーンはバリーの目もとにパンチを叩きこんだ。バリーは仰向けに倒れこんだ。

「ＲＶをとめろ！」リードが横に押しのけられつつあるパトカーのひらいたドアから叫びかけてきた。「タイヤを撃て！」

ヴァーンは官給品の拳銃を抜いた。

ＲＶはパトカーを完全に押しのけ、そのままスピードをあげはじめた。路肩に半分乗りあげたときには、時計の針でいえば道路の向きに対して二時くらいの角度だったが、いまはまた道路の中央にもどっている。ヴァーンは右後輪に狙いをつけて引金をしぼった――しかし発砲のタイミングが早すぎたせいで銃弾は上へ逸《そ》れ、ＲＶの外壁の一部に穴をあけたにとどまった。すでにＲＶは五十メートル弱も離れている。ひとたび道路を本格的に走りはじめたら、あっという間に見えなくなってしまうだろう。ヴァーンは一拍置いて体勢を立てなおし、ふたたび右後輪にきっちりと狙いをつけて発砲した――しかし地面に倒れていたバリー・ホールデンがその瞬間に猛然とヴァーンにタックルしたせいで、銃弾は上空へ飛んでいった。

4

床に仰向けに倒れこんだジェイリッドの背中の五、六カ所に、下敷きにした銃器の照星や銃身が食いこんでいた。さらに突然の轟音で耳がきこえなくなっていた。なぜか近くの悲鳴だけは肌に感じとれた。女……ミカエラか？　それともガース・フリッキンジャー？　しかし、耳できき とることはできなかった。目が壁の穴を見つけた――弾丸が壁に穿った穴は、燃えたあとの花火の先端に似ていた。ＲＶのフロアにあてがわれている両手からは、その下でぐんぐんと回転速度を増しながら舗装路面を叩きつづけているタイヤの震動が伝わってきた。

ガースはまだしっかり立っていた。キッチンカウンターをつかんで踏ん張っている。だから、悲鳴をあげているのはガースではない。

次にジェイリッドは、ガースの視線の先に目をむけた。

ソファにはいずれも体を包んでいる繭が横たえられていた。その列の四番め、四人の姉妹のいちばん年長のガーダを包んでいた繭に穴があいて血が流れていた。ガーダはソファから起きあがり、よろめく足で前へ進んできた。悲鳴をあげていたのはガーダだった。ジェイリッドが見ていると、ガーダは横に長く伸びているソファの反対側で身を縮こまらせているミカエラに近づいていった。ガーダが両腕を高々とふりあげた――腕を胴体に縛りつけていた繭を引きちぎっていたのだ。大きくひらいた口が絶叫しつづけているようすは、繭ごしにもありありと見てとれた。そして、胸にぽっかりとあいた穴から蛾の群れがあふれだしていた。

ガース・フリッキンジャーがガーダに組みついた。ガーダはくるりと身をひるがえした。ふたりがよろめきながら揉みあうあいだに、ガーダは両手の爪を突きたててガースののどをつかんだ。やがてふたりは床の銃器に足をとられて、倒れそうになった。組みあったふたりの体が後部ドアにまともにぶつかった。衝撃でラッチがはずれて後部ドアが一気にひらき、ガーダとガースは転がり落ちていった。そのあとを追うように蛾の群れが奔流となって外へ流れだし、さらに銃器と弾薬が車外へ落ちていった。

5

イーヴィがうめき声をあげた。

「どうした？」エンジェルがたずねた。「なにかあったの？」

「ううん」イーヴィは答えた。「なんにも」

「嘘つき」ジャネットがいった。あいかわらずシャワー室でへたりこんでいた。さしものエンジェルも、この女には一目置くしかなかった——あたしも太刀打ちできない頑固者だ、と。

「あんたはね、だれかが死ぬと、さっきみたいな声を出すんだよ」ジャネットは息を吸うと、小首をかしげ、その場にいる目に見えない人間にむきなおった。「ね、あれはだれかが死んだときに、あの女が出す声だよね、デイミアン」

「あなたのいうとおりみたいね、ジャネット」イーヴィはいった。「わたし、そういうときにさっきのような声を出すみたい」

「だからそういったの。ね、わたし、そういったでしょう、デイミアン?」

「あんたは見えないもんを見てるだけだよ」エンジェルはいった。

ジャネットはなにもない虚空に視線を集中させていた。「あの女の口から蛾が出てきたんだよ。あの女の体のなかには蛾がいるんだ。さあ、もう話しかけないで──いまは亭主と話そうとしてるんだから」

イーヴィがひとこと断わった。「わたし、電話をかけたいの」

6

リード・バロウズがパトカーのセンターコンソールを乗り越えて助手席のドアを力ずくで押しあけたそのとき、ヴァーン・ラングルの銃音がきこえてきた。斜面をあがりきって反対側へ消えていくRVの車体後部がちらりと見えた──後部ドアがひらいて、ぱたぱたと風にあおられていた。

道路にふたつの体が転がっていた。リードは官給品のリボルバーをホルスターから抜いて、ふたりのもとに駆け寄った。ふたりが横たわっている場所から先には、三、四挺のアサルトライフルが点々と落ち、そのあいだにひとつかみほどの弾薬が散らばっていた。

ふたりの体が横たわっている場所にたどりつくと、ヴァーンは足をとめた。手前に横たわって動かない男の頭部のまわりの路面を、血と灰色の組織が汚していた。リードもこれまでにそれなりの数の死体を目にしていた。しかし、ここの悲惨なありさまは特筆すべきものだった――いや、入賞レベルといっていい。落下の衝撃で、かけていた眼鏡がカールした髪の生えぎわにまでずりあがっていた。眼鏡がそんな場所に移動したせいで、アスファルトに脳みそが飛び散って道路で死んでいながらも、男には奇妙にもぬくもりを感じさせる気さくな雰囲気――教師を思わせる雰囲気――がそなわっていた。

そこから数歩先に、ひとりの女が横向きで転がっていた。リード自身がソファに寝そべってテレビを見るときの姿勢とおなじだった。蜘蛛の糸状の物質でつくられていた仮面が路面との接触で剝がれ落ち、まだ残っている皮膚はずたずたに裂けていた。いまも残っている顔や体から、女がまだかなり若いことは見てとれたが、それ以上はわからなかった。女の胸に弾丸が大きな傷を穿っていた。濡れた舗装に若い女の血が流れ落ちていた。

リードの背後から、スニーカーが路面を叩く足音がきこえた。

「ガーダ！」そう叫ぶ声がした。「ガーダ！」

ふりかえったリードの横をバリー・ホールデンが走って通りすぎていき、娘の遺体のすぐ横に膝をついた。

ヴァーン・ラングルが鼻血を流しながら、よろめく足でバリーを追いかけていった。追いかけながら、きさまを割礼してやるぞ、このクソ野郎め、とわめきちらしていた。

なんてクソの山だ——血まみれの男、死んだ娘、泣き叫ぶ弁護士、やはり血を流しているヴァーン・ラングル、道路に散乱する銃器と弾薬。いま、ライラ・ノークロスが署長として勤務していなくてよかった、とリードは思った——こんな事態にいたったいきさつを説明しようにも、最初のひとことをライラにきかせる勇気さえ奮い起こせなかったにちがいない。

リードはヴァーンに手を伸ばしたが、一秒遅かった——つかめたのは服の肩の部分だけだった。ヴァーンはリードの手をふり払うと、拳銃をふりかざし、グリップの底をバリー・ホールデンの後頭部に叩きつけた。なにかが割れる不気味な音——木の枝が折れるような音——がして、血があふれはじめた。バリーが前のめりに倒れ、娘の隣に横たわった。ヴァーンは気絶したバリーの横にしゃがみこみ、拳銃の台尻を弁護士の頭に何度も叩きつけた。

「クソ、このクソ野郎、クソ野郎め！　おれの鼻の骨を折りやがって——」

そして死んでいるはずなのに死んでいなかった少女がヴァーンのあごを下からつかんで下の歯に指をかけ、ヴァーンの顔を自分とおなじ位置にまで一気に引きおろした。同時に少女は頭をもちあげて口をくわっとひらき、ヴァーンの喉笛に食らいついた。ヴァーンは拳銃の台尻で、今度は少女を殴りはじめた。少女は屈しなかった。少女の唇のまわりから、動脈の血液がどくどくとあふれはじめた。

リードは自分も銃をもっていることを思い出し、銃をかまえて発砲した。弾丸が少女の目玉に命中して体からは力が抜けたが、口はまだしっかりとヴァーンののどをとらえていた。ヴァーンの生血を飲んでいるように見えた。

リードは地面に膝をつくと、少女の歯が相棒ののどの肉をとらえている箇所——熱くてぬるぬると滑りやすい箇所――に指を押しこんでいった。それから舌やエナメル質の歯の感触をとらえながら、力を入れて引き離そうとした。ヴァーンはいま一度だけ拳銃をふりあげて少女に叩きつけようとしたが、その甲斐もなく、拳銃は痙攣をくりかえすヴァーンの手から吹っ飛んで地面に落ち、跳ね返って離れていった。ついで、ヴァーンは力をなくしてくずおれた。

7

パトカー三台の車列のしんがりをつとめ、フランクはひとりで車を走らせていた。三台ともサイレンを高らかに鳴らしていた。先頭の車にはピート・オードウェイとテリー・クームズ、その次のパトカーにはドン・ピーターズと副官のエリック・ブラスが乗っていた。フランクはひとりになりたかったわけではない。むしろ、孤独がフランクを見つけたといえる。いったいどうして？　エレインがナナを連れていき、フランクをひとりにした。オスカー・シルヴァー判事は道路から飛びだして、フランクをひとりにした。憂鬱。それがフランクを憂鬱にした。もしかしたら、これからフランクがなすべき仕事をするためには、そのようになること――フランクがその状態になること――が必要なのかもしれない。

しかし、自分はなすべき仕事を完遂できるのか？　番狂わせが発生した。リード・バロウズから無線で、発砲があって警官がひとり犠牲になったという連絡があった。フランクは、娘のためなら自分にも人が殺せると信じていた――娘のためなら命も捧げられると信じてもいた。

しかし、いまふっとこんな思いが頭をかすめた。みずからの命を危険に晒すことも厭《いと》わないのは自分だけではないのではないか。クリント・ノークロスの仲間は警察の銃器類を盗み、バリケードを突破した。どんな理由からにせよ、彼らは固く決意していた。彼らがそこまで固く決意していたとしても、動機が謎のままであることがフランクには気がかりだった。彼らの動機はどこにある？　イヴ・ブラックという女とクリント・ノークロスのあいだになにがあるのか？

フランクの携帯電話が鳴った。車列はボールズヒルを北へむかっていた。フランクはポケットから携帯を抜きだした。「フランク・ギアリーだ」

「フランク、わたしはイヴ・ブラック」ささやき声よりも一段階だけ上の小さな声だった。そのハスキーな声には戯れているような調子が混じっていた。

「ほんとに、ほんとなのか？　初めまして——だな？」

「新しい携帯からあなたに電話をかけてるの。携帯をもっていなかったから、ロレンス・ヒックスがプレゼントしてくれたのよ。とってもこまやかな心づかいだと思わない？　ところで車のスピードを落としたほうがいい。事故の危険を背負いこむことはないから。RVはもう逃げていった。急いで駆けつけても、現場には四人の死人とリード・バロウズがいるだけよ」

「なんでそんなことを知っている？」

「とにかく知ってるの、信じて。クリントは強奪作戦が成功してびっくりしてた。正直にいえばわたしも。みんなで腹をかかえて大笑い。てっきり、あなたはもうちょっと事態を掌握してるって思ってた。わたしの買いかぶりだったみたい」

「きみはきみで、自分から降参するべきだぞ、ミズ・ブラック」フランクは自分が口にする言葉の選択に意識を集中させた。同時に精神を占拠しようとしているあの〝赤〟をぎりぎりで押しとどめようとしていた。「あるいは、きみは――あれを引きわたすべきだな。あれがなにかはともかく。とにかく、痛い思いをする者が出る前にだ」

「あらあら、わたしたちはもう〝痛い思いをする〟なんていう段階をとうに通りすぎてる。たとえばシルヴァー判事は、痛い思いとは比べものにならない目にあった。それからドクター・ガース・フリッキンジャーも――あの医者も頭が澄んでいれば、それほどわるいやつじゃなかったかも。わたしたちがいまいるのは、大量絶滅段階よ」

フランクはパトカーのハンドルを力いっぱい握りしめた。「いったい、おまえはなにものなんだ?」

「わたしだって、おなじ質問をそっちにしちゃおうかな。でも、あなたがどう答えるかはお見通し。どうせ、『おれはいい父親だ』というんでしょ? だって、あなたの頭のなかはナナ・ナナ・ナナ……って、そればっかりじゃない? 子供を守りたい一心の父親。で、これまで一度だって、ほかの女たちのことを考えたことがある? 自分がなにを危険に晒しているかを考えたことは?」

「どうして娘のことまで知ってる?」

「知るのが仕事だから。昔のブルースに、《おれを責める前に、自分の顔を見てみろよ》っていう歌詞ではじまるのがある。あなたは視野を広げることが必要ね」

おれに必要なのは、おまえののどに両手をかけて絞めあげることだよ――そう思いながらフランクはいった。「で、おまえの望みは?」

「あなたに男らしく頑張ってほしいの! そう、しっかり頑張って、これをおもしろくしてほしいだけ! あなたの大事なナナちゃんが学校へ行って、こういえるようになってほしいだけ――『うちの父さんは野良猫をつかまえるのが仕事の役人ってだけじゃない。うちの父さんは、なにかが思いどおりにならないと、壁にパンチしたり、わたしのお気に入りのTシャツを引っぱったり、母さんを怒鳴ったりするだけの男なんかじゃない。父さんは、世界じゅうの女たちを眠らせちゃった老いぼれの邪悪な妖精をとめた男なんだから』ってね」

「うちの娘を引きこむな、クソ女」

イーヴィの声から揶揄《やゆ》の調子が蒸発して消えていった。「病院で娘さんを守ったときのあなたは勇敢だった。立派だと思った。あなたはほんとに立派だった。本気でそう思った。あなたが娘さんを愛してるのはわかる。決して小さなことじゃない。あなたがあなたなりに、娘さんにとって最善のことをしたがってるのもわかる。ついでにそうとわかると、あなたのことがほんのすこーしだけ好きになった――たとえ、あなた自身が問題の一部であってもね」

前方では最初の二台のパトカーが、車体に凹みのできたリード・バロウズのパトカーに近づいて停止した。リードが出迎えに出てくるのがフランクにも見えた。さらに先へ目をむけると、道路に横たわる死体が見えてきた。

「これをとめるんだ」フランクはいった。「もうみんなを見逃してやれ。女たちを見逃してやるんだ。妻と娘だけじゃない、女たちみんなを」

イーヴィはいった。「そのためには、まずわたしを殺さないとね」

8

エンジェルはイーヴィに、さっきまで話していたフランクというのは何者なのかとたずねた。

「フランクはドラゴンを屠る者《ドラゴンスレイヤー》」イーヴィはいった。「そしてわたしはただ、フランクが一角獣《ユニコーン》に気をそらされて自滅することがないように確実を期したいだけ」

「あんたってば、とことん頭がいかれてる」エンジェルが口笛を吹いた。

イーヴィの頭はいかれていなかったが、それはエンジェルと議論する問題ではなかった――いずれにしても、エンジェルには意見を口にする権利があった。

第九章

1

夢のなかで狐がライラのもとを訪れる。夢だとわかったのは狐が人語を話しているからだ。

「やあ、ベイブ」狐はそういいながら、セントジョージ・ストリートの家の寝室に足を踏み入れてくる。いまライラはティファニーとジャニス・コーツ、それに〈レディースクリニック〉に所属していたエリン・アイゼンバーグとジョリー・スラットというふたりの医者と、この家に住んでいる（エリンとジョリーは未婚。同クリニックの三人めの医師であるジョージア・ピーキンスは、町の反対側の家で、ふたりの娘と住んでいる――娘たちはどちらも痛ましいほど兄を恋しがっている）。もうひとつ、これが夢だとわかったのは、寝室にいるのが自分だけだからだ。もうひとつのツインベッド――いつもティファニーが寝るベッド――は、無人で、ほぼきれいにメイクしてある。

狐は愛らしい前足を――ここに来るまでにペンキ塗りたての場所を歩いてきたかのように、前足は普通の赤褐色ではなく純白だ――ライラの体を覆っているキルトにかける。

「わたしになんの用？」ライラはたずねる。

「おまえに帰り道を教えてやろうと思ってね」狐はいう。「しかし教えるのは、おまえが帰りたいと思った場合だけだ」

2

ライラが目をあけると、あたりはもう朝だった。ティファニーはいつも寝ているもうひとつのベッドで眠っていた。毛布が膝のあたりまで下がっていて、寝るときに穿いているトランクスの上で、腹部が半月のように膨らんでいた。いまでは妊娠七カ月を過ぎていた。

キッチンへ行き、この世界のドゥーリングでコーヒーと呼ばれている不味《まず》い代用品——炒《い》ったチコリの根——を淹れる代わりに、ライラはまっすぐ廊下を歩いて正面玄関の扉をあけはなち、気持ちのいい春の朝の空気を招き入れた（この地では時間がとらえがたいほどすばやく流れていく——時計は正常な時間を刻んでいるが、ここの時間には正常なところがこれっぽっちもない）。そしてライラがあらかじめ知っていたとおり、狐がそこにいた。雑草に埋もれそうなスレート敷きの邸内路にちょこんとすわり、ふさふさの尾を前足の前までくるんとまわしていた。いま狐は利発な関心をたたえた目でライラを見つめていた。

「やあ、ベイブ」ライラはいった。狐が小首をかしげて、微笑んだように見えた。ついで狐はちょこちょこと歩いて、舗装のひび割れた外の道路まで出ていき、そこでまたすわった。ライラを見つめた。待っていた。

ライラはティファニーを起こしにいった。

3

最終的に〈わたしたちの地〉の十七人の住人が太陽光発電で動く六台のゴルフカートに分乗して、狐のあとについていった——カートの車列はゆっくりと進んで町を出ると、かつての三一号線をつたってボールズヒルの方角へむかった。ジャニスとライラともども先頭のカートに乗っているティファニーは、道々ずっと自分の馬に乗るなといわれたことに文句をいっていた。乗馬禁止を申しわたしたのは、〈レディースクリニック〉の医師だったエリン・アイゼンバーグとジョリー・スラットだった。ふたりは予定日までまだ六週間から八週間あるにもかかわらず、ティファニーの子宮収縮を心配していた。母親になろうとしているティファニーにふたりの医師が話したのはそこまでだった。ふたりが伝えなかったのは(ただしライラとジャニスは知っていた)、赤ん坊そのものの状態についての懸念だった。赤ん坊を宿したころ、ティファニーはほぼ毎日のように——ときには毎時間のように——ドラッグを摂取していたからだ。

ほかに同行していたのはメアリー・パクとマグダ・ダブセック、〈第一木曜日の読書会〉の四人のメンバー、ドゥーリング刑務所で受刑者だった五人、以前はギアリー姓だったエレイン・ナッティング。エレインはふたりの婦人科医とおなじカートに乗っていた。エレインの娘のナナも行きたがったが、エレインは断固として許さず、娘が涙を流しはじめてもなお態度を変えなかった。ナナはミセス・ランサムとその孫娘モリーのもとへ託されていた。ふたりの少女はたちまち仲よしの友だちになったが、モリーと一日じゅういっしょにいられるという話もナナの気分を明るくしなかった。わたしだって狐についていきたい――ナナはそういった――まるでお伽話《とぎばなし》みたいなんだもん。わたし、その絵を描きたい。

「そうしたければ、娘さんのそばにとどまっていてもいいのよ」ライラはエレインにそう話した。「人手は足りているから」

「わたしは、あいつの狙いがどこにあるかを確かめたいの」そのときエレインは答えた。ただし本音をいえば、それが本心かどうかもわからなかった。狐を見ていると――このとき狐は〈ピアスンズ理髪店〉の傾いた廃屋の前にちょこんとすわり、女たちが隊列をととのえて動きはじめるのを辛抱強く待っていた――エレインの胸は忌まわしい予感に、ぼやけていてはっきりしないが強烈な予感に満たされた。

「さあ、行くよ！」ティファニーはむっつりした声を出した。「あたしがまた、おしっこしたくなる前にね！」

そして一行は狐についていった。狐は幹線道路の薄れかけたセンターライン上をちょこちょこと歩きながら、おりおりにうしろをふりかえっては、女たちがちゃんとついてきているかどうかを確かめていた。にやにや笑っているかのように。こんな話をしているかのように。《きょうのお客さんには、ちらほらと、とびっきりの美人さんがいるようじゃないか》

これは一種の遠足だった――奇妙なものだったことは確かだが、それでも日々の雑役や労働から離れて過ごせる休日に変わりなかった。それなら話し声や笑い声がにぎやかにあがるはずだったが、のろのろと進むゴルフカートの列をつくる女たちはほとんど黙りこくっていた。

製材所を過ぎて四、五百メートル進み、狐が幹線道路をはずれて雑草の茂る小道へと進んでいくと、ティファニーが体をこわばらせ、かばうように両手を腹にまわした。

「いや、いや、ぜったいいや。カートをとめて、あたしをここで降ろして。なにがあっても、トルー・メイウェザーのトレーラーハウスにはもどらない。たとえ、もう金属スクラップの山になっていたって、いや」

「あそこに行くわけじゃないの」ライラはいった。

「どうしてわかるの？」

「待っていればわかるって」

結局、トレーラーハウスの残骸はほとんど目につかなくなっていることがわかった。大嵐で土台のブロックから吹きとばされ、いまは錆びついた恐竜のように丈の高い雑草や茨《いばら》のなかで横倒しになっていた。そこから三、四十メートル弱進んだあたりで狐は左へ曲がり、するりと木立に身を滑りこませた。最初の二台のカートに乗っていた女たちには、狐の毛が赤っぽいオレンジ色に光り、その光がたちまち消えていくのが見えた。

ライラがカートを降りて、木立に足を踏み入れた。近くにあった小屋はすでに草木に完全に埋もれていたが、これだけの年月がたったいまも忌まわしい化学物質の臭気はしつこく残っていた。メタンフェタミンは消えてしまったかもしれない――ライラは思った――しかし、記憶は残りつづける。たとえここでも――時間がギャロップしては、いったんとまってひと息入れ、ふたたびギャロップをはじめる地においても。

ジャニスとマグダとブランチ・マッキンタイアの三人がライラに近づいてきた。ティファニーはゴルフカートに乗ったまま腹を抱いていた。具合がわるそうに見えた。

「これは狩人がつかってた道ね」ライラは指さしていった。「これなら、あまり苦労せずにたどっていけそう」

「わたしはそこの森にも行かないよ」ティファニーはいった。「あの狐がタップダンスをしようがなにしようが関係ない。だって、また忌ま忌ましい収縮がはじまってるし」

「あら、収縮してなくても、あなたは行かなくてもいいの」エリンがいった。「わたしが付き添っててあげる。ジョリー、あなたは行きたければ行っていいの」

ジョリーは森へ行った。十五人の女たちは一列になって狩猟用の道を進んでいった。先頭はライラ、しんがりをつとめたのは、以前はミセス・フランク・ギアリーと名乗っていた女だった。一同がかれこれ十分ばかり歩いたころ、ライラが足をとめて両腕を伸ばし、左右の人差し指で右と左を両方指さした――心を決めかねている交通整理警官のようだった。

「びっくり」シーリア・フロードがいった。「こんなの見たこともない。いっぺんも」

左右に立ちならぶポプラや樺や榛《はん》の木の枝に、びっしりと蛾がとまっていた。ざっと見ただけで数百万匹はいるようだった。

「あの蛾どもが攻撃してきたらどうするの？」エレインは押し殺した声でつぶやいた。懇願に負けてナナを連れてくるようなことがなくてよかった、と思いながら。

「攻撃なんかしてこないわ」ライラはいった。

「なんでわかるの？」エレインがたずねた。

「ただわかるだけ」ライラはいった。「蛾は狐みたいなもので……」口ごもりながら適切な言葉を頭のなかでさがす。「……そう、使者よ」

「だれの使者?」ブランチがたずねた。「それとも……なにの使者ってきいたほうがいい?」

これも答えようと思えば答えられるにもかかわらず、ライラが答えないと決めた質問だった。

「さあ、出発。もうそんなに遠くないはず」

4

十五人の女たちが腿までの高さがある草の茂みのなかに立ったまま、ライラが〈驚異の大樹〉という名前で考えるようになった木を見つめていた。三十秒ばかりは、だれもひとことも口にしなかった。ついで高く上ずったような声で、ジョリー・スラットがいった。「これは……びっくり仰天、お口あんぐり、腰抜けたっていうところ」

〈大樹〉は日ざしを浴びて、生きている巨大な鉄塔のようにそびえていた。こぶのある何本もの幹が幾重にもからみあい、ときには埃のような花粉に満たされている何本もの光のシャフトを一点にあつめ、ときには薄暗い洞穴をつくりだしていた。珍奇な鳥たちが数多い枝のあいだで戯れ遊び、羊歯に似た葉のなかで噂話に花を咲かせていた。木の手前では、ライラが前にも見た孔雀が、世界でいちばん優雅なドアマンのように行きつもどりつ歩いていた。赤い蛇もいた——一本の枝からぶらさがり、爬虫類のぶらんこ曲芸師よろしく体をゆらゆらと揺らしていた。蛇の下には黒々とした裂け目があり、何本もの幹がそこへ吸いこまれているかのようだった。この裂け目はライラの記憶になかったが、意外ではなかった。裂け目からいきなり狐が――びっくり箱のジャック人形のように――ぴょこんと顔を出したときにも驚きはなかった。狐は孔雀にじゃれつくように、嚙みつく真似をした。しかし、孔雀は狐に目もくれなかった。

　ジャニス・コーツがライラの腕をとった。「わたしたち、ほんとにいま、これを見てるの？」

「ええ」ライラは答えた。

　シーリアとマグダとジョリーが同時に悲鳴をあげた――耳をつんざくような三声のハーモニー。数多くの幹がからみあう樹身の裂け目から、白い虎が姿をあらわしていた。虎は緑の目で空き地のへりにならんで立つ女たちをひとわたりながめてから、体を低くして伸びをした――虎が女たちへお辞儀をしたようにさえ見えた。

「じっとして！」ライラは叫んだ。「みんな動かない！　あの虎なら心配ないから！」その言葉が真実であることを全身全霊で祈りながら。

　虎は狐と鼻を触れあわせた。それからふたたび女たちのほうへ顔をむけたが、このときにはライラひとりに格段の関心をいだいているように見えた。そのあと虎は木のまわりをめぐって歩き、姿を消した。

「ああ、驚いた」キティ・マクデイヴィッドがいった。すすり泣きながら。「なんてきれいなんだろう！　ねえ、さっきのあれ、クソったれなほどきれいだったね？」

　マグダ・ダブセックが、「ここは〝聖なる地《スヴァテー・ミースト》〟ね」といって十字を切った。

　ジャニスはライラを見つめていた。「話して」

「あれは」ライラはいった。「出口のように思える。向こうから見たら入口。わたしたちが望めばね」

　ライラがベルトに留めているトランシーバーが息を吹きかえしたのはこのときだった。いきなり爆発するように雑音が飛びだしたが、言葉はききとれなかった。しかしライラの耳には、エリン・アイゼンバーグの声にきこえた――そしてエリンは悲鳴をあげているようだった。

5

　ティファニーはゴルフカートの前の座席に横たわっていた。本人がどこからかくすねてきた古いセントルイス・ラムズのTシャツが、いまはくしゃくしゃに丸められて地面に落ちていた。かつては小さな突起程度しかなかった乳房も、いまは無地のコットン製ブラジャーのDカップをまっすぐ空へむかって突きあげていた（ライクラ地のブラジャーはとうにつかえなくなっていた）。エリンは身をかがめてティファニーの両足のあいだに顔を入れ、驚くほど丸く膨らんだ腹に両手をあてがっていた。女たちが駆け寄ってくるあいだ――小枝や群れからはぐれた蛾を髪の毛から払い落としている女もいた――エリンはティファニーの腹を押した。ティファニーが悲鳴をあげて――「お願い、とめて！　お願いだからこれをとめて！」――両足を突きあげ、Vの字をつくった。

「なにをしてるの？」ふたりのもとにたどりつくと同時にライラはたずねた。しかし視線を下へむけたとたん、エリンがなにをしていたのかも、なぜそんなことをしていたのかも一瞬にして明らかになった。ティファニーのジーンズのジッパーがおろされて、コットンの下着がピンク色に濡れているのが見えていた。

「赤ちゃんが生まれそうなんだけど……頭があるところにおケツがきちゃってる！」エリンがいった。

「それは大変。逆子《さかご》ね？」キティはいった。

「赤ちゃんをぐるっとまわさなくちゃ」エリンがいった。「ライラ、わたしたちを町まで連れて帰って」

「まず、ティファニーの体を起こさなくちゃ」ライラはいった。「そうしてもらわないと、わたしが運転できないし」

　ライラはジョリーとブランチ・マッキンタイアの助けを借りて、ティファニーの上体を半分ばかり起こし、その隣にエリンが無理やり乗りこんだ。ティファニーがまた悲鳴をあげた。

「あああ、痛あぁぁぁい！」

　ライラはティファニーの左肩に右肩を押しつけて、カートの運転席にすわった。エリンはほとんど横向きにならなくては腰かけられなかった。

「ね、これってどのくらいのスピードが出せる？」エリンはたずねた。

「わからない。でも、これから実地に試してやる」ライラはアクセルを踏みこんだ。カートが一気にがくんと前へ飛びだした拍子にティファニーがあげた痛みの叫び声に、ライラは思わず顔をしかめた。そのあともカートが上下に跳ねるたびに、ティファニーは絶叫《よう》した——しかも上下に跳ねる箇所はたくさんあった。この瞬間、たくさんの珍奇な鳥を擁《よう》している〈驚異の大樹〉のことは、ライラ・ノークロスの頭のなかではいちばん遠い存在になっていた。

ただし、以前エレイン・ギアリーという名前だった女にとっては遠い存在ではなかった。

6

一行は〈オリンピア・ダイナー〉前でカートをとめた。ティファニーの痛みがあまりにも激しく、それ以上先へ進めなかったのだ。エリンは往診バッグをとりにジャニスとマグダを町へいったん帰し、そのあいだライラとほかの三人の女がティファニーを屋内へ運びこんだ。

「テーブルをふたつならべて」エリンがいった。「急いで。赤ちゃんの体をひっくりかえす必要があるし、そのためにはお母さんに仰向けに寝てもらう必要があるから」

それからエリンはまたティファニーの腹に両手を押し当てて、ドーナツの生地を捏《こ》ねるように押しはじめた。「赤ちゃんが動きだしてる気がする。ねえ、ジュニア——ドクターEのために、お腹のなかで月面宙返りをやってくれない？」

エリンがティファニーの腹を片手で押し、ジョリー・スラットが横から押した。

「やめて！」ティファニーが悲鳴をあげた。「やめろっていってんだよ、腐れビッチども！」

「赤ん坊が向きを変えてる」エリンが罵倒の言葉を無視していった。「ありがたい、ほんとに向きを変えてる。ライラ、ティファニーのジーンズを下ろして。ジーンズと下着も。ジョリーはそのまま押してて。赤ん坊がまた逆さまにならないようにしないと」

ライラがティファニーのジーンズの片足をつかんだ。シーリア・フロードが反対の足をつかみ、ふたりで一気に引っぱると、古いジーンズはするりと脱げた。下着も途中までいっしょにずり下がり、刷毛《はけ》で引いたような血液と羊水の痕を太腿に残した。ライラは下着も完全に足から抜いた。下着は滲みこんだ液体で重くなって温かく、ぽたぽたと雫《しずく》を落としていた。ライラは内臓が迫《せ》りあがってくるのを感じ、あわてて所定の位置へ押しもどした。

悲鳴は途切れなくつづくようになり、ティファニーはさかんに頭を左右にふり動かしていた。

「往診バッグを待ってはいられない」エリンはいった。「赤ちゃんがもう出かかってる。でも……」いいながら、かつておなじ病院の同僚だった医者に目をむけた。相手はうなずいた。

「だれか、ジョリーにナイフをわたして。刃の鋭いナイフを。ティファニーを少し切る必要があるの」

「ちゃんといきむから」ティファニーが息を切らせた。

「ええ、いきんでもらう」ジョリーがいった。「でも、ちょっと待っててね。ドアはあいたけど、蝶番をはずす必要もあるの。赤ちゃんの通り道にあと少し余裕をつくるためにね」

ライラはステーキナイフを見つけた。洗面所に行くと、大昔の過酸化水素水のボトルがあった。刀身部分に過酸化水素水をかけ、ドアの内側でいったん足をとめて、そこに置いてある手指の消毒スプレーもつかおうとした。しかし、なにも出てこない。中身はとうの昔に完全に蒸発していた。急いで引き返す。女たちは半円をつくって、ティファニーとエリンとジョリーを囲んでいた。全員が手をつないでいたが、ひとりエレイン・ギアリーだけは例外だった。エレインは自分の胴を強く抱きしめていた。まず視線をカウンターへむけ、次は無人のボックス席の列に滑らせ、最後に出入口にむける。どこでもいいから、ここではない場所、まもなく母親になるブラジャー一枚の裸の女が間に合わせの分娩台《ぶんべんだい》の上で息をあえがせて悲鳴をあげているここ以外の場所に行きたかった。

ジョリーがナイフを受けとった。「なにかで消毒した?」

「ええ、過酸化水素――」

「それでいい」エリンはいった。「メアリー、もしあったら発泡スチロールの保冷ケースをもってきて。ほかの人たちはタオルをもってきてほしい。キッチンに行けば見つかると思う。タオルをもってきたら、それを――」

ティファニーが痛ましい悲鳴をあげた。ジョリー・スラットが麻酔なしで会陰《えいん》切開をおこなったのだ。

「タオルをもってきたら、それをゴルフカートの屋根の上に置いてきて」エリンがいいかけた言葉を最後まで口にした。

「ああ、太陽光発電パネルね!」そう声をあげたのはキティだった。「あそこでタオルをあためるんだ。すごい、冴えたアイデア――」

「タオルをあっためてほしいけど熱くしないで」エリンはいった。「新しくやってくる市民をこんがり炙《あぶ》るつもりはないし。さあ、早く」

エレインはおなじ場所に立ったまま動かなかった。周囲であわただしく動く女たちが川の水なら、エレインだけは水流のなかの岩だった。あいかわらずティファニー・ジョーンズ以外の対象に目をむけている。その目はぎらついていて、妙にうつろだった。

「どこまで進んでるの？」ライラはたずねた。

「子宮口がいま七センチ」ジョリーはいった。「すぐにも全開の十センチになりそう。子宮頸管は成熟しきってる――少なくともこれだけは順調ね。いきんで、ティファニー。でも、次のために力を少し温存しておくこと」

ティファニーがいきんだ。ティファニーが悲鳴をあげた。ティファニーの膣《ちつ》が収縮して閉じ、ふたたびひらいた。両足のあいだに、またしても鮮血があふれでた。

「この血が気にくわないな」エリンが口の端からジョリーにそう小声で伝えているのを、ライラの耳がとらえた。耳寄りな情報をこっそり人に伝えている競馬の予想屋のようだった。「出血が多すぎる。まったく……せめて胎児鏡が手もとにあれば」

メアリーが硬質プラスティックのクーラーボックスを見つけて帰ってきた。昔クリントとジェイリッドと三人でメイロック湖によくピクニックに行っていたとき、ライラ自身が肩にかけて運んでいたようなクーラーボックス。側面には《**バドワイザー！　キング・オブ・ビア！**》というおなじみのキャッチフレーズが印刷されていた。

「これでいいかな、ドクターE？」メアリーがたずねた。

「ええ」エリンは目をあげないまま答えた。「さあ、ティフ、思いきりいきんで」

「腰がすごく痛い――」ティファニーはいった。ただし〝痛い〟の部分は〝いたあああいいいいいいいい〟となっていた。顔は歪み、左右の拳はあちこち欠《か》けている樹脂のテーブルトップをひっきりなしに叩いていた。

「頭が見えた！」ライラは叫んだ。「それから顔も――ちょっと、エリン、あれはなに――？」

エリンはジョリーを押しのけ、奥へ引っこむ前に赤ん坊の肩をつかんだ。指先が赤ん坊の肉に深く食いこんでいるのを見て、ライラは胸がわるくなった。前に滑りでていた赤ん坊の頭が大きく片側にかたむいた——自分が出てきた場所を、ふりかえって確かめているかのように。ただし瞼は閉じられ、顔は灰色だった。臍帯《さいたい》が——絞首刑につかう輪縄のように——首をぐるりとりまき、片頰に沿って耳にまで届いていた。血が斑《まだら》模様をつくる臍帯を見て、ライラは〈驚異の大樹〉の枝からぶらさがっていた赤い蛇を思い出した。赤ん坊の胸から下の部分はまだ母親のなかにいたが、片腕だけは外へ滑りでてきていて、力なくだらりと垂れていた。小さいながらも完璧な指の一本一本が、その完璧な爪のひとつひとつまでもが見えていた。

「いきむのをやめて」エリンがいった。「早くおわらせたい気持ちはわかるけど、まだいきまないで」

「でも、いきまなくちゃ」ティファニーがあえいだ。

「いまいきむと、赤ちゃんの首が絞まっちゃう」ジョリーはいった。いまはエリンと肩を押しつけあうようにならぶ位置についている。

もう遅い——ライラは思った。赤ん坊はもう首を絞めあげられている。あの灰色の顔を見れば明らかだ。

ジョリーは臍帯の下にまず指を一本滑りこませ、その指を二本に増やした。ついで二本の指を〝こっちにおいで〟と合図する要領で動かし、赤ん坊の首に巻きついていた部分に余裕をつくると、臍帯をつるりと頭から引き抜いた。ティファニーが絶叫した。首のあらゆる腱が陰影のはっきりしたレリーフのように浮かびあがった。

「いきんで！」エリンがいった。「力いっぱいいきむの！　一、二の三まで数えたら！　ジョリー、出てきた赤ちゃんがここの不潔な床に顔から落っこちるようなことがないようにして！　ティフ！　一……二……三！」

ティファニーがいきんだ。赤ん坊はジョリー・スラットの手にむかって撃ちだされたかのように出てきた。全身がぬるぬるしていて、美しく、そして……死んでいた。

「ストロー！」ジョリーが叫んだ。「ストローをもってきて！　早く！」

エレインが前に進みでた。ライラはこの女性が動くところを見ていなかった。それなのにエレインはすでに包装を剝がしたストローを手にしていた。「はい、これ」

エリンはストローを受けとると、「ライラ」と声をかけた。「坊やの口をあけて」

坊や。そのひとことを耳にして初めて、ライラは赤ん坊の下腹部についている灰色の小さな読点《コンマ》に気がついた。

「坊やの口をあけて！」エリンがくりかえした。

ライラは二本の指で慎重に赤ん坊の口をひらいていった。エリンがストローの片端をくわえ、もう一方の端をライラが指でつくった小さな穴に挿入した。

「坊やのあごをもちあげてくれる？」ジョリーは指示した。「息が吸えるようにしてやるから」

なぜそんなことを？　赤ん坊は死んでいる。しかし、ライラはここでも命令に従った。エリン・アイゼンバーグの左右の頰がくぼんで三日月形の影ができたので、くわえたストローを吸っていることがわかった。はっきりと音がきこえ——じゅるり。エリンが顔を横にむけ、痰《たん》のようなものを吐き捨てた。ついでエリンはジョリーにうなずいた。ジョリーは赤ん坊を自分の顔に近づけ、小さな口から体内へ息を吹きこんだ。

　赤ん坊はその場に横たわっているばかりだった。頭をうしろへ反《そ》らし、毛のない頭部に血と泡が点々と散っている姿で。ジョリーがふたたび息を吹きこんだ——奇跡が起こった。小さな胸がふくらみ、青い目がなにも見ていないまま一気にひらいた。それから赤ん坊は産声をあげた。シーリア・フロードが拍手しはじめると、ほかの女たちも手を叩いた……ただしエレインだけは例外だった。エレインは先ほど立っていた場所にもどって、また両腕で腹のあたりを抱きしめていた。赤ん坊の泣き声が、いまでは途切れることなくつづいていた。両手が小さな拳をつくっていた。

「あれはあたしの赤ちゃん」ティファニーがいった。「わたしの赤ちゃんが泣いてる。お願い、抱かせて」

　ジョリーが輪ゴムで臍帯を止血し、いちばん最初に手にふれた品——だれかがコート掛けからひっつかんできたウェイトレス用のエプロン——で赤ん坊をくるんだ。それから、泣き叫んでいる赤ん坊の包みをティファニーに手わたした。ティファニーは赤ん坊の顔をのぞきこんで笑うと、粘液のついている頬にキスをした。

「さっきいったタオルはどこ？」エリンがたずねた。「いますぐもってきて」

「まだ温まってないけど」キティがいった。

「いいからもってきて」

　タオルが運ばれてくると、メアリーがタオルを〈バドワイザー〉のクーラーボックスの内張りにした。そのあいだもライラは、ティファニーの足のあいだから新しい鮮血がどくどくとあふれているのを目にしていた。かなり大量の血だった。リットル単位になるかもしれない。

「これが普通なの？」そんな質問の声があがった。

「ええ、まったく普通よ」エリンの声はしっかりしていて、確信に満ちていた。自信を絵に描いたような口調だった――〝ここには問題はひとつもない〟と断言する声。ひょっとしたらティファニーが死ぬのではないかとライラが疑いはじめたのはこの時点だった。「でも、追加のタオルをここへもってきてちょうだい」

ジョリー・スラットが赤ん坊を母親の手からとりあげて、〈バドワイザー〉のクーラーを代用したゆりかごへ赤ん坊を移そうとした。エリンが首を横にふった。「もうちょっと赤ちゃんを抱かせてあげて」

この瞬間、ライラの疑いは確信に変わった。

7

かつてはドゥーリング、いまは〈わたしたちの地〉と呼ばれる町の日没。

ライラがホチキスで留められた書類を手にしてセントジョージ・ストリートの家の正面ポーチにすわっていたところに、散歩中のジャニス・コーツがふらりと近づいてきた。ジャニスが隣にすわると、ライラの鼻が杜松《ジュニパー》の香りをとらえた。元刑務所長のコーツはキルト仕立てのベストのポケットから、その香りの元をとりだしてみせた。シェンリー製のジンのボトルだった。

ジャニスはライラにボトルを差しだした。ライラはかぶりをふって断わった。

「胎盤遺残ですって」ジャニスはいった。「とにかくエリンはそう話してた。胎盤を子宮内から掻爬《そうは》できなかったのね——そのせいで出血をなかなかとめられなかった。それに、以前に医者たちがつかっていた薬がなかったし」

「ピトシンね」ライラはいった。「ジェイリッドを出産するときにつかった薬」

ふたりはひとしきり無言ですわったまま、とびっきり長かった一日の光がしだいに空から薄れていくのをながめていた。しばらくして口をひらいたのはジャニスだった。

「ティファニーの住まいを片づけるのに手伝いがいらない？」

「片づけはもうおわった。持ち物もあまりなかったし」

「わたしたちみんなもおなじね。それって、せめてもの救いだと思わない？　学校で習った詩に、〝なにかを手に入れては費やすばかり、われらはこうして自身の力を無駄づかいしている〟とかなんとか、そういう詩がなかったっけ？　キーツの詩だったと思うけど」

おなじ詩を学校で教わったライラは、それがワーズワースの「浮世の瑣事があまりにも多し」という作品だと知っていたが黙っていた。ジャニスはボトルをもとのポケットへもどし、そこそこ清潔なハンカチをとりだした。ハンカチでジャニスはまずライラの片頰を拭い、そのあと反対の頰も拭った。そのしぐさにライラは自身の母親を思い出して、胸が痛くなった——母親は、みずからおてんばをもって任じていた娘のライラが自転車やスケートボードで転んだときなどに、何度も何度もおなじことをしてくれた。

「ティファニーが赤ちゃん用品をしまっていた抽斗に、こんなものがあったわ」ライラはいいながら、ジャニスに一冊のノートを手わたした。「ナイトシャツやブーティーの下にしまってあったの」

　ティファニーはノートの表紙に一枚の写真を貼りつけていた。髪に非のうちどころのないパーマをかけた母親がにこやかに笑いながら、やはり笑っている赤ん坊を黄金色の日ざしのなかへ抱きあげている写真だった。昔の婦人雑誌に掲載されていたガーバー社のベビーフードの広告ページを切り抜いたのだろう――グッド・ハウスキーピング誌あたりかもしれない。写真の下にティファニーは、**『アンドルー・ジョーンズ用のまっとうな暮らしの手引き』**と書きこんでいた。

「あの子、生まれてくるのが男の子だってわかってたのね」ライラはいった。「どうやって知ったのかは謎だけど、でもわかってたんだ」

「マグダがいったのよ。昔からある根も葉もない言い伝え。お腹の上のほうが膨らむと男の子だ、とか」

「このノートはずいぶん前から準備してたみたい。ティファニーがこれを書いているところは一度も見てないけど」もし見てしまったら、ティファニーは恥ずかしがっただろうか――とライラは思った。「最初のページを見て。みんな、もうそこで涙を誘われちゃった」

　ジャニスが小さな手製の書物をひらいた。ライラはジャニスと肩を寄せあい、ともにページの中身に目を通した。

●まっとうな暮らしのための十のルール

1　ほかの人に親切にすること。そうすれば、ほかの人から親切にしてもらえます。
2　遊び半分でドラッグに手を出しては**ぜったいに**いけません。
3　自分がわるかったら謝ること。
4　神はあなたの悪行をすべて見ているけれど、心やさしくて、人々をお許しにもなります。
5　嘘をついてはいけません。嘘がくせになってしまいます。
6　馬にむちをあてないこと。
7　あなたの体はあなたの神《しん》でん。だから**タバコはぜったいダメ**。
8　人をだましてはいけません。だれに対しても**公平にふるまうこと**。
9　つきあう友だちはよく考えて選ぶこと——わたしはしくじった。
10　あなたの母があなたを永遠に愛していること、そしてあなたがずっと大丈夫だということを、いつまでも忘れないで！

「わたしの胸に本当に刺さったのは最後の文句ね」ライラはいった。「まだ胸が痛む。さっきのボトルを頂戴。こんなものを読まされたら、ひと口ぐらい飲まなくちゃやってられない」

ジャニスはジンを手わたした。ライラはひと口飲んで、顔をしかめ、ボトルを返した。「赤ちゃんはどう？　元気なの？」

「予定日より六週間も早く、おまけに臍《へそ》の緒で首を絞められたまま生まれてきたことを思うなら、とっても元気というべきね」ジャニスはいった。「エリンとジョリーがいてくれて本当によかった。そうでなかったら、ティファニーも赤ん坊も助けられなかったはず。いま赤ちゃんはリンダ・ベイヤーとリンダの赤ちゃんのふたりといっしょにいる。リンダは自分の子のアレックスには少し前にお乳をあげるのをやめたけど、アンディの泣き声をきいたら、また母乳が出るようになったんですって。とにかくリンダはそういってる。そんなことがあった一方、また新しい悲劇もわたしたちを襲ったわ」

ティファニーの死だけでは一日ぶんの不幸には不足だというみたい──ライラは思い、勇敢な表情をとりつくろった。「話して」

「ガーダ・ホールデンを知ってる？　ホールデン家の四人姉妹の長女。あの子が消えたの」

姿を消したということは、もうひとつの世界でガーダの身になにやら命取りになる事態が起こったことを意味する。いまではここの女たちも、それを事実として受けいれていた。

「クララはどんなふうに受けとめてる？」

「あなたが考えているとおり」ジャニスは答えた。「正気を半分なくしちゃった。この一週間ばかり、クララも四人の娘たちもあの不気味な眩暈《めまい》を経験してた。だから──」

「じゃ、だれかがクララと娘たちをあっちの世界で動かしてたわけだ」

ジャニスは肩をすくめた。「そうかもしれない。たぶん。そんなことがあったものだから、クララは残っている三人の娘たちのだれかがいつ姿を消してもおかしくないと不安に駆られてる。もしかしたら三人いっぺんに消えるんじゃないかって。あの立場なら、わたしだって不安になるわ」

そういってから、『アンドルー・ジョーンズ用のまっとうな暮らしの手引き』のページをめくりはじめる。どのページにも、十条のルールを拡張した文章がいっぱいに書きこまれていた。

「わたしたち、あの〈大樹〉のことを話しあうべき？」ライラはたずねた。

ジャニスはいったん考えをめぐらせてから、頭を左右にふった。「あしたにしましょう。きょうはもう寝たいから」

はたして自分は眠れるだろうか——そんなふうに思いながら、ライラはジャニスの手をとって強く握った。

8

ナナは母親のエレインに、ミセス・ランサムの家でモリーといっしょに泊まってもいいかとたずねた。エレインは、モリーの祖母のミセス・ランサムになんの異議もないことを確認してから、娘の外泊を許した。

「もちろんかまわないわ」ミセス・ランサムはいった。「わたしもモリーも、ナナのことが大好きだもの」

以前は夫のギアリー姓を名乗っていたエレインには、これで充分だった。実をいえば、このときばかりは娘を家から出せたことに胸を撫でおろしていた。ナナは大切な愛娘《まなむすめ》であり、エレインの宝石だった。これは、めったに意見が一致しなかった別居中の夫とも意見が一致した珍しい点だったし、ふたりの結婚生活が本来なら寿命になる時点を越えてもつづいていた理由でもあった。しかし、今夜エレインには果たすべき重大な用事があった。自分にとって重要である以上に、ナナにとって重要な仕事だった。いや、実際にはドゥーリングの女性すべてにとって重要といえる。現時点では理解できない者もいるだろうが（たとえばライラ・ノークロス）、いずれはみんなが理解するはずだ。

あくまでも、自分があそこを通り抜ける決意を固められれば。

女たちが森のなかの不気味な木を見にいくためにつかったゴルフカートは、町庁舎のなれの果てである建物の裏の駐車場に整然とならべられていた。女にひとつ美点があるとするなら——いや、数多くの美点からひとつを述べるとするなら——それは、つかいおわった品物をきちんと所定の場所にもどすことだ。男たちはちがう。男たちはとにかく、つかった品物をとことん散らかす。エレイン自身、汚れた衣類は洗濯物のバスケットに入れろとフランクに何度いったことだろうか。妻が洗濯してアイロンをかけるだけではまだ足りず、汚れ物を拾いあつめなくてはならないのか？　口を酸っぱくしていってもなお、汚れ物がバスルームのシャワー室の外や寝室の床に落ちていたことが何度あっただろうか。深夜に軽く飲んで食べたあと、フランクがグラスや皿を洗う手間をかけたことがあったか？　一度もなかった！　まるで、皿もグラスもひとたび最初の目的を果たしたあとは目に見えなくなってしまうかのようだった（さらにフランクが自身のオフィスをいつも几帳面に整理整頓し、動物のためのケージをいつも汚れひとつない状態にたもっているという事実が、夫の無配慮な行動をいっそう腹立たしいものにしているといえた）。

些細なことだと人はいうだろう。だれが異議をとなえる？　そう、些細なことばかりだ。しかし何年も何年もたつあいだに、そういった瑣事のあれやこれやが、昔の中国でおこなわれていたという残酷な刑罰の家庭バージョンに変化した。その刑罰については、慈善団体グッドウィルの無料贈呈品の箱からたまたま手にとったタイム・ライフ社の本で読んだ。それは凌遅刑《りょうちけい》といい、〝千回切り刻んでの死〟という別名どおり、生きている人間の体を少しずつ切り落としてゆく刑罰だった。フランクのひどい癇癪は、いわばその刑罰で与えられる傷のうち、最悪でいちばん深い切り傷にすぎなかった。たしかに、おりおりにプレゼントをもらったし、うなじへのやさしいキスもあった。レストランでの夕食もあった（しかもキャンドルライトつき！）。しかし、そのたぐいのあれこれは、すっかり古くなって嚙めないほど固くなったケーキのフロスティングでしかなかった。結婚という名前のケーキ！　すべての男がそうだとまではエレインも断言できなかったが、大多数はそうだといえる。なぜなら、本能もまたセットの一部としてついてまわるからだ。ペニスとともに。昔からいうではないか、男は家庭という一国一城のあるじだ。そして男たちのXY染色体に刻みこまれているのは、男はだれもが王であり、女はだれもが王に仕えるメイドだという根深い信念だ。

ゴルフカートにはキーが挿《さ》さったままだった。当然だろう――〈わたしたちの地〉ではちょっとしたこそ泥が出ることがままあるにせよ、本格的な窃盗《せっとう》事件はまったく存在しなかったからだ。これも、この地の美点のひとつだった。美点は数多かったが、かならずしも全員がそのたぐいのことに満足しているわけではなかった。たとえば、〈会議〉の場に出てくる泣き言や繰り言を考えてみればいい。ナナも〈会議〉の場に顔を出すことがある。本人は母親には知られていないと思っているが、エレインは知っていた。優秀な母親なら子供のようすを常に観察し、子供がよからぬことを考えたり、よからぬ仲間に汚染されたりしたら、たちどころに察知するものだ。

　二日前、それはエレインたちの家を訪れたモリーだった。モリーとナナはすばらしいひとときを過ごした。最初は外遊び（石蹴りと縄跳び）、そのあとは家のなかで遊び（エレインが〈ドゥーリング・ショッピングセンター〉から無断拝借してきた――しかし正当な行為だったと感じていた――大きなドールハウスのリフォーム遊び）、それから暗くなるまでまた外で遊んでいた。つづいてみんなでたっぷりとした早めの夕食をすませたのち、モリーは薄闇のなかを二ブロック歩いて自宅へ帰った。ひとりで。ひとりで帰れない理由があるだろうか？　なぜならここの世界には、少女を食い物にする悪党がいないからだ。子供を性的に虐待する変態もいないからだ。

　幸せな一日。だからこそエレインはとても驚かされた（と同時に、いささか恐怖を感じたことも認めるにやぶさかではない）――ベッドへむかう途中、娘の部屋の前で足をとめたところ、室内からナナの泣き声がきこえてきたことに。

　エレインは一台のゴルフカートを選んでキーを回転させ、小さな丸いアクセルペダルを踏みこんだ。それから音をたてずに駐車場をあとにして、明かりのつかなくなった街灯や暗いままの商店の前を通って走りながら、メイン・ストリートを先へ進んだ。町を出て三キロ強のところで、エレインのカートはきれいな白い建物の前にとまった。店先には、もうなんの役にも立たないガソリンの給油機が二基たっている。看板がこの店は〈ドゥーリング・カントリーリビング・ストア〉だと宣言していた。もちろんオーナーのカビール・パテルはいなくなって久しいし、お行儀のいい（少なくとも人前では）三人の息子たちも同様だ。妻はオーロラ病発生時にインドの実家を訪問中で、ムンバイだかラクナウだか、とにかくその手の土地で繭に包まれたものと推察されていた。

ミスター・パテルの店には、ありとあらゆる商品がそろっていた——品揃えの充実がスーパーマーケットに対抗する唯一の手段だったからだ。しかし、商品はあらかた消えていた。いちばん最初に消えたのは、もちろん酒だった。女たちは酒が好きだった。酒の楽しみを女たちはだれから教わったのか？　ほかの女たちから？　そんなことはめったにない。

エレインはカートをとめて暗い店内をのぞきこんだりせず、そのまま店の裏手へカートを進めた。裏には横に長い金属壁の別館があり、店先には《カントリーリビング・ストア自動車用品ショップ　**まずは当店へご用命——いつでもどこよりもお買い得！**》という看板が出ていた。ミスター・パテルは店内を整理整頓していた。この点だけは認めてもいい、とエレインは思った。かつて一家がクラークスバーグにいたころのことだが、エレインの父親は鉛管工という本職の収入を補うため、副業で小型エンジンの修理を手がけていた。父親が作業場にしていた裏庭の二棟の小屋は廃棄部品やすり減ったタイヤ、何台もの故障した芝刈機や回転式耕耘機《こううんき》などで足の踏み場もなかった。見るのもいやになる——母親はそう文句をいった。おまえが金曜日に行く美容院の代金はここから出てるんだ——一国一城のあるじはそう答え、仕事場は乱雑なまま変わらなかった。

自動車用品ショップのドアのひとつをあけるには、エレインが全体重をかける必要があった。やがてドアはレールに沿って一メートルから一メートル半ほど横に動いた。エレインにはそれだけの隙間で充分だった。

「どうしたの、スウィーティー？」あのとき泣いている愛娘のナナにエレインはそう声をかけた――まだ忌ま忌ましい木の存在も知らず、自分が背負いこんでいる問題は娘の涙だけで、その涙も春の雨のようにたちどころに乾くはずだと思いこんでいた。「夕食を食べすぎて、ぽんぽんが痛くなったとか？」

「そんなんじゃない」ナナは答えた。「それに、わざわざぽんぽんなんていわなくていい。わたしはもう五歳じゃないんだし」

憤慨した口調はエレインが初めて耳にするもので、そのためいささか気圧《けお》されはしたものの、それでもナナの髪を撫でる手はとめなかった。「だったら、どうして泣いていたの？」

ナナの唇が引き結ばれた。ついでその唇がわなないたかと思うと、ナナは一気に爆発した。

「父さんに会いたい！　ビリーにも会いたい――いっしょに学校へ行くとき、ビリーが手を握ってくれることがあって、それがとってもすてきだった……ビリーはすてきだった。でも、いちばん会いたいって思うのは父さん！　だから早くこの休暇がおわってほしい！　うちに帰りたいの！」

春の雨のように乾くかと思った娘の涙は、いまや嵐の勢いになっていた。エレインは娘の頬を撫でようとしたが、ナナは母親の手を払いのけ、乱れた髪を頭のまわりに突き立てたままベッドで上体を起こした。この瞬間、エレインは娘の姿に夫のフランクを見ていた。背すじが凍るほどはっきりと夫が見えていた。

「あの人がどんなふうにわたしたちを怒鳴ったかを忘れたの？」エレインはたずねた。「それにあの人が壁を殴ったときもあった！　あのときはすごく怖かったでしょう？」

「父さんが怒鳴ってた相手は母さんだもん！」ナナが叫んだ。「母さんに怒鳴ってた――だって母さんはいつだって父さんに、なにかしろといったり……なにかをもってこいといったり……ちがう人間になれといったり……よくわからないけど……でも、父さんはわたしに怒鳴ったことは一度もないもん！」

「でも、あなたのTシャツを引っぱったりしたんでしょう？」エレインはいった。落ち着かない気分がどんどん深まって、恐怖に近いものに変わりつつあった。わたしはナナがフランクを忘れたと思いこんでいたのでは？　幼いころの目に見えない友人のミセス・ハンプティ・ダンプティといっしょで、フランクのこともごみの山へ捨てて顧《かえり》みなくなったと思っていたのでは？「あなたの大好きなTシャツだったのに」

「父さんがあんなことをしたのは、車を走らせてる男の人が怖かったから！　猫を車で轢き殺しちゃった男の人！　父さんはわたしのためを思ってくれてたの！」

「あの人があなたの先生を怒鳴ったときのことを覚えてる？　どれほど恥ずかしい思いをさせられたかを忘れたの？」

「そんなのどうでもいい！　父さんといっしょがいい！」

「ナナ、そのくらいにしておきなさい。あなたはお母さんを――」

「父さんといっしょがいいの！」

「さあ、目を閉じてお眠りなさい。眠って楽しい夢を――」

「父さんといっしょがいい！」

エレインは娘の部屋をあとにすると、静かにドアを閉めた。子供とおなじレベルにまで落ちてドアを叩きつけて閉めたい気持ちを抑えるのに、どれほどの努力が必要だったことか。こうしてオイルのにおいがこもったミスター・パテルの作業小屋のなかにいてさえ、自分が娘を怒鳴りつける境地にどこまで近づいたのかは認めたくないほどだ。いつもは物静かで、おずおずした口調で話すナナが強情な口ぶりになったせいではない。また、ナナの顔だちにフランクの面影があったからでもない――それならいつも無視していられる。原因はといえば、理不尽で実現不可能な要求を口にしたときのナナのふるまいが、あまりにもフランクに似ていたところにある。まるでフランク・ギアリーが、暴力に満ちた旧世界とこの新世界を隔てている深淵だかなんだかの対岸から魔手を伸ばして、娘のナナにとり憑いてしまったかのようだった。

あくる日にはナナはいつものナナにもどっていたが、エレインはドアごしにきこえた娘の泣き声や、慰めようとしただけの手を荒っぽくふり払われたこと、子供に返ったナナが《父さんといっしょがいい》といったときの醜悪きわまる叫び声などを思わずにいられなかった。それだけではない。ナナはおなじブロックに住んでいた醜いちび助のビリー・ビースンと手を握りあっていたという。ナナはあのちびのボーイフレンドと会えなくなったことを悲しがっている……当の男の子は、そのままだったらナナを灌木の茂みに連れこんでお医者さんごっこを楽しんだにちがいない。十六歳になったナナとにきび面のビリーのようすもたやすく想像できた――ビリーの父親が乗っているクラブキャブの後部座席でことにおよんでいるふたり。ナナにディープキスをしながら、自分のしみったれな小さな城に連れこむ最初の料理人兼下働きとしてナナが適任かどうか品定めするビリー。ナナ、絵を描くのはきっぱりやめて、これからはキッチンへ行き、せいぜい鍋や釜で仕事をするがいい。おれの服をきれいに畳め。そのあと一発やらせろ――それをすませたら、おれはげっぷして、寝返り打って、おねんねだ。

エレインは手まわし式の懐中電灯を持参していた。いまその懐中電灯の光で、手つかずのまま残されている自動車用品専門の別棟のなかを照らしていた。ドゥーリングに車が残っていても走らせるための燃料がない以上、ファンベルトや点火プラグといった部品の需要はない。だからエレインの目当ての品はまだここにあるはずだ。そういった品の多くは父親の作業場にもそろっていたし、ここにも父親の作業場と変わらないオイルのにおいが立ちこめていて、まだお下げ髪の少女だったころの思い出を鮮やかに呼び覚ましてくれた(しかし、そこに郷愁はなかった――ひとかけらも)。あのころエレインは命じられるがまま、父親に部品を手わたしていた。父親から感謝の言葉をかけられれば愚かにも喜び、ぐずぐずしていたり、まちがった部品をもってきたりして叱られれば身をすくませていた。なぜなら、ひたすら父親を喜ばせたかったからだ。エレインにとっては逞しくて力もちの大事な父さんであり、そんな父親をエレインはあらゆる面で喜ばせたかった。

この世界は、かつて男たちが動かしていた旧世界よりも格段にすばらしい場所だ。ここではだれもエレインを怒鳴らず、だれもナナを怒鳴らない。自分たち親子を二級市民扱いする者もいない。ここは日が落ちて暗くなっても、少女がなんの危険を感じることもなく、ひとりで歩いて自宅へ帰れる世界だ。そしてここは、少女の才能がヒップやバストとともに成長できる世界だ。才能を芽のうちに摘む者はいない。ナナにはそれがわかっていない。とはいえ、わかっていないのはナナだけではない。エレインのように考えなければ、あとは馬鹿げた会議のたぐいで人の話をきくだけになる。

《あれは出口のように思える》みんなといっしょに高い草のなかにたたずみ、あの不気味な木を見つめていたあのとき、ライラはそういった。もし、あのライラの言葉どおりだったとしたら大変なことになる。

　エレインは自動車用品売場のさらに奥へと足を進め、そのあいだ懐中電灯の光をもっぱら床にむけていた。床がコンクリートで、コンクリートは上に置かれた品を冷たくたもってくれる。やがて目当ての品がいちばん奥の隅で見つかった――スクリューキャップがきっちり閉めてある十八リットルの金属容器が三つならんでいた。容器はまったく無地の金属製だったが、ひとつの容器には太くて赤いゴムバンドが巻きつけてあり、残りふたつには青いゴムバンドが巻いてあった。かつて父親が灯油を区別するためにつかっていた目印とまったくおなじ流儀だった。

《あれは出口のように思える。向こうから見たら入口。わたしたちが望めばね》

　そのように望む者はきっといるはずだ。この世界でどれだけいいものを手に入れたかを理解していない〈会議〉常連の女たち。どれだけすばらしいものを手に入れたかを。どれだけの安全を手に入れたかを。ああいった連中は何世代にもわたって、とことん奴隷根性を叩きこまれてしまったため、心底からまた鎖につながれたいと思っているのだ。意外かもしれないが、あの旧世界にあった自宅へもどりたいといちばん強く思っているのは、もともと刑務所にいた者たちかもしれない――自宅どころか、自分たちがあとにしてきた刑務所という檻《おり》にすぐにでも帰りたいと思っているのかもしれなかった。自分たちが投獄された裏には、ほぼ例外なく共犯者として認められていても起訴状には名前が出なかった男がいたという事実を、あの幼稚な連中は理解していないか、理解できても認めようとしない。そんな男たちのために、みずから刑に服した女もいる。何年もボランティアとして過ごしたなかで、エレインはそういった例をざっと百万回以上は見てきた。「根はいい人なの」とか「あの人は、そんなつもりじゃなかった」とか「あの人は自分を変えると約束した」という言葉。いや、エレイン自身もかつてはそこを突かれると弱かったではないか。眠りについた女たちともども、この世界へ転送される前の際限なくつづいた昼と夜のあいだ、過去にフランクと過ごして経験したあれやこれやの因縁がありながらも、エレインは自分にこう信じこませていたといえる――いずれはフランクも妻の願いをききいれるようになるし、いずれは癇癪を抑えられるようになる、と。もちろん、そんなことはなかった。

エレインはフランクが変わるなどとは信じていなかった。あれはフランクの男としての本性だ。しかし、フランクはエレインを変えた。フランクのせいで狂気に押しやられたと思うこともままあった。フランクから見た自分は、がみがみと口やかましい女であり、厄介な仕事を押しつける女であり、毎日の休憩時間を叩き切る耳ざわりな警告ベルのような女だった。エレインに課せられた責任の大きさにフランクがまったく気づいていないことに、エレインはあきれ、驚いていた。もしやフランクは心の底から、わたしが請求書の支払いをすませてくれとか品物を受けとってきてくれとか、あるいは癇癪を抑えるように気をつけてくれとか、いちいち夫に注意をしなくてはならない境遇に幸せを感じていると信じているのだろうか？　信じていたにちがいない。エレインは目がまったく見えない女ではない――だから、夫が満ち足りた男でないことも見えていた。しかし、フランクにはエレインがまったく見えていなかった。

だからいま自分は、ナナをはじめとするほかの女たちのためにも行動を起こさざるをえなかった。そのことが焦点をあわせて見えてきたのは、きょうの午後だった――赤ん坊を生き延びさせるため、ティファニー・ジョーンズが破壊された惨めな生命の最後の一片をみずから差しだして死にかけていた、あの瞬間に。

あっちに帰りたがる女たちも出てくるはずだ。多数派ではあるまい――大多数の女たちはそこまで正気をうしなってはいないし、そこまでマゾ気質でもないと信じるしかないが、確かめずに危険をおかしてもいいものか？　それでいいのか？　大事な愛娘のナナ、父親が声を荒らげるたびに身をすくませていたナナのことがかかっているというのに――

そんなふうに考えてはだめ。エレインは自分に命じた。いまの仕事に集中しなさい。

赤いゴムバンドが巻いてあるのは安物の灯油のしるしだ。町のあちこちのガソリンスタンドが貯蔵していたガソリンとおなじように、すっかり劣化しているにちがいない。いったん劣化した灯油なら、たとえ火のついたマッチを落としても火が消えるだけだ。しかし青いゴムバンドは、安定剤を添加した灯油のしるしである。安定剤がくわわっていれば、十年ほどは揮発性をたもつことができる。

彼らが発見した〈大樹〉は驚異的な存在かもしれないが、あくまでも木であり、木であるからには燃える。もちろん、あの虎のことは計算に入れておくべきだが、銃をもっていけばいい。脅《おど》かして追い払えばいいし、必要なら虎を撃てばいい（銃の撃ち方は知っていた――父親から教わった）。エレインのなかには、これが結局は無用の用心だとわかるのではないかと予想している部分があった。ライラは虎と狐を使者と呼んでいたし、エレインにはその見立てが正しいように思えた。虎はおそらく攻撃してこないだろうし〈大樹〉は本質的には無防備だという直観があった。

あの木が出口なら、永遠に閉ざしておかなくてはならない。

いつの日かナナも事情を理解するだろうし、正しいことをした母親に感謝をするはずだ。

9

ライラは眠りについたが、新しい一日がまだ東の地平線に射しそめた腐ったような細い線でしかない午前五時少し前に目を覚ました。ベッドから起きあがって溲瓶《しびん》をつかう（ドゥーリングには水道がやってきていたが、セントジョージ・ストリートの家にはまだ開通していなかった。「あと一、二週間のうちにはね」とマグダは請けあっていた）。もう一度ベッドにもどることも考えたが、どうせ輾転反側《てんてんはんそく》しながら、生まれたばかりの赤ん坊を腕に抱いていたティファニー（臨終のときには顔が灰色になっていた）がどんなふうに意識をなくして死んでいったのかを考えてしまうだけだ。赤ん坊のアンドルー・ジョーンズ……親の遺産といえば、手書きのページをホチキスで綴じあわせたパンフレット一冊だけの赤ん坊。

ライラは着替えをすませて家を出た。どこといって行くあてはなかったが、気がつくと目の前に廃墟となった町政ビルが見えていても、心の底からの驚きはなかった——大人になってからの歳月の大半は、その建物で仕事をして過ごしてきた。だからこの建物は——見るべきものなど本当にもうひとつもないのだが――磁石が指す北のようなものだった。建物を破壊したのは火災らしい――きっかけは落雷か、それとも電気系統の不具合か。建物のうちライラの勤務先が占めていた部分は黒焦げの瓦礫の山となり、残り半分については、何年ものあいだに崩れた壁や割れたガラスから吹きこんだ風雨が仕事をすませていた――水分で柔らかくなった乾式壁には黴が生え、床には風が吹き寄せた雑多なごみが散乱していた。

そんな事情で、正面玄関に通じる御影石《みかげいし》の階段に腰かけている人影が目にとまると、ライラは驚いた。昔の建物のうち、以前のままの姿をたもっているのは、この階段だけだった。

ライラが近づくと、人影は立ちあがってライラのほうへ歩きはじめた。

「ライラ?」不安があふれ、最近流した涙のせいでくぐもった声だったが、よく知っている人物の声だとすぐにわかった。「ライラ、あなたなの?」

このごろでは、新顔がこの世界にあらわれることはめったになかったし、これを最後にだれも来なくなったとしても、これ以上のすばらしい出来事があるわけはない。ライラは相手の女のもとへ駆け寄って抱きしめ、両の頰にキスを落とした。「リニー! ああ、よかった……あなたに会えて本当によかった!」

警察の通信指令係だったリニー・マーズは、パニックに襲われた者の強い力でライラを抱きしめ、ついで腕を伸ばしてライラの顔をしげしげと見つめてきた。事実かどうかを確かめようとしているのだ。その気持ちが完璧にわかるライラは、じっと動かずにいた。しかし、リニーは微笑んでいたし、頰を濡らしていたのはうれし涙だった。ライラには、これで天界の天秤の均衡がとれたような気がした――天秤の片方の皿にはティファニーの他界が、反対の皿にはリニーのこちらの世界への出現が載っていた。

「いつからここの階段にすわっていたの？」やがてライラはたずねた。

「わからない」リニーはいった。「一時間……いや、二時間かな。月が沈むのを見てた。わたし……ほかにどこへ行ったらいいかもわからなかった。わたし……署のオフィスでノートパソコンを見ていて……でも、どうやってここへ来たんだろう？　だいたい、ここはどこ？」

「複雑な事情があるの」ライラは答えた。リニーをふたたび階段へと導きながら、ライラはふと思った――女たちはいまの言葉をよく口にするが、男たちは口にしない。「ある意味では、あなたはまだオフィスにいる――といっても、例の繭に包まれてね。というか、わたしたちはそんなふうに推測してるわけ」

「わたしたち、死んだの？　幽霊になってるの？　あなたがいってるのは、つまりはそういうこと？」

「いいえ、ここは現実の場所よ」最初のうちはそれすらあやふやだったが、今ではライラも確信をいだいていた。慣れ親しめば軽蔑の念が生まれるとも生まれないともかぎらないが、信念をはぐくむことはまちがいない。

「署長はここに来て、どのくらいになるの？」

「少なくとも八カ月。それ以上になるかな。時間が速く流れているのよ――こちら側では。といっても、なにの〝こちら側〟かはわからない。あっち側――というのは、もともとわたしたちがいたところだけど――あっち側では、オーロラ病がはじまってからまだ丸一週間もたっていないんじゃない？　ちがう？」

「丸五日だったと思う」リニーはまた階段に腰かけた。

ライラは外国生活が長くなって、故国のニュースに飢えている女になった気分だった。「ドゥーリングでなにが起こったのかを教えて」

リニーは目を細くしてライラを見つめてから、建物前の道路をさし示した。「でも、これがドゥーリングだっていうの？　めちゃくちゃに破壊されたように見えるけど」

「いまもまだ普請中よ」ライラはいった。「あなたが出てきたとき、向こうでなにが起こっていたかを教えて。クリントから連絡はあった？　ジェイリッドのことはなにか知ってる？」リニーが知っているとは思えなかったが、たずねずにはいられなかった。

「あんまり話せそうもないな」リニーはいった。「最後の二日、考えられることといったら、とにかく寝ちゃだめということだけだったから。それまでもずっと証拠保管室にあったドラッグをつかってた。グライナー兄弟の手入れで押収したドラッグよ。でも、最後には効き目がなくなってきちゃって。それに署にはひっきりなしにいろんな人が来ては出てった。みんな大声を出してた。いまは新しい人が署の責任者になってる。デイヴという名前だったかな」

「デイヴ……苗字は？」リニーの肩をつかんで揺さぶりたい気持ちをこらえるためには、こう質問するのが精いっぱいだった。

リニーは眉を寄せて視線をみずからの手に落とし、思い出そうとして真剣に集中していた。

「デイヴじゃない」やがてリニーはいった。「フランク。大柄な男。制服を着てた……警察の制服じゃなかった。でも、そのあと警察の制服に着替えてた。フランク……苗字は……ギアハートだったかな？」

「フランク・ギアリー？　動物管理官の？」

「そうよ」リニーはいった。「ギアリー。まちがいない。すごく熱心な男。使命感の塊っていう感じ」

フランク・ギアリーについてのこのニュースを、ライラはどう受けとめればいいかがわからなかった。警察への転職を希望するフランクの面接をおこなった記憶はあった——結局、そのポストはダン・トリートのものになった。直接会ったときのフランクは印象に残る人物だった——頭の回転が速くて自信に満ちていた。しかしライラには、動物管理官としての経歴が気がかりだった。違反をたてにあまりにも多くの召喚状を発行していたし、住民から寄せられた苦情もかなり多かった。

「テリーはどうしたの？　たしか巡査長はテリーだったはず。わたしの代理になるのなら、テリーが適任なんだけど」

「あの人、ずっと酔っ払ってるの」リニーは答えた。「ほかの巡査たちが笑って話してた」

「いったい、それはどういう——」

リニーは片手をかかげてライラを黙らせた。「でも、わたしが眠りこむ少し前に何人かの人たちが署にやってきて、刑務所にいる女の一件に関係することで、テリーが武器庫にしまってある銃器を欲しがっている、といってよこした。わたしにそういう話をしたのは公選弁護人よ——ほら、あなたがドラマの〈グッド・ワイフ〉のウィル・ガードナーっていう弁護士を連想するって話してた人」

「バリー・ホールデン？」ライラには話が読めなかった。刑務所にいる女というのは、イーヴィ・ブラックにまちがいないし、そのイーヴィを刑務所の監房に収監するにあたってはバリーが力になってくれた。しかし、そのバリーがどうして――。

「うん、その人。何人かの仲間といっしょだった。ひとりは女。刑務所のコーツ所長の娘さんだったと思う」

「そんなはずない」ライラはいった。「だって娘さんは、テレビの仕事でワシントンDCにいるはずだもの」

「だったら、ほかの人だったのかも。あのときにはもうわたし、眠気で深い霧につつまれているも同然だったから。でも、ドン・ピーターズのことは覚えてる――あの男、去年の大晦日の夜に〈スクイーキー・ホイール〉で、わたしのことをいやらしく触ってきたのよ」

「刑務所で刑務官だったピーターズ？　あの男がバリーといっしょに？」

「ちがう。ピーターズはあとから来たの。署から消えている銃器があるといって猛烈に怒ってた。『あいつら、性能のいい銃を残らず盗んでいきやがった』っていってた。それは覚えてる――ピーターズには若い男が同行していて、その若造がいった……若造は……」リニーは大きな目でライラを見つめた。「……こういった。『その連中が奪った銃器を、刑務所のノークロスのところへもっていったらどうなる？　そうなったら、どうすれば女を刑務所から外へ連れだせるんだ？』って」

ライラは頭のなかに綱引きの綱を思い描いた――まんなかの結び目にいるのはイーヴィ・ブラックで、どちらの勢力が勝つかはこの女の位置による。

「ほかに思い出せることはある？　考えて、リニー。とても大事なことなの！」しかし、いくらとても大事なことだとはいえ、自分になにができるのだろうか、とライラは思った。

「なんにも思い出せない」リニーはいった。「ドン・ピーターズと若造が走って出ていったあとで眠りこんでしまったから。で、目が覚めたら、ここにいたというわけ」そういって、この場所の存在をまだ確信できないのか、疑わしげな顔で周囲を見まわす。「ライラ？」

「なに？」

「なにか食べるものはある？　わたし、やっぱり死んでないみたい——だって、お腹がぺこ、ぺこなんだもん」

「わかった」ライラはそう答え、立ちあがるリニーに手を貸した。「スクランブルエッグとトーストという食事はどう？」

「天国みたい。卵だったら半ダースは食べられて、そのあとも余裕でパンケーキを食べられそうな気がする」

しかし、結局のところリニーことリネット・マーズが朝食を食べることはなかった。前日にとった食事が、リニーの生涯最後の食事になったのだ（ちなみに食べたのは警察署の休憩室にある電子レンジで加熱した〈ポップターーツ〉だった）。ふたりで肩をならべてセントジョージ・ストリートへ曲がっていったそのとき、ライラが握っていたリニーの手がすっと溶けていった。ライラには、リニーの驚いた表情がかろうじて目の隅にちらりと見えただけだった。次の瞬間リニーは消え失せ、あとは蛾の群れがつくる雲が朝の空へむけて立ちのぼっているだけだった。

第十章

1

地中深い石炭の鉱脈がどこからはじまっているかなんて——ロウエル・グライナー・シニアは好んでそう語った——そんなことはだれにもわからん。「ときには鑿《のみ》のひと打ちですべてが変わるという場所が、クソと靴墨《シャイノーラ》なみに見わけにくいもんに挟《はさ》まれていたりもするさ」ロウエルは有名なフレーズをつかって、そんなふうに語った。偏屈な老いぼれロウエルの口からこんな箴言《しんげん》が転がりでてきたのは、おりしも三郡地域《トライ・カウンティーズ》きっての優秀な炭坑夫のほとんどが、天地がひっくりかえるほど滅茶苦茶な東南アジアのジャングルを行軍しては水虫になりつつ、ヘロインをまぶした太いマリファナタバコを吸っていた時代のことだ。ちなみにロウエルはこの戦争を体験していない。右足の指二本と左手の指一本をうしなっていたからだ。

　これまでに緑の地球上を歩いた人間は数えきれないが、このロウエル・グライナー・シニア以上にナンセンスなたわごとをしゃべり散らした者はいないのではあるまいか。ロウエルはＵＦＯや復讐を忘れぬ森の妖精の実在を信じ、石炭会社の空疎な約束の言葉を金科玉条として受けとった。仲間うちでの愛称〝ビッグ・ロウエル・グライナー〟は、カントリー歌手のジミー・ディーンが歌った〈ビッグ・バッド・ジョン〉にちなんだものだったのかもしれない。そのビッグ・ロウエルがバーボンの〈レベル・イェール〉のフルボトルと、自身が掘りだした石炭からつくられたアスファルトなみに真っ黒な肺ともども柩に横たわってから、すでに十年がたっていた。

　息子のロウエル・ジュニア（いうまでもなく通り名は〝リトル・ロウエル〟）が一抹の寂しさが混じった愉快な気持ちで父親のこの言葉を思い出したのは、兄のメイナードともども、十キロのコカインと薬局一軒分にも相当するスピード、およびありったけの銃器を所持していた罪でライラ・ノークロス署長に逮捕されたあとだった。実際、兄弟の幸運の鉱脈はこのとき唐突におわりをつげたかのように思えた――先祖代々が住んでいた川っぺりの農家という、それこそ〝あばら家〟という表現でさえ誇大広告に思えるような住まいのキッチンドアを、警察署の面々が太い打ち壊し棒で突破したその瞬間に。

　リトル・ロウエル（じっさいにはちび《リトル》ではなく、身長は百八十センチをゆうに越え、体重は百十キロに迫ろうとしていた）は、それまでの自分の所業についてはこれっぽっちも悔やんではいなかったが、それまでの暮らしがもっと長くつづかなかったことには、はなはだ悔しい思いをさせられていた。兄メイナードともどもコフリンの郡拘置所で身柄の移送を待っていた数週間、リトル・ロウエルはもっぱら自分たちの過去のお楽しみを反芻《はんすう》することで、自由時間の大半をやり過ごしていた――スポーツカーを買ってドラッグレースに出たこと、盗みのために押し入った高級住宅街のお屋敷の数々、セックス相手の女たち、ふたりで叩きのめしてきた数えきれないくらいの間抜けども、グライナー兄弟の縄張りに割りこもうとして、結局は山林に埋められたよそ者連中。ここ五年の月日のほとんどを兄弟は真剣に商売に打ちこむ者として、ブルーリッジ山脈をあちらこちら駆けずりまわっていた。熱に浮かされたカーレースのような日々は、しかしいま、すっかり冷えきってしまったかのようだった。

兄弟は全身の穴という穴をファックされまくった状態だった。警察はドラッグを押さえ、銃器を押さえ、証人としてキティ・マクデイヴィッドまで押さえている。そのキティは、ロウエルが複数回にわたって麻薬カルテルとの仲介役に現金をわたしてコカインの袋を受けとっている現場を目撃したことや、兄弟に偽札をつかませようとしたアラバマ州の馬鹿男をロウエルが射殺した現場を目撃したことを法廷で証言する予定だった。それればかりか警察は、兄弟が七月四日の独立記念日につかうために秘蔵していたプラスティック高性能爆薬の塊まで押収していった（兄弟はこの爆薬を穀物サイロの下にセットして爆発させ、ケープカナベラルで打ちあげられるロケットのようにサイロが離昇《リフトオフ》するかどうか実験するつもりだった）。楽しい日々だったことはまちがいないが、その日々を思い返すことで、自分がどのくらいもちこたえられるかは心もとなかった。そうした思い出が次第に色褪せて、ばらばらになっていくことを思うと、いやがうえにも気がふさいだ。

思い出の力も尽きれば、あとは自殺するしかないかもしれない——リトル・ロウエルは思った。それも怖くはなかった。怖かったのは、どこかの監房で退屈にのどを詰まらされてしまうことだった——ビッグ・ロウエルのように。というのも人生最後の数年間、ビッグ・ロウエルは車椅子生活を余儀なくされ、〈レベル・イェール〉をあおって、瓶づめの酸素を吸うだけの日々を送り、そのあげく鼻汁が詰まって窒息死した。兄のメイナードは脳みそが人の四分の一しかないので、数十年の牢屋暮らしも苦にならないかもしれない。しかし、リトル・ロウエル・グライナー・ジュニアはそうはいかない。カードゲームの場から降りないためだけに、ろくでもない手でプレイすることには興味をもてなかった。

そして公判前審問会の開会を待っていたそのとき、クソが靴墨《シャイノーラ》に変わった。神よ、オーロラ病に祝福を――これぞ、おれたちの脱走のための乗り物だ。

その乗り物が到着したのはこの前の木曜日の午後――眠り病がアパラチアまでやってきた当日のことだった。ロウエルとメイナードの兄弟は、コフリン裁判所の会議室の外にあるベンチに鎖でつながれていた。担当検察官もふたりの弁護士も、本来なら一時間前に到着しているはずなのに、まだ姿が見えなかった。

「ふざけやがって」コフリン警察から兄弟の見張りのために派遣されてきた嫌味な警官はいった。「くだらないったらないね。おまえらみたいな人殺しの貧乏白人を、日がな一日見張ってる仕事に見あう給料はもらってないぞ。いまから判事にどうするつもりなのかをきいてくる」

ベンチの反対側の壁にはめこまれた強化ガラスごしに、ウェイナー判事の姿が見えていた。いま審問会の開会時間に間に合うように裁判所にやってきた、たったひとりの公務員だった。判事は両腕をだらんと垂らし、そのあいだに頭《こうべ》を垂れて、うたた寝をはじめていた。この時点で兄弟はオーロラ病のことをなにも知らなかった。なにも知らなかったのは、嫌味な警官もおなじだった。

「起こされた腹いせに、あの判事が警官の頭を嚙みちぎってしまえばいいのにな」メイナードはそういった。

レジーナ・アルバータ・ウェイナー判事閣下の顔からは蜘蛛の糸のようなものが生えてきて、仮面をつくっていた。恐怖に駆られた警官が仮面を引きちぎったあとの展開は、メイナードの言葉どおりではなかったが……政府の仕事なら誤差の許容範囲内といえるだろう。

ベンチに鎖で縛りつけられていたロウエルとメイナードのふたりは、強化ガラスごしに一部始終を目撃していた。ひとことでいって恐怖だった。判事はハイヒールを履いていても百五十二、三センチ程度の身長しかなかったが、一気に躍りあがって――なんたることか――万年筆の金のペン先をずぶりと警官の胸に突き立てたのだ。たまらず警官が床に倒れこむと、女性判事は有利な立場を利用して手近にあった小槌《ギャヴェル》をふりあげ、すかさず警官の顔めがけてふりおろした。横に動いて攻撃をかわす隙もなければ、〝判事、異議あり〟と叫ぶ時間さえなかった。そのあとウェイナー判事は血糊まみれになった小槌を横に捨て、ふたたび椅子に腰をおろし、また居眠りをはじめた。

「よお、あれを見たか？」メイナードがたずねた。

「ああ、見た」

メイナードはかぶりをふった――その動きにあわせて、もつれあった不潔な長髪が浮きあがって揺れた。「びっくり仰天だ。肝がつぶれたぞ」

「これじゃ、きょうは休廷だな」ロウエルはいった。

メイナード――長子だったが、両親は生まれた日の日没前には死ぬにちがいないと思いこみ、結局はおじの名前をとって命名された――は石器時代の穴居人のようなひげをたくわえ、大きく見ひらいたような濁った目のもちぬしだった。どこかの憐れなクソ野郎を叩きのめしているときですら、メイナードは困惑したような顔になりがちだった。

「で、おれたちはこれからどうする？」

そのあと兄弟がなにをしたかといえば、まず鎖が縛りつけられているベンチの手すりをがんがん叩いて壊すことだった。それから兄弟は叩き割られた木端《こっぱ》を点々と落としながら、会議室へはいっていった。眠っているウェイナー判事を起こさないように気をつけながら――蜘蛛の糸のような物質はふたたび判事の頭をとりまき、厚みを増しつつあった――兄弟は警官から鍵を盗んで、鎖から自分たちを解き放った。さらに兄弟はこの嫌味な警官から拳銃とテイザー銃、それにＧＭＣのピックアップトラックのキーも拝借した。

「あの蜘蛛の巣みたいなのを見てみろよ」メイナードは判事の新しい覆いを指さしながら弟にささやいた。

「そんなひまはないね」リトル・ロウエルは答えた。

廊下の突きあたりのドアを――嫌味な警官のカードをつかって――あけると、その先にも廊下がつづいていた。ふたりはドアがあいたままのスタッフルームの前を通りすぎた。室内には十人を軽く超える人々――警官や書記官、それに法律家たち――がいたにもかかわらず、ふたりに目をむける者はただのひとりもいなかった。全員がニュース・アメリカの番組に目を釘づけにされていた。テーブルに横たわっていたアーミッシュの女がいきなり体を起こし、そばに付き添っていた男の鼻を嚙みちぎるという、異様で恐ろしい動画が放送されていた。

このふたつめの廊下の突きあたりは、駐車場への通用口になっていた。ロウエルとメイナードはふらりと外のまばゆい日ざしと自由の空気のなかへ足を踏みだした。まぎれもなく自由の身、遠吠えコンテストに出場した猟犬なみに浮かれた気分だった。死んだ警官が乗っていたGMCのピックアップトラックは、すぐ近くにとめてあった。センターコンソールには、カントリーミュージックの充実したコレクションがそろっていた。グライナー兄弟は、まずブルックス&ダンをかけることに決め、その次はアラン・ジャクソンで話がまとまった——たしかに味のあるいい歌手だった。

ふたりはトラックを飛ばして近くにあるキャンプ場へ行き、森林警備官の出張所の裏にトラックをとめた。ちなみにこの出張所は数年前の予算削減のあおりで閉鎖されていた。入口ドアの錠前は、ひと押しであっさりとはずれた。クロゼットには女性警備官用の制服がかかっていた。運のよかったことに、この女性警備官は大柄な女性だった。ロウエルの命令で、メイナードはこの制服に体を押しこめた。制服姿だったため、キャンプ場の駐車場にとまっていたシボレー・シルバラードの運転者に近づき、話があるのでちょっと外へ出てくれといったときにも、相手をすんなり納得させることができた。

「おれのキャンプ許可証になにか問題でも？」シルバラードの男はメイナードにそうたずねた。「あの病気のニュースで、おれはすっかり頭が混乱してしまった——ああ、嘘じゃない。どこのだれがあんな病気の話をきいたことがある？」それから男はメイナードの胸についている名札をちらりと見て——「ところであんた、なんだってスーザンなんて名前になった？」

質問にふさわしい答えを返したのはリトル・ロウだった——一本の木の裏から進みでてきたかと思うと、捨てられていた薪をふるってシルバラード男の頭蓋骨をかち割ったのだ。男の背格好は好都合にもロウエルとおなじくらいだった。ロウエルがシルバラード男の服に着替えてから、兄弟は男の遺体を防水シートで包み、新しく手に入れた車の後部荷室に積みこんだ。そのあと死んだ警官の音楽コレクションをシルバラードに移すと、ふたりは不測の事態に備えて何年も前に物資をそろえていた狩猟用の山小屋《キャビン》へむかった。そこへの道々、兄弟は残っていたCDをすべてきき、ジェイムズ・マクマートリーはひょっとしたら共産主義者かもしれないが、ハンクⅢことハンク・ウィリアムズ三世こそ完璧そのものだということで意見が一致した。

キャビンに到着すると、兄弟はしまっておいた無線機と警察無線機に交互に耳をすませて、自分たちの脱走について警察がどう対応しているのかという情報を少しでもあつめようとした。最初のうちは、警察が自分たちの脱走になんの関心もむけていないことが、ロウエルにはかえって不気味に思えた。しかし、二日めになると、雪だるま式に増殖していくオーロラ病関連のさまざまな事件がすべてを圧倒する大災厄の様相を呈してきて――これによって、女性判事がコフリンの警官にいささか荒っぽい対応をしたことや、判事の顔に妙なものが生えていたことに説明がついた――さしものロウエルの不安も蒸発していった。大規模な暴動や飛行機の墜落事故や原子力発電所のメルトダウンばかりか、眠っている女たちに火をつけてまわっている連中までいるこのご時世で、片田舎の無法者ふたりに時間を割ける者がいるだろうか？

2

月曜日、ちょうどフランク・ギアリーが女子刑務所襲撃の計画を練っていたそのとき、ロウエルは狩猟用キャビンの黴くさいリクライニングチェアに身を横たえ、鹿肉ジャーキーを噛みながら、自分たちの次の動きを脳裡に思い描いていた。目下のところ、当局はどこもかしこも大混乱のようだが、ほどなくして、なんらかの形態に再編成されることだろう。さらに、もし事態がいま進んでいると思われる方向へさらに進めば、そのとき警察などの当局はおそらく男だけの組織になる——つまりは開拓時代の西部《ワイルド・ウエスト》そのままだ。やつらを吊るせ、いますぐ吊るせ、質問なんぞあとまわし。グライナー兄弟の存在がいつまでも忘れられていられるはずはない。兄弟のことが思い出されるころには、当局関係者のブーツは磨きあげられ、だれかのケツを蹴りとばす準備おさおさ怠りなくなっているだろう。

ラジオで流れてくるニュースは、当初メイナードの気分をふさがせてしまった。

「これはつまり、もうファックできなくなるってことなのかな？」メイナードは弟にそうたずねた。

そんなふうに考えて自分もいささか気が沈みながら、ロウエルは答えた——いずれだれかが、なにか考えつくだろうさ。まるで選択肢がいくつもあるかのように。そのとき頭に流れていたのは、鳥だってやっている、蜜蜂もやっている、教育を受けた蚤だってやっている、さあ、恋に落ちましょう……という歌詞の昔のヒット曲だった。

しかし兄メイナードの暗い気分も、キャビネットで見つけたジグソーパズルで改善された。いまメイナードは迷彩服《カモフラ》柄の下着姿でコーヒーテーブル前に膝をつき、〈シュリッツ〉のビールを飲みながらパズルに取り組んでいた。パズルの完成図では、新聞の連載漫画の主人公であるクレイジー・カットが電気のコンセントに指を突っこんで感電中だった。あまりむずかしくなければ、という条件つきだが、メイナードはこうしたパズルが大好きだった（これもまた、ロウエルが兄メイナードの刑務所暮らしに楽観的な見方をとっている理由だった。刑務所にはトン単位で計れるほどパズルが置いてある）。パズル中央のクレイジー・カットはほぼ完成していたが、主人公のまわりの薄緑の壁がメイナードに怒りの発作を引き起こしていた。どのピースもみんなおなじに見えるし、こんなパズルはずるい——メイナードはそう文句をいっていた。

「あと始末をきちんとしないとな」ロウエルはそう宣言した。

「いっただろう？」メイナードは答えた。「あの男の生首は丸太の樹洞《うろ》のなかに隠したし、それ以外のパーツはみんな穴に埋めたさ」（兄のメイナードは、他人が七面鳥をさばく要領で人間をさばいた。猟奇的といえば猟奇的だが、その行為はメイナードに満足感をもたらした）。

「そいつは手はじめだよ、兄貴。でも、それだけじゃまだ充分じゃない。まだ世間がしっちゃかめっちゃかに混乱しているうちに、もっときれいにあと始末をしておく必要があるんだよ。立つ鳥あとを濁さずって具合にな」

メイナードはビールを飲み干して空き缶を投げ捨てた。「どうやるんだ？」

「まずは、ドゥーリング警察署の建物を焼きつくしてやる。そうすりゃ証拠物件は灰になっちまう」ロウエルは説明した。「それが、どでかい第一歩だ」

兄のぼんやりした鈍い表情を見れば、さらなる詳しい説明が必要だとわかった。

「おれたちのドラッグだよ。警察連中は手入れで一切合財を押収したじゃないか。そいつを燃やしちまえば、向こうには確たる証拠ってのがひとつもなくなるって寸法さ」ロウエルにはそのようすが思い描けた——すばらしいの一語だ。自分がここまで強く警察の建物を消したがっていたとは、われながら知らなかったほどだ。「その仕事をすませたら、念には念を入れるために刑務所まで出張《でば》って、キティ・マクデイヴィッドと話をつけてやる」いいながらロウエルは、ひげを剃っていない首を指ですっぱり切る真似をして、〝話をつける〟方法を示した。

「でも、あの女は眠ってるかもしれないぞ」

ロウエルはその可能性についても考えていた。「ああ……だけど、科学者たちが眠った女たちを目覚めさせる手だてを考えだしたらどうなるよ？」

「科学者たちが女たちを起こしても、あいつらの記憶がすっかり消えてるってことだってあるかもよ。ほら、ドラマの〈デイズ・オブ・アワ・ライヴズ〉に出てきた記憶喪失ってやつみたいにさ」

「じゃ、記憶が消えてなかったらどうする？　だいたい、物事がそんなふうに都合よく運んだためしがあったかよ？　マクデイヴィッドのクソ女が証言すれば、おれたちは死ぬまで刑務所暮らしまちがいなしだ。でも、それ以上に大事なことがある。いいか、あの女はおれたちをチクりやがった——大事なのはそこだ。それだけでも、あの世に行ってもらって当然だ——起きていようと眠っていようと」

「本気であの女のところにたどりつけると思ってるのか？」メイナードはたずねた。

正直にいえば、ロウエルにもわからなかったが、やってみる価値はあると思っていた。幸運は勇敢な者に肩入れする——そんな実例を映画で見たことがある。いや、テレビドラマだっただろうか。それに、いま以上の好機が手にいれられるだろうか？　事実上、世界の半分が眠ったままで、残り半分は頭を切り落とされた鶏さながら闇雲に走り回っているだけだ。「わかるだろ。時計の針はちくたく動いてるんだぞ、メイ。いまをおいて、ほかにチャンスはない。おまけに、もうじき夜になる。夜陰に乗じて動きやすくなるんだよ」

「最初に行くのはどこだ？」メイナードがたずねた。

ロウエルは即答した。「フリッツに会いにいく」

フリッツ・ミショームはロウエルのためにエンジン整備や車の装飾がらみの仕事をやってくれたし、コカインの輸送も請け負っていた。お返しにロウエルは銃器の密輸入業者をフリッツに紹介した。フリッツは腕のいい整備工であり、車の装飾テクニックも達者だったが、その一方では連邦政府がらみでいかれた考えを頭にかかえていて、重火器をためこんでいる自前の武器庫をさらに充実させる機会をつねにうかがっていた。いずれＦＢＩは全国にいる小屋住まいの人でなし整備工をひとり残らずつかまえようと決心するはずで、そんな避けられない日が到来したら、わが身はおのれの手で守るほかはないし、そのために必要なら死をも厭わない……という具合だった。ロウエルが会いにいくたびに、フリッツは自慢の重火器のあれこれを見せびらかし、この銃があればだれでも蒸発させられるなどと大法螺を吹くのがつねだった（そして、ここで笑える話をひとつ。そのフリッツが、人もあろうに野犬捕獲人に殴る蹴るの暴行を受けて半死半生の目にあわされたという噂が広く流れていた。なるほど、フリッツはタフな男だ）。最後にロウエルが会ったとき、フリッツは喜色満面でいちばん最近入手したという玩具を見せてくれた——まぎれもない、本物のバズーカだった。ロシア軍の余剰物資流れの品という話だった。

密告女を暗殺するなら、ロウエルはなんとしても刑務所に侵入しなくてはならない。そういった仕事なら、バズーカが本当に役立つ局面もあるだろう。

3

ジェイリッドはガーダ・ホールデンのことをそれほど深く知っていたわけではなかった——なにせガーダはミドルスクールの一年生で、ジェイリッドのほうはハイスクールの生徒だ。しかし家族ぐるみの夕食の席での顔見知りではあったし、ときには地下室でいっしょにテレビゲームをすることもあった。そういったときジェイリッドは、あえて勝ちをガーダに譲ったりもした。オーロラ病の発生からこっち、悲しい出来事が多々起こりはしたが、人が撃たれたところを見たのはジェイリッドにとって生まれて初めての経験だった。

「父さん、ガーダはまちがいなく死んでたよね?」いまジェイリッドは父クリントともども、刑務所管理棟内の洗面所にいた。ジェイリッドの顔やシャツには、飛び散ったガーダの血の一部がついていた。「撃たれた直後に車から転がりおっこちたんだから」

「わからん」クリントは答えた。いまはタイル張りの壁によりかかっていた。

息子のジェイリッドは濡らしたペーパータオルで顔を軽く叩きながら、鏡に映っている父親の目をとらえた。

「たぶん死んでるね」クリントはいった。「ああ。おまえからきいた話どおりだったら、死んだと考えてまちがいない」

「あの男の人も？　医者の人。ドクター・ガース・フリッキンジャー」

「ああ。その医者もおそらく死んでるだろうね」

「それもこれも、すべてあの女のせい？　イーヴィとかいう女の？」

「そのとおり」クリントはいった。「イーヴィのせいだ。わたしたちはイーヴィの身を守る必要がある。警官たちや、そのほかのあらゆる連中から。いかれた話に思えるのは、父さんだって百も承知だ。でもイーヴィはいま起こっている事態を理解するための最重要人物かもしれず、この事態を逆転させて元にもどすための鍵となる人物であってもおかしくないし、それに――いや、とにかくわたしを信じてくれ。いいな、ジェイリッド？」

「オーケイ、父さん。でも、刑務官のひとり……あのランドっていう人がいってた。イーヴィという女は、いうなれば――魔法そのものだといってたよね？」

「わたしには、イーヴィがなにものかを説明できないな」クリントはいった。

必死に冷静な声をたもとうとはしていたが、クリントは激怒していた――自分自身に、フランク・ギアリーに、そしてイーヴィに。あの弾丸がジェイリッドに当たってもおかしくなかったのだ。ジェイリッドが視力をなくしてもおかしくなかった。昏睡状態になってもおかしくなかった。死んでもおかしくなかった。かつてバーテル家の裏庭で親友のジェイスンをパンチで叩きのめしたのは、目前で死ぬ息子を見るためではない。寝小便をするガキどもとひとつベッドで寝てすごしたのは、目前で死ぬ息子を見るためではない。そんなことのために、マーカスやシャノンをあとに残してきたのではない。そんなことのために努力してカレッジを卒業し、努力してメディカルスクールを出たわけではなかった。

ずいぶん昔にシャノンからこんなことをいわれた。もしもクリントがしっかり踏ん張って、人を殺すような真似をしなければ、まちがいなく成功する、と。しかし、いまのこんな情況で成功をめざすのなら、自分たちは人を殺さなくてはならない。いや、ク、リ、ン、ト本人が殺さなくてはならないかもしれないのだ。そう考えても、以前予想していたほどには動揺を感じなかった。情況が変わり、賞品も変わった。しかし、あらゆる飾りをとっぱらえば、条件はまったくおなじだ。ミルクシェイクが欲しければ戦う覚悟を決めろ。

「なに？」ジェイリッドがたずねた。

クリントは小首を傾《かし》げた。

「父さん、なんだか――」息子がいった。「――緊張してるみたい」

「疲れているだけだよ」クリントはそういってジェイリッドの肩に触れ、この場をあとにした。全員がしかるべき位置についているかを確かめなくてはならなかった。

4

〝だからいっただろうが〟――そんな言葉を口にする必要はなかった。
複数の死体を囲む人々の輪から離れながら、テリー・クームズがフランク・ギアリーの視線をとらえた。

「あんたのいうとおりだったな」テリーはそういって、携帯瓶をとりだした。フランクは制止しようと思ったが、考えなおしてやめた。署長代理のテリーはひと口でたっぷり飲んでいた。

「最初からずっとあんたのいうとおりだったよ。なんとしても、あの女を手に入れなくては」

「本気か？」フランクは、そんなことは考えてもいないかのような口調でいった。

「ふざけてんのか！　このひどいありさまを見ろよ。ヴァーンが死んだ。あそこにいた女の仕業だ。その女も銃で撃たれて死んだ。弁護士は頭蓋骨が凹んでた。しばらくは生き延びるかもしれないと思ったが、いまじゃまちがいなく死んでるね。それからもうひとりの男、運転免許証によればフリッキンジャーという名前の医者は——」

「あいつも死んだのか？　本当に？」もし本当だったら、残念だよ。フリッキンジャーはひどいドラッグ依存症だったが、フランクの娘のナナを助けようとする程度には人の魂が残っていた。

「しかも、最悪なのはそこじゃない。ノークロスとブラックという女や、その一味連中の手もとには、いまやかなりの銃器がある。ほぼすべてが威力のある重火器だ——こっちがつかえれば連中を叩きのめせたのにな」

「あいつらといっしょにいたのは何者かわかったか？」フランクはたずねた。「あのRVがここから走り去っていったとき、だれが運転していたかはわかったのか？」

テリーはふたたび携帯瓶を傾けたが、もう中身は残っていなかった。悪態をつき、割れたアスファルトの塊を腹立ちまぎれに蹴り飛ばす。

フランクは待っていた。

「ウィリー・バークという名前の偏屈なじいさんだ」テリー・クームズは食いしばった歯のあいだから息をしていた。「過去十五年か二十年はおこないを正して、ボランティア仕事をいろいろこなしていたが、あいかわらず密猟に精を出してる。ずいぶん昔、まだ若いころは密造酒もつくってたよ。いまもつくってるのかもな。復員兵だ。自分のことは自分でできる。昔からライラはウィリーに一種の特権を与えてた。あの男をなにかの罪でつかまえるなんて、そんな手間をかけても引きあわないと感じてたんじゃないかな。ライラはウィリーのことが好きだったみたいだ」テリーはすうっと息を吸いこんだ。「ま、おれもおなじ気持ちだったがね」

「わかった」フランクは、イヴ・ブラックからの電話の一件を自分の胸ひとつにしまっておくと決めていた。実際、あの電話には猛烈な怒りを誘われ、よほどのっぴきならない立場に追いこまれないかぎり、あの電話での会話の詳細をくりかえす気にはなれなかった。しかし、ある一部分だけは頭に残って、フランクの袖を引いていた。病院でフランクが娘ナナを守ったことを、あの女が賞賛した部分だ。なぜあの女が病院でのことを知っていたのか？　あの日の午前中には、イヴ・ブラックはすでに刑務所に収監されていた。この疑問はくりかえし頭に浮かび、そのたびにフランクは頭から押しのけていた。またナナを包んでいた繭の燃える破片から蛾の群れが奔流のように飛びだしてきた件については、納得のいく説明をひとつも見つけられないままだった。わかっていたのは、イヴ・ブラックはフランクの鼻をちょっとつまんでみようと思ったにすぎず、しかもまんまと成功した、ということだけだった。しかし、フランクの鼻をつまむ行為の意味をイヴという女が理解しているとはとても思えなかった。

　いずれにしても、テリーは現場に復帰した――この男には、いま以上の動機づけも必要なさそうだ。

「おれが民警団を組織する仕事に手をつけたほうがいいかな?」フランクはたずねた。「それがきみの望みなら、喜んでやらせてもらうぞ」

本人の望みはいっさい関係なかったが、テリーはフランクの提案に同意した。

5

刑務所防衛チームの面々は、駐車場にとめてあったさまざまな乗用車やトラックから急いでタイヤをとりはずした。刑務所の公用ヴァンをふくめると、車輛はざっと四十台。刑務官のビリー・ウェッターモアとランド・クイグリーがタイヤを転がして運び、外フェンスと内フェンスにはさまれたデッドスペースに三段ピラミッドの形に積みあげて、ガソリンをかけた。それまでは、くすぶりつづける山火事現場の焦げくさい悪臭があたりに充満していたが、いまはガソリンの臭気がすべてを圧倒していた。ふたりはタイヤをスコット・ヒューズのトラックの荷台に残し、そのトラックを予備の障壁として、内ゲートのすぐ内側に通路を横切るかたちで駐車した。

「あれはスコットが大事にしてるトラックだぞ」ランドはおなじ刑務官のティグ・マーフィーにいった。

「じゃ、代わりにおまえの車をあそこに置くか?」ティグはたずねた。

「まさか」ランドは答えた。「頭がおかしくなったんじゃないか?」

刑務所の面々が唯一手をつけなかった車は、バリー・ホールデン弁護士の巨大なRVだけだった。いまRVは、受入棟出入口に通じているコンクリートの所内通路にもうけられた障害者用駐車スペースに置かれていた。

6

ヴァーン・ラングルとロジャー・エルウェイの両名が欠け、さらに警察所属の女性警官たちがいなくなったことで――フランク・ギアリーによる名簿作成中に全員が睡眠中だと認定された――ライラ・ノークロス署長が作成した勤務表にあった名前のうち、残っていたのは七人の警官だけだった。テリー・クームズ、ピート・オードウェイ、エルモア・パール、〝トリーター〟ことダン・トリート、ループ・ウィットストック、ウィル・ウィットストック、それにリード・バロウズ。テリーの意見では精鋭ぞろいのグループだった。全員が、少なくとも一年の経験を積んでいるベテランだったし、パールとトリートのふたりはアフガニスタンでの従軍経験もある。

この七人に、引退した元警官の三人――ジャック・アルバートスン、ミック・ナポリターノ、ネイト・マッギー――をくわえれば十人だ。

そこにドン・ピーターズ、エリック・ブラス、およびフランク・ギアリーを加えれば、幸運の十三人になる。

フランクは、それ以外の半ダースほどのボランティアたちに急いで訓練をほどこした。まず、JT・ウィットストック――ループとウィルというふたりの巡査の父親であり、ドゥーリング・ハイスクールの選抜フットボールチームでコーチをつとめている男だ。それからパッジ・マローン――〈スクイーキー・ホイール〉のバーテンダーであり、バーカウンターの下に隠して常備しているレミントンのショットガンを持参していた。ドルー・T・バリーは、ドルー・T・バリー損害保険社の社長だ。四角四面の保険代理人であり、鹿狩りで入賞した経験もある。さらに〝田舎の剛腕《カントリー・ストロング》〟の異名をもつカースン・ストラザーズは、ゴールデングローブ――全米アマチュアボクシング選手権大会――に出場し、記録となる十対一まで戦ったところで、脳みそが残っているうちに試合をやめるべきだとドクター・ストップがかかった。これにくわえて、バート・ミラーとスティーヴ・ピカリングというふたりの町議会議員。ふたりともドルー・T・バリーと同様に鹿撃ち小屋でのふるまいに心得がある。これで総勢十九人。刑務所にいる女が眠り病に関係する情報を握っているかもしれず、治療法を知っているかもしれないと教えれば、十九人全員が使命感に燃えてくれるはずだ。

7

テリーは喜んではいたが、できればちょうど二十人は欲しいと思っていた。ヴァーン・ラングルの漂白されたような顔と嚙みちぎられた首の光景は、一生忘れられそうもなかった。テリーはフランク・ギアリーが影のように音もなく動いて、自分のやることなすことを追いかけ、決定ひとつひとつを値踏みしているのを感じていたが、そんなフランクの存在を感じるように、あの光景を一生忘れられそうもないと感じていた。

しかし、気にかけるな。抜けだすのなら突破するしか道はない。クリント・ノークロスを突破して、イヴ・ブラックにたどりつく。イヴ・ブラックを突破して、この悪夢をおわらせる。いざ自分たちがイヴ・ブラックのもとにたどりついたら、どんなことが起こるのかはわからなかったが、悪夢がおわることだけはわかっていた。そうやって悪夢のおわりを迎えたら、ヴァーン・ラングルの血の気がすっかり失せた顔の記憶を薄れさせる仕事にもかかれる。妻と娘の顔のことはいうまでもない――ふたりの顔は、もう本当の意味では存在していなかった。いいかえると、大酒で脳みそを屈服させたのだ。フランクからずっと酒を飲むようにそそのかされていたことには、テリーも気づいていた。だからどうした？　だからどうしたっていうんだ？

ドン・ピーターズは、ドゥーリング刑務所に勤務している男性刑務官の自宅に片はしから電話をかけるという仕事を割り振られていた。それほど時間もかからずに、クリント・ノークロスの仲間になっている刑務官が多く見積もっても四人しかいないことが判明した。そのうちのひとりのビリー・ウェッターモアはカマ野郎だし、ティグ・マーフィーは歴史教師だった男だ。そこへブラックという女とウィリー・バークとかいう老いぼれを加え、念のために把握できていない者が二、三名いるとしても、こちらの敵になるのはせいぜい十人前後であり、いよいよ風雲急を告げるとなっても、即座に立ちあがって地歩を守れる者はいないも同然だろう

——あいつらがどれだけたくさん武器を手に入れていようと関係ない。

テリーとフランクは、メイン・ストリートの酒屋に立ち寄った。酒屋は店をあけており、繁盛していた。

「あの女はもうおれを愛してくれないんだ！」ひとりの馬鹿者がジンのボトルをふりまわしながら、店内の全員にむかって宣言していた。男はスカンクなみにくさかった。

商品の棚はほとんど空になっていたが、テリーはジンの一パイントのボトルを二本見つけた。代金を現金で支払う——いまのいかれた世情がつづけば、もうじき現金は価値のない紙切れになりそうだ。テリーはボトル一本の中身を携帯瓶に移し、もう一本のほうは紙袋に入れたまま、フランクといっしょに歩いて路地へはいっていった。路地を抜けると、ごみの袋や雨に濡れてぐずぐずになった段ボール箱が散乱した中庭があった。ジョニー・リー・クロンスキーの傷だらけの扉は一階の中庭に面し、ガラスの代わりにビニールシートを貼ったふたつの窓にはさまれていた。

ウェストヴァージニア州のこのあたりの地域では伝説の人物であるクロンスキーが玄関に出てきて、酒瓶のはいった紙袋に目をむけた。

「手土産をもってきた者は、はいってもいいぞ」クロンスキーはそういって、ジンの瓶を受けとった。

居間には椅子が一脚しかなかった。クロンスキーがその椅子に腰かけた。それからクロンスキーはテリーにもフランクにも注意をむけず、たっぷり酒をあおって、ふた口でボトル半分を飲み干した——釣り糸についているうきのように喉仏が上下に揺れた。スタンドの上に音を消したテレビが置いてあり、大西洋を浮かびただよっている繭に包まれた数名の女の映像が映しだされていた。女を包んでいる繭は、なにやら不気味な救命筏《いかだ》に見えた。

もし鮫が繭に嚙みついたらどうなるんだろう？　テリーは思った。そんなことになれば、鮫のほうが驚きに見舞われるのではないか。

こんなことにどんな意味がある？　なにが大事だというんだろう？

大事なのは、もしかしたらジンかもしれない。テリーはフランクの携帯瓶を抜きだして、たっぷりと飲んだ。

「あれは、墜落した大型旅客機に乗っていた女たちだよ」クロンスキーはいった。「あんなふうに、ぷかぷか浮かんでいるのがおもしろいだろう？　あの物質はえらく軽いにちがいない。パンヤ綿みたいなものか」

「これは見ものだな」テリーは驚嘆していった。

「ああ、ああ、すごい景色だよ」クロンスキーは唇をぱちんと鳴らした。この男は免許証をもっている私立探偵だったが、浮気をしている配偶者の素行調査をしたり事件の謎を解決したりする種類の探偵ではなかった。二〇一四年以前には、石炭会社のユリシーズ・エナジー・ソリューションズ社のために働いていた。同社の採鉱現場を巡回し、炭坑夫のふりをしながら組合設立の噂がないかどうか耳をそばだて、とりわけ有力と思われる労働運動のリーダーがいれば評判を貶《おとし》めるように工作した。言葉を換えれば、企業の犬だ。

そこへ問題が起こった。とんでもなく馬鹿でかい問題といえよう。落盤事故だ。クロンスキーは爆発物の係だった。巨岩の下敷きになった三人の炭坑夫たちは、投票をおこなう話をおっぴらにしていた。おなじくらい不利な要素だったのが、犠牲者のひとりがウディ・ガスリーの顔をプリントしたTシャツを着ていたことだ。ユリシーズ社に雇われた弁護士たちは訴訟沙汰を巧みに退けたが――大陪審で弁護団が悲劇的な事故だと主張したことが功を奏したのだ――クロンスキーは退職を余儀なくされた。

この男が生まれ故郷のドゥーリングにやってきたのは、そんな理由からだった。そして理想的な立地条件のアパートメント――角を曲がってすぐのところに酒屋がある――に住んでいるいま、クロンスキーは酒でおのれを死へ追いやっている途中だった。毎月、ユリシーズ社からの小切手がフェデラル・エクスプレス経由で届いた。銀行にいるテリーの知りあいの女が、小切手の控え部分に書きこまれた摘要は毎回決まって《報酬》だと教えてくれた。《報酬》はおそらくたいした金額ではない――この薄汚れたアパートメントがその証拠だが、クロンスキーはその報酬でなんとかやっていた。テリーはこの一部始終をよく知っていた。というのも、クロンスキーの部屋のガラスが割れる音をききつけた隣人が警察に通報し、警官がこの自宅に駆けつけるということが一カ月に少なくとも一回はあったからだ。毎回、石や煉瓦が窓ガラスを突き破っていた――犯人はまちがいなく組合側の工作員だ。クロンスキー自身が通報してきたことは一度もなかった。自分はこんな事態にも怯えていないと広く知らしめていたのだ――ジョニー・リー・クロンスキーは、組合なんぞに洟《はな》もひっかけてやるものか、と。

まもなくオーロラ病が発生するというある日の午後、テリーが署長のライラと組んで一号車のパトカーに乗りこんでいたとき、たまたまクロンスキーのことが話題に出た。そのときライラはこういっていた。

「そのうち、不満を抑えきれなくなった炭坑夫が――それこそ、クロンスキーの差し金で殺された者の親戚あたりが――あいつの頭を銃で吹っ飛ばすかもしれない。そうなれば、あの人でなしは喜んでこの世からおさらばしそうね」

8

「刑務所でちょっとした問題が起こっていてね」テリーはいった。

「いまじゃ、いたるところで問題発生中だよ」クロンスキーは疲れもあらわな顔でいった――やつれているうえに浮腫《むく》んでもいて、黒い隈が目をとりまいていた。

「いたるところの話は忘れろ」フランクがいった。「おれたちはここにいるんだ」

「おれたちがどこにいようと知ったことか」クロンスキーはいい、残っていたジンを一気に片づけた。

「爆弾で吹っ飛ばしたいものがある」テリーはいった。

弁護士のバリー・ホールデンをはじめとする警察署強奪団の面々はかなり多くの銃器を奪っていったが、グライナー兄弟のところから押収したプラスティック高性能爆薬の塊は見逃していた。

「あんたはプラスティック爆薬の扱い方に通じてるんだろう？」

「まあ、そういえるかもな」クロンスキーは答えた。「それで、おれにはどんな見返りがある？」

テリーは頭のなかで計算した。「教えてやる。〈スクイーキー・ホイール〉のパッジ・マローンはおれたちの仲間だ。この仕事をやってくれたら、パッジはあんたが死ぬまで無料で酒をふるまうだろうな」といっても、この男が死ぬのはそう先でもなさそうだ、とテリーは思った。

「ふむ……」クロンスキーはいった。

「おまけに、この町に奉仕できる願ってもないチャンスでもある」

「ドゥーリングがどうなろうと知ったことか」クロンスキーはいった。「しかし……ああ、わるくない。てんでわるくないいじゃないか」

これで仲間が二十人になった。

9

ドゥーリング刑務所には監視塔がなかった。タール紙を下張りにつかった平らな屋上があるだけで、そこに換気や排気用のパイプが配置されていた。周囲を十五センチほどの高さの煉瓦壁がとりまいていたが、敵から身を隠すのにつかえそうなものはその壁だけだ。屋上視察をおえたウィリー・バークは、敷地が三百六十度見わたせる点は好ましいが、やっぱり自分の金玉の安全のほうが大事だ、と述べた。

「ここには飛んでくる弾丸を防ぐものがないからね。それより、あそこの小屋はどうだ？」多くのボランティア活動にかかわっているこの老人は下の地面を指さした。

刑務所の設計図では《**用具保管倉庫**》とご大層な名前になっているが、いまウィリーが指さしたのは、なんの変哲もないただの物置小屋だった。ソフトボール場の整備につかう運転席があるタイプの芝刈機（使用は模範囚限定）にくわえ、ガーデニング用品やスポーツ用品がしまいこまれ、麻紐で縛られたまま黴を生やしている古新聞や古雑誌も置いてあった。なにより重要なのは、コンクリートブロックでつくられた小屋だということだった。

ふたりはさらに近くから綿密に検討した。クリントが小屋から引きだした椅子を裏手に運び、ウィリーは小屋の張りだした軒の下に置かれたその椅子に腰かけた。

「この位置だと、フェンスの近くにいる人物の目からは隠れられるが、小屋と刑務所のあいだに延びる射線のどちら側からも見えることに変わりはないな。もし連中がどちらか片方だけにいれば、おれひとりで対処できる」ウィリーはいった。「そいつらの姿を目の隅にとらえて、遮蔽物を利用できるな」

「じゃ、連中が両側から攻めてきたら？」クリントはたずねた。

「連中がそうしてきたら、それ相応に対応するさ」

「あんたには助けが必要だよ。バックアップが」

「なあ、先生に〝助け〟とかいわれると、若いころもっとまめに教会通いをしておきゃよかったって気になるな」

ウィリーはそういうと、にこやかな顔でクリントを見つめた。刑務所の仲間になるにあたってウィリーが求めたのは、もし署長としてのライラがいたら、いま計画している籠城作戦の実行を望んだだろうかという疑問の答えの再確認だけだった。クリントはライラなら望んだに決まっていると即答したが、この段階にいたったいま、ライラならなにを望むかがわからなくなっていた。ライラがいなくなってから何年もたったような気がした。

クリントは、同様のにこやかな顔を相手に見せようとした——いよいよ敵と対決するという場面における、無邪気な機転のたまものだ。しかし残っていたユーモアの才は、ガーダ・ホールデンとガース・フリッキンジャーともども、バリー・ホールデンのRVの後部ドアから転がり落ちてしまったようだった。

「あんたはヴェトナムに行っていたんだろう、ウィリー?」

ウィリーは左手の手のひらをかかげた。手のひらの肉を抉るように幾筋もの傷痕が残っていた。「これを見りゃわかるだろうが、おれの一部はまだあっちに残ったままさ」

「どんな気分だった?」クリントはたずねた。「あっちにいたときの気分は? 友人も亡くしたはずだし」

「ああ、たしかに」ウィリーはいった。「友だちを何人も亡くしたよ。どんな気分だったかといえば、だいたい怯えていたね。混乱もしていた。ずっとだ。というか、あんたのいまの気分がそんな感じじゃないか?」

「たしかに」クリントは認めた。「こんなことに備える訓練は受けていないんでね」

ふたりはそのまま、牛乳のように白く濁った午後の光のなかに立っていた。クリントはいまの本当の気分を、ウィリーに察しとられているのだろうかと思った。たしかに恐怖と混乱を感じているのは事実だったが、クリントは同時に昂奮も感じていた。一種の多幸感が引金になって、クリントはある境地に達していた——欲求不満や悲しみや喪失、それに現実ではないはずのあれこれのすべてを行動に注ぎこめるのではないかという期待の境地だ。いまクリントは、そういった現象がおのれの身に起こっているのを観察していた——人類が猿だったころから存在する攻撃性をつかさどるアドレナリンの奔流だ。

　クリントは自分に、そんなふうに考えるべきではないといいきかせた。いや、考えていなかったのかもしれない。しかし、いい気分だった。たとえるなら、自分と生き写しの男がトップをおろしたクーペを走らせていて、たまたま信号で旧来のクリントと横ならびになり、クリントを認めたしるしに一回だけうなずいたが、信号が青に変わるやいなやアクセルを思いきり踏みこみ、旧来のクリントはエンジン音とともに去っていく相手をただ見おくっているような、そんな感じだ。新しいクリントは急ぐ必要があった。なぜならいまは使命を帯びているからであり、使命を帯びて行動するのはいいことだからだ。

　ふたりで刑務所敷地の奥へむかって歩くあいだ、ウィリーはトルーマン・メイウェザーのトレーラーハウス近くで見かけた蛾や妖精の足跡といった不思議なもののことをクリントに話した。何百万匹にも思える蛾が木々の枝をびっしりと覆っていたばかりか、大群をつくって、樹木がつくる天蓋の上をうねるように飛んでいた。

「あれも例の女のしわざか？」ウィリーもまた、ほかの全員とおなじく、あれこれの噂を耳にしていた。「あんたがつかまえている例の女の？」

「そうだ」クリントはいった。「でも、それだけじゃ話の半分にもならないぞ」

　ウィリーは、それを疑ったことはないと答えた。

ふたりは二脚めの椅子を運び、オートマティックの銃をビリー・ウェッターモアにわたした。銃はフルオートマティックに改造してあった（合法的な改造かどうかはクリントにはわからなかったし、知りたいとも思わなかった）。これで物置の両側に人員を配置したことになった。完璧とはいえないが、これが精いっぱいだった。

10

警察署の受付デスクの裏の床には、リニー・マーズの繭に包まれた体が横たわっていた。隣に落ちているノートパソコンの画面には、〈ロンドン・アイ〉が転がり落ちていくようすをとらえたVine《ヴァイン》の動画がまだ再生されつづけていた。それを見てテリーは、ついに眠りに落ちたリニーがそのまま椅子から滑り落ちたのだろう、と思った。リニーを包んだ繭は大きく盛りあがり、この建物の受付エリアと警官たちのエリアをつなぐ通路の一部をふさいでいた。

クロンスキーはリニーの繭をまたいで廊下を先に進みながら、証拠品の保管ロッカーを目でさがしていた。テリーにはこれが気に食わなかった。クロンスキーの背中に声をかける。「おいおい、ここに人がいるのに気がつかなかったのか？　床にいるのに」

「いいんだよ、テリー」フランクがいった。「その女は、おれたちが面倒を見るんだ」

ふたりはリニーを留置房に運んでいき、マットレスの上にそっと横たえた。眠りこんでから、それほど時間がたっていない。目や口もとを覆っている蜘蛛の糸の層もあまり厚くはなかった。

リニーの唇は両端がきゅっと上がって、常軌を逸したほどの喜びを感じている表情になっていた——その理由がだれにわかるだろうか。ひょっとしたら、眠るまいという必死に努力する必要がなくなったことがうれしいのかもしれない。

テリーはまた酒を口にした。携帯瓶を口もとから下へおろすと、監房の壁がいきなりテリーにむかって急接近してきた。テリーは片手を突きだして壁を押しとどめた。ややあって、テリーはちゃんと足で立っていられるようになった。

「あんたが心配だよ」フランクがいった。「あんたはいささか——薬を飲みすぎているようだから」

「おれなら問題ない」テリーは耳のあたりをうるさく飛んでいる蛾を手で払った。「おれたちの武装蜂起がうれしいんだろう？　それがおまえの望みなんじゃないのか？」

フランクはテリーをまじまじと見つめた。害意のまったく感じられない、ひたすら空虚な目つきだった。いまテリーを見つめているフランクは、夢中でテレビを見ている子供そっくりだった——肉体から心を根こそぎ奪われてしまったかのようだった。

「いや」フランクは答えた。「そんなにうれしいとはいえないな。やるべき仕事だっていうだけだ。目の前にある仕事、それだけだね」

「あんたはだれかの尻を蹴り飛ばす前に、かならずその手の科白を口にするのかい？」テリーは純粋な好奇心からたずね、フランクが——平手打ちを食らったかのように——びくりと身をすくませたのを見て、驚きを感じた。

ふたりが留置房からもどると、クロンスキーは待合室にいた。プラスティック爆薬を見つけていただけではなく、グライナー兄弟の自宅敷地近くにあった砂利の採取場でだれかが見つけ、廃棄するつもりで警察署にもってきたダイナマイトの束もさがしだしていた。クロンスキーは不満顔だった。

「奥にあったこのマイトは役に立たないな。古いから不安定になってる。こっちのプラスティック爆薬のＣ４は――」クロンスキーはそういって塊をふりまわし、フランクが顔をしかめた。

「ああ、こいつならトラックで轢いてもうんともすんともいわないさ」

「じゃ、ダイナマイトは残していくのか？」テリーがたずねた。

「なにを馬鹿な」クロンスキーは気分を害したようだった。「おれはマイトが大好きだ。昔っからね。マイトはいまじゃ旧式って呼ばれてる。必要なのは毛布で包むことだけだ。いや、あそこで寝ていた〝眠れる美女《スリーピング・ビューティー》〟さんがクロゼットに洒落たセーターでももってれば、それでも用は足りる。ああ、そのほかにも金物屋で調達したい物がいくつかある。なに、警察ならつけで買物ができる勘定があるんだろう？」

テリーとフランクは、まず掠奪されずにすんだ拳銃や弾薬をダッフルバッグに詰めこみ、かきあつめられるかぎりのヘルメットと抗弾ベストも署から運びだしてから出発した。もちだした武器類はそれほど多くなかったが、民警団――これ以外の名前で呼んでも意味はない――の面々が自宅から銃や銃弾を大量にもってくるはずだ。

リニーはクロゼットにセーターをしまっていなかったので、クロンスキーはダイナマイトをバスルームで見つけた二、三枚のタオルで包みこみ、赤ん坊のように胸もとに抱きとめた。

「襲撃作戦を実行するには、いささか遅い時間になったな」フランクが意見を述べた。「まあ、そういうことになるのならね」

　テリーは答えた。「わかってる。おれたちは民警団の面々を今夜のうちに現地に送りだし、なにが目的で、だれが責任者なのかを民警団全員に周知徹底するつもりだ」いいながら、あてつけがましくフランクを見る。「町の公用車輌が置いてある駐車場から、スクールバスを二台徴用して、道路封鎖をおこなっていた場所――三一号線とウェストレイヴィン・ロードの交差点――に二台とめる。それなら民警団の面々が野宿せずにすむ。団員の六人から八人を監視にあてる。監視範囲は……ええと……」テリーは指で宙に輪を描いた。

　フランクが助け船を出した。「周辺地域」

「ああ、それだ。突入が必要になったら、明朝、東側から突入する。突破には二、三台のブルドーザーが必要だろう。パールとトリーターの二名を公共事業局の車輌置場へやればいい。ブルドーザーのキーは、車輌置場が事務所にしているトレーラーハウスにある」

「それはいい」フランクはいった。事実だったからだ。フランクひとりではブルドーザーを思いつかなかったにちがいない。

「あしたは朝いちばんで、刑務所のフェンスをブルドーザーで倒して突破、駐車場の先にあるメインの建物まで攻め寄せてやる。そうすれば、刑務所内にいる連中の目をまぶしい朝日でくらましてやれるからな。第一段階では、所内の連中を奥まで押しやってドアや窓から遠ざけることだ。第二段階として、クロンスキーが正面玄関を爆発で吹き飛ばし、おれたちが突入する。連中に武器を捨てるように迫る。ここまで至れば、連中は武器を捨てると思う。連中が逃げないように、刑務所の裏側にも何人か配置しておいたほうがいいな」

「筋の通った話だ」フランクがいった。

「しかし、まずは……」

「まずは？」

「クリント・ノークロスと話をしなくては。今夜のうちに。やつに男気《おとこぎ》があれば、直接会って話せるはずだ。とりかえしのつかない事態が現実になる前に、あの女をみずから差しだすチャンスをノークロスにくれてやろう」

フランクの瞳は、この男の内心の考えを物語っていた。

「あんたがなにを考えてるかはわかる。でも、ノークロスがまっとうな頭のもちぬしなら、それが正しい行動だと道理でわかるはずなんだ。なんといってもノークロスは例の女だけじゃなく、多くの人命に責任ある立場にいるんだからね」

「で、それでもなお、やつがノーと答えたら？」

テリーは肩をすくめた。「そうなったら突入して女の身柄を奪うほかない」

「なにがあろうとも？」

「ああ、なにがあろうともだ」

それからふたりで外へ出ると、テリーは警察署の両びらきのガラス扉に鍵をかけた。

11

ランド・クイグリーは工具箱をもちだすと、二時間ばかり鑿とハンマーをふるって、面会室のコンクリートの壁に埋めこまれたはめ殺しの針金いり強化ガラスの窓をとりはずそうとした。ティグ・マーフィーはその近くにすわってコークを飲み、タバコを吸っていた。施設内禁煙の規則は停止されていた。

「もしあんたが囚人だったら」ティグはいった。「そんなことをした日には刑期を五年は延長されるところだね」

「だったら、おれは囚人じゃなくてよかったよ——なあ、そうだろう？」

ティグはタバコを叩いて灰を床に落としながら、いま思っていることは口に出すまいと決めた——一カ所に閉じこめられた者を囚人と呼ぶのなら、いまの自分たちは囚人にほかならない、と。

「なあ、ここはずいぶん頑丈なつくりになってんな？」

「たしかに。まるで刑務所かなにかみたいじゃないか」ランドはいった。

「ひゃ・ひゃ・ひゃ」

窓のガラスがようやく外れて落ちると、ティグが拍手をした。

「ありがとぉ、紳士淑女のみなさぁん」ランドはエルヴィス・プレスリーの訛を真似た。「ありがとぉよ、ほんとぉにありがとぉよ」

窓がはずれたので、ランドは射撃台として利用するために窓の下に引き寄せてあったテーブルに立ち、なにもない窓から銃を突きだした。ここはランドの持ち場だった——持ち場からは、なににも妨げられずに駐車場とその先の正面ゲートが見わたせた。

「外の連中はおれたちを腰抜けだと思ってる」ランドはいった。「でも、そうじゃないぞ」

「その意気だ、ランドくん」

クリントが顔をのぞかせた。「ティグ。ちょっと来てくれ」

ふたりは階段をつかってB翼棟の上の階へあがった。ここは刑務所内でいちばん高い場所であり、建物のなかで二階があるのはここだけだった。ここにならぶ監房の窓はウェストレイヴィン・ロードに面している。そしてここの窓は面会室の窓よりもさらに強固につくられていた――分厚いガラスは針金で補強され、何層ものコンクリートで周囲を固定してあった。ランドがハンマーなどの手工具だけでガラスをとりはずせるとは想像もできなかった。

「だから、こっち側を防衛につかうのは無理だね」ティグはいった。

「そのとおり」クリントはいった。「でも、ここなら見張り所としては最高だし、あえて防衛する必要はないだろう？　こっち側を突破して内部に侵入するのは不可能だ」

クリントには、これが反論不可能に思えた。数部屋先の監房で体を休めつつ、ふたりの会話をきいていたスコット・ヒューズも同様に感じたらしい。

「どっちにしたって、おまえたちは殺されちまうことになるんだろうよ。ま、そんなことになっても、おれには流す涙なんぞ一滴もないぞ」スコットは大声でいってよこした。「だけど、分析医の先生のいうとおりだ。ここの壁に穴をあけるのなら、バズーカが必要だろうな」

12

ドゥーリング内で対立するふたつのグループの面々が、それぞれ武装して戦いにそなえはじめて二日め、三郡地域《トライ・カウンティーズ》全体でまだ目を覚ましている女性は百人を切っていた。そのひとりはイヴ・ブラック、ひとりはエンジェル・フィッツロイ、ひとりはジャネット・ソーリーだった。

四人めは刑務官のヴァネッサ・ランプリー。この日の朝早くに夫のトミーがようやく肘掛椅子でうとうと眠りこんだおかげで、ヴァネッサは前から考えていたことを実行できるようになった。ヴァネッサはリー・デンプスターを射殺したあとは自宅へ帰っていたので、夫のトミーは妻と足なみをそろえて精いっぱい長く起きていようと努力していた。夫がつきあってくれるのがヴァネッサにはうれしかった。しかし料理コンテストのテレビ番組の分子美食学《ガストロノミー》についての講義が、ついに夫を夢の国へと誘いこんだ。ヴァネッサは念のために夫が完全に眠りこんだことを確かめてから、自宅をあとにした。夫は四十二歳のヴァネッサよりも十歳年上、手術で金属製の人工股関節を入れており、狭心症の持病がある――そんな夫に、あと何年あるとも知れない寿命までの歳月のあいだ、眠りに落ちた自分の世話という仕事を押しつけるつもりはなかった。それにヴァネッサ本人も、世界でいちばん不気味な置物になりたいとは少しも思っていなかった。

疲れがたまってはいたがヴァネッサの足どりは軽く、眠りの浅い夫を起こすことなく部屋からこっそりと出ていくことができた。ガレージで夫の狩猟用ライフルを手にとって実弾をこめる。それからヴァネッサはぐいっとドアを引いて閉めると、四輪バギー《ATV》のエンジンをかけて出発した。

　ヴァネッサの計画は単純だった。森を突っ切って、道路よりも上の山稜を目指す。到着したら新鮮な空気を吸い、景色を目におさめ、夫あての遺書を書いたら、ライフルの銃口をあごの下に押しあてる。そして――おやすみ。心配しなくてはならない子供がいないことが、せめてもの救いだ。

　ヴァネッサはバギーを低速で走らせていた――疲れてはいたが事故を起こすのが怖かったからだ。バギーのタイヤは地面に突きでている木の根や岩の衝撃をヴァネッサの逞しい腕にじかに伝え、骨の奥深くまで震わせてきた。ヴァネッサはそれも気にしなかった。小雨も問題にはならなかった。疲れきってはいたが――思考は這うようにしか進まない――体のあらゆる感覚を鋭く察知していた。ひょっとしたら、自分が死ぬとはわからずに死ぬほうが――リー・デンプスターのように死ぬほうが――いいのではないか？　そう自問することはできても、脳は満足のいく答えを出せるように質問を分析することができなくなっていた。どんな返答を考えても、形をなす前に分解して消えてしまった。受刑者を殺害したことで、どうしてこれほど気がとがめるのだろうか――自分が殺さなければ、あの受刑者が他人を殺したはずなのに。自分は義務を果たしただけなのに、どうしてこんなに気がとがめるのか？　こういった疑問への答えもまた、ひとつにまとまることはなかったし、その兆しさえなかった。

　ヴァネッサは山稜のてっぺんにたどりついた。バギーのエンジンを切って降り立つ。刑務所の方向を見ると、暮れゆく空を黒っぽい靄が覆っていた。自然に鎮火した山火事が残した湿っぽい残留物だった。まっすぐ下を見ると、ゆるやかな勾配が麓まで長くつづいていた。いちばん下には、雨で水かさが増した泥水の流れる渓流があった。その渓流の上、百数十メートルばかり先に、屋根に苔が生えている狩猟小屋が見えた。ストーブの煙突から煙が立ちのぼっていた。

ヴァネッサはポケットを叩いて気がついた——紙も筆記用具もすっかり忘れてきていた。笑いがこみあげてきた——自殺なんて簡単なはずじゃなかったの？　しかし出てきたのは、ため息が精いっぱいだった。

いまさらどうしようもない。それにみずから死を選んだ動機は、他人にも容易に解明できるのではないか。もし死体が見つかればの話、気にかけてくれる人がいればの話だ。ヴァネッサはライフルを背中に固定していたストラップをはずした。

そしてヴァネッサがあごのラインの下に銃口をあてがったそのとき、小屋のドアが音をたててひらいた。

「やつのところに、まだちゃんとバズーカがあればいいんだがな」男がそう話していた。声はくっきり明瞭に届いた。「でなけりゃ、いっそあの野犬捕獲人に息の根をとめられていればよかったと思うくらいの目にあわせてやる。ああ、そうだ。警察無線のスキャナーももっていこう。サツ連中の動きを知っておきたいんでね」

ヴァネッサがライフルをおろして見ているうちにも、ふたりの男はぴかぴかのシルバラードのトラックに乗りこんで走りさった。ふたりとも、どこかで見たことのある顔だというのは確かだったし、見た目からして――がむしゃらに走って汗だくになった森の鼠のような見た目だ――商工会議所あたりの表彰式で見かけたとは思えない。これほどひどい睡眠不足でなければ、ふたりの男の名前もすんなり思い出せたはずだった。頭のなかに泥が詰まっている気分だった。いまはもう乗ってもいないのに、それでも四輪バギーの震動が体に感じられた。視界のなかで光の粒の幻影がぐんぐんと大きくなった。

トラックが走り去ると、ヴァネッサは狩猟小屋を訪ねようと思い立った。あそこに行けば、なにか書くものもあるだろう――何年も昔のカレンダーの裏でもかまわない。

「ついでに、遺書を胸にとめておくためのピンも必要ね」ヴァネッサはひとりごとをいった。

くぐもったその声は、自分とは異質なものに感じられた。他人の声のように思えた。いや、実際に他人がいたのだ――ヴァネッサのすぐ隣に立っていた。しかし顔をそちらへむけると同時に、その他人は姿を消した。こういった現象が次第に頻繁に起こるようになっていた――視界のいちばん端のあたりに、忍び寄っている観察者の姿がちらちら見えることが。幻覚だ。理知的な思考がひとつ残らず打ち砕かれ、正気を完全にうしなってしまうまで、人はいったいどのくらい寝ずに起きていられるのだろう？

狩猟小屋には、豆とビールと鹿肉のフライに人間の屁をあわせた臭気がこもっていた。テーブルには使用ずみの食器が散乱し、シンクにはそれ以上の汚れものがあふれ、薪ストーブの上には焦げついた鍋がいくつも放置されていた。煖炉の上の炉棚に、肩につるはしをかついで、凄みのある満面の笑みを見せている男と、くたびれたフェドーラをかなり低く引き下げてかぶっているせいで、耳たぶがひしゃげている男がならんでいる写真が飾ってあった。セピア色に褪せたこの写真を目にして、ヴァネッサは先ほど見かけた男がだれだったのかを正確に思い出した。というのもヴァネッサがまだ十二歳にもなっていないころ、父親がその当人を指さして教えてくれたからだ。そのとき問題の男は〈スクイーキー・ホイール〉にはいっていくところだった。

「あれがビッグ・ロウエル・グライナーだ」父親はそういった。「おまえには、あの男をうまく避《よ》けてほしい。あいつからハローと声をかけられたら、ハロー、きょうはいいお日和《ひより》ですね、とだけ答えて歩きつづけることだ」

つまり、それがあのふたりの素性だ——ビッグ・ロウエルのろくでなしの息子たち。兄はメイナード、弟はリトル・ロウエルのグライナー兄弟。まさにその当人たちが新車のピックアップトラックを乗りまわしている——ふたりとも本来は公判を控えてコフリンの拘置所に閉じこめられているはずだし、その公判で裁かれる犯罪のなかには、受刑者のキティ・マクデイヴィッドが目撃し、公判で証言することに同意した殺人事件もあった。

この狩猟小屋の寝室に通じていると思われる短い廊下の松材の壁に、手ずれしたノートが紐でぶらさがっていた。ノートから一ページ切りとれば、遺書を書くには足りる。しかしここへ来てヴァネッサは唐突に、あと少しでいいから目を覚ましたまま生きていたいと思った。

ヴァネッサは悪臭から逃れられたことにほっとしながら小屋をあとにすると、四輪バギーを駆って小屋から精いっぱい遠ざかろうとした。一キロ半も走ると山中の小道は、ドゥーリング郡に数多い未舗装路のひとつにつながっていた。左側に土埃がわずかに立っていた——小雨のせいで埃はわずかだったが、それでもふたりの逃亡犯がどちらへむかったのかを知るには充分だった。そのあとヴァネッサが七号線にたどりついたときには、ふたりの男が乗ったトラックはずいぶん先を走っていたが、このあたりでは土地が下り坂のひらけた斜面になっているので、目でトラックを確認するのは容易だった——ずいぶん距離はあったが、それでも町を目指して走るトラックははっきりと見えた。

ヴァネッサは手早く自分の左右の頬を立てつづけに平手打ちし、トラックを追った。服はすでにぐっしょりと濡れていたが、いましばらくヴァネッサの目を覚ましておく役に立っているようだ。もし殺人容疑から逃げているのが自分だったら——ヴァネッサは思った——いまごろジョージア州までの道のりの半分まで行っているはずだ。ところが、あの兄弟はちがう。ふたりはまた町に引き返している。よからぬことを企んでいるのだろう。それが、あのふたりの習い性だ。ヴァネッサはふたりの狙いをつかみたかったし、必要ならふたりを阻止したかった。

リー・デンプスターを射殺してしまったことの罪滅ぼしも、まったく不可能というわけではなさそうだった。

第十一章

1

最初フリッツ・ミショームは、バズーカを手放そうとはしなかった——少なくとも金銭の対価なしには。しかしメイナードに肩をがっしりと押さえられ、ロウエルに右腕を肩胛骨《けんこうこつ》に届くほどねじりあげられると、考えをあらため、あばら家同然の自宅の床のはねあげ戸をあけて宝物をあらわにした——グライナー兄弟がここへ来た目的であるお宝の数々を。

ロウエルはバズーカが第二次世界大戦ものの映画で見たように緑色だとばかり思っていた——しかしフリッツのもとにあったバズーカはくすんだ黒だった。側面には長い製造番号が打たれ、その下にロシア語の表記があった。砲口のまわりには、鱗《うろこ》のような錆が浮いていた。バズーカの横にダッフルバッグがあり、やはりロシア語のステンシル文字がはいった十あまりのロケット弾がおさめられていた。それ以外にも八挺から十挺のライフルや、二十挺ばかりの——ほとんどがセミオートマティックの——拳銃もあった。兄弟はそれぞれ二挺の銃をベルトに突っこんだ。ベルトに突っこまれた拳銃ほど、自分には他人に優先する権利があると男に実感させてくれるものはない。

「あれはなんだ？」メイナードが、バズーカの引金室の上にある艶やかな黒いプラスティックの四角いタグのようなものを指さした。

「さあね」フリッツがタグを横目で見ながらいった。「どうせ、会計屋が在庫管理につかう通し番号とか、その手のものだろう」

「書いてあるのは英語だな」メイナードがいった。

フリッツは肩をすくめた。「それがどうした？　おれがもってるジョン・ディア社のキャップには、中国語のタグがついてる。だれもかれも、あらゆる品物をだれかしらに売ってる。ユダヤ人のおかげで、そんなふうに世界がまわってるわけだ。ユダヤ人ってのは――」

「ユダヤ人のことなんか忘れろ」リトル・ロウエルはいった。フリッツにこのままユダヤ人がらみの演説をつづけさせれば、じきに攻撃の鉾先《ほこさき》は連邦政府にむけられ、あげくの果てに春がおわって夏になるまで、ここの床下の穴という塹壕《ざんごう》で過ごすことにもなりかねない。「おれが知りたいのは、こいつがちゃんと動くかどうかだけだ。ちゃんと動かないのなら、いまのうちに話してくれ。そうすれば、あとでここへもどってきて、おまえの玉袋を引きちぎる手間が省けるからな」

「どっちにしても、こいつの玉袋を引きちぎっておいたほうがいいんじゃないか」メイナードがいった。「それがおれの考えだ。どうせ、ちっこいタマだろうし」

「ちゃんと動く、動くよ」フリッツはいった――おそらくバズーカのことであり、睾丸機能についての発言ではなさそうだった。「さあ、もう手を放してくれ、このクソ野郎ども」

「こいつは口のききかたを知らないようだ。そう思わないか？」メイナードが弟にたずねた。

「ああ」リトル・ロウエルは答えた。「たしかにそのとおり。だけど、今回は大目に見てやろう。そこにある二挺のグリースガンも頂戴していくぞ」

「そいつはグリースガンじゃない」フリッツは憤然としていった。「そいつは軍用のフルオートマティック――」

「四の五のいわず黙ってくれれば御《おん》の字だよ」ロウエルはいった。「おれに御の字なら、おまえにも御の字のはずだ。おれたちはこれで引きあげる。だが、バズーカがまともに動かなかったら、おれたちはここへもどってきて、おまえのゆるんだケツの穴にバズーカを引金室までねじこんでやるからな」

「ああ、こいつのいったとおり！」メイナードが声を張りあげた。「そんなにたっぷり詰めこまれたあとで、クソをしてみろってんだ」

「で、おれのバズーカでなにをするつもりだ？」フリッツがたずねた。

リトル・ロウエル・グライナーはにこやかな笑みを見せ、「いいかげん黙れ」といった。「ついでに、自分に関係のないことで気を揉むのはやめろ」

2

ヴァネッサ・ランプリーは四百メートルばかり離れた丘のてっぺんから、シルバラードのトラックがフリッツ・ミショームの自宅のむさ苦しい前庭へはいっていくところを見ていた。そのまま見ていると、数分後にグライナー兄弟が家から出てきて、盗んだトラックに引き返してきた。ふたりはなにかを運びだして——どうせまた盗品にちがいない——トラックの荷台に積みこんだ。そのあとふたりはふたたび出発した。今回もドゥーリング方向へ走っていく。ヴァネッサは、兄弟がいなくなったらフリッツの自宅へ行ってみようとも思っていたが、いまの自分の状態では筋の通った質問を繰りだせる自信がまったくなかった。それに考えてみれば……あらためて質問する必要があるだろうか？　ドゥーリングのだれもが知っていることだが、フリッツ・ミショームは、引金があって〝ばん！〟と大きな音がするものすべてを愛している。グライナー兄弟がフリッツの家に立ち寄ったのは、銃器を調達するためだ。それは、自分の顔のまんなかに鼻があることなみに明らかだった。

銃ならヴァネッサももっていた。昔ながらの頼もしい30‐06弾をつかう銃だ。盗難車のトラックの荷台にいま積まれている銃器とくらべたら、それほどの威力はないかもしれないが、それがどうした？　つい一時間前までは、すべてを大宇宙に委ねようと考えていた……だから、いまさらなにをうしなうというのか？

「わたしにちょっかいを出す気はある、兄弟？」ヴァネッサはそういうと、四輪バギーのキーをまわしてエンジンをふかした（これはミスだった——スズキのバギーのタンクにガソリンがどれだけ残っているかを確かめずに出発してきたからだ）。「というか……どっちがどっちにちょっかいを出すのか確かめましょうか？」

3

狩猟小屋で暮らしていたときには警察無線を断続的にしかチェックしていなかったグライナー兄弟だが、町をめざして車を走らせているいまは、ずっと無線に耳をかたむけていた。というのも、警察無線はいま頭がいかれたような騒ぎだったからだ。交信も雑談もメイナードには理解できなかったが――兄の頭脳のギアがファースト以上になることはめったにない――ロウエルは無線からいまの全体的な風向きを把握していた。

何者かが――というよりも、複数の何者かが――警察署の武器保管庫から大量の銃器をかっさらっていったらしく、警官たちは巣を揺さぶられたスズメバチなみに怒り狂っていた。さらに銃の強奪犯グループのうち少なくともふたりが死亡し、警官もひとりが死んでいた。生き残った犯人グループは大きなRV車で逃走した。犯人グループは盗んだ銃器を女子刑務所に運びこんだ。警官たちはさらに、刑務所から連れだそうと目論んでいる女についても、あれこれ話をしていた。話のこの部分の意味がロウエルにはよくわからなかったが、それほど気にかけなかった。ロウエルが気にかけていたのは、警察が民警団を組織して、大規模な武力衝突の準備をしているという部分だった。話によれば戦いがはじまるのは明朝であり、両者が衝突する地点は三一号線とウェストレイヴィン・ロードの交差点らしい。これがなにを意味するかといえば――警察署が無防備になるということだ。同時にロウエルはここから、キティ・マクデイヴィッドの身柄を押さえるためのすばらしいアイデアをも思いつくことができた。

「ロウエル？」

「なんだい、兄さん？」

「この無線のおしゃべりからは、だれがリーダーなのかがわからない。あのノークロスとかいう女署長に代わってクームズって男が署長になったって話してるやつもいれば、フランクって男がリーダーだと話してるやつもいる。フランクってだれだ？」

「知らないし、知りたくもないな」リトル・ロウエルは答えた。「だけど町にはいったら、兄さんはしっかり目をあけて、ひとりで歩いてるガキを見つけてくれ」

「どんなガキを見つければいい？」

「自転車を走らせて噂を広められる程度にはでかくなったガキだ」ロウエルがそう答えると同時に、盗んだシルバラードは《**ドゥーリングへようこそ――家族をはぐくむのに最適の町**》という看板の前を走りすぎていた。

4

スズキの四輪バギーは、見通しのいい道路なら時速百キロは出せる。しかし、間もなく夜になろうという時間にくわえて、反射神経がほぼ全滅しているいま、ヴァネッサには六十五キロ以上のスピードを出す勇気がなかった。バギーが《**ドゥーリングへようこそ**》の看板前を通過した時点では、グライナー兄弟を乗せたシルバラードはどこにも見当たらなくなっていた。あいつらを見うしなったのかもしれないし、そうともいえないかもしれない。メイン・ストリートには人も車もほとんど見当たらず、ここでなら兄弟の車が見つかるかもしれない。道ばたにとめてあるか、さもなければあの悪党兄弟が強盗できそうな品を求めて、ゆっくりあたりを周回しているか。見つけられなくても、あとで警察署に顔を出し、だれでもいいから勤務中の警官にグライナー兄弟を見たと通報すればいい。いまもなお悔やまれる刑務所内での銃撃事件の埋めあわせに、世のため人のためになることをしたいと思った女がやるにしては、いささか肩すかしの感がある。しかし、いみじくも父親がよくいっていた——人は望みどおりの結果を得られもするが、おおむね手に入れられるものを手に入れるだけだ、と。

ドゥーリングのダウンタウンの開始点を示しているのは、道路の片側の〈バーブズ美容院＆ネイルサロン〉と反対側にある〈エース金物店〉だった（ちなみに後者の店には、つい先ごろジョニー・リー・クロンスキーが訪れて、工具や電気ケーブルや電池を買いこんでいた）。どこへ出しても恥ずかしくないこの二軒にはさまれた路上で、ヴァネッサの四輪バギーのエンジンが二回つづけて空咳めいた音を出してバックファイアを起こし……停止した。あわてて燃料ゲージを見ると、針が残量ゼロを示すEを指していた。完璧にいかれきった一日のおわり方としては完璧だ。

一ブロック先に〈ゾニーズ〉のコンビニエンスストアがある。あそこなら——まだ店員がいるとして——ガソリンを数リットルほど買えるだろう。しかし、もう暗くなりかけていたし、グライナー兄弟はどこにいるともわからず、さらにいまの心身の状態ではわずか一ブロックが、歩くには途方もない距離に思えてならなかった。もしかしたら先へ進み、きょう早い時間にやろうと思っていたように、すべてをおわらせたほうがいいのではないか……いや、自分がアームレスリングの州大会で優勝できたのは、逆風に吹かれてあきらめたからではない。いま自分が考えていたのはそれではなかったか？　あきらめることだったのでは？

「あきらめるもんか——この手が試合相手に押し倒されて、テーブルにくっつくまではあきらめるもんか」ヴァネッサは役立たずになった四輪バギーに話しかけると、人けのまったくない歩道を警察署へむかって足を引きずりながら歩きはじめた。

5

警察署の筋向かいにあるのはドルー・T・バリー損害保険社で、ここの社長は目下、実力行使チームの面々といっしょにウェストレイヴィン・ロードに出かけていた。ロウエルはシルバラードをこの会社の裏手の駐車場、《**バリー社従業員専用駐車場　違反車はレッカー移動**》とあるスペースにいれた。建物の裏口は施錠されていたが、メイナードが筋骨逞しい肩で二回ばかり体当たりをすると、この問題は解決した。ロウエルは兄につづいて屋内にはいった——ここへ来る途中、ボウリング場近くを自転車で走っていたところをつかまえた若者を引き連れて。若者は名前をケント・デイリーといい、ハイスクールのテニスチームの一員で、エリック・ブラスの友人でもあった。ケントの自転車はいまシルバラードの後部荷台に積んである。ケント本人はめそめそ泣いていた――しかし、そんな真似をするには年を食いすぎていることも事実だった。ロウエルの意見では、めそめそ泣くのが許されるのはティーンエイジャーの少女たちだけだ。男は十歳を迎えたら、めそめそ泣かないことを心がけ、十二歳あたりで涙ときっぱり手を切るべきだ。ただし、この少年だけは大目に見てやろうとロウエルは思った。というのもこのガキは、これからレイプされて殺されると思いこんでいるようだからだ。

「いいか、若いの。口を閉じて静かにしていろよ」ロウエルはケントにいった。「お行儀よくしてれば、なんの心配もない」

ロウエルはケントをうしろから小突いて歩かせ、建物正面側の広い部屋にはいらせた。部屋は、事務机や適切な保険に加入していれば貧しい暮らしに落ちることなく救われると書いてあるポスターなどでいっぱいだった。正面に面した窓――いまは人のいないダウンタウンの商店街側の窓――には、ドルー・T・バリーの名前の金箔文字が裏側から見えていた。ロウエルが外をのぞくと、ちょうど反対側の歩道をひとりの女が歩いて近づいてくるところだった。たいしたご面相ではない。逞しい体つきに、レズビアンの男役のようなヘアスタイル――しかし、ここ最近はそもそも女をめったに見かけない。女はバリーの保険会社にちらりと目をむけた。しかし室内が真っ暗なので、見えたのはガラスに映りこんだ街灯だけだろう。街灯はちょうど点灯したところだった。女は警察署の正面玄関前の階段をあがって、ドアをあけようとした。鍵がかかっていた――小さな町の警察なんてそんなものだろうさ。ロウエルは思った。銃器が盗まれたあとで、あわてて玄関に施錠する。女はつづいてインターフォンをためしはじめた。

「すいません」ケントが情けない声でいった。「うちに帰りたいんです。自転車は、欲しければどうぞ」

「おれたちは欲しいものに不自由しない身だよ、にきび面《づら》の田舎小僧め」メイナードがいった。

ロウエルはケントの手首をねじりあげて悲鳴をあげさせた。「静かにしていろといったのがわからなかったのか？　兄貴、バズーカをもってきてくれ。ついでにロケット弾も」

メイナードは部屋から出ていった。ロウエルは若者にむきなおった。

「おまえの財布にあった身分証によれば、おまえはケント・デイリー。現住所はジュニパー・ストリート一五番地。そうだな？」

「はい、そうです」若者はそういうと、鼻から垂れた鼻汁を手首の裏側で片頬のほうへと拭った。「ケント・デイリーです。ぼく、面倒はごめんです。もう家に帰りたい」

「おまえはとことん厄介者だ。兄貴は恐ろしい男だぞ。兄貴がなによりも愛しているのは、ひとりの人間をとことんぶっ壊すことだ。で、おまえがこんな不幸な目にあっているのは、いったいなにをやらかしたせいだと思う？」

ケントは唇を舐めて、せわしなく目をしばたたいた。いったん口をひらいたが、すぐに閉じる。

「なるほど、心当たりがあるんだな」ロウエルは笑った――罪悪感は笑える材料だ。「で、家にはだれがいる？」

「父さんと母さん。でも母さんは、いまはもう……わかってると思うけど……」

「うとうと居眠り？　それとも、ぐっすり・すやすや・おねんねか？」

「そんなところです」

「でも、親父はまだ元気なんだな？」

「はい」

「どうだ、これからおれがジュニパー・ストリート一五番地まで足を運んで、親父さんの頭を銃で吹き飛ばしてもかまわんか？」

「よしてください」ケントは蚊の鳴くような声でいった。青ざめた頰に涙がはらはらと伝い落ちていった。

「ああ、よしてほしいだろうさ。でも、おれはやるぞ。おまえが命令どおりに動かなければね。どうだ、おれの言葉に従うか？」

「は、はい」という答えは蚊の鳴くような声ですらなかった――昼のあいだから流れる空気にすぎなかった。

「おまえは何歳だ？」ロウエルはケントにたずねた。

「じゅ・じゅ・十七歳です」

「あきれたな。もうじき選挙に行ける年なのに、赤んぼみたいにめそめそ泣いてやがるとは。泣くな」

ケントは精いっぱいの努力をした。

「あの自転車でかっ飛ばせるか？」

「ええ、走れます。ぼく、去年の三郡地域《トライ・カウンティーズ》の40K《キロ》レースで優勝しました」

リトル・ロウエルには40Kと料理を運ぶトレイとの区別もつかなかったが、なんだろうと気にもかけなかった。「三一号線とウェストレイヴィン・ロードの交差点はわかるか？　ほら、刑務所に通じている道だ」

メイナードがバズーカ本体とロケット弾のケースをもって部屋にもどってきた。道の反対側では大柄な女がインターフォンもあきらめ、がっくりうなだれたまま、来た方角へ引き返しはじめていた。霧雨があがっていたことがせめてもの救いだった。

ロウエルは、怖いもの見たさの好奇心だろうか、バズーカに目を釘づけにされていたケントの肩をつかんで体を揺すった。

「どの道かわかるのか?」

「わかります」

「けっこう。いまあの交差点あたりに大勢の人があつまってる。で、その連中へのメッセージを託したい。おまえはそのメッセージを、テリーかフランクという男に――あるいは両人に――伝えろ。さあ、よくきけ」

6

おなじころ、テリー・クームズとフランク・ギアリーのふたりはパトカーの一号車から降り立って、ドゥーリング刑務所の二重になっているゲートの前へ近づいていくところだった。ゲートではクリント・ノークロスをはじめとする男たちがふたりを待っていた。民警団のうち十人のメンバーは後方の交差点に控えている。それ以外の面々はテリーが羅針図《コンパスローズ》と呼ぶ配置にしたがって――北、北東、東、南東、南、南西、西、北西――刑務所の周囲を固めていた。まわりには森があり、一同は雨に濡れていたが、そんなことを気にしている者はひとりもいないようだった。だれもが昂奮で熱に浮かされたようになっていた。

こいつらがこんなに元気でいられるのも、だれかが最初に弾丸を食らって悲鳴をあげだすまでだ――テリーは思った。

内側のゲートのすぐ前のスペースを、だれかの飾り立てたトラックがふさいでいた。外部ゲートとのあいだのデッドスペースにはタイヤが積まれている。ただよう臭気からすると、ガソリンがまぶしてあるらしい。わるい手ではないな――テリーは敵を褒めたいくらいの気分だった。懐中電灯の光をクリントにむけ、そのあと隣に立っているひげ面の男に光を移す。

「ウィリー・バークか」テリーはいった。「あんたの顔をここで見るとは残念だな」

「こっちも、おまえさんの顔をここで見たのが残念だ」ウィリーは応じた。「しかも、おまえはやるべきでないことをやってやがる。越権行為もいいところだ。自警団の団長気取りとはね」そういうとオーバーオールのポケットからパイプをとりだし、葉タバコを詰めはじめた。

テリーはクリント・ノークロスをドクターと呼べばいいのか、ただミスターでいいのかの見きわめをつけられずにいた。そこで、単純にファーストネームで呼ぶことにした。「クリント、もう話しあいの段階はとうに過ぎたようだ。こっちの警官のひとりが殺された。ヴァーン・ラングルがね。知らない仲ではあるまい？」

クリントはため息をついて頭を左右にふった。「ああ、知ってるし、亡くなったのは気の毒に思う。立派な男だった。きみには、ガース・フリッキンジャーとガーダ・ホールデンのこともおなじように気の毒に思ってほしい」

「ホールデンの娘が死んだのは正当防衛の結果だ」フランク・ギアリーがいった。「あの娘はヴァーンののどを噛みちぎってたんだぞ」

「バリー・ホールデンと話がしたい」クリントはいった。

「あの弁護士なら死んだよ」フランクはいった。「おまえのせいだ」

テリーがフランクに顔をむけた。「この件については、おれに任せてくれ」

フランクは両手をかかげて手のひらを見せ、あとずさった。テリーの言い分が正しいことはわかっていたが——悪名高い癇癪癖はまだあり、いまフランクを支配していた——それでもテリーが憎らしかった。いまはひたすら、あのフェンスをよじのぼり——てっぺんに配されているカミソリ鉄条網などクソくらえ——いけ好かない男ふたりの首をまとめて切り落としてやりたかった。人を苛立たせるイーヴィ・ブラックの声は、いまもまだ頭のなかに残っていた。

「クリント、話をきいてくれ」テリーはいった。「まず、今回の件については双方に責任があるといっておきたい。いっておきたいことはもうひとつ。例の女を引きわたして、おれたちの勾留下に置かせてもらえたら、ここにいるおまえたちの仲間のだれひとり、逮捕されるようなことにはならない」

「バリーは本当に死んだのか?」クリントはたずねた。

「ああ」署長代理のテリーはいった。「あの弁護士もヴァーンを攻撃したからね」

ウィリー・バークが腕を伸ばして、クリントの肩をつかんだ。

「イーヴィの話をしよう」クリントはいった。「おまえたちはイーヴィをどうするつもりだ?」

テリーは言葉に詰まったようだが、準備をしていたフランクは迷いのない口調で話すことができた。「おれたちはまず女を警察署へ連れていく。テリーが女を尋問しているあいだ、おれは州立病院から医療チームを早急に呼び寄せる手配をする。警察と医者の両方から、女が何者なのか、ほかの女たちになにをしたのか、女がこの事態を解決できるのかどうか、といった疑問の解明をはかるつもりだ」

「女は、自分はなにもしてないと話してる」クリントは遠くを見つめながら答えた。「自分は使者にすぎない、とね」

フランクはテリーにむきなおった。「いいことを教えてやろうか？　おれにはこいつが嘘八百をならべているだけに思えるな」

テリーは（わずかに充血している）目に非難の光をみなぎらせてフランクをにらみつけた――このときもフランクは両手をかかげて、あとずさった。

「刑務所にはいま、ひとりの医者もいないはずだな」テリーはクリントにいった。「呼びだせるようなアシスタント・ドクターもいない。おれの記憶が正しければ、刑務所づきのアシスタント・ドクターはふたりとも女だったし、だったらいまごろ繭にくるまれて寝ているはずだ。ありていにいえば、おまえたちは女を検査しちゃいない。ただ女を匿《かくま》っているだけ――」

「むしろ、女にすがりついてるんだろうが」フランクが険悪にうなった。

「――女の話をただきいているだけ――」

「女の話を鵜呑みにしているだけだ」フランクが声を張りあげた。

「静かにしてくれ、フランク」そういったテリーの声は穏やかだったが、クリントとウィリーにむきなおったときには頬が紅潮していた。「でも、フランクのいうとおりだ。女の話を鵜呑みにしているだけだな。〈クールエイド〉をがぶ飲みするみたいに」

「きみたちにはわかってない」クリントはいった。疲れのあらわな声だった。「イーヴィはそもそも女じゃない。それどころか、まるっきり人間じゃないと思う。イーヴィにはある種の能力がある。わたしに断言できるのは、イーヴィが鼠を呼び寄せられるということだ。しかも鼠はイーヴィの命令に従う。イーヴィがヒックスの携帯電話を手に入れたときも、鼠をそんなふうにつかった。町のあちこちで人々に目撃されている蛾の群れもイーヴィに関係しているらしい。また、イーヴィはいろいろなことを知っている。知っているはずのないことをだ」

「あの女は魔女だとでもいいたいのか？」テリーがたずね、携帯瓶をとりだして中身をひと口飲んだ。最上の交渉法ではないだろうが、いまはちょっとした景気づけが必要だった。「馬鹿はよせ、クリント。次は女が水の上を歩けるとかいいはじめるんだろう？」

フランクは自宅の居間で見た宙に浮かんで回転する炎や、その炎が爆発して蛾の群れに変わったことを思い出した。さらにはイヴ・ブラックが、娘のナナを守っているフランクを見たと電話で話していたことも思い出した。胸の前で組んだ腕に力をこめて、怒りを無理やり押さえつける。イヴ・ブラックの正体がなんだろうと、それが重要なことだろうか？　いま重要なのは、これまでになにが起こり、いまなにが起こりつつあるのか、そしてこの事態をどうやって解決するか、ということのほうだ。

「目をひらくんだな、若いの」ウィリーがいった。「過去一週間にこの世界でなにが起こったかを、きっちり見ることだ。世界じゅうの女たちが繭のなかで眠っているというのに、おまえたちはそのブラックという女が超自然的な存在だという考えにしがみついているのか？　おまえたちには、もっとやるべき仕事があるだろうよ。いいかげん、関係ないところに手を突っこむのはやめて、流れに任せろ――それが女の希望だとドクも話してる」

適切な返答の文句を思いつかなかったので、テリーはまた酒をひと口飲んだ。クリントが自分にむける目つきに気がつくと、この医者を苛立たせるために、追加でもうひと口飲んだ。おれがこうやって世界の崩壊を必死になって押しとどめているというのに、刑務所の塀の内側に隠れて人を裁くような真似をするとは、なにさまのつもりだ？

「イーヴィが求めているのは、ほんの数日間の猶予だ」クリントはいった。「わたしからも頼む――その猶予をイーヴィに与えてやってもらえないだろうか」自身の目でテリーの目をつかまえながら言葉をつづける。「イーヴィは流血沙汰を予測してる。その点ははっきり断言してる。男たちが知っている問題解決の手段は流血沙汰だけだと信じてるんだ。だが、イーヴィの予測をはずしてやろうじゃないか。だからいったん撤退しろ。七十二時間の猶予をくれ。そのあと情況を再検討しよう」

「本気か？　それでなにが変わると思ってる？」いまのところ酒はテリーの精神を乗っ取ってはおらず、玄関先にやってきただけだった。テリーは――まるでなにかに祈るように――こう思った。頼むから、おれにも信じられる答えをくれ。

しかし、クリントは頭を左右にふっただけだった。「それはわからない。イーヴィは自分の手にあまると話してる。ただし、一発の銃声も響かずに七十二時間が過ぎれば、それが正しい方向への第一歩だともいってるし、わたしもそれが事実だと思ってる。ああ、それからイーヴィは女たちによる投票が必要だとも話してる」

テリーはうっかり笑いだしそうになった。「眠ってる女どもが、いったいどうやって投票なんかするっていうんだ？」

「さあ、わからない」クリントは答えた。

こいつは時間稼ぎをしてるんだ——フランクはそうにらんだ。精神分析屋の脳みそに浮かんでくる陳腐な作り話を垂れ流しているだけだ。テリー、おまえだってまだそんなに酔っちゃいないんだから、そのくらいわかるだろう？

「それについては考えさせてくれ」テリーはいった。

「いいとも。ただし、すっきりした頭で考えることだ。そんな自分を応援するためにも、携帯瓶に残っている酒をいますぐ地面にぶちまけたらどうだ？」クリントはそういって視線をフランクに移動させた。いまクリントの目は、ミルクシェイクを賭けて戦った孤児の冷たい目になっていた。「そこにいるフランクは自分が解決策だと思いこんでいるようだが、実際には厄介なお荷物だ。イーヴィはこの手の男がやってくることも予見していたみたいだ。いつだって、そういう男が出てくると知っているんだろうな」

フランクは一気に前へ躍りでると、フェンスのあいだから手を伸ばしてクリントののどをつかみ、首を絞めあげた……クリントの目玉が膨れて眼窩から迫《せ》りだし、やがてごろりと頬にまで垂れ落ちた……といっても、それは想像のなかの出来事だ。フランクは待った。

テリーはしばし考えをめぐらせたのち、地面に唾を吐いた。「くたばれよ、クリント。おまえはしょせん本物の医者じゃない」

つづいてテリーがまた携帯瓶をもちあげて、いかにも挑みかかるように酒をたっぷりと飲んでいるのを見て、フランクは内心で喝采した。このぶんだと、テリー・クームズ署長代理はあしたには死体袋に詰められているだろう。そうなったら、いよいよおれがその地位にとってかわるまでだ。七十二時間の猶予などくれてやるものか。イヴ・ブラックが魔女だろうが妖精の王女さまだろうが、不思議の国の赤の女王だろうが知ったことか。イヴ・ブラックとやらについて知っておく必要のあることは、あのときの短い一回きりの電話での会話のなかにあった。《これをとめるんだ》イヴ・ブラックが盗んだ携帯で電話してきたとき、フランクは――ほとんど懇願口調で――そういった。《女たちを見逃してやるんだ》と。

《そのためには、まずわたしを殺さないとね》それがイヴ・ブラックの返事だった。

フランクはその言葉を実行するつもりだった。それで女たちがもどってくるのなら？　ハッピーエンドだ。女たちがもどってこなかったら？　それならそれで、わが人生でただひとりの大切な人を奪われたことへの復讐が果たせる。どちらに転んでもかまわない。問題は解決する。

7

ヴァネッサ・ランプリーが――次になにをすればいいかもわからないまま――ガス欠で立ち往生した自分の四輪バギーまで引き返すと同時に、両端が上反りになった変形ハンドルの自転車に乗った若者が猛スピードで走りすぎていった。若者は髪の毛がひたいからうしろへ吹き流されるほどスピードを出し、恐怖に目を剝いた凄絶な表情を見せていた。世界がこんな状態のいま、そんなふうに怯えている理由は十以上も考えられる。しかしヴァネッサは、なにが少年の尻に火をつけたかを見抜いた自信があった。ただの勘ではなかった——充分な根拠のある確信だった。

「ちょっと!」ヴァネッサは大声をあげた。「ねえ、あいつらはどこにいるの?」

その少年、ケント・デイリーはヴァネッサに目もくれず、さらに強くペダルを踏みこみはじめた。ケントが考えていたのは、前に仲間といたずらをしたホームレスの老女のことだった。あんなことはするべきではなかった。これは神による自分たちへの報復にちがいない。いや、自分への報復だ。ケントはペダルを漕ぐ足にさらに力をこめた。

8

メイナード・グライナーはまだ八年生の時分に学問の殿堂をあとにしたが(ちなみに殿堂のほうもメイナードを厄介払いできてせいせいしていた)、機械類のあつかいには長《た》けていた。そのせいで弟からバズーカとロケット弾を手わたされるなり、生まれてこのかたずっと扱ってきたような手さばきを発揮した。まず高性能爆薬がつまったロケット弾の先端部分を調べ、つづいてロケット弾側面にとりつけられている導線と尾部の安定翼を調べる。うなり声をあげ、うなずき、ロケット弾の安定翼を砲身内側の溝の位置にあわせる。ロケット弾はなめらかに滑って内部におさまった。ついで引金の上、在庫管理用とおぼしき黒いプラスティックのタグの下にあるレバーを指さした。

「そいつを手前へ引くと、ロケット弾がロックされるんだ」

ロウエルがその言葉どおりにすると、かちりという音がきこえた。「これでいいのか、兄貴？」

「ああ、いいはずだ。フリッツが新しい電池を入れていればの話だ。ロケット弾の発射には電気をつかうはずだったからな」

「やつが電池交換をサボっていやがったら、やつの家にもどって、こてんぱんに叩きのめすだけさ」ロウエルはいった。それから目をきらきら輝かせながら、ドルー・T・バリーの名前が書かれたはめ殺しのガラス窓にむきなおると、最上の戦争映画スタイルでバズーカを肩にかついだ。「離れてろよ、兄貴」

引金室におさめられていた乾電池には問題がなかったと判明した。うつろな感じの〝ひゅううう〟という音がして、バズーカ後方から排気が噴出した。ついで正面の窓ガラスが砕け散って破片が路面に吹き飛んだかと思うと、ふたりが深呼吸をする間もなく警察署の建物正面が爆発した。砂色の煉瓦の破片や粉々になったガラスなどが道路にばらばらと降りかかってきた。

「ひゃあっ**はーーー**」メイナードは弟の背中を平手で叩いた。「いまのを見たかよ？」

「ああ、見た」ロウエルは答えた。傷ついた警察署の建物の奥のほうで警報が鳴りひびいていた。人々がなにごとかと駆け寄ってきていた。建物正面は、いまでは大きくひらいた虫歯だらけの口のようになっていた。建物内部であがっている火が見えた。たくさんの書類が焼け焦げた小鳥のように宙を舞っていた。「再装塡を頼む」

メイナードは二発めのロケット弾の安定翼を定位置にあわせて、きっちりと装塡した。

「準備完了！」メイナードは昂奮のあまり、ぴょんぴょん跳ねているありさまだった。昔、テュペーロクロッシングで鱒の養殖水槽にダイナマイトを投げこんだことがあったが、それとは比べ物にならないほど愉快だった。

「爆発するぞおっ！《ファイア・イン・ザ・ホール》」ロウエルは決まり文句を大声で叫び、バズーカの引金を引いた。ロケット弾が煙の尾を引いて道路を横切った。あつまってきた男たちはその光景に目を丸くして、くるっと体の向きを変えるか地面にばったりと身を伏せるかした。二発めの爆発は建物の中央部を抉《えぐ》った。リニー・マーズの繭は最初の爆発では無傷だったが、この二発めでは無事ではすまなかった。リニーの繭があったところから蛾の群れが舞いあがり、たちまち燃えはじめた。

「さあ、今度はおれに撃たせろよ！」メイナードはバズーカにむかって手を伸ばした。

「いや、もうここから引きあげないとな」ロウエルは答えた。「でも、兄貴が引金を引くチャンスもあるよ。おれが約束する」

「いつ、どこで？」

「刑務所へ行ったらだ」

9

　ヴァネッサ・ランプリーは四輪バギーの横に茫然と立っていた。最初に煙の筋がメイン・ストリートを横切っていったのは見ていたし、現実の爆発が起こる前から正体はわかっていた。あのろくでなしコンビのグライナー兄弟は、フリッツ・ミショームのところで対戦車擲弾発射器《RPGランチャー》だかなんだかを入手していたのだ。二度めの爆発であがった煙が晴れると、かつて窓だった穴に炎がちらほら見えていた。三つならんでいた玄関ドアのひとつが車道に落ちていた——クロームめっきのスチールがねじれて、コルク抜きのようになっていた。残る二枚のドアは近くには見あたらなかった。

　署にだれかいたのなら……お気の毒なことだ、とヴァネッサは思った。

　キア自動車ドゥーリング営業所のセールスマンのひとり、レッド・プラットが体をふらつかせ、おぼつかない足どりでヴァネッサに近づいてきた。顔の右半分が鮮血のシーツに覆われていたうえ、下唇がまだ顔に残っているかどうかも定かでなかった——血まみれになっているので、すぐには判別しがたかった。

「な、なんだったんだ、ありゃ？」レッドはしゃがれた声でわめいた。薄くなりかけた髪にひっかかったガラスの破片が光っていた。「ありゃ、いったいなんだった？」

「ふたりの役立たず男の仕業よ。あんな男たちなんか、だれかを怪我させないうちにケツの穴から箒《ほうき》の柄《え》を突っこまれちまえばいい」ヴァネッサはいった。「とにかくあんたは顔を縫ってもらったほうがいいよ、レッド」

　それからヴァネッサは、数日ぶりに自分自身にもどれた気分で〈シェル〉のガソリンスタンドまで歩いていった。この気分が長つづきしないことはわかっていたが、とにかくつづいているあいだはアドレナリンの波に乗ろうと決めていた。スタンドは営業中だったが、店員がいなかった。整備工場へまわるとガソリン運搬用の三十八リットル容器が見つかったので、給油機でガソリンをフルにいれた。レジの横のカウンターに二十ドル札を置く。この世界はいまおわりかけているのかもしれない。しかしヴァネッサは、商品の代金を払うように教わって育てられた。

ヴァネッサは容器をバギーまで運んでタンクに給油してから、町の外へ——グライナー兄弟がやってきた方角へと——走りはじめた。

10

ケント・デイリーは最悪な夜を過ごしていた——といっても、まだ八時にもなっていなかった。三一号線から折れて、ウェストレイヴィン・ロードを封鎖しているバス目指して自転車のスピードをあげはじめたとたん、だれかに猛然とタックルされて自転車から弾き飛ばされ、地面に叩きつけられた。頭ががつんとアスファルトにぶつかって、目の前にまぶしい赤い光が踊った。視界が晴れて目に飛びこんできたのは、顔から十センチも離れていないところにあるライフルの銃口だった。

「びっくりさせやがって、この野郎！」リード・バロウズがわめいた。ケントに組みついてきたのはこの警官だった。テリーの羅針図《コンパスローズ》上で南西にあたるこの地点に配置されていたのだ。リードは銃をおろし、シャツの前をつかんでケントを引っぱって立たせた。「おまえのことは覚えてる。去年、あちこちの家の郵便受けに爆竹を投げこんだ小僧だな」

新たに改善された道路封鎖のバリケードのあたりから、何人もの男たちが走ってケントたちに近づいてきた。先頭を走っているのはフランク・ギアリーだった。しんがりはテリー・クームズ。いささか足をふらつかせていた。ここにいる面々は、もう町でなにがあったかを知っていた――十人以上の携帯に十本以上の電話がかかってきていたし、町よりも標高の高いこの場所からは、ドゥーリングの町の中心部で起こっている火災の明かりがやすやすと見てとれた。チームの大多数はいますぐにでも走って町に帰りたがっていたが、そんなことを許せばイヴ・ブラックを手に入れるという本来の目的からチームの気がそらされてしまうことを恐れたフランクは、一同にそれぞれの持ち場を守れと命じていた。

「こんなところでなにをしてる？」リードはケントにたずねた。「撃たれてもおかしくなかったんだぞ」

「メッセージを預かってきた」ケントは後頭部をさすりながら答えた。出血はなかったが、大きなこぶが盛りあがりつつあった。「テリーかフランク、あるいはその両方に伝えろ、といわれてて」

「いったいなんの騒ぎだ？」ドン・ピータースがいった。いつの間にかフットボールのフェイスマスクをかぶっている。迫《せ》りだしたひたいが落とす影のなかにある左右の間隔の狭い目が、いまでは飢えた小さな鳥の目そっくりになっていた。「だれだ、こいつは？」

フランクはドンを押しのけ、若者のそばに膝をついてしゃがんだ。「おれがフランクだ。で、メッセージというのは？」

テリーも膝をついた。呼気にアルコール臭が入り交じっていた。「おいおい、若いの。し……しんこちゅー……じゃない、深呼吸でもして……気を落ち着けろ」

ケントはばらばらになっている思考を手さぐりして、答えの言葉をさがした。「あっちの刑務所にいる女、ほかとちがう特別な女……あの女は町に友人がいる。それも大勢だ。おれはそのうちふたりにつかまった。そのふたりがいってる……あんたたちは、ここでやっていることを、いますぐにやめろ――そうでないと、町から消え失せるのは警察署だけじゃなくなるぞ、と」

フランクの唇が左右に引っぱられて笑みの形になったが、その笑みは目もとには届いていなかった。テリーにむきなおってたずねる。「あんたはどう思う、署長？　お行儀よく、いわれたとおり引きあげたほうがいいか？」

リトル・ロウエルはメンサ・クラブに入会できるような高ＩＱの天才ではなかったが、一種の狡猾な才能があり、それゆえ兄ともどもついに引きずり倒されるまでのほぼ六年間、グライナー兄弟の事業を成功させつづけることができた（ロウエル本人は自分の寛大な性格を責めていた――十歳になるやならずだった腐れまんこのキティ・マクデイヴィッドに身辺をうろつかせてやったが、その返礼にあの女は密告屋になった）。ロウエルには人間全般の心理――とりわけ男の心理――を把握する本能の力がそなわっていた。男たちに〝なにかをしてはならない〟と申しわたせば、男たちはその〝なにか〟を実行すると決まっている。

テリーはためらわずに答えた。「ここを離れたりするものか。夜明けとともに突入だ。連中には好きなだけ町を爆破させておけ」

まわりにあつまった男たちが歓声をあげた。その声があまりにも粗暴で荒々しかったので、ケント・デイリーは思わず身をすくませた。いまケントがなによりも望んでいるのは、とにかく痛む頭をかかえて自宅に帰り、家じゅうのドアすべてに鍵をかけて眠ることだった。

11

これまではアドレナリンが踏んばってくれた――ヴァネッサはドア本体がフレームからはずれそうになるほどの勢いで、フリッツ・ミショームの家のドアをノックしつづけた。関節が人よりも多いように見える手が汚れたカーテンを横へ引いて、無精ひげが浮いた顔が外をのぞいた。一瞬後にドアがあいて、フリッツが口をひらいた。しかしヴァネッサは相手がひとことも発しないうちに胸ぐらをつかみ、テリアがくわえた鼠をぶんぶんふりまわすように、フリッツの体を激しく揺さぶった。

「あいつらになにを売ったの、この痩せっぽちのちんけなクソ男？　ロケットランチャー？　そうなんでしょう？　あのろくでなし兄弟はあんたにいくら払って、ダウンタウンのど真ん中にでっかい穴をあけられるようになったわけ？」

このときには、ふたりとも屋内にはいっていた。ヴァネッサは荒っぽい手つきでフリッツを押しやって、乱雑に散らかった居間を横切らせた。フリッツは左手で弱々しくヴァネッサの肩を叩いた――右腕は、シーツを利用したとおぼしき代用品の三角巾で吊ってあった。

「よせ！」フリッツはわめいた。「やめろ、この女め！　それでなくても、こっちはあの馬鹿ふたり組のせいで、クソな肩を脱臼してるんだよ！」

ヴァネッサはフリッツを汚らしい肘掛け椅子に強引にすわらせた――椅子のすぐ横には古いエロ雑誌が山と積まれている。「話しなさい」

「ロケットランチャーじゃねえよ。ヴィンテージもののロシア製のバズーカだ。ホイーリングの駐車場あたりでひらかれてた銃器のフリーマーケットで、六千か七千ドルで買ったんだよ。それをあの悪党の山猿兄弟ときたら、盗んでいきやがった！」

「ええ、ええ。あんたなら、そういうに決まってる――ちがう？」ヴァネッサは息を荒くしていた。

「嘘じゃねえよ」フリッツは、これまで以上にまじまじとヴァネッサを見つめた――ふたつの目がヴァネッサの丸顔から滑りおり、大きなバストと幅のあるヒップをながめてから、また顔にもどってきた。「おれがこの目で女を見るのは二日ぶりだ。きょうで何日起きつづけてる？」

「先週木曜日の朝から」

「そりゃすごい――世界記録にちがいない」

「ところが、まだ世界記録に近づいてもいないよ」ヴァネッサは答えた。グーグルで調べたのだ。「そんなことはどうでもいい。あのふたりは、ついさっき警察署を吹き飛ばしたんだ！」

「どでかい爆発の音はここでもきこえたさ」フリッツは認めた。「あのバズーカ、ちゃんと動いてたみたいだな」

「ええ、立派に動いてた」ヴァネッサはいった。「でも、あのふたりが次にどこへ行くか、あなたにもわからないんでしょう？」

「ああ、見当もつかないね」フリッツはにやりと笑いかけ、長いあいだ歯医者に診てもらっていないような――そもそも一度でも歯医者に診てもらったことがあるのかさえ疑問に思える――歯をのぞかせた。「でも、わからないでもないぞ」

「どうやって？」

「あの馬鹿ども、自分たちでも見つけていながら、おれが在庫管理用のタグだといったら、あきれたことに信じやがった！」フリッツの笑い声は、たとえるなら錆びついた蝶番をやすりでこすったときの音だった。

「いったいなんの話？」

「GPSトラッカー。万一盗まれた場合のことを考えて、高価な銃器にはかならずくっつけてる。バズーカもそのひとつ。だから、携帯で所在地をリアルタイムで追えるわけだ」

「じゃ、その携帯を貸して」ヴァネッサはそういって片手を差しのべた。

フリッツはヴァネッサの顔を見あげた。皺の寄った瞼の下の青い目は水っぽく潤み、小狡い光をたたえていた。「おれのバズーカをとりかえしたら、あんたが眠りにつく前に、ちゃんとおれに返してくれるか？」

「いいえ」ヴァネッサはいった。「でも、肩が脱臼していないほうの腕の骨を折るのはやめておく。その条件でどう？」

小男のフリッツはくすくすと笑った。「異存なしだ。でもOKを出したのは、おれが図体のでかい女に弱いって、それだけのことだぞ」

　これがいつものヴァネッサだったら、いまのようなコメントをむけてきた相手をこてんぱんに叩きのめしていたかもしれない——手のかかる仕事ではないし、公益に利する行為でもある。しかし疲労困憊《こんぱい》している状態では、ろくに頭が働かなかった。

「だったら、携帯をわたして」

　フリッツはソファを押すようにして立ちあがった。「携帯はキッチンのテーブルにある」

　ヴァネッサはライフルをフリッツにむけたまま、あとずさった。

　フリッツは短く暗い廊下を先に歩いて、ヴァネッサをキッチンへ案内した。灰の悪臭が立ちこめていて、ヴァネッサは思わずむせた。「いったいなにを料理してたの？」

「キャンディさ」フリッツはそういって、リノリウムを張ったテーブルをがんがん叩いた。

「キャンディ？」この悪臭はヴァネッサが知っているどんなキャンディの香りとも似ていなかった。こまかい灰色の断片がたくさん床にちらばっていた。まるで新聞紙を焼いたあとのようだった。

「キャンディってのは女房だ」フリッツはいった。「もう死んでる。あのおしゃべりなクソ女にマッチで火をつけた。いやはや、あんな女があれほど閃きを見せるとは思ってもいなかった」にたりと醜悪に笑うと、茶色と黒に変色した歯があらわになった。「わかるかい？　閃きだよ」

　もう避けてはいられない。この邪悪な下衆男に痛みを与えずにはいられなくなった。それがヴァネッサの最初の思考だった。ふたつめの思考は、テーブルに携帯電話が見当たらないということだった。

銃声が響き、ヴァネッッサの体から空気が叩きだされた。体ががつんと冷蔵庫にぶつかり、そのまま床にくずおれた。ヒップに穿たれた銃創から血が流れだした。それまでかまえていたライフルが手からふっ飛んでいった。真正面にある食事用テーブルのへりから硝煙があがっていた。次の瞬間、銃口がヴァネッサの目にも見えた——フリッツはテーブルトップの裏面に拳銃を貼りつけていたのだ。

フリッツは固定用のダクトテープから拳銃を引き剝がし、テーブルをまわってヴァネッサに近づいてきた。「用心しておくに越したことはないってな。どこの部屋にも弾をこめた銃を置いてあるんだよ」いいながらヴァネッサの横にしゃがみ、手にした拳銃の銃口をぐりぐりとひたいに押しつけてくる。呼気はタバコと肉のにおいがした。「こいつは祖父《じい》さんがつかってた銃だ。どんな気分かな、でぶちんの豚女？」

ヴァネッサはどんな気分でもなかったし、なにかをことさら考える必要もなかった。ヴァネッサ・ランプリーの右腕——二〇一〇年度オハイオ渓谷地区女子アームレスリング大会の三十一歳から四十五歳部門決勝戦で〝破壊屋《レッカー》〟の異名をもつハリー・オメイラを打ち負かし、二〇一一年度の同大会同部門でエリン・メイクピースの肘の靭帯の一本を断ち切った右腕——は、いわばばね仕掛けの罠だった。その右手がいま瞬時に躍りあがってフリッツ・ミショームの手首をとらえるや鋼鉄の指を食いこませ、同時に男の手を荒々しく下へ引きおろした。あまりの勢いの強さにフリッツが前のめりになって、ヴァネッサの上に倒れこんだ。骨董品の拳銃が暴発して、ヴァネッサの片腕と横腹にはさまれた床に弾丸が叩きこまれた。フリッツの体の重みが銃創にかかって、のどの奥に苦い胆汁がこみあげてきたが、ヴァネッサは男の手首をねじりあげつづけた。この角度で手首をひねられていては、フリッツは床へむけて銃を撃つしかなかったし、その銃は手から滑って床に落ちた。骨がぽきんと音をたてて折れた。靭帯が引き延ばされた。フリッツが悲鳴をあげて、ヴァネッサの手に嚙みついた。しかしヴァネッサは、男の手首をねじる手にさらに力を入れただけだった。同時に左の拳でフリッツの後頭部を規則正しく殴り、一打ごとに婚約指輪のダイヤモンドをフリッツの頭に食いこませた。

「わかった、わかった！　降参！　降参するよ！　嘘じゃない！」フリッツ・ミショームは叫んだ。「もうたくさんだ！」

しかし、ヴァネッサはその考えに同調しなかった。上腕二頭筋が収縮し、墓石のタトゥー──**《あんたのプライド》**──がぐっと膨らんだ。

それからもヴァネッサは片手で手首をねじりあげつづけ、反対の手で後頭部を殴りつづけた。

第十二章

1

刑務所の最後の夜、空は晴れわたった——昼間の雨雲はむらなく吹く風で南へ流され、星々が空をとりもどした。野生動物たちは頭を突きだし、くんくんと空気を嗅ぎ、仲間と会話をした。七十二時間は存在しなかった。考えなおすこともなかった。翌日には変化が近づいてくる。動物たちも——激しい雷雨の接近を察しとるのとおなじ要領で——近づく変化を感じとっていた。

2

三一号線を封鎖するために徴用されてきたスクールバスの一台の最後列のシートで、エリック・ブラスはパートナーであるドン・ピーターズとならんでしゃがみ、ドンのいびきをきかされていた。繭に包まれたホームレスのエシーに火をつけて焼いたことでエリックが感じていた漠然とした後悔も、昼間の光が翳《かげ》るにつれて薄れていった。そもそもエシーが消えたことにだれも気づかないのなら、あの老女にどんな意味があったというのか？

　刑務官のランド・クイグリー――大多数の人たちが考えている以上にずっと思慮深い男――も頭を低くしてじっと待機していた。ランドの持ち場は刑務所の面会室のプラスティックの椅子だった。膝の上には、家族エリアにあった幼児サイズの車の玩具を上下さかさまにして置いていた。この車の玩具は、ランドが思い起こせるかぎり昔から子供たちを失望させてきた。受刑者の子供たちがこの玩具に乗って前に進もうとしても、方向転換ができないので苛立つばかりだった。原因は車軸が折れたままになっていたことだった。ランドは自分の工具箱からエポキシ樹脂の接着剤をもってきてブレーキをつなぎなおし、いまは組み合わせて接着した部品を縒《よ》り紐の舫《もや》い結びで固定したところだった。自分が人生最後の数時間を過ごしているところかもしれない、という思いはランドの頭にも浮かんでいた。どのくらいの時間が残されているかはわからないが、それでも人の役に立つ手仕事をしていると気持ちが落ち着いた。

　刑務所を見おろす丘の木立のなかでは、メイナード・グライナーが夜空の星々を見あげ、バズーカで星を撃つ空想をめぐらせていた。もしも撃てたら、星は電球みたいにぽんと破裂するのか？　これまでだれかが――おおかた科学者あたりが――大宇宙に穴をあけた前例があるだろうか？　ほかの惑星にいる異星人《エイリアン》どもも、はたして星々をバズーカなり光線銃なりで撃ってやろうと考えたことがあるのだろうか？

　弟のロウエル・グライナーは糸杉の幹によりかかって立ち、仰向けで地面に寝ている兄メイナードに口もとを拭けと命令していた――数十億年も昔に放たれたはるかな星々の光が、メイナードのよだれを光らせていた。ロウエルは気がふさいでいた。待たされるのは好きではなかったが、警官たちがいざ動きはじめるまでは、いっさい発砲を控えるのが自分たちの最大の利益に通じる。蚊がしじゅう刺してきたし、日が落ちてからは、痔を患っているような梟《ふくろう》がけたたましく鳴いてばかりだ。ヴァリアムでも飲めば気分も劇的に改善するだろう。風邪薬〈ナイキル〉のシロップでも助けになりそうだ。父ビッグ・ロウエルの墓が近くにあったら、ためらわずに柩を掘り起こし、腐りかけている死体から〈レベル・イェール〉のボトルをとりかえしていたことだろう。

丘から見おろすと、刑務所のT字形の建物が照明塔から発せられているまぶしい光を浴びて浮かびあがっていた。建物は小ぶりな谷に位置していて、三方を森に囲まれていた。東側はひらけた野原で、そこから斜面をのぼった先が、いまメイナードとロウエルが野宿をしている場所だった。この野原は最高の射撃場だ——ロウエルは思った。バズーカが射ちだす高性能爆薬入りのロケット弾をさえぎるものがなにひとつない。いずれそのときがきたら、さぞや見ものになることだろう。

3

故バリー・ホールデンのフリートウッドの先端部と刑務所にはさまれた狭い空間に、いまふたりの男がしゃがみこんでいた。

「名誉の仕事は先生がやりたいかい？」ティグ・マーフィーがクリントにたずねた。

これが名誉の仕事かどうかはわからなかったが、クリントは自分がやると答えてマッチに火をつけた。それからマッチの炎を、これよりも早い時間にティグがランド・クイグリーと地面につくったガソリンの筋にあてがった。

ガソリンの筋に火がついた――火は刑務所の正面玄関前から建物前のスペースを横切って駐車場を通過、さらに内側のフェンスの下をくぐって先へ進んだ。このフェンスと第二の外側のフェンスをへだてている芝地に積みあげてあるタイヤの山からまず煙があがり、やがて内側からちろちろと炎があがりはじめた。ほどなく炎の明かりが刑務所の周辺部から闇を追い払った。汚らしい煙が渦を巻きながら立ちのぼりはじめた。

クリントとティグは刑務所の建物へ引き返した。

4

暗くなった刑務官休憩室で、ミカエラは懐中電灯を手にして抽斗を漁っていた。見つかったのは〈バイシクル〉のトランプ。ミカエラは〈戦争《ウォー》ゲーム〉をしようとジェイリッドを誘った。ほかの面々は――三人のまだ起きている受刑者をのぞいて――全員が監視任務についていた。いまは月曜日の夜十時ごろだ。思い返せば目を覚ましたのは先週木曜日の朝六時きっかりで、そのあとジョギングをした。いまは陽気な気分。体は元気いっぱいだった。

「無理だよ」ジェイリッドは答えた。

「なんで？」ミカエラはたずねた。

「超忙しいから」ジェイリッドはそういうと、引き攣《つ》ったような笑みをのぞかせた。「やっておくべきだったのに、やってなかったこと……そのあれこれを考えてるから。それから、父さんと母さんがお互い怒りをぶつけあう機会をどれだけ待っていたかということ。あとは、ぼくが抱きしめているあいだに、ガールフレンドが——っていっても、ほんとのガールフレンドじゃなく、そんなような存在だっただけで——どんなふうに眠りに落ちてしまったかとか」ジェイリッドは先ほどの言葉をくりかえした。「だから超忙しいんだ」

ジェイリッド・ノークロスが必要としているのが母親のような優しさだとしたら、ミカエラはふさわしい人物ではなかった。先週の木曜日からこっち、世界は逆さまにひっくりかえってしまった。それでもガース・フリッキンジャーの近くにいるかぎり、ミカエラはこの事態も一種のおふざけや浮かれ騒ぎとして対処することができていた。そのガースの死をこれほど悲しく思うとは、ミカエラ本人にも予想外だった。ドラッグ常習者ならではのガースの快活な態度は、常道をはずれきったこの世界では唯一、筋の通ったものだった。

ミカエラは答えた。「怖いのはわたしもいっしょ。いま怖く思わなかったら、頭がおかしくなってるってことよ」

「ぼくはただ……」ジェイリッドの言葉は途切れた。

理解できないことだらけだった。いま刑務所とそのまわりにいる人たちが、例の女について話していることが理解できない。あの女には不思議なパワーがあるだの、刑務所長の娘でテレビのニュースリポーターでもあるミカエラという女性が、特別な女だといわれる囚人の魔法のキスで新たなエネルギーを得た、という話もわからない。父クリントになにがとり憑いたのかもわからない。ジェイリッドにわかっているのは、人々が死にはじめたということだけだ。

ミカエラも察していたように、ジェイリッドは母親の不在を悲しく思っていたが、母親の代役を求めていたわけではなかった。そもそもライラの代わりはだれにもつとめられない。

「ぼくたちは善玉の側だよね?」ジェイリッドがたずねた。

「それはわからない」ミカエラは正直に答えた。「でも、悪玉の側じゃないことだけは確かね」

「それならよかった」ジェイリッドはいった。

「さあ、話はこのくらいにしてトランプで遊ばない?」

ジェイリッドは片手で目もとをこすり、「ああ、遊んじゃおう。いっとくけど、ぼくは〈戦争《ウォー》〉が強いんだよ」といいながら、休憩室中央に置いてあったカードテーブルに近づいてきた。

「コークかなにかを飲みたくない?」ミカエラはたずねた。

ジェイリッドはうなずいたが、ふたりのどちらも自動販売機につかえる小銭をもっていなかった。ふたりは所長室へ行ってジャニス・コーツの巨大なニットのハンドバッグをひっくりかえし、ふたりして床にしゃがみこんで、レシートやメモやノートや〈チャップスティック〉のリップクリームやタバコなどをかきわけ、銀色のコインをさがした。ジェイリッドはミカエラに、なぜにこにこしているのかと質問した。

「だって、これが母のハンドバッグだなんて」ミカエラはいった。「母は刑務所の所長よ。それなのに、ここまで悪趣味なバッグを持ち歩いてたなんて」

「そうなんだ」ジェイリッドはふくみ笑いを誘われた。「だったら、刑務所長がもち歩くのにふさわしいのはどんなバッグだと思う？」

「やっぱり、手錠とか鎖できっちり閉められるバッグとか」

「それじゃ変態だ」

「ガキみたいなことはいわないの、ジェイリッド」

コークを二本買っても余るくらいのコインが見つかった。ふたりで休憩室へもどる前に、ミカエラは眠れる母親ジャニスをおさめた繭にキスをした。

トランプの〈戦争《ウォー》〉は、たいてい延々とつづく。しかしミカエラは十分もかけずに、ジェイリッドを二回連続で打ち負かした。

「まったく。やっぱり〈戦争《ウォー》〉は地獄だ」

ふたりはそれからまたゲームをして、さらにゲームをして、重ねてゲームをした。どちらもほとんどしゃべらず、暗いなかでひたすらカードをめくりつづけた。そしてミカエラは勝ちつづけていた。

5

テリーは道路封鎖地点から数メートル後方のキャンプチェアで居眠りをしていた。眠りながら妻の夢を見ていた。妻は軽食堂《ダイナー》をひらいていた。夫婦はなにもない皿を運んでいた。「でも、リタ、これは料理のない皿じゃないか」テリーはそういって皿を妻に返した。リタはすぐに皿をテリーに突き返してきた。このやりとりが何年にも思えるほど長くつづいた。なにも載っていない皿が延々と行ったり来たりする。テリーはしだいに苛立ちを深めてきた。リタはなにも話さず、秘密を隠しもっているかのように、テリーにむかってにやにや笑うばかり。ダイナーの窓から見える外の景色は、昔の〈ビューマスター〉でのぞく風景のスライドのように、季節がどんどん移り変わっていた――冬、春、夏、秋、冬、春――。

目をあけると、バート・ミラーがのしかからんばかりにして立っていた。

目を覚ましたテリーが最初に思ったのは夢のことではなかった――今夜の早い時間にフェンスでクリント・ノークロスが大声で酒の話をして、ほかのふたりの前で恥ずかしい思いをさせられたことだった。夢で感じた苛立ちと恥が交じりあって、テリーは自分が署長の器ではないことをあますところなく理解した。フランク・ギアリーがなんとしても署長になりたいのなら、好きにさせてやろう。それにクリント・ノークロスが素面の人間と話しあいたいというのなら、ああ、あの医者にはフランクをあてがってやれ。

いたるところにキャンプ用の屋外照明が設置されていた。男たちが数人のグループをつくって立っていた。肩からストラップでライフルを吊るし、笑ったりタバコを吸ったり、がさがさと音をたてるビニール包装のＭＲＥ――アメリカ軍用戦闘糧食《レーション》――を食べたりしている。どこから調達してきたものかは見当もつかない。舗装路面に膝をついてサイコロ賭博をしている者もいる。元警官のジャック・アルバートスンがパワードリルをつかって、一台のブルドーザーの窓を鉄板で覆う作業をすすめていた。

町議会議員のバート・ミラーが、手近に消火器はあるかとたずねてきた。「コーチのウィットストックが喘息もちでね。あのクソ野郎どもが焼いてるタイヤの煙が、こっちにまで流れてくるんだ」

「なるほど」テリーはいい、いちばん近いパトカーを指さした。「トランクのなかだ」

「恩に着るよ、署長」議員は消火器をとりに離れていった。だれかが大勝ちしたらしく、サイコロ賭博の男たちから歓声があがった。

テリーはキャンプチェアから一気に立ちあがると、数台のパトカーが駐車してある場所を目指した。歩きながらテリーはガンベルトのバックルをはずし、草の茂みにベルトが滑り落ちていくにまかせた。こんなことはもうたくさんだ──テリーは思った。うんざりだ。

テリーのポケットには四号車のキーがあった。

6

フランク・ギアリーは動物管理官としての公用車であるピックアップトラックの運転席にすわり、署長代理のテリー・クームズがひとり静かに職を辞していくさまを見まもっていた。

《あんたのせいよ、フランク》隣の席から妻のエレインが話しかけてきた。《さぞや鼻高々でしょう？》

「テリーが自分で決めたことだ」フランクは答えた。「おれはあいつを縛ってもいないし、ロに漏斗《じょうご》を突っこんで酒を飲ませたわけでもない。憐れな男だよ――あの仕事をこなせる器じゃなかった。ただ、あいつが羨《うらや》ましいね――ああやって辞められるんだから」

《でも、あなたは辞めない》エレインはいった。

「ああ」フランクは答えた。「おれは最後まで役目を果たす。ナナのために」

《あなたはナナに取り憑かれてるのよ、フランク。なにかといえばナナ・ナナ・ナナ。クリント・ノークロスの言葉なんて、ひとつも耳にはいってない。ナナのことしか考えられなくなってるから。せめて、あと少し待てないの？》

「待てないね」そう、男たちはここに勢ぞろいし、すっかり意気があがって行動を起こす準備を固めているからだ。

《あの女が実際には、あなたの鼻をつかんで引きずりまわしてるんじゃない？》

ピックアップトラックのワイパーブレードに大きな蛾がとまっていた。フランクはレバーを操作してワイパーを動かし、蛾を追い払った。それからエンジンをかけて出発した――といってもテリーとは異なり、またここへ引き返してくる予定だった。

最初に立ち寄ったのはスミス・ストリートの自宅だった。ここでは地下室に寝かせたエレインとナナのようすを確かめた。ふたりともフランクがここへ運びこんだときのまま――ユニット家具の棚の裏に、きっちりとシーツで覆われたまま――だった。フランクはナナに愛していると語りかけた。エレインには、夫婦で意見が一致することがなかったように思えるのが残念でならない、と語りかけた。この言葉自体に嘘はなかったが、たとえこうして不自然な眠りについていても、エレインがあいかわらず夫を馬鹿にしつづけているという事実には激しい苛立ちを感じていた。

フランクは地下室への扉に鍵をかけなおした。ドライブウェイに出ると、ピックアップトラックのヘッドライトに照らされて、路面にあいた穴に水が溜まっているのがわかった。早いうちに修復作業をするつもりの穴だった。緑と茶色と青の沈澱物が、たまった水のなかでゆったりと動いていた。ナナが路面に樹木を描いていたチョークの粉が、雨に洗い流されたものだ。

フランクがドゥーリングのダウンタウンにたどりついたときには、銀行の時計が《12：04》を表示していた。火曜日がやってきたのだ。

コンビニエンスストアの〈ゾニーズ〉の前を通ったとき、だれかが正面側の大きなはめ殺しの一枚ガラスを叩き割っている光景が目に見えた。

町庁舎の建物からは、いまもまだ煙があがっていた。クリント・ノークロスが仲間たちに妻の職場を爆破する許可を出したとは驚きだ。しかし、いまでは人々が様変わりをしてしまったようにも思える――クリントのような医師も例外ではない。ひょっとしたら、人々が以前よりも男としての本性に近づいたのかもしれない。

道の反対側にある公園では、ひとりの男が――動機は見当もつかないながら――初代町長の彫像から緑青《ろくしょう》が模様をつくるズボンを金属カッターで切り取ろうとしていた。切断部分から泉の水のように火花が噴きあがり、男の熔接作業用ヘルメットのスモークガラスののぞき窓に反射して、明るさが二倍になっていた。さらにその先では、ひとりの男が映画〈雨に唄えば〉のジーン・ケリーのように一本の街灯にのぼって手で体を支えていた。ただしこの男は片手で一物をもって歩道に小便を撒き散らしながら、舟歌のたぐいを調子っぱずれにがなっていた。

「船長さんはお部屋にこもりきり、エールだブランディだと酒ざんまい！　水兵さんはみんなで女郎屋へ、どんなお女郎もそろってる！　うんとこさあ、どっこいっしょ！　もひとつおまけに、うんとこさあ、どっこいしょ！」

これまで存在していた社会秩序――過去数日間、フランクとテリーが力をあわせて維持しようと努力を傾注してきた対象――はいま崩壊しかけていた。これは一種の荒々しい弔いなのかもしれない。いずれは終熄《しゅうそく》するのかもしれない――終熄しなければ、全世界規模の大変動にエスカレートしてしまう。この先どうなるのかは、だれにもわからないが。

《あなたがいるべき場所はここよ》エレインはいった。

「ちがうね」フランクは妻にいった。

次にフランクが車をとめたのは動物管理局の裏手だった。毎日三十分だけ時間をとって、ここに立ち寄るようにしていた。ケージに収容している野犬に餌をやり、特別なペットにしているオフィス番犬には〈アルポ〉のボウルを残した。毎日ここへ来るたびに収容エリアはさんざんな汚れようだったし、犬はみんな落ち着きをなくし、震えたり情けない鼻声を出したり、遠吠えをしたりしていた――というのも、いまではよくても一日に一度の散歩に連れだすのがやっとだからだし、そもそも八頭いる収容犬のうち、わずかなりともしつけをされているのはせいぜい二頭にとどまるからだ。

犬を眠らせてやることも考えた。自分の身になにかが起これば、犬たちが飢えることはまちがいない。どう考えても〝善きサマリア人〟が都合よくあらわれて犬の世話をするようなことはないだろう。あっさりと犬たちを解放するという策は最初から思いつかなかった。犬を好き勝手に駆けまわらせるわけにはいかない。

フランクの心の目に、ひとつの幻想の風景が見えてきた。あくる日、ナナといっしょにここへ来てナナに餌やりや散歩の手伝いをさせてやっているところの光景だ。ナナは昔からそういった手伝いが好きだった。ナナならオフィス番犬のことも好きになるはずだとわかっていた――禁欲的な態度で眠たげな目のビーグルとコッカーの混血犬《ミックス》だ。ナナなら、あの犬がそろえた前足に頭をぐったり預けているようすに惚れこむことだろう――際限なくつづく学校の授業を無理やりきかされて、机につっぷして居眠りをしている小学生そっくりだった。エレインはずっと犬がきらいだったが、これまでのいきさつはもう関係ないし、それでなにかちがいが生まれることもない。どう転ぶにせよ、自分とエレインはもうおわりだし、ナナが犬を欲しがればフランクが飼うことになる。

フランクは三頭引きのリードをつかって犬を散歩させた。散歩をおわらせて、メモを書いてから――《**動物たちのようすを確かめてほしい。餌と水が切れていないかどうかを確認すること。七番に収容されている灰色と白のピットブルの混血犬《ミックス》は臆病だから慎重に近づくこと。物品を盗まないように。ここは州政府のオフィスだ**》――そのメモをダクトテープで玄関ドアに貼りつけた。オフィス番犬の耳の裏を二回ばかり掻いてやる。「なんだ、その顔は。おいおい、どうしたんだよ」

ピックアップトラックにもどって道路封鎖地点にもどるために走りだしたとき、銀行の時計は《**01：11**》を表示していた。このあと午前四時半には、襲撃にそなえて全員に準備をさせる予定だった。二時間後には夜明けだった。

7

刑務所の運動場の先、フェンスの反対側では、口もとをバンダナで覆っているふたりの男が消火器でタイヤの炎を消そうとしていた。暗視スコープごしに見ていると、消火器が噴きだす泡のスプレーが発光しているように見えていたし、男たちの姿には黄色い輪郭線がほどこされていた。ビリー・ウェッターモアには大柄なほうの男の名前がわからなかったが、小柄なほうはよく知っている男だった。

「あそこに麦わら帽をかぶってる間抜け男がいるだろ？　ミラー町議会議員だ。バート・ミラーだよ」ビリーはウィリー・バークにそう教えた。

ビリーとミラー議員のあいだには、いささか皮肉な因縁があった。ドゥーリング・ハイスクールに在学中、ビリー・ウェッターモアは全米優等生協会の一員として、議員の事務所でのインターンシップを経験した。そこでビリーは、バート・ミラーがおりにふれて開陳するホモセクシャルについての考えを黙って拝聴することを強いられた。

「あれは突然変異だ」ミラーはそう説明し、自分はその突然変異を阻止することを夢見ていると語った。「いいか、ビリー、ホモ連中を一瞬でひとり残らず抹殺しちまえば、あの突然変異の拡散をとめられるかもしれん。ま、そうはいっても……またいくらわれわれが認めたくなくても、あいつらも人間であることに変わりはない。そうだよな？」

あのころから現在までに十年以上の歳月が流れ、そのあいだにはいろいろなことが起こった。ビリーは田舎育ちの若者で頑固だった。カレッジを中退したあと、ビリーは生まれ故郷であるアパラチア地方のこの町にもどってきた――町の政治の風向きを無視して。このあたりの人々にとっては、ビリーが男好きの男だという事実がまず真っ先に頭に浮かぶようだった。二十一世紀になって二十年近くになることを思えば腹立たしいかぎりだった。ただし、ビリーは怒りを顔に出さなかった。怒りをあらわにしても、周囲の人々にわたしてはならないものを与えるだけだ。

それはそれとしてバート・ミラーのすぐ前の地面を撃って驚かせ、ズボンのなかに偏見まみれのクソをひり出させたいという誘惑は逆らえないほど強かった。「これからやつをびっくりさせて跳びあがらせ、おれたちのタイヤから遠ざけようと思うんだよ、ウィリー」

「やめろ」その言葉はウィリー・バークの口からではなく、背後からきこえてきた。

支柱であけたままにしてある刑務所の裏手のドアから、クリント・ノークロスが姿をあらわした。暗闇のなかでは、眼鏡の縁《ふち》に反射した光以外にはクリントの顔で見分けがつくところはひとつもなかった。

「やめる？」ビリーはいった。

「そうだ」クリントは左手の親指で右手のこぶしの関節をごしごしこすっていた。「撃つのなら足にしろ。やつを倒せ」

「マジで？」ビリーは野生動物の狩りの経験こそあったが、人間を撃ったことはない。

ウィリー・バークが口をつぐんだまま、鼻からハミングめいた音を出した。「足に命中させせれば、相手が死ぬことだってあるんだぜ」

クリントはうなずき、そのことも承知のうえだと示した。「わたしたちはここを死守しなくてはならない。やれよ、ビリー。あいつの足を撃て。それで相手方がひとり減り、わたしたちがゲームをしているわけではないと連中に教えてやれる」

「わかった」ビリーは答えた。

それから片目をスコープにあてがう。内と外のふたつの金網フェンスによって交差する斜線の模様を描きこまれたバート・ミラーが、道路脇の立て看板ほどにも大きく見えていた。いまは消火器を横のくさむらに置いて、麦わら帽を扇代わりに自分をあおいでいる。ビリーはスコープ内の十字線の中央を、ミラーの左膝にぴたりとあわせた。標的がミラーのような人でなしだったことは喜ばしかったが、それでも人を撃つのは気が進まなかった。

ビリーは引金を引いた。

8

イーヴィが定めたルールはこういうものだった。
（1）夜明けまでは隠密行動をとり、殺傷行為は控えること。
（2）ケイリーとモーラの繭を切りひらくこと！

(3) 人生を楽しもう!

「うん、いいんじゃない」エンジェルはいった。「でも、あたしが人生を楽しんでるあいだ、モーラとケイリーに殺されないって保証はある?」

「もちろん」イーヴィは答えた。

「だったら安心」とエンジェル。

「あの人の監房をあけて」イーヴィが命じると、シャワーブースの壁の穴から鼠が列をつくって出てきた。先頭の鼠がエンジェルの監房前で足をとめた。二匹めの鼠が先頭の背中に乗り、三匹めが二匹めの背中に乗った。そんな流儀でタワーがつくられつつあった——灰色の鼠の体に灰色の鼠の体が積み重なっていくと、おぞましいアイスクリームタワーのように見えてきた。

最下段の鼠が重みで窒息死したことを感じて、イーヴィは小さな悲鳴をあげた。

「あら、マザー」イーヴィはいった。「ほんとにごめんなさいね」

「わあ、これってすっごいサーカスの曲芸!」エンジェルはうっとりと魅せられていた。「これでひと財産つくれるよ、あんたはわかってる?」

最上段の鼠はまだ子供らしく、いちばん体が小さかった。小さな鼠は窮屈な鍵穴に体をぐりぐりと押しこめていった。イーヴィは鼠の小さな前足を操作し、どんな鼠も獲得したことのない強い力を流しこんで錠前のメカニズムをさぐらせた。やがて監房のドアがひらいた。

エンジェルはシャワー室からタオルを二、三枚もってくると、丸く膨らませて簡易ベッドに置き、その上に毛布をかけてから監房を出てドアを閉めた。これならだれかが監房をのぞいても、エンジェルがついに眠気との戦いに負けて寝入ったと思いこむことだろう。

それからエンジェルは、睡眠者《スリーパー》の大半が安置されているC翼棟を目指して廊下を歩きはじめた。

「さよなら、エンジェル」イーヴィが声をかけてきた。

「うん」エンジェルは応じた。「じゃ、またね」しかしドアに手をかけたまま、その場で足をとめていた。「ね、さっき、遠くで悲鳴がきこえなかった?」

イーヴィも悲鳴をききつけていた。さらにそれが、片足に受けた銃弾についてわめきちらしているバート・ミラー町議会議員の声だということも知っていた。泣き叫ぶミラー議員の声は、空調ダクトを通じて刑務所内にも届いていた。エンジェルがこの件を気にかける必要はまったくなかった。

「心配いらない」イーヴィはいった。「どうせ男だから」

「わかった」エンジェルはそういって立ち去った。

9

エンジェルとイーヴィが話をしているあいだ、ジャネット・ソーリーは監房と反対側の壁にもたれて話をきき、観察の目を光らせていた。そしていま、ジャネットはデイミアンに顔をむけた——死んでから何年もたち、ここから百五十キロ以上も離れたところに埋葬されているのに、デイミアンはいまもジャネットの隣にすわっていた。太腿にマイナスドライバーが突き立ち、傷から血があふれて床にしたたり落ちていた。ただし血は、ジャネットが知っているものとまったく異なる質感をそなえていた――水気がまったく感じられなかった。奇妙だった――なにせいまジャネットは、その血だまりのなかにへたりこんでいるのだから。

「ねえ、あんたも見てた？」ジャネットはたずねた。「さっきの鼠ども？」

「ああ」デイミアンは答えた。疳高《かんだか》く、きしんだようなその声は、ジャネットの口調を真似たものだった。「あたしもあの鼠ちゃんたち見てたもん、ジャニー・ベイビー」

げえっ。ジャネットは思った。最初にジャネットの人生にあらわれてきたときには、デイミアンはなんの問題もないように思えた。それがいまでは、苛立たしさがつのるばかりだ。

「おまえにあんなふうに殺されたおかげで、おれは死体を鼠どもに嚙まれた――あのときに似た鼠がいたぞ、ジャニー・ベイビー」

「ごめん」ジャネットは自分の顔に触れた。泣いてるように思ったのに顔は濡れていなかった。ジャネットはひたいを引っ掻いて爪を食いこませ、自分で自分に痛みを与えようとした。正気をなくすのだけは御免だった。

「いいだろう。調べてみろよ」デイミアンが歩みよって顔を近づけてきた。「ほら、鼠どもはおれを嚙んで骨の髄まで食っていったんだぞ」

　両目は黒くぽっかりと空いた眼窩だけになっていた。鼠が眼球をむさぼったのだ。そんなものを見たくはなかった、いっそ瞼を閉じたかった。しかしここで瞼を閉じれば、たちまち睡眠が襲いかかってくるに決まっていた。

「どこの世界に、息子の父親がこんな目にあっているのに放置しておく母親がいるものか。亭主を殺すだけじゃなく、ピーナツバターとチョコレートでつくった〈バターフィンガー〉じゃあるまいし、鼠に好き勝手に嚙ませるとはね」

「ジャネット」イーヴィは声をかけてきた。「おーい。こっちへおいで」

「あんなクソ女はほっとけよ」デイミアンはジャネットにいった。そう話しているあいだにも、デイミアンの口から鼠がぽんと転がりでてきて、ジャネットの膝に落下した。思わず悲鳴をあげて平手打ちにしたが、鼠はもう消えていた。「おまえに注目してほしいんだよ。しっかりおれを見ろ、この低能」

イーヴィはいった。「あなたが起きててくれてよかった、ジャネット。あなたがわたしの話をきかずにいてくれたこともよかった。向こう側でもいろいろなことが起こってて——まあ、わたしにとってはうれしいことになりそうだけど、でも、もしかしたらわたし、年をとってやわになってるのかも。これが長くつづくのはありそうもないけれど、もしそうなるのなら、わたしは公平な聞き手としてその場にいたいかな」

「なんの話をしているの？」ジャネットののどが痛んだ。全身いたるところが痛かった。

「またボビーに会いたい？」イーヴィがたずねた。

「もちろん会いたいに決まってる」ジャネットはデイミアンを無視して答えた。無視するのはだんだん簡単になってきた。「息子だもの、また会いたいに決まってる」

「うん、そうだよね。だったら、わたしの話をよくきいてて。ふたつの世界をつなぐ秘密の通路がある——トンネルがね。眠りについた女たちは、だれもがどこかしらの通路であっち側へ行く。でも、それとは別の通路がある……とびっきり特別な通路で、入口はとびっきり特別な木にある。行ったり来たりできる通路はそこだけ。わかる？」

「わかんない」

「そのうちわかるはず」イーヴィはいった。「それで、トンネルの向こう側にいるひとりの女が、通路をふさごうとしてる。だれかがその女をとめないかぎり。女の立場は理解できるし、無理もないことだとも思う。〈大樹〉のこちら側の世界で、男たちがめちゃくちゃひどいことをやってるから。いくら成績インフレがあって基準が底上げされても、その結論は変わらない。でも、発言する権利はだれにでもある。ひとりの女につき一票。エレイン・ナッティングひとりが女全員にかかわる決断をくだすのを見過ごしてはおけない」

イーヴィは自分のいる監房の鉄格子に顔を押しつけていた。左右のこめかみから、みずみずしい緑色の巻きひげめいた蔓が生えだしていた。両目は赤褐色の虎の目だった。髪の毛に何匹もの蛾があつまってきて、ぱたぱたと動く帯をつくりはじめた。この女はばけものだ——ジャネットは思った——おまけに美しい。

「でも、それがボビーとなんの関係があるの？」

「〈大樹〉が燃やされればトンネルが閉じてしまう。だれひとり、もどってこられなくなる。あなたももどれなくなるし、ほかの女ももどれなくなるの、ジャネット。終末が避けられなくなるわけ」

「ちがう・ちがう・そうじゃない。もう終末は避けられないね」デイミアンはいった。「さあ、とっとと寝ちまえよ、ジャニー」

「黙っててよ！　ったく、死人のくせに！」ジャネットはデイミアンに金切り声をぶつけた。「あんたを殺したのはすまないと思うし、帳消しにできるならなんだってする。でも、あんたはわたしに残酷なことをしてた。いまはもう、そんなこともおわり。だから、あんたはその腐れ口を閉じてればいいの！」

この威勢のいい言葉が、A翼棟の閉ざされた狭い空間に響きわたった。デイミアンは消えていた。

「よくぞいった」イーヴィはいった。「勇気あるね！　さて、わたしの話をきいて、ジャネット。そうだな、目を閉じてもらえる？　あなたはこれからトンネルを通るの――あなたのトンネルを。でも、そのことは思い出さない」

話のこの部分なら、ジャネットにもわかる気がした。「それって、わたしが眠っているから？」

「そのとおり！　そのあと向こうの世界にたどりつけば、あなたはしばらく感じたことがなかったほど元気な気分になる。あなたには狐のあとを追ってほしい。狐はあなたが必要とされているところへ、あなたを案内する。忘れないで――ボビーと〈大樹〉。片方はもう片方次第よ」

ジャネットは瞼が落ちるにまかせた。ボビー……そう自分に思い起こさせる。ボビーと〈大樹〉、行き来できるトンネル。エレインという女が木を燃やしてトンネルをふさごうと企んでいる。狐のあとを追いかける。ジャネットは一・二・三・四・五と数えたが、なにも変わっていなかった。ただし、イーヴィだけは例外。イーヴィは〈緑のレディ〉に変貌していた。イーヴィ自身が木になったかのように。

ついでジャネットは頬にくすぐったさを感じた——これ以上薄くなれないほど薄いレースの布で撫でられたかのようだった。

10

発砲後には、バート・ミラーがわめき散らしては叫ぶ声がきこえていた。そのあと連れに引きずられていくあいだも、ミラーはわめきつづけていた。クリントはウィリー・バークのライフルを拝借し、スコープで相手方のようすを確かめた。黄色い輪郭に縁どられて地面に転がっている人影は自分の太腿を両手でつかみ、もうひとりが倒れた男の腋の下に手を入れて体を引きずっていた。

「お手柄だ。ありがとう」クリントはライフルをビリー・ウェッターモアに返した。ウィリー・バークは慎重に考えをめぐらせている顔で、ふたりを見比べていた——賞賛半分、用心半分の目つきだった。

クリントは建物に引き返した。小さな体育館に通じている裏のドアは、ストッパー代わりの煉瓦であけたままになっていた。

外部から建物内をのぞかれないようにするため、室内照明は非常用の赤い電灯だけに絞りこまれていた。非常用ライトは、硬木づくりの床のへり部分に赤く光るスポットをそこかしこにつくっている。かつてこの体育館では、受刑者たちがハーフコートのバスケットボールをしていた。クリントはゴールの前で足をとめると、クッション壁によりかかって体を支えた。心臓が激しい鼓動を搏《う》っていた。怯えてはいなかったし、浮かれてもいなかったが……とにかくここにいた。

クリントは多幸感に酔いしれていた自分を戒めたが、それでも四肢に走る心地よい響きが邪魔されることはなかった。自分から壁で切り離されたような、あるいは本来の自分に立ち返ったような、そんな気分。どちらなのかはわからなかった。いまわかっていたのは、ミルクシェイクは自分の手にあり、フランク・ギアリーにはそれをとりあげさせない、ということだった。フランクが悪玉だという事実は問題にならないといえた。

オーロラ病はウイルス感染によるものではなく一種の魔法であり、イーヴィ・ブラックはこれまでに存在したどんな女性とも――どんな人間とも――異なっている。人間の理解を超える事象なら、ハンマーをふるっても解決できない。ところがフランク・ギアリーとテリー・クームズをはじめとする刑務所の外に群がっている連中は、ハンマーで解決できると思いこんでいる。この件にはちがう角度からのアプローチが必要だ。クリントにはそれが明白に見えていたし、外の連中にもわかっているはずだ。あの連中の全員が愚か者ということはないのだから。しかし――理由はわからないが――彼らには明白な事実が見えていない。となると、連中がふるうハンマーを防ぎたければ、こちらもハンマーをふるわざるをえない。

いいはじめたのはあいつらだ！　なんと子供っぽい言いぐさ！　それがどれほど真実を突いていることか！

この論理は、動くたびに悲鳴をあげる錆びた車輪にあわせて回転しつづけていた。クリントはクッション壁を数回殴りながら、鉄拳を浴びせているのが人間であればいいのにと思っていた。クリントは発熱療法《パイロセラピー》を連想した――発熱させて病気を治そうという過去の治療法だ。患者をマラリアに感染させて発熱をうながすのは恐ろしく苛酷な治療法だったが、しばらくは最先端医療でありつづけた。命を救われた患者もいれば、命を落とした患者もいた。イーヴィは発熱療法士なのか、それとも発熱療法そのものなのか？　あるいは医者であると同時に、治療法そのものなのか？

あるいは……ビリー・ウェッターモアにバート・ミラー町議会議員の足を撃てと命令したことで、クリント自身が発熱療法を処方してしまったのではないだろうか？

11

床を歩く足音が体育館のほうからきこえていた。エンジェルは監房の鍵をまとめたキーリングを手にして、無人になっている〈ブース〉を出てきたところだった。キーリングは右手に握り、いちばん長い鍵が人差し指と中指のあいだから突きでていた。以前、オハイオ州の某駐車場で、酔っぱらった老いぼれカウボーイの耳に鋭く削った鍵を突き立ててやったことがある。カウボーイは落命こそしなかったが、この経験をあまり楽しんでもいなかった。人に親切をほどこしたい気分だったこともあり、エンジェルは男から財布と安物雑貨店の商品めいた結婚指輪とスクラッチ宝くじ、ベルトの銀製のバックルを奪うにとどめ、命は助けてやった。

ドクター・クリント・ノークロスが足をとめずに、〈ブース〉のガラス壁の前を通りすぎていった。エンジェルはうしろから忍び寄って、信用ならないいんちき医者の頸動脈に鍵を突き刺してやろうかと考えた。われながら気にいった考えだ。あいにく、夜明け前は殺人を控えるという約束をイーヴィと交したし、あの魔女を裏切ることには慎重にならざるをえなかった。

そんなわけで、エンジェルはクリントを通した。そのあとC翼棟へ……モーラ・ダンバートンとケイリー・ローリングズの住まいだった監房へと急ぐ。簡易ベッドの下の段の手前側に置かれているのは――ずんぐり逞しい体格がうかがえるので――明らかにモーラだった。A翼棟でモーラが寝入ったあとで、だれかがここに寝かせたのだろう。おなじ段の奥にはケイリーが寝かされていた。イーヴィは〝ふたりの魂は死んでいる〟と話していた――エンジェルにはその意味がさっぱりわからなかったが、それでも用心が必要だという気持ちにさせられた。

エンジェルは鍵の先端をつかって、モーラの顔を覆っている蜘蛛の糸のような物質でできた膜を切り裂いていった。膜は空気の洩れるような音とともに左右にひらき、肉づきがよくて頬が赤らんだモーラの顔があらわれた。その顔は、たとえば田舎の小さな商店で売られる〝家庭的な〟商品のパッケージにつかわれてもおかしくなさそうだった――〈モーラ母さんのコーンブレッド〉とか〈ダンバートンおばさんの咳どめシロップ〉とか。エンジェルは一気に廊下にまで飛びすさって、モーラが襲ってきたら逃げられる準備をした。

ベッドの女はゆっくりと上体を起こした。

「モーラ?」

モーラ・ダンバートンは目をぱちくりさせた。じっとエンジェルを見つめた。その目には瞳しかなかった。モーラは右腕を繭から引き抜き、つづいて左腕も引き抜くと、両手を重ねて皺だらけの腿の上に置いた。

　そうやってモーラがすわる姿勢をとったまま二分ばかりたったのを見はからって、エンジェルはまた監房へ足を踏み入れた。「あたしを襲ったりしたら、怪我をするくらいじゃすまないよ、モー・モー。あんたを殺すからね」

　モーラは黒一色の目で壁を見すえたまま、静かにすわっていた。

　エンジェルはまた鍵をつかって、今度はケイリーの顔を覆っている膜を切り裂いた。そして今回もすばやく、監房から外の廊下へと避難した。

　先ほどとおなじプロセスがくりかえされた。ケイリーは服を脱ぎ捨てるように上半身から繭を払い落とし、黒一色の目でじっと見つめているばかりだった。ふたりの女は切り裂かれた蜘蛛の糸状物質の膜を髪の毛やあごや首筋から垂らした姿のまま、肩を寄せあってすわっていた。どちらの女も、旅まわりの安っぽいカーニバルの幽霊屋敷に出てくる幽霊そっくりだった。

「ふたりとも気分はどう？」エンジェルはたずねた。

　ふたりは答えなかった。そもそも呼吸をしているようにさえ見えなかった。

「で、ふたりとも、自分たちがなにをしなくちゃいけないか、ちゃんとわかってる？」エンジェルはたずねた——不安な気分はいくらか減って、好奇心が膨らみつつあった。

　ふたりはなにも話さなかった。ふたりの黒一色の目にはいかなる反応の光の動きも見られなかった。さらにふたりの女の体からは、掘り返されたばかりの湿った土のにおいがはなたれていた。《死人の汗のにおいだ》エンジェルは思った（が、すぐに思わなければよかったと後悔した)。

「オーケイ。よし」この先はふたりがなにかするか、なにもしないかだ。「あとは、あんたたちに任せるね」

エンジェルは、《がんがんやっちまいな》とかなんとか、励ましの文句をつづけようと思ったが、考え直してやめた。

エンジェルは木工作業所へ行き、鍵をつかって工具類を手にいれた。小型のハンドドリルを服のウェストに突っこみ、片方の靴下には鑿を、反対の靴下にはドライバーを突っこんだ。

それがすむと、エンジェルは一台のテーブルの下にもぐりこんで仰向けに横たわり、真っ暗な窓に夜明けの最初の光がのぞく瞬間を待ちはじめた。眠気は少しも感じなかった。

12

ジャネットの顔のまわりで細い繊維状の物質が何本もくるくるとまわり、渦をつくって、顔を埋めていった。クリントはジャネットのわきに膝をついた。手を握ってやろうと思ったが、その勇気が出なかった。

「きみは善人だった」そうジャネットに語りかける。「息子さんはきみを愛していたよ」

「その人はいまも善人よ。息子さんはいまもその人を愛してる。だってジャネットは死んでない。眠ってるだけだもん」

クリントはイーヴィの監房の鉄格子に歩み寄った。「きみがそういうのならね、イーヴィ」

イーヴィは自分の寝台に腰かけた。「クリント、あなたは元気をとりもどしたみたい」

女のたたずまい——うつむき加減の顔、横顔に垂れ落ちている艶《つや》やかな黒髪——から立ちのぼっているのはメランコリーだった。

「いまならまだ、わたしを向こうへ引きわたせる。でも、その余裕はもうあまり残ってない」

イーヴィはいった。

「引きわたすものか」クリントは答えた。

「あなたがウェッターモアに撃たせた男の声といったら！　ずっと離れたここでも声がきこえたくらい」

挑発する口調ではなかった。思い返している口調だった。

「撃たれるのが好きな人はいないからね。なんといっても痛い。きみは知らないかもしれないが」

「今夜、町庁舎の建物が破壊された。破壊した張本人たちは、あなたに罪を着せようとしてる。テリー・クームズ署長は表舞台を降りちゃった。朝になったら、フランク・ギアリーが手下を率いてやってくる。このなかに予想外の話はあった？」

ひとつもなかった。「きみは自分の望むものを手に入れることの達人だね、イーヴィ。でも、きみにお祝いの言葉をかけたりはしないよ」

「さて、今度は〈大樹〉の先の世界にいるライラやほかの女たちのことを考えて。お願いだからわたしの言葉を信じて——あっちでみんな元気にやってる。あの人たちは新しいもの、すばらしいものをつくりつつある。いずれは男たちもあらわれる。これまでよりもましな男たち……女だけのコミュニティに属する女たちが赤ん坊から育てあげた男たち……おのれ自身を知り、自分たちの世界を知るように教えられて育った男たち」

クリントはいった。「いずれはその男たちにも核となるような本質があらわれてくるぞ。男としての性質が。いずれひとりの男が仲間の男に拳をふるうようになる。信じたまえ、イーヴィ。いま話しているのは、そういうことを身をもって知っている男だ」

「たしかにそのとおり」イーヴィは同意した。「でも、そのたぐいの攻撃性は性別由来じゃない――人間という種の性質よ。女がどのくらいの攻撃性を発揮する能力をそなえているかを知りたかったら、ヴァネッサ・ランプリー刑務官にたずねるといい」

「ヴァネッサなら、いまごろはどこかで眠ってるよ」クリントはいった。

イーヴィは、自分はもっと知識があるといいたげに微笑んだ。「わたしだってそこまで馬鹿じゃないから、〈大樹〉の反対側にいる女たちがユートピアを築いているとはいわない。これから女たちが手に入れるのは前よりも有利なスタート地点と、前よりもいいゴールに到達できる可能性といったところ。あなたはその可能性の前に立ちふさがってる。あなたが……この地球にいるすべての男のなかで、あなたただひとりがね。あなたにはそのことを知っておいてほしい。あなたがわたしを死なせてくれれば、女たちは解き放たれて自由になり、自分たちが選んだ人生を生きられるようになる」

「きみが選んだ人生のまちがいじゃないのか、イーヴィ」そういった声は、クリント自身の耳にも干からびたようにきこえた。

監房のドアの反対側にいる異形の存在は、寝台のフレームを指先でリズミカルに叩いていた。「警察署の建物が破壊されたとき、そのなかにはリニー・マーズがいた。リニーは永遠に去ってしまった。選択の機会もないままにね」

「それをリニーから奪ったのはきみだ」

「こんな話なら永遠にだってつづけられる。あの男がああいった。あの女がこういった。宇宙でもいちばん古い物語」イーヴィは監房のドアの前から離れて、寝台に腰をおろした。「さあ、あなたの戦争をしにいきなさいな、クリント。戦争こそ、男たちがやりかたを知ってるもののひとつ。できたら、わたしにあと一回だけ、日暮れの空を見せてちょうだい」

第十三章

1

ドゥーリング刑務所の裏に広がる森林の上に太陽のへりがあらわれると同時に、ウェストレイヴィン・ロードを端から端までふさいで横ならびになったブルドーザーが動きはじめた。三台すべてがキャタピラー社の大型ブルドーザーで、二台がD9s型、残る一台がD11型だった。襲撃チームは総勢で十八人。十五人がブルドーザーとともに正面ゲートを目指していた。残りの三人は前もって刑務所裏口のフェンス側へまわりこんでいた（ミラー町議会議員は鎮痛剤バイコディンの瓶をもたされ、繃帯を巻いた足をキャンプチェアに載せた姿で道路封鎖地点に残された）。

フランクは前進チームのうちの十二人――フランクの〝汚れた一ダース《ダーティ・ダズン》〟――を、さらに各四名の三グループに分けていた。各グループの四人はいずれも抗弾ベストとマスクで身を固めて姿勢を低くし、ブルドーザーを掩護物として利用しながら、そのうしろを歩いていた。ブルドーザーの窓には応急措置としてスクラップの鉄板を打ちつけて補強してあった。一台めのブルドーザーを運転しているのは引退した元警官のジャック・アルバートスン。二台めはコーチのJT・ウィットストック。三台めは全米選手権に出場した元ボクサーのカースン・ストラザーズ。フランクは、アルバートスンと一台めに同乗していた。

森のなかに配置されていたのは、警官のエルモア・パールと鹿撃ち経験のあるドルー・T・バリーのふたりだった（ちなみにバリーの保険会社の建物は、このときには廃墟になっていた）。

2

クリントはB翼棟の高い場所にある窓から近づくブルドーザーを目にするなり、いっさんに走って階段を目指し、走りながら抗弾ベストを身につけた。

「楽しんでファックされるといいよ、ドク」走っていくクリントに、スコット・ヒューズ刑務官が陽気な声をかけてきた。

「連中が侵入してきても、自分だけは逃がしてもらえると思ってるのか？」クリントは答えた。この返答が若いスコットの顔から笑みをきれいに拭い去った。

クリントは急いで〈ブロードウェイ〉を進んでいき、面会室に顔を突き入れた。「ランド、連中が来るぞ。催涙ガス弾を撃て」

「オーケイ」面会室の奥にある家族用スペースに詰めているランドはそう返事をしてから、かねて用意ずみのガスマスクを落ち着いた手つきで装着した。

クリントはさらに先へと歩いて、正面玄関ホールの警備ステーション前で足をとめた。

ステーションは、有料道路によくある防弾ガラス製の料金所と同様のつくりになっていた。面会者はステーションへの出頭を求められる。小部屋には細長いガラスの窓があり、身分証明書類や貴重品を反対側にいる当番中の刑務官にあずけるための抽斗がそなわっていた。ここにはまた〈ブース〉やゲートハウスにあるのと同様の操作卓や、刑務所内外のさまざまな場所や地点の光景を見られるモニターもあった。操作卓の前にすわっていたのはティグ・マーフィーだった。

クリントがノックすると、ティグがドアをあけた。

「モニターになにが見える?」

「朝日がちょうど正面からカメラに照りつけているんで、ブルドーザーのうしろに男たちがいるとしても確認できていないんだ」

刑務所には催涙ガス弾が八、九発あり、発射するためのランチャーもあった。中央のモニターを見ると、正面から照らすまばゆい光の下に数発の催涙ガス弾が駐車場の舗装面に命中した光景が見えていた。ガス弾から白い噴霧があがって、タイヤからいまもなお洩れでているタールのような煙と混じりあっていた。クリントはティグに監視をつづけるように頼んで、さらに先を急いだ。

次の目的地は休憩室。ジェイリッドとミカエラは、トランプのカードやコーヒーのカップなどが置かれたテーブルをはさんでいた。

「きみたちはどこかに身を隠すといい。はじまったぞ」

ミカエラは乾杯のかたちにカップをかかげた。「ごめんね、ドク。わたしは投票権だのなんだのを全部もってる成人よ。逃げ隠れしないで、このあたりにいるつもり。だってほら、いずれわたしがピューリッツァー賞をとるかもしれないし」

　ジェイリッドの顔は血の気をなくしていた。ミカエラにむけていた目を父親クリントにむける。

「好きにしたまえ」クリントはミカエラにいった。「ただし、わたしに言論の自由の講義をしようなんて気を起こさないでくれ。ジェイリッド、おまえは隠れていろ。どこに隠れるかは教えてくれなくていい」

　息子が返答の文句を口にするよりも早く、クリントは小走りに先を急いだ。裏口にたどりついて、物置小屋と裏の草原に通じているドアをあけたときには、クリントは息を切らしていた。オーロラ病発生の日の朝まで、クリントが一度もライラに夫婦でジョギングをやろうと提案しなかった理由はここにあった。ライラには、夫である自分に気をつかってジョギングのペースを制限するようなことをしてほしくなかった。その気持ちの根っこにあったのはなんだったのか？　虚栄心、それとも怠け心？　いずれこのあたりの問題を真剣に考えよう、とクリントは思った。自由になる時間が一秒でもできたら……きょうの午前中がおわっても、幸運に恵まれて生きながらえていられたら……そして、あと一度でも妻ライラと話をする機会を得られたら……そのときには夫婦でのジョギングを習慣にしようと、あらためて提案するつもりだった。

「外の通りからブルドーザーが三台来るぞ」外に出ていきながらクリントはいった。

「わかってるって」ウィリー・バークはそう答えると、小屋裏手の持ち場を離れてクリントに近づいてきた。抗弾ベストと、いまは肩からはずされて腰のあたりで輪をつくっている陽気な赤いサスペンダーが、異様なまでの対比をつくっていた。「ティグが無線で知らせてきたよ。ビリーは北のフェンスを見張って、ここをしっかり固めてくれる。おれは壁ぞいに横歩きして角からのぞいて、ちょっとばかり幸運のおこぼれにあずかれるかどうか試してみる。いっしょに来るのなら歓迎するぞ——ただ、それにはこいつが必要だ」

そういってウィリーはクリントにガスマスクを手わたし、自分も装着した。

3

道路から刑務所のゲートへ九十度曲がる地点に達すると、フランクはドアを覆っている金属プレートを叩いた。運転しているジャック・アルバートスンへの〝右折せよ〟の合図だった。ジャックは指示に従った——低速で慎重に。ほかの男たちはさらに後方へさがり、ブルドーザーが角を曲がっていくあいだも、前を走るこの巨大な鉄の塊の陰にずっと身を隠すようにしていた。フランクは抗弾ベストを着て、右手にグロックをかまえていた。道の先から煙が広がってくるのが見えた。予想どおりだった。催涙ガス弾の発射音がきこえていたからだ。敵はガス弾をそれほど多くは所有していないはずだ。そもそも警察署の武器庫には、ガス弾よりもガスマスクの備蓄のほうが多かった。

先頭のブルドーザーが曲がりおえると、四人の男たちはふたたび肩を押しつけあうようにして後部に乗りこんだ。

運転席にすわっているジャック・アルバートスンは、高い位置に固定したスチールのブレードに身を安全に守られていたが、そのため窓がふさがれてしまっていた。ブルドーザーをゲートへむけて走らせながら、ジャックはアクセルをたっぷり踏みこんだ。

フランクはトランシーバーをつかった。といっても、トランシーバーは攻撃チーム全員に用意されているわけではなかった——とにかく準備の一切合財を大急ぎで進めなくてはならなかったのだ。「よし、全員用意しろ。いよいよはじまるぞ」

願わくは流血ができるだけ少なくなりますように——フランクはそう思った。まだ攻撃開始にもいたっていないのに、もうふたりの手勢が倒されているのだ。

4

「あんたはどう思う？」クリントはウィリーにたずねた。

二重になっているフェンスのさらに先では、先頭のブルドーザーがブレードを高々とかかげて、じりじりと接近中だった。一秒のわずか半分だったが、ブルドーザーの背後へとまわりこんでいく人影がちらりと見えた。

ウィリーは答えなかった。この年老いた酒の密造人はいま頭のなかで、一九六八年に過ごした東南アジアの名もなき地獄の片隅を再訪していた。あのとき周囲ではすべてが静まり返っていた。沼地の泥水が喉仏にまで達し、煙の層が空をすっかり覆い、ウィリーは両者にはさまれてサンドイッチになっていた。なにもかも静まりかえっていた……そこへ赤と青と黄色の巨大な体をもった鳥が——鷲にならぶ大きさの堂々とした鳥が——すぐそばに浮かんできた。鳥は死んでいて目が曇っていた。鮮やかな色あいは、奇妙な光のなかではすこぶる異質に見えていた。華麗な色あいをそなえた羽根がウィリーの肩をかすめ、ついでかすかな水の流れが鳥の死骸を運び去り、やがてすっかり煙に飲みこまれた。

（ウィリーは以前に一度だけ、この鳥の話を姉にきかせたことがあった。「あんな鳥はそれまで見たこともなかった。あっちにいたあいだも、ほかに見たことはない。もちろん、それからだって一度も見てない。だからあれは、あの種類の鳥の最後の一羽だったんじゃないかと思うこともあるんだよ」と。そのころはアルツハイマーという病魔がかつての姉の大部分を奪い去っていたが、それでも小さな断片は残っていて、姉はこう答えた。「もしかしたら、その鳥はただ——傷ついていたのかもね、ウィリー」これにウィリーが、「もちろん姉さんのことは愛しているとも」と答えると、姉は顔を赤らめた）

ブルドーザーのブレードがフェンス中央に当たり、やかましい金属音があがった。金網フェンスの金網が内側へふくらみ、次の瞬間にはそのセクション全体が地面から引き剝がされ、中間地帯をはさんでいる第二のフェンスに倒れかかった。着実に前進をつづけるブルドーザーの前の部分が、亡霊のような催涙ガスを割ってぬっとあらわれ、めちゃくちゃになった最初のフェンスの残骸もろとも第二のフェンスに体当たりしてきた。内側のフェンスがたわみ、つづいて倒壊した。ブルドーザーは瓦礫を乗り越えて進んだ。そのあとも煙の立ちこめる駐車場を進んでくる——車体の下にひっかかったフェンスの残骸が耳ざわりな音をたてていた。

第二、第三のブルドーザーが、フェンスの穴から最初のブルドーザーにつづいた。ウィリーがのぞくスコープに最初のブルドーザーの後部左隅のすぐうしろに、茶色い靴の片方だけが見えていた。ウィリーは引金を引いた。男の悲鳴があがり、当人がブルドーザーの裏から離れて出てきたかと思うと、片腕がぐるぐるまわってショットガンが吹き飛んだ。足の曲がった小男で、ガスマスクをつけて抗弾ベストを着ていた（顔が見えていても、ウィリーには男が酒場〈スクイーキー・ホイール〉店主のパッジ・マローンだとはわからなかったはずだ。ウィリーはもう何年もバーで酔っ払ったことがなかった）。パッジ・マローンの胴体は保護されていたが、足や腕は無防備だった。これはウィリーに好都合だった。やむをえない場合以外、だれも殺したくなかった。ウィリーはふたたび発砲した。結果は望んだとおりではなかったが、まずまず目標に近かった。つい前日までドゥーリング警察署の備品だったM４アサルトライフルから撃ちだされた二二三口径の弾丸は、パッジ・マローンの片手の親指を吹き飛ばした。

倒れた仲間を助けようとしたのだろう、ブルドーザーの裏側から片腕が伸びでてきた。理解できる行動だったし、賞賛に値する行動かもしれないが、愚行だったことはまちがいない。問題の腕は、引退した元警官のネイト・マッギーのものだった。ちなみにネイトは前夜三一号線のアスファルト舗装上でのサイコロ賭博で百ドル以上の負けを喫し、建前だけで実体のないふたつの考えで自分を慰めていた。ひとつは——もし妻がいつの日か目覚めるかもしれないとわかっていたら、そもそも賭けなどしなかったはずだという思い。もうひとつは、これで自分はひと晩で一週間分の悪運をつかいきった、という思い。そうは問屋がおろさなかった。ウィリーがはなった三発めの銃弾は、伸ばされた腕の肘に命中した。またしても悲鳴があがり、ネイトはブルドーザーの車体後部から転がり落ちた。ウィリーはさらに数発の弾丸をすばやくブルドーザーのグリルの上に張られた鉄板にわざと命中させた――鉄板の強度を確かめたかったからだ。弾丸はすべて、むなしく跳ね返された。

先頭のブルドーザーの陰からフランク・ギアリーが銃をかまえて乗りだし、ウィリーにむけて数発立てつづけに撃ってきた。これが一九六八年だったら、ウィリーにもフランクの腕の角度から狙いがはずれていることを見てとって、現在地にとどまったままフランクを排除していただろう。しかし一九六八年は五十年も昔の話だし、銃で撃ちかけられれば、人はあっけなく度をうしなう。ウィリーとクリントはあわてて隠れ場所に引っこんだ。

ジャック・アルバートスンの運転する先頭のブルドーザーが、からみあう催涙ガスと黒煙を割って瓦礫を車体で踏みしだきながら、RVと刑務所の正面玄関へむかってまっすぐむかっている一方、コーチのウィットストックが運転する二台めのブルドーザーがフェンスの穴を突き抜けて侵入してきた。

アルバートスンの一台めや、うしろにつづくカースン・ストラザーズの三台めと同様に、ウィットストックの運転するブルドーザーも自衛のためにブレードを高くかかげていた。銃声はきこえたし、叫び声もきこえたが、撃たれた肘をつかんでブルドーザーのすぐ前の地面に横たわっているネイト・マッギーの姿は見えていなかった。動けなくなったネイトの体にブルドーザーが乗りあげたときにも、ウィットストックはキャタピラが燃えているタイヤを踏んでいるのだろうと思っただけだった。

ウィットストックは歓声をあげた。いま自分はいみじくもラインバッカーたちに教えていたとおり、恐れずに容赦なく目標へむかって突き進んでいるではないか！

面会室の窓ぎわという有利な位置を確保していたランド・クイグリーは、一台めのブルドーザーがゲートハウスと正面玄関の中間地点に達するのを待ってから射撃を開始した。撃った弾丸はあちこちの鉄板にあたって、むなしく跳ね返っただけだった。

ピート・オードウェイとウィットストックのふたりの息子、それに〝トリーター〟ことダン・トリートは、いきなりネイト・マッギーの押し潰された死体と対面していた。死人のガスマスクの内側は血で満たされ、〝ぱん〟と一気に破裂した胴体の中身が着ていたベストのストラップのまわりに飛び散っていた。ブルドーザーのキャタピラからも、動きにあわせて血糊が飛び散った。細長く引き裂かれた皮膚が、吹き流しのようにひらひら揺れていた。ループ・ウィットストックは悲鳴をあげて悲惨な死体から飛びすさり、散らばったはらわたから離れようとしたが、この動きのせいでランドの射線にはいることになった。

ランドがはなった一発めの弾丸は、わずか二センチほどそれてウィットストックの頭部をはずした。二発めは一センチのずれだった。ランドは自分を罵り、三発めを首尾よく標的の背中の中央に撃ちこんだ。弾丸は抗弾ベストで阻まれ、衝撃でウィットストックは前のめりになり、ついでスタジアムでウェーブをする観客のように両腕を高々とかかげた。ランドは狙いをこれまでよりも下げて四発めを撃った。弾丸は尻に命中し、ウィットストックはたまらず地面に突き倒された。

トリート巡査は怯《ひる》まなかった。トリートはつい一年前まで第八十二空挺師団に所属していたし、銃で撃ちかかられても余裕で対応できた——これはウィリー・バークがとうの昔にうしなってしまった感覚だった。トリートは考えなおすことなくブルドーザー二号から飛び降りた（こうやって軍隊モードに切り替われたことで、トリートはかえって気持ちが楽になった。行動していれば、娘のアリスがいま理不尽な境遇にあることも忘れられた——本来ならいまは二年生として新しい一日を過ごすために目を覚ましているべき時間なのに、アリスは白い繊維の覆いに包まれたまま、アパートメントのおもちゃテーブルに寄りかかっていた。それに、男たちが運営している臨時の託児所にあずけた一歳の息子のことも、ひととき忘れていられた）。隠れ場所から飛びだしたトリートは、三一号線上で回収したM４でお返しに制圧射撃を開始した。

窓の近くにいたランドは、立っていたテーブルからすかさず飛び降りて床に膝をついた。うなじや背中に、コンクリートの破片がばらばらと降りかかってきた。

トリートはループ・ウィットストックをつかんで引き立たせ、煙を噴きあげているタイヤの山の裏側という安全なところへ引きずりこんだ。

そしてブルドーザー一号はフリートウッドＲＶの車体後部に勢いよく体当たりした。押されたＲＶの車首が刑務所の正面玄関に一気にめりこみ、ガラスが割れ、破片が爆発したように飛び散った。

5

ジェイリッドは洗濯室の床にすわりこみ、ミカエラがそのまわりに若者を隠すシーツの山を積みあげはじめた。

「なんだか馬鹿になった気分だよ」ジェイリッドがいった。

「きみは馬鹿になんか見えてないって」ミカエラはいったが、これは真実ではなかった。ミカエラはジェイリッドの頭の上でシーツをばたばた振った。

「それに弱虫《プッシー》になった気もする」

ミカエラが憎んでいる単語だった。さらなる銃声が耳をついているいまも、その一語が神経に障った。この言葉には〝弱々しい〟という含意がある。本物のプッシーがあっても、ミカエラに弱々《プッ》しいところ《シー》はひとつもなかった。ジャニス・コーツは娘を弱虫に育てなかった。ミカエラはシーツをさっとふりあげると、ジェイリッドの頬をシーツで強く——といっても強すぎはしない力で——ひっぱたいた。

「なんだよ！」ジェイリッドは頬に片手をあてた。

「その言葉は口にしないで」

「どの言葉だよ？」

「〝弱々しい〟という意味で〝プッシー〟といわないで。きみがお母さんからそう教わってこなかったのなら、あいにくお母さんの育て方が足りなかったのね」ミカエラはそういうと、シーツをジェイリッドの頭にかぶせた。

6

「ったく、こいつをクソなリアリティテレビ用に録画してないってのはクソな犯罪だぜ」ロウエルはいった。バズーカのスコープをのぞいていたロウエルは、二台めのブルドーザーがキャタピラの前に倒れていた憐れな男の体をぐしゃりと潰すところも、二台めのブルドーザーのうしろからランボーのような男が飛び降りてがんがん銃を撃ち、仲間の男を危地から救ったところも見ていた。さらに——昂奮と歓喜の入り交じった思いを味わうことがなかったとはいえないが——一台めのブルドーザーがRVに体当たりして刑務所の正面玄関に押しつけ、車体をアコーディオン状にひしゃげさせる現場も目撃できた。これは極上の戦いではないか。さらにバズーカで三、四発撃ちこめば、もっとすばらしくなるしかない。

「おれたちの出番はいつだ？」メイナードはたずねた。

「警官たちの数がもうちょっと減ったらすぐだ」

「どうやってキティをきっちり見つけだす？　あの刑務所には繭に包まれた性悪女《しょうわるおんな》がごろごろいるはずだぞ」

土壇場になって兄が否定的なことをいいはじめたのが、ロウエルには気にくわなかった。

「なあ、まちがいなくキティだとは断定できないかもしれない。そうなったらなったで繭に残らず火をつけて、ついでに念のため刑務所ごと吹き飛ばしちまえ。とにかく、手をつくせるかぎりでいいから確実を期すことを目指すしかない。さあ、どうする？　こいつを楽しむのか、やめるのか？　それとも、がんがん撃つ役はおれだけがやればいいのか？」

「なにいってんだ、ロウエル。おれはそんなことをいっちゃいないぞ」メイナードは抗議した。

「公平にやろうぜ」

7

〈ブームタウン〉のレベル32で、ピンクの蜘蛛たちがイーヴィの星の荒野と三角形と燃える球体を侵略しはじめた。蜘蛛たちは球体に水をあびせ、青く輝く苛立たしい星に変えてしまった。この青い星は、あらゆる努力のあとを詰まらせてしまう——いってみれば鼻くそだ。A翼棟には耳をつんざくような銃声が響きわたっていた。イーヴィは心を乱されたりはしていなかった。男たちが殺しあう場面は過去に何度となく目にしている。しかし、ピンクの蜘蛛たちのほうは気がかりだった。

「とっても邪悪」イーヴィは色とりどりのさまざまなパーツを動かしてうまく組みあわせようとしながら、だれにともなく口にした。イーヴィは心底からリラックスしていた——そのため携帯電話でゲームをしながら、仰向けのまま寝台から二センチほど浮かんでいたくらいだった。

8

北側フェンスの先にある灌木の茂みがかすかに動いた。庭仕事用の道具がおさめられている小屋の裏の路地という、ビリー・ウェッターモアの持ち場のすぐ前だった。ビリーは、かすかな動きの発生源となっていた緑の灌木に十発あまりの銃弾を撃ちこんだ。茂みが揺れて震えた。狡猾な保険屋であるドルー・T・バリーはつねにリスクがもっとも少ない道を選ぶ男であり、このときもビリーの射線の近くにさえいなかった。ドルーをドゥーリングで保険金がらみの用事のある人が真っ先に会いにいく人物にしただけではなく、理想的な射撃の一発を決めるためなら喜んでじっくり時間をかける凄腕の鹿撃ち猟師《ディア・ハンター》に仕立てたのは、ひとえに慎重の上にも慎重を心がける性格だったが、このときもその性格ゆえに、ふたりの男——エルモア・パールとドン・ピーターズ——を刑務所体育館の裏の森にとどめておいたのだ。というのも元刑務官のピーターズから、刑務所への裏口は体育館の西の壁にあるという話をききこんでいたからだ。さらにドルーが灌木にむけて投げた石が刑務所内から引きだした反応で多くのことが判明した。そう、話のとおり刑務所への入口があるようだ。そして、そう、その入口は守られている。

「巡査？」ドルー・T・バリーはたずねた。

いま彼らは一本のオークの陰にしゃがんでいた。五メートルばかり先、立てつづけに撃ちこまれた弾丸が枝葉をずたずたにしたあたりでは、舞いあがった葉の細片がまだふわふわと落ちている途中だった。銃声から判断するに、射手は内側のフェンスからさらに三、四十メートルばかり先、刑務所の壁近くにひそんでいるものと思われた。

「なんだ？」ドン・ピーターズが答えた。赤らんだ顔に汗が筋をつくって流れていた。人数分のガスマスクやボルトカッターをおさめたダッフルバッグを運んできたせいだろう。

「おまえじゃない。本物の警官のほうを呼んだんだ」ドルー・T・バリーはいった。

「なんだ？」エルモア・パールがドルーにうなずきかけた。

「あそこで銃を撃った男を、わたしがいまここで撃ち殺したとしても、訴追される恐れはないな？　どうだ、フランク・ギアリーとテリー・クームズのふたりは、わたしたちの行為が責務をはたすための合法的な行動だったと宣誓証言してくれると考えていいな？」

「もちろん。スカウトの誓いだ」エルモア・パールは少年時代そのままの敬礼をしてみせた——親指と小指を内側へ折り、残る三本の指だけをまっすぐに伸ばして。

ドンが痰を吐いてドルーにいった。「だったらおれが町へもどって、公証人を連れてこようか？」

ドルー・T・バリーはこの野暮ったい揶揄を無視し、ふたりにその場にとどまっていろといいおいてから、来た道を逆もどりして森の奥へむかって、北の斜面をすばやく静かな足さばきであがっていった——愛用のウェザビー製のライフルを背中にストラップでとめた姿で。

9

ブルドーザーが停止したあともフランクは刑務所の南西の角を狙いつづけ、ライフル射手がちらりとでも顔を見せたら瞬時に始末できる準備をととのえていた。銃撃戦には動揺させられた——すべてが現実として肌に迫ってきたのだ。風に吹かれて催涙ガスの雲が位置を変えると、血や地面に転がる死体が見えたり見えなくなったりして、その光景には吐き気を誘われたが、決意は固かった。恐怖は感じたが後悔はなかった。自分の命はすなわちナナの命。そう考えればリスクは引き受けられる。フランクは自分にそういいきかせた。

探偵のクロンスキーが近づいてきた。

「急げ」フランクはいった。「早くおわらせるに越したことはないぞ」

「それにも一理あるな、大将」クロンスキーはそういうと片膝をつき、バックパックを地面におろした。それからバックパックのジッパーをあけてダイナマイトの束をとりだし、導火線の四分の三を切りとった。

装甲で補強されたブルドーザーのドアがあき、ジャック・アルバートスンが官給品の三八口径の拳銃をかまえて地面に降りてきた。

「これからあっちに行くから、あのクソ野郎にやられないように掩護《えんご》してくれ」クロンスキーはウィリー・バークがいる場所を指さしながらアルバートスンにいい、フランクにむきなおった。「さあて。本気で走ってもらうぞ」

　ふたりの男は身を低くしたまま、刑務所の北西の壁に沿って走っていった。防衛側が射撃用につかっている窓の真下でクロンスキーが足をとめた。右手にダイナマイト、左手には青いプラスティックのライター。以前にも突きでていた防衛側のライフルの銃身が、またしても窓から突きでてきた。

「あいつをつかめ」クロンスキーはフランクにいった。

　フランクはこの命令に疑問をはさむことなく、ただ腕を上に伸ばして左手でライフルの銃身をつかみ、室内にいる男の手からライフルを力ずくで奪いとった。くぐもった罵声がきこえた。クロンスキーはライターに火をつけ、ダイナマイトの束の短くした導火線に火をつけると、腕を突きあげ、バスケットボールのフックショットの要領で束を室内に投げこんだ。フランクはライフルを離して一気に駆けはじめた。

　三秒後、いかずちが轟きわたった。煙とばらばらになった生肉が窓から噴きだしてきた。

10

　大地がぐらぐらと揺れ、怒りもあらわに激しく鳴動した。

　西の壁でウィリー・バークと肩を寄せあっていたクリントは、催涙ガスが潮流となって駐車場から吹き流されていくのを目にした。なにが爆発したかはわからないが、その爆風に押し流されたのだ。頭のなかでチャイムががんがん鳴って、全身の関節がびりびり震動した。どよめきに埋もれかけているクリントの頭のなかには、事態が思っていたほどすんなり運んでいないという思いがあるだけだった。わたしの責任、わたしのしくじりだ。あの男たちはイーヴィを殺し、わたしたちの仲間を皆殺しにするだろう。これまでずっと愚かしくも携行していた拳銃が――十五年の結婚生活のあいだ、ライラから射撃練習場に誘われても一度として応じたことがなかったにもかかわらず――いつのまにか手のなかに滑りこみ、引金を引いてくれとせがんでいた。

クリントはウィリー・バークの体をまわりこむように首を伸ばし、正面玄関前の玉突き現場をながめ、先頭のブルドーザーの後部に立っている人影に視線を固定させた。その男はランド・クイグリーの持ち場だった窓からあふれ出てくる埃の雲を見あげていた。窓は――きょうの朝のありとあらゆるものと同様に――爆発で以前と変わり果てた形になっていた。

〈ブルドーザーから降りたったジャック・アルバートスンは、爆発をこれっぽっちも予期していなかった。爆発に驚かされて、うっかり油断してしまった。周囲の大混乱にも動揺はしていなかったが――炭鉱で働いていた若い時分に、大地が鳴動しても生き延びてきたことが何度もあったおかげで、神経は落ち着いていた――しかし、困惑は禁じえなかった。この連中ときたら、頭のいかれた女を警察にすんなり引きわたさないで、どうして銃撃戦を選んだりするのだろうか？　ジャックの見たところ、この世界は一年たつごとに、どんどん正気をなくしていた。個人的にワーテルローの戦いにも匹敵する瞬間は、ライラ・ノークロスがドゥーリング警察の署長に選ばれたときだった。スカートを穿いた女が署長室のあるじになる！　これ以上に馬鹿馬鹿しいことが世の中にありうるとは思えなかった。ジャック・アルバートスンはその場ですぐ退職届を書いて家に帰り、終生にわたる独身生活を謳歌することにしたのだった）

クリントの腕が拳銃をもちあげた。照準がブルドーザーの後部にいる男をとらえ、クリントの指が引金を引いた。銃声につづいて水っぽい破裂音が響いた——弾丸が男のガスマスクのフェイスプレートを撃ち抜いた音だった。撃たれた男の頭部が一気にうしろへのけぞり、体がくずおれていくのが見えた。

ああ、やっちまった——クリントは思った。もしかしたら、あれは知りあいだったかもしれないのに。

「行くぞ」ウィリーが声を張りあげ、クリントを裏口から引き離した。クリントは従った——足はなすべき仕事をこなしていた。人を殺すのは予想よりも簡単だった。だからこそ、ひときわ苦く感じられた。

第十四章

1

ジャネットが目をあけると、イーヴィの監房の外で狐が床に寝そべっていた。狐は鼻面をひび割れたコンクリートの床にあずけていた。床のひびから苔が盛りあがっていた。

「トンネル」ジャネットはひとりごとをいった。トンネルにまつわるなにか。狐に話しかけた。「わたし、トンネルを通り抜けたの？　通り抜けてても覚えてない。あなたはイーヴィのところから？」

イーヴィは狐が答えると予想していたが、狐はなにもいわなかった（夢のなかでは動物たちは人語を話したし、これは夢のように思えた……しかし、同時に夢には思えなかった）。狐はただあくびをして、小ずるい目つきをジャネットにむけると、足で床を押すようにして体を起こした。

A翼棟は無人だった。壁には穴があいていた。穴から朝の日ざしがふんだんに射しこんでいた。崩れたコンクリートの塊に霜がおりていた。気温があがるにつれて霜は小さな水の粒になり、それぞれがあわさって流れはじめた。

ジャネットは思った。またすっかり目が覚めた気分だ。わたし、いままたほんとに目を覚ましてる。

狐は猫めいた鳴き声をあげ、小走りに壁の穴に近づいた。それからちらりとジャネットに目をむけ、またおなじように鳴き、穴を通り抜けて光のなかへ吸いこまれていった。

2

打ち壊されたコンクリートの穴の鋭いへりから逃れるために体をかがめ、おずおずとその穴を通ったジャネットは、膝までの高さのある雑草と枯れたひまわりのある野原に出たことに気がついた。朝のまぶしい光に目を細めた。足もとで凍った下生えが音をたてて砕け、冷たい空気のせいで囚人服の薄い生地の下の素肌に鳥肌が立った。

新鮮な空気と日ざしという強烈な刺戟が、ジャネットを完璧に目覚めさせた。トラウマとストレスと睡眠不足で疲れきっていた古い肉体は、いわば脱ぎ捨てられた皮だった。新しく生まれ変わった気分だった。

狐はきびきびと草地を横切り、刑務所の左側を通りすぎて三一号線の方角へジャネットを導いていた。狐に追いつくためには早足で歩かなくてはならず、そのあいだに刺すような日光にも目が慣れてきた。ちらりと刑務所に視線を投げる。葉の落ちた蔓植物が壁一面を覆いつくしていた。建物に体当たりしたのだろう、ブルドーザーとＲＶが建物の正面にめりこんだまま錆だらけになって、やはり蔓植物に覆いつくされていた。駐車場の舗装のひび割れや破損箇所から、たくさんの黄色い雑草が太い束をつくって生えていた。アスファルト舗装の駐車場には、それ以外の車が立ち往生していた。ジャネットは反対方向にも目をむけた。フェンスが倒されていた——押し潰された金網が雑草のあいだで光を反射しているのが見えた。どんな経緯があったのかも、どんな理由があったのかも理解できなかったが、いまなにを見ているのかは即座にわかった。これはドゥーリング刑務所だ——しかし、あれから地球は何年もまわりつづけたらしい。

道案内役の狐はさらに三一号線の横にある側溝から道路へのぼって、ひび割れができて舗装が崩れかけている道を横断し、道の反対側から上へむかう斜面をつくっている暗い青と緑に埋めつくされた森にはいっていった。狐が斜面をあがっていくと、オレンジ色の尾が薄暗いなかで上下に跳ねたり見え隠れしたりしていた。

ジャネットは見え隠れしている尾から目を離さないようにしながら、走って道をわたった。ちょっとした水たまりで片足のスニーカーが滑り、あわてて木の枝をつかんで転ぶのをまぬがれる。みずみずしい空気——樹液と腐りかけている落葉と湿った土のまざりあったにおい——がのどを焼き焦がして胸のなかへと落ちていく。自分は刑務所から外に出ている。子供時分に遊んだモノポリーの記憶がよみがえった——刑務所から出所！　この新しき最上の現実は、森林の一画を時間そのものから切りとって、そこをさまざまなものと無縁の島につくりかえた。なにと無縁かといえば……業務用の掃除機や命令、じゃらじゃら金属音を鳴らす鍵束、受刑者のいびきと屁、受刑者の泣き声、受刑者のセックス、そして荒っぽく閉ざされる監房のドアなどだ。その一画ではジャネットは唯一の支配者になる。とこしえのジャネット女王。自由の身になるのはじつに甘美なものだった——これまでジャネットが夢想していた以上に。

しかし、そうはいっても——

「ボビー」その名前を自分に話しかける。それはジャネットが忘れてはならない名前であり、この先もたずさえておくべき名前だった——それはひとえに、この土地にとどまりたいという誘惑に屈しないためだった。

3

距離を判断するのは、ジャネットにとってむずかしかった。これまでは刑務所の運動場に設置された平坦なゴムのトラックに慣れていた——一周が約八百メートルだった。ずっとつづく斜面をのぼって南西へむかうのは、刑務所での運動よりも体力をつかう仕事であり、ジャネットはいつもよりも大股で歩かなくてはならなかったが、そのせいで腿の筋肉が歌をうたっていた——苦痛でありながら、同時に極上の快感に思える歌声だった。狐はおりおりに足をとめてジャネットがひらいた距離をつめるのを待ってから、また小走りに先へ進んだ。肌寒かったが、ジャネットは汗をかいていた。空気には、冬が春のとば口によろよろと近づいている時期ならではのナイフの刃《やいば》に似た感触があった。灰色がかった茶色の木々の枝のあちこちに、緑色の粒のような小さな芽が見うけられたし、地面に直射日光が当たっているところでは霜や氷が溶けてぬかるんでいた。

三キロ半……いや、五キロ近く歩いただろうか、狐はジャネットの先に立って、横倒しになって雑草の海の砂浜に打ちあげられたようなトレーラーハウスの後部をまわりこんだ。地面ではすっかり古びた警察の黄色いテープがひらひらと揺れていた。目的地にいよいよ近づいている気がした。あたりの空気から、かすかな〝ぶうん〟という雑音がきこえてきた。太陽はさらに空高くのぼり、正午の位置に近づきつつあった。のどの渇きと空腹を感じはじめた。目的地には食べ物や飲み物があるかもしれない。よく冷えたソーダがあればいうことなしだ！　しかし、そんなことは忘れていい。いま自分が考えなくてはならないのはボビーのことだ。ボビーとの再会のことだ。前方では、倒れて折れた木々がつくるアーチのなかへ狐が姿を消していた。

ジャネットは雑草に隠れた瓦礫の山の横を通って、狐を追いかけた。瓦礫はもともとキャビンか物置小屋だったのかもしれない。周囲の木々の枝はどれも蛾で覆われていた。数えきれないほど多くの褐色の蛾が枝で押しあいへしあいしているさまは、奇怪なフジツボを思わせた。この光景がきっかけになって――ジャネットにはそう思えた――なぜだか本能の部分で、自分がいるこの世界はこれまで知っていた世界の外にある世界だとすんなり理解できた。たとえるなら、海の底にある国のようなもの。数多くの蛾はじっとしていたが、蛾の群れが――まるで話しているかのように――小さな音をたてているのはわかった。

《ボビー》蛾の群れはそう話しているように思えた。《やりなおすには、まだ手おくれじゃない》蛾の群れはそう話しているように思えた。

斜面がようやくおわった。森が途切れるあたりを透かし見ると、狐はその先にある冬枯れで色の褪せた草地に立っていた。ジャネットは息を吸った。灯油のにおいがした――まったく予想しておらず、なにが原因かもわからないこの悪臭が、ジャネットのの、ど、や鼻をちくちく刺戟した。

　ひらけた空き地に足を踏み入れたとたん、存在するはずのないものが目に飛びこんできた。その存在がジャネットに、いまの自分がこれまで見知っていたアパラチア地方にいるのではないことを確信させた。

4

　そこにいたのは白い虎だった――被毛には魚のひ、れ、のような形の黒い斑点が散っていた。虎はぐるりと頭をめぐらせて、ひと声吠えた――MGMのライオンそっくりな声だった。虎のうしろには一本の木――〈大樹〉――がそびえていた。百もの幹がもつれ、からみあって大地から躍りでて、伸びでた枝が泉の水のようにまわりに大きく広がり、そこにたっぷりと葉がついたり曲がりくねった苔が垂れさがったりしているうえに、多くの珍奇な鳥たちが軽やかに飛びまわって活況を呈していた。ぬらぬらと濡れ光っているような体をもつ赤い大蛇が、幹の中央部分を這いのぼっていた。

　狐は樹身にぽっかりあいた穴に小走りで近づき、なぜだか悪党めいた表情にも見える顔でジャネットをふりかえり、穴の深みに姿を消した。あれだ。あれが双方に行き来できるトンネルだ。ジャネットがあとにしてきたあの世界、つまりボビーが待つ世界へ帰ることのできるトンネル。ジャネットはトンネル目指して歩きだした。

「そこを動くな。さあ、両手をあげろ」

黄色いチェックのボタンダウンシャツとブルージーンズという服装の女が、膝までの高さがあるくさむらのなかで立ちあがり、ジャネットに拳銃の狙いをつけたまま近づいてきた。女は〈大樹〉の側面をまわりこんでやってきた。〈大樹〉の根元のあたりは、大雑把にアパートメントの建物なみのサイズがある。女は拳銃をもっていないほうの手に、青いゴムバンドを中央に巻きつけてある容器をさげていた。

「それ以上近づかないで。あんたは新顔だね？　ついでに着てる服を見れば、刑務所から来たとわかる。頭が混乱してるんだろう？」ミズ・イエローシャツの唇に奇妙な笑みが宿った。この場の奇怪な情況――〈大樹〉、白い虎、それに拳銃――をやわらげようという無駄な試みだった。「あんたを助けたいんだよ。助けてあげる。ここではみんなが友だちだからね。わたしはエレイン。わかった？　エレイン・ナッティング。とりあえず、この仕事だけはやらせて。話はそのあと」

「その仕事というのは？」ジャネットはたずねたが、答えはもうわかっている気がした。そうでなければ、なぜ灯油のにおいがしているのか？　女は〈ありえざる大樹〉に火をつける準備をすっかりととのえたところだった。この木が燃えたら、ボビーのいる世界への帰り道が失われてしまう。イーヴィがはっきりそう話していた。そんな真似を許すわけにはいかない。しかし、どうすれば女をとめられるだろうか。相手はまだ五、六メートル先にいる。走って組みつくには距離がありすぎる。

エレインはジャネットを油断なく見張りながら地面に片膝をついて拳銃を地面に（といっても自分のすぐ近くに）置くと、灯油容器のキャップを手早く外した。

「もう二周して灯油を撒いてある。でも、あと一周する必要があるの。確実に燃えるようにね」

ジャネットは二歩進んだ。エレインがすかさず拳銃をつかみあげて立ちあがった。

「来るな！」

「そんな真似はさせないよ」ジャネットはいった。「あんたにはそんな権利はないんだ」

白い虎は狐が吸いこまれていった裂け目の近くにすわっていた。虎は尾を右に左に動かし、まばゆい琥珀色の目の瞼を半分閉じていた。

エレインは〈大樹〉の根元に灯油を撒き、もとから茶色だった木の色をさらに濃くしていった。「こうする必要があるの。こうしたほうがいい。これですべての問題が解決する。あんたはこれまで何人の男から痛い目にあわされた？　そういう男がいっぱいいたんでしょうね。大人になってからずっと、あんたみたいな女と仕事をしてたから知ってる。あんたたちは自分ひとりで歩いて刑務所入りしたわけじゃない。かならず背中を押す男がいたはずよ」

「お言葉だけどさ」ジャネットはいった。ひと目見るだけで、おまえの大事なことはすべて見通せるというような言いぐさに腹が立っていた。「わたしのことを知らないくせに」

「ええ、あんた個人のことは知らないかも。でも、わたしのいうとおりだったろう？」エレインは最後に残っていた灯油を樹木の根にふりかけると、容器をわきへ投げ捨てた。ジャネットは思った。あんたはエレイン・ナッティングじゃなくて、エレイン・変人《ナット》だ。

「ええ、わたしを痛い目にあわせた男はいた。でも、お返しにその男をもっと痛い目にあわせてやった」ジャネットはエレインに一歩近づいた。いままでは相手との距離は四メートル半ほどになっていた。「殺してやったの」

「それはよかった。でも、それ以上近づくんじゃない」エレインはいいながら拳銃を左右に振りたてた——そうすればジャネットを追い払えると思っているかのように。あるいはジャネットを消せると思っているかのように。

ジャネットはまた一歩近づいた。「あんな男は殺されて当然だといった人もいた——それも、あの男の友人だった連中のなかにも。オーケイ、その人たちはみんな本気でそう考えてた。でも、地区首席検事はそう考えなかった。もっと大事なのは、わたしがそうは思わなかったということ——まあ、あんなことをしたとき、わたしの頭が普通じゃなかったのは事実だけど。それに、わたしに助けが必要だったのに、だれも助けてくれなかったのも事実だけど。だからあの男を殺した。いまは、殺したことを悔やんでる。それはわたしが引き受ける問題で、あの男には関係ない。わたしは罪を背負って生きていかなくちゃならないし、実際にそうしてる」

また一歩——小さな一歩だった。

「わたしは自分の責任を背負うくらいには強い人間よ。わかる？　でもわたしには母親を必要としている息子がいる。息子は正しく育つ方法を学ぶ必要があるし、その方法ならわたしでも教えてあげられる。わたしはね、男でも女でも、他人から小突きまわされるのにはもううんざり。今度ドン・ピーターズがわたしに手コキを強要してきたら……まあ、殺しはしないけれど、でも……目ん玉を抉りだしてやる。もし殴ってきたら……ええ、爪を立てつづけてやるだけ。

他人のサンドバッグにされるのはもうこりごり。だから、わたしのことでなにかわかったつもりになってるのなら、そんな考えはお日さまの光が射さないクソな穴に突っこんでおきな」

「ひょっとして、あんたは正気をなくしてるのかも」エレインはいった。

「この世界にいる女たちのなかには、あっちに帰りたいって人はいないの？」

「さあ、知らない」そう答えるエレインの目は泳いでいた。「いるかもしれない。でも、そういった人は騙されてるのよ」

「だから、その人たちに代わって、あなたが決断をくだすわけ？」

「わたしのほかに、それだけの覚悟を決められる者がいなかったら」エレインは（自分の口調がどれほど夫フランクに似ているのかにも気づかないまま）そういった。「――ええ、答えはイエス。その場合には、わたしひとりにかかってくる」

いいながらエレインはジーンズのポケットからライターをとりだした。バーベキューで燃料に着火するためにつかう、細長いパイプがついた引金式のライターだった。白虎はそのようすをながめながら、低くのどを鳴らしていた――ごろごろという低い声は、エンジンのアイドリング音にも似ていた。ジャネットが見たところ、虎の方向から助力がもたらされる見込みはなさそうだった。

「あんた、子供がいないんでしょう？」ジャネットはいった。

エレインは傷ついた顔を見せた。「娘がいる。娘はわが人生の光よ」

「娘さんもこの世界に？」

「もちろん。ここで無事に過ごしてる。これからも娘をそんなふうに守ってやるつもり」

「そのことについて、娘さんはなんていってる？」

「娘がなんていっているかは重要じゃない。まだ子供だから」

「オーケイ。それなら、男の子をあっちに置いてくるほかなかった女たちは？　その女たちには、わが子を育てたり守ったりする権利がないわけ？　たとえこの世界で暮らすことが気にいったとしても、その女たちにはそれなりの責任があるんじゃない？」

「ほら」エレインは得意げに鼻先で笑った。「いまの発言ひとつでも、あんたが愚か者だとよくわかる。男の子は成長して大きくなれば男になる。ありとあらゆるトラブルを起こすのは男。血を流すのも地球を汚すのも、みんな男。ここでのわたしたちは、もっとましよ。たしかに男の赤ん坊はいる。でもあの子たちは、これまでとちがう男たちに育つ。ちがう男たちに育つように、わたしたちが教えるから」エレインは深々と息を吸いこんだ。得意げな笑顔がさらに広がった——狂気のガスで膨張しているかのように。「この世界は人にやさしいところになるの」

「もう一度、質問させて。あんたは本気でドアを閉めようとしているの？　ほかの女たち全員があっちに残してきた生活に通じるドアなのに、当の女たちの意向もたずねないまま？」

　エレインの笑みがふっと消えた。「あの女たちに話しても、わかってもらえないかもしれない。だからわたしが……わたしが……」

「あんたは……なにをするの？　混乱をつくりだす以外に？」ジャネットは片手をポケットに滑りこませた。

　狐がふたたびあらわれて、虎の隣にすわった。赤い蛇が重たげにずるずる這いずってジャネットの片足のスニーカーの上を横切ったが、ジャネットは足もとを見おろしもしなかった。動物たちが襲ってこないことは頭で理解できていた。記憶もおぼろな昔、まだ教会に通っていた苦労知らずの子供時代に、どこかの聖職者が〈平和な王国〉のことを説教で話していたが、この動物たちはまさにそこからやってきていた。

エレインがライターのスイッチを〝かちり〟と押した。パイプの先端に炎がゆらりと立ちのぼった。「だから、わたしが代表者として決定をくだすの！」

ジャネットはポケットから手を抜きだし、握りしめていた豆をエレインに勢いよく投げつけた。エレインが身をすくませ、とっさに身をかばおうとして拳銃をかまえた手を上へかかげながら、あとずさった。ジャネットは残っていた距離を一気に詰め、エレインの腰にタックルした。拳銃がエレインの手から地面へ転がり落ちた。しかし、ライターは握りしめていた。しかも腕をぐいっと伸ばして、炎が揺れている先端部分を灯油まみれの木の根に近づけようとしていた。ジャネットはエレインの手首を地面に叩きつけた。ライターが手からふっ飛んだ。しかし、遅すぎた――蠟燭から溶けて流れる蠟のように、青い炎が木の根に沿って広がっていったかと思うと、たちまち幹にむかって這いのぼりはじめた。

赤い蛇が――炎から離れたいのだろう――〈大樹〉を這いあがっていった。虎が物憂げに立ちあがって燃えている根に近づき、一本の足で炎を踏みつけた。足のまわりに煙が立ちのぼり、ジャネットは虎の毛が燃える焦げくさいにおいを感じとったが、それでも虎は足をその場から動かさなかった。やがて虎がその場を離れると、青い炎はすっかり消えていた。

ジャネットが体を転がして上から降りると、エレインはさめざめと泣いていた。「わたしはただナナに安全でいてほしいだけ……あの子が安全に育っていってほしいだけ……」

「気持ちはわかる」ジャネットはこのエレインという女の娘に会ったことはないし、この先も会うことはなさそうだったが、本物の痛みの声、魂の痛みの声をききわけることはできた。ジャネット自身もいやというほどの痛みを経験していた。バーベキュー用のライターを地面から拾いあげて検分する。こんな小さな道具ひとつで、ふたつの世界をつなぐドアを閉ざしてしまえるとは。しかも虎がいなかったら、その目論見が成功してしまったのかもしれない。虎はあの手のことをするためにいたのだろうか——ジャネットは思った。それともあれは越権行為だったのか？　だとすると、虎は罰せられるのか？

疑問はあまりにも多かった。答えはあまりにも少なかった。しかし、それはどうでもいい。ジャネットは輪を描くように腕を大きく振り、バーベキュー用ライターが手から離れて飛んでいくのをながめた。ライターが十数メートル先のくさむらに吸いこまれて見えなくなると、エレインが失望の叫びをあげた。ジャネットは身をかがめて拳銃を拾いあげた。最初はベルトに差すつもりだったが、着ていたのは茶色い囚人服で、ベルトがなかった。ベルトは絶対禁止の品だ。手もとにベルトがあると、首を吊る受刑者がいるからだ。紐で締めるタイプのスラックスにはポケットがあったが、浅いうえに、まだ豆が半分くらいはいっていた。拳銃を入れても、こぼれ落ちてしまうだろう。では、この銃はどうすればいい？　遠くに投げ捨ててしまうのが賢明な処理法に思えた。

しかしまだ投げずにいるうちに、ジャネットの背後の茂みががさがさと音をたてた。ジャネットは拳銃を手にしたまま、くるりと身をひるがえした。

「早く！　捨てろ！　銃を捨てなさい！」

森が途切れるあたりに、やはり武装した女が立っていた。女は手にした拳銃でジャネットに狙いをつけていた。エレインとは異なり、いま姿を見せた女は拳銃を両手でかまえ、両足を広くひらいて地面を踏みしめていた――いかにも自分のやっていることを心得ているかのように。命令されることに慣れていないでもないジャネットは、銃を降ろしはじめた。〈大樹〉の横の草地に置こうと思ったのだ……しかし、いかれ女《ナットボール》ことエレインから、それなりに離れたところでなくてはならない。エレインが銃をとりもどそうとするかもしれないからだ。ジャネットが身をかがめると同時に、頭上の枝を赤い蛇が音をたてて這い進んできた。ジャネットはひっと身をすくめた――同時になにかが落ちてくるのが目の隅にちらりと見え、反射的に頭をかばおうと拳銃をもっているほうの手を上にあげた。ものが割れるような音……それにつづいて、食器棚でふたつのコーヒーカップが触れあったときのような、かすかな〝ちりん〟という涼しい音がした。同時に、頭のなかでイーヴィの声がきこえた気がした――苦痛と驚きが入り交じった、くぐもった叫び声。そのあと……気がつくとジャネットは地面に横たわっていた。見あげる空に見えたのは木の葉だけで、口には血があふれていた。

銃をかまえていた女が近づいてきた。銃口から硝煙が出ていた。それを見てジャネットは、自分が撃たれたことを悟った。

「銃を捨てろ！」女にそう命じられて、ジャネットは手をひらいた。拳銃が転がり落ち、自分がまだ銃を握っていたことに初めて気がついた。

「あんたのことは知ってるよ」ジャネットはささやいた。巨大な熱い錘《おもり》が胸の上に載っているような感覚だった。息をするのがむずかしかったが、痛みはなかった。「あんたは刑務所にイーヴィを連れてきた女だ。警官。あのとき窓からあんたたちを見てたんだ」

「灯油みたいなにおいね」その女——ライラ・ノークロスはいった。ライラはひっくりかえった容器をもちあげ、においを確かめてから、また地面に落とした。

この日の朝、〈ショップウェル〉でひらかれた〈会議〉で、出席者のひとりからゴルフカートが一台見当たらないが、使用記録帳には貸出記録がない、との発言があった。それにつづいてメイジー・ウェッターモアという少女が発言を求め、つい数分前にエレイン・ナッティングがカートに乗ってアダムズ製材所方面へ走っていった、と話した。ライラは、いっしょに出席していたジャニス・コーツと視線をかわしあった。昨今、アダムズ製材所方面にあるものはふたつに限定される。ひとつは覚醒剤密造工場の崩れかけた廃墟。もうひとつは〈大樹〉だ。エレイン・ナッティングが単身でその方面へ出かけたという事実に、ライラとジャニスはともに胸騒ぎを感じた。ライラはエレインが〈大樹〉付近にいる動物たちを——なかでも虎を——警戒していたことを覚えており、もしかしたらエレインが虎を殺すつもりではないかと考えたのだった。虎を殺すのは賢明な行動ではない。そこでふたりはやはりゴルフカートを駆って、エレインを追ってきた。

そしていまライラは、これまで見た覚えのない女を拳銃で撃った。撃たれた女はかなりの深《ふか》傷《で》を負い、血を流して地面に横たわっている。

「いったいなにをするつもりだったの?」ライラはたずねた。

「わたしじゃない」ジャネットはそう答え、すすり泣いている女に視線をむけた。「あの女。あの女の仕業。灯油。拳銃。わたしがあの女をとめたの」

ジャネットは自分が死にかけていると察していた。体の奥から泉の水が湧くように冷たさが湧きあがり、まず爪先を奪い去っていった。つづいて足首から先が消え、膝が飲みこまれ、冷たさがひたひたと心臓に迫ってきた。そういえば、幼いころのボビーは水を怖がっていたっけ。

それにボビーは、だれかにコークとミッキーマウスの帽子をとられるんじゃないかと怖がってもいた。そんな瞬間のボビーをとらえた写真が、監房の壁のペンキを塗られた一画に貼ってあった。大丈夫よ、ハニー、大丈夫。ジャネットは息子にそう語りかけた。心配しなくていいの。コークも帽子もおまえのもの。だれかがとりあげようとしても、母さんがぜったいにそんなことをさせないから。

もしボビーがここにいて、水のことを質問してきたらどうしよう？　母親の体を飲みこもうとしているこの水のことをたずねてきたら？　もちろん、こう答えてあげる――これも心配はいらないと。最初はショックを感じはするけれど、それにもいずれ慣れる。

しかしジャネットは、〈嘘でガッチリ儲けましョー〉のチャンピオンではない。優勝を争う出場者の資格もなかった。たわいない嘘でボビーを丸めこむことはできても、リーは騙せない。もしリーがこの場に居合わせたなら、自分は真実を認めるほかはなくなる。それはそれとして泉の水は苦しくなかったし、同時に決して心地よくもなかった。

肉体から遊離した宿主の声がきこえた。《まことに残念ながらジャネット・ソーリーはここで退場です。しかし、そんなジャネットにはわたしたちからささやかなプレゼントを贈って家路についてもらいましょう。さあ、プレゼントの説明を頼むよ、ケン》

宿主の声はワーナー・ウルフ――《ビデオテープに行きましょう！》という定番フレーズで

有名な男——にそっくりだった。そうとも、家へ送りかえされるとなったら、ワーナー・ウルフ以上のアナウンサーは望むべくもない。

いまでは髪がチョークのように真っ白になっているジャニス・コーツ所長の顔が、ジャネットが見あげている空に侵入してきた。ある意味ではジャニスに似あっていた——白い髪は。しかしめっきり瘦せてしまっていた。目の下に大きなくぼみができていたし、頰は肉が落ちてげっそりしていた。

「ソーリー？」コーツは片膝をついてジャネットの手をとった。「ジャネットなの？」

「ああ、まずい」署長だったライラがいった。「わたしったら、とんでもないミスをしでかしたみたい」ライラは地面に両膝をついて両手のひらをジャネットの傷にあてがうと——無意味なことと知りながら——圧力をくわえはじめた。「この人を動けなくするだけのつもりだった……でも距離が……それに、〈大樹〉がどうなるか心配でたまらず……ほんと、ごめんなさい……」

ジャネットは口の両端から血があふれて流れ落ちるのを感じていた。あえぎながら、話しはじめる。「息子がいるの……名前はボビー……息子がいる……」

ジャネットの末期《まつご》の言葉はエレインにむけられていた。ジャネットがこの世で最後に見たのは、大きく見ひらかれたエレインの怯えた目だった。

「お願い——息子が、いるの——」

第十五章

　のちのち……というのは、煙と催涙ガスがすっかり消えたあとのこと、ドゥーリング女子刑務所における戦闘について、何十とおりもの物語が語られる。同一の話はひとつとして存在せず、ほとんどがおたがいに矛盾している。細部が事実どおりの場合もあれば、事実に反している場合もある。ひとたび激しい戦い――どちらかが死ぬまでつづく戦い――がはじまると、客観的現実などはたちまち煙と騒音のなかに消えてしまうからだ。

　さらにいえば、自身の見地からの物語を語れるはずの人々は、大部分が死んでいたという事情もある。

1

腰を撃たれて出血し、骨の髄まで疲れきっているヴァネッサ・ランプリーが、四輪バギーをゆっくりとアレン・レーンらしく思える未舗装路（断定はむずかしかった――このあたりの山野にはいたるところに数多くの未舗装路が通っているからだ）に走らせていたとき、刑務所の方角の遠いところから爆発音がきこえてきた。フリッツ・ミショームから取りあげたGPSトラッカーつきの携帯電話の画面を見ていたヴァネッサは、ふっと顔をあげた。画面に表示されている赤いドットが、いまヴァネッサの手にある携帯をあらわしていた。バズーカにとりつけてあるGPS発信機は緑のドットだ。画面上でふたつのドットはきわめて接近していた。この先までも四輪バギーを走らせたら、グライナー兄弟を追っている自分の存在を本人たちに勘づかれてしまいかねない。

さっきの爆発音は、兄弟がまたもバズーカをぶっぱなした音だったのかもしれない。ヴァネッサはそう思った。考えられないではなかった。しかし炭鉱地域の娘として、ダイナマイトの奏でる荒っぽい音楽を耳にして育ったヴァネッサには、そうは思えなかった。刑務所方面からの爆発音は、バズーカよりも鋭く硬質だった。だから、さっきのはダイナマイトの音だ。爆発物をたずさえて、あたりをうろついている剣呑《けんのん》な連中は、グライナー兄弟だけではないようだ。

バギーを停止させて降り立ったヴァネッサは、そこで足をよろめかせた。スラックスの左足が、腰から膝まで血で濡れてしまっていた。ヴァネッサをここまで駆り立てていたアドレナリンも、いまは薄れつつあった。全身いたるところに痛みがあったが、なかでもフリッツ・ミショームに撃たれた腰が激しく痛んだ。腰のあたりでどこかの骨が砕けたらしく、歩くたびになにかが揺《す》り砕かれる感触があった。おまけに、このところ一睡もしていないうえに失血の影響もあって頭がくらくらとした。ヴァネッサのあらゆる部分がもう降参しようと叫んでいた――愚かしい真似はやめて、もう眠りにつこう、と。

ええ、いずれはね――ヴァネッサはそう思いながら、自分のライフルとフリッツが自分を撃つのにつかった骨董品《こっとうひん》めいた拳銃を手にとった――でも、まだ眠るわけにはいかない。いまの自分は刑務所で起こりつつある事態には無力だ。しかしグライナー兄弟というふたりのならず者に苦痛を味わわせてやれば、事態のさらなる悪化を防ぐことができる。その任を果たしたあとなら眠りにつける。

かつては道路だったかもしれないが、いまは草が生え放題になっている二本の轍《わだち》が、未舗装路から分岐して、ひねこびた木々がつくる二次林のなかを急斜面で上へと通じていた。さらに二十メートル弱進むと、グライナー兄弟が盗んだトラックが見つかった。車内をのぞいたが欲しい品は見つからず、ヴァネッサはさらに先へ進んだ。いまや片足は、体のほかの部分といっしょに引きずっている熊手のような存在だった。もうGPSトラッカーアプリは必要なかった。ここへ来たのはハイスクール以来だが、それでも自分がいまどこにいるかはわかった。当時ここは――あまり人気があったとはいえないが――若者のデートスポットのひとつだった。ここからさらに四百メートルばかりあがると、雑草に埋もれそうなこの道の終端に行きつく。その先が小高い丘で、傾いた墓石がいくつか立っていた。ひとり残らず世を去って久しい一族の墓所だったのだろう——おそらくアレン家の墓所だ（ここが本当にアレン・レーンだとしたらの話）。盛《さか》りのついた若者たちにとっては、三番めか四番めのデートスポット候補だった。というのも、丘から見おろせるのがドゥーリング刑務所くらいだったからだ。とてもロマンティックな気分をかきたてる景色ではない。

わたしならできる。ヴァネッサは自分に語りかけた。あと五十メートル。

その五十メートルを歩ききると、あと五十メートルは進めると自分にいいきかせた。そんな具合に前へ前へと進むうちに、話し声がきこえてきた。つづいて爆発するような〝ひゅうううっ〟という音が響き、リトル・ロウエル・グライナーと兄のメイナードの歓声や背中を叩きあう音などがつづいた。

「あっちまで届くかどうか心配だったんだが、どうだい、見ろよ！」兄弟のひとりが大声をあげた。もうひとりが雄叫びで応じた。

ヴァネッサはフリッツの拳銃の撃鉄を起こすと、ふたりの田舎白人の浮かれ騒ぐ声のほうに進んでいった。

2

これまでのクリントなら、〝心臓がすとんと沈んだ〟という表現は詩的な比喩表現にすぎないと思っただろうが、その言葉を実地に体験したいまはちがった。刑務所本館の南西の角という身を隠せる場所から出てきたことも忘れて、いまクリントはあんぐりと口をあけたまま、C翼棟からばらばらとコンクリートの破片が落ちてくる光景を茫然とながめていた。いまの爆発で、あの監房棟にいた女たちの何人が繭にくるまれたまま炎に焼かれたり、あるいはずたずたに切り裂かれたりして死んだだろう？　空《くう》を切る音とともに、なにかが左耳のすぐそばを飛びすぎていったことにも気づいていなかったし、二発めの弾丸――二台めのブルドーザーのうしろに立っていたミック・ナポリターノが撃った弾丸――がスラックスのポケットのひとつをざっくり切り裂き、おかげでしまっておいた小銭が足を伝ってじゃらじゃら落下していったことにも気づかず、だれかが自分を引っぱっていることにも気づいていなかった。

ウィリー・バークはクリントの肩をつかむと、強い力でうしろに引いた――クリントがあやうく倒れそうなほどの剣幕だった。

「頭がどうかしちまったのか、ドク？　殺されたいのかい？」

「女たち……」クリントはいった。「あそこには女たちがいたんだぞ」そういって目をごしごしとこする――刺戟性のガスの影響にくわえて、こみあげてきた涙で視界が曇ってしまっていた。「クソ野郎のギアリーめ、小さな墓場がある丘の上にロケットランチャーだかなんだかを運びあげたんだな」

「だからって、いまのおれたちに打つ手はないんだ」ウィリーは前かがみになって両膝に手をあてた。「それにあんたは敵をひとり仕留めたじゃないか。そいつが手はじめだ。とにかく、建物にはいらないと。このまま裏口へまわって、ビリーもいっしょに屋内へ避難しようじゃないか」

ウィリーの提案ももっともだった。建物の正面側は、いまでは無差別砲撃地帯になっていた。

「あんたは大丈夫なのか？」

ウィリー・バークは背すじをまっすぐに伸ばすと、つくり笑いを見せた。顔は血の気をなくし、ひたいには玉の汗が浮かんでいた。「ああ、厄介なことになった。心臓がちょっとしたトラブルを起こしたかもしれん。この前の健康診断で、医者からパイプをやめろといわれていてね。あの助言をきいておくべきだったな」

勘弁してくれ——クリントは思った。頼む……ちくしょう……勘弁してくれ。

ウィリーはクリントの顔から内心を読みとったらしく——ちなみに目にはなんの問題もなかった——平手で背中をぽんと叩いた。「おれはまだくたばっちゃいないぞ、ドク。さあ、行こう」

3

フランク・ギアリーは、面会室——ダイナマイトの爆破で内部が（そこにいた人間もろとも）破壊しつくされたはずの部屋——のすぐ外という自分の位置から、ジャック・アルバートスンがガスマスクを引きずりおろされた姿で倒れるさまを目にしていた。一瞬前までガスマスクがあったジャックの顔は、このときはもう血の塊でしかなかった。たとえ母親でもわが子ジャックだとはわかるまい——フランクは思った。

フランクはトランシーバーをもちあげた。「報告だ！ 全員報告せよ！」

報告してきたのは八人にとどまった。ほとんどがブルドーザーを楯として利用していたメンバーだった。もちろん攻撃チーム全員がトランシーバーを所持していたわけではないが、それでも本来ならあと数人からの報告が寄せられて当然だった。フランクのもっとも楽観的な見積もりでは、土くれも同然に死んでいるジャックをふくめて死者は四人。しかし内心の見積もりでは死者は五、六人になるだろうし、負傷者には病院での適切な治療が必要だろうと考えてもいた。道路封鎖地点に町会議員のミラーといっしょに残してきたエリック・ブラスという若者なら、バスの一台を運転して怪我人を聖テレサ病院まで運べるかもしれない。しかし、いまだれが聖テレサ病院で勤務しているのかは神のみぞ知る——そもそもだれかが勤務していればの話だ。しかし、なんでこんな羽目になった？ こっちにはブルドーザーという強い味方が複数あった。ブルドーザーがあれば、あっという間に片がつくはずだったのに！

ジョニー・リー・クロンスキーがフランクの肩をつかんだ。「よし、いよいよ建物に乗りこむぞ、相棒。すっかり片づけてやる。こいつでな」

クロンスキーのバックパックは、いまもジッパーがあいたままだった。そこに手を突っこみ、ダイナマイトを包んでいたタオルを横へ押しのけて、グライナー兄弟のところからの押収品だったプラスティック爆薬のC４をフランクに見せた。クロンスキーは爆薬を捏《こ》ねて、子供用のおもちゃのフットボールを思わせる形状に仕立てていた。粘土状の爆薬にアンドロイド携帯が埋めこまれていた。

「こいつはおれの私物の携帯だ」クロンスキーはいった。「大義のために差しだすわけだ。どっちにしても、クソみたいな携帯だし」

フランクはたずねた。「建物のどこへ行けばいい？」

催涙ガスは風に吹き散らされつつあったが、フランクは頭のなかが催涙ガスでいっぱいになっていて、あらゆる考えをかき消されてしまっている気がした。真っ赤な太陽がのぼりはじめて、あたりはますます明るくなっていた。

「ど真ん中にまっすぐ行くのがベストだ」クロンスキーはいいながら、半分潰れたフリートウッドRVを指さした。車体が傾いて建物によりかかる形になっていたが、無理をすれば通れる隙間があり、そこを行けば正面玄関にたどりつける。ドアは内側にたわんで壊され、歪んだせいで蝶番がはずれていた。「ストラザーズとブルドーザーの近くにいる連中が掩護してくれる。おれたちは建物に突入。とにかくどんどん突き進んで、今度の騒ぎの原因になったクソ女をとっつかまえるぞ」

いまではフランクも、この騒動のきっかけがだれだったのかも判然としなくなっていたが、とりあえずうなずいた。それ以外にできることはないように思えた。

「タイマーをセットしないとな」

クロンスキーはそういうと、C４に埋めこまれた携帯の電源を入れた。携帯のヘッドフォン端子にコードが接続してあった。コードの反対側は爆薬に埋めこまれたバッテリーパックにつながっていた。爆薬を見ていると、フランクはエレインが日曜日の夕食を用意していたときのことを思い出した――エレインがオーヴンからローストチキンをとりだして、肉用温度計を突き立てているところを。

クロンスキーがフランクの肩を叩いた――それもあまりやさしくない手つきで。「何分後にすればいい？　じっくり考えてくれ。というのも、カウントダウンがひと桁になったら、どこにいようと関係なく、おれはこいつを投げるからだ」

「そうだな……」フランクは頭をすっきりさせようと左右にふった。これまで刑務所に足を踏み入れたことはなかったし、いざそのときにはドン・ピータースが必要な建物内の配置を教えてくれるものと考えていた。ただし、ドンがどれほど役立たずかを知らなかっただけだ。こうして手おくれになったいま、それが途方もない見落としに思えた。ほかにも、おれはどれだけのことを見落としているのか？「ええと、四分では？」

頭の鈍い生徒を相手にしている底意地のわるいハイスクール教師のような口調で、クロンスキーはいった。「それは質問か、それともおれに伝えているだけか？」

散発的な銃声がきこえたが、攻撃はいまや退潮ぎみだった。ほうっておけば、手下たちが勝手に撤退を決めるかもしれない。そんなことを許してなるものか。

《ナナ》フランクは娘を思い、こういった。「四分。それでいい」

フランクはさらにこう思った――その四分でおれが死んでもおかしくないし、この事態が終熄にむかいはじめてもおかしくない。

もちろん、最後の攻撃のとばっちりで問題の女が命を落とすことも考えられる。しかし、それは引き受けるべきリスクだ。そこから連想はケージに収容した野犬たちに飛んだ。野犬たちは理解できない力に命運を握られてしまっていた。

クロンスキーがアプリをひらいて画面をタップすると、《4：00》という数字があらわれた。ふたたびタップすると、数字のカウントダウンがはじまった。《3：59》が《3：58》になり、《3：57》になるのをフランクは食い入るように見つめた。

「覚悟はいいか、ギアリー？」クロンスキーはいった。にやりと異常者めいた笑みをのぞかせると、金歯がぎらりと光った。

（「きさま、なにをしてる？」あの日、ユリシーズ・エナジー・ソリューションズ社が所有するグレイストーン炭鉱の七番坑道で、組合活動家のクソ野郎はそうクロンスキーに声をかけてきた。「ぐずぐずするな」活動家のクソ野郎は、坑道の少なくとも二十メートルほど先を歩いていた。地下に広がる墨を流したような闇のなか、クロンスキーにはこの馬鹿男の着ているTシャツのウディ・ガスリーの顔はもちろん、本人の顔も見えていなかった。見えたのはヘッドランプの光だけだった。力は組合から生まれる——クソ男の活動家は好んでそう口にした。しかし、ドル紙幣からはそれ以上の力が生まれる。ユリシーズ・エナジー社からやってきた男は、会社の問題解決をはかるために手の切れるような数枚のドル紙幣をジョニー・リー・クロンスキーにわたした。「くたばっちまえ、おまえも、おまえの組合も、おまえが乗ってる馬もだ」クロンスキーはクソ男の活動家にそう怒鳴ってダイナマイトを投げつけるなり、一目散に走って逃げた）

「おれが思うに、おれたちは——」フランクがそこまでいいかけたとき、ロウエル・グライナーがバズーカで一発めのロケット弾を発射した。頭の真上あたりから、〝ひゅううう〟という音が響いてきた。飛来してきた物体が一瞬だけ、ぼやけて見えた。一種の飛翔体のようなものだった。

「伏せろ！」クロンスキーはそう叫んだが、それだけではフランクに逃げるチャンスを与えられなかった。そこでいきなり腕をフランクの首にまわし、そのまま引きずり倒した。

バズーカからはなたれたロケット弾がC翼棟に命中して爆発した。〈大樹〉の先にある世界では、ドゥーリング刑務所の受刑者だった十四人の女が消えた——それぞれの体が一瞬だけまばゆい光をはなったかと思うと、それまで女たちがいた無の空間に蛾の群れがなだれこんできた。

4

ドルー・T・バリーはトランシーバーをもってはいたが、報告しろというフランクの命令に従わなかったひとりだった。そもそも命令をきいてもいなかった——トランシーバーのスイッチを切っていたからだ。身を隠しながら山をのぼれるだけのぼると、ウェザビー製のライフルを背中からおろす。ライフルのスコープをつかうと、トタン板づくりの小屋まではっきり見えた。刑務所の裏口のドアはひらいていた——楕円形の光が洩れていた。しかし小屋の陰に男が配置され、建物内に通じる入口を守っていた。バリーの目に男の肘が見えた……肩……ついで頭の一部……しかし男は、いまもエルモア・パールとドン・ピーターズが立っている場所を確かめただけで、すばやく引っこんでいった。あの男を排除する必要があるし、バリーは早く一発撃ちこみたくてたまらなかった――それこそ、引金にかかった人差し指がうずうずしていたくらいだ。しかし同時に、しくじったら元も子もないこともわかっていた。だから待たなくてはならなかった。エルモア・パールかドン・ピーターズがまた石を投げてくれれば、あの男が何事かと頭を突きだすかもしれない。しかし、そういった展開にはなりそうもないな、とバリーは思った。エルモア・パールは警戒心が強すぎるし、ちびででぶのドンにいたっては頭が――強く叩かれた親指のように――麻痺している鈍物だ。

動けよ、この野郎。ドルー・T・バリーは思った。たった二歩でいいんだ。いや、一歩でもいい。

いざダイナマイトの束が爆発したとき、バリーはとっさにしゃがんで身を縮めたが、ビリー・ウェッターモアは物置小屋の裏の持ち場を守っていた。そんなビリーを立ちあがらせたのは、バズーカのロケット弾の爆発だった。ビリーはそれまで身を守るのにつかっていた物置の裏から出てきて、爆発音のほうに目をむけた。その一瞬が、待ち望んでいた会心の一発のチャンスをドルー・T・バリーに提供した。

刑務所上空には黒煙がうねるように流れていた。人々が大声でわめいていた。銃声が響きわたっていた――当てずっぽうの乱射にちがいない。ドルー・T・バリーは乱射が大きらいだった。バリーは息を詰めて、ライフルの引金を引いた。得られた結果は充分に満足できるものだった。スコープをのぞいていたバリーには、裏口を守っていた男の体が前方へ叩き飛ばされ、着ていたシャツがずたずたになって膨らむさまが見えた。

「よし、仕留めたぞ」ドルー・T・バリーはそういいながら、ビリー・ウェッターモアの死体を悲しみまじりの満足感とともに見つめていた。「見事な一発だったな――いや、自分でいうのも……」

下方の森のなかから、まぎれもないエルモア・パール巡査の声がきこえてきた。「ああ、このクソ馬鹿野郎、なにをしやがった？　**いったいなにをしやがった？**」

ドルー・T・バリーはいったんはためらったものの、仲間のもとへ走って引き返しはじめた――ずっと体を低くしたまま、どんな番狂わせがあったのだろうと思いながら。

5

クリントとウィリーが見ている前で、ビリー・ウェッターモアの体が宙に投げだされた。地面に落ちてきたときには、ビリーは骨がなくなったような状態だった。片足から靴が脱げて、くるくるまわりながら上に飛んでいき、物置小屋の屋根のへりに落ちて跳ねかえった。クリントはビリーのほうへ行こうとした。だが、ウィリー・バークの驚くほど力強い手に引きもどされた。

「だめだ、だめだ」ウィリーはいった。「やめておけ、ドク。いまあっちへ行くのはまずい」

クリントは必死で考えようとした。「わたしのオフィスなら窓からはいれるかも。窓にはまっているのは強化ガラスだが、防犯用の面格子はないからね」

「よし、窓はおれがなんとかする」ウィリーは答えた。「行くぞ」

口ではそういいながらもウィリーはその場を動かず、またしても前かがみになって両手を膝につく姿勢になった。

6

エルモア・パールが大声で怒鳴っていたが、ドン・ピーターズの耳には届いていなかった。ドンは地面に両膝をつき、かつての〈ゾンビ・パトロール〉のパートナーを見おろしていた。パートナーのエリック・ブラスは両足を広げて地面に横たわり、首のつけ根にあいた穴から鮮血をあふれさせていた。

「パートナー！」ドンは叫んだ。かぶっていたフットボールのフェイスマスクがずり落ちて視界をさえぎったので、ドンは手首の裏側で押しあげた。「パートナー、おれはそんなつもりじゃなかったんだ！」

エルモアはドンを引き立たせた。「この底抜けの馬鹿野郎が。引金を引くのなら、その前に自分がなにを撃とうとしてるのかを確かめろと、だれからも教わらなかったのか？」

エリックの口から、液体が沸き立っているような野太い音があがった。ついでエリックは咳をして血しぶきを散らし、変わりはてたのど﹅を片手でかきむしろうとした。

ドンは説明しようとした。最初はダイナマイトの爆発音、つづいて二度めの爆発があったあと、背後の灌木の茂みからがさごそという音がした。てっきり、あの精神科医の手下のだれかだろうと思いこんだ。どうすればエリックだとわかったというのか？　そしてドンはなにも考えず、狙いもつけないで発砲した。その一発が、ちょうど木々をかきわけて姿をあらわしかけていたエリックに命中するとは、いったいどんな邪悪な偶然のめぐりあわせだったことか。

「おれは……おれは……」

ドルー・T・バリーがウェザビー製ライフルをかついで姿をあらわした。「いったい、なんの騒ぎ――」

「ここにいるワイルド・ビル・ヒコック気取りが仲間を撃ちやがった」エルモアはそういうと肩を強く殴って、ドンをエリックの横に突き倒した。「この若いのは加勢しようと思っただけなのに」

「おれはこいつがバスに残ってるとばかり思ってたんだよ！」ドンは息を切らしていた。「フランクが、負傷者が出た場合にそなえてバスで待機してろとこいつに命令してたのをきいてたんだ！」少なくとも、この部分は真実だった。

ドルー・T・バリーがドンを引っぱって立たせた。エルモアが片手で拳をつくり、顔面蒼白でめそめそ泣いているドンをまた殴ろうとしたが、バリーが制止した。「こいつなら、あとで好きなだけ殴ればいい。おれにいわせれば、決まり文句どおり、〝赤毛のもらいっ子にお仕置き〟するみたいに殴ってもかまわん。だが、いまはこの野郎が必要だ。こいつは刑務所の敷地のなかのことを知ってる。おれたちは知らない」

「あいつは仕留めたのか？」パールがたずねた。「あの物置小屋の裏にいたやつを？」

「ああ、仕留めた」ドルー・T・バリーは答えた。「いつかこの件が法廷で蒸し返されたら、おまえがおれにゴーサインを出したことを忘れるな。さあ、片をつけにいくぞ」

刑務所を見おろす丘の上に、一瞬のまばゆい閃光が見えたかと思うと、空に白い煙の筋が引かれた。これにつづいて、刑務所の建物の反対側で爆発が起こった。

「あっちの丘からクソったれロケット弾を撃ちこんでるのは、いったいだれなんだ?」エルモアがたずねた。

「知らないし、知りたくもないな」バリーはいった。「こんなふうに刑務所の裏にいるかぎり、おれたちと連中のあいだには何千トン分ものコンクリートがあるんだ」そういって丘を指さし、次は運動場の先を指さしてからドンにたずねた。「あのドアの奥にはなにがある?」

「体育館だよ」ドンは自分がしでかしたことの埋めあわせをしたい一心で答えた――といっても本人は早くも、エリックの射殺は正当化できる過ち、だれもがやりかねない過ちだと考えはじめていた。おれは自分を守ろうとしただけじゃなく、エルモア・パールのことも守ろうとしていたんだ――ドンは思った――このいかれた騒ぎがおさまれば、エルモアも理解してくれるだろう。それどころかおれに感謝して、〈スクイーキー・ホイール〉で一杯おごりたいといってくるかも。だいたい……くたばったのはしょせんエリック・ブラスじゃないか。頭のいかれた不良学生の見本みたいなやつだ。なにせおれが止めるひまもなく、ホームレス女の繭に火をつけたようなガキだ。「ああ、腐れまんこどもがバスケットボールやバレーボールをやるところだ。あの入口の反対側から、メインの廊下がはじまってる。スタッフが〈ブロードウェイ〉って呼んでる通路だ。あの女は廊下の左、A翼棟の監房にいる。それほど遠くない」

「よし、行くぞ」パールはいった。「おまえが先頭に立て、早撃ち野郎。おれはフェンスを切るためのニッパーをとってくる」

ドンは先頭に立ちたくなかった。「いや、おれはここでエリックに付き添ってやるべきじゃないか。なんといっても、こいつはパートナーだったし」

「その必要はない」ドルー・T・バリーはいった。「その若いのはもう死んでるんだ」

7

オーロラ病発生の一年前、まだ時間つぶし番組――〝計算ができる犬〟とか〝別れて五十年後に偶然再会した双子〟といったたぐいの番組――の収録という仕事に格下げされていたころ、ミカエラは〝自宅に本が多い蔵書家は読書習慣のない人よりも光熱費を安くあげている〟という趣旨の番組をつくった。本が優秀な断熱材だからだ。ひとたび銃撃戦がはじまると、ミカエラはそのことを思い出し、頭を低くした姿勢のまま図書室に駆けこんだ。図書室で目にしたのは、おおむねくたびれたペーパーバックばかりがならんだ書棚で、想定していたような断熱効果はなさそうだったが、隣の部屋でダイナマイトの束が爆発すると同時に図書室の壁が内側にたわみ、そこから飛びだしてきたノーラ・ロバーツやジェイムズ・パタースンの本が雨あられと降りそそいできた。

ミカエラは、このときには身を低くする手間もかけないまま走って〈ブロードウェイ〉に引きかえした。しかし、途中でいったん足をとめて隣の面会室をのぞきこみ、恐怖にふるえあがった。かつてランド・クイグリーだったものが、床では水たまりっぽいものをつくり、天井からは雫になってしたたり落ちていた。

ミカエラは方向感覚さえうしなったパニック寸前の状態だった。バズーカから射出されたロケット弾がC翼棟に命中し、噴煙がうねりながら通路を自分めがけて突き進んでくるのを見るなり（その光景にミカエラは、テロにあったニューヨークのツインタワー崩落後にニュースで見た報道映像を思い出した）、まわれ右をして、来た方向へむかって走りはじめた。しかし三歩しか進まないうちに、力強い腕が横からミカエラののどに巻きついてきた。片方のこめかみに冷たいスチールの鋭い刃が食いこむのが感じられた。

「こんにちは、別嬪《べっぴん》さん」腕のぬしであるエンジェル・フィッツロイがいった。ミカエラがこの挨拶にすぐには答えないと、エンジェルは木工作業所から拝借してきた鑿《のみ》の刃をさらに強く押しつけた。「いったい、外でなにが起こってるわけ？」

「世界最終戦争《アーマゲドン》ね」ミカエラは苦しい息の下からようやくいった——テレビに出ているときの囀《さえず》るような調子とは似ても似つかなかった。「お願い、首を絞めるのはやめて」

エンジェルは腕を離し、ミカエラを自分のほうにむかせた。廊下を流れて来た煙には催涙ガスの苦い味が交じっていて、そのせいでふたりとも咳きこんだが、おたがいの顔はよく見えた。鑿をかまえている女は愛らしかった——細面で真剣、どこか捕食者めいた雰囲気があるという意味で。

「あなたは前と変わった」ミカエラはいった。刑務所が攻撃下にあり、有罪判決を受けた受刑者が目のすぐ前で鑿をふりかざしているなかでは、これ以上ないほど愚かしいコメントだったが、ほかになにをいえばいいのか思いつかなかった。「目を覚ましてる。ぱっちりと目を覚ましてるって感じ」

「あの女のおかげで目が覚めたの」エンジェルが誇らしげにいった。「イーヴィのおかげ。あなたがイーヴィにやってもらったのとおなじ。あたしには任務があるから」

「どんな任務が？」

「あいつら」エンジェルはいいながら、煙や銃声に悩まされているようすもなく廊下を近づいてくるふたりの女を指さした。ふたりの女――モーラ・ダンバートンとケイリー・ローリングズ――の体から垂れ落ちている引き裂かれた繭の断片が、ミカエラの目にはホラー映画に出てくる腐敗した屍衣に見えた。ふたりはミカエラとエンジェルには目もくれずに通りすぎていった。

「あのふたりがどうやって――」ミカエラはいいかけたが、質問を最後までいいおわらないうちに、バズーカから発射された二発めのロケット弾が刑務所の建物正面に命中した。床が振動し、またしても煙が沸き立ちながら押し寄せてきた――黒煙はディーゼル燃料の臭気をはらんでいた。

「あのふたりがなにかするにしても、どうすればできるのかはわからないし、知りたくもない」エンジェルはいった。「ふたりにはふたりの仕事があるし、あたしにも任務がある。あんたにも手伝ってもらうよ――いやだというのなら、この鑿をあんたの胃に突き刺すだけ。どっちがいい？」

「手伝うわ」ミカエラはそう答え（ジャーナリストとしての客観性はともかく、いまここで命を落としたら、この件をいずれ番組で報道するのが困難になる）、エンジェルのあとをついていった。少なくとも、自分がどこへ行くべきかは心得ているようすだった。「任務というのは？」

「魔女を守ること」エンジェルはいった。「あるいは守ろうと努めながら死ぬこと」

　ミカエラが返答する前に、厨房からジェイリッド・ノークロスが飛びだしてきた。厨房は、ミカエラがジェイリッドを置いてきた洗濯室の隣にある。エンジェルが鑿をふりあげた。ミカエラはすかさずエンジェルの手首をつかんだ。「だめ！　この子は仲間よ！」

　エンジェルは精いっぱいの〝死の視線〟をジェイリッドにむけた。「ほんと？　ほんとにあたしたちの仲間？　魔女を守るのを手伝う気がある？」

「そうだよ。これからクラブへ繰りだして、ちょっくらエクスタシーでもやろうと思ってたけど、予定変更するのもわるくないね」ジェイリッドは軽口を叩いた。

「わたしはクリントと約束したの——きみの身を守るって」ミカエラはとがめるような口調でいった。

　エンジェルは鑿をこれ見よがしにふり立てると、歯を剝きだした。「きょう身を守ってもらえるのは魔女だけさ。だれも守ってもらえない……守ってもらえるのはイーヴィだけ！」

「わかったよ」ジェイリッドはいった。「これが父さんを助けて、母さんとメアリーが帰ってくるのに役立つのなら、話に乗るさ」

「メアリーってのは、あんたの彼女？」エンジェルはそうたずね、かかげていた鑿をおろした。

「どうなんだろう？　彼女とまではいえないかも」

「彼女とまではいえない、か」エンジェルはジェイリッドの答えを何度も嚙みしめているような顔を見せた。「メアリーにはちゃんと接してる？　小突いたり、ぶったり、怒鳴ったりしてない？」

「息が詰まる前にここを出なくちゃならないのよ」ミカエラはいった。

「ああ、ちゃんと接してるさ」

「そうね、それが身のため」エンジェルはいった。「さあ、動きだすよ。イーヴィはA翼棟のクッション壁の保護房にいる。壁はクッションだけど、頑丈な鉄格子がある。あんたはイーヴィの正面に立たなくてはだめ。正面に立てば、イーヴィに手をかけようとする人間がいても、その前にあんたを突破する必要があるわけだから」

ミカエラには恐るべき計画に思えた。エンジェルがずっと〝あたしたち〟ではなく〝あんた〟で通している理由も、そこにあるのかもしれない。

「じゃそっちはどこにいるの？」

「奇襲部隊《コマンドー》任務」エンジェルは答えた。「あいつらがやってくるまでに、何人か倒せるかも」

そういって鑿を見せびらかす。「でも、すぐに合流する。だから心配しないで」

「銃が二、三挺あれば助かるかな。もし、あんたたちが本気で――」いいかけたジェイリッドの声が、これまでで最大の爆発音に飲みこまれた。今回は破片がばらばらと降りかかってきた――大半は壊れた壁や天井の破片だった。ミカエラとジェイリッドが体をまっすぐに起こしたときには、エンジェルはもうそこにいなかった。

8

「いったいあれはなんだった？」バズーカが放った最初のロケット弾がC翼棟に命中した数秒後、フランクはそうたずねた。立ちあがって服から埃や土くれを払いのけ、髪の毛にはいりこんだコンクリートの細片もふり払う。耳鳴りはなかった――いま両耳にきこえていたのは、アスピリンを飲みすぎたあとで耳の底に響いてくる、鋼を思わせる高音のうなり音だった。

「あっちの丘の上から、だれかがでっかいもんを撃ちこんでるんだな」クロンスキーはいった。「たぶん警察署の建物をぶっ壊したのとおなじ連中だろう。さて、しっかりしろよ、署長代理さん。時間を無駄にしてるぞ」ここでもクロンスキーは歯を剝きだして金歯をぎらつかせながら、にやりと笑った――妙に陽気な表情が非現実的ですらあった。ついでクロンスキーは、プラスティック爆弾に埋めこまれたアンドロイド携帯の画面を指さした。数字は《3：07》から《3：06》になり、《3：05》になった。

「オーケイ」フランクは答えた。

「いいか、くれぐれもためらうな。ためらう人間はケツからファックされるぞ」

ふたりは破壊された正面玄関にむかった。フランクは視界の隅で、ブルドーザーの陰にあつまっている男たちの姿をとらえていた。男たちはフランクとクロンスキーを見ているだけで、襲撃作戦にはだれも参加したくないらしい。とはいえ、フランクに彼らを責める気はなかった。

なかには、テリー・クームズのもとに残っていればよかったと悔やんでいる者もいるだろう。

9

ドゥーリング刑務所の戦闘がクライマックスに近づいているころ、テリー・クームズは自宅ガレージにとめた車のなかにすわっていた。ガレージは狭かった。ドアは閉まっていた。パトカー四号車の窓はあけはなたれ、大型V８エンジンが動いていた。テリーは排ガスをゆっくりと胸いっぱいに吸いこんだ。最初のうちガスは不味《まず》く感じられたが、たちまち慣れてきた。

考えなおすなら、まだ手おくれじゃないわ。リタがテリーの手をとりながらいった。いま妻のリタは隣の助手席にすわっていた。いまからでも、あっちの主導権をとれるかもしれないじゃない？　ちょっとばかり正気を示してあげなさいよ。

「もう手おくれだよ、ハニー」テリーはいった。ガレージ内部は、いまでは有毒な気体でうっすら青くなっていた。テリーはあらためてガスを深々と吸いこみ、ひとしきり咳きこんだあとで、またガスを吸った。「これがどんな結末を迎えるかはわからないけどね。でも、ハッピーエンドは見えないな。だから、こうしたほうがいい」

リタは同情するようにテリーの手を強く握った。

「これまで片づけてきた幹線道路でのたくさんの事故現場のことが頭から離れないんだ」テリーはいった。「それから、あの男の首……覚醒剤密造者のトレーラーハウスの壁を突き破って、外に出ていたあの男の首もね」

何キロも離れている刑務所の方角から、爆発音が響いてきた。

テリーは、「こうしたほうがいいんだ」とくりかえして目を閉じた。四号車に乗っているのは自分ひとりだとわかっていながらも、テリーは自分の手を強く握っている妻の存在を感じたままふわりと浮かびただよって、ドゥーリングからも、そしてそれ以外のすべてからも離れていった。

10

フランクとジョニー・リー・クロンスキーは、バリー・ホールデンのRVと刑務所の壁のあいだの隙間を進んでいた。ふたりが破壊された正面玄関まであと一歩というそのとき、バズーカから発射された二発めのロケット弾が飛来してくる口笛めいた音がきこえた。

「来るぞ！」クロンスキーは叫んだ。

顔をうしろへふりむけたフランクは驚くべき光景を目にした。バズーカから撃ちだされたロケット弾が尾部安定翼から駐車場に落下し、爆発しないまま高く跳ねあがったのち、故ジャック・アルバートスンが運転していたブルドーザーにむかって先端から落ちていった。耳がつぶれそうなほどの爆発音が轟いた。運転席のシートがブルドーザーの薄い天井を突き破って吹き飛んだ。キャタピラがあちこちで断ち切られ、スチール製のピアノの鍵盤そっくりな姿で宙に舞いあげられた。さらに運転席のドアを補強するために張られた鉄板の一枚が叩き飛ばされ、まるで巨大な金槌《かなづち》の尖った端のように前方のRVの車体を刺し貫いた。

フランクは正面玄関ドアの一枚の歪んだベース部分につまずき――これで命を助けられた。一方立った姿勢のままだったジョニー・リー・クロンスキーは、楔《くさび》となって飛んできたフリートウッドの側面の鉄板で首を切り落とされただけではなかった――肩のところで体をふたつに分断されたのだ。それでもクロンスキーはよろけながら二、三歩ほど歩いてから――そのあいだ心臓はまだ動き、鮮血をたっぷり二本の柱として宙に噴きあげていた――地面に倒れこんだ。フットボール形のC４爆薬が両手から転がり落ちて、警備ステーションのほうへ転がっていった。爆薬は、埋めこまれたアンドロイド携帯が見えるかたちで停止した。数字は《**1：49**》から《**1：48**》になり、《**1：47**》になった。

フランクは目をぱちぱちさせてコンクリートの埃を払いながら、爆薬めがけて這い進んだが、途中で寝返りを打つようにして半分ほど崩れた受付デスクの陰に隠れた。というのも、保安ステーションの抗弾ガラスの向こうでいきなりティグ・マーフィーが立ちあがり、訪問者たちが身分証明書や携帯電話を預けるためにつかうスロットごしに、官給品の拳銃で発砲してきたからだった。あいにく角度がわるかったので、ティグの弾丸は高い位置にむかっていた。こうやって体を低くしているかぎり、フランクが撃たれる心配はなかった。しかし前方にあるドア――刑務所の本体部分へ通じているドア――を目指して進めば、あっさり撃たれる簡単な標的になるだけだ。後退しようとしても結果はおなじになる。

いまや玄関ロビーは、燃えあがるブルドーザーからのぼったディーゼル燃料臭のする黒煙で満たされていた。さらにクロンスキーの死体からまき散らされた、何十リットルもあるように見えた血液のつんと鼻を刺す吐き気を誘う悪臭も追加されていた。さらにフランクの体の下にはへし折れた受付デスクの脚があり、折れて尖った部分が左右の肩胛骨のちょうど中間を抉っていた。C4爆薬は、あとひと息でフランクの手が届かない場所に転がっていた。数字の《**1:29**》が《**1:28**》になり、《**1:27**》になった。

「この刑務所は完全に包囲されてるぞ！」フランクは叫んだ。「降参しろ！　そうすれば痛い思いをせずにすむ！」

「馬鹿ぬかせ！　ここはおれたちの刑務所だ！　おまえはただの不法侵入者、ここではなんの権限もないぞ！」ティグはまた一発撃った。

「爆薬が転がってるんだ！　C4だぞ！　このままだと、おまえも木っ端微塵だからな！」

「それが本当なら、ああ、俺はクソったれなルーク・スカイウォーカーだ！」

「見ろよ！　自分の目で床を見ろ！　おまえにも見えるはずだ！」

「おれがうかうか下をのぞいたら、その隙にここのスロットからおれの腹に一発撃ちこむ魂胆だろ？　ああ、その手に乗るか」

フランクは藁にもすがりたい気持ちで、さっき自分が通り抜けてきたドア、一部がRVの残骸でふさがれている正面玄関のあたりに視線を走らせて、「おおい、外にいる連中！」と外へむけて大声で叫んだ。「掩護射撃を頼む！」

掩護射撃はなかった。応援要員が来ることもなかった。外にいたうちのふたり――スティーヴ・ピカリングとウィル・ウィットストック――は、負傷したループ・ウィットストックを左右からはさんで、全力で撤退中だった。

瓦礫が散乱するロビーの床、それもティグ・マーフィーが陣取っている警備ステーションのほぼ真下では、携帯画面の数字がゼロへむかって着実にカウントダウンをつづけていた。

11

ビリー・ウェッターモアが疑問の余地なく死んだのを目にして、ドン・ピーターズの気分は少しだけ明るくなった。前に一度だけ、ビリーとボウリング場へ行ったことがある。〝かわい《リトル》いお姫さま《プリンセス》〟ことビリーのスコアは二百五十二で、ドンは二十ドル巻きあげられた。ビリーのやつがボウリングのボールに小細工をしていたに決まっているが、ドンはその点を不問に付した。ほかにも多くのことを不問に付したのとおなじ流儀――ドンはそんな感じの鷹揚な男だからだ。とはいえ、ときには世界が正しい方向へ傾くこともある。それが現実だ。世界からカマ野郎がひとり減った――だからみんなで万歳をしよう。

ドンは体育館へと急ぎながら、こう考えた――ひょっとしたらおれがあの女をつかまえる役になれるかも。イーヴィ・ブラックのやかましい口に〝ずどん〟と一発撃ちこんで、すべてをきっぱりおわらせる。そうすれば、みんなエリック・ブラス相手のミスも忘れてくれるだろうし、そのあとは〈スクイーキー・ホイール〉で死ぬまで酒を他人におごってもらえる身分になれそうだ。

ドンは、早くもイーヴィ・ブラックを銃の照準にとらえている場面を想像しながらドアへむかいかけた。しかしエルモア・パールがドンを押しもどした。「おまえはここで待機してろ、早撃ち野郎」

「おいおい！」ドンは泣きついた。「おまえじゃ、どこへ行けばいいのかもわからないだろうが」

ドンはふたたび歩きはじめたが、ドルー・T・バリーがその肩をつかんで頭を左右にふった。バリー自身は、屋内でなにが待っているのかわからない以上、いちばん最初に突入する役にはなりたくなかった。裏口の警備役は先ほど撃ち殺した男だけかもしれないが、ほかにもまだだれかがいるかもしれない。もしだれかいても、その敵を倒せる可能性が高いのは、きょうの午前中に仲間をひとり撃ち殺しただけのドンではなく、エルモアだ。

エルモアは顔をめぐらせて、うしろのドンににやりと笑いかけながら体育館に足を踏み入れた。「落ち着けって。先陣切って敵地に飛びこむ役目は、できる男に――」

エルモアが口にできたのはそこまでだった――モーラ・ダンバートンの冷たい手に体をつかまれたからだ。片手は首を、片手は後頭部をつかんでいた。エルモアは魂のないモーラの目をのぞきこみ、引き攣《つ》った悲鳴をあげはじめた。しかし、悲鳴は長つづきしなかった。かつてのモーラから甦った怪物がエルモアの口に手を突っこんだからだ。エルモアは手に嚙みついたが、モーラは気にもとめずに手を一気に下へ引きおろした。エルモアの下あごが上あごから完全に離れるときには、感謝祭の七面鳥のローストから腿をもぎとるときとそっくりな音がした。

12

「こりゃたまげた、おれたちはめちゃくちゃツイてるぞ！」メイナード・グライナーが歓喜の声をあげた。「もうちょっと距離があったら、ロケット弾が駐車場で爆発しちまってたところだ。最後に跳ね返ったのを見たか、ロウエル？」

「ああ、見たよ」ロウエルはいった。「水切りの石みたいに跳ね飛んで、ブルドーザーに命中した。まずまずだったな。でも、次はもっといい一発を見せてやる。ロケット弾を装塡してくれ」

見おろすと、刑務所は西の壁にあいた穴からうねるような黒煙をもくもくと吐きだしていた。胸のすく光景だった。あのときダイナマイトが爆発したあと、炭鉱から一気に煙が噴きだしてきたときのことを思い出す。しかし、いまのほうがずっと楽しかった。岩盤を打ち砕いているだけではない——いま自分たちは州政府の施設をぶち壊しているからだ。たとえ、密告しか能のないキティ・マクデイヴィッドの口をふさぐという目的がなくても、これはやる価値がたっぷりある仕事だった。

メイナードがロケット弾を入れてある袋に手を入れると同時に、小枝がへし折れる〝ぽきん〟という音がした。メイナードは背中のくぼみのベルトに突っこんである拳銃に手を伸ばしながら、身をひるがえした。

ヴァネッサは、フリッツ・ミショームがヴァネッサを殺そうとしたときにつかった拳銃の引金を引いた。標的までは短距離だったが、ヴァネッサは疲労困憊していた。弾丸はメイナードの胸には命中せず、肩をかすめただけにおわった。衝撃でメイナードは、中身が減ったロケット弾の袋の上に仰向けに倒れこんだ。発砲されなかった拳銃が灌木の茂みに落ちていき、用心《トリガー》鉄《ガード》が枝にひっかかった。

「ロウエル！」メイナードは弟に叫んだ。「撃たれた！　こ、この女に撃たれた！」

呼ばれたロウエルはバズーカを地面に落とし、横に置いてあったライフルをつかみあげた。兄弟のひとりをすでに無力化していたこともあり、ヴァネッサには狙いをつける余裕もあった。かなり豊かな胸の谷間にグリップを押し当てて拳銃を安定させてから、引金を引いた。リトル・ロウエルの口が炸裂して、脳みそが後頭部の穴から噴きだした。ついでロウエルは最後の呼吸と同時に、抜け落ちた歯を吸いこんだ。

「ロウエル！」メイナードが悲鳴をあげた。「おれの弟が！」

メイナードは灌木にひっかかっていた拳銃をつかみあげた。しかし銃をきちんとかまえる間もなく、人間の手というよりも鋼鉄の万力に近いなにかに手首をつかまれていた。

「アームレスリングのチャンピオンに銃をむけるなんて、あんたは大馬鹿もいいところ――たとえチャンピオン女が一週間近く寝ていなくてもね」

ヴァネッサは不気味なほどやさしい声でいい、つかんだ手首をねじりあげた。手首の奥から小枝が折れるときのような音があがり、メイナードが絶叫した。拳銃がその手からぽろりと落ちると、ヴァネッサはすかさず蹴って遠ざけた。

「ロウエルを撃ちやがったな」メイナードは不明瞭にわめいた。「こ、殺しやがった！」

「ええ、たしかに」ヴァネッサはいった。頭ががんがん鳴っていたし、腰には激しい痛みがあった。荒海を行く船の甲板に立っている気分だった。体力はかなりあるほうだが、それでも限界に近づいていることはわかった。しかし、いま目にしているこの場の光景は、自分ひとりの自殺よりもよほど世間の役に立つ。さて、あとなにをすればいい？

どうやらメイナードのほうもおなじ疑問を感じていたらしい。「おれをどうしようっていうんだ？」

こいつを縛りあげておくのは無理だ——ヴァネッサは考えた。縛るためのロープのようなものが手もとにない。だったら、わたしはひとりで眠りにつき、この男には勝手にどこかへ行かせる？　そんなことをしたら、わたしがまだ繭をつくっているあいだにも、この男はわたしに弾丸の二、三発も撃ちこむだろう。

ヴァネッサは刑務所を見おろした。ひしゃげたRVの残骸と業火につつまれたブルドーザーが正面玄関をふさいでいた。つづいて、バズーカから最初に射ちだされたロケット弾がC翼棟につくった穴に思いをめぐらせる——あそこには何人もの女たちが、繭につつまれた無防備な姿で横たわっていた。このふたりの愚かな山猿兄弟のせいで、いったい何人の女たちが命を奪われたことか。

「あんたはどっち？　ロウエル？　それともメイナード？」

「メイナードだよ、マダム」いいながら笑顔をのぞかせようとする。

「じゃ、兄弟のうち馬鹿なほう？　それとも賢いほう？」

メイナードの笑みがさらに大きく広がった。「まちがいない、馬鹿なほうだ。学校も八年生で退学した。いまはロウエルにいわれたことをやるだけだ」

ヴァネッサは笑みを返した。「あんたをこのまま逃がしてあげようと思ってる。害がなければ、おとがめもなし。ここをおりたところに、あんたたちのトラックがとめてあった。車内をのぞいたら、キーがイグニションに挿してあった。たとえ片手だけの運転でも、いまから出発して全速力で走れば、昼までにはサウスカロライナの〈ペドロズ・サウス・オブ・ザ・ボーダー〉あたりにたどりつける。だから、いますぐ歩きだしたらどう？　わたしの気が変わらないうちに」

「ありがとよ、マダム」

メイナードは田舎の小さな墓地に立つ墓石のあいだを、小走りに引き返しはじめた。ヴァネッサはつかのま、さっきの約束の言葉をきっちりと守ろうかと思った。しかし、メイナードがいずれ引き返してきて、弟の死体の横で眠っているヴァネッサを見つける公算が高い。万一そんなことにならなくても、このふたりは自分たちの卑怯《ひきょう》な不意討ち攻撃の結果を見て、げらげら笑っていた——一週間つづく郡の共進会でボトル形の木の標的に野球のボールを投げて競いあっている男の子たちそっくりに。それに、メイナードがあまり遠くまで行ってしまうのも望ましくない。なぜなら、ヴァネッサはもう銃の狙いをつけられる自信がなかったからだ。

少なくとも、あの男はなにに撃たれたのかを知ることはない——ヴァネッサは思った。

ヴァネッサはミショームの拳銃をもちあげ——悔やむ気持ちもないではなかったが——メイナードの背中に一発撃ちこんだ。

「うぅーふ」というのが、メイナードの地球上での最後の言葉になった。その言葉を発しながら、メイナードは前のめりに枯葉の山へ倒れこんだ。

ヴァネッサは傾いた墓石に――あまりにも古いために石がすり減って、刻まれた名前もほぼ完全に見えなくなっている――背中をあずけて目を閉じた。ひとりの男を背中から撃ったことでは気がとがめたが、その気持ちも、こみあげてくる眠気の波にあっけなく飲みこまれた。

ああ……身を委ねるのは、なんと気分のいいものか。

ヴァネッサの肌から糸が生えはじめた。糸は朝のそよ風を受けて、愛らしく前後に揺れていた。きょうもまた、この山地はよく晴れた一日になりそうだった。

13

クリントのオフィスの窓ガラスは抗弾仕様という触れこみだったが、ウィリー・バークがもち運んでいたM４で至近距離から二発撃っただけで砕け、フレームから外れた。クリントは体を引っぱりあげるようにして窓をくぐり、オフィスのデスクの上に乗った（このデスクを前にして報告書や診断書を書いていたのが、いまでは前世の出来事に思える）。体育館の方角から悲鳴や怒号がきこえてきたが、いまの自分にできることはなにもなかった。

体の向きを変えてウィリーに手を貸そうとしたクリントが見たのは、頭を低く垂れて建物の壁に寄りかかっているウィリーの姿だった。息づかいは耳ざわりで、せわしなかった。

ウィリーが両腕を上へ差しのべた。「あんたがおれを引っぱりあげられるくらい力もちならいいのにな。いまのおれじゃ、あんたを少しも楽にさせられそうもない」

「まず銃を寄越してくれ」

ウィリーはM4を上に差しだした。クリントは受けとったM4を、服役態度良好者レポートの山に置いてある自分の銃の横におろした。それからウィリーの両手をつかんで引っぱった。結局ウィリーには、クリントの手助けができることがわかった——作業靴を窓の下の建物の壁に押しつけ、一気に窓から室内に身を躍りこませてきたのだ。クリントはうしろむきに倒れこんだ。ウィリーがそのクリントの上に覆いかぶさってきた。

「こりゃまた、えらくしんねこなふたりって感じになったな」ウィリーはいった。いかにも無理をした声だったし、顔色はこれまで以上にわるかったが、にやにや笑っていた。

「だったら、わたしのことはクリントと名前で呼ばないと」クリントはそういってウィリーを立たせ、M4を手わたして自分の銃をつかんだ。「さあ、いっしょにイーヴィの監房に行くぞ」

「監房に着いたらなにをする？」

「さっぱりわからないよ」クリントはいった。

14

ドルー・T・バリーには自分の目が見ている光景が信じられなかった。まるで死体のようなふたりの女。そして、ぽっかりひらいた洞窟の入口なみに口をこじあけられたエルモア・パール。エルモアの下あごは、いまでは胸の上に乗っているも同然だった。

エルモアが自分をつかまえていた怪物から、よろめきながら離れた。そのまま十歩ばかり歩いたところで、モーラが汗のしみたエルモアの服の襟をつかんだ。モーラはエルモアを自分の体にぶつかるほど強く引き寄せ、いきなり片手の親指を右目に突き立てた。瓶からコルクを一気に抜いたような〝ぽん〟という破裂音がした。ねっとりとした液体が頬をつたい落ちて、エルモアの体から力が抜けた。

ケイリーが、ばねのくたびれたぜんまい仕掛けの人形のようなぎくしゃくした動きで、ドン・ピーターズにむきなおった。走って逃げるべきだと頭ではわかっていたが、信じられないほどの倦怠感が全身を満たしているかのようだった。おれはいつしか眠りこんだんだ——ドンはそう理屈づけた——そして眠りながら世界最悪の悪夢を見ているんだ、そうに決まっている。目の前にいるのはケイリー・ローリングズだ。つい先月、このくそビッチを服役態度不良者リストに載せてやったばかりだ。よし、この女につかまってやろう、そうすれば、おれは目を覚ますはずだ。

ドルー・T・バリー——人々の身に起こりかねない最悪の事態を想像することを一生の仕事にした男——の頭には、古くさい〝これは夢だ、夢にちがいない〟シナリオは一瞬もかすめなかった。腐りかけた死体が生き返ってくるテレビドラマそのままの光景だが、これは現実の出来事だ。そして、自分はなんとしても生き延びてやる。

「伏せろ！」バリーは叫んだ。

この瞬間を狙いすましたように刑務所の反対側でプラスティック爆薬が爆発したからよかったが、そうでなければドンは床に身を伏せなかったにちがいない。伏せるというよりも、ばったり倒れたといったほうがいいが、しかし用は足りた。ケイリーの青白い指はドンの顔のぶよぶよした肉をつかむ代わりに、フットボールのフェイスマスクの硬質プラスティックに触れて滑った。銃声が響いた――がらんとした体育館という空間のせいで銃声は増幅されて響きわたった。同時にウェザビーのライフル――文字どおり象を阻止することすら可能な銃器――から至近距離で発射された弾丸が、ケイリー相手の仕事をなしとげた。ケイリーの頭部があっさり炸裂して、ごろりと後方へ転がり、そのまま真下の床に落ちていった。一拍置いて、体がくずおれた。

モーラはエルモアを横へ払いのけ、ドンめがけて突き進んできた。ブギーマンならぬ、このブギーレディは左右の手を広げては一気に閉じ、広げては一気に閉じることをくりかえしていた。

「あの女を撃て！」ドンは悲鳴をあげた。膀胱がゆるみ、温かな液体が両足を伝い落ちて靴下を濡らした。

ドルー・T・バリーは、撃たなくてもいいのではないかと思った。ドン・ピーターズは愚か者で厄介者、むしろいないほうが自分たちのためになりそうだ。だが、まあいいだろう。しかし、これが一段落したら、ミスター刑務官のドンにはひとりだちしてもらおう。

バリーはモーラ・ダンバートンの胸に一発お見舞いした。モーラの体がセンターコートまで吹き飛んで、故エルモア・パールの隣に落下した。モーラはしばし横たわっていたが、もがきながら起きあがって、ふたたびドンに近づきはじめた。しかし、いまでは上半身と下半身がうまく協調して動いてはいないようだった。

「あの女の頭を撃て！」ドンが金切り声をあげた（自分も銃をもっていることを完全に忘れているようだった）。「さっきの女のときみたいに、この女の頭も撃ってくれよ！」

「頼むから、少し静かにしてくれ」ドルー・T・バリーはそういうと狙いをつけ、モーラ・ダンバートンの頭部に穴を穿った。この一発で、モーラの頭蓋の四分の一――左の上半分――が瞬時に蒸発した。

「よかった」ドンが荒い息の下からいった。「ああ、よかった、ほんとによかった。さあ、もうここを引きあげよう。町へ帰るとしよう」

　ドルー・T・バリーは、このぶよぶよした男にこれっぽっちの好意もいだいていなかったが、ここから急いで逃げだしたいという気持ちは理解できた。それればかりか、ある程度までは共感していたくらいだ。しかしドルー・T・バリーが三郡地域《トライ・カウンティーズ》でもっとも成功した保険代理業者になれたのは、おわっていない仕事を途中で投げだす男だったからでは断じてない。バリーはドンの腕をつかんだ。

「ドルー、やつらは死んでるんだぞ。あの手のやつがまた来たらどうする？」

「おれにはそんな連中の姿が見えないな。おまえはどうだ？」

「そうはいってても――」

「おまえが先頭に立て。ここへ来た目的の例の女をなんとしても見つけるぞ」そしてハイスクール時代にドルー・T・バリーが教わったフランス語のフレーズが、どこからともなくひょいと浮かんできた。「女を探せ《シェルシェ・ラ・ファム》」

「シェルシェ……なんだって？」

「いや、忘れろ」ドルー・T・バリーは手にした高性能ライフルをふり動かした。はっきりとドンに突きつけたわけではないが、おおざっぱにドンのいる方向を指していた。「おまえが先に行け。おれの十メートルばかり先を歩いてくれれば、いうことなしだ」

「それはまたどうして？」

「おれはつねに〝保険〟をかける主義でね」

15

ヴァネッサ・ランプリーがメイナード・グライナー相手にけりをつけ、死体から甦ったモーラ・ダンバートンの怪物がエルモア・パールに即興の口腔外科手術を素手でほどこしていたそのとき、フランク・ギアリーは崩れかけた受付デスクの下にもぐりこんで、数字が《0：46》から《0：45》になり《0：44》になるのを見つめていた。外部からの助けがもう来ないことはわかっていた。いまも友軍の面々は外に残っていたが、持ち場にとどまったままか、さもなければとっくに引きあげてしまったのだろう。この忌ま忌ましい警備ステーションを首尾よく通り抜けて、刑務所本体に突入できたにしても、そのあとはひとりでこなすしかない。それ以外の選択肢はひとつだけだ――両手両膝を床につき、抗弾ガラスの内側にいる男の銃でケツを撃たれないよう祈りながら、精いっぱい急いで外へ引き返すという策だ。

　こんなこと、最初からなにも起こらなければよかった――フランクは悔やんだ。できることなら、いまごろは自分の小さなトラックでドゥーリング郡の快適な道路をのんびり走りながら、住民のペットの洗い熊でもさがしていたかった。飼い慣らされている洗い熊が空腹であれば、長いポール――フランクが〝ごちそう棒〟と呼んでいる道具――の先にチーズかハンバーグのかけらをつけて、うまくおびき寄せることもできる。そんなことを考えたせいで、フランクは背中に食いこんでいるデスクの折れた脚のことを思い出した。体をいったん横向きにして折れた脚をつかむと、床の先へむけて伸ばす。ぎりぎりで致死性のフットボールに届くだけの長さがあった。ようやく運がむいてきた気分だった。

「なにをしてる？」ガラスの反対側からティグ・マーフィーがたずねた。

　フランクはいちいち答えなかった。これが成功しなければ死ぬことになる。フランクは折れた脚の尖った先端をフットボールに突き刺した。クロンスキーはプラスティック爆薬は車で轢いても爆発しないと断言していたし、材木を突き立てても爆発することはなかった。ついでフランクは折れたデスクの脚をもちあげ、身分証明書を通すためのスロットのある窓のすぐ下に立てかけた。《**0：17**》が《**0：16**》になり《**0：15**》になった。ティグが一回だけ発砲した。拳の関節のすぐ近くを弾丸が飛んでいくのが感じられた。

「そこにいるのがだれかは知らないが、逃げたほうが身のためだぞ」フランクはいった。「逃げられるうちに逃げちまえ」

　フランクは自身のアドバイスに従って、正面玄関にむかって一気に身を躍らせた。てっきり背中から撃たれるものと覚悟してはいたが、ティグは二度と撃ってこなかった。

　このときティグは、デスクの折れた脚の先端に刺してある白いフットボール状のものをじっと見ていた。大きなチューインガムの塊のようだった。そしてこのとき初めて、埋めこんである携帯電話がはっきり見えてきた。画面では数字の《0：04》が《0：03》に変わっていた。ようやく、これがどんな品であり、この先なにが起こるかがわかった。あわてて、刑務所の中央廊下に通じているドアにむかって駆けだした。手がドアノブにかかった瞬間、世界が白熱の輝きに満たされた。

16

　正面玄関のすぐ外、まぶしい太陽に照らされたフリートウッドＲＶ――もう二度とバリー・ホールデンとその家族を乗せてキャンプ旅行へ行くことはない車――が落とす影のなかで、フランクはすでにかなりの損傷をこうむっている刑務所の建物が、またしても発生した爆発でびりびり震動するのを感じていた。これまでは補強のために入れてある針金のおかげで損傷をまぬがれていたガラスも、内側からの爆風で外へむかって膨張したのち、粉々に砕けちった。

「よし、行くぞ！」フランクは大声をあげた。「まだ残っている者はついてこい！　いますぐ、あの女をつかまえにいくぞ！」

　つかのま、なにごとも起こらなかった。ついで四人の男たち――カースン・ストラザーズと、ダン・トリート、ピート・オードウェイとリード・バロウズ——が隠れ場所から飛びだし、爆弾で吹き飛ばされた刑務所の正面玄関に駆け寄ってきた。

四人はフランクに合流し、そのまま煙のなかへ姿を消した。

17

「くそ……いったい……なんだってんだ」ジェイリッド・ノークロスは息だけの声でささやいた。

ミカエラはいっとき口がきけなくなっていたが、気がつくとこの場所に撮影スタッフがいればいいのにと全身全霊で考えていた。ただし、スタッフがいても助けになってくれないのではないか？ いま自分が見ているものを電波に乗せて放送しても、視聴者からはトリック撮影だと一蹴されるのがおちだ。これを現実だと信じるには、この場に実際に身をおく必要がある。全裸の女が両手で携帯電話をもったまま、簡易ベッドから三十センチばかりも浮きあがっている光景をこの場で目にする必要がある。女の黒髪のあいだから曲がりくねって伸びている緑の触手を目にする必要がある。

「いらっしゃい！」イーヴィが陽気な声で挨拶してきたが、あたりを見まわしたりはしていなかった。注意の大部分は両手でささげもっている携帯電話にむけられていた。「もうちょっとで、そっちといっしょになれる。でもいまは、大事な用事を片づけなくちゃならなくて」

携帯の上で、イーヴィの指は目にもとまらぬ速さで動いていた。

「ジェイリッド?」その声は父親のクリントだった。驚くと同時に恐怖を感じてもいる声だった。「おまえはここでいったいなにをしてる?」

18

いまは(決して本意からではなく)先頭に立っているドン・ピーターズが〈ブロードウェイ〉との連絡廊下を半分ほど歩いたところで、押し寄せる煙のなかからクリント・ノークロスと、ひげを生やして赤いサスペンダーをつけた老いぼれが姿をあらわした。クリントが老いぼれを支えていた。赤いサスペンダーの老いぼれは背中を丸めて、のろのろ歩いている。どこかを撃たれたのだろう——ドンはそう思ったが、老いぼれの体のどこにも血は見えなかった。もうすぐ、ふたりとも撃たれる運命だ——ドンはそう思いながら、ライフルをかまえた。

十メートル後方にいたドルー・T・バリーもライフルをかまえたが、ドン・ピーターズがなにを目にしているのかはわからなかった。押し寄せる煙がかなり濃密で、おまけにドンの体が視界を封じていたからだ。ついで——クリントとウィリーが〈ブース〉前を通りすぎ、クッションを壁の保護房があるA翼棟の短い廊下を歩きだしたとき——二本の白い腕が医務室からすうっと伸びて、ドンののどをつかんだ。ついで——まるでマジックのトリックのように——ドンの姿が一瞬にして消えるのを、ドルー・T・バリーは驚きとともに見つめた。医務室のドアが音をたてて閉まった。バリーは早足でドンの立っていた場所に行ってドアノブをまわしたが、ドアは施錠されていた。針金で補強されているガラスごしに室内をのぞくと、ドラッグでハイになっているように見えなくもない女がドンののどに鑿を突きつけていた。女はドンの馬鹿馬鹿しいフットボールのフェイスマスクを剝ぎとっていた。フェイスマスクは逆さまになって、ドンの銃ともども床に落ちていた。薄くなりかけたドンの髪が汗に濡れ、筋状になって頭皮に貼りついていた。

女――茶色い囚人服を着た受刑者だった――は室内をのぞいているバリーに気がつくと、鑿をかかげて合図を送ってよこした。合図の意味は明白だった――《とっとと失せな》だ。

ドルー・T・バリーはガラスごしにライフルで一発お見舞いすることも考えないではなかったが、そんなことをすればまだ生き残っている刑務所防衛メンバーの注意を引くことになると思い直した。さらに、体育館でふたりめのブギーマンならぬブギーレディを撃ち殺す前に自分とかわした約束も思い出した。すなわち――《これが一段落したら、ミスター刑務官のドンにはひとりだちしてもらおう》という約束を。

そこでバリーは正気をなくしたような受刑者に簡単な敬礼をしてから、おまけの意味で親指をぐいっと突き立て、廊下をさらに先へ進んだ。しかし、警戒は欠かさなかった。というのも、あの女につかまる前にドン・ピーターズがなにかを見ていたのは確実だからだ。

19

「おやおや、だれをつかまえたかと思えば」エンジェルはいった。「おっぱいをつかむのが大好き、乳首ひねりも大好き、おまけに女の尻に腰をぐりぐり押しつけて、パンツのなかにいっぱい出すのも大好きなあんただとは」

女が保険屋のバリーを追い払うのに手をあげた隙をついてドンはすばやく離れ、女とのあいだにわずかな距離を稼いだ。「その鑿を捨てろ、受刑者。いますぐ捨てれば、報告はしないぞ」

「あんたのズボンが濡れてるけど、精液じゃないみたいだね」エンジェルがいった。「いくら射精好きでも、そんなにたくさん出せるもんじゃない。お洩らししたんだろ？　そんな粗相《そそう》をしたなんて、お母ちゃまに怒られちゃいまちゅねー」

大切な母親を茶化されて、ドンは警戒心が一気に吹き飛んでいくままに突進した。エンジェルがすかさず鑿で切りつけた。この一撃ですべてをおわらせていても不思議はなかった――しかし、ドンが自分のフェイスマスクで足を滑らせた。そのため鑿はひと思いにのどを切りひらかず、ひたいに深い傷をつくっただけだった。たちまち鮮血のカーテンが顔を濡らし、ドンは床に膝をついた。

「うわ！　うわ！　よせ！　い、痛いぞ！」

「ほんとに？　じゃ、これはどう？」エンジェルはそういって、ドンの腹を蹴りつけた。

ドンは目をくらませている血を払おうとしながら、片足をつかんでエンジェルを引き倒した。エンジェルの肘が床に激しく当たって、手から鑿が吹き飛んだ。ドンはすかさずエンジェルの上に這いのぼり、のどに手を伸ばした。

「死んだおまえをファックするつもりはないぞ」ドンはエンジェルにいった。「それじゃ変態そのものだ。だから……こうやってのどを絞めて気絶させてやる。それでおれがイッたら、そのあとおまえを殺し――」

エンジェルはフェイスマスクをつかむと、いっぱいに伸ばした腕を大きくまわして、ドンの出血しているひたいに思いきり叩きつけた。たまらず、ドンは顔を手でかばいながらエンジェルの上から転がりおりた。

「や、やめろ、もうやめろ、このアマ」

こんなふうにフェイスマスクで相手チームの選手を叩いたら、NFLだったら重大な反則ね――エンジェルは思った――でも、この場がテレビ中継されてるわけじゃない。だから、ヤードロスを適用される心配はないし。

エンジェルはさらにドンを二回つづけてフェイスマスクで殴った。二回めの打撃で、ドンの鼻の骨が折れたかもしれなかった。折れていたとしてもおかしくないほど、鼻が盛大にひん曲がったことだけは事実だった。ドンはなんとかうつぶせになると、地面に膝をついて尻を高く突きだす姿勢になった。そのあいだもずっと《やめろ、このアマ》ときこえなくもない言葉をわめいていたが、豚野郎が激しい息切れを起こしていたので、まともにききとることは困難だった。くわえて唇が裂け、口中に血があふれていたこともある。なにかひとことというたびに、血がスプレー状に噴きだしていた。それを見てエンジェルは子供のころによく口にしていた、《おまえさんのシャワーを拭くタオルの用意はおありで？》という冗談を思い出した。

「もうよせ」ドンはいった。「頼む、もうやめてくれ。よくも、おれの顔をぶっ壊しやがったな」

　エンジェルはフェイスマスクを脇へ投げ捨て、鑿を手にとった。「ほら、こいつはおっぱい揉みの罰だよ、ピーターズ先生！」

　そういうとエンジェルは鑿を左右の肩胛骨のあいだに突き立てた——木の柄《つか》まで深々と。

「母さん！」ドンは悲鳴をあげた。

「うん、わかった、ピーターズ先生。これはあんたの母さんのためさ！」エンジェルは鑿を一気に引き抜き、今度は首すじに突き刺した。ドンは力なくくずおれた。

　エンジェルはドンを五、六回蹴りとばすと、あらためて刺しはじめた。それからもエンジェルは、疲れて腕があがらなくなるまで鑿をふるいつづけた。

第十六章

1

〈ブース〉にたどりついたドルー・T・バリーは、女につかまる寸前にドン・ピータ―ズが見たものを目にした――ふたりの男の姿だった。片方はおそらくクリント・ノークロス――この騒動すべてのきっかけをつくった傲慢な下衆野郎だ。クリントはもうひとりの男の肩に腕をまわしていた。いいぞ。ふたりとも、おれがここにいることには気づいていないし、おそらくこれから問題の女のところへ行くのだろう。女を保護するために。フランク・ギアリーがどれだけの戦力をあつめたかを思えば、女を守るなど正気の沙汰ではない。しかし、刑務所内の連中のおかげで、こちらの手勢にどれだけの被害が発生したかを考えるといい。善良な町の人々が大勢死んだり負傷したりした！　それだけをとっても、ここの連中は万死に値する。

ついで、さらにふたりが煙の奥からあらわれた。ひとりは女、ひとりは若い男だ。その全員がドルー・T・バリーに背中をむけていた。

よし、ますますうれしい展開だ。

2

「なにをやってる」クリントは息子のジェイリッドにいった。「おまえは隠れているはずだったじゃないか」それから怒りの目でミカエラをにらむ。「そしてきみは、息子が確実に隠れられるようにするはずだったのに」

ミカエラがなにかいうよりも先に、ジェイリッドが口をひらいた。「この人は父さんの言いつけを守ったよ。でも、ぼくが隠れていられなくなった。我慢できなかったんだ。母さんをとりもどせる可能性が少しでもあるのなら。メアリーも。モリーもね」ジェイリッドは廊下のいちばん奥に位置する監房を指さした。「父さん、あの女の人を見て！　体が浮かんでる！　あの人は何者？　そもそも人間なの？」

クリントが答えるよりも早く、ヒックスの携帯電話からいきなりにぎやかな音楽が流れ、つづいて小さな電子音声がこう宣言した。「おめでとう、プレイヤーのイーヴィ！　よく生き延びた！　これで〈ブームタウン〉はきみのものだ！」

イーヴィはどさりとベッドに落ちると、さっと足を床へふりおろして立ち、鉄格子に近づいてきた。これまでクリントは、さすがにもうなにを見ても驚かないはずだと考えていた。しかし、イーヴィの恥毛がほぼ緑色一色だったのはショックだった。いや、そもそも体毛でさえない——見たところ、一種の植物のようだった。

「勝ったよ！」イーヴィは世にもうれしそうな声でいった。「早すぎる勝利でもなかった！ だってバッテリー残量が二パーセントだもん。これで晴れ晴れとした気持ちで死ねるってものね」

「きみが死ぬようなことにはならないよ」クリントはいったが、いまではそう信じられなくなっていた。イーヴィはまちがいなく死ぬことになる。そして、残存するギアリーの軍勢がここまでやってきたときには——もう、いつ到着してもおかしくない——自分たちもイーヴィといっしょに死ぬのだろう。自分たちはあまりにも多くの敵を殺してきた。フランクの仲間たちをとめることは無理だろう。

3

ドルー・T・バリーは自分が目にしている光景をますます好ましく思いながら、〈ブース〉の横をまわりこんで先へ進んだ。刑務所を守っている連中がまだ残っていて監房に隠れていたら話は別だが、クリント・ノークロスがあつめたチームの残党はいまこの廊下の突きあたりにあつまっていた——まるでボウリングレーンの端のピンみたいだ。身を隠せる場所も、走って逃げこめる場所もない。最高だ。

バリーはウェザビー製ライフルをかまえた……が、次の瞬間、鑿の刃がのどにあてがわれた。あごのラインの真下に。

「だめ・だめ・だめ」エンジェルは陽気な小学校教師の声でいった。顔にもシャツにもバギーパンツにも、血が点々と飛び散っていた。「ちょっとでも動いたら、あんたの頸動脈をすっぱり切ってあげる。ほら、刃を頸動脈の真上にあてているよ。あんたがまだ死んでない理由はひとつだけ——あたしがピーターズ先生の始末をつけるまであんたが待っててくれたから。さあ、その象撃ち用みたいなライフルを床におろすの。体をかがめたりせず、そのまま下に落として」

「そうはいっても、すこぶる高価な銃でね、マダム」ドルー・T・バリーはいった。

「あたしには関係ない」

「暴発の危険もあるぞ」

「その危険は引き受ける」

ドルー・T・バリーはライフルを落とした。

「じゃ、次は肩にかけてるものをこっちにわたして。変な真似をしないようにね」

ふたりの背後から声がきこえた。「そこの女。その男ののどに突きつけてるものを下に落とすんだ」

エンジェルはすばやく頭をめぐらせて背後を確かめた。四、五人の男たちがそれぞれのライフルをむけていた。エンジェルは男たちに微笑みかけた。

「撃ちたければ撃てば？　でも、そうなったらこの男も道連れだ。ええ、ぜったいに」

声をかけたフランクは心を決めかねていた。一方でドルー・T・バリーは少しでも長く生きたい気持ちのまま、ドンのＭ４を女に手わたした。

「ありがとう」エンジェルはM４を自分の肩にかけると、あとずさって鑿を床に落とした。ついで両手を顔の左右にあてて手をひらき、武器を隠していないことをフランクたちに示した。それからゆっくりとうしろ向きに歩いて、クリントのところまで行く。クリントは片腕をウィリーにまわして、体を支えていた。そこまで歩くあいだ、エンジェルはずっと両手をかかげて見せていた。

ドルー・Ｔ・バリーは、自分がまだ生きていることに驚きつつ（しかし感謝もおぼえていた）、ウェザビー製ライフルを拾いあげた。頭がくらくらした。正気をなくした女囚からのどに鑿を突きつけられたら、だれでもそのあと頭がくらくらするものではないか。あの女は最初ライフルを床に落とせといい、そのあとバリーに拾わせた。なぜ？　もしや、友人たちといっしょにこれから血の海になる殺戮ゾーンにいたかったから？　それが唯一の答えに思えた。いかれた話だ。しかし……そもそもがいかれた女だ。あいつらはみんないかれてる。

次はどう動くかを決めるのはフランクにまかせよう、とドルー・Ｔ・バリーは思った。この派手にクソが飛び交う大舞台の幕をあけたのはフランクだ。だったら、きれいにクソを片づける方法も考えさせよう。それがいちばんいい。自分たちのここ三十分ばかりの行動のあれこれは、外部の人の目には自警団的行動に見えるはずだからだ。しかも、この三十分ほどの出来事のなかには、オーロラ病のことがあろうとなかろうと、外部の人にはとうてい信じてもらえないような部分がある――たとえば体育館にいた歩く死体、あるいはクリント・ノークロスの数歩ばかりうしろにある監房の鉄格子近くに立っていて、バリーにもちらりと姿が見えた全裸の緑の女。ドルー・Ｔ・バリーはここまで生き延びただけでも幸運だと思っていたし、このへんで表舞台から退場するのもやぶさかではなかった。幸運のあと押しがあれば、自分がここにいたことはだれにも知られずにすみそうだ。

「なんだ、ありゃ？」廊下の先の監房にいる緑の女を見て、カースン・ストラザーズがいった。

「まともな女でも普通の女でもないぞ。おい、あの女をどうする？」とフランクに質問をむける。

「連れだすんだよ。生きたまま連れだす」フランクは答えた。いまだかつて感じたことがないほど疲れていたが、とにかく最後まで見届けなくては。「あの女が本当にオーロラ病解明の鍵になるのかどうか、医者どもに調べさせる。アトランタまで女を車で連れていって、専門家に引きわたすんだ」

ウィリーがライフルをもちあげたが、その動作はしごく緩慢だった。まるでライフルが五百キロの重みをそなえたかのようだった。A翼棟は決して暑くはなかったが、ウィリーの丸顔は汗に濡れ、汗が口ひげを黒々と見せていた。クリントはウィリーのライフルをつかんで、体から遠ざけた。廊下の反対の端ではカースン・ストラザーズと〝トリーター〟ことダン・トリート、ピート・オードウェイ、それにリード・バロウズの四人がそれぞれのライフルをいっせいにかまえた。

「そうそう、そう来なくちゃ！」イーヴィが大きな声を出した。「みんな、はじまるよ！　OK牧場の決闘！　ボニーとクライド！　そして――《ダイ・ハード／女子刑務所の死闘》！」

しかしA翼棟の短い廊下が無差別銃撃地帯になる前に、クリントはウィリーのライフルを床に落として、代わりにエンジェルの肩からM４をとりあげた。M４を頭の上にかかげ、フランクと仲間たちに見せつける。男たちはのろのろと、さも気が進まないようすで、かまえていた銃をおろした。

「だめだめ、それじゃ」イーヴィがいった。「お客はそんなお粗末なクライマックスを見るためにお金を出してるんじゃない。これじゃ脚本を書きなおさなくちゃ」

　クリントはその言葉にも注意をむけず、ひたすらフランクひとりを注視していた。「きみにこの女性をわたすわけにはいかないぞ、ミスター・ギアリー」

　イーヴィは、薄気味がわるいほど巧みなジョン・ウェインの物真似を披露した。「その愛らしいレディに指一本でも触れてみろ、このおれさまがただじゃおかないぞ、悪ガキどもめ」

　フランクもイーヴィを無視した。「一途《いちず》に身をささげる覚悟はご立派だがな、ノークロス、おれが理解を示すと思ってるなら大まちがいだぞ」

「きみが理解したくないだけかも」

「いや、おれには全体の構図ってものが見えてる」フランクはいった。「あんたには、そいつがはっきりは見えてないんだ」

「どうせやつの頭には、精神分析屋のたわごとしか詰まってないんだろうよ」ストラザーズがいうと、緊張もあらわな笑い声がちらほらとあがった。

　フランクは、飲みこみのわるい生徒に話しかけているかのように辛抱づよく話しかけた。「おれたちが知っている範囲だと、眠ったあとで普通に目を覚ます女は地球上でそいつだけだ。分別をはたらかせてくれ。こっちはその女を、きっちり研究のできる医者たちのところへ連れていき、できればこんな事態をなかったことにできる方法があるかどうかを調べたいだけだ。

ここにいる男たちはみんな、奥さんや娘さんをとりもどしたがっているんだよ」

　この言葉には、侵入者たちの側から同意の声があがった。

「だから引っこんでな」イーヴィはジョン・ウェインの物真似をつづけたままで答えた。「おれが思うに――」

「いいから黙って」ミカエラはいった。イーヴィはいきなり顔をひっぱたかれたかのように、大きく目を見ひらいた。ミカエラは燃えるような強烈な目つきでフランクをにらんだまま、前に進み出た。「ミスター・ギアリー、どう、わたしが眠気をこらえているように見える？」

「おまえのことはどうだっていい」フランクは答えた。「おまえのために、ここまで来たわけじゃないぞ」

　この言葉も賛同のコーラスを引きだした。

「いいえ、ちゃんと考えたほうがいい。わたしはしっかり目を覚ましてる。エンジェルもね。あの女に目を覚ましてもらったの。ふたりとも、あの女に息を吹きこまれて目がぱっちり冴えたわけ」

「こっちとしては、おなじことを女全員にやってもらいたいね」フランクがいうと、これまで以上に大きな賛同の声があがった。ミカエラが見たところ、目の前にあつまっている男たちの顔にのぞく苛立ちは、あと一歩で憎しみに変わりそうだった。「おまえたちが本当に目を覚ましてるのなら、そのくらいわかるはずだぞ。ロケット工学みたいにむずかしい話じゃないんだから」

「わかってないのはそっちよ、ミスター・ギアリー。あの女にそんなことができたのは、わたしやエンジェルが繭にはいっていなかったから。あなたたちの奥さんや娘さんはもう繭のなかにいる。これだってロケット工学ほどの話じゃないわ」

沈黙。ミカエラはようやく男たちの注意を引き寄せた。これなら楽観してもいいだろう、とクリントは思った。カースン・ストラザーズが生気のない口調で、「嘘こけ」とだけいった。

ミカエラはかぶりをふった。「そんなに意地をはるなんて馬鹿な男。あなたたち全員、意地っぱりの馬鹿男。イーヴィ・ブラックはただの女じゃない――超自然的な存在よ。まだわからない？　これだけいろんな出来事のあとでも？　医者なら超自然的存在からもDNAが採取できると信じてるの？　MRI検査をすれば、イーヴィの体内にどんな仕掛けがあるかが解明できると思ってる？　きょうここで、ずいぶん大勢の男たちが死んだけど、みんな無駄死によ！」

ピート・オードウェイがガーランドのライフルをかまえた。「こいつで一発撃ちこんで、おまえの口を黙らせたっていいんだぞ。いますぐにもやりたいんだ」

「銃をおろせ、ピート」フランクは、すべてが手に負えなくなる寸前になっていることを肌で感じていた。いまここでは銃で武装した男たちが解決不可能に思える問題に直面している。男たちがその手の問題に対処するとなったら方法はただひとつ、銃をぶっぱなして問題を粉々に打ち砕くことだけだ。フランクにそれがわかるのも、ひとえに自分がいまおなじように感じているからだった。

「ノークロス？　そっちの手下を横へどかしてくれるか」フランクはいった。「その女をじっくり見たいんだ」

クリントはウィリー・バークに片腕をまわして体を支えたまま、一歩あとずさった。反対の手では息子ジェイリッドの手をとっている。ジェイリッドをはさんで反対側はミカエラ。エンジェルはそのあともクッション壁の保護房前に挑むような顔で立ち、自分の体でイーヴィをかばっていた。しかしミカエラが手をとって静かに引くと、エンジェルはもう抵抗せずにミカエラの横にならんだ。

フランクは、ほかの面々が自分につづくかどうかも知らず、また知ろうともせずに三歩進んだ。それからフランクは、イーヴィをあまりにも長いこと真剣に見つめていた――そのようすに、クリントも顔を動かしてイーヴィを確かめたほどだった。

イーヴィの頭から生えて髪にからんでいた緑の触手は、いまはもう消えていた。一糸まとわぬ裸身は美しかったが、決して尋常ではない意味での美しさではなかった。左右の太腿がひとつにあわさるところの上の陰毛は黒い三角形だった。

「なんだってんだ」カースン・ストラザーズがいった。「あの女――さっきまで――緑色だったじゃないか？」

「ようやくこうして直接会えて……光栄のいたりだ」フランクはいった。

「ありがとう」イーヴィは答えた。丸裸でいることが耐えがたいかのように、いまイーヴィは女学生のようにはにかんで、目を伏せていた。「あなたはあの仕事が好きなの、フランク？動物を檻に閉じこめるあの仕事が」

「檻に入れるべき動物だけを檻に入れているだけさ」フランクは答え、じつに数日ぶりのことだったが、笑みに顔をほころばせた。フランクが確実に知っていることがひとつあるとすれば、野生が双方向に働くということだった——ひとつは野生動物が周囲におよぼす危険、もうひとつは周囲から野生動物におよぼされる危険。おおざっぱにいえば、フランクの関心は動物たちを人間の手から安全に守ることにあった。「で、いまはあんたをその檻から出してやるためにきた。あんたをお医者のところへ連れていって、いろいろ検査をしてもらいたくてね。協力してもらえるかな？」

「気がすすまないな」イーヴィは答えた。「調べたってなにもわからないし、なにも変わらないから。黄金の卵を生む鵞鳥《がちょう》の話を覚えてる？　人々がお腹を切ってひらいても、普通の臓物しかなかったっていう話」

フランクはため息をついて頭をふった。

あの男がイーヴィの話を信じていないのは、ひとえに信じたくないからだ——クリントは思った。信じたくないのは、もう信じるだけの余裕がないからだ。これだけいろいろな所業をしでかしたあとになれば。

「ミズ・ブラック——」

「どうせなら気楽にイーヴィって呼んで。堅苦しいのは趣味じゃないし。電話で話したときには、ちょっとしたすてきな心の絆みたいなものができたと思ったから」フランクにそう話しながらも、イーヴィは目を床にむけたままだった。あの目に隠したいものが宿っているのだろうか、とクリントは思った。ここでの自分の任務への疑念？　そう考えるのは希望的観測かもしれないが、ありえなくもない。イエス・キリストは〝この苦しみの杯を、わたしからとりのけてください〟と神に祈ったのではなかったか？　おなじようにフランクも、アトランタの疾病対策センター《DC》のスタッフに苦しみという杯をとりのけてもらおうと祈っているのでは？　医者たちがイーヴィのスキャン結果や血液やＤＮＡの検査結果を見て、〝なるほど〟というのを祈っているのでは？

「だったら、イーヴィ」フランクはいった。「この囚人が……」いいながら頭をエンジェルのほうへ傾ける。エンジェルは怒りの目でフランクをにらんでいた。「この囚人があんたのことを女神だって話してた。ほんとか？」

「はずれ」イーヴィはいった。

　クリントの隣でウィリーが咳きこみ、胸の左側をさすりはじめた。

「それにもうひとりの女……」今回フランクが頭を傾けた先にいたのはミカエラだった。「……あっちの女は、あんたが超自然的存在だっていってた。おまけに――」本音ではこの先を話したくはない。それをきっかけに呼び覚まされる激しい怒りに近づきたくはないが、それでも話す必要があった。「――あんたはおれのことで、知ってるはずのないことまでも知ってたな」

「それだけじゃない、この女は浮かぶんだ！」ジェイリッドが耐えかねたように口走った。「もしかしたら気がついてたよね。空中浮揚ができるんだよ！　この目で見たんだ！　ここにいるみんなが見たんだよ」

　イーヴィはミカエラに目をむけた。「あなたはわたしのことを誤解してる。わたしはひとりの女だし、だいたいほかの女の人とおなじ。ここにいる男たちが愛している女たちと変わるところはないの。そうはいっても、男の口から出る〝愛〟という単語は危険信号ね。男が〝愛〟

を口にしても、女たちの考える〝愛〟とは意味がちがうことも珍しくない。だれかを殺す口実に〝愛〟を口にすることもある。〝愛〟と口にしても、ろくな意味もないことだってある。もちろん、女たちだっていずれはそのことに気がつく。諦めとともに気がつく女もいるけれど、ほとんどの女は悲しみとともに気づくわけ」

「男が女に〝愛してる〟といったら、パンツを脱がせて一物を突っこみたいというのが本音だよ」エンジェルが横からわかりやすく説明した。

イーヴィは、フランクやフランクとならんで立っている男たちへ注意をもどした。「あなたたちが助けたがっている女たちは、いまこの瞬間、こことは異なる場所でそれぞれの生活を送ってる。もちろん、かわいい息子と会えなくて寂しがっている女たちは大勢いるし、夫や父親と会えないのを悲しんでる女もいないわけじゃない——それでも、だいたいみんなが幸せな暮らしを送ってる。女たちのだれもが立派なおこないしかしていなかったとはいわない。女たちは聖者にはほど遠いもの。でも、ほとんどの女たちは仲よくやってる。あっちの世界ではね、フランク、娘さんのお気に入りのTシャツを引っぱるような人はいないし、娘さんの顔の前で怒鳴り声をあげたり、娘さんに恥ずかしい思いをさせたり、拳で壁をぶち抜いて娘さんに恐怖を感じさせたりする人はいないの」

「じゃ、みんな生きてるのか？」カースン・ストラザーズがたずねた。「誓って生きているといえるか？　神に誓っていえるのか？」

「ええ」イーヴィはいった。「神に誓って、ありとあらゆる神に誓っていえる」

「だったら、どうすれば女たちをこっちに帰せる？」

「わたしを小突いても、わたしをせっついても、わたしの血をとっても、女たちは帰ってこない。たとえわたしが検査を許しても、その手のことはぜんぶ無駄よ」

「じゃ、なにをすればいい？」

イーヴィは両腕を大きく広げた。両目がちらちらと明滅した——瞳孔が拡大して黒いダイヤモンドに変わり、虹彩が薄緑からまばゆい琥珀色になると、猫の目があらわれた。

「わたしを殺して」イーヴィはいった。「わたしを殺せば、女たちは目を覚ます。地球上のすべての女たちが。誓って、これは真実よ」

フランクは夢の登場人物になったように感じながら、ライフルをかまえた。

4

クリントはイーヴィの前に進みでた。

「だめだよ、父さん、だめだ！」ジェイリッドが金切り声をあげた。

クリントは耳も貸さなかった。「いまの言葉は嘘だぞ、ギアリー。イーヴィはきみに殺されたがっている。イーヴィのすべてがそう願っているわけじゃないが——どうやら一部は心変わりをしたみたいだ——そもそもここへ来た目的はそこにある。イーヴィがここへ送りこまれたのは、そのためなんだ」

「どうせ次は、十字架に架けられるのが女の望みだといいだすんだろう？」ピート・オードウェイはいった。「さあ、ドク、邪魔をするな」

クリントはその場から動かなかった。「これはテストだ。合格すればチャンスが生まれる。落第すれば……つまり、この女にそそのかされて望みに応じれば……ドアは閉ざされる。そうなったら、この世界は男だけの世界になり、その先は男がひとり残らず死ぬだけだ」

話しながらクリントは、少年時代にくりかえされた喧嘩のことを思っていた。あれはミルクシェイクを賭けているようでいて、実際にはそうではなかった――わずかな日ざしと空間を賭けた戦いだった。そう、クソったれな呼吸ができる、ささやかな空間を求めていたのだ。成長するための空間。クリントはシャノンを思った。あの煉獄から這いあがるため、クリントがシャノンに依存していたのとおなじく、シャノンもクリントに依存していた。そしてクリントは最善をつくして自分を煉獄から引きあげ、シャノンはそのことを覚えていた。そうでなくて、どうして娘にクリントの苗字を与えたりするだろうか？　しかし、自分にはまだ借金が残っている。シャノンには友人になってくれたことの借金。そしてライラには、友人になり、妻になってくれたこと、母親として息子をもたらしてくれたことの借金が残っている。では、ここにあつまっている男たち、イーヴィの監房の前に立つ男たちはどうか？　どの男にも、払うべき借金を完済していない女がいるのではないか――そう、エンジェルにさえ。そしていまは借金清算のときだ。

クリントが望んでいた戦いはおわった。めった打ちにされ、ひとつの勝利もあげられなかった。

まだいまのところは。

クリントは両手の手のひらを上へむけて腕を左右に伸ばし、手招きをした。イーヴィのもとに残った最後の守護者たちが近づき、監房の前に立った。そのなかには、いまにも気をうしないそうなウィリーもいた。ジェイリッドが隣に立つと、クリントは息子のうなじをぎゅっとつかんだ。それからきわめてゆっくりとした動作で、M４を拾いあげてミカエラに手わたした。ミカエラがいま立っている場所からそれほど離れていないところに、ミカエラ当人の母親が繭に包まれて眠っていた。

「きいてくれ、フランク。イーヴィはわれわれに、きみたちが自分を殺さずに自由の身にしてくれれば、女たちが帰ってくるという希望もないではない、という話をしていたんだぞ」

「この人は嘘ついてる」イーヴィはいった。しかし、その姿が見えなくなっているいま、フランクはイーヴィの声にある種の響きをききつけて、動きをとめた。激しい怒りにも似た響きだった。

「たわごとはもうたくさんだ」ピート・オードウェイがいい、床に唾を吐き捨てた。「ここに来るまでに、立派な男たちを大勢うしなったんだ。さあ、女を連れていこう。次にどんな手を打つかは、そのとき決めればいいさ」

クリントはウィリーのライフルをかまえた。気が進まなかったが、そうするしかなかった。

ミカエラはイーヴィにむきなおった。「あなたをここに送りこんできたのがだれかは知らない——でもその人たちは、これこそ男たちが自分の問題を解決する流儀だと考えていた。そうなんでしょう？」

イーヴィはなにも答えなかった。そのようすにミカエラは、こんなことを思った。クッション壁の保護房にいるこの驚くべき存在は、いま引き裂かれそうになっているのかもしれない――それも、錆びついたトレーラーハウスの裏山から姿をあらわした時点では、本人が予想もしていなかった流儀で。

ミカエラは武装した男たちにむきなおった。男たちは廊下の半分ほどのところにいて、銃の狙いをつけていた。これくらい近ければ、彼らの銃から撃ちだされた銃弾は奇妙な女の前に立つ少人数の面々を、あっさりずたずたに切り裂いてしまうだろう。

ミカエラは手にした銃をかまえた。「こんなふうに進める必要なんかない。そんな必要がないことを、この女に示してあげて」

「だったら、なにをすればいい？」フランクはたずねた。

「そのためには、イーヴィをもとの場所に帰してやることだ」クリントはいった。

「そんなことは、ぜったいにさせるものか」ドルー・T・バリーがそういうと同時に、ウィリー・バークの膝がついに力なく折れた。ウィリーはどさりと床に倒れた。すでに呼吸がとまっていた。

5

フランクはライフルをピート・オードウェイにわたした。「心肺蘇生法《CPR》が必要だぞ。去年の夏に講座を受けたんだ――」

クリントはフランクにライフルをむけた。「よせ」

フランクはまじまじとクリントを見つめた。「おい、正気でいってるのか?」

「さがって」ミカエラは自分の銃をフランクにむけた。クリントがなにをやろうとしているのかは読めなかったが、手もちの最後のカードを切ろうとしているのは察しとれた。クリントだけではなく、わたしたちの最後のカードだ——ミカエラは思った。

「あいつらをまとめて撃っちまおうぜ」カースン・ストラザーズがいった。ヒステリー発作の一歩手前のような声だった。「あの悪魔女もろともだ」

「いいから下がっていろ」フランクが一喝し、クリントにむきなおった。「なにもしないで、その老いぼれを死なせちまうつもりか?　それでなにが証明される?」

「イーヴィなら救えるはずだ」クリントは答えた。「きみならこの人を救えるんだろう、イーヴィ?」

監房内のイーヴィは無言だった。顔を伏せたままで、垂れた髪が表情をさえぎっていた。

「もしイーヴィがウィリーの命を助けたら、イーヴィを自由の身にしてくれるか?」クリントはフランクにたずねた。

「あの老いぼれは仮病《けびょう》だよ!」カースン・ストラザーズが叫んだ。「全部、こいつらが仕組んだ猿芝居だ」

フランクが口をひらいた。「せめて、その人をチェックさせてくれれば——」

「オーケイ、わかった」クリントはいった。「ただし手早くすませてくれ。心停止後三分で脳細胞の損傷がはじまる。この超自然的存在が損傷した脳細胞を元にもどせるかどうかはわからないんだ」

フランクは早足でウィリーに近づいて床に片膝をつくと、指先を老人ののどにあてがい、クリントの顔を見あげた。「じいさんの命の時計が完全にとまってる。いますぐ心肺蘇生法《CPR》をはじめないと」

「つい一分前には、そいつを殺そうとしてたくせに」リード・バロウズがぶつぶついった。

トリート巡査――アフガニスタンでクソみたいなものを目撃してきたと思っている男――がうめき声を洩らした。「おれにはさっぱり話がわからない。なんでもいいから、どうすればぼうちの子をとりもどせるかを教えてくれ。そのとおりにするから」

ただし、だれにむけられた発言なのかは不明確だった。

「心肺蘇生法《CPR》はしなくてもいい」

クリントはフランクにそういってから、イーヴィにむきなおった。イーヴィは顔を伏せて立っていた。好都合だ、とクリントは思った。下をむいているのだから、イーヴィは床に横たわる男の姿をいやでも目にしているはずだ。

「これはウィリー・バークだ」クリントはイーヴィに語りかけた。「祖国から軍務につけといわれて軍に入隊した男だ。最近では志願消防団の一員として、春のたびに起こる山火事と戦ってる。志願消防団は無給なんだよ。州政府が金をけちったせいで支援を受けられなくなった貧困家庭むけに〈婦人募金団体《レディーズ・エイド》〉が〝豆料理パーティー《ビーン・サパー》〟を開催するたびに、その手伝いもしてる。それだけじゃない。秋にはユース・フットボールのコーチもつとめてるぞ」

「すごくいいコーチなんだよ」ジェイリッドはいった。その声は涙でくぐもっていた。

クリントはつづけた。「まだある。お姉さんが早期の進行性アルツハイマー症と診断されたあと、十年間も介護をしていた。食事をさせ、お姉さんが徘徊気分になったときには自宅へ連れ帰り、うんちのついたおむつの交換もした。そんなウィリーがここへ来たのは、きみを守るためだ——きみ相手に、そして自身の良心にしたがって正しいおこないをしようと思ったからだよ。ひとりの女も傷つけたことはない。そんなウィリーがいま死にかけてる。でも、きみは勝手に死ねばいいと思っているかもしれないね。だって、ウィリーもしょせん男に変わりない——ちがうか?」

〈ブロードウェイ〉をただよってくる煙で、だれかが咳をしていた。しばらくは咳以外になにもきこえなかったが、やがてイーヴィ・ブラックが金切り声をあげた。天井の金網ケースにはいっている電球が破裂した。施錠されていた監房のドアがすべていっせいにひらき、すぐに音をたてて同時に閉まった——鋼鉄の手が拍手をしたような音だった。フランクの仲間の数人が悲鳴をあげた。そのうちひとりの声は、それこそ六歳か七歳の女の子の声といってもおかしくないほど甲高かった。

ピート・オードウェイがくるっと体の向きを変えて走りはじめた。コンクリートブロックづくりの廊下に足音が響いた。

「その人を抱き起こして」イーヴィはいった。監房のドアはほかのドアといっしょにひらいていた。いや、そもそもここのドアが施錠されていたらの話だ。イーヴィさえその気になれば、いつでも好きなときに監房を出入りできたことを、クリントは少しも疑わなかった。鼠はイーヴィという劇場のレパートリーの一部にすぎない。

　クリントは息子のジェイリッドと力をあわせて、ウィリーのぐったりした体をもちあげた。かなりの体重があったが、イーヴィはウィリーが羽毛《ダウン》の詰まった袋ででもあるかのように軽々と受けとった。

「あなたはわたしの心につけこんだ」イーヴィはクリントに話しかけた。「心ないおこないね、ドクター・ノークロス」

　イーヴィは真剣な顔つきだが、クリントはその目に愉快そうなきらめきが宿っているような気がした。陽気な光といってもいいかもしれない。イーヴィはウィリーのかなり太めのウェストに左腕をまわし、汗に濡れてもつれあっている後頭部の髪に右手をあてがうと、ウィリーの口に唇を押し当てた。

　ウィリーの全身ががくがく震えた。両腕があがってイーヴィの背中にまわされた。つかのま、老人と若い女はひしと抱きあった姿勢で立っていた。ついでイーヴィがウィリーから離れてあとずさり、こうたずねた。

「気分はどう、ウィリー？」

「すこぶる快適だよ」ウィリー・バークはそういって背すじをすっくと伸ばした。

「びっくりだ」リード・バロウズがいった。「見ろよ、二十歳は若返ったみたいに見えるぞ」

「いまみたいなキスをされたのは、ハイスクール時分以来だな」ウィリーはいった。「いや、そんな経験があればの話。ありがとよ、あんたには命を救ってもらったみたいだ。だから礼をいわせてくれ。ただ……それよりキスのほうがずっとすてきだった」

　イーヴィが微笑みはじめた。「楽しんでもらえて、わたしもうれしい。わたしも楽しかったし——っていっても、〈ブームタウン〉で勝ったときのほうが気分爽快だけど」

クリントの血はもう沸き立っていなかった——疲労とイーヴィが見せた最新の奇跡とが熱を冷ましてくれたのだ。つい最近感じたばかりの激怒をいま見つめなおすクリントの気分は、たとえるなら自宅に押し入ったばかりか、キッチンを盛大に散らかしながら、たっぷりとした大食漢用の朝食をつくっている赤の他人を目にしたその家の主人の心境に近かった。いまクリントは悲しみと後悔、そして恐ろしいまでの疲れを感じていた。いまはただ家に帰り、妻の近くに腰をおろし、妻とひとつ空間をわかちあい、ひとことも話す必要のない場に身をおいていたかった。

「ギアリー」クリントは声をかけた。

フランクはぼうっとした頭をはっきりさせようとしている人のように、のろのろとクリントに顔をむけてきた。

「イーヴィを解放しろ。それが唯一の方法だ」

「そうかもしれない。でも、断定はできないだろう？」

「たしかに」クリントは同意した。「しかし、この滅茶苦茶になった社会で断定できるものなんかあるのか？」

エンジェルが口をひらいた。「つらい時期もあれば、いい時期もある。つらい時期もあれば、いい時期もある。それ以外はすべて、納屋の馬のクソっていうだけ」

「これまではてっきり木曜までかかると思ってた。でも……」イーヴィは笑った——ちりんちりんと鳴るベルの音に似ていた。「ひとたび心を決めたときの男たちが、どれほど速く動けるのかを忘れてた」

「それはいえる」ミカエラはいった。「マンハッタン計画を考えればいい」

6

この快晴の朝、八時十分すぎにウェストレイヴィン・ロードを六台の車が一列になって走っていた。彼らの背後では、刑務所の建物がくすぶって煙をあげていた――灰皿に捨てられた吸いさしのタバコのようだった。車列はボールズヒル・ロードに折れた。先頭のパトカー二号車はルーフの回転灯をゆっくりとまわしていた。運転席にすわっているのはフランク。助手席にはクリント。後部座席にはイーヴィ・ブラックがすわっていた――ライラに逮捕されたあとですわらされたのと、まったくおなじ場所だった。あのときイーヴィは半裸姿だった。現場へ引き返していくこのドライブでは、イーヴィはドゥーリング刑務所の囚人服である赤いトップを着ていた。

「この一件を州警察にどう報告すればいいのか見当もつかないよ」フランクはいった。「これだけ大勢の死人が出て、これだけ大勢の怪我人が出たとあっては」

「いまは、だれもがオーロラ病対応で手いっぱいだ」クリントはいった。「州警察は半分も出勤していないんじゃないか。それに、いずれ女たちがみんな帰ってきたら――もし帰ってきたら――だれも気にしなくなるさ」

ふたりの背後からイーヴィが静かに話しかけてきた。「母親たちは気にするはず。妻たちも。娘たちも。銃撃戦がおわったあとの戦場をきれいに片づけるのは、だれの仕事だと思ってるの？」

7

二号車はトルーマン・メイウェザーのトレーラーハウスへ通じる道で停止した。あちこちで、いまもまだ《**犯罪現場**》の黄色いテープがひらひら揺れていた。ほかの五台——二台のパトカーと二台の民間の車、それにカースン・ストラザーズのピックアップトラック——も二号車につづいて停止した。

「さて、ここからはどうする？」クリントはたずねた。

「流れを見ましょう」イーヴィはいった。「といっても、ここにいる男たちのだれかの気が変わって、やっぱりわたしを撃ち殺したりしなければの話だけど」

「そんなことになるものか」クリントは答えたが、その口調に見あうだけの自信はなかった。

車のドアが閉まる音が響いた。つかのま、二号車の三人はおなじ場所にとどまっていた。

「教えてもらえるかな、イーヴィ」フランクがいった。「きみがただの使者なら、この派手な芝居を仕切ってるのはだれなんだ？　ある種の……なんといえばいいのか……生命体？　たとえば……〈偉大な母なる地球《ビッグ・ママ・アース》〉がリセットボタンを押しているとか？」

「あなたがいってるのは、天にまします〈偉大なる《グレート》レズビアン〉のこと？」イーヴィは質問した。「ずんぐりむっくりで藤色のパンツスーツ姿、飾りっ気のない靴を履いてる女神のこと？　だってたいていの男って、自分たちの人生をひとりの女が操っていると考えるときには、そういうイメージを思い描くんでしょう？」

「どうだかね」フランクは落ち着かず、また同時に疲弊しきった気分だった。娘と会えなくて寂しかった。妻のエレインさえ恋しかった。自分の怒りがいまどうなったのかはわからない。たとえていうならポケットが引きちぎられて、怒りをどこか途中で落としてしまったかのようだった。「じゃ、きみが男たちについて考えるときには、なにが思い浮かぶんだ？」

「銃」イーヴィは答えた。「クリント、後部座席のドアにはハンドルがついてないみたいだけど」

「ハンドルがなくても好きに降りられるくせに」クリントは答えた。

そのとおりだった。後部ドアの片方がひとりでにひらき、イーヴィ・ブラックは降り立った。クリントとフランクもあとにつづき、イーヴィの左右を固めた。クリントは自分たちのようすに、子供のころあちこちの里親家庭で出席を強要された聖書教室を思い出した――それも、十字架にかけられたイエス・キリストの場面を。片側の十字架にはイエスを信じない盗人が、反対側の十字架には心根の善良な盗人がかけられた。そして後者は、死にかけた救世主キリストから、ほどなく楽園で自分といっしょになれる、と告げられた。いまも覚えているが、当時その話をきかされたクリントは、この憐れな男は仮釈放とチキンディナーで手を打ってもよかったのに、と思ったものだ。

「わたしは、どんな力がわたしをここへ送りこんだのかを知らない」イーヴィはいった。「わたしが知っているのは、呼ばれたから――」

「ここへ来た、それだけだね」クリントはいった。

「ええ。で、これからわたしは帰ることになる」

「おれたちはなにをする？」フランクはいった。

イーヴィはフランクにむきなおった。その顔にもう笑みはなかった。「あなたはこれから、普段は女がやっている仕事をすることになる。待つという仕事をね」そういって、深々と息を吸いこむ。「ああ、刑務所にいたあとだと、空気がとってもいい香りで新鮮！」

イーヴィはあつまって立っている男たちの前を――まるで彼らが存在していないかのように――歩いていくと、エンジェルの肩に手をかけた。エンジェルはきらきら輝く目でイーヴィを見あげた。

「あなたはよくやってくれた」イーヴィはいった。「あなたには心から、ありがとうといわせて」

エンジェルが感に堪えたようにいった。「あんたを愛してる、イーヴィ」

「わたしもあなたを愛してる」イーヴィはそういってエンジェルの唇にキスをした。

イーヴィは覚醒剤密造工場の廃墟へむかって歩いていった。廃墟の先に一匹の狐がすわっていた。尻尾を前足の前までくるりと巻き、息を切らしながら、きらきら光る目でイーヴィを見つめていた。イーヴィは狐のあとを追い、男たちはイーヴィについて歩いていった。

8

「父さん」ジェイリッドは囁きも同然の小さな声でいった。「あれ、父さんにも見えてる？　見えてるっていってよ」

「なんだ、ありゃ」トリート巡査がいった。「いったいありゃなんだ？」

一行は、数多くの幹がもつれあって南国の鳥の群れを擁している〈大樹〉を見つめていた。あまりにも高くまでそびえているせいで、てっぺんは目に見えなかった。クリントには、この木から発せられている強力な電流のようなエネルギーを感じることができた。一羽の孔雀が大きく羽根を広げて一同の賞賛をあつめた。反対側から白い虎があらわれて、背の高い雑草で腹をこすられながら近づいてくると、数人がすかさず銃をかまえた。

「いいから武器をおろせ！」フランクが叫んだ。

虎はすわりこむと、丈の高い草のあいだから比類ない左右の目で彼らを見つめてきた。銃はおろされた。一挺だけを除いて。

「ここで待ってて」イーヴィはいった。

「ドゥーリングの女たちがもどってくれば、地球上のすべての女がもどってくるのか？」クリントはたずねた。「そういう仕掛けなのか？」

「ええ。この町の女たちは女たち全員の代表、そして町のすべての女たちが帰ってくる必要がある。あれを通じて」イーヴィは樹幹にある裂け目を指さした。「もし、ひとりでも拒めば――」

イーヴィが最後までいう必要はなかった。何匹もの蛾がイーヴィの頭のまわりをひらひらと飛んでいるさまは、まるで王冠のようだった。

「どうして、女たちが残りたがったりする?」リード・バロウズが、心底から困惑しきった声でたずねた。

エンジェルの笑い声は、鴉《からす》の鳴き声なみに耳ざわりだった。「あたしなら、もっとましな質問を思いつくな――イーヴィの話どおりに女たちが向こうでいい社会をつくってるのなら、そもそもどうしてこっちへ帰りたがるのさ?」

イーヴィは高く伸びた雑草で赤いスラックスをこすられながら、大木にむかって歩きはじめた。しかし、だれかがライフルの薬室に弾薬をこめるときの〝かちり・がちゃん〟という音を耳にするなり足をとめた。ウェザビー製のライフルだった。ひとりだけフランクの命令を無視して銃をかまえていたドルー・T・バリーだった。ただしライフルはイーヴィにむけられてはいなかった。バリーはミカエラを狙っていた。

「おまえもあの女と行くんだ」バリーはいった。

「銃をおろせ」フランクはいった。

「断わる」

ミカエラはイーヴィに目をむけた。「行先がどこだか知らないけど、わたしが行ってもいいの? 繭に包まれてなくても?」

「もちろん」イーヴィはいった。

ミカエラは注意をバリーにもどした。もう怯えた表情ではなかった。いまは困惑に眉を寄せていた。「でも、どうして？」

「保険と呼んでもらおう」ドルー・T・バリーはいった。「イーヴィとやらの話が本当なら、あんたが行けば母親を説得できるかもしれない。あんたが刑務所長の母親を説得できたら、ほかの女たちも同調するかもしれない。そうさ、おれはつねに〝保険〟をかける主義でね」

クリントはフランクが拳銃をかまえるのを目にした。バリーは全神経をふたりの女にむけていたので、その気になれば簡単に撃てる相手だった。しかしクリントはかぶりをふり、押し殺した声でいった。「もう人死にはたくさんだ」

それに――クリントは思った――あのミスター倍額補償のいっていることにも一理あるかもしれない。

イーヴィとミカエラは白い虎の横を歩いて、〈大樹〉の幹の裂け目に近づいた。狐がすわって、ふたりを待っていた。イーヴィはためらいもなく裂け目に足を踏み入れ、たちまち姿が見えなくなった。ミカエラはしばしためらったのち、イーヴィにつづいた。

刑務所を襲撃した面々で、いまもこの場に残っている男たちと、刑務所を防衛していた側で残っている男たちは、とりあえずこの場で待つことに決めた。最初のうち男たちはあたりを歩きまわっていたが、時間が経過してもなにも起こらないとなると、大半の者は高い草のあいだに腰をおろした。

エンジェルはちがった。これまで行動範囲を監房と木工作業所と〈ブース〉と〈ブロードウェイ〉に限定されていたせいで、もっとずっと広い戸外の空間をいくら享受しても満ち足りないのか、大股であたりを歩きまわっていた。虎は居眠りをしていた。そんな虎にエンジェルが近づいていったときには、クリントは息を飲んだ。エンジェルはまちがいなく、正気ではなかった。

エンジェルが大胆にも背中を撫でると、白い虎は頭をもたげはしたが、巨大な頭部はすぐに前足の上にもどり、比類ない左右の目は閉ざされた。

「この虎、のどを〝ごろごろ〟って鳴らしてる！」エンジェルは歓喜の声ともきこえるような大声で、一同に叫んだ。

太陽が天の頂点にまであがり、しばしその場でとどまっているように見えていた。

「このままなにも起こらないんじゃないかな」フランクがいった。「もし、このままなにも起こらなかったら、おれはあの女を撃ち殺しておくんだったと、死ぬまでずっと悔やみつづけそうだ」

クリントはいった。「決めつけるのはまだ早いぞ」

「そうかね？　なんでわかる？」

この質問に答えたのはジェイリッドだった。ジェイリッドは〈大樹〉を指さした。「だって、あの木がまだあるから。あの木がふつうのオークとかただの柳とかに変わったのなら、そのときあきらめればいいよ」

かくして、一同は待った。

第十七章

1

　いまイーヴィは、〈会議〉の場所として定着したスーパーマーケット〈ショップウェル〉の店内にあつまった女たち――この〈わたしたちの地〉を故郷と考えるようになった大勢の女たち――を前に話をしていた。すっかり話しおえるまでに、長い時間はかからなかった。要約すれば、たったひとことですむ話だった。すなわち――決めるのはあなたたち。

「あなたたちがここに残れば、ドゥーリングからマラケシュまで、全世界の女たちがこの世界に――向こうで眠りについたその場所に――姿をあらわすことになる。一から新しくはじめるのもいい。子供が生まれたら好きなように育ててもいい。平和を築くのもいい。いい話だと思うな……っていうか、わたしにはそう思える。でも、あなたたちはあっちへ行ってもいい。あなたたちが行けば、全世界の女たちは男たちの世界で眠りに落ちたその場所で目を覚ます。でも、そのためにはあなたたち全員が行く必要があるの」

「あなたはなにものなの？」ジャニス・コーツがミカエラをきつく抱きしめたまま、ミカエラの肩ごしにイーヴィに話しかけた。「だれがこんな力をあなたに与えたの？」

　イーヴィは微笑んだ。体のまわりに緑色の光が浮かんでいた。「わたしは、とりあえずいまだけは若く見えているだけの老いた女。なんの力もない。狐とおなじで、わたしも使者。力をもっているのはあなたたち……あなたたち全員よ」

「さてと」ブランチ・マッキンタイアがいった。「話しあって結論を出しましょう。裁判の陪審みたいに。だって、いまのわたしたちは陪審みたいなものでしょう？」

「そうね」ライラ・ノークロスがいった。「でも、話しあいの場はここじゃないわ」

2

新世界の住民を一堂にあつめるには、この日の午後までかかった。スーパーマーケットにいなかった女たちに出席をうながすため、町のすみずみにまで伝令が送られた。

女たちは静かな行列をつくって、メイン・ストリートからボールズヒルへあがっていった。ブランチ・マッキンタイアは足の具合が思わしくないため、メアリー・パクがゴルフカートに乗せていった。ブランチは、母親をうしなった赤ん坊のアンディ・ジョーンズを青い毛布でくるんで抱っこし、とても短い話をきかせていた。

「昔々あるところに小さな男の子がいました。男の子はあっちへ行ったり、こっちへ来たりしていました。その町の女たちは、だれもが男の子を愛していましたとさ」

木々の枝には緑の房のような芽が出ていた。まだ寒かったが、春はもうすぐそこまで来ていた。まもなくこの世界も、かつて旧世界を去った時点での季節に追いつくところだった。それに気がついて、ブランチは驚かされた。ここへ来てから、もっと長い歳月がすぎたような気がしたからだ。

一行が道路をはずれ、左右の木々にびっしりと蛾がとまっている森のなかの小道を進みはじめると、狐があらわれた。狐はそこから先ずっと、一同の道案内をつとめた。

3

まだ事情を知らない面々にイーヴィが提示した条件があらためて説明されると、ミカエラ・コーツがリポーターとしての本領を発揮し（これが最後の機会になるかもしれず、ならないかもしれなかった）、外の世界でどんなことが起こったかを報告した。

「ドクター・ノークロスの説得で民警団は攻撃をやめた」ミカエラはいった。「でも、男たちが冷静さをとりもどすまでに、多くの男たちが命を落としてしまった……」

「だれが死んだの？」ひとりの女が大きな声をあげた。「頼むから、うちのマイカじゃないといって！」

「ロレンス・ヒックスはどうなったの？」別の女がたずねた。

大勢がいっせいに質問の声をあげはじめた。

ライラが両手をかかげて呼びかけた。「淑女《レディーズ》のみなさん、お静かに！」

「あたしは淑女《レディ》なんかじゃない」元受刑者のフリーダ・エルキンズがいった。「ったく、勝手に決めないでよ、署長」

「だれが死んだのか、わたしにはわからないの」ミカエラが話を再開した。「戦闘のあいだも、だいたい刑務所内に立てこもっていたから。形成外科医のガース・フリッキンジャーが亡くなったのは知ってる。それから……」そういって弁護士のバリー・ホールデンのことを話そうと思ったそのとき、ホールデンの妻と生き残っている娘たちがすがるような目を自分にむけていることに気づいて、話す気をなくした。「……知っているのはこれだけ。でも、これだけはいえる。ドゥーリングにいる未成年や幼児以下の男の子たちは、みんな無事で元気よ」これが事実であることを全身全霊で祈りながら、ミカエラはいった。

聴衆からいっせいに、歓声や喜びの声や拍手が湧きあがった。

ミカエラが話をおえると、代わってジャニス・コーツが一同の前に立ち、これから全員にそれぞれの選択の結果を表明する機会が順番に与えられる、と説明した。

「わたしについていえば」ジャニスはいった。「多少の後悔を感じつつ、帰還側に票を投じるつもり。たしかにここは、わたしたちが去ってきた世界よりもずっとすばらしい世界ね。ここならなんでも可能だと信じてる。男たちがいないことで、わたしたちはより公平な決定をくだせるし、意思決定にあたって無駄な争いをすることもない。人や物といったリソースを分配するための議論も少なくてすむ。わたしたちのコミュニティ内では、メンバー同士の暴力沙汰もほとんど起こっていない。女にはこれまでずっと苛立たしい思いをさせられてきたけれど、その点については男に勝《まさ》っているとはいえないわ」

ジャニス自身の夫だったアーチーは、かわいそうなことに若いうちに心臓発作を起こして生者の世界から弾きだされたが、夫が穏やかな気質で感受性も豊かな男だったことはジャニス個人にとっての皮肉であり、この場でその話を披露することは控えた。例外は重要ではない。重要なのは一般例だ。重要なのは歴史だ。

以前から引き締まっていたジャニスの顔が、いまは骨と皮ばかりになっていた。真っ白くなった髪は背中にまで伸びている。眼窩に深くくぼんだ目には、遠くを見ているような光が宿っていた。いくら背すじを伸ばして立っていて、いくらはっきりと話しているとはいっても、娘のミカエラの目にはジャニスが病気であることは明らかだった。

《母さんに必要なのは医者よ》

「しかしながら」ジャニスはつづけた。「帰還できるようになったことについては、ドクター・クリント・ノークロスに感謝するべきだとも感じる。クリントをはじめとする人たちは、刑務所内にいる女たちのために命を危険に晒してくれた――そんなことをする人は決して多かったとは思えない。それに関連して、受刑者だった方々に話しておきたいことがあるの。わたしはみなさんの刑を軽くするように全力をつくすつもり。それが無理でも、刑期短縮は実現させたい。さらに、いっそどこかへ高飛びしたいという受刑者がいれば、チャールストンとホイーリングの当局関係者に、その人たちは刑務所への攻撃で死亡した、と届けでることにするわ」

元受刑者たちがひとまとまりになって、前に進みでてきた。その人数は、けさよりも減っていた。たとえば姿が見えないうちのひとりのキティ・マクデイヴィッドは、痕跡ひとつ残さず消えていた（その場に短時間だけ蛾の群れが飛んでいただけだ）。これがなにを意味するかについて、もう疑念はなかった――消えた女たちは両方の世界で死んだ、ということだ。殺したのは男たちだ。

それでも、元受刑者の全員が帰還に票を投じた。男ならこの結果に驚いたかもしれないが、含蓄のある統計的事実を知っていたジャニス・コーツに驚きはなかった。刑務所から脱獄した女の囚人は、ほぼ即座につかまる。男の脱獄囚は決まってすぐに遠くまで逃げるが、女性はそんな行動をとらない。脱獄した女たちは自宅へ帰るからだ。この最後の会合の席で口をひらいた元受刑者たちが、まっさきに考えたのは、ここではない世界に残っているそれぞれの息子たちのことだった。

たとえばシーリア・フロード。シーリアは、おなじく受刑者だったネル・シーガーの息子たちに母親代わりの人物が必要になるだろう、と話していた。帰還したシーリアがふたたび投獄されても、その場合はネルの妹が息子たちの世話に名乗りでてくれるはずだ。

「でも、ネルの妹が眠ったままだったら、息子さんたちの役には立たないと思うの」

またクローディア・スティーヴンスンは低い声で地面に話しかけていただけだったので、まわりの人々から発言をくりかえすように求められ、こうくりかえした。「あたしは、だれの邪魔もしたくない。だから多数派に従うよ」

〈第一木曜日の読書会〉メンバーも帰還票を投じた。

「そりゃね、こっちの世界のほうがいい」メンバーを代表してゲイル・コリンズが発言した。「それについてはジャニスのいうとおり。でも、ここは本当の意味で〈わたしたちの地〉じゃない。その名前にふさわしい地はどこかほかにある。それに、ほら……向こうの世界では明らかにいろいろなことが起こったみたいだから、それで前よりもいい土地になっているかもしれないし」

　そのとおりかもしれない、とミカエラは思った。ただし、その状態も長つづきしない公算が高い。男たちはしじゅう、もう二度と妻や子供たちに手をあげないと約束している。約束する気持ちに嘘はなくても、約束を守れるのは――守れるとしても――せいぜい一、二カ月だ。ふたたび激しい怒りがめぐってくる――マラリアの流行がくりかえされるように。今回だけは異なる展開になる理由があるだろうか？

　冷たい突風が吹き寄せてきて、丈の高い草のあいだを吹き抜けていった。あつまった人々の頭上に広がる青空では、人の住んでいない南の越冬地で冬をすごした雁たちが、V字編隊を組んで帰ってくるところだった。

　まるでお葬式みたいだ、とメアリー・パクは思った。その雰囲気は――死そのものと同様に――打ち消しがたく、目を焼くほどまばゆく、さらにはコートやセーターをすり抜けて素肌に鳥肌を立たせていくほど冷たかった。

「わたし、男の子と恋に落ちると本当はどんな気分になるのかを確かめたいんです」この場にジェイリッドが同席していて、メアリーのこんな告白をきかされたら、心臓がふたつに裂けるような気持ちになっただろう。「世界が男のほうに有利だということは知っています。世界が汚らしい場所で、そもそも不公平な場所だということも。でもわたしは、前々から思い描いていたような、ごく普通の生き方をするためのチャンスが欲しい。身勝手な言いぐさかもしれません。でも、それがわたしの望みです。いずれは赤ちゃんが欲しくなるかもしれません。あとは……いえ、いいたいことはそれだけです」

発言の最後の数語は寸断されて嗚咽《おえつ》に変わった。壇からおりたメアリーは、慰めようとした女たちを手をふって遠ざけた。

マグダ・ダブセックは、もちろん帰りたいに決まっていると話した。「だって、アントンにはわたしが必要だもの」

そう息子の名前を出してから浮かべた笑顔はぞっとするほど無邪気だった。マグダと息子の〈プールガイ〉アントンのあいだになにがあったかを知っているイーヴィは、その笑みに胸の張り裂ける思いを味わった。

（数メートルほど離れたところで、狐はピンオークの木の幹に背中をこすりつけながら、青いおくるみに包まれて、ゴルフカートの後部座席に寝かされている赤ん坊のアンディ・ジョーンズに目をむけていた。赤ん坊は無防備にもぐっすりと熟睡していた。すぐそこにある……あらゆる夢のなかでも最高の夢が。めんどりなんか目じゃない。鶏舎ひと棟ぶんのめんどりだって目じゃない。これまでこの世につくられたあらゆる鶏舎でもかなわない。世界じゅうの珍味佳肴の最高峰は、やっぱり人間の赤ん坊だ。食らいつく勇気が自分にあるだろうか？　いや、なかった。狐にできるのは夢想にふけることだけだった……しかし、ああ、なんとすてきな夢想だったことか！　薄紅色で芳香をはなつ、あのバターのような肉！）

ひとりの女が夫について語っていた。夫はすばらしい男だ、本当に本当にすばらしい男、自分の割り当て分の仕事をこなし、妻を助けてくれる……などなど。また別の女は、曲づくりのパートナーについて語った。その男は決していっしょにいて楽しい男ではないが、ふたりのあいだには絆があり、ふたりにはハーモニーがあった。男は詩、女は曲だった。

ひたすら故郷を恋しがる者もいた。

ハイスクールの公民の教師だったキャロル・レイトンは、古くなっていない〈キットカット〉が食べたいし、自宅ポーチにすわって〈ネットフリックス〉で映画を見ながら、ペットの猫を撫でていたい、と話した。「わたしの男たちとの経験は百パーセント悲惨なものばかり。でも、いまさら一から再出発するような人間じゃない。そっちの面では臆病なのかも。でも、そうじゃないふりはできないし」

そんなふうに向こうの世界に残してきた平凡な人間としての心の慰めを望んでいるのは、キャロルひとりではなかった。

ただし、大半の女たちが思ったのはそれぞれの息子のことであり、息子たちが女たちを引きもどした。世界じゅうの女たち全員がそろって新スタートを切るのは、それぞれの大事な息子たちに永遠の別れを告げることであり、女たちはこれに耐えられなかった。同時に、イーヴィはこれに胸が張り裂ける思いを味わった。息子たちは息子たちを殺す。息子たちは娘たちを殺す。息子たちは容易に手にとれる場所に拳銃を置きっぱなしにし、ほかの息子たちがそれを手にして、うっかり自分を撃つか姉妹たちを撃つかする。息子たちは森林を焼き、環境保護局の検査官が引きあげていくとすぐ、大地に化学物質を投棄する。息子たちは誕生日にも電話をかけてこない。息子たちはなんでもひとり占めしたがる。息子たちは子供たちを殴り、ガールフレンドの首を絞める。息子たちは自分たちのほうが偉いと思いあがり、決してそのことを忘れない。息子たちは、そのまた息子たちや娘たちに残す世界がどうなろうと知ったことではない

——ただし、時期いたって選挙に立候補すると、どんな世界を残すかが気がかりだと公言する。

例の蛇が〈大樹〉の幹を滑り降りてきて、暗がりにだらりと体を垂らし、イーヴィの前にぶらさがってきた。

「おまえがなにをしたかは見てた」イーヴィは蛇にいった。「おまえがジャネットの気をそらしたところをね。あんなことをしたおまえを憎んでるから」

蛇はなんの返事もしなかった。蛇という動物は、おのれのとった行動を正当化する必要には迫られない。

エレイン・ナッティングは娘のナナとならんで立っていたが、本当の意味で会合に出席しているとはいえなかった。心の目には、いまもなお死んだ女の濡れた目が見えていた。あの目は深みをそなえていて、金色といってもいい色あいだった。あの目に怒りはなかった。あったのは執念の光だけだった。エレインはあの目を頭から拭い去れなかった。息子——あの女はそういっていた——息子がいる、と。

「エレイン？」そうたずねる声がした。エレインが決断をくだして表明するときだった。

「わたしにはやるべき仕事がある」エレインはいい、片腕をナナの体にまわした。「それに娘は父親を愛しているし」

ナナがエレインを抱きかえしてきた。

「ライラ？」ジャニスがたずねた。「あなたはどうなの？」

その場の全員がライラのほうに顔をむけた。ライラ自身は、自分さえ望めば全員を翻意させられると理解していた。自分ならこの新世界が安全であることを保証し、旧世界を破壊できる。

わずかな言葉を口にするだけで事足りる。
こういえばいい――《わたしはみなさん全員を愛し、わたしたちがここで達成したことすべてを愛しています。すべてを捨てるような真似はやめましょう》
こういえばいい――《夫がどれほど英雄的なことを成し遂げようと力をつくしていたとしても、わたしは夫をうしなうつもり。そして、ここをうしないたくはない》
こういえばいい――《あなたたち女は、もう過去のあなたたちにはもどれないし、男たちが期待する女にもなれない。なぜなら向こうへ帰っても、あなたたちの一部はこの地にずっと残るから。そう、あなたたちが真の自由を得られたこの地に。これから先、あなたたちは〈わたしたちの地〉を心に保ちつづける。そのため、あなたたちはこの先ずっと、男たちにとっては謎になる》
そうはいっても本当のところ、女たちが男たちにとって謎でなかったためしがあるだろうか？　女たちは男たちが夢見る魔法であり、男たちの夢はときとして悪夢になった。
比類ない青空が、いま翳《かげ》りつつあった。最後まで残っている光が織りなす縞模様は、丘陵地帯の上空にこすりつけられた銀色のマグネシウムそのもの。イーヴィは、いますべてがライラひとりの肩にかかっていることを意識しながら、ライラをじっと見ていた。
「ええ」ライラは一同にむけていった。「そうね。向こうの世界にもどって、男たちを鍛えなおしてやりましょう」
女たちは歓声をあげた。
イーヴィは泣いた。

4

二時になると、一同は――アララト山に漂着したノアの箱舟から下船する乗客たちのように――出発した。ブランチと赤ん坊のアンディ、クローディアとシーリア、エレインとナナ、ミセス・ランサムとプラチナム・エルウェイ。女たちはそれぞれ手をとりあい、ねじくれた大きな根がつくる踏み段を慎重にのぼって、〈大樹〉内部の深い夜の闇へ姿を消した。入口と出口のあいだの空間には明滅する光があった――しかし、光は散乱していた。光源が角を曲がった先にあるかのようだったが……なんの角だというのか？　光はほぼなにも明らかにしない反面、影をさらに深めていた。渡航者たちがあとあと思い出したのは、ノイズとぬくもりの感覚だった。仄暗い光しかない通廊内で、だれもが反響をともなう〝ぱちぱち〟という雑音をきき、なにかにくすぐられるような感覚を肌におぼえた――たとえるなら、蛾の翅が素肌をかすめるような感覚を。そして、女たちは〈大樹〉の反対側の男たちの世界で目を覚ました。それぞれの繭は溶けて消えたが……蛾が飛びだすことはなかった。そう、今回はそうならなかった。

マグダ・ダブセックは病室で目を覚ました。息子アントンの死体とともに自宅で眠っているところを発見されたのち、警察の手で病院に運びこまれたからだ。目もとから繭の断片を払い落としたマグダは驚愕した――病棟にぎっしり寝かされていた女たちがそれぞれのベッドからいっせいに体を起こし、この復活の儀式の大狂乱のさなか、引き裂けた繭の残りを体から引き剝がしていたからだ。

5

ライラが見ている前で、〈大樹〉から光沢のある葉がひらひらと落ちてきていた。木が涙を流しているかのようだった。葉は地面に落ちて積み重なり、つややかな山をつくった。蛾がいくつもの列をつくって木を滑りおり、枝からすばやく飛び立っていく。ライラが見ているうちにも、一羽の鸚鵡《おうむ》が銀色の模様のある見事な緑の翼を広げて〈大樹〉から飛びたち、まっすぐ突き刺すように空へのぼっていった。鸚鵡は翼をはためかせて闇へ躍りこみ、それっきり存在しなくなった。〈大樹〉の根に斑点が渦巻状に浮かびあがり、たちまち根に沿って広がっていった――アントン・ダブセックがライラに警告した、病気にかかった楡の木に似ていなくもなかった。あたりの空気に腐臭にも似た病気の悪臭がただよってきた。〈大樹〉がなにかに感染したことがわかった。そのせいで木の外側が死んでいき、内側も病魔にむさぼられていた。

「もとの世界でまた会いましょうね、ミズ・ノークロス」メアリー・パクがそういって片手をふってよこした――反対の手はモリーの手を握っていた。

「わたしのことはライラと呼んで」ライラはそう応じたが、メアリーはもう穴をくぐって姿を消していた。

狐がふたりのあとを小走りで追いかけていった。

最後に残ったのはジャニスとミカエラとライラ、そしてジャネットの遺体だった。ジャニスがゴルフカートの一台に積まれていたシャベルをもってきた。三人で掘った墓穴の深さは一メートルにも満たなかったが、ライラはそれでも問題ないだろうと考えた。自分たちが去ってしまえばこの世界は存在しなくなり、遺体を食い荒らすような動物もいなくなるだろう。三人はジャネットの遺体を適当なコートでくるみ、さらに顔に乳児用の小さな毛布をかぶせた。

「事故だったのよ」ジャニスはいった。

ライラは身をかがめて土を手ですくい、墓穴の底に横たわるなきがらの上にかけた。「それって、警官たちの決まり文句よ――かわいそうな黒人男や女、あるいは子供を撃ってしまったあとのね」

「ジャネットは拳銃をもっていたんでしょう？」

「でも、つかうつもりはなかった。この人は〈大樹〉を救いにきたの」

「ええ、いまならわかる」ジャニスはそういうと、ライラの肩を叩いた。「でも、あのときのあなたにはわからなかった。そのことは頭に入れておいて」

〈大樹〉の太い枝がうめき声をあげて折れ、地面に落下して葉を爆発のようにまき散らした。

「あれをなかったことにできるなら、なんだって差しだしたい気分」ライラはいった。涙を流してはいなかった。いま涙はライラの手の届かないところにあった。「魂と引き換えにしてもいいくらい」

「そろそろ出発したほうがいいみたい」ミカエラはいった。「まだ、あの穴を通れるうちにね」

それからミカエラは母ジャニスの手をとり、〈大樹〉のなかへ母を導いた。

6

そのあと数分だけ、ライラひとりが〈わたしたちの地〉に最後まで残っていた。ただし、それも当然に思えた。かねてからやるべき仕事を淡々とこなす人間になろうと決め、いまこの場で実践しはじめていたからだ。土とシャベルと墓穴を埋める仕事に精神を集中させる。その仕事をすませたのち、ライラはようやく〈大樹〉の闇へ足を踏み入れて、反対側へわたった。穴にはいるときには、うしろをふりかえらなかった。ふりかえれば、脆くなっている心が壊れてしまいそうだったからだ。

第三部　朝になれば

少女は死んだのではない。眠っているのだ。
——マタイによる福音書・九章二十四節

1

女たちが目を覚ましたあとの数週間、大多数の人は世界を、うらぶれた中古品販売店で買ったボードゲームのように感じていた――ゲームに不可欠なほど重要ではないが、なければ不便なピースが欠けているボードゲームである。そこまではいかずとも、手もとにあれば自分を勝利に導くはずのある種のカードが欠如したゲームのようにも感じられていた。

どこを見ても悲嘆のさまが目についた――なにかを汚すしみのようだった。しかし、妻や娘や夫をうしなった人間はどうすればいいのか？　それこそテリー・クームズのような境遇でもないかぎり――そういう者もいなくはなかった――喪失をかかえて生きていき、そのままゲームをつづけるほかはない。

〈スクイーキー・ホイール〉のバーテンダーにしてオーナーのパッジ・マローンは自分の一部をうしない、その事実とともに生きるすべを学んだ。右手親指が第二関節の下で断ち切られてしまったのだ。生ビールのタップに右手を伸ばす習慣を捨て去るには若干の時間がかかったが、最後にはやり遂げた。その後、店の建物を買いたいという話をもちかけられた。もちかけたのは、カジュアルレストラン・チェーンの〈ＴＧＩフライデーズ〉のフランチャイズ店の展開を考えている男だった。パッジはその男に、どのみち〈スクイーキー・ホイール〉はオーロラ病でこうむった損害をとりもどせそうもない、と話した。いずれにせよ、提示された買取額はわるくなかった。

世を去っても、あまり惜しまれなかった人々もいた——たとえばドン・ピーターズだ。そういった人々は、それこそ、最初から存在しなかったといわれても不思議ではないほど見事に忘れ去られた。ピーターズ家の焼け跡の廃墟は競売にかけられた。

ジョニー・リー・クロンスキーのわずかな所持品はごみともども袋づめされたが、自宅にしていた薄汚いアパートメントはきょうにいたるも空き部屋のままだ。

オーロラ禍の最後の日、ヴァネッサ・ランプリーはフリッツ・ミショームの家のドアをあけはなしたまま立ち去った。フリッツの死後一日か二日たったころ、ヒメコンドルの群れが屋内にやってきて、無料のバイキング料理をたらふく食べていった。さらにもっと小さな鳥たちもやってきて、巣の材料にするためにフリッツのごわごわした赤いひげを抜いていった。やがて積極的な一頭の熊が死体を戸外へ引きずりだした。つづいて昆虫たちが骨をきれいに磨きあげ、直射日光がフリッツのオーバーオールを漂白した。大自然はフリッツをぞんぶんに利用しつくした。大自然の女神は、その過程でいつもながら美しい品をつくりあげた——骨の彫像を。

息子アントンの身になにがあったのかを知ったマグダ・ダブセックは——自宅寝室のカーペットを染めていた血を見れば、いきさつはあらかたわかった——帰還に票を投じたおのれの判断を苦々しい思いで悔やみはじめた。

「なんて馬鹿な過ちをしでかしちまったのかね」マグダがそうこぼした回数は数えられないほど多く、こぼしながら飲んだラムのコーク割りもまた数えきれないほど多かった。マグダにとってアントンはゲームの一ピースにとどまらなかった。ふたつのピースでも足りず、三つでもまだ不足だった。マグダにとってアントンはゲームのすべてだった。ブランチ・マッキンタイアはマグダをボランティア活動に誘いこもうとしたり――親をなくして助けを必要としている児童がたくさんいたからだが――読書会への参加をうながしたりしたが、マグダは関心を示さなかった。

「ここにはもう、わたしのハッピーエンドはないの」マグダはそういった。眠れぬ長い夜のつれづれに、マグダは酒に酔っぱらいながら、テレビでドラマシリーズ〈ボードウォーク・エンパイア　欲望の街〉を見た。このドラマを最後まで見おわると、〈ザ・ソプラノズ　哀愁のマフィア〉にとりかかった。つまり、残酷なことをする残酷な男たちの物語で空虚な時間を埋めようとしていたのだった。

2

一方ブランチ・マッキンタイアには、ハッピーエンドが本当にやってきた。

ブランチは数日前に眠りに落ちたドロシー・ハーパー宅の居間の床で目覚め、崩れかけていた繭の残骸を体からふり払った。読書会の仲間たちも、おなじ場所に顔をそろえていた――みんなおなじように目を覚まし、繭を破って自由の身になろうとしていた。しかし、以前と異なっている点がひとつだけあった――アンディ・ジョーンズの存在だ。ブランチが〈大樹〉の裂け目に足を踏み入れたとき、この赤ん坊は腕のなかにいた。しかし、いまはちがった。いまアンディは、近くの床に置いてある素朴なつくりのゆりかご——小枝を編んでつくってあった——で眠っていた。

「こりゃたまげたね」ドロシーがいった。「あの子じゃないか！　まあ、うれしや！」

ブランチはこれを天啓ととらえた。やがて〈ティファニー・ジョーンズ記念保育園〉が、オーロラ禍のさなかに火事で全焼した民家の跡地に建てられた。このプロジェクトの資金になったのはブランチの退職基金や、ブランチの新しいボーイフレンドになったウィリー・バークの退職基金だった（ボーイフレンド、すなわちウィリー・バークの場合には、基金は一九七三年からずっと、ウィリーの黄ばんだベッドマットレスのなかで利息ひとつ稼ぐことなく眠っていた）が、それ以外にも地元の多くの人から浄財が寄せられた。オーロラ禍を経験したことで、人々が以前には考えられなかったほどチャリティ志向を強めているかのようだった。なかでも気前のいい寄付を寄せたのは——オーロラ病にかなり苦しめられたというのに——ノークロス一家だった。保育園の外に出された看板には、ティファニーの名前の下に小枝を編んでつくられたゆりかごが描きこまれた。

ブランチと保育園のスタッフは、保護者に支払い能力があるか否かにかかわらず、下は生後一カ月の赤ん坊から上は四歳まで、あらゆる子供を受け入れた。オーロラ禍ののち、こうした包括的な児童養護プログラムを確立する動きをうながしたのが、ブランチの保育園のような、かなりの部分を人々の寄付でまかない、男性スタッフによって運営される地域社会単位での取り組みだった。いまでは多くの男たちが、このようにふたたびバランスを調整することの重要性に気づいているようだった。

なんといっても、彼らはみな警告をうけた身だからだ。

ブランチは、すべてが一変してしまう前の最後の読書会でとりあげた課題書のことを一、二度は思い起こしていた。たったひとつの嘘のせいで、多くの人々の人生を変えてしまった女の子の話だった。嘘をついた少女の人生には贖罪の責が重くのしかかったが、ブランチがよく考えるのはその点だった。自分にはそれほどの贖罪の責があるとは思えなかった。ブランチは品位を重んじる人間だった。ずっと以前から品位を重んじてきたし、骨惜しみせず働き、周囲にはよき友でありつづけてきた。勤務先の刑務所では、受刑者に親身に接するよう心がけた。保育園は贖罪とは無関係だ。あくまでも人間としての品位にかかわる施設だった。それが当然であり、明白であり、本質だった。ボードゲームに欠けているピースがあっても、新しいピースをつくれる場合もないではない――それどころか、そういったケースは珍しくないのだ。

ブランチがウィリーと出会ったのは、まだリノベーション工事がおわっていなかった保育園の玄関に、ウィリーが大量の五十ドル紙幣を手にしてあらわれたときのことだった。

「これはなに？」ブランチはたずねた。

「おれの負担分だ」ウィリーはいった。

しかし現実にはそうではなかった。ただ金を出すだけでは不足だった。自分の分をきっちり負担したければ、それだけの仕事をしてもらう必要があった。

「子供ってのは、どっさりクソをするもんだな」ある晩ウィリーはそうブランチに話した――ふたりのつきあいがはじまってから、しばらくしてからのことだった。

そのときブランチは自分のプリウスのそばに立ち、ウィリーが汚れたおむつでぱんぱんに膨れた半透明のふたつのビニール袋を運んで、トラックの荷台に積みおわるのを待っていた。おむつはメイロックにあるトニートット・ランドリーで洗濯されることになっている。ごみの投棄場を使用ずみのパンパースで埋めつくすつもりはブランチにはなかった。ウィリーは前よりもスリムな体つきになって、サスペンダーを新調していた。ブランチは前々からウィリーをキュートな男だと思っていたが、口ひげを（および、あの目ざわりだった眉毛も）きれいに刈りそろえているいまは、文句なしのハンサムだと思うようになっていた。

「ウィリー、もしあなたがわたしとふたりきりの場で死んだら――」ブランチはいった。「死亡記事で楽しい思いができそうね。『ウィリー・バークは本人がこよなく愛していることをしている最中に世を去った。そう、うんちで汚れたおむつの袋を運んで駐車場を歩いているときに』ってね」

そういってブランチはウィリーに投げキッスをした。

3

あくる年の夏休み、ジェイリッド・ノークロスは〈ティファニー・ジョーンズ記念保育園〉のボランティアに志願し、さらに最上級生となってもアルバイトで働きつづけた。ここでの手伝いの仕事が好きだった。幼児たちはおよそ正気とは思えなかった――なにせ泥で城をつくり、壁をぺろぺろ舐め、水たまりで転げまわる。しかも、これはどれも上機嫌のときだ。しかし

――これまでの多くの先駆者とおなじく――ジェイリッドが魅せられてやまなかったのは、男の子と女の子がすんなり仲よく、いっしょに遊べることだった。それなのに教育制度のもとにある学校にはいると、大きく分断された校庭で男女が分かれてしまうのはなぜだろう？　化学物質の作用？　それとも遺伝子に組みこまれたもの？　そんな説明はジェイリッドには受け入れられなかった。人間はもっと複雑なものだ。人間には基幹システムがあり、その基幹システムにも基幹システムがある。このごろではジェイリッドは、大学に進んだら幼児の行動にかかわる学問を学び、いずれは父親のような精神分析医になりたいと考えていた。

こうした思いにジェイリッドの心は慰められ、現実から目をそらす必要があるときには目をそらしてくれた――そして人生のこの時期、ジェイリッドはほぼいつも現実から目をそらす必要に迫られていた。両親の結婚の絆がほころびかかっていたうえに、メアリーがモリー・ランサムの年上のいとこで、隣の郡のハイスクールではラクロスのスター選手だという男とつきあっていたからだ。一度メアリーとその男がいっしょにいる場を目にしたことがある。そのときふたりはアイスクリーム屋の店先のピクニックテーブルをはさんですわり、コーンにはいったソフトクリームをたがいに食べさせあっていた。これ以上に恐るべき光景といったら、それこそふたりがセックスをしている現場以外には考えられなかった。

前に自宅から外へ出ようとしたところを、目ざとくモリーに見つかったことがあった。「ねえ、どうなってるのか教えて？　メアリーとジェフが来るんだよ。わたしたちといっしょにいたくないの？」モリーはいまでは歯列矯正用のブレースを装着し、あのころとくらべると身長が二メートルも伸びたようにさえ思えた。いまはまだ男の子たちは放課後モリーといっしょに遊ぼうとしないが、すぐにモリーを追いかけまわすようになるのだろう――キスのひとつもしてもらいたい一心で。

「そりゃ行きたいのは山々だよ」ジェイリッドはいった。

「じゃ、なんで行かないの？」モリーはたずねた。

「失意の底にあるからさ」ジェイリッドはそう答えてウィンクをした。「だって、いつまでたってもきみに愛されることはないと知ってるからね、モリー」

「まったくもう。いいかげん目を覚ましたら？」モリーはいい、あきれたように目玉をまわした。

　町を歩いているあいだに、あのときメアリーとモリー、それに母親といっしょに身を隠していたモデルハウスの前を通ることがあった。あのときは自分とメアリーがすばらしいチームに思えていた――しかしメアリーは、そのすべてをきっぱり過去に埋めこんでしまっていた。

「だってね、いまはもう世界がすっかり変わっちゃったの」メアリーはいった。その言葉が慰めになるかのように。その言葉がなんらかの説明になるかのように。メアリーには、自分がなにを失いつつあるのかが見えていないんだ。ジェイリッドは自分にそう語りかけたが、結局は――気分が沈みこむのを感じながら――こう認めた。もしかしたら、メアリーはなにも失っていないのかもしれない、と。

4

繭は水に浮かぶことがわかった。

大西洋に墜落した旅客機の乗客のうち、繭に包まれた三人の女性が、カナダ南東部のノヴァスコシア州にある岩だらけの海岸で目を覚ましたのだ。繭は濡れていたが、内側にいた女たちは濡れていなかった。三人は無人のレスキュー・ステーションまで歩き、救助要請用の直通電話で助けをもとめた。

この一件も――もし報道されたとすればだが――しょせんは新聞やウェブメディアの埋め草記事にしかならなかった。この年の巨大な奇跡が落とす影のなかにあって、こういったささやかな奇跡はほとんど注目されなかった。

5

自宅に帰りついたのはいいが、排ガスが充満するガレージで夫が死んでいるのを見つけるのは恐ろしい経験というしかない。

リタ・クームズは、そのあともつらい経験を何度もすることになった。絶望、ひとりで暮らしていくことへの怯え、そしてもちろん、あしたが永遠に訪れないように思える、いくたびもの眠れない夜。夫のテリーはいつも穏やかで、頭がよく切れ、思いやりもある男だった。それなのにみずから命を絶つほど深い絶望に落ちこんで四面楚歌《しめんそか》になったというのは、リタが知っているテリー――長年のパートナーであり、子供の父親だったテリー――とはあまりにもそぐわなかった。泣きくらすあまり、涙が残らず涸《か》れはてたとしか思えなくなったが……そう思うそばから、新たな涙があふれてきた。

ある日の午後、ギアリーという苗字の男が弔意を示すためにクームズ家にやってきた。いくつもの矛盾する話があり、また関係者全員を守りたい気持ちゆえに事件の詳細についてはだれもが口を閉ざしているという事情こそあったが、リタは知っていた――刑務所襲撃を指揮した責任者がこのギアリーという男であることを。しかし訪問してきたギアリーは、物腰が穏やかで親切そうだった。自分のことはフランクと呼んでくれ、とまでいった。

「で、うちの人になにがあったの？」リタはフランクにたずねた。

フランク・ギアリーは、テリーにはすべてが耐えきれなくなったのだと思う、と答えた。

「すべてが手に負えなくなっていたし、テリーにはそれがわかっていたんだね。しかし、暴走を止めることもできなかった。そんなテリーに止められたのはただひとつ、自分の命だけだったんだ」

リタは気力をふりしぼり、いくたびもの眠れぬ夜に自分を蝕んできたひとつの疑問をようやく口にした。「ミスター・ギアリー……うちの人は……その……お酒の面でちょっとした問題をかかえてたの。あの人は……まさか……その……」

「ずっと素面《しらふ》だったよ」フランクはそういうと、指輪のない左手をかかげた。「その点は誓う。神かけて」

6

オーロラ禍が引き起こした数多くの暴力事件や財物損壊、および多数の女性が行方不明になったことで、全国規模ばかりか世界的な規模で保険業界は根源的な再編成をうながされた。ドルー・T・バリーとドルー・T・バリー損害保険社の社員一同は、アメリカのどの企業にも負けることなくこの波を巧みに乗りこなし、生命保険金の支払いについて、ネイト・マッギーの未亡人やエリック・ブラスの両親との和解をとりつけることができた。両名とも刑務所への無認可襲撃のさなかに死亡していたため、話をまとめるのは決して容易ではなかったが、ドルー・T・バリーは決して冷血な保険エージェントではなかった。

それにくらべれば、オスカー・シルヴァー判事やバリーとガーダのホールデン親子、リニー・マーズ、ヴァーン・ラングル巡査、ドクター・ガース・フリッキンジャー、ランド・クイグリー刑務官、ティグ・マーフィー刑務官、ビリー・ウェッターモア刑務官といった面々の──遠縁か近親かにかかわらず──親族への保険金給付を実現させるのはたやすかった。全員がそれぞれ加入していた保険でカバーされる情況で死亡しており、保険金を正当に請求できたからだ。とはいえ、多くのケースを解決するのに長い時間と複雑なプロセスが必要なかったかといえば、そんなことはなかった。やり遂げるまでには何年もの時間がかかり、そのあいだにドルー・T・バリーの髪には白いものが混じって、肌は灰色に変わった。早朝から電子メールをやりとりし、深更まで書類を作成する日々がつづき、ドルー・T・バリーはいつしか狩猟への興味をうしなった。見捨てられた人たちや権利を侵された人たちの代理という重要な仕事の前には、狩猟は堕落した娯楽としか思えなかった。鹿撃ち小屋に腰かけてスコープをのぞいたら、左右あわせて先端が十になる大きな角をそなえた鹿がふらりと霧の奥から姿をあらわしたとする――そんなときにも、いまでは神のみわざ保険のことを考えてしまいそうだ。はたして、あの鹿は〝神のみわざ〟ともいわれる自然災害もカバーする保険に加入しているのだろうか？ 鹿にとっては、銃で撃たれるのも降って湧いた自然災害ではないか？ あの牡鹿の子供たちは面倒を見てもらえるのだろうか？ まっとうな保険に加入している死んだ牡鹿《バック》なら――〝バック〟は口語で〝ドル〟を意味するのだから――それなりの金を遺すのではあるまいか？ もちろん、そんなはずはない。くだらない駄洒落よりもくだらない考えだ。そんなこんなでドルー・T・バリーはウェザビー製ライフルを売り払ったばかりか、菜食主義者《ベジタリアン》になろうとした――ただし、こちらは巧くいかなかった。保険商売につきものの現実を相手にした骨折り仕事で一日過ごしたあとでは、ポークチョップを食べずにいられない日もある。

　喪失は人を変える。わるい方向に変わることもある。いい方向に変わることもある。どちらに変わるにしても、人は自分のポークチョップを食べて先へ進むだけだ。

7

身元を示す所持品がひとつもなかったので、ロウエルとメイナードのグライナー兄弟の遺体は墓碑銘のない墓に埋められた。しばらくしてオーロラ禍がもたらした狂騒がおさまりかけてきたころ（といっても狂騒が完全に終熄することはなかった）、ふたりの指紋が数多くの書類上の記録と一致することがわかって、兄弟は公式に死亡したものと認められた。しかし、信じない者も多かった――とりわけ窪や谷あいと呼ばれる僻地《へきち》住まいの者は信じなかった。ロウエルとメイナードのふたりは試し掘りのあとで遺棄された坑道に逃げこんで、そこを住まいにしているという噂や、いまではここからさらに南の地で偽名をつかって最上クラスのマリファナ〈アカプルコ・ゴールド〉を売っているという噂が流れた。また、車高を高くした真っ黒いフォードのＦ－一五〇――フロントグリルに切り落とした猪の頭部がチェーンでくくりつけてある――で山間部をぶっ飛ばし、ハンク・ウィリアムズ・ジュニアの曲をカーステレオでがんがん鳴らしているという噂もあった。若いころはアパラチア地方に住んでいたが、十八歳になるなり外界へ逃げだし、やがて受賞歴のある作家となった男が、この地に残る親戚たちからグライナー兄弟にまつわる逸話を収集し、それをもとに『まぬけなワルモノ兄弟の話』という子供むきの絵本を書きあげた。絵本の結末で兄弟は、〝うんち沼のみじめなヒキガエル〟に姿を変えられた。

8

カルト宗教団体〈輝ける者たち《ブライト・ワンズ》〉はニューメキシコ州ハッチの教団施設の近くにある川にダムを築いたが、そのダムが決壊し、あふれた川の水が教団のあらゆる建物を基礎ごと押し流してしまった。水がひくと、今度は砂漠が侵略した。砂はFBIが見逃したわずかな武器を埋めて隠した。教団がつくった新しい国家のための憲法の数ページ——獲得した土地と河川は自分たちの統治下にあると宣言し、自分たちの武装する権利を宣言し、アメリカ合衆国連邦政府による納税命令には根拠がないと主張した部分——がサボテンの針に刺さった。そこへ、植物学を専攻するひとりの大学院生が砂漠固有の植物の標本を採取するために歩いて近づき、サボテンの針に刺し留められた新憲法の数ページを見つけた。

「わあ、よかった、助かった！」女性の大学院生は歓喜の声をあげて、サボテンから数枚の紙をひったくった。ちょうど腹具合をわるくして困っていた。院生は急いで山道からはずれたところへむかって排便をすませると、〝神のご意思〟が書かれたありがたい紙で尻をきれいに拭った。

9

勤続三十年の年金を目的とする行進をさらにつづけるため、ヴァネッサ・ランプリーはカーリーの女子刑務所の仕事に就いた——ドゥーリング刑務所の生き残っていた受刑者の大多数が、こちらの刑務所に移されていた。シーリア・フロードもこの刑務所にやってきた。といっても長居はしなかった（仮釈放されたからだ）。クローディア・スティーヴンスンもこの刑務所にやってきた。

カーリー刑務所に収容されているのは、おおむね荒っぽい連中だった。重度のドラッグ依存症の若い女がたくさんいたし、重罪の前科がある女も多かった。しかしヴァネッサの敵ではなかった。ある日のこと、偽の金歯を入れて髪をコーンロウにし、ひたいに（血のしたたるような書体で**《ここは空っぽ》**という）タトゥーを入れた白人の女が、どうして足を引きずるようになったのかとヴァネッサにたずねた。この受刑者のせせら笑いには、底意地のわるさと愉快に思っている内心がのぞいていた。

「ちょっとばかり、ケツを蹴とばしすぎたみたいね」ヴァネッサはいった。罪のない嘘だった。というのもヴァネッサが蹴とばしてきたケツの数は、きっかり適正なものだったからだ。ついでヴァネッサは服の袖をめくり、逞しい左の上腕二頭筋に入れたタトゥーをみせた——**《あんたのプライド》**という文字が小さな腕の絵とともに墓石に刻まれている図だ。ついで体を逆むきにすると、反対の袖をめくりあげた。左腕とおなじように見事な上腕二頭筋には、やはり墓石のタトゥーが入れてあった。こちらの墓石に刻まれていたのは、**《あんたのくだらないプライドすべて》**という文句だった。

「オーケイ」タフな若い女は、せせら笑いの消えた顔でいった。「あんたはクールだ」

「本気でそう思ったほうが身のためだよ」ヴァネッサは応じた。「さあ、もうお行き」

かつてドゥーリングでいっしょだったクローディア・スティーヴンスンとともに祈ることもあった——以前、長老派教会で執事をつとめていたクローディアは、いまではスティーヴンスン師と呼ばれる身分だった。ふたりは自分たちの罪の赦しを乞う祈りを捧げた。リー・デンプスターの魂のためにも祈った。ジャネット・ソーリーの魂のためにも祈った。赤ん坊たちとその母親たちのためにも祈った。ふたりは、およそ祈る必要のあるものすべてのために祈った。

「あの女はなんだったのかな、クローディア？」あるときヴァネッサはそんな質問をした。

「大事なのは、あの女がなんだったのかという問題じゃないよ、ヴァネッサ」スティーヴンスン師はそう答えた。「大事なのは、わたしたちが何者かということなんだから」

「で、その答えは？」

師はいかめしい顔つきだった——以前のクローディア、なかなか声もあげられない内気なクローディアとはまったくの別人だった。「よりよくなろうと心に決めること。より強くなろうと心に決めること。なるべき人物になるための心がまえをしておくこと」

10

　ジャニス・コーツの体内で猛威をふるっていた子宮頸癌は、そのままだったら命とりになったはずだが、〈大樹〉の反対側にある世界の時計が進行を遅らせていたようだ。また〈大樹〉の反対側の世界では、娘のミカエラが母親の病気に気づいてもいた。女たちが目覚めてから二日後、ミカエラは母ジャニスを癌の専門医のところへ連れていき、二日後には化学療法が開始された。ミカエラは母ジャニスに刑務所長の職をただちにしりぞくことをはじめ、娘である自分に諸手配いっさいをまかせて看護をさせ、医者の診察を受けるように命じたり寝かしつけたり、あるいは定時に服薬させたりといった仕事いっさいをまかせろと求め、ジャニスは不本意ながら娘の要求をのんだ。さらにミカエラは、ジャニスが禁煙するように確実を期した。

　ミカエラの素人意見では、あらゆる癌は〝馬糞《ホースシット》〟、すなわち厄介な困りものだった。若くして父親を亡くしたミカエラは、いまでもつきまとう感情面での〝馬糞〟への対処を強いられていた。しかし、〝馬糞〟はいたるところに存在した。しかも女であれば、倦まずたゆまずシャベルをふるって〝馬糞〟をかきだすことを強いられる。テレビに顔を出している女なら、〝馬糞〟の量は二倍だ。ワシントンDCから苦労して車で故郷にまで帰りついたというのに――そのあいだ性悪なバイカーのヴィンテージバイクに車をわざとぶつけ、眠らないためにガース・フリッキンジャーの覚醒剤を何日もぶっつづけでつかい、武装集団による凄惨な戦闘でも生きながらえてきたというのに――どんなものであれ、〝馬糞〟に屈したら元も子もないではないか。たとえその〝馬糞〟が、母親の体内にいる疾病《しっぺい》であったとしても。

定められた化学療法を受けつづけ、やがて安心できる検査結果が返ってきて病状が小康状態になったことが明らかになると、ミカエラは母親にこういった。「よかったね。で、母さんはこれからどうしたい？　これからは元気に動きまわらなくちゃね」

ジャニスは、ミッキーのいうとおりだと話してから、最初の計画を口にした。ミカエラを車でDCまで送っていくこと。ミカエラは仕事に復帰する必要があるからだ。

「そもそもおまえは、今回のいきさつを報道しようと考えたことはないの？」ジャニスは娘にそうたずねた。「たとえば、自分自身の視点から報道するとか？」

「考えてなかったわけじゃない。でも……」

「でも――なに？」

〝でも〟の先にある言葉、それは〝問題がいくつもある〟だった。まず、〈大樹〉の反対側の世界における女たちの冒険の話を報道しても、大多数の人たちからは、嘘っぱちの〝馬糞〟あつかいされるに決まっているからだ。第二に、人々は〝イーヴィ・ブラック〟なる超自然的存在がいたことを頭から信じようとせず、オーロラ病はあくまでも自然の（ただし、まだ解明されてはいない）原因によって引き起こされたと主張するに決まっている。

第三に、もしある種の当局関係者がミカエラは決して〝馬糞〟を撒き散らしているわけではないと考えたら、ドゥーリングの当局関係者――特に前署長のライラ・ノークロス――が答えに窮する質問が湧きでてくることだろう。

ジャニスは娘ミカエラといっしょに、ワシントンで二日間を過ごした。桜の花はとうに散り、街は暑かった。それでもふたりは、たくさん散歩をした。ペンシルヴェニア・アヴェニューでは、大統領の車列を目にした――ぴかぴかに輝く黒いリムジンとSUVがつくる列車のような行列。車列はとまることなく、まっすぐ進んでいった。

「ほら、見て」ミカエラは指さした。

「どうだっていい」ジャニスはいった。「しょせん、股間に一物をぶらさげてる男のひとりでしょう?」

11

ボビーことロバート・ソーリーがおばのナンシーとともに住んでいるオハイオ州アクロンのアパートメントに、ロバートを受取人にした小切手が届くようになった。一枚ごとの金額は大きくなかったが――二十ドルのときもあれば六十ドルのときもあった――ちりも積もれば山となる。小切手の振出人はエレイン・ナッティングという女性だった。小切手に添えられたカードや手紙で、エレインは故人となったボビーの母親のジャネットのことを伝え、ジャネットは母親として、人にやさしく寛大な心をもって生きて立派な業績をあげてくれることを息子に願っていた、と書きつづってきた。

ボビーが母ジャネットのことを望んでいたほど深く知ることはなかったし、その犯罪ゆえに生前の母親に心からの信頼を寄せていたとはいえなかったが、そんな母親でも愛していたことは事実だった。その母親がエレイン・ナッティングという女性に残した強い印象によれば、やはり母親は善人だったようだ。

　エレインの娘のナナが描いた絵が手紙に同封されていることもあった。ナナには本当に絵心があった。ボビーは手紙でナナに、お願いだから山の絵を描いてもらえないだろうか、と頼んだ。そうすれば絵を見て、アクロンよりも先に広がる世界に思いをはせることができる……アクロンもわるい街ではないけれど……ほら、しょせんはアクロンだからね。

　ナナは絵を描いた。美しい絵だった――渓流、山あいの谷にいだかれた修道院、空を飛びまわる鳥たち、もっと上空からの光に照らされている雲、そして絵では見えていない山の反対側に通じている九十九《つづら》折《おり》の山道。

《あなたが〝お願い〟って書いてきたからよ》ナナはそう書いてきた。

《もちろん、〝お願い〟っていうよ》ボビーの返事にはそうあった。《〝お願い〟っていわない人がいるのかな？》

　その次の手紙にナナはこう書いた。《ちゃんと〝お願い〟っていわない知りあいの男の子は大勢いる。〝お願い〟っていわない男の子の名前を書こうとしたら、この紙じゃとてもスペースが足りないくらい》

　これへの返事にボビーはこう書いた。《ぼくはその男の子たちの仲間じゃない》

　こうしてふたりは文通をするようになり、やがてふたりで会おうという話になった。

　ふたりはその計画を実行した。

12

　クリントはライラに一度も、〈大樹〉の反対側の世界で過ごしていたあいだに恋人をつくったのかという質問をしなかった。夫クリントの内部には、ここととはちがう宇宙が存在しているかのようだった——その宇宙では、細部まで丹念に風景がつくりこまれた惑星が、考えられた配置でいくつも針金で吊られていた。惑星とは、さまざまな考えや人々のことだった。クリントはそういった惑星を探険し、研究し、それによって深く知るようになった。ただしこちらの惑星は、本当の体——天体だろうと肉体だろうと関係なく——とは異なって動かなかったし、回転もせず、時間の経過で変化することもなかった。ライラもそういった点を理解していなくもなかった。かつてのクリントが、目まぐるしい動きと不確定性しかない暮らしを送っていたことを知っていたからだが……だからといって、それを好きになれるとはかぎらない。あるいは、受け入れることができるとはかぎらなかった。

　それにたとえ事故だったとはいえ、ジャネット・ソーリーを殺してしまったことをライラはどう思っていたのだろう？　クリントには決して理解できなかった。理解しようと試みていたこともあったが、そのたびにライラは拳を握りしめ、クリントへの憎しみを感じながら足早に立ち去った。自分が正確になにを望んでいるのかはわからなかったが、ライラは理解されることを求めてはいなかった。

目を覚ましたあの日の午後、ライラはミセス・ランサムの家のドライブウェイからパトカーを発進させ、いまだにくすぶっていた刑務所にまっすぐむかった。ライラの肌には、分解しかけていた繭の小さなかけらがこびりついていた。それからライラは襲撃者たちの遺体を運びだしたり、所内すべてを捜索して警察の武器や装備品をあつめて廃棄したりする作業の指揮をとった。この仕事のためにライラがあつめたメンバーは、もっぱらドゥーリング刑務所の受刑者たちだった。いずれも有罪判決を受けて自由を引きわたした犯罪者であるこの女たちは——さらにいうなら、ほぼ全員が家庭内暴力にあっても生きのびた者か薬物依存になっても生きのびた者、貧困に耐え抜いた者か、精神の病にも負けずに生き抜いた者であり、四要素のいずれかの組みあわせをも生き抜いた者さえいた——不快な仕事に慣れていないわけではなかった。女たちはなすべき仕事をこなした。イーヴィが女たちに選択の機会を与え、女たちはやり遂げたのだ。

州の当局関係者がようやくドゥーリング刑務所に関心をむけたときには、町と刑務所の関係者のあいだに真実隠蔽のための作り話が広まり、中身もしっかり完成していた。その話によれば、掠奪者のグループ——ふんだんな武器をそなえた〈ブロートーチ・ブラザーズ〉——が刑務所を包囲し、ドクター・クリントン・ノークロスと刑務官たちが雄々しくそれぞれの持ち場を死守したことになっていた。そんな彼らを支援したのが、警官たちとバリー・ホールデンやジャック・アルバートスンやネイト・マッギーといった志願者たちだった。オーロラ病の圧倒的かつ説明のつかない事実の前には、この作り話は——海をただよってノヴァスコシアの海岸に打ちあげられた女たちの話よりも——わずかな注目をあつめただけだった。

なんといっても、しょせんここはアパラチア地方だった。

13

「この子の名前はアンディ。お母さんは死んでる」ライラはいった。

ライラがクリントに紹介したとき、当のアンディは泣いていた。ライラはこの赤ん坊をブランチ・マッキンタイアのもとから引きとってきたのだ。赤ん坊は顔を真っ赤にして、空腹を訴えていた。

「この子はわたしの子だというつもり。わたしがこの子を産んだ、と。そういうことにしておいたほうが簡単なの。わたしの友人にジョリーという医者がいる。もう必要な書類を作成してくれてるの」

「そうはいっても、まわりの人たちはきみが妊娠していなかったことを思い出すぞ。だから、そんな話を信じるわけがない」

「ほとんどの人は信じるはず」ライラはいった。「だって、向こうの世界では時間の流れ方がここととちがってたから。それでも信じない人がいたら……ええ、気にしないわ」

妻の本気が見てとれたので、クリントは両腕を差し伸べ、わんわん泣いている赤ん坊を受けとった。アンディをなだめるように揺する。赤ん坊のやかましい泣き声が怒号にレベルアップした。

「どうやら、こいつに好かれているみたいだ」クリントはいった。

ライラはにこりともしなかった。「その子は便秘よ」

クリントは赤ん坊などいらなかった。いま必要なのは昼寝だ。いまはただすべてを忘れたかった。血と死とイーヴィを。とりわけイーヴィ——世界を押し曲げたイーヴィ、そしてクリントを押し曲げたイーヴィを。しかし頭のなかにはビデオテープがあった。アナウンサーのワーナー・ウルフのように《ビデオテープに行きましょう！》となれば、映像がエンドレスで再生されはじめた。

クリントは、世界が燃え落ちようとしていたあの夜、ライラが口にした言葉を覚えていた。そもそも自分はプールが欲しかったことなど一度もない——妻はそういった。

「この件で、ひとこと説明をしてもらえるか？」クリントはたずねた。

「いいえ」ライラは答えた。「ごめんなさい」

「謝っている口調じゃないな」クリントの指摘のとおりだった。

14

ときおり——たいていは目が冴えたまま過ごす夜のあいだだったが、ときにはさんさんと日が照る日中にも——ライラの頭のなかをいくつもの名前が通り抜けていくことがあった。通り抜けていくのは（ライラとおなじ）白人警官で、しかも（ジャネット・ソーリーとおなじ）無実の黒人市民を射殺した者の名前だった。ライラはリチャード・ヘイストに思いを馳せた——十八歳のラマーリー・グレアムを、この若者のブロンクスの自宅バスルームで射殺した警官だ。オクラホマ州タルサで、四十歳の黒人男性のテレンス・クラッチャーを射殺した白人警官のベティ・シェルビーのことも思った。しかしライラがもっとも頻繁に思いを馳せたのが、アルフレッド・オランゴだった——オランゴはカリフォルニア州エルカホンの路上でふざけて電子タバコを突きつけたところ、これを勘ちがいした警官のリチャード・ゴンサルヴェスに射殺されたのだ。

ジャニス・コーツをはじめとする〈わたしたちの地〉にいた女性たちは、あのときのライラの行動には完璧に正当な理由があったといって説得に努めた。こうした熱心な言葉は真実だったかもしれないし、真実ではなかったかもしれない。いずれにしても、ライラの役には立たなかった。曲の一節が耳にこびりついて離れず、頭がおかしくなることがあるが、おなじようにひとつの疑問だけが頭のなかでくりかえされた。相手が白人女性だったら、発砲までにもっと時間の猶予を与えたのではなかったか？　この疑問への答えが自分にわかっているのではないかと思うと、死ぬほど怖くて怖くてたまらなかったが……確実な答えが永遠に得られないことも、わかっていた。だからきっと、この疑問は死ぬまでずっと頭のなかでくりかえされるのだろう。

ライラは刑務所の情勢が落ち着くまでは警察の職にとどまったのち、辞表を提出した。それからは赤ん坊のアンディを〈ティファニー・ジョーンズ記念保育園〉に連れていき、保育園の仕事を手伝った。

クリントはカーリーの刑務所に通っていた。通勤時間が一時間増えた。クリントは自分の患者に集中していた――なかでも、ふたつの世界を行き来したのちにドゥーリング刑務所から身柄を移された受刑者たちの診療に熱心にとりくんだ。というのも、そういった受刑者たちが見聞きして体験したことを話しても、彼らを頭のおかしい連中扱いしなかったのはクリントだけだったからだ。

「こっちへ帰ってくるという選択を後悔しているかい？」クリントはそんな受刑者たちにたずねた。

全員が口をそろえてノーと答えた。

そんな女たちの無私無欲さにクリントは驚き、縮みあがり、目が冴えてしまって、未明の暗がりのなか、肘掛け椅子にずっとすわったままだった。たしかにクリントはみずからの命を危険に晒した。しかし受刑者の女たちは、自分たちが得た新しい命を差しだして帰還を選んだ。それぞれの命をいわば贈物にしたのだ。こんなふうに全員一致でみずからを進んでいけにえにするような男だけの集団が、はたしてどこにあるだろうか？　答え――そんな集団は存在しない。それを認めたうえで考えなおせば……なんということか、女たちは恐ろしいミスをおかしたのではないだろうか？

一日のはじまりとおわりの双方には、ドライブスルーのファストフードを食べた。この年の春に肉のたるみが気になっていた腹部は、秋には堂々とした太鼓腹に成長していた。息子ジェイリッドはクリントにとって憂鬱な亡霊だった――クリントの五官のおよぶ範囲ぎりぎりのところをうろついて、姿が見えたと思えば消え、クリントに小さな敬礼をしたり、《よお、父さん》と声をかけたりしていた。またクリントがなんとか心の平安を得たとしても、イーヴィの出てくるエロティックな夢がその平安を追い払った。夢でイーヴィは蔓植物の藪のなかでクリントをつかまえ、裸身のなかに風を吹きこんだ。イーヴィの肉体は？　その体はいってみればクリントが安らげる木陰の四阿《あずまや》だったが、毎回そこまでたどりつけないうちに目が覚めた。

クリントといっしょの部屋にいるときの赤ん坊は、もっと親しくなろうと思っているかのように、クリントに微笑みかけてきた。クリントも微笑みかえし、そのあと職場へむかう車のなかで泣いている自分に気がつくのだった。

ある夜、クリントは眠れないまま、ふたりめに診察した患者で、〝性的野心〟をかかえていたポール・モントピリアの名前をグーグルで検索してみた。すぐに死亡記事が出てきた。それによればポール・モントピリアは五年前、癌との闘病ののちに世を去っていた。妻や子供についての記述はなかった。〝性的野心〟はこの男になにをもたらしたのだろう？　ごく短い死亡記事は、ひどくわびしく思えた。クリントはモントピリアのことも思って泣いた。クリントはこれが心理学では有名な〝転移〟と呼ばれる現象であると理解してはいたが、それもどうでもよかった。

モントピリアの死亡記事を読んでから間もないある日の夜、何回ものグループセッションと一対一のコンサルティング診療つづきの一日にすっかり疲れはてたクリントは、イーグルという小さな町のモーテルに泊まることにした。部屋のヒーターはがたがた音をたて、テレビの出演者は全員緑色になっていた。三日後の夜、ライラが携帯に電話をかけてきたときも、クリントはまだおなじ客室にいた。電話でライラはクリントに、家に帰るつもりはあるのかとたずねたが、とりたてて答えを知りたがっている雰囲気はなかった。

「疲れきった気分だよ」クリントはいった。

ライラはこの言葉にこめられた真意をききとっていた——ずっと広い範囲すべてを包みこむ敗北を伝える言葉。

「あなたは善人ね」ライラはいった。この場で夫にかける言葉としては好意的すぎた。赤ん坊はあまり寝てくれなかった。そのためライラも疲れはてていた。「たいていの人よりも」

クリントは笑うしかなかった。「おいおい、そいつは口先だけの褒め言葉でくさす典型じゃないか」

「あら、わたしはあなたを愛してるの」ライラはいった。「とにかくいろんなことがありすぎた。そうでしょう？」

そのとおり。本当にあまりにも多くのことがありすぎた。

15

カーリー刑務所の所長はクリントに、感謝祭休暇のあいだはきみの顔をここで見たくない、と申しわたした。

「医者よ、おのれを癒せ——というわけだ」所長はいった。「ともあれ野菜を食べたまえ。ビッグマックやムーンパイといったファストフード以外のものをね」

クリントは唐突に、シャノンに会うためにコフリンまで車を走らせようと思いたった。しかし結局は家を訪ねることはできず、ただ外に車をとめただけだった。ランチハウスの薄いカーテンの向こうに、動きまわっている女性たちの人影が見えていた。いかにも温かそうな照明の光が、人を歓迎する陽気な雰囲気をかもしだしていた。大きな牡丹雪《ぼたんゆき》が降りはじめた。シャノンの家のドアをノックするところを想像する。それから、《やあ、シャノン、きみは逃げていったミルクシェイクだったね》と話しかけるところも想像する。ミルクシェイクがシャノンの形のいい両足を生やして、その足で走って逃げていくところを想像すると、思わず笑い声が洩れた。その場から車を発進させたあとも、まだ笑いはおさまらなかった。

結局行き着いたのは〈オ・バーンズ〉という酒場だった。床には溶けかけの雪、ジュークボックスで流れていたのはザ・ダブリナーズ。ぼうっとした目つきで白いひげをたくわえたバーテンダーは、ビールのタップとグラスのあいだをスローモーションで動いていた――グラスにビールを注いでいるのではなく、放射性同位元素《ラジオアイソトープ》でも入れているかのように。この立派な男はクリントに話しかけた。「ギネスでいいかな、若いの？　こんな夜には美味しく飲めるぞ」

「バドワイザーをもらうよ」クリントはいった。

そのとき流れていたザ・ダブリナーズの曲は〈老いぼれトライアングル〉だった。知っている曲だったし、趣味ではないにもかかわらず、どこか気にいっていた。この曲には、刑務所におけるクリントの実体験とはまったく無縁のロマンスの雰囲気があったが、メンバーの声がひとつに溶けあっているこの曲は胸に迫った。しかし、だれかが歌詞を追加するべきだとも感じた。歌詞には刑務所長も看守も囚人も順番に登場する。それなのに精神科医はどこにいる？

そしてビールを手にして薄暗い片隅にむかいかけたそのとき、だれかの指が肩をそっと叩いてきた。

「クリント?」

16

決定打になったのはハグだった。

いよいよ父娘が再会したとき、娘はフランクをハグしただけではなかった。娘は少女らしいその手でフランクの二の腕を強く——シャツごしに爪が感じられるくらい強く——つかんできた。これまでに起こったことのすべて、フランクがとった行動のすべてから明らかだったのは、フランクが自分自身になにかを——どんなことであれ——する必要がある、ということだった。しかし、ハグがドミノ倒しのきっかけになった。この前、最後に目を覚ましている娘を目にしたとき、フランクは娘のお気に入りのTシャツを体から引き剝がしかけた。そんなことをしたのに、娘はフランクを愛していた。自分は娘の愛に見あう人物ではない——しかし、そうなりたかった。

怒りの抑制術を学ぶプログラムは週三回おこなわれた。その最初の会合の日、ドゥーリングの海外戦争復員兵協会の地下室にいたのは、フランクと女性セラピストのふたりだけだった。セラピストの名前はヴィスワナータンだった。大きな丸眼鏡をかけていて、フランクの目にはカセットテープがあった時代すら覚えていないほどの若さに見えた。ヴィスワナータンは、どうしてここへ来たのかとフランクにたずねた。

「子供を怯えさせて、おまけに自分をも怯えさせたからだ。ついでに結婚生活もごみ箱に捨てることになったが、こっちは副作用みたいなものだな」

フランクが自分の感情や衝動のことを説明する一方、セラピストはメモをとっていた。話をするのは予想よりもずっと簡単で、たとえるなら化膿した傷から膿《うみ》を押しだすようなものだった。また多くの意味で、自分ではない別人の話をしているようにも思えた。癇癪を起こしてばかりの野犬捕獲人は、もう自分だとは思えなかった。癇癪を起こしてばかりの野犬捕獲人は、周囲の出来事がフランクの気にいらないときや、フランクには対処できないときにかぎって出現する他人のようなものだった。フランクは、捕獲した動物たちをケージに入れる仕事についてセラピストに話した。くりかえし、その話にもどった。

「ギアリーさん」ドクター・ヴィスワナータン——〈クールエイド〉とおなじ色の眼鏡をかけた二十六歳の女性——はこういった。「ゾロフトという抗鬱剤を知ってますか?」

「おれを相手に先生の真似事をしようというのかな?」フランクは自分を立て直したくてここに来たのであって、こけにされるためではない。

セラピストのヴィスワナータンは頭をふって否定し、にっこりと笑った。「いえ、気軽に話してるだけです。あなたは勇気のある方ですね」

ヴィスワナータンはフランクを精神薬理学者に紹介し、精神薬理学者が処方箋を書いた。フランクは処方された薬を定められたとおりに服用したが、これといって変化を感じないまま、ミーティングに参加しつづけた。やがて話が広まるにつれて、ここへ姿をあらわす男の人数も増え、海外戦争復員兵協会の地下室の椅子は半分埋まった。男たちは、「自分を変えたい」と話していた。男たちは、「みんなといっしょにクソを捨てたい」と話していた。また男たちは、「四六時中ぷんぷん腹を立てているのをやめたい」と話していた。

しかしセラピーをいくら重ねても、製薬業界が送りだす〝幸せのお薬《ハッピーピル》〟をいくら飲んでも、フランクの結婚生活がおしまいだという事実は変えられなかった。フランクはこれまでにも何度となくエレインの信頼をぶち壊した（キッチンの壁を壊したことはいうまでもない）。しかし、その部分は問題にならないかもしれない。というのも、結局エレインのことはそれほど好きではなかった、とわかったからだ。いちばんいいのは、エレインを解放することだった。フランクは親権をすべてエレインに譲り、自分は一カ月に二回の週末にかぎって娘と過ごさせてくれれば満足だと述べた。いずれ、情況がもっとよくなってきたら、そのときは会う機会を増やしてもいい。

そして娘のナナにはこう話した。「父さんは犬を飼ってもいいと思ってるんだ」

17

「元気にしてたのかい？」ザ・ダブリナーズの曲が流れるなか、フランクはクリントにそうたずねた。

　このときフランクは、別れた妻エレインの実家で感謝祭を過ごすため、ヴァージニア州を目指しているところだった。ゾロフトと会合が怒りを抑制する助けになってくれたが、義理の両親はあくまでも義理の両親でしかなく、エレインと離婚したいまではなおさら疎遠になっていた。〈オ・バーンズ〉に立ち寄ったのは、自身の死刑執行の瞬間を三十分でいいから先延ばししたい一心でのことだった。

「なんとか踏んばってる」クリントは目もとをこすった。「体重を減らさなくちゃいけないんだが、踏んばってるよ」

　ふたりは薄暗い片隅のボックス席に身を落ち着かせた。

　フランクがいった。「家族団欒の感謝祭の日にアイリッシュパブでひとり飲んでるんだぞ――あんたの定義だと〝踏んばってる〟ことになるのか？」

「万事順調だとは答えていない。それに、きみだってこの店に来てるじゃないか」

　フランクは《知るか、ボケ》と思ったが、口ではこう答えるにとどめた。「あのとき、おたがい殺しあわずにすんでよかったと思うよ」

　クリントはグラスをかかげた。「じゃ、そのことに乾杯しよう」

　ふたりは乾杯した。いまのクリントはフランクになんの怒りも感じなかった。相手がだれであれ、怒りはいま無縁の感情だった。感じているのは自分自身への深い失望だった。自分の家族を助けたのに、結果として家族をなくすことになるとは予想もしていなかった。クリントの考えるハッピーエンドとは勝手がちがった。これでは、クリントの考える〝アメリカ製クソドラマ〟だった。

クリントとフランクはそれぞれの子供のことを話題にした。フランクの娘ナナは、いまオハイオ州の若い男に恋をしているとのことだった。四十五歳で早くも祖父になるかもしれないと少し心配はしているが、とりあえずは冷静にかまえている。クリントは、最近では息子のジェイリッドが恐ろしく口数少なくなっている、と話した――おおかた町を飛びだしてカレッジに進み、石炭地帯の外にどんな世界があるのかを、一刻も早く自分の目で確かめたい一心なのだろう。

「で、あんたの奥さんは？」

クリントはバーテンダーに手で合図をして、お代わりを注文した。

フランクはかぶりをふった。「ありがたいが、こっちは遠慮しておく。アルコールはゾロフトと相性があんまりよくないんだ。そろそろ出発しないと。無法者どもがおれを待ちかまえてる」そういって、顔を輝かせる。「そうだ、いっしょに来ないか？　エレインの実家の面々にあんたを紹介しよう。そうすれば連中もいい顔だけを見せてくれるだろうしな――なんといっても、あいつらはおれの娘の祖父母だ。女房の実家を訪ねるのは地獄の苦しみだよ――食べ物だけは、地獄よりも多少ましという程度だが」

クリントは丁重に遠慮した。

フランクはいったん腰を浮かせかけて、またすぐに腰をおろした。「そうだ、あの〈大樹〉まで行った日のことだが――」

「それがどうかしたか？」

「教会の鐘が鳴りはじめたのはいつだったかを覚えてるか？」

クリントは忘れるものかと答えた。教会の鐘は、女たちが目覚めはじめると同時に鳴りはじめた。

「ああ、そのとおり」フランクは答えた。「で、あのときおれはすぐ周囲に目を走らせて、例の頭のおかしな女をさがしたんだが……もう姿を消していた。たしか、エンジェルとかいう名前だったと思う」

クリントは微笑んだ。「エンジェル・フィッツロイ」

「あの女がどうなったか知ってるかい？」

「いや、まったく。カーリーの刑務所にいないことだけは知ってるが」

「保険代理店をやってるあの男、バリーといったな。あの男が話していたんだが、ドン・ピーターズを殺したのはエンジェルという女にまちがいないってさ」

クリントはうなずいた。「わたしにもおなじ話をしていたよ」

「本当か？　で、あんたはなんと答えた？」

「厄介払いができて、せいせいした——そう答えたさ。ドン・ピーターズは、ひ、ひとごと、ひとごとでいえば歩く問題だったからね」クリントはいったん言葉を切った。「ひ、ひとこと、と。そういうつもりだった。ひ、ひとこととと」

「いいかい、ドクター。あんたはそろそろ家に帰ったほうがいいみたいだ」

クリントは答えた。「名案だね。ところでわが家はどこにある？」

18

のちに〈大覚醒〉という名前で知られるようになる出来事から二カ月たったころ、モンタナ州の牧場主が国道二号線をチヌークの町の東側に出てすぐのところでヒッチハイク中の女を見かけ、走らせていた車をとめた。

「さあ、乗れよ、お嬢さん」牧場主はいった。「どこへ行く？」

「決めてない」女はいった。「とりあえずアイダホまでかな。そのあとまた足を伸ばして、カリフォルニアに出てもいいし」

牧場主は手を差しだした。「ロス・オルブライト。ふたつの郡にまたがる牧場をもってる。で、あんたの名前は？」

「エンジェル・フィッツロイ」これが昔だったら握手は拒んで偽名を名乗り、いつもコートのポケットに忍ばせているナイフから片手を離さなかったはずだ。しかし、いまはもうナイフをもっていなかったし、偽名もつかわなかった。どちらの必要性も感じなかった。

「すてきな名前だな。天使《エンジェル》か」オルブライトはギアをひと息にサードまであげた。「おれはクリスチャンでね。何度も何度も生まれかわってる」

「いいことね」エンジェルはいった——そこに皮肉の響きはかけらもなかった。

「エンジェル、あんたはどこから来た？」

「ドゥーリングっていう小さな町よ」

「その町で目を覚ましたのかい？」

　昔のエンジェルだったら、ここでも嘘をついて、そのとおりだと答えたはずだ。そのほうが簡単だからだし、そもそも、嘘が自然に口をついて出てくる性質《たち》だったからだ。しかし、いまの自分は新しい人生を歩んでいる――だから、いくら事情がややこしくなろうとも、できるかぎり真実だけを口にしようと決めていた。

「あたしは数少ない眠りこまなかった女のひとりなんだ」エンジェルは答えた。

「わーお！　そりゃまた幸運だったにちがいない！　おまけに強かったんだな！」

「神のお恵みのおかげ」エンジェルは答えた。この言葉も――エンジェル本人が理解している範囲では――真実だった。

「あんたの口から出るその言葉だけでも神のお恵みだ」牧場主のオルブライトは気分が高揚するのを感じながら答えた。「立ち入った質問になるかもしれないが、これからなにをするつもりだい、エンジェル？　旅をつづける靴をいよいよひと、と、こ、ろにとどめようと決めたら、そのときはなにをする？」

　エンジェルは窓の外に目をむけて、壮麗な山なみや果てしなく広がる西部の空を見つめた。しばらくして、エンジェルは答えを口にした。「正しいことをしたい。あたしがやってみたいのはそれよ、ミスター・オルブライト。正しいこと」

　オルブライトはいったん道路から目を離して、エンジェルに微笑みかけた。「アーメンだ、シスター。いまの言葉にアーメン」

19

ドゥーリング女子刑務所は周囲をフェンスで囲われ、施設全体が封鎖された。そこかしこに無断侵入者への警告が書かれた立て看板があったが、政府が緊急度の高い公共建設事業に予算をふりむけるなか、建物は劣化していくまま放置されていた。それでも新しいフェンスは頑丈で、基礎が敷地の地中深くまで埋めてあった。そのため狐がフェンス基礎の下にトンネルを掘り抜くには、数週間の土掘り作業とありったけの忍耐心が必要とされた。

この土木工事の偉業を達成すると、狐は壁にあいている無数の穴をつかって小走りに建物内へと侵入し、近くの監房に自分の新しいねぐらをしつらえる仕事にかかった。女主人の香りが嗅ぎとれた――薄れてはいたが、甘く刺戟臭のまじった香りが残っていた。

鼠グループから一匹の使節が送りこまれてきた。

「ここはおれたちの城だぞ」鼠は語った。「狐よ、ここでなにをするつもりだ？」

狐は、この鼠の率直そのものの物言いが気にいった。自分は狐で、もう年をとりつつある。そろそろ策略や危険を避けて、つれあいを見つけ、仲間たちのそばで暮らしはじめる頃合かもしれない。

「おれの望みはちっぽけなもんだ――ああ、約束する」

「で、その望みというのは？」鼠はなおも質問を重ねた。

「口に出すのは気がすすまないな」狐は答えた。「ちょっとばかり気恥ずかしくて」

「話せ」鼠は命じた。

「わかった」狐はそう答え、はにかみに小首をかしげた。「小さな声で答えるよ。もっとおれのそばに来てくれたら、小さな声で耳打ちするからさ」

鼠が近づいてきた。その気になれば狐には鼠の頭をあっさり嚙みちぎれたはずだった——神が創った生き物はみな才能をひとつはそなえていて、狐の場合はこれだった。しかし狐はそうしなかった。

「おれは静かに暮らしたいのさ」狐はいった。

感謝祭翌日の朝、ライラ・ノークロスはボールズヒルにもうけられた砂利敷きのUターン用スペースまで車を走らせて駐車する。それから子供用スノースーツにしっかりくるまれたアンディをベビーキャリーにおさめ、歩きはじめる。

ハンプティ・ダンプティのように一度壊れたら元にもどらない自分たちの結婚生活だが、もしかしたら元にもどせるかもしれない——ライラはそんなふうに思う。わたしが望みさえすれば、クリントはふたたびわたしを愛するかもしれない。しかし、自分はクリントに愛されたいと思っているのか？　ライラの魂には傷が残っている。傷の名前はジャネット・ソーリー。傷を消す方法は知らない。知りたいと思っているのかどうかもわからない。

ライラの足どりにあわせ、アンディが楽しげに小さな声をあげる。アンディの母親のティファニー・ジョーンズを思うと胸が痛む。不公平と無秩序性が編みあわされて、すべてをくるみこむ布がつくられた。それを思うとライラの胸に憤りと、憤りにも負けない畏敬の念がこみあげる。着氷のある木々がきしんで、かちかちと音をたてる。たどりついたトルーマン・メイウェザーのトレーラーハウスは、もうすっかり雪に覆われている。ライラはトレーラーハウスにおざなりな一瞥をくれるだけで通りすぎ、先へ進む。もう目的地はそれほど遠くない。

ライラは森のなかの空き地にたどりつく。〈驚異の大樹〉はもう存在していない。ジャネットの墓もここにはない。いまここにあるのは冬でも枯れない草と、葉をすっかり吹き散らされた痩せたオークの木だけだ。草が揺れ動いて、オレンジ色の形が一瞬だけ閃き、それが消えると、草がまた静かになる。ライラの息が白くなる。赤ん坊がハミングのような声を出し、なにやら質問めいた声をあげる。

「イーヴィ？」ライラは輪を描くようにして歩きまわり、あたりをさがす――森を、地面を、草のなかを、空中を、そして薄く煙ったような日光のなかを――が、だれひとり見つからない。

「イーヴィ、そこにいるの？」

ライラは必死に手がかりをさがしもとめる――どんな手がかりでもいい。

そして老いたオークの枝から一匹の蛾が飛び立ち、ライラの手にとまる。

著者あとがき

ファンタジー小説に真実味をもたせようとするのなら、作品世界を下支えする細部のリアリティが重要になる。本書『眠れる美女たち』執筆中、わたしたち著者は各細部について多くの方々に助けられ、そのことを深く感謝している。みなさんとお別れする前に、ここでわたしたちの道案内をしてくれた方々にレッドソックスのキャップをかかげてお礼を示したい。

まず、わたしたちのメインの調査スタッフであるラス・ドーア。ラスはＲＶ車から灯油の劣化ペースにいたるまで、あらゆる面でわたしたちを助けてくれた。さらにはわたしたちが女子刑務所とその矯正制度の世界を訪問するにあたって、かけがえのない橋わたし役もつとめた。わたしたち著者には女子刑務所を見学する必要――いわば、実地体験の必要――があり、その面で以下の方々に感謝する。まず、ニューハンプシャー州ゴフズタウンにあるニューハンプシャー州女子刑務所の見学ツアーの手配をしてくれた同州最高裁判所判事のジリアン・Ｍ・エイブラムスン閣下に感謝する。この刑務所でわたしたちはジョン・フォーティア所長とニコル・プラント刑務部長、ポール・キャロル主任刑務官の三人とお目にかかった。お三方はわたしたちを刑務所内の見学ツアーに案内し、わたしたちの質問すべてに忍耐強く答えてくれた（ときにはおなじ質問に二回以上も）。どなたもこわもてではあるものの、人情にも通じた刑務官だ。もしこの刑務官のどなたかがドゥーリング刑務所に勤務していれば、作中の刑務所が見舞われた事態はもっと平和的に解決されたかもしれない——そうならなかったのは著者たちには幸運だ！　こちらの方々にはいくら感謝をしてもしたりない。

またニューハンプシャー州マンチェスターのヴァリーストリート刑務所の刑務官、マイク・ミューズにも謝意を表したい。マイクには警察署や刑務所における受入手続について、多くの有用な情報を与えられた。元警察官のトム・ステイプラーは、ドゥーリング警察署の武器庫の装備品を充実させたい作者たちを助けてくれた。

作中のライオンヘッド刑務所が脆弱な地盤の上に建てられているという設定は、マイケル・シュナイアソンによる卓越した歴史ノンフィクション『コール・リヴァー』から着想を得た。

わたしたちが正しく理解したことについては、上記の方々に感謝する。わたしたちの理解がまちがっている部分については、わたしたちに責がある……いやいや、勇み足はどうかお控えあれ。本書があくまでもフィクションであることを、ゆめゆめお忘れめされるな。わたしたちはおりおりに、物語展開の都合にあわせるために事実をわずかに押し曲げる必要に迫られた。

ケリー・ブラフェットとタラ・アルテブランドには、いまよりももっと長大な初期段階の草稿に目を通し、多大なお力添えをいただいた。おふたりには心から感謝している。

またスクリブナー社の全スタッフにも感謝を捧げたい。疲れも見せずに颯爽《さっそう》と本書の編集作業を共同で進めたナン・グレアムとジョン・グリンのふたりには特段の感謝を。士気面でのサポートにあたったスーザン・モルドウ。われらが社内進行担当者のミア・クロウリー＝ホールドには、その重労働をねぎらいたい。長大で複雑な構成をもつ原稿を前にして、卓越した校閲テクニックを発揮したアンジェリーナ・クラーン。本書についてのニュースの発信という仕事をすすめた疲れ知らずの宣伝担当のケイティこと、キャサリン・モナハン。スティーヴンのエージェントであるチャック・ヴェリルとオーウェンのエージェントであるエイミー・ウィリアムズは、この長大な労作にとりくむ作者たちを支援し、生まれてからずっと手を携えてきたかのように一致協力して仕事にあたった。クリス・ロッツとジェニー・メイヤーは、本書の翻訳権を世界各国に売ってくれた。おふたりの尽力に感謝する。

スティーヴンは妻のタビサ、娘のネイオミ、そして愛読者にはジョー・ヒルの名前で知られている息子のジョーに感謝を捧げたい。オーウェンが感謝したいのは母ときょうだいたち、ケリー、そしてZ。全員がこの仕事のむずかしさを理解し、わたしたちが仕事を進めるための時間をつくってくれた。

最後になったが決して最少ではない感謝の念を、本書を読んでくださった読者のみなさんに捧げたい。みなさんのご支援には言葉ではあらわせないほど感謝し、またみなさんが本書を楽しまれたことを願っている。

スティーヴン・キング
オーウェン・キング
二〇一七年四月一二日

解説

本書は、スティーヴン・キングとオーウェン・キングの合作長編小説*Sleeping Beauties*（2017）の全訳で、二〇二〇年十月に刊行された単行本の文庫化となります。

スティーヴン・キングは、作品の多くが映画化されているホラーの巨匠ですが、同じファミリーネームを持つオーウェン・キングは巨匠キングの実の息子で、小説家でもあります。オーウェンは一九七七年生まれ。父キングの住む町として有名な、アメリカのメイン州バンゴアに生まれ育ちます。二〇〇五年に中短編集*We're All in This Together*を刊行、同書は『すべての見えない光』でピューリッツァー賞を受賞したアンソニー・ドーアに「キングは派手な奇想の装いの下で、意味深く胸に迫る物語を語るという役割を決して忘れない」と賛辞を受け、また、人物造形についてアン・タイラーやジョン・アーヴィングと比較されるなど、独特の不気味さを持つ現代小説として高い評価を受けました。

二〇一三年には第一長編*Double Feature*を刊行。カルトなB級映画の監督を父に持つ青年が自身の初の映画を完成させる前後のあれこれを、奇矯な人物を配して描いてゆくもののようです。父親の造形にはスティーヴン・キングを思わせるものがあるので、主人公にはオーウェン自身が投影されているのでしょう。とはいえその執筆活動は文芸系一辺倒ではないようで、セメタリダンス社やサブテラニアン・プレス社といった父キングとも縁の深いホラー系出版社の書き下ろしアンソロジーにも短編を寄稿していますし、エイリアンの侵略を受けた学生街での騒動を描くグラフィック・ノヴェル*Intro to Alien Invasion*（2015）の原作を手がけたりもしています。

そんなオーウェンと巨匠たる父のコラボレーションによる本書、読み心地は父キングのそれとほとんど変わりません。とんでもない奇想を中心にし、素朴なアメリカの縮図のようなスモールタウンの群像劇を丹念に描きながら、徐々に緊張感を高めて、最後には全キャラクターと全物語が壮絶なカタストロフィへと雪崩れ込むという、父キングの作品でいえば『アンダー・ザ・ドーム』のような作品と言えばいいでしょうか。パンデミックを物語の駆動源にした大作ということでは、代表作のひとつ『ザ・スタンド』も想起させます。

舞台は、山や森が多くを占めるアパラチア地方の小さな町ドゥーリング。この町には女子刑務所があり、これが僻地のスモールタウンの最大の産業となっています。この刑務所付の精神科医クリントが主人公のひとり。さらに彼の妻で警察署長のライラ、動物管理官のフランクの三人を中心に、彼らの家族や同僚など、多数の人物の物語を縒りあわせて進んでゆきます。

そんな群像劇の中心となっている奇想が、謎の疫病のパンデミックです。やがて「オーロラ病」と呼ばれることになる病は、恐らくはウイルスのようなものにより拡がり、女性だけを感染させて深い眠りにつかせてしまいます。眠りに落ちるや、感染者の身体からは蜘蛛の糸めいた繊維が萌え出し、繭状の物質を形成、女性たちはそれに覆われて目覚めなくなる。無理やり繭を破って起こそうとすると、彼女たちはまるで何かにとり憑かれたかのように凶暴化して、周囲にいる人々を襲う――病が全世界に広がるにつれ、そんな事件が世界で頻発、残された者は彼女たちがふたたび目覚めることを信じて待つほかなくなってしまいます。

それがどんな事態を引き起こすのか？　キング父子は不安と恐慌を徐々に高めながら、ドゥーリングの町をひとつのサンプルとして描いてゆくのですが、この町にはひとつ、ここ以外の全世界と異なる事情がありました。ドゥーリングには、この病の影響を受けない女性がいるのです。それはイーヴィと名乗る女性――突然この町にやってきて、麻薬密売人を殺害してアジトを焼き払った廉《かど》で捕らえられ、女子刑務所に拘置されている謎の女性でした。世界でただひとり、眠っても普通に目覚めることのできる女性イーヴィをめぐる謎が、後半のカタストロフィにつながってゆきます。

スティーヴン・キングの合作作品としては、ホラー作家ピーター・ストラウブとの『タリスマン』と続編『ブラック・ハウス』があります。この二作の執筆の際には、キングとストラウブが互いに原稿を送り合い、手直しし合いながら仕上げていったという内幕が明かされています。しかし本書に関しては、いまのところ、キング父子がどうやって書いていったかは語られていないようです。日本語版の翻訳にあたり、作中の疑問点について問い合わせのメールをしたところ、オーウェン・キングから回答があり、その文面から、父キングによる加筆修正を含む改稿を重ねたらしきことが感じられました。いずれにしても本書のできばえは、何も知らずに読んだなら「スティーヴン・キングの新作」としてまったく違和感を感じないものになっていることは間違いありません。これまでのオーウェン単独作品をみるに、本書に登場する受刑者の面々や腕相撲《アームレスリング》チャンピオンである女性刑務官、あるいはドラッグ中毒の形成外科医といった奇妙な人物たちに、オーウェンの才気が表れているようです。

さらにもうひとつ、女性に対する男性の憎悪であるミソジニーが本書のテーマのひとつであることは看過すべきではないでしょう。本書の悪役であるドン・ピーターズ刑務官がまさにそれを体現した人物ですし、ミソジニーへの反動で生まれたミサンドリーを抱える女性も登場します。男性と女性の分断の問題を「オーロラ病」というレンズを通じて見つめる、というテーマは本書に一貫して流れているものです。父キングも、『ＩＴ』や『ローズ・マダー』などでミソジニーやＤＶの問題を描いてきましたが、本書でそれがいつも以上に強く打ち出されているのは、父キングよりも若い世代であるオーウェンのインプットゆえかもしれません。

なおオーウェンはスティーヴン・キングとタビサ・キングのあいだの次男ですが、長男も『ブラック・フォン』『ＮＯＳ４Ａ２』などで知られる幻想ホラーの名手ジョー・ヒルであることはよく知られています。母タビサも小説を発表していますから、まさに作家一家。唯一、オーウェンとジョーの姉であるネイオミ・キングだけが作家ではありませんが、彼女は神学を学んだ聖職者として、すぐれた説教に与えられる賞を受賞しているそうなので、文才は彼女にも受け継がれているようです。

ちなみにスティーヴン・キングは短編集『ナイトメアズ＆ドリームスケイプス』の自作解説の中で、短編「メイプル・ストリートの家」について、クリス・ヴァン・オールズバーグの絵本『ハリス・バーディックの謎』の中の絵を一点選んで、それに基づく短編を書くという遊びを妻タビサと「末の息子」オーウェンと三人でやったときに生まれたのが「メイプル・ストリートの家」だと明かしています。メイン州バンゴアの居間での親子の遊びの延長線上に、本書という圧巻の大作があるのだと思うと、感慨深いものがあります。

とうに七十歳を超えたスティーヴン・キングですが、旺盛な創作欲は未だ衰えを見せません。とくに『アンダー・ザ・ドーム』以降のキングは、初期の剛腕ホラー・エンタメの路線へ回帰したような快作を連発しています。直近の邦訳作品『アウトサイダー』は「この世ならぬもの」による恐怖を描くものでしたし、小社より近刊予定の *The Institute* は、利発な少年と謎の組織の戦いを描くSFサスペンス的な作品で、初期の名作『ファイアスターター』を思わせます。そして今年（二〇二二年）刊行された新作は、その名もなんと *Fairy Tale*。キングが真正面からファンタジー的な物語に挑んだ大作で、新たな代表作になるのではないかと期待されます。

（編集部）

単行本　二〇二〇年十月　文藝春秋刊

文春文庫

眠《ねむ》れる美《び》女《じょ》たち　下

定価はカバーに
表示してあります

2023年1月10日　第1刷

著　者　スティーヴン・キング
　　　　オーウェン・キング
訳　者　白《しら》石《いし》　朗《ろう》
発行者　大沼貴之
発行所　株式会社 文藝春秋

東京都千代田区紀尾井町3-23　〒102-8008
TEL 03・3265・1211㈹
文藝春秋ホームページ　http://www.bunshun.co.jp

落丁、乱丁本は、お手数ですが小社製作部宛お送り下さい。送料小社負担でお取替致します。

印刷製本・凸版印刷

Printed in Japan
ISBN978-4-16-791993-1

文春文庫　最新刊

荒ぶるや 空也十番勝負（九）　佐伯泰英
空也は京で思わぬ事態に遭遇…佳境を迎える武者修行！

わが殿 上下　畠中恵
惚れ込んだ藩主のため七郎右衛門は財政再建に奔走する

陰陽師　鼻の上人　夢枕獏　画・村上豊
妙法寺の善智内供の長い鼻の因縁とは。絵本、第4弾！

耳袋秘帖 **南町奉行と犬神の家**　風野真知雄
ある神社で殺しが起きた晩、狛犬が別の像に置き換わり

鑑識課警察犬係 **闇夜に吠ゆ**　大門剛明
新米の都花沙と相棒アクセル号。新たな警察小説の登場！

希望のカケラ 社労士のヒナコ　水生大海
コロナ禍で浮上する新たな労務問題…シリーズ第3弾！

グランドシャトー　高殿円
名門キャバレーのトップホステスには秘密があった——

冷たい誘惑〈新装版〉　乃南アサ
小型拳銃コルトの魔力。巧みな構成で魅了する連作短篇集

小さな場所　東山彰良
台北の猥雑な街に、少年は生きる。心に沁み入る連作短編集

大盛り！さだおの丸かじり 酒とつまみと丼と　東海林さだお
大人気エッセイ「丸かじり」シリーズからよりぬき傑作選

ずばり池波正太郎　里中哲彦
日本一のファンが作家の全てを語る。評論と評伝の融合

0から学ぶ「日本史」講義 古代篇　出口治明
世界史の達人が語り下ろした読んで楽しい「日本史」講義

眠れる美女たち 上下　スティーヴン・キング　オーウェン・キング　白石朗訳
蔓延する病で女たちは次々と眠りにつく。ただ一人を除いて